JAY AMORY

Piraten der Lüfte

Buch

Die Erdlinge sehen sich unablässig Angriffen durch geflügelte Piraten ausgesetzt. Diese überfallen ihre Eisenhütten und plündern ihre Fabriken. Die Erdlinge machen dafür das gesamte Volk der Luftlinge – die geflügelten Menschen – verantwortlich und rüsten sich zum Vergeltungsschlag. Doch die Geflügelten sind sich dieser Bedrohung für den Frieden zwischen Erd- und Luftlingen absolut bewusst und entsenden einen Botschafter zu den Piraten in der Hoffnung, die Angelegenheit friedlich beilegen zu können.

Als Eskorte des Gesandten begleitet ihn das bewaffnete Luftschiff Cerulean unter dem Kommando von Az Gabrielson, dem einzigen Luftling, der ohne Flügel geboren wurde und der auch bereits Kontakt zu den Erdlingen gehabt hat. Doch an Bord herrscht keine Einigkeit. Az' Autorität – als flügelloser »Krüppel« von den Luftlingen verlacht – wird ständig untergraben. Und wie sollen die Piraten der Lüfte davon überzeugt werden, dass sie mit ihrem kriegstreiberischen Tun aufhören, wenn nicht einmal die Gesandten der Luftlinge untereinander Frieden halten können …?

Autor

Jay Amory ist ein Fantasy-Autor aus Großbritannien.
www.jayamory.com

Außerdem lieferbar

Welt in den Wolken (24473)

Jay Amory

Piraten der Lüfte

Roman

Aus dem Englischen
von Susanne Gerold

blanvalet

Die Originalausgabe erschien unter dem Titel
»Pirates of the Relentless Desert« bei Gollancz,
an imprint of the Orion Publishing Group, London.

FSC
Mix
Produktgruppe aus vorbildlich
bewirtschafteten Wäldern und
anderen kontrollierten Herkünften

Zert.-Nr. SGS-COC-1940
www.fsc.org
© 1996 Forest Stewardship Council

Verlagsgruppe Random House FSC-DEU-0100
Das für dieses Buch verwendete FSC-zertifizierte Papier
Holmen Book Cream liefert Holmen Paper, Hallstavik, Schweden.

1. Auflage
Deutsche Erstveröffentlichung April 2010
bei Blanvalet, einem Unternehmen
der Verlagsgruppe Random House GmbH, München

Umschlaggestaltung: HildenDesign, München
Umschlagillustration: Christopher Gibbs
Redaktion: Alexander Groß
UH · Herstellung: sam
Satz: Buch-Werkstatt GmbH, Bad Aibling
Druck: GGP Media GmbH, Pößneck
Printed in Germany
ISBN 978-3-442-24474-4

www.blanvalet.de

Die schwarze Wolke

Der Nachthimmel über der Unerbittlichen Wüste brachte eine neue Wolke hervor.

Zuerst war da noch das gewohnte, tiefschwarze Wirbeln der Wolkendecke zu sehen, schwach marmoriert vom Mondlicht. Dann jedoch tauchte an der Unterseite der Wolken ein rundlicher Schemen auf und drückte sich nach unten, eine schwarze Gestalt vor schwarzem Hintergrund. Schließlich löste sich der Schemen, machte eine volle Kehrtwende und bewegte sich mit einem tiefen, dröhnenden Summen in gemäßigtem Tempo nach Norden. Ganz allmählich sank er tiefer, während der blasse, zigarrenähnliche Schatten, den er auf dem Sand erzeugte, länger und länger wurde.

Ein paar Kilometer weiter weg auf der Erde schimmerte mitten in der leeren Wüste ein von Menschenhand geschaffener Funke. Es handelte sich um eine Anhäufung von Lichtern, die von einem Gewirr kreuz und quer verlaufender Straßen ausging, die zwischen Bohrtürmen, Destillationskolonnen, Pferdekopfpumpen, Sammelbehältern, Leitungen, Kränen und eingeschossigen Häuserblocks verliefen.

Die Lichter gehörten zur Westöl Förderungs- und Raffineriestelle Nummer 137, auch bekannt als Trostloses Bohrloch, und sie brannten die ganze Nacht hindurch, selbst dann, wenn die gesamte Belegschaft in tiefem Schlaf lag. Sie brannten, um die Dunkelheit in Schach zu halten, die riesige, schreckliche Dunkelheit, die nachts in der Wüste herrschte und so rein und endlos war wie das Vergessen und einen Menschen in den Wahnsinn treiben konnte.

Die Lichter waren wie ein Leuchtfeuer, das die schwarze Wolke anzog. Unbeirrbar hielt sie auf die Ölanlage zu, wie ein Jäger, der von seiner Beute angelockt wird.

Als die schwarze Wolke die Anlage des Trostlosen Bohrlochs erreichte, verharrte sie, und das Summen versiegte zu einem Flüstern. Dutzende geflügelter Gestalten lösten sich plötzlich nacheinander von ihr. Sie strömten heraus und sammelten sich, bis sie wie auf ein zuvor vereinbartes Zeichen hin auseinanderstoben. Mit beinahe lautlosen Flügelschlägen verteilten sie sich über der Ölförderungsstelle. Ein paar hielten auf die Häuserblocks zu. Die Übrigen hatten es auf die Lagerhäuser mit den Stahlfässern abgesehen, in denen sich das raffinierte Öl befand, das zum Transport durch die Unerbittliche Wüste bereit war.

Die Lagerhäuser waren unverschlossen. An diesem Ort, der zwei Tagesmärsche von allem entfernt war, was man als Zivilisation hätte bezeichnen können, gab es keine Diebe. Das heißt, zumindest gab es keine Diebe, mit denen die Eigentümer von Westöl hätten rechnen können.

Die geflügelten Gestalten mussten nur heimlich die Türen des Lagerhauses öffnen, um Zugang zu den hunderten von vollen Fässern zu bekommen. Und sie begannen, so viele wie möglich zu entfernen. Jedes Fass wog mehrere hundert Kilogramm und erforderte die Kraft von dreien, um sie zu heben. Und so beförderten die geflügelten Gestalten die Last, mit der sie schwer zu kämpfen hatten, in Dreiergruppen zu der hängenden schwarzen Wolke und verstauten sie in ihrem Innern.

Die Wolke – das Piraten-Luftschiff *Behemoth* – füllte sich allmählich mit gestohlenem Treibstoff. Im Laufe einer Stunde wurden die Frachträume des Luftschiffes bis zur Höchstgrenze des Fassungsvermögens beladen. Wasser wurde leise abgelassen, um einen Ausgleich für das zusätzliche Gewicht zu schaffen.

In der Zwischenzeit standen einige der geflügelten Gestalten bei den Eingängen der Häuserblocks Wache. Ihre Kollegen gingen mit den Fässern so behutsam um wie möglich, aber es war immer besser, man machte sich auf alles gefasst. Es konnte immer irgendetwas passieren.

Und schließlich geschah etwas. Einer der Dreiergruppen glitt das Fass aus den Händen. Nach einer Stunde ständigem Tragen von so vielen Gallonen Treibstoff schmerzten ihre Arme und Flügel, und die Finger hatten begonnen, sich zu verkrampfen. Einer von ihnen rutschte mit der Hand ab und verlor das Fass aus dem Griff, und die anderen beiden waren nicht in der Lage, es allein festzuhalten. Das Fass stürzte fünfzig Meter weit nach unten, drehte sich dabei um sich selbst und schlug mit einem mächtigen, dröhnenden *Klong* auf den Boden. Der Aufprall zerfetzte es, und das Öl spritzte in alle Richtungen.

Der Lärm weckte die Bohrarbeiter, die in einem nahe stehenden Häuserblock schliefen. Sie sprangen aus den Betten, stürzten sich in irgendwelche Kleidungsstücke und rannten zum Haupteingang, um nachzusehen, was da vor sich ging.

Draußen vor der Tür wartete ein halbes Dutzend geflügelter Gestalten. Für die Bohrarbeiter, die immer noch dabei waren, den Nebel des Schlafes von sich abzuschütteln, schienen sie geradewegs aus einem Alptraum zu kommen.

Es waren schlanke, nervöse Wesen mit wunden Stellen und schlechter Haut, und sie alle trugen Kleidung, die nicht zusammenpasste, als wäre sie zufällig miteinander kombiniert worden. Nicht zwei von ihnen trugen das Gleiche, einige hatten Bänder um die Stirn, andere Schals um den Hals, wieder andere Schärpen diagonal über ihren Rumpf gebunden, und noch einmal andere hatten brokatgeschmückte Westen an oder irgendwelche Kombinationen von allem. Die Haare der meisten waren lang und mit Perlen verziert zu Zöpfen geflochten; Stoffstreifen in leuchtenden Farben blitzten hier und da zwischen den zerzausten Locken und Igelspitzen auf. Die meisten hatten sich Ornamente auf Arme und Gesicht tätowieren lassen, und Metallstücke glitzerten an Ohren, Nasen, Lippen und Flügeln. Sie alle waren mit Armbrüsten, Säbeln, Dolchen oder Keulen bewaffnet und schwangen diese jetzt, als sie höhnisch und mit verächtlich hochgezogenen Mundwinkeln auf die Bohrarbeiter starrten.

Eine allerdings hielt sich etwas abseits. Sie hatte eine große, kurvenreiche und üppige Gestalt und war von Kopf bis Fuß in nichts als schwarzes Leder gehüllt. Sogar ihr Gesicht war verdeckt. Eine schwarze Ledermaske umgab ihren Kopf; ihre Augen waren hinter einer Flugbrille aus Rauchglas verborgen. Auch ihre Flügel waren schwarz – rabenschwarz. Sie sah aus wie eine Silhouette, ein Schatten in der Gestalt einer geflügelten Frau. Selbst die Lanze, die sie trug, war schwarz. Der einzige Farbfleck an ihr war ein Abbild in Höhe ihrer Brust, das zwei gekreuzte rote Federn zeigte, auf denen ein schwarzer Schädel prangte. Das gleiche Motiv, nur viel größer, zierte auch die Heckflosse des Luftschiffes.

»Luft... Luftlinge?«, stammelte einer der Bohrarbeiter.

»Zurück, Emu«, brüllte die schwarzgekleidete Frau und schwenkte ihre Lanze in seine Richtung. Die Maske dämpfte ihre Stimme, verlieh ihr einen fernen und seltsamen Klang. »Zurück, oder ich steche zu.«

»Was habt ihr vor? Was soll das?«, fragte ein anderer Bohrarbeiter.

Der Sprecher war Magnus Uhrkraft, der Bohrmeister der Anlage, ein Mann mit breiten Schultern, großen Händen und einem muskulösen Körperbau. Alle Bohrarbeiter sahen so aus. Man musste wirklich zäh sein, wenn man beim Trostlosen Bohrloch arbeiten wollte.

Trotzdem, obwohl Uhrkraft all das war, zitterte seine Stimme, als er die Fragen stellte. Wie diejenigen, die bei ihm standen, hatte er Angst. Diese geflügelten Erscheinungen waren verwahrlost und unmenschlich. Sie waren *falsch*. Die Bohrarbeiter wussten nicht sehr viel darüber, wie Luftlinge aussahen. Die meisten waren tatsächlich noch nie in ihrem Leben einem begegnet. Was sie jetzt vor sich sahen, entsprach nicht dem, was sie erwartet hatten.

»Was das *soll?*«, fragte einer der Piraten mit einem grellen, verrückten Lachen. Seine Haare waren ein Schwall grüner Rastalocken, und seine Augen bewegten sich in ihren Höhlen wie rollende Murmeln.

»Nach was sieht's denn aus?«, wandte die unheimliche Frau in Leder sich an Uhrkraft. Sie sprach mit der unmissverständlichen Autorität und Selbstsicherheit einer Anführerin. »Wir holen uns das, was uns rechtmäßig zusteht. Was ihr Erdlinge uns von ganz allein hättet geben sollen. Und jetzt schweigt und benehmt euch. Verhaltet euch wie brave kleine Strauße. Es sei denn, ihr legt Wert auf die Erfahrung, eine Lanze in den Eingeweiden zu haben …«

Keiner der Bohrarbeiter hatte Lust darauf, diese besondere Erfahrung zu machen, und so zogen sie sich vorsichtig von der Türschwelle zurück.

Einen Augenblick später dröhnte ein Hornruf über ihnen – das Signal der *Behemoth*, dass der Überfall vorbei war und es an Bord keinen Platz mehr für weitere Beute gab. Es war Zeit zum Aufbruch.

»Vielen Dank für euer Entgegenkommen«, sagte die schwarzgekleidete Frau zu den Bohrarbeitern. »Bis zum nächsten Mal!« Und damit erhob sie sich in die Luft, gefolgt von ihren Kameraden. Der Luftling mit den grünen Rastalocken hörte nicht auf, irre zu kichern, als er sich vom Boden löste.

Die eingeschüchterten Bohrarbeiter sahen von der Türschwelle aus zu, wie die geflügelten Gestalten in der Dunkelheit verschwanden, die jenseits der Raffinerie-Lichter herrschte. Dröhnende, rhythmische Schläge erfüllten die Luft und verklangen rasch. Danach gab es nur das vertraute Rauschen des Wüstenwindes, das Knistern der über Fenster und Mauern schleifenden Sandkörner und das klagende Geheul eines entfernten Rudels von Hackerschakalen, die von dem riesigen und unvertrauten Luftschiff aufgescheucht worden waren.

»Müssten die jetzt nich eigentlich unsere Freunde sein, Bohrmeister?«, fragte einer der Bohrarbeiter schließlich. »Oder wenigstens Handelspartner.«

»Offensichtlich sind sie das nich«, antwortete Magnus Uhrkraft mit grimmiger Miene. »Schön. Ein paar von euch gehen jetzt los und sehen nach den anderen. Vergewissert euch, dass niemand verletzt worden is. Ich will eine vollständige Liste mit dem, was diese Emporgestiegenen« – er verbesserte sich –, »was diese Luftlinge mitgenommen haben. Und jemand soll ein Telegramm schicken, um das Hauptbüro über all das hier zu informieren.«

Während die Bohrarbeiter sich beeilten, seine Befehle auszuführen, rieb sich Uhrkraft besorgt über die Stirn.

»So schnell«, murmelte er. »Es is kaum ein Jahr vergangen, und schon gibt's Schwierigkeiten. Ich hätt ihnen sagen können, dass das nich hält.«

Anderthalb Tage später …

… und eine halbe Welt weiter weg sagte Lady Aanfielsdotter im Silber-Sanktuarium beinahe das Gleiche wie Magnus Uhrkraft, auch wenn ihre Formulierung etwas seltsamer klang.

»Es war klar, dass es Schluckaufs geben würde«, sagte sie.

»Schluckaufs?«, warf Farris, Lord Urironson, ein. »Wenn die Berichte auch nur halbwegs stimmen, die wir von der Erde bekommen, lässt sich das wohl kaum als *Schluckauf* klassifizieren.«

»Dann eben als eine Art schmerzhaftes Zahnen.«

»Auch das nicht, Serena. Ehrlich gesagt bezweifle ich, dass man diese Vorfälle überhaupt mit Beschwerden vergleichen kann, unter denen ein Kind leiden mag.«

»Nun, ich schon. Schließlich ist die neue Beziehung zwischen den Luftlingen und den Erdlingen sehr zerbrechlich und zart und steckt immer noch in den Kinderschuhen. Wir sollten ihnen daher mit der gleichen Sorgfalt und Toleranz begegnen, die wir einem Kind zukommen lassen würden.«

Lord Urironson schnaubte. »Kinderschuhe. Werden wir auf unsere alten Tage sentimental, Serena? Zeigen sich da mütterliche Instinkte? Dazu ist es wohl etwas spät, würde ich sagen.«

Lady Aanfielsdotter starrte ihn mit einem eisigen Blick an, aber sie unterließ es, auf die höhnische Bemerkung direkt zu antworten. Stattdessen sagte sie: »Nun, Farris, vielleicht sollten Sie uns mit Ihrer eigenen Meinung erhellen, was diese Angelegenheit betrifft.« Sie deutete auf die anderen ranghohen Bewohner des Sanktuariums, die sich in der Putzstube versammelt hatten. »Wir alle sehnen uns danach, sie zu hören.«

Lord Urironson plusterte selbstgefällig die Flügel auf. Was zur Folge hatte, dass der Putzer, der sich an ihm zu schaffen machte, abrupt einen Satz zurücksprang, um nicht einen Schlag ins Gesicht zu bekommen. Der Putzer zog verärgert einen Schmollmund und widmete sich dann wieder seiner Arbeit, indem er mit einem Lockenstab und einem feinzahnigen Kamm das Gefieder von Lord Urironson glättete.

Eine Putzstube mochte ungewöhnlich als Ort für eine gewichtige politische Diskussion wirken, aber so lief es im Silber-Sanktuarium. Das Regierungsgeschäft wurde beiläufig getätigt – ein Abendessen in der Speisehalle, eine zufällige Begegnung im Ara-Haus, ein improvisiertes Zusammenkommen bei einem Glas Wein oder während eines Spazierflugs in der Dämmerung zwischen den Turmspitzen –, obwohl an dem Inhalt dieser Treffen ganz und gar nichts Beiläufiges war. Hier wurden ernste Themen diskutiert und Lösungen zu schwierigen Problemen vorgetragen, wenngleich es von außen so aussehen mochte, als würden ein paar wenige Leute einen kleinen Schwatz halten, während sie doch in Wirklichkeit etwas ganz anderes taten.

»Ich denke«, verkündete Lord Urironson, »dass es sich um ein ausgewachsenes Desaster handelt.«

»Oh, wirklich, Farris!«

»Nein, nein, hört mir zu.«

»Könnten Sie nicht noch ein bisschen melodramatischer werden?«

»Serena, ich bestehe darauf, in Ruhe sagen zu können, was ich sagen möchte.«

»Also schön.« Lady Aanfielsdotter machte dem Putzer, der sie behandelte, ein Zeichen. Die Federn an der Spitze ihres rechten Flügels benötigten besondere Aufmerksamkeit, denn sie wurden etwas trocken, und vielleicht war ja ein bisschen Duftöl angebracht? Ja, gut.

»Es gibt viele Leute, die nicht einverstanden sind mit dem, was Ihr letztes Jahr getan habt«, sagte Lord Urironson und wies mit einem Finger vorwurfsvoll in ihre Richtung. In jüngeren Jahren war er Anwalt gewesen, und die Angewohnheiten des alten Gerichtshofes waren nur schwer abzulegen. »Sie haben etwas gegen die Art und Weise, wie Ihr Euch der Angelegenheit eigenhändig angenommen habt, indem Ihr uns vor den Erdlingen und die Erdlinge vor uns bloßgestellt habt. Sie haben das Gefühl, dass Ihr Eure Autorität überschritten habt. Ihr habt eine Tür aufgerissen, die sich nie wieder schließen lässt, und Ihr habt es getan, ohne Euch mit irgendwem vom Silber-Sanktuarium zu beraten.«

»Ich habe diese Angelegenheiten ausführlich mit Mr. Mordadson besprochen.«

»Ah, ja. Mordadson. Ich glaube kaum, dass er diesbezüglich ins Gewicht fällt. Er ist lediglich Euer Schoßfalke und darauf ausgerichtet, den Schnabel zu halten und keine Widerworte zu geben. Nein, ich spreche von uns, von Euren Kollegen. Hättet Ihr Euch dazu herabgelassen, zuerst mit uns zu sprechen, wären wir vielleicht in der Lage gewesen, Euch vor möglichen Folgen zu warnen. Folgen wie die Entstehung einer Anti-Erdling-Haltung im Reich der Luftlinge, die – wie besonders gut an einer bestimmten Himmelsstadt zu sehen ist –, sich zu mehr als nur Protest entwickelt hat.«

»Wogegen richten sich Ihre Einwände, Farris?«, erwiderte Lady Aanfielsdotter. »Gegen meine Entscheidung an sich oder gegen die Tatsache, dass Sie nicht um Rat gefragt worden sind?«

Zwei der anderen ranghohen Bewohner gluckstcn leise. Lady Aanfielsdotter hatte gut zurückgeschlagen.

»Denn Sie irren sich«, sprach sie weiter. »Ich habe lange und intensiv nachgedacht, ehe ich die Entscheidung getroffen habe, und zudem habe ich es nur getan, weil es kaum einen anderen Weg gab. Die Erdlinge hatten sich mit dem Embargo bereits bemerkbar gemacht, und zu dem Zeitpunkt, als ich persönlich in die Angelegenheiten einbezogen wurde, standen sie kurz davor, sich mit Gewalt Gehör zu verschaffen. Heliotropia war bedroht, und es war unmöglich, die Stadt zu retten, ohne in irgendeiner Weise mit den Erdlingen in Kontakt zu treten. Ohne die unverschließbare Tür zu öffnen, von der Sie gesprochen haben. Mir blieb gar nichts anderes übrig. Ich habe es Ihnen sofort danach erklärt, Ihnen allen im Rahmen einer großen Versammlung. Damals hatten Sie anscheinend kein Problem damit, und ganz sicher erinnere ich mich nicht, irgendwelche bedeutsamen Prophezeiungen vom Untergang von Ihnen gehört zu haben. Und dennoch heißt es jetzt, da wir es mit dem Protest einer kleinen Minderheit und einer einzigen aggressiv gewordenen Himmelsstadt zu tun haben: ›Habe ich es nicht gleich gesagt?‹ und ›Ihretwegen ist alles dahin‹.«

»Um der Gerechtigkeit Genüge zu tun«, flötete Alimon, Lord Yurkemison, »möchte ich darauf hinweisen, dass ein oder zwei von uns bei der großen Versammlung sehr wohl die Weisheit Eures Vorgehens in Frage gestellt haben.«

»In höchst milder Weise. Der mehrheitlichen Auffassung zufolge habe ich eine gute und notwendige Tat vollbracht.«

»Was mich verblüfft«, sagte Faith, Lady Jeduthunsdotter-Ochson, »ist, dass Ihr die *Federn vor!*-Bewegung als eine Minderheiten-Protestgruppe bezeichnet, obwohl es sie inzwischen in jeder Himmelsstadt in jedem Quadranten gibt und sie immer mehr werden. Zufälligerweise bin ich vor kurzem in Perlenstadt in einen Überfall von ihnen geraten. Was für ein Haufen! Sie haben den Verkehr auf dem gesamten Grand Concourse zum Erliegen gebracht, und die Flugpatrouille tat sich sehr schwer damit, die Gruppe aufzulösen, was mich auf den Gedanken gebracht hat, dass die Flugwächter ihrem Anliegen möglicherweise mit Symphatie begegnen.«

»Aber wirklich brisant ist die Lage in Rotturm«, sagte Lord Urironson. Er war überrascht, aber alles andere als unzufrieden, als sich herausstellte, dass sich unter seinen adligen Kameraden Verbündete befanden. Gewöhnlich waren in solchen Diskussionen immer alle mit Lady Aanfielsdotter einverstanden, und er als Einziger stellte die Stimme des Einwands dar. Dass dies jetzt nicht mehr so war, schien ihm ein Zeichen dafür zu sein, wie ernst die Situation geworden war und um wie viel schlimmer sie noch werden könnte. »Diese Fälle von Piraterie, denen zufolge Bewohner von Rotturm Überfälle auf der Erde verüben. Was ist, wenn das zu einem Auslöser wird? Wenn andere Leute diesem Beispiel folgen? Wir könnten uns am Ende in einem Krieg wiederfinden.«

»Wirklich, Farris, manchmal stellen Sie sich an wie eine

alte Frau«, sagte Lady Aanfielsdotter und verdrehte die Augen.

Lord Urironson gab einen Laut der Verstimmung von sich und errötete. Einige der anderen ranghohen Bewohner und zwei Putzer grinsten selbstgefällig. Als alte Frau bezeichnet zu werden war für einen Mann irgendwie doppelt beleidigend, wenn dies von einer Frau kam, die offensichtlich sehr alt war, aber ansonsten so gar keine altfraulichen Verhaltensweisen aufwies.

»Es kommt mir fast so vor, als würden Sie *wollen*, dass sich die Lage verschlimmert«, sprach Lady Aanfielsdotter weiter. »Als würden Sie *wollen*, dass dieses ganze Unterfangen am Ende scheitert. Aber eine solche Einstellung führt uns nirgendwohin. Abgesehen davon scheinen Sie vergessen zu haben, dass ich einen Krieg zwischen uns und den Erdlingen verhindert habe. Was bringt Sie dazu zu glauben, ich würde zulassen, dass ein anderer beginnt?«

»Das weiß ich nicht«, murrte Lord Urironson. »Vielleicht habt Ihr letztes Mal die Aufregung genossen. Vielleicht hat es Euch gefallen, und Ihr möchtet das alles noch einmal erleben.«

»Lächerlich! Was sind Sie nur für ein kompletter Zupfkopf!«

Noch während sie diese Worte ausspuckte, begriff Lady Aanfielsdotter, dass es ein Fehler war. Ihre »Alte-Frauen«-Stichelei war gut gewesen, aber »Zupfkopf« war eine viel größere Beleidigung. Sie hätte Lord Urironsons Bemerkung einfach ignorieren und sich über sie erheben sollen. Stattdessen hatte sie zu guter Letzt ihre Gereiztheit durchblicken lassen, was bedeutete, dass sie in dem Streit die Oberhand verloren hatte.

Aber sie hatte sich einfach nicht zurückhalten können. Lord Urironson hatte sie schon immer zu reizen vermocht. Diesmal jedoch hatte er es wirklich geschafft, sie zu kriegen. Vielleicht, weil Lady Aanfielsdotter trotz ihres überragenden Selbstvertrauens noch immer nicht ganz sicher war, ob sie vor einem Jahr das Richtige getan hatte. Hatte es wirklich keinen anderen Weg gegeben, als die lange bestehende Barriere zwischen den Luftlingen und den Erdlingen aufzuheben und das Verhältnis zwischen den beiden Völkern auf eine vollkommen neue Grundlage zu stellen? Hätte sich nicht doch eine elegantere Lösung finden lassen, mit geringeren und weniger weitreichenden Auswirkungen?

»Was schlagt Ihr also vor, Serena?«, wollte Pendroz wissen, Lord Luelson. Er war ein guter Freund von Lady Aanfielsdotter, und sie wusste, dass sie sich auf seine Unterstützung stets verlassen konnte. »Ich vermute, dass Ihr einen Plan habt.«

»Natürlich«, erwiderte Lady Aanfielsdotter und gewann einen Teil ihrer Autorität zurück. »Ich werde sogleich meinen Top-Mann auf die Sache ansetzen.«

Zuvor erwähnter »Top-Mann«

Mr. Mordadson stand zum Angriff bereit da, die Beine etwas gespreizt und die Flügel ausgestreckt, um das Gleichgewicht zu halten. Ein scharfer Wind fegte über den hoch gelegenen Hof und zerzauste seine Federn und die kurzen, dunklen Haare. Die Augen glitzerten hinter seiner karmesinrot gefärbten Brille wie zwei schön geschnittene Rubine.

Er hob eine Hand und klopfte mit den Fingern gegen die Handfläche der anderen – eine Aufforderung.

»Los jetzt«, sagte er zu seinem Gegner. »Genug Rumgeschnurre. Zeig, was du wirklich draufhast.«

Az schüttelte sich den Schweiß von den Augenbrauen und bewegte sich mit geballten Fäusten nach vorn. Da war Entschlossenheit in seinem geröteten Gesicht – Entschlossenheit und ein Hinweis auf etwas noch Härteres und Wilderes. Er war sich bewusst, dass einige jüngere Bewohner des Silber-Sanktuariums vom Kloster am Ende des Hofes aus zusahen. Sie waren schon seit mehreren Minuten dort. Zum Teil waren sie an dem Kampf interessiert, weil es immer spannend war, einen zu sehen, aber sie waren auch seinetwegen da, wie Az wusste. Er war ein Novum und eine Berühmtheit, selbst für das Silber-Sanktuarium. Az Gabrielson – das flügellose Wunder, das geholfen hatte, die große Veränderung herbeizuführen.

Er schottete sich von ihrer Anwesenheit ab. Hier ging es

nicht darum, für irgendwelche Zuschauer eine Schau hinzulegen. Was zählte, war sein Kampf gegen Mr. Mordadson. Dass er Mr. Mordadson nicht gewinnen ließ. Nicht schon wieder. Nur das war wichtig.

Er verringerte die Entfernung zwischen ihnen beiden und machte abrupt einen Satz. Er täuschte nach links und schwenkte in letzter Sekunde nach rechts, um mit einem nach oben gerichteten Stoß auf den Nervenknoten von Mr. Mordadsons Achselhöhle zu zielen.

Hätte der Stoß gesessen, wäre Mr. Mordadsons Arm taub und nutzlos geworden. Aber Mr. Mordadson hatte die Finte gerochen und parierte mit einem Flügel, indem er Az' Faust wegschlug. Gleichzeitig packte er Az' anderen Unterarm, woraufhin er beide miteinander kreuzte und zurückschob.

Der Schmerz war entsetzlich. Az' Handgelenk fühlte sich an, als würde es jeden Moment brechen. Er war gelähmt, sein ganzer Körper war durch den Griff, mit dem Mr. Mordadson ihn festhielt, erstarrt.

Er zwang sich, seine Aufmerksamkeit zu schärfen und den Schmerz nicht zu beachten, sondern zu *denken*. Der Griff war dazu gedacht, mehr Schmerz hervorzurufen, wenn man versuchte, dagegen anzugehen und sich herauszuwinden. Wenn man aber das Gegenteil tat und in ihn *hineinging*, war er längst nicht mehr so wirkungsvoll.

Az warf sich gegen Mr. Mordadson. Mr. Mordadson jedoch hatte auch mit diesem Manöver gerechnet und ließ im richtigen Moment los. Er schwang Az herum und wandte die Kraft seines Angriffs gegen ihn selbst. Und dann stürzte Az plötzlich mit dem Gesicht nach unten auf die Pflastersteine.

Es gelang ihm, sich zusammen- und zurückzurollen. Einen Salto schlagend, kam er locker auf die Fußballen. Der Applaus der Zuschauer, der aus der Ferne zu ihm drang, verriet ihm, dass es eine beeindruckend geschmeidige Bewegung gewesen war. Er ließ sich jedoch von ihrem Klatschen nicht ablenken, sondern wirbelte herum und wandte sich wieder Mr. Mordadson zu – *kehre einem Feind nie den Rücken zu* –, der, wie er feststellen musste, nirgendwo zu sehen war. Der Hof war leer. Wo …?

Einen Sekundenbruchteil zu spät blickte Az nach oben. Alles, was er sah, waren die auf ihn herabstürzenden Schuhe von Mr. Mordadson. Dieser landete mit seinem ganzen Gewicht auf Az' Schultern, und er sackte flach auf den Boden.

Der Angriff trieb Az die Luft aus der Lunge. Einige schreckliche Momente lang lag er auf dem Pflaster und war überzeugt, nie wieder Atem holen zu können. Er keuchte und schnappte nach Luft, aber es nützte nichts.

Schließlich begann seine Lunge wieder zu arbeiten. Er rollte sich auf die Seite. Keuchend und mit verschwommener Sicht bemerkte er Mr. Mordadsons Beine, die in sein Blickfeld traten, aber außer Reichweite stehen blieben.

»Hast du genug?«

»Gerade erst angefangen«, hustete Az zwischen zusammengebissenen Zähnen hindurch.

»Dann lass mich dir aufhelfen, damit wir weitermachen können.«

Mr. Mordadson reichte ihm die Hand, die Az etwas plump ergriff, als wäre er noch benommen. Und dann, so rasch wie ein Blitz, trat er nach Mr. Mordadsons Knöchel und stieß ihm die Füße unter den Beinen weg. Mr. Mordadson stürzte seitwärts, fing sich aber mit einem Schlag seiner ausgestreckten Flügel meisterhaft ab, so dass er den Boden nur mit einem Ellbogen streifte. Einen Moment später schwebte er fünf Meter hoch in der Luft, weit weg von der Gefahrenzone.

»Das war geschickt«, sagte er anerkennend zu Az.

»Hätte ich das nicht versucht, hätten Sie etwas Ähnliches mit mir gemacht«, erwiderte Az.

»Vollkommen korrekt. Du hast mich darin geschlagen, das ist alles. Gut gemacht. Ich sehe, du hast dich an das wesentliche Gesetz des Kampfes erinnert: Vertraue niemandem.«

»Am wenigsten Ihnen.«

Mr. Mordadson kicherte. »Am wenigsten mir. Aber jetzt im Ernst – hast du genug? Wir sind fast eine Stunde zugange.«

Müde richtete sich Az auf und klopfte den Staub von seiner Kleidung. »Ja, ich schätze, für heute habe ich genug.«

»Schön.« Mr. Mordadson landete neben ihm. »Dann gehen wir etwas trinken, damit du mir erzählen kannst, worüber du so wütend bist.«

Wütend?
Wer
ist
wütend?

»Das bist du doch«, sagte Mr. Mordadson, während er an einem Tisch in einer der offenen Cafeterien des Silber-Sanktuariums an einem Glas eisgekühltem Dattelpflaumensaft nippte. »Und zwar schon seit einigen Wochen. Ich habe es während des Trainings gemerkt. Du kommst mit diesem niederträchtigen Blick hierher, als hättest du vor, jemandem etwas anzutun.«

»Ist das nicht etwas Gutes?«, fragte Az, der ebenfalls Dattelpflaumensaft trank. »Sie haben die Notwendigkeit der Aggression immer wieder betont.«

»Ich habe *gelenkte* Aggression gemeint. Aggression mit einem bestimmten Ziel. Was ich bei dir dagegen sehe, ist eine Art ungerichteter, allgemeiner Aggression, für die dein Training mit mir ein bequemes Vehikel darstellt. Du benutzt mich als Sandsack. Versteh mich nicht falsch, Az, deine Fähigkeiten werden besser. Selbst ohne Flügel verwandelst du dich in einen beachtlichen Kämpfer. Aber trotzdem glaube ich im Augenblick nicht, dass du mit deinen Gedanken vollständig bei der Sache bist. Ich habe dich heute ziemlich leicht geschlagen.«

»Und mich zum Schluss betrogen. Sie sind geflogen.«

»Ich habe nur die Vorteile genutzt, die sich mir bieten. Jeder geflügelte Gegner hätte das Gleiche getan.«

»Aber wir hatten Regeln vereinbart.«

»Du glaubst doch wohl nicht, dass sich alle Gegner, gegen die du antrittst, an *Regeln* halten, oder? Also komm schon. Willst du mir jetzt erzählen, was los ist?«

Eine Weile sagte Az nichts. Die Stille, die zwischen ihm und Mr. Mordadson entstand, wurde von den Geräuschen der Cafeteria überlagert: dem Geplauder der Bewohner und Angestellten des Silber-Sanktuariums, dem Klirren von Glas und Geschirr, dem gelegentlichen Flügelschlagen, wenn jemand etwas besonders betonen wollte oder sich der Meinung eines anderen heftig widersetzte.

»Es ist kompliziert«, sagte Az schließlich.

Mr. Mordadson nickte. »Es geht um Cassie, ja?«

Az konnte seine Überraschung nicht verbergen. »Woher ...?«

»Das ist nicht besonders schwer. Wenn ein Siebzehnjähriger vor etwas Angst hat und nicht darüber sprechen will, liegt in neun von zehn Fällen der Grund in Schwierigkeiten mit einem Mädchen. Abgesehen davon bin ich nicht dumm. Ich weiß, wie schwer es für euch beide ist. Wie lange ist es her, dass ihr das letzte Mal zusammen wart? Einen Monat?«

»Länger. Fast sechs Wochen.«

»Bist du nach unten gegangen, oder ist sie hochgekommen?«

»Sie ist hochgekommen.«

»Und wie lange hat der Besuch gedauert? Eine Stunde?«

»Wenn überhaupt.«

Mr. Mordadson breitete die Hände aus, als wollte er verkünden: *Was habe ich gesagt?* »Es war von Anfang an klar, dass es nicht leicht werden würde, eine bedeutungsvolle und ernsthafte Beziehung mit einem Erdling zu führen, Az. Du musst gewusst haben, dass es Hindernisse geben würde, die überwunden werden müssen. Wozu nicht zuletzt gehört, dass du dich jedes Mal akklimatisieren musst, wenn du runter auf die Erde gehst, und Cassie nicht richtig atmen kann, wenn sie hochkommt. Tatsächlich ist es eigentlich unvorstellbar, dass ihr beiden irgendwelche langfristigen Aussichten als Paar habt.«

»Oh, danke für die Ermutigung.«

»Ich sage dir nur, wie es aussieht.«

»Ich weiß, ich weiß«, erwiderte Az. »Tatsächlich hat Michael vor ein paar Tagen so ziemlich das Gleiche gesagt. ›Mach dir nichts vor, Az, die Liebe ist wirklich was Tolles, aber drei Kilometer Höhe sind schon eine stolze Kluft, die ihr da überbrücken müsst.‹«

»Dein Bruder hat Talent zu farbenfrohen Formulierungen.«

»Aber …«

»Aber?«

Az veränderte die Position von Kopf und Nacken, als würden seine Schultern von einer unbequemen Last niedergedrückt werden. »Das ist nicht alles. In der letzten Zeit habe ich das Gefühl, dass Cassie sich von mir zurückzieht. Als wäre sie nicht interessiert daran, mich zu sehen. Es sind kleine Dinge. Zum Beispiel ist es unangenehm, wenn wir uns unterhalten. Wir wissen nicht, worüber wir sprechen sollen. Ich gebe mir Mühe und mache einen Witz, aber sie lacht nicht. Ich gebe mir Mühe und berühre sie, aber sie weicht vor mir zurück. Als ich das letzte Mal in Bittertal war, hatte ich wirklich den Eindruck, als könnte sie es nicht erwarten, dass ich wieder aufbreche. Ich weiß, dass sie Probleme mit ihrem Vater hat und es für ihre Familie schwer ist, über die Runden zu kommen. Ich weiß, dass das Leben für sie im Augenblick nicht gerade zum Lachen ist. Aber trotzdem …«

Für einen kurzen Moment fragte sich Az, wieso er Mr. Mordadson das eigentlich erzählte. Es waren persönliche Angelegenheiten, und sie waren befreundet, ja, aber nicht besonders eng. Vor allem waren sie jetzt dank des wöchentlichen Kampftrainings Meister und Schüler. Das verlieh ihrer Beziehung ein gewisses Maß an Formalität. War es richtig, dass er Mr. Mordadson sein Liebesleben anvertraute?

Aber Mr. Mordadson hatte gefragt, und sein Interesse schien aufrichtig zu sein. Und irgendwie tat es auch gut, darüber zu reden.

»Und dann ist da Michaels Hochzeit.«

»Oh, ja. Übermorgen, wenn ich mich nicht irre«, sagte Mr. Mordadson. »Was ist damit? Hast du deine Rede als Trauzeuge noch nicht geschrieben? Ist es das?«

»Nein, nein. Es sind die Greifthalers. Sie sind eingeladen worden, und ich hoffe auch, dass sie es irgendwie schaffen, verstehen Sie, trotz der ganzen Prozedur, zu den Fahrstühlen in Himmelshaven zu kommen, die Atemapparate zu benutzen und all die anderen praktischen Schwierigkeiten hinter sich zu bringen. Offen gestanden würde es mich wundern, wenn sie das schaffen. Aber ich hoffe es. Die Sache ist, dass ich nicht einmal Bescheid weiß, ob sie kommen wollen oder nicht. Als Cassie das letzte Mal hier oben war, habe ich sie eingeladen, aber sie hat nur mit den Schultern gezuckt und gesagt, dass sie vielleicht kommen würden, vielleicht aber auch nicht, und dass es nicht an ihr wäre, darüber zu entscheiden. Begeisterung? Nicht viel. Wir haben einen Sonnenbogen gesehen, und ich hatte das Gefühl, als wollte sie nur darüber sprechen.«

»Nun, wie du gesagt hast, das sind die praktischen Schwierigkeiten.«

»Mr. Mordadson?«, fragte eine Stimme hinter Az. Eine Stimme, die er gut kannte.

Mr. Mordadson blickte auf. Az sah sich um.

Es war Aurora Jukarsdotter, Lady Aanfielsdotters persönliche Assistentin und Michaels Verlobte.

Ihre Miene hätte nicht grimmiger aussehen können.

Vorladung

Aurora neigte ihre Flügel kurz in Az' Richtung, um ihm mitzuteilen, dass sie ihn gesehen hatte, aber auch, um anzudeuten, dass sie ihn unter anderen Umständen herzlicher begrüßt hätte.

Az nickte seiner zukünftigen Schwägerin zu.

»Ich bin hier, um Sie zu holen«, sagte Aurora zu Mr. Mordadson. »Sie sollen sofort in Lady Aanfielsdotters Büro kommen.«

»Das dachte ich mir. Etwas Ernstes?«

Aurora antwortete nicht, was so viel bedeutete wie ja.

»Ich vermute, es hängt mit Rotturm zusammen.«

Wieder kam keine Antwort von der stets professionellen Aurora.

Mr. Mordadson erhob sich. »Die Pflicht ruft. Az? Es war mir wie immer ein Vergnügen, dir ein paar blaue Flecken verpassen zu dürfen. Nächste Woche, gleiche Zeit.«

Aurora breitete die Flügel aus und stieß sich in die Luft ab, ohne einen Blick zurückzuwerfen.

Mr. Mordadson machte Anstalten, ihr zu folgen, aber dann hielt er noch einmal inne, lehnte sich zurück und murmelte Az rasch ein paar Worte aus dem Mundwinkel zu. »Vielleicht aber auch schon früher, wenn es dir möglich ist.«

Az' spontaner Gedanke, während er zusah, wie Mr. Mordadson sich zu Aurora in die Lüfte erhob, war: *Rotturm? Was ist mit Rotturm?*

Sein nächster Gedanke war: *Vielleicht aber auch schon früher. Was meint er damit?*

Er rätselte über Mr. Mordadsons letzte Bemerkung. Hatte Mr. Mordadson ein zusätzliches Training gemeint, das früher stattfand als erst in einer Woche, wie es üblich war? Ging es darum?

Nein, die Art und Weise, wie er es gesagt hatte, und auch die Betonung ließen mehr vermuten.

Sie deuteten auf einen Hinweis.

Eine Herausforderung.

Plötzlich musste Az an ein Gespräch denken, das nicht lange nach den Ereignissen bei Bittertal stattgefunden hatte, als Mr. Mordadson zum ersten Mal erklärt hatte, dass er bereit wäre, Az im Nahkampf auszubilden.

»Du fragst dich, ›Wieso ich?‹«, sagte Mr. Mordadson. »›Wie-

so sollte ein hochrangiger Emissar vom Silber-Sanktuarium sich bei seinem bemerkenswert vollen Terminplan die Zeit nehmen, einem Jugendlichen alles beizubringen, was er über Selbstverteidigung und die schöne Kunst weiß, Leute zu vermöbeln?‹«

»So in etwa«, sagte Az.

»Aus einem Grund: weil du keine Flügel hast und weil bei einer Person ohne Flügel die Gefahr besteht, dass man auf ihr herumhackt.«

»Ich bin bisher ganz gut zurechtgekommen. Ein paar Leute haben mir abfällige Bemerkungen zugeworfen, aber« – Az zuckte mit den Schultern – »was soll's? Es beweist nur, was für Schwachköpfe sie sind. Das heißt nicht, dass ich nicht in Kämpfe verwickelt war, aber ...«

»Genau«, sagte Mr. Mordadson. »Wir alle wissen von deinem hitzigen Temperament. Aber es könnte sein, dass du irgendwann mal mehr brauchen wirst als nur die Bereitschaft, schwungvoll aus der Sache rauszukommen. Du brauchst vielleicht die Fähigkeit, deine Wut zurückzuhalten, um dich vor echtem Schaden zu bewahren. Ein anderer Grund: Die Art und Weise, wie du dich während dieser jüngsten Krise verhalten hast, von Anfang an, hat mich beeindruckt. Und ich bin, wie du weißt, kein Mann, der sich leicht beeindrucken lässt. Du hast Mut und Integrität, was seltenere Eigenschaften sind, als du denken magst. Du hast auch einen Funken in dir, Az, ein schwaches Glimmen von etwas, das, wie ich glaube, mit der richtigen Ermutigung in eine echte Flamme verwandelt werden kann.«

»Was meinen Sie damit?«

»Das wirst du noch sehen. Abgesehen davon, wenn du ehrlich bist – was hast du sonst für Pläne für dein Leben?«

»Ähm ... ich dachte daran, Kapitän Qadoschson zu fragen, ob ich nicht auf seinem Luftschiff als Pilot unterkommen kann. Sie wissen schon, um mich richtig einarbeiten zu lassen.«

»Sehr löblich. Und ansonsten?«

»Ansonsten ist da noch die Schule.«

»Ein paar Jahre noch. Und dann?«

»Weiß ich nicht.«

»Genau. Az, ich biete dir eine Gelegenheit, für die jeder gewöhnliche Mann auf der Straße sich die Hälfte seiner Federn ausreißen würde. Obwohl ich zugeben muss, dass ich auch ein eigennütziges Interesse habe. Ich möchte gern herausfinden, ob ich meine Kampftechniken auch auf jemanden übertragen kann, der nicht fliegen kann. Das wäre eine Herausforderung.«

»Nun, solange Sie etwas davon haben«, sagte Az.

Mr. Mordadson warf ihm ein halbes, blitzendes Lächeln zu. »Versprich mir, dass du darüber nachdenken wirst.«

Az hatte es versprochen, und er hatte tatsächlich darüber nachgedacht und war zu dem Schluss gekommen, dass er nichts zu verlieren hatte, wenn er ein paar Kampftechniken lernte, obwohl er bezweifelte, dass er sie jemals würde anwenden müssen. Was ihn an dem Angebot gereizt hatte, war die Tatsache, dass es so aussah, als wollte Mr. Mordadson es nicht dabei belassen, ihm beizubringen, wie er sich in einem Kampf verhielt. Da war noch mehr, als wären die Kampftechniken nur eine erste Stufe, der, wenn sie gut verliefen, andere Lektionen in anderen Fertigkeiten folgen würden.

Was diese anderen Fertigkeiten sein mochten, darüber war Az sich nicht wirklich im Klaren. Aber er vermutete, dass Mr. Mordadson ihn auf eine Rolle als Emissär beim Silber-Sanktuarium vorbereiten wollte, wie er selbst einer war. Das war sicherlich das, was er gemeint hatte mit der Gelegenheit, für die jeder gewöhnliche Mann sich die Hälfte seiner Federn ausreißen würde.

Was Az zu der Überzeugung kommen ließ, dass Mr. Mordadson ihm gerade eben eine Anweisung hatte zukommen lassen – »wenn es dir möglich ist«. Mr. Mordadson sagte ihm, dass er mitkommen sollte. Er trug ihm auf, einen Weg zu finden, auf dem er aus eigener Kraft zu Lady Aanfielsdotters Büro gelangte, um dann still und heimlich ihrer Unterredung zu lauschen.

Wirklich?

Az schüttelte den Kopf. Nein, er bildete sich etwas ein.

Aber wieso hätte Mr. Mordadson sonst diese Bemerkung so deutlich aussprechen und auch noch so leise sagen sollen, dass Aurora es nicht hören konnte? Welche andere Erklärung konnte es dafür geben?

Az stand auf, setzte sich wieder hin und stand erneut auf, diesmal endgültig. Er reckte entschlossen das Kinn.

Mr. Mordadson wollte, dass er sich bewies? Er wollte, dass er zeigte, dass er die Nerven und die Gerissenheit besaß, eine private Unterhaltung zwischen zwei Elite-Mitgliedern des Silber-Sanktuariums zu belauschen?

Also gut, er würde es tun. Er würde sich sofort auf den Weg zu Lady Aanfielsdotters Büro machen.

Da war nur ein kleines Problem.

Wie?

Wie?

Um zu Lady Aanfielsdotters Büro zu gelangen, das sich auf der anderen Seite des Silber-Sanktuariums befand, würde Az eine Reihe von Brücken und Gehwegen benutzen müssen, ganz zu schweigen von Treppen. Zu Fuß war es eine lange und mühsame Reise, und wenn er dann endlich sein Ziel erreicht hätte, würde das Treffen zwischen Mr. Mordadson und Lady Aanfielsdotter sicher so gut wie vorüber sein.

Und selbst wenn es ihm gelang, rechtzeitig dort einzutreffen, konnte er ihr Gespräch nicht durch die Bürotür hindurch belauschen, denn zwischen ihm und dem Korridor befand sich das Vorzimmer, in dem Aurora arbeitete. Die einzige Möglichkeit war der Balkon außerhalb des Büros.

Das Büro befand sich fast auf der Spitze eines der höchsten Türme des Silber-Sanktuariums. Die Turmseiten bestanden aus glattem Metall. Es war unmöglich, dort hinaufzuklettern. Ebenso konnte er auch kaum jemanden bitten, ihn hochzubringen. Az konnte sich die Reaktion lebhaft vorstellen, wenn er irgendeine willkürliche Person ansprach und bat, ihn zum Balkon des Büros zu fliegen, und dann seinerseits gebeten wurde, seine Gründe dafür zu nennen. *Warum? Oh, nun ja, wissen Sie, ich wollte nur da draußen sein, um mitzukriegen, wie Lady Aanfielsdotter Mr. Mordadson über eine anscheinend wichtige Angelegenheit in Kenntnis setzt. Nur deshalb. Es wäre einfach nett, wenn Sie es mir ermöglichen könnten, dabei in Ihren Armen zu liegen.* So etwas würde schlichtweg nicht gehen.

Allerdings …

Unzählige Fensterscheiben schmückten das Silber-Sanktuarium, bemalt mit diversen Motiven. Einige davon bildeten berühmte Anführer der Vergangenheit ab, andere zeigten bekannte historische Ereignisse, und wieder andere boten einfach nur abstrakte Muster und waren großartige Kaleidoskope von sprühenden und wirbelnden Farben. Um die Fenster stets funkelnd und sauber zu halten, war ständig ein ganzes Heer von Fensterputzern im Einsatz, die mit Tüchern und Seifenwasser bewaffnet den Fenstern zu Leibe rückten.

Natürlich hätte es die Fensterputzer übermäßig ermüdet, wenn sie beim Schrubben und Blankputzen der Scheiben den ganzen Tag in der Luft hätten schweben müssen. Um Energie zu sparen, saßen sie beim Arbeiten in Schlingen, die an mit Helium gefüllten Ballons hingen.

Und genau in diesem Augenblick machten einige der Fensterputzer in der Cafeteria eine Teepause, während ihre Ballons nicht weit davon entfernt angebunden waren.

Das war die Antwort. Mit einem Schlag hatte Az beide Probleme gelöst.

Nachdem er einmal einen Plan hatte, machte er sich rasch an die Umsetzung, ehe der allgemeine Menschenverstand den Finger heben konnte. Es war eine ungesund riskante Idee. Aber er stand noch unter dem Adrenalineinfluss des Trainings, und er empfand seine draufgängerische Stimmung als ziemlich befriedigend. Gedanken an Cassie brodelten in seinem Hinterkopf. Er stellte fest, dass dies auf eine verdrehte Weise auch eine Möglichkeit war, ihr zu zeigen, dass ihm nichts ausmachte, was zwischen ihnen stand. Kümmerte ihn ihre zunehmende Kühle? Nein. Sie kümmerte ihn derart wenig, dass er sich nur zu gern an etwas so Bescheuertes wagte, wie einem Fensterputzer den Ballon zu stehlen und mit ihm durch die Verbindungsstraßen des Silber-Sanktuariums zu fliegen.

Die Ballons waren in einer Reihe am Geländer der Plattform befestigt, die die Cafeteria beherbergte. Sie stießen in der Brise sanft gegeneinander.

Az warf einen verstohlenen Blick auf die Fensterputzer. Sie hockten um einen Tisch, steckten die Köpfe zusammen und waren offensichtlich versunken in das, was einer von ihnen gerade erzählte. Alle anderen Gäste der Cafeteria waren ebenfalls mit sich selbst beschäftigt. Niemand sah in seine Richtung.

Az kletterte über das Geländer und glitt in den Tragriemen des Ballons, der ihm am nächsten war. Der Ballon sank etwas ab, als er ihn mit seinem Gewicht beschwerte. Er löste das Seil vom Geländer und stieß sich von der Plattform ab. Mit leicht hüpfenden Bewegungen entfernte sich der Ballon, sank noch etwas tiefer, ehe er vom Auftrieb erfasst wurde und wieder anstieg. Az wartete förmlich darauf, von weiter oben Schreie zu hören: *He! Das ist mein Ballon! Was hast du damit vor?* Aber es kam nichts. Eine Luftströmung erfasste den Ballon und führte ihn noch weiter weg.

Er hatte sich auf den Weg gemacht.

Die Konsequenzen einer nicht ganz durchdachten Idee

Etwa eine Minute lang war Az von tiefer Heiterkeit erfüllt. Er verschwendete keinen Gedanken daran, dass er in der Luft hing und lediglich von einem Ballon von zwei Metern Durchmesser gehalten wurde. Auch der tiefe Abgrund unter ihm störte ihn nicht. Hundert Meter weiter unten befand sich ein Platz in Form eines Hammers, und noch fünfzig Meter weiter kam eine kleine Kuppel, der schließlich ein Gehweg folgte, bevor es nichts mehr gab außer leerer Luft, bis dann irgendwann die Wolkendecke kam. All dies bemerkte er kaum. Er gab sich zu sehr der Freude über seine eigene Kühnheit hin, gratulierte sich zu sehr zu seinem Erfolg, dass er es geschafft hatte, sich mit dem Ballon auf und davon zu machen, ohne daran gehindert und ergriffen zu werden. Er hielt die Seile fest, die die Schlinge mit dem Ballon verbanden, und trieb von der Cafeteria weg, genoss es, sich von der Brise dahintragen zu lassen.

Etwa eine Minute später begannen erste Befürchtungen aufzutauchen, eine erste Ahnung, dass er die Idee möglicherweise nicht ganz so gut durchdacht hatte, wie er es hätte tun sollen.

In diesem Augenblick nämlich wurde er von einer heftigen Luftströmung erfasst, die von der Seite kam. Sie trieb den Ballon auf den Turm zu, und wäre die Luftströmung nicht genauso schnell versiegt, wie sie gekommen war, hätte es einen Zusammenstoß gegeben. Az verfehlte den Turm nur um wenige Zentimeter. Ein Storchenpaar, das in der Nähe der Turmspitze brütete, kreischte protestierend und hackte mit den Schnäbeln nach ihm.

Az stieß ein nervöses Lachen aus. Das wäre beinahe ins Auge gegangen! Allerdings war das Lachen nicht sehr überzeugend, nicht einmal in seinen eigenen Ohren. Und wie er feststellte, hielt er die Seile des Tragesitzes nicht mehr einfach in den Händen, sondern klammerte sich regelrecht an sie.

Allmählich dämmerte ihm, dass der Ballon in der Tat eine praktische Angelegenheit und ein gutes Transportmittel war, wenn man über die Mittel verfügte, ihn zu lenken. Die Fensterputzer setzten ihre Flügel als Antrieb und Ruder ein. Was das betraf, befand sich Az entschieden im Nachteil. Was blieb ihm also?

Sein Verstand raste. Visionen blitzten vor ihm auf, wie er hilflos hin und her geschleudert wurde, bis er schließlich gegen ein Gebäude prallte und starb. Oder wie ihn der Wind ganz aus dem Silber-Sanktuarium herausbeförderte und mit kraftvollen Böen wer-weiß-wie-weit-und-wer-weiß-wohin stieß.

Wieder ergriff eine scharfe und heftige Luftströmung den Ballon, und erneut wurde Az herumgewirbelt. Die Zentrifugalkraft schleuderte den Tragesitz – und damit Az, der darauf saß – nach außen. Er stieß gegen das Geländer eines vorstehenden Balkons, was wehtat, aber den

Vorteil hatte, dass der Ballon sich nicht mehr weiterdrehte. Mit aufgeschürften und pochenden Schienbeinen stieß Az sich vom Geländer ab, inzwischen ganz und gar nicht mehr erheitert.

Er musste diese Reise beenden. Es war wahnsinnig gewesen, sie überhaupt begonnen zu haben. Diese ganze Sache war ein Fehler. Er begann sich zu fragen, ob er Mr. Mordadsons Bemerkung tatsächlich richtig verstanden hatte, und selbst wenn dem so war, welchen Wert das noch hatte, wenn er dabei getötet wurde …

Der Ballon nahm Geschwindigkeit auf. Er zog Az hinter sich her, beinahe fröhlich, als würde er die zunehmende Panik seines Passagiers genießen. Weitere Türme des Silber-Sanktuariums fegten beiderseits an ihm vorbei, schneller und schneller.

Denk nach, Az!

Und Az dachte nach.

Er hing an einem Ballon. Auf eine höchst grundlegende Weise war das kein großer Unterschied zu der Steuergondel der *Cerulean*. Az begleitete Kapitän Qadoschson und seine Crew im Schnitt einmal pro Monat in dem ehemaligen Truppentransporter und lernte jedes Mal ein bisschen mehr über die Luftschifffahrt und das Navigieren in der Luft. Letztendlich war die *Cerulean* auch nur ein großer Ballon mit Propellern. Er wusste, wie er sie fliegen musste. Sicherlich musste er dann auch wissen, wie man *diesen* Ballon flog.

Ein Ein-Personen-Luftschiff. Das war es, was er in dem Ballon sehen sollte.

Er raste an der Spitze eines weiteren Turms vorbei und

entging nur um Haaresbreite der Gefahr, von ihr aufgespießt zu werden. Dann spürte er, wie er an Höhe gewann. Die Luftströmung, die ihn erfasst hatte, befand sich im Aufwind. Vielleicht würde er ganz hinauf in die Stratosphäre getragen werden, wenn er die Situation nicht rechtzeitig in den Griff bekam.

Ein Ein-Personen-Luftschiff …

Er zog kräftig an dem Seil rechts von ihm. Der Ballon reagierte und neigte sich in die entsprechende Richtung.

Ja!

Er zog es weiter nach unten, drehte sich mehr und mehr herum.

Dann lehnte er sich zurück und streckte die Beine.

Auch das funktionierte. Und auf einmal stieg er gar nicht mehr so schnell nach oben. Er hatte, in den Begriffen der Luftschifffahrt, die Kontrolle über das Ruder zurückgewonnen.

Und jetzt: Er legte sich schräg. Der Ballon drehte entsprechend ab.

Ein menschliches Ruder.

Ein paar weitere Manöver, ein paar weitere Versuche und Fehlschläge, und Az beherrschte sein Gefährt. Er war der Laune des Windes nicht mehr ausgeliefert. Er hatte jetzt das Kommando.

Er machte einen Sturzflug. Scherte aus. Lavierte in die Brise. Stieg auf. Sank. Mit einem Riss an dem Ballon hier, einem Zurechtrücken seines Körpers da, war er in der Lage, sich in die Richtung zu lenken, in die er schweben wollte.

Schon bald machte er sich auf den Weg zu Lady Aanfielsdotters Büro. Sein Kurs führte ihn an zwei Bewohnern des Silber-Sanktuariums vorbei, die mit gesetzten Flügelschlägen an ihm vorbeiflogen. Er winkte ihnen fröhlich zu. Sie verrieten eine klassische Spätzündung, sahen ihn zunächst ohne großes Interesse an, ehe sich Verblüffung in ihren Mienen zeigte. Az lenkte seinen Ballon weiter und grinste.

Vor ihm erhob sich der Turm. Gleich außerhalb von Lady Aanfielsdotters Büro befand sich ein breiter, halbkreisförmiger Balkon. Auf ihn hielt Az zu. Die Bürofenster standen weit offen. Gazeartige Vorhänge bauschten sich nach außen. Im Innern sah Az für einen kurzen Moment die ranghöchste Bewohnerin des Silber-Sanktuariums persönlich und Mr. Mordadson. Der Balkon war jetzt unter seinen Füßen. Er glitt aus dem Tragesitz und ließ die Seile los, landete sanft und auf allen vieren auf dem Balkon. Der Ballon schoss nach oben und raste in den Himmel hoch. Wie sollte er wieder von hier wegkommen? Az wusste es nicht, und es spielte auch keine Rolle. Jetzt war nur wichtig, dass er es bis zu seinem Bestimmungsort geschafft hatte.

Er wartete, hielt den Atem an und versuchte herauszufinden, ob man ihn bemerkt hatte.

Lady Aanfielsdotter und Mr. Mordadson unterhielten sich weiter, ohne sich umzublicken.

Az kroch näher an die Fenster heran.

Die Stimmen wurden deutlicher.

Az verbarg sich hinter einer Gruppe von eingetopften Pampas-Gräsern und lauschte.

»Piraterie?«, fragte Mr. Mordadson.

»Nun, als was würden Sie es sonst bezeichnen?«, fragte Lady Aanfielsdotter.

»Ich bestreite nicht, dass es technisch gesehen der richtige Ausdruck ist, Mylady. Aber indem man es als Piraterie bezeichnet, erhält die Sache einen gewissen Glanz, während es sich doch um nichts weiter als gewöhnlichen Diebstahl handelt. Dies war also ihr dritter Überfall?«

»Es hat drei gegeben, von denen wir wissen. Es könnten auch mehr sein. Es ist schwierig, präzise Daten von der Erde zu erhalten.«

»Drei sind genug. Tatsächlich sind es bereits drei zu viel.«

»Dem stimme ich zu.«

»Und sie terrorisieren auch die Erdlinge.«

»Das ist für mich der schwerwiegendste Aspekt der ganzen Angelegenheit«, sagte Lady Aanfielsdotter. »Diebstahl ist schon schlimm genug, aber Leben zu bedrohen – das übersteigt die Grenze bei weitem. Es ist ein Wunder, dass bisher noch niemand verletzt worden ist, was, wie ich glaube, nur eine Frage der Zeit ist. Umso mehr Grund, Mr. Mordadson, die Angelegenheit zu bereinigen, und zwar zügig.«

»Dem stimme ich zu, Mylady. Ich habe darauf gewartet, dass Ihr mich einbeziehen würdet.«

»Was diese Piraten tun, stellt alles in Frage, was wir Luftlinge wertschätzen«, sprach Lady Aanfielsdotter weiter. »Es verspottet unsere Überzeugungen und unsere Bestrebungen. *Und* es birgt die Gefahr, dass all das zunichtegemacht werden könnte, was wir im vergangenen Jahr zustande gebracht haben – den Bilateralen Vertrag, der die Beziehungen mit den Erdlingen auf eine neue Grundlage stellt, indem er dem Handel mit ihnen gegenüber dem bloßen Erhalt von Vorräten den Vorrang gibt. Ich werde mir das nicht zerstören lassen!« Sie schlug ihre Flügel mit den Rückseiten aneinander. »Ganz sicher nicht.«

»Natürlich habt Ihr den Beamten von Rotturm Eure Besorgnis mitgeteilt.«

»Natürlich, in eindeutigen Worten in einem Brief.«

»Ohne Erfolg.«

»Sie behaupten, sie wären sich keinerlei Unrechts bewusst.«

»Das behaupten sie.«

»Ganz genau.«

»Und die Piraten haben ein Luftschiff«, sagte Mr. Mordadson nachdenklich. »Was schon für sich ein Rätsel ist. Wo haben sie das her? Wo haben sie es gefunden?«

»Wer kann das wissen? Ist es wichtig? Für mich geht es vor allem darum, dass das hier ein Ende nimmt. Endgültig.«

»Ihr möchtet, dass ich nach Rotturm gehe und die Situation bereinige.« Es war keine Frage – Mr. Mordadson bestätigte nur die Befehle, drückte in klaren Worten aus, was von ihm erwartet wurde.

»Ja.«

»Darf ich dann fragen, mit welcher Autorisierung ich das tun kann?«

Eine Pause trat ein, während Lady Aanfielsdotter nachdachte. »Welche glauben Sie zu benötigen?«

»Irgendeine, die Rotturm entspricht – der Ort ist seit langem ein Stachel in unserem Fleisch, eine Beleidigung für das gesamte Luftling-Volk. Ich bin nicht überrascht, dass die Piraten von dort kommen. Wenn eine Himmelsstadt schon solche Verbrecher ausbrütet, dann konnte es nur Rotturm sein.«

»Was bedeutet?«

»Was bedeutet, Mylady, dass ein Exempel statuiert werden sollte. Rotturm muss eine Lektion erhalten, zum Wohle aller, unserem eigenen und dem der Erdlinge. Eine Lektion, die weder dort noch sonstwo irgendjemand so schnell vergessen wird. Wir müssen ihnen zeigen, dass wir nicht die geringste Toleranz gegenüber solchem Verhalten haben. Ansonsten ...«

Lady Aanfielsdotters Stimme klang düster. »Ich verstehe, was Sie meinen.«

»In der Tat. Ich bitte darum, volle Entscheidungsfreiheit bezüglich meiner Handlungen zu erhalten.«

»Ja. In Ordnung. Einverstanden.«

»Eingeschlossen höchste Billigung.«

»Ich bezweifle, dass das nötig sein wird.«

»Mit dem größten Respekt, aber ich bin anderer Meinung.«

»Höchste Billigung?«

»Höchste Billigung.«

Wieder ließ Lady Aanfielsdotter eine Pause entstehen, diesmal eine lange. »Nun, wenn Sie es für absolut nötig halten.«

»Das tue ich. Also, was immer geschieht, was immer ich tue, Ihr werdet mir den Rücken freihalten?«

»Ja. Ja, das werde ich.«

Mr. Mordadson klang zufrieden. »Ich danke Euch, Mylady. Das ist alles, was ich hören wollte.«

Die Erlaubnis, nicht um Erlaubnis fragen zu müssen

Einige Momente später betrat Mr. Mordadson den Balkon, während Lady Aanfielsdotter an ihrem Schreibtisch zurückblieb. Er stand eine Weile da, die Hände hinter dem Rücken und unter den Flügeln verschränkt. Es sah aus, als würde er die Aussicht genießen. Strahlendes Blau erstreckte sich bis zum Horizont, wo es auf die sahnefarbene Wölbung der Wolkendecke stieß. Die Türme des Silber-Sanktuariums leuchteten.

Az blieb in seinem Versteck hinter den Topfpflanzen. Sollte er rauskommen? Oder sollte er sich verborgen halten, bis Mr. Mordadson gegangen war?

Bevor er irgendeine Entscheidung treffen konnte, drehte Mr. Mordadson den Kopf in seine Richtung und sah genau dorthin, wo er hockte. Az zuckte zusammen. Mr. Mordadson legte einen Finger an die Lippen und nickte leicht in Richtung des Büros. Az nickte zurück. Mr. Mordadson ging in lässiger Haltung zu den Topfpflanzen mit den Pampas-Gräsern. Dann packte er Az mit einer geschmeidigen Bewegung bei den Handgelenken und trat gleichzeitig über den Rand des Balkons. Nachdem sie zehn Meter im Sturzflug nach unten gefallen waren, ging Mr. Mordadson in den Gleitflug über.

Als sie ein gutes Stück außer Sicht- und Hörweite von Lady Aanfielsdotter waren, sprach er.

»Also, wie viel hast du mitbekommen?«

»Alles von der Piraterie an«, antwortete Az.

»Hervorragend. Dann weißt du das meiste, und ich muss dir nicht alles von Anfang an erklären.«

»Also wollten Sie wirklich, dass ich lausche? Das war der Plan?«

»Ich dachte eigentlich, das hätte ich ziemlich deutlich gemacht.«

»Nun, das haben Sie getan, vermute ich. Ich war mir nur nicht sicher, warum. Und ich weiß es immer noch nicht.«

»Wie ich schon sagte, zum Teil, um mir die Mühe zu ersparen, dir später alles erklären zu müssen. Ich bin faul, was das betrifft. Vor allem aber war es ein Test, um herauszufinden, ob du die Initiative ergreifen und aus eigener Kraft zu Lady Aanfielsdotters Büro kommen würdest. Und das hast du getan, also meinen Glückwünsch, was das betrifft. Mit einem Ballon der Fensterputzer, richtig?«

»Sie haben mich gesehen.«

»Nein. Aber die Ballons waren bei der Cafeteria. Es schien mir die offensichtliche Methode zu sein. Es ist das, was ich an deiner Stelle getan hätte. Allerdings hatte sie den Nachteil, wie du herausgefunden hast, dass du den Ballon loswerden musstest, nachdem du den Balkon erreicht hattest. Du konntest ihn nicht bei dir behalten. Wäre etwas so Großes vor dem Fenster herumgehüpft, hätte das deine Anwesenheit verraten. Also, erzähl mir, wie du von dem Balkon wieder runterkommen wolltest? Was wäre gewesen, wenn ich nicht zu dir rausgekommen wäre?«

»Keine Ahnung.«

»Das dachte ich mir. Du hast dir keine Rückzugsstrategie überlegt. Das ist schlecht. Du darfst niemals auf eine Rückzugsstrategie verzichten, Az. Du musst immer einen Schritt über dein direktes Ziel hinausdenken.«

Mr. Mordadson neigte die Flügel nach rechts. Er tauchte ein bisschen zu weit zur Seite und berichtigte die Lage mit einem Ächzen, das von seiner Anstrengung kündete. Das zusätzliche Gewicht, das er jetzt trug, beeinflusste seinen Gleichgewichtssinn.

Als er sich wieder ausbalanciert hatte, schwebten er und Az um die Hängenden Gärten herum, auf deren vielen Terrassen sich Blumen ergossen wie Champagner aus Sektkelchen. Es gab so viele Blüten, die noch dazu so bunt leuchteten, dass ihr Anblick fast in den Augen schmerzte. Man musste blinzeln, um ihre Schönheit ertragen zu können.

»Wenn ich wissen sollte, was Lady Aanfielsdotter Ihnen erzählt hat«, sagte Az, »dann wollen Sie offenbar, dass ich auf irgendeine Weise in die Sache einbezogen werde. Es sei denn, Sie wollen lediglich meine Meinung über Piraten hören.«

»Die da wäre?«

»Ziemlich die gleiche wie Ihre. Diebstahl bleibt Diebstahl, wie immer man es benennt. Aber Piraterie? Heutzutage findet man sie nur noch in Geschichtsbüchern und Romanen.«

»Diese Leute aus Rotturm scheinen die alte Tradition wiederbelebt und mit einer neuen Wendung versehen zu haben. Statt andere Luftlinge zu bestehlen, haben sie die Erdlinge als Opfer auserkoren.«

»Aber Sie wollen mehr als nur meine Meinung hören, oder?«, fragte Az, während er und Mr. Mordadson zwischen den beiden Türmen des Staatsarchivs des Silber-Sanktuariums hindurchflogen. Die Kuppeln der Türmchen waren mit hunderten von schlafenden Papageien bevölkert, was sie nicht weniger farbenprächtig erscheinen ließ als die Hängenden Gärten.

»Seit ich vor einer Woche das erste Mal davon Wind bekommen habe, dass irgendetwas in Rotturm vor sich geht, hatte ich das Gefühl, dass ich deine Hilfe brauchen könnte. Und jetzt bin ich mir dessen sicher.«

»Weil die Piraten ein Luftschiff haben.«

»Volltreffer.«

»Sie wollen sie mit der *Cerulean* verfolgen.«

»Das scheint mir sinnvoll zu sein. Kein anderes Gefährt hat die Reichweite oder kann den nötigen Treibstoff aufnehmen. Um ein Luftschiff zu finden und herauszufordern, brauchen wir selbst eines.«

Einige weitere Fragen drängten sich nach vorn in Az' Geist, aber es war besonders eine, die darauf bestand, beantwortet zu werden: »Was bedeutet höchste Billigung?«

Mr. Mordadson schlug mit den Flügeln. Sie näherten sich der Landebahn am Stadtrand, wo ein Lufttaxi darauf wartete, Az zurück nach Himmelshaven zu bringen.

»Was glaubst du denn, was es bedeutet?«, fragte Mr. Mordadson.

»Es klingt für mich wie … wie die Erlaubnis, alles tun zu können, was man will. Die Erlaubnis, nicht um Erlaubnis fragen zu müssen.«

»Hm. Nett ausgedrückt. Es bedeutet auch, dass ich das Recht habe, ohne Angst vor irgendwelchen Vergeltungsmaßnahmen handeln zu können. Erinnerst du dich an Alan Dampfsager?«

Natürlich tat er das. Wie konnte er ihn jemals vergessen? Er erinnerte sich auch – und nur zu deutlich – daran, wie Mr. Mordadson den Anführer der Humanisten in die Wolkendecke geschleudert hatte. Er erinnerte sich an die Explosion des Dynamits, an das Dampfsager sich selbst gebunden hatte.

»Das«, sagte Mr. Mordadson mit angespannten Lippen, »ist ein hervorragendes Beispiel für höchste Billigung.«

Ein
Zufluchtsort

Kaum betrat Az sein Zuhause durch die Vordertür, ertönte die Stimme seiner Mutter.

»Azrael, gut, dass du wieder da bist«, sagte sie, während sie aus der Küche gestürmt kam. »Also, zuerst einmal, ich habe deinem Vater Anweisungen gegeben, am Tag der Hochzeit als Erstes die Ansteckstäußchen und Blumenbouquets abzuholen. Wir wissen beide, wie vergesslich er ist, deshalb möchte ich, dass du dafür sorgst, dass er es tut, was bedeutet, dass du mit ihm gehen musst. Die Sachen liegen bei den Himmlischen Blumen auf der Sonnenstrahl-Allee, du kennst den Laden, er ist gleich neben dem Flügelschmuckgeschäft. Außerdem habe ich über die Musik nachgedacht. Natürlich wollen Michael und Aurora einen dieser modernen A-cappella-Chöre nehmen statt dem traditionellen Harfen-Ensemble. Das ist in Ordnung, sie sind jung, und es ist ihre Hochzeit – aber ist ein Lied wie ›Herzen verschränkt wie Hände‹, nicht ein bisschen, nun ja, zu zeitgemäß? Zu modern? Was denkst du? Oh, und die Sitzordnung. Ich habe über einige Veränderungen nachgedacht. Vor allem frage ich mich, ob ich die Greifthalers besser alle an einen Tisch setze oder unter die anderen Gäste mische. Auf diese Weise könnten sie neue Leute kennen lernen, und unsere Freunde würden etwas über die Erdlinge erfahren, was insgesamt eine gute Sache wäre. Das heißt, sofern die Greifthalers überhaupt kommen. Kommen sie? Hast du schon etwas von ihnen gehört?«

All das strömte wie in einem einzigen Atemzug aus ihr heraus. Sie holte kaum Luft, und Az stand wie festgenagelt im Flur. Seit mindestens einem Monat war seine Mutter so, randvoll gefüllt mit Plänen für die Hochzeit. Jetzt, zwei Tage vorher, schoss ihre Begeisterung wie ein Feuerwerk in alle Richtungen davon. Von Morgenanbruch bis zur Dämmerung organisierte sie, machte sie die Feinabstimmung dessen, was sie organisiert hatte, und überprüfte schließlich die Feinabstimmungen. Es war unmöglich, sie aufzuhalten. Sie war wie eine Naturgewalt. Alles musste perfekt sein, alles musste an dem großen Tag richtig sein, und alles, was die anderen tun konnten, war, ihren Forderungen zu entsprechen und zu versuchen, ihr nicht im Weg zu stehen.

»Ähm, ja, nein, ich weiß nicht«, sagte Az. Schließlich hatte sich eine Möglichkeit ergeben, etwas zu sagen.

»Was heißt das?«

»Das sind meine Antworten auf deine Fragen, Mam. Ja, ich werde mit Pa zum Blumengeschäft gehen. Nein, dieses Lied ist nicht zu zeitgemäß. Und was die Greifthalers angeht – ich weiß es nicht.«

»Noch immer nicht?«

»Noch immer nicht.«

Das Gesicht seiner Mutter fiel in sich zusammen. »Oje. Ich hoffe, sie lassen es uns bald auf die eine oder andere Weise wissen. Der Fahrstuhldienst ist noch nicht sehr wirkungsvoll, oder? Vielleicht ist das das Problem. Sie haben einen Brief geschickt, aber er ist nicht angekommen. Oder vielleicht sind die Erdlinge nicht vertraut mit den sozialen Gepflogenheiten, wie zum Beispiel, dass man den Leuten mitteilt, ob man kommt oder nicht. Ist es das? Ihre und unsere Verhaltensweisen unterscheiden sich so sehr. Vielleicht werden sie trotzdem auftauchen. Ich sollte wahrscheinlich einfach weitermachen und davon ausgehen, dass sie kommen werden.«

»Wo ist Pa?«, fragte Az und wechselte das Thema.

Seine Mutter verdrehte die Augen. »Was glaubst du wohl, wo er ist?«

Im Keller, den Az' Vater als Werkstatt benutzte, herrschte Ruhe. Der Rest des Hauses knisterte von der verrückten Energie, die seine Mutter ausstrahlte, aber nichts von dieser Energie vermochte bis hierunter zu dringen. Die Werkzeuge, die die Wände säumten und von der Decke hingen, schienen wie ein Dämmstoff zu wirken. An jedem gewöhnlichen Tag genoss Az' Vater es, sich für ein oder zwei Stunden in die Werkstatt zurückzuziehen. Zur Zeit jedoch war dieser Ort zu mehr geworden als nur ein Platz, an dem er an Geräten herumbasteln und sich über Verbesserungen seines Heims Gedanken machen konnte. Er war ein Zufluchtsort geworden, eine Stelle, an die er – und auch Az, wenn er das wollte – sich begeben konnte, um dem Sturm der Hochzeitsvorbereitungen dort oben zu entgehen.

»Michael hat Glück«, sagte Az' Vater, »dass er auf der anderen Seite der Stadt wohnt. Zwischen ihm und deiner Mutter liegt ganz Himmelshaven. Während du und ich, mein Junge, mittendrin sind. Sie macht uns kaputt, und dabei sind noch nicht einmal wir diejenigen, die heiraten werden! Ehrlich, ich weiß nicht, wie viel ich davon noch ertrage. Ramona ist zu einer wahnsinnigen Organisationsmaschine geworden. Ich schwöre dir, wenn sie mich noch einmal fragt, ob ich daran gedacht habe, für morgen einen Termin beim Haarschneider auszumachen …«

»Und, hast du es?«

»Nein, aber das ist nicht der Punkt. Wie auch immer, ich bin sicher, dass ich einfach so für einen schnellen Schnitt vorbeikommen kann.« Az' Vater rieb sich über den beinahe kahlen Schädel. »Das dauert bei einem derart abgeschabten Kopf wie meinem keine fünf Minuten.«

»Sieh es von der guten Seite, Pa. Nur noch ein Tag. Dann ist die Hochzeit, und alles ist vorbei.«

»Noch ein Tag!« Az' Vater tat, als würde er schluchzend zusammenbrechen. »Ich … kann einfach … nicht mehr, Sohn. Noch einen einzigen … solchen Tag! Ich glaube nicht, dass ich das schaffe. Töte mich. Bitte … töte mich einfach … jetzt. Sofort.«

Az lachte, und das Lachen ging in ein Gähnen über, das er nicht unterdrücken konnte.

»Oh«, sagte sein Vater, »armer Junge, du musst fertig sein. Erst ein zehnstündiger Rundflug und dann noch eine Stunde ›Training‹.« Er ahmte die Anführungszeichen mit den Flügelspitzen nach.

»Ja, ich bin ziemlich müde.«

»Wie war es heute im Silber-Sanktuarium? War Mr. Mordadson gut in Form?«

»Wie immer«, sagte Az.

Sein Vater hörte etwas in seiner Stimme, einen Hauch von Ausweichen. »Was ist los?«

»Nichts.«

Aber Az wusste, dass er es nicht dabei bewenden lassen

konnte. Gabriel Enochson mochte fast siebzig sein, aber sein Geist war noch immer so scharf wie eine Federspitze. Az hatte seinen Vater noch nie zum Narren halten können, und er war sicher, dass das auch niemals geschehen würde.

»Ich gehe – ich *muss* einen Tag nach der Hochzeit nach Prismaburg gehen«, sagte er und versuchte, seine Worte möglichst beiläufig klingen zu lassen.

Eine buschige, weiße Augenbraue hob sich. »Tatsächlich?«

»Ja. Für etwa eine Woche oder etwas länger.«

»Eine Angelegenheit des Silber-Sanktuariums?«

»Nein. Ja.«

»Betrifft es auch die *Cerulean?*«

»Ja.«

Sein Vater dachte einen Moment nach. »Es ist eine Art offizieller Anordnung. Dein Freund Mr. Mordadson hat dich für etwas rekrutiert.«

Az nickte zögernd.

Gabriel Enochson seufzte. »Ich vermute, das war unausweichlich. Seit du mit dem Kampftraining bei Mr. Mordadson angefangen hast, wusste ich, dass die Zeit kommen würde, da er mehr von dir verlangen würde. Es ist klar, dass er dich im Auge hat und glaubt, dass du großes Potenzial besitzt, und wieso auch nicht? Ob du Flügel hast oder nicht, du bist ein Star. Wir haben das immer gewusst. Wir wussten es schon lange, bevor du der große, berühmte Junge geworden bist, der zur Erde gegangen ist. Ohne es seinen Eltern zu sagen.«

Az grinste verlegen. Es war noch immer ein wunder

Punkt bei seinem Vater und seiner Mutter, dass er ohne ihr Wissen zugestimmt hatte, sich – damals zum ersten Mal – in die Fahrstühle nach unten und auf eine Reise zu begeben, auf der er nur zu leicht hätte getötet werden können. Was ja auch fast der Fall gewesen wäre. Und außerdem hatte Michael sie angelogen und ihnen eine Nachricht geschickt, dass es Az gut ging, obwohl er nicht die geringste Ahnung hatte, ob das der Fall war oder nicht. Auch wenn am Ende alles gut ausgegangen war, hatten Az' Eltern ihm das immer noch nicht ganz verziehen.

»Aber jetzt«, fuhr sein Vater fort, »jetzt endlich hat der alte Mordy sich entschieden, die Dinge eine Stufe höher zu stellen, und ich kann nicht sagen, dass ich nur glücklich darüber bin, Az. Es wird gefährlich werden, richtig? So wie letztes Mal.«

»Nein, Pa.«

»Komm schon, sei ehrlich.«

Die Formulierung *höchste Billigung* schoss Az durch den Kopf. »Ich glaube nicht, dass ich persönlich in irgendwelche Gefahr geraten werde.«

»Aber du weißt es nicht genau.«

»Willst du nicht, dass ich gehe? Ich kann nämlich nein sagen. Ich kann Mr. Mordadson sagen, dass ich meine Meinung geändert habe und mich noch nicht bereit dafür fühle. Er *braucht* mich nicht unbedingt dabei, denke ich. Ich meine, die *Cerulean* ist immer noch das Luftschiff von Kapitän Qadoschon. Ich bin nicht einmal sein Stellvertreter.«

»Das ist dein Kamerad Wallimson.«

»Ja«, sagte Az leise. Sein Vater hatte das Wort »Kamerad« einigermaßen sarkastisch klingen lassen.

Gabriel Enochson sah sich in der Werkstatt um. Sein Blick fiel auf das Modell der *Cerulean*, das er und Az noch nicht ganz fertiggestellt hatten. Sie hatten vor etwa einem Jahr die Arbeit daran unterbrochen und es halbfertig liegen lassen, nachdem Az das erste Mal einen Eindruck davon bekommen hatte, wie es war, ein echtes Luftschiff zu fliegen. Das Modell war jetzt überflüssig und wirkte etwas kindisch, wie ein Spielzeug. Während Az' Vater darauf starrte, begriff er, dass sein jüngerer Sohn sehr rasch zum Mann wurde, und die Erkenntnis erfüllte ihn zugleich mit Stolz und einem Anflug von Traurigkeit.

»Und dennoch willst du gehen«, sagte er.

»Ja. Irgendwie schon. Ja.«

Der alte Mann brachte ein tapferes Lächeln zustande. »Dann solltest du das auch tun. Du musst gehen. Die einzige Frage ist, wie wir diese Neuigkeiten deiner Mutter beibringen.«

»Ich weiß.«

»Irgendwelche Ideen?«

»Nein.«

»Überlass es mir. Ich werde mir was ausdenken. Du führst die *Cerulean* zu einer längeren Reise aus, wie wäre es damit? Machst mit ihr ein paar Langstrecken-Manöver.«

Az zuckte mit den Schultern. »Klingt glaubhaft.«

»Ich werde dafür sorgen, dass es glaubhaft klingt. Und ich werde den passenden Moment aussuchen. Ich werde es irgendwann morgen erwähnen, wenn sie gerade vollkommen in ihren wahnsinnigen Plänen aufgeht. Sie wird mir gar nicht richtig zuhören und vielleicht noch nicht einmal merken, was ich gesagt habe.«

»Danke, Pa. Du bist der Beste.«

»Versprich mir nur eines.«

»Natürlich. Was?«

Mit einem Zeigefinger rieb sein Vater sich über ein Unterlid, schob die graue, herabhängende Haut hin und her. »Versprich mir, dass du deine Familie nicht vergessen wirst.«

»Wie könnte ich das?«

»Das sagst du so, aber seit einer Weile habe ich dieses eigenartige Gefühl, dass du uns immer mehr entwischst. Da sind deine Besuche im Silber-Sanktuarium und auf der Erde, deine Reisen in der *Cerulean*. Versteh mich nicht falsch, ich sage nicht, dass du nicht gehen und die Welt erkunden solltest, dass du nicht alles lernen und etwas aus dir machen sollst. Du wirst erwachsen, und erwachsen zu werden bedeutet, sich von seiner Familie zu entfernen. Das ist nur natürlich und angemessen. Das ist das, worum es geht, wenn man siebzehn ist. Und du tust wichtige Dinge, das ist gut. Nur … nur erinnere dich daran, dass auch wir wichtig sind, einverstanden?«

»Einverstanden.«

»Ich mache dir keine Schuldgefühle, oder? Das würde ich nicht wollen.«

»Nein. Nein, ich verstehe, was du meinst.«

»Ja? Gut.« Sein Vater kicherte. »Weil ich nämlich nicht ganz so sicher bin. Vielleicht ist es diese Hochzeit. Einer meiner beiden Jungen hängt am Haken, und ich habe das Gefühl, als würde sich das Nest leeren. Obwohl Michael schon seit einiger Zeit nicht mehr in diesem Nest lebt, ist er immer noch hier gewesen, hat er uns immer noch gebraucht – und jetzt wird er uns nicht mehr so sehr brauchen, und ich fange an, mich deswegen etwas rührselig und sentimental zu fühlen. Aber dennoch … ach was, vergiss es. Nimm es einfach nicht ernst. Ich bin dämlich.« Er breitete die Arme und Flügel aus. »Lust, deinen alten Vater zu umarmen? Ich könnte eine Umarmung wirklich gebrauchen. Oder bist du zu erwachsen dazu?«

»Noch nicht.«

Seine Arme legten sich um Az, und dann auch die Schwingen, eine doppelte Umhüllung. Er fühlte sich sicher und geliebt. Er spürte den knöchernen Körper seines Vaters durch die Kleidung hindurch: die Rippen, die gegen die Haut stießen, die Muskeln, die im Alter starr wurden. Vorsichtig drückte er seinen Vater noch etwas fester an sich.

Vorsaisonales Freundschaftsspiel

Den ganzen nächsten Tag war Az so beschäftigt, dass er an nichts anderes denken konnte als an die Hochzeit. Die Zeit verging wie im Flug, war ein einziger Rausch von Vorbereitungen, während seine Mutter die anderen entweder schalt oder herumjagte, ohne ihnen die geringste Pause zu gönnen, am wenigsten sich selbst.

Az ging seine Rede als Trauzeuge durch, hielt sie laut vor seinem Vater, der an allen richtigen Stellen lachte.

Er probierte den schmucken Anzug an, der für ihn maßgeschneidert worden war (er war etwas unbequem, weil er neu war, aber er passte). Als Aurora am Nachmittag bei ihnen vorbeikam, um der Familie ihres Verlobten ihre zwei Brautjungfern vorzustellen, verhielt sich Az höflich und freundlich, und auch Aurora tat das. Er vermutete, dass sie nicht wusste, dass er aufgefordert worden war, bei der Rotturm-Angelegenheit mitzuhelfen, und sofern sie es doch wusste, hielt sie offenbar den Mund.

Dann, am Abend, nahm Michael ihn mit ins Jetdrom bei Stratoville, um den Strangulierern gegen die Blauhäher von Azuropolis bei einem vorsaisonalen Freundschaftsspiel zuzusehen. Die beiden Brüder jubelten, als die Strangulierer zu einem 37:12-Sieg durchstürmten. Es war ein leichter Sieg, aber auch ein gutes Jetball-Spiel mit beachtlicher Verteidigungsarbeit auf Seiten der Heimmannschaft und einer befriedigend hohen Quote an tiefen Schlägen und horizontalen Bewegungen. Az und Michael stimmten darin überein, dass die Aussichten für die bevorstehende Saison gut waren, solange die Strangulierer nur ihr Mittelfeldspiel weiterentwickelten, besonders die unteren Ebenen, wo sie nicht annähernd so geschlossen spielten, wie eigentlich nötig war. Ein Team wie die Nordhöhen-Habichte, die Tabellenführer dieser Liga, könnte sie zerfetzen, wenn sie nicht aufpassten.

»Du weißt, dass sich nichts zwischen uns ändern wird«, sagte Michael, während sie in seinem neuen Helikopter, einem Grünen Pfeil von Aerodyne Aeronautic, nach Himmelshaven zurückflogen. Er war erst ein paar Tage alt, gerade vom Produktionsband gekommen, stromlinienförmig und glänzend. »Ich meine, sicher, meine freien und ungebundenen Junggesellentage sind wohl vorbei, aber wir sind immer noch die Gleichen, du und ich. Wir werden weiterhin alle zwei Wochen losziehen und die Strangulierer im Drom sehen und vielleicht auch zu einigen Auswärtsspielen gehen, wenn wir können.«

»Natürlich«, sagte Az. »Nichts wird sich ändern. Du wirst zwar ein alter, verheirateter Kauz sein, aber abgesehen davon ...«

»Frechdachs!« Michael packte Az über das Cockpit hinweg bei den Haaren und schüttelte seinen Kopf von einer Seite zur anderen. Der Grüne Pfeil sank erschreckend tief, während seine Hand nicht mehr am linken Steuerknüppel war, was Az Unbehagen bereitete. Michael behielt die Kontrolle bei, indem er Druck auf das rechte Pedal für den Heckrotor ausübte, bevor er wieder den Steuerknüppel packte, nachdem er seinen Bruder genügend zurechtgewiesen hatte.

»Und dann kommen die Kinder«, fuhr Az fort, »und du wirst die halbe Nacht damit beschäftigt sein, Windeln zu wechseln, und deshalb so müde sein, dass du dich nicht einmal daran erinnerst, dass du einen Bruder hast. Aber abgesehen *davon* natürlich ...«

Michael musterte stirnrunzelnd das Armaturenbrett. »Wo ist der verfluchte Auslöser für den Schleudersitz? Ich weiß, dass hier irgendwo einer ist. Er gehört zur Standardausrüstung eines Pfeils.«

»Oh, ja, und stell dir nur vor, dies ist der letzte Zweisitzer, den du jemals besitzen wirst. Das nächste Flugzeug, das du kaufst, wird eine schöne, sichere Familienkutsche mit Frontpropeller sein.« Was, wie Az wusste, für seinen Bruder ein schlimmeres Schicksal war als der Tod. »Und dass du nach der Arbeit mit deinen Kumpels noch einen trinken gehst, kannst du auch vergessen. Du weißt, was Aurora dazu sagen wird. ›Willst du etwa wieder mit deinen wüsten Testpilotenfreunden losziehen, Michael? Ich glaube nicht.‹ Nein, von morgen an wirst du unter dem Pantoffel stehen – jeden Abend um sechs zu Hause sein und so.«

»Nun, vielleicht nicht«, sagte Michael mit einer Spur Hoffnung in der Stimme. »Schließlich gibt Aurora ihren Job beim Sanktuarium nicht auf, oder? Sie wird vier Tage in der Woche dort sein, was bedeutet, dass ich vier Tage in der Woche ein freier Mann sein werde.«

»Sie wird Wege finden, dich an die Leine zu nehmen. Sie ist nicht dumm, Mike.«

»Nein, das ist sie nicht. Sie ist sogar unglaublich klug.«

»Abgesehen davon«, fügte Az hinzu, »dass sie so klug auch wieder nicht sein kann, wenn sie *dich* als Ehemann will.«

»Schleudersitz aktivieren. Schleudersitz aktivieren. Schleudersitz aktivieren.« Michael schlug auf das Armaturenbrett. »Komm schon, arbeite, pack's an, los!«

»Ich würde ohnehin nur die Flügel treffen«, sagte Az mit einem besserwisserischen Ton.

»Und sie würden dich in Stücke hacken. Doppelt wirksam.«

»Vielleicht, aber dabei würden sie zerbrechen, und du würdest abstürzen.«

»Das wäre es wert.«

Az lachte. Michael lachte. Es fühlte sich sorglos an. Ihr Geplänkel war das übliche vergnügte brüderliche Geplänkel. Es fühlte sich an wie immer, wenn sie zusammen waren.

Und plötzlich wünschte sich Az, dass er Michael von Rotturm erzählen könnte, von der höchsten Billigung, von allem …

Aber er konnte es nicht. Er brachte es nicht über sich, den Augenblick zu zerstören. Es war wie ein Gesetz, dass er vor Michael nichts verbarg. Wenn er bedrückt war, pflegte er Michael davon zu erzählen. Wenn er traurig oder besorgt war, pflegte er Michael zu erzählen, wieso. Aber jetzt, da Michael kurz davorstand zu heiraten, schien es, als würde ihm diese Möglichkeit nicht mehr zur Verfügung stehen. Michael ging in ein neues Leben, und was immer er auch sagte, Az würde keine große Rolle darin spielen. Sein Bruder würde nicht mehr so viel Zeit für ihn haben, wie es bisher der Fall gewesen war.

In der Zwischenzeit hatte Az das Gefühl, als würde er selbst in ein neues Leben gehen, eines, in dem Michael und seine Eltern eine zunehmend unwichtigere Rolle spielten. Trotz allem, worüber er und sein Vater am Tag zuvor gesprochen hatten, konnte er die Tatsache nicht ignorieren, dass die Strömung des Schicksals ihn von seiner Familie wegzutreiben schien. Der Unterschied zwischen ihm und ihnen war nicht mehr nur eine Frage der Flügel. Er wurde in Angelegenheiten verwickelt, die weit von ihrer schlichten häuslichen Existenz entfernt waren.

Und so gab es wirklich nichts anderes für ihn zu tun, als Unsinn zu machen und zu lachen, so zu tun, als wäre alles wie sonst. Denn trotz Michaels Behauptung, dass sich nichts ändern würde, hatte sich bereits eine ganze Menge geändert, und demnächst würde noch mehr dazukommen.

Besuchen Sie das malerische Bittertal!

Cassie hob die Sprechmuschel.

»Ladys und Gentlemen«, erklärte sie. »Wenn Sie freundlicherweise einen Blick nach links werfen würden, können Sie dort das Strohdecker-Sägewerk sehen. Strohdecker ist das größte Sägewerk von Bittertal und eines der größten in den Westterritorien. Es erzeugt jährlich im Schnitt achtzehn Tonnen Holz und eine ähnlich große Menge an Zellulose, der Grundlage für das Herstellen von Papier.«

Bei ihr in der Fahrerkabine und am Steuer saß Fletcher. Er stieß ein spöttisches Lachen aus. »Aine ähnlich große Mänge an Zällulose! Hör dich nur an, Cass!«

»Schschsch!«, zischte Cassie und bedeckte das Mundstück der Sprechmuschel mit einer Hand.

»Weißt du, du klingst von Tag zu Tag affiger, wenn du in diese Sprechmuschel sprichst.«

»Ich versuche nur so zu sprechen, dass sie mich verstehen.«

»O ja, richtig. Natürlich, Hoheit. Bitte, fahrt fort.« Fletcher legte einen anderen Gang ein, und die *Gackernde Bertha* stieß ein ganz eigenes Lachen aus – das tuckernde, mechanische *Klirren-Klappern-Glucksen*, dem sie ihren Namen zu verdanken hatte.

»Strohdecker wurde in den frühen Jahren des letzten Jahrhunderts errichtet«, sprach Cassie in die Sprechmuschel. »Das Sägewerk war die eine der beiden Fabriken, die das abseits gelegene Taldorf in die blühende und erfolgreiche Stadt verwandelten, die wir heute als Bittertal kennen. Zu der anderen Fabrik, dem Vereinten-Bergbau-Kollektiv, werden wir in Kürze kommen. Strohdeckers zukunftsträchtige Kiefernplantagen bedecken inzwischen beinahe eine halbe Million Hektar Land, und das Holz, das man aus den zähen Bäumen gewinnt, besitzt sowohl auf der Erde wie auch über den Wolken einen hohen Wert. Ein großer Teil Ihrer Möbel wird dort hergestellt, ganz zu schweigen von den eleganten Trennwänden und den raffiniert geschnitzten Statuetten, die Ihre Rasse herstellt und die jetzt hier unten so gut aufgenommen werden.«

»Ehrlich, Mädchen«, murmelte Fletcher. »Das nimmt wirklich überhand. Wenn du so weitermachst, such ich noch deinen Rücken nach Federn ab.«

»Halt den Mund, Fletch«, blaffte Cassie aus dem Mundwinkel. »Ich mein's ernst. Sonst kriegst du diese Sprechmuschel irgendwo hingeknallt, wo du sie nich haben wollen würdest!«

»Selbst, wenn du das tust, wird da unten in der Ladebucht niemand den Unterschied bemerken. Sie kriegen einfach bloß statt der einen heißen Luft eine andere.«

Cassie schlug nach ihrem Bruder.

Fletcher grinste breit und lenkte *Bertha* um eine Biegung herum. Die baumbestandenen Hänge hinter dem Sägewerk blieben im Rückspiegel zurück. Der Teil von Bittertal, der jetzt vor ihnen lag, war stärker industrialisiert.

Cassie nahm ihren Monolog als Reiseführerin wieder auf. Sie gab sich alle Mühe, das, was sie zu sagen hatte, frisch und spontan klingen zu lassen. Sie hatte sich Bücher aus der Stadtbibliothek besorgt und damit abgequält, sich eine riesige Menge an Fakten und Zahlen über Bittertal und das Umland zu merken, bis sie sie ohne Nachdenken abspulen konnte. Um die Fakten und Zahlen auch für ihre Zuhörerschaft interessant zu machen, musste sie jedoch so tun, als wären sie auch für sie interessant.

Aber das waren sie nicht. Schon zwei Monate, nachdem sie mit diesen Runden entlang der Sehenswürdigkeiten von Bittertal begonnen hatte, langweilte sich Cassie. Es war die immer gleiche Tour, der immer gleiche Weg durch Bittertal und die Außenbezirke hindurch, es waren die gleichen Sehenswürdigkeiten und Auffälligkeiten, die sie erwähnen musste, und all das war so langweilig, langweilig, langweilig. Es gab keine Herausforderung, keine Aufregung. Es war nicht wie beim Düsterspähen, wo stets die aufregende Möglichkeit bestanden hatte, bemerkt zu werden oder (das war eine Hoffnung) über ein Relikt zu stolpern, wo man sich auf seinen Verstand und gute Augen verlassen können musste und angesichts der vielen Bedrohungen der Schattenzone ständig in Habacht-Stellung war. Aber durch die Gegend zu zockeln und einer Handvoll Luftling-Besuchern die »Höhepunkte« von Bittertal zu erklären, Luftlingen, die in der Ladebucht auf von Fletcher angebrachten gepolsterten Bänken saßen und durch ebenfalls von Fletcher angebrachten Bullaugen nach draußen blickten und das, was ihnen gezeigt wurde, zweifellos düster und grau und trostlos und niederdrückend fanden – wieso tat sie das nur?

Cassie kannte die Antwort. Sie tat es, weil sie keine andere Wahl hatte. Wenn sie es nicht tat, würden sie und ihre Familie hungern.

Was die Arbeit allerdings nicht weniger langweilig oder leichter erträglich machte.

Schon bald näherte *Bertha* sich dem Vereinten-Bergbau-Kollektiv, und Cassie erzählte ihren Passagieren von der Gewinnbeteiligungspolitik des Bergwerks und der sogenannten Schwarzsee-Ader, einem riesigen und offenbar unerschöpflichen Kohleflöz. Sie teilte ihnen auch die Höhe des jährlichen Kohleausstoßes des VBK mit und erwähnte noch verschiedene andere faszinierende Statistiken.

Unerwähnt ließ sie die angestrebte Revolution, die ihren Ursprung im VBK gehabt hatte und fast eine Himmelsstadt zu Fall gebracht hätte. Aller Wahrscheinlichkeit nach kannten die Passagiere die Geschichte ohnehin bereits. Schließlich war das der Grund, weshalb sie diese Reise machen konnten. Zwölf Monate zuvor hatten sie nicht einmal gewusst, dass es hier unten Leute gab, die sie auf eine solche Tour mitnehmen konnten. Aber jetzt, seit den Ereignissen des letzten Jahres, konnten sie die Erde besuchen und sich jederzeit unter die Erdlinge mischen.

Nicht viele taten das. Heute war kein schlechter Tag; acht Luftlinge befanden sich unten in der Ladebucht: ein älteres Ehepaar, drei Universitätsstudenten und eine Mutter mit zwei jüngeren Kindern. An den meisten anderen Tagen waren die Greifthalers schon glücklich, wenn sie nur zwei zahlende Passagiere hatten, und dann wiederum gab es Tage, da bekamen sie überhaupt keinen. Cassie hatte alles durchgerechnet und herausgefunden, dass sie zwei Zahler pro Reise benötigten, um auch nur die Kosten für den Treibstoff bezahlen zu können. Ein dritter Fahrgast bedeutete, dass sie etwas Geld hatten, um Rechnungen begleichen und Essen kaufen zu können. Ab dem vierten machten sie tatsächlich Profit.

Im Schnitt schafften sie es also gerade, mit plus/minus null abzuschneiden, und gute Tage wie heute halfen dabei. Aber das genügte nicht. Wenn man in Betracht zog, dass sie und Fletcher von morgens bis abends arbeiteten und keinerlei Lohn dafür erhielten, führten sie das Unternehmen in Wirklichkeit mit Verlust.

Groll wallte in Cassie auf. Sie schluckte ihn herunter. Auch damals, als das Familienunternehmen noch dem Düsterspähen gegolten hatte, war das Leben nicht vollkommen gewesen, aber sicherlich besser als das hier. Allerdings durfte sie sich nicht dem Gefühl hingeben, man hätte ihr übel mitgespielt. Das half niemandem.

»Unsere Reise in der Region Bittertal wird in Kürze enden«, verkündete sie. »Wir folgen jetzt dem Weg zurück durch die Schattenzone zum Vikariat am Fuß der Himmelsstadt Heliotropia. Vielleicht möchten Sie Ausschau halten nach der endemischen Spezies Schaufelwölfe.«

»Endemisch«, sagte Fletcher wie zu sich selbst. »Nich mal ich weiß, was das bedeutet.«

»Die Schaufelwölfe verlassen ihre Höhlen, sobald das Tageslicht zu verblassen beginnt, um nach Futter zu suchen«, sagte Cassie in die Sprechmuschel, ohne weiter auf ihn einzugehen. »Sie sind vollkommen blind und jagen mit Hilfe von –«

Klirr!

Etwas Kleines und Hartes hatte *Bertha* in die Seite getroffen.

»Was zum …?« Fletcher blinzelte durch die Windschutzscheibe; ein mürrischer Ausdruck trat auf sein Gesicht. »Verdammt. Ich hätt's wissen müssen.«

»Wer ist das?«, fragte Cassie.

»Sie«, kam die kalte Antwort.

Das Zelt

Als Cassie und Fletcher an diesem Morgen auf ihrem Weg zum Vikariat gewesen waren, hatten sie am Straßenrand ein Zelt gesehen. Es war groß gewesen und hatte Stockflecken von Wind und Nässe gehabt, und durch die zurückgebundenen Eingangsklappen hatte man einen Blick in das dunkle Innere werfen können. Ein Mann war damit beschäftigt gewesen, Holzstühle vor einem Podest aufzustellen. Draußen, nur ein paar Meter entfernt, wartete ein rostiger, angeschlagener alter Pritschenwagen mit abgefahrenen Reifen und einer Abdeckplane über der Hälfte der Ladefläche. Das Zelt war am Abend zuvor noch nicht da gewesen. Es war über Nacht dort aus dem Boden geschossen, wie ein Pilz.

Beide Greifthaler-Zwillinge hatten gewusst, was das bedeutete. Ein Wanderprediger war in die Stadt gekommen. Um genau zu sein: ein Wandervikar.

Fletchers erster Impuls war gewesen, *Bertha* von der Straße wegzulenken und das Zelt plattzufahren. Sollte der Mann darin dabei unter *Berthas* Raupenketten geraten, auch gut. Fletchers Abscheu gegenüber Vikaren wurzelte tief.

Aber er hatte der Versuchung widerstanden und sich mit ein paar geknurrten Drohungen zufriedengegeben. Der Vikar seinerseits hatte *Bertha* ohne Neugier angesehen und dann weiter seine Stühle aufgestellt. Fletcher hatte ihm vom Fahrersitz aus eine grobe Geste zugeworfen, aber der Mann hatte sie nicht bemerkt. Cassie hatte in der Zwischenzeit gesehen, dass die Haare des Vikars verblüffend rot waren, als würden Flammen von seinem Kopf aufschießen, aber er war zu weit weg gewesen, als dass sie einen genaueren Blick auf sein Gesicht hätte werfen können.

Es war klar, was seither geschehen war. Der rothaarige Vikar musste in die Stadt gegangen sein, um seine Zuhörerschaft zusammenzutrommeln. Ein kürzlich verabschiedetes Statut von Bittertal besagte, dass es ihm nicht gestattet war, innerhalb der Stadtgrenzen zu predigen. Nichts jedoch konnte ihn davon abhalten, gleich außerhalb davon eine Zuhörerschaft aus Stadtbewohnern um sich zu scharen.

Was mochte er bei dem Treffen gesagt haben?

Die genauen Worte spielten keine Rolle. Aber wenn er auch nur ein bisschen den Robenträgern ähnelte, die in der letzten Zeit in dieser Gegend gewesen waren, hatte er irgendeinen langatmigen Sermon von sich gegeben, der sich gegen die Luftlinge und jeden richtete, der freundschaftlich mit ihnen verkehrte. Darüber hinaus hatte er dann den Bilateralen Vertrag verdammt und die Erdregierungen verurteilt, die ihn so bereitwillig und blindlings unterzeichnet hatten. Ferner musste er die Tatsache beklagt haben, dass Vikare wie er aus ihren Machtpositionen und Vikariaten entfernt worden waren. Er hatte vermutlich ein Bild der Welt gemalt, wie sie jetzt war, und den Aufruhr und die Verwirrung betont, die er als das Ergebnis des Kontakts mit den Wesen einstufte, die zuvor als Emporgestiegene bekannt gewesen waren. »So viele Leute wissen nicht mehr, wo sie eigentlich stehen«, hatte er wie die anderen Vikare gesagt. »Jetzt herrscht so viel Unsicherheit und so wenig Ordnung.« Und dann hatte er weiter Bilder einer schrecklichen Zukunft beschworen, in der die Gesellschaft zerbrach, in der alles dem Chaos anheimfiel. Krieg, Unheil, Tod. Und alles nur, weil die bisherigen Lebensweisen dahin waren. Die Trennung der Rassen war aufgehoben. Das System, das Jahrhunderte geherrscht und Jahrhunderte *funktioniert* hatte, war am Ende.

Und, vermutete Cassie, seine Zuhörerschaft hatte dem zugestimmt. Die Leute hatten während seiner Rede applaudiert. Sie hatten ihre Zustimmung zu den Ansichten des Vikars über den gegenwärtigen traurigen Zustand der Welt gemurmelt und bei seiner düsteren Vision der Zukunft mürrisch genickt. Denn seine Zuhörerschaft bestand aus Leuten, die die Welt so bevorzugten, wie sie sie kannten. Die drastischen Veränderungen hatten sie erschüttert. Sie sehnten sich nach der noch nicht so lang vergangenen Vergangenheit, nach einer einfacheren Zeit.

Und was sahen diese wütenden Menschen beim Ende des Treffens? Einen Düsterspäher, der so verändert worden war, dass er Luftlinge unterbringen konnte.

Es war kein Wunder, dass einer von ihnen einen Stein vom Boden hob und auf die *Gackernde Bertha* warf. Es war auch kein Wunder, dass die anderen es ihm gleichtaten.

Die Auswirkungen von Schaufelwolf-Abwehreinrichtungen auf Menschen

Ein zweiter Stein traf *Bertha* an einer Stelle nicht weit entfernt von der Fahrerkabine.

»Bastarde!«, brüllte Fletcher. »Was is bloß in die gefahren?«

»Dieser Vikar, was sonst«, sagte Cassie. »Mit seinen eigenen sauren Trauben füllt er ihnen die Bäuche. Fahr einfach weiter. Achte nich auf sie.«

»Aber sie werfen mit Steinen auf uns!«

»Sie können weder uns noch unseren Passagieren was tun. Vielleicht beschädigen sie *Berthas* Bemalung, oder sie kriegt ein paar Beulen verpasst, aber sie war auch vorher schon keine Schönheit.«

»Aber –«

»Fahr weiter, Fletch. Du kannst nich's tun. Fahr nur nich zu schnell. Tu so, als würd uns das nich kümmern. Damit bloß keiner von denen da unten Angst kriegt.«

Weitere Steine flogen aus der Menge, die sich vor dem Zelt versammelt hatte. Sie trafen *Berthas* Hülle wie in die Länge gezogene Gongschläge. Einige verfehlten ihr Ziel. Einer prallte gegen die gewölbte Windschutzscheibe der Fahrerkabine und verursachte einen Kratzer auf dem Glas. Über den Lärm der Maschine hinweg konnte Cassie schwach die Rufe der Menge hören. Sie verstand nicht, was sie sagten, aber dem Ton nach war es Ausdruck einer reinen, wilden Wut, wie das Bellen von Hunden.

Eine Stimme erklang über die Sprechanlage. »Ähm«, sagte jemand eindeutig beunruhigt, »es tut mir leid, dass ich störe, aber darf ich fragen, was da vor sich geht? Wieso greifen diese Leute uns an?«

Cassie erkannte an der Stimme, dass es sich um den Ehemann des älteren Luftling-Paars handelte.

»Kein Grund zur Sorge«, sagte sie. »Bitte bleiben Sie ruhig. Es handelt sich lediglich um einige randalierende Leute aus der Gegend. Wir sind bald außer Reichweite. Sie sind vollkommen in Sicherheit.«

Aber noch während sie das sagte, bemerkte Cassie, dass die Steinewerfer neben *Bertha* herliefen und mit ihr

Schritt hielten. Und dass sie *Berthas* Hülle weiter mit ihren Steingeschossen eindeckten.

»Den Häcksler«, sagte sie zu Fletcher.

»Was?«

»Schaff sie mit dem Häcksler von uns weg.«

»Ich soll das Zeug gegen die Leute einsetzen? Aber das is für Schaufelwölfe gedacht.«

»Egal. Wieso nich?«

Fletcher lächelte. »Ja, wieso eigentlich nich?«

Er zog an einem Hebel. An *Berthas* Heck löste sich ein kleines Brett und legte das Ende einer Röhre frei. Im nächsten Augenblick schoss mit einem satten *Tschomp* eine faustgroße Papierkugel hervor. Die Kugel explodierte über den Köpfen der hinter ihnen herlaufenden Menge. Einige der Leute wurden von winzigen Steinsalzstücken getroffen, stürzten zu Boden und griffen sich an die Arme und ins Gesicht.

Fletcher beobachtete in den Rückspiegeln, was vor sich ging. »Einige sind getroffen, andere wütend.«

»Rauch«, sagte Cassie.

Ihr Bruder zog an einem anderen Hebel.

Eine Wolke aus weißem Rauch schoss aus *Berthas* Heck und hüllte die Steinewerfer ein. Einige liefen einfach durch ihn hindurch und kamen unversehrt auf der anderen Seite wieder heraus. Andere taumelten und sackten zu Boden, husteten und spuckten in dem wallenden und wogenden Qualm, während ihnen Tränen übers Gesicht liefen.

Cassie dachte darüber nach, ob sie noch zu einer anderen Maßnahme gegen Schaufelwölfe greifen sollten.

Fletcher dachte das Gleiche. »Setzen wir sie unter Strom.«

»Wir wollen sie nur verletzen, nich töten, Fletch. Abgesehen davon sind sie nich nah genug, dass es funktionieren könnte. Nein, ich schätze, wir haben unsere Meinung klargemacht, so wie sie ihre. Es steht unentschieden, wenn du so willst.«

»Äh, Entschuldigung.« Es war wieder der ältere Luftling, der sich über den Lautsprecher meldete. »Tut mir leid, dass ich Sie noch einmal belästigen muss, aber Ihre Randalierer haben es geschafft, eine der Luken zu treffen. Da ist ein Loch im Glas, und, na ja, wir verlieren an Druck. Es kommt Luft rein.«

»Oh, verflucht!«, sagte Cassie leise. Und erklärte in die Sprechmuschel: »Verhalten Sie sich ruhig. Wir bringen Sie in null Komma nichts zum Fahrstuhl.«

Sie drehte sich zu Fletcher um, aber es war unnötig, ihm noch etwas zu sagen. Er schob den Steuerknüppel auf volle Geschwindigkeit.

Unter Druck

Die Greifthalers hatten *Berthas* Ladebucht in eine eigenständige, luftdichte Kammer verwandelt und eine Vakuum-Pumpe installiert, mit der der Druck herabgesetzt werden konnte. Auf diese Weise waren sie in der Lage, die dünne Hochdruck-Atmosphäre zu erzeugen, an die ihre

Passagiere gewöhnt waren, so dass sie nicht unter der Erdkrankheit zu leiden hatten.

Da die Dichtung durchbrochen war, würde die Luft in der Ladebucht sich rasch der normalen der Erde angleichen. Das bedeutete, dass die Passagiere schon bald beginnen würden, sich schlecht zu fühlen. Cassie erinnerte sich daran, wie es gewesen war, als Az das erste Mal auf die Erde gekommen war. Er war beinahe vierundzwanzig Stunden bewusstlos gewesen, und danach hatte er unter Übelkeit und rasenden Kopfschmerzen gelitten.

Dann waren da die beiden kleinen Kinder, an die sie denken mussten. Die Erdkrankheit traf sie möglicherweise noch härter als die Erwachsenen. Oder sie tötete sie sogar.

»Schneller, Fletch«, drängte Cassie.

»Willst du, dass wir einen Unfall bauen? Ich fahre so schnell wie möglich.«

Die *Gackernde Bertha* raste die Straße durch die Schattenzone entlang und trat eine Staubwolke hinter sich los. Voraus befand sich die Säule, die Heliotropia versorgte. Die Fahrstühle, die dort auf und ab fuhren, wirkten aus dieser Entfernung wie Blattläuse auf einem Rosenstängel. Cassie kam es so vor, als würde die Säule gar nicht näher kommen, und sie wusste, dass mit jeder Sekunde, die verstrich, der Luftdruck auf der Ladefläche dichter und dichter wurde und es *Berthas* Passagieren schlechter und schlechter ging.

»Wie geht es Ihnen?«, fragte sie durch die Sprechmuschel und versuchte, optimistisch zu klingen. Sie merkte nicht, dass sie aufgehört hatte, die Sprachmelodie der Luftlinge nachzuahmen.

»Es geht uns … gut«, sagte der ältere Mann. »Ich kann nicht sagen, dass wir –«

Jemand unterbrach ihn, riss ihm die Sprechmuschel aus der Hand. »Hören Sie, Miss Grafdingel oder wie immer Sie heißen. Einer meiner Freunde hat sich gerade auf den Boden erbrochen. Mir wird allmählich immer schwindliger. Wieso tun Sie nichts?«

Cassie vermutete, dass es sich bei dem Sprecher um einen der drei Universitätsstudenten handelte. »Wir versuchen, Sie so schnell wie möglich zum Fahrstuhl zu bringen, Sir, aber *Bertha* ist nicht für hohe Geschwindigkeiten geschaffen worden. Ihre Höchstgeschwindigkeit liegt –«

»Das interessiert mich nicht! Hier unten sind Kinder. Es muss doch eine Möglichkeit geben, den Luftdruck unten zu halten.«

»Die Vakuum-Pumpe arbeitet mit voller Kraft, aber es wird keinen großen Unterschied machen, solange die Luke zerbrochen ist.«

»Dann kommen Sie runter und reparieren Sie sie irgendwie!«, verlangte der Student.

»Das kann ich nicht«, sagte Cassie. »Um in die Ladebucht zu gehen, muss ich die Türen entriegeln, und das würde es für Sie nur noch schlimmer machen. Vielleicht können Sie etwas finden, das Sie in die Lücke stopfen, etwas Stoff oder so was.«

»Das haben wir bereits getan. Es hilft etwas, aber nicht viel.«

»Das ist alles, was mir einfällt. Es tut mir leid.«

Ein Schwall von Beschimpfungen kam aus dem Lautsprecher. Cassie hatte nicht gewusst, dass die Luftlinge so fluchen konnten.

Sie sah Fletcher an.

»Nun, da hast du ein paar neue Ausdrücke, die du bei der nächsten Tour benutzen kannst.«

»Vorausgesetzt, es gibt eine nächste Tour«, erwiderte Cassie.

Danke sehr

Fletcher lenkte *Bertha* zu einem Parkplatz des großen Gebäudes, das wie eine Lagerhalle wirkte und das Sortierhaus des Vikariats gewesen war. Cassie sprang durch den Zugang am Boden der Fahrerkabine hinaus und überließ es Fletcher, den Schalter zu betätigen, um die Ladebucht zu öffnen.

Luft rauschte seufzend ins Innere, als sich die Lukentür öffnete, obwohl es nicht das laute, scharfe Zischen wie sonst war. Zur gleichen Zeit wehte der säuerliche Gestank von Erbrochenem nach draußen. Cassie musste sich zwingen, nicht zu würgen.

Die Luftlinge stolperten heraus – zuerst die Mutter und die Kinder, dann die Studenten.

Die Mutter sagte nichts. Sie warf Cassie nur einen vernichtenden Blick zu, dann schob sie ihre Kinder mit den Schwingen in Richtung des Sortierhauses mit den Doppeltüren. Vom Rat ernannte Beamte warteten jenseits der Türen mit einer Flotte batteriebetriebener Wagen, um die Luftling-Besucher zurück zur Fahrstuhlkammer zu bringen.

Einer der Studenten lief hinter der Mutter und den Kindern her. Er war grün im Gesicht und offensichtlich derjenige, dem schlecht geworden war. Er wollte so schnell wie möglich zu den Fahrstühlen.

Die beiden anderen Studenten traten verärgert zu Cassie.

»Nun, als was bezeichnen Sie so was?«, fauchte der Größere von ihnen. »Alles Teil der Erfahrung auf der Erde, schätze ich. Ein Scheibchen von dem Leben, das hier unten gelebt wird.«

»Wir hätten dabei sterben können!«, sagte der andere, in dessen Gefieder Flamingofedern eingenäht waren. Dadurch wirkte er, als würde er in Flammen stehen, aber das dunkle Rosa passte auch zu der empörten Rötung seiner Wangen.

»Ich bezweifle, dass Sie gestorben wären«, erwiderte Cassie. »Es bestand keine echte Gefahr –«

»Oh, das *bezweifeln* Sie, ja?«, blaffte der Größere. »Dann ist es also üblich, dass man bei diesen Touren mit Steinen beworfen wird? Oder vielleicht haben Sie das ja auch arrangiert. Um der Tour etwas mehr Würze zu verleihen.«

»Das is einfach nur dumm.«

»Womöglich fangen Sie an, den Leuten dafür noch extra was abzuknöpfen«, sagte der Flamingogefiederte. »Sie wissen schon, zur Gewährleistung der ›Sicherheit‹. Was Sie hier betreiben, ist Abzocke unter dem Vorwand des Schutzes.«

Cassie hatte Mühe, angesichts derart lächerlicher Vorwürfe eine gelassene Miene beizubehalten. Wie alt waren die beiden? Neunzehn? Nicht viel älter als sie jedenfalls, höchstens zwei Jahre, und trotzdem behandelten sie sie wie ein Kind.

»Der Vorfall tut mir wirklich leid«, sagte sie. »Aber die Umstände lagen vollständig außer unserer Kontrolle. Wenn es etwas gibt, das ich für Sie tun kann, um –«

»Es gibt tatsächlich etwas. Eine Rückzahlung.«

»Eine vollständige Rückzahlung«, stieg Flamingo-Gefieder darauf ein.

»Würde Sie das glücklich stimmen?«, fragte Cassie.

»Nein, aber es würde uns das Gefühl geben, dass wir nicht über den Tisch gezogen worden sind.«

Zögernd ging Cassie los, um die Gaben zu holen, mit denen die Luftlinge die Tour bezahlt hatten. Es waren Schmuckgegenstände, Silberwaren und kleine, wunderschön geschnitzte Holzstatuetten. Die Kunstgegenstände der Luftlinge besaßen eine Feinheit und Eleganz, mit denen es die der Erdlinge nicht aufnehmen konnten.

»Welche waren Ihre?«, fragte sie und hielt ihnen den Kasten mit den Gaben dieses Tages hin. Es wirkte wie eine ordentliche Summe, obwohl man das nie sagen konnte, solange man nicht beim Händler gewesen war. Cassie hasste es, auch nur einen Teil davon aufgeben zu müssen.

Die beiden Studenten zogen ein goldenes Armband und eine kleine Mahagoni-Figur in Gestalt eines fliegenden Adlers heraus. Flamingo-Gefieder nahm auch einen Fächer mit einem Griff aus Elfenbein heraus, mit dem der dritte Student bezahlt hatte, dem schlecht geworden war.

»Ich werde Sie nicht an meine Freunde weiterempfehlen«, sagte der größere Student hochmütig, während er und Flamingo-Gefieder zum Eingang stolzierten.

»Würde mich wundern, wenn du überhaupt irgendwelche Freunde hast«, murmelte Cassie leise.

Das ältere Luftling-Paar hatte die ganze Zeit stumm zugesehen, und jetzt wandte sich Cassie müde an sie, in der Erwartung, dass es so weitergehen würde.

»Hier«, sagte sie und nickte in Richtung des Kästchens in ihren Händen. »Nehmen Sie sich, was Ihnen gehört, und gehen Sie.«

»Junge Frau«, sagte der Mann. »Ich kann mich nicht genügend für die beiden entschuldigen.« Er machte eine Geste zu den verschwindenden Studenten. »Solche Undankbarkeit ist unverzeihlich. Glauben Sie mir, sie repräsentieren nicht die ganze Welt der Luftlinge. Beurteilen Sie die übrigen Luftlinge bitte nicht nach ihnen.«

»Oh«, sagte Cassie verblüfft.

»Es war nicht Ihr Fehler, was da passiert ist«, erklärte die Frau. »Und ich glaube wirklich nicht, dass wir in irgendeiner ernsten Gefahr waren. Dieser junge Mann, der krank geworden ist – das war Angst und Panik, nicht die Bodenkrankheit. Er hat sich selbst in diesen Zustand hineingeredet.«

»Also wollen Sie Ihre Gaben nich zurückhaben?«

Der Mann schüttelte heftig den Kopf. »Ganz im Gegenteil. Tatsächlich glaube ich, Vesta hat etwas für Sie.«

Er nickte seiner Frau zu, die den Verschluss ihrer Halskette löste. Cassie hatte die Kette schon zuvor bemerkt, als die Touristen eingestiegen waren. Sie bestand aus Opalen und war einfach herrlich. Jeder der kostbaren weißen Steine war in einer rundlichen, asymmetrischen Form geschliffen. In unregelmäßigen Abständen aneinandergebunden, erinnerten sie unwillkürlich an den Anblick glitzernder weißer Wolken.

Jetzt nahm die ältere Frau die Kette ab und reichte sie Cassie.

»Oh nein, die kann ich nich annehmen.«

»Doch, das können Sie. Und das werden Sie auch.«

»Aber sie is einfach zu schön.«

»Sie müsste die Rückzahlungen ausgleichen, die Sie geleistet haben.«

»Mehr als das«, erwiderte Cassie. »Dennoch, ich kann nich.«

»Ich werde ein Nein nicht akzeptieren.« Die Frau legte die Kette in das Kästchen. »Hier. Sie gehört Ihnen. Und jetzt müssen wir gehen, Schatz, nicht wahr?«, sagte sie an ihren Mann gewandt.

»Ja, das müssen wir.«

»Wir werden unseren Freunden sehr wohl eine Greifthaler-Tour empfehlen«, erklärte die ältere Frau, während sie nach dem Arm ihres Mannes griff. »Sogar sehr nachdrücklich.«

»Danke«, sagte Cassie, obwohl das Wort kaum auszudrücken vermochte, was sie empfand.

Das ältere Paar ging auf die Türen zu, und sie blieb ehrfürchtig mit der Kette in den Händen zurück. Farbsprengsel schimmerten im Weiß des Opals. Wenn sie das Kästchen leicht schräg hielt, lief ein vielfarbiger Schimmer durch die gesamte Kette.

Augenblicklich dachte sie an Az und das letzte Mal, da sie sich oben in Heliotropia gesehen hatten.

Sie hatten am Rand der Stadt gestanden und über die Wolkenlandschaft geblickt. Es war gegen Ende ihres Besuches gewesen, und sie hatte nicht mehr viel Sauerstoff in ihrem Beatmungsgerät gehabt. Az hatte sie wegen Michaels Hochzeit gefragt. Würde sie mit ihrer Familie kommen?

Sie hatte unverbindliche Laute von sich gegeben. *Vielleicht. Möglicherweise. Kommt drauf an.*

In diesem Moment war ein Sonnenstrahl auf einen gazeartigen Wolkengipfel gestoßen, und wie aus dem Nichts hatte sich ein Bogen aus Farben gebildet. Er hing ein paar Sekunden lang durchsichtig und schimmernd da, und dann verschwand er wieder. Sie hatte Az gefragt, was es war.

Er hatte erklärt: ein *Sonnenbogen*. Es war eine Lichttäuschung, etwas, das mit der Brechung des Lichts zu tun hatte, mit der Verzerrung der Sonnenstrahlen durch die Wolkenschwaden.

Er hatte es gesagt, als wäre es etwas Alltägliches, und für ihn war es das natürlich auch. Aber für sie, Cassie, war es einer der schönsten Anblicke, die sie jemals gesehen hatte.

Sie hatte in diesem Augenblick gewusst, dass zu viel zwischen ihnen stand: zu viel in Az' Welt, das er als selbstverständlich nahm und das sie nie so sehen konnte. Wenn dieser Sonnenbogen, dieses kurzlebige Wunder in den Wolken, nichts weiter bei ihm bewirkte als ein Achselzucken und eine wissenschaftliche Erklärung, wie konnten sie dann hoffen, sich auch nur auf der grundlegendsten Ebene zu verstehen? Sie waren sich so unähnlich.

Sie hatte diese Episode als Entschuldigung benutzt, wie sie jetzt begriff, als sie daran dachte. Sie hatte versucht, einen Grund zu finden, um nicht mehr mit Az zusammen sein zu müssen, und dazu war selbst der fadenscheinigste geeignet gewesen.

Die Opale erinnerten sie an den Sonnenbogen, und das genügte, um ihr Glück über die Kette aufzulösen. Das Gefühl zerplatzte wie ein Ballon, als es von einem Schuldgefühl aufgespießt wurde.

Sie schuldete Az nach wie vor eine Antwort auf die Einladung zu Michaels Hochzeit. Sie würde am nächsten Tag stattfinden, und sie hatte ihm immer noch nicht geantwortet. Sie hatte die ganze Angelegenheit einfach weggeschoben, und nun war es zu spät. Sie hatte ihn in der Schwebe gelassen, was schwach von ihr gewesen war, und deshalb schämte sie sich jetzt.

Wenn nur alles einfacher wäre! Wenn sie nur nicht all diese Sorgen, diese Verantwortlichkeiten haben würde!

Wenn nur, wenn nur, wenn nur.

»Was denkst du gerade?«

Cassie drehte sich um. Fletcher stand neben ihr. Sie hatte ihn nicht gehört.

»Sie sind nich mal einen Gedanken wert«, sagte sie, und dann schenkte sie ihm etwas, das ein kesses Lachen war, wie sie hoffte. »He, sieh dir das an!« Sie zeigte ihm die Halskette mit den Opalen. »Das gleicht wohl alles aus.«

»Nich schlecht.«

»Lass uns zur Stadt zurückfahren. Ich schätze, wenn wir uns beeilen, hat der Händler vielleicht noch auf.«

»Das weiß man nie.« Fletcher schnüffelte in der Luft,

dann näherte er sich der Ladefläche und wich mit einem angeekelten Gesichtsausdruck wieder zurück. »Iieeh! Das is widerlich. Nur gut, dass ich das nich wegmachen muss.«

»Ich auch nich. Ich schlage vor, Robert macht das.«

»Ja. Das is das Mindeste, was er tun kann, wo er den ganzen Tag nur zu Hause rumsitzt und Däumchen dreht.«

»Antrag angenommen. Zwei gegen einen. Robert macht's.«

Derjenige, welcher …

Tatsächlich saß Robert ganz und gar nicht den ganzen Tag zu Hause rum und drehte Däumchen. Zum einen ging er immer noch zur Schule, also war er während der Schulzeiten jeden Wochentag von acht Uhr morgens bis drei Uhr nachmittags ein angemessen aufmerksamer Schüler an der Höheren Schule von Bittertal in der Weberschiffstraße. Aber selbst in den Ferien bekam er nicht so oft die Möglichkeit, mit seinem Bruder und seiner Schwester mit *Bertha* auszufahren, wie er es gern gehabt hätte.

Der Grund war, dass jemand zu Hause bei ihrem Vater bleiben musste, und da Robert der Jüngste war, hatte man ihm diese Aufgabe übertragen.

Er war sich nicht ganz sicher, wie das passiert war. Sicherlich war es eigentlich Cassies Pflicht und nicht seine. Als Mädchen in der Familie war sie diejenige, an die man sich wandte, wenn es um so was wie Pflegen und Versorgen ging. Aber Robert stand auf der untersten Sprosse der Greifthaler-Geschwister, und gewöhnlich taten die jüngsten Brüder und Schwestern, was ihre älteren Geschwister ihnen sagten. Es war weder gerecht noch demokratisch, aber so war es nun mal. Und deshalb blieb die langweilige und undankbare Aufgabe, die er irgendwann als »Paps-Wache« zu bezeichnen begonnen hatte, an Robert hängen.

Es war allerdings eine notwendige Aufgabe. Es musste tatsächlich ständig jemand bei ihrem Vater sein. Niemand sagte das klar und deutlich, aber Dan Greifthaler konnte nicht allein gelassen werden.

Es ging Dan nicht gut.

Es ging ihm manchmal sogar so schlecht, dass Robert ihn kaum noch erkannte, wenn er ihn ansah.

In diesem Augenblick war Dan an seinem Lieblingsplatz: Er saß in seinem Lehnstuhl im Wohnzimmer. Er hockte einfach nur in der Ecke und starrte in den Raum hinein, die Hände auf dem Schoß gefaltet, die Fingerspitzen aneinandergelegt. Er sprach nicht, und er lachte nicht, und dabei hatte es mal eine Zeit gegeben, da hatte er selten nicht wenigstens das einen oder andere getan. Er lief auch nicht beschäftigt mit der einen oder anderen Aufgabe herum. Zum Beispiel sah man ihn nie an *Bertha* arbeiten, was immerhin mal seine bevorzugte Freizeitbeschäftigung gewesen war. Jetzt waren seine Nägel nicht mehr ständig schmutzig vom Ölwechseln, und sie hatten keine Flecken mehr vom Ersetzen von Dichtungsringen und Zündkerzen. Heutzutage aß er kaum etwas, und er rührte auch sein geliebtes Bier nicht an. Dan hatte immer einen

Bauch vor sich hergeschoben, den er irgendwie selbst in den Zeiten aufrechterhalten hatte, da das Glück die Familie verließ und Nahrung (und Bier) nur mangelhaft vorhanden waren.

Nun war er dünn geworden, ein Schatten seines früheren Selbst. Seine Augen waren tief eingesunken, als wäre er von innen ausgehöhlt worden. Die meiste Zeit seiner wachen Stunden verbrachte er damit, einfach nur dazusitzen und vor sich hin zu starren, obwohl er auch im Lehnstuhl döste oder sich am Nachmittag für ein oder zwei Stunden in sein Schlafzimmer schleppte. Gelegentlich stand er auf und sah aus dem Fenster. Manchmal konnte man ihn unten im Hof finden, wo er dann zu den Wolken hochschaute oder auf den Boden starrte. Selten, sehr selten, ging er durch die Vordertür nach draußen und blickte die Straße entlang, erst in die eine, dann in die andere Richtung, wobei er manchmal währenddessen seufzte. Aber das war auch schon das Höchstmaß an Aktivität, das er jemals zustande brachte, und er entfernte sich nie weiter als ein paar Meter vom Haus.

Stumm und verloren stolperte er durch die Tage seines Lebens.

Seit Martins Tod ging das so.

Alle Greifthalers betrauerten Martin. Seine Abwesenheit war ein ständiger Schmerz in ihren Herzen. Sie vermissten ihn schrecklich. Sie erinnerten sich an ihn als einen launenhaften, hitzköpfigen, eigensinnigen und letztlich kühnen und aufrichtigen Menschen – einen Helden. Er war unersetzbar, und der Schmerz über seinen Tod wollte nicht vergehen. Die Familie war ohne ihn nicht mehr die gleiche. Sie funktionierte nur noch irgendwie. Ein lebenswichtiger Teil fehlte.

Ihren Vater allerdings hatte es am schwersten getroffen. Dreizehn Jahre zuvor hatte er seine Frau verloren, und jetzt seinen ältesten Sohn. Es hatte ihn vollkommen aus der Bahn geworfen. Der widerstandsfähige, gutmütige und streitsüchtige Dan Greifthaler war weg, und an seiner Stelle fand sich nur noch die leere Hülle eines Mannes, sein in sich zusammengesunkenes Ebenbild.

Seine Kinder machten sich Sorgen, dass er eines Tages etwas wirklich Einschneidendes und Dummes tun könnte, wie zum Beispiel sich umbringen. Selbst wenn er nicht ganz so weit ging, fürchteten sie, dass er sich buchstäblich auflösen würde, wenn er sich weiterhin so sehr vernachlässigte. Vielleicht bekam er die Rassellunge oder eine andere Krankheit, die ihn von innen her zerstörte, da sein natürlicher Schutz eingeschränkt war; vielleicht genügte bei ihm allein der Kummer, um sie auszulösen.

Robert blieb also mit der Aufgabe betraut, ein Auge auf ihn zu haben, während Cassie und Fletcher ihre Touren unternahmen, und wenn er zur Schule musste, übernahm Colin Bummelgut seine Rolle.

Colin hatte sich zu Dans treuem Freund erklärt und war nur zu glücklich, dass er ihm Gesellschaft leisten konnte, wenn es notwendig war. Wahrscheinlich erledigte er einen besseren Job dabei, dachte Robert reuevoll. Colin quatschte Dan den ganzen Tag voll, erfreute ihn mit einer Geschichte nach der anderen über den weitschweifigen Bummelgut-Clan und ihre ungewöhnlichen und häufig illegalen Unterfangen. Die Konflikte, die sie sich mit der

Polizei lieferten, boten Stoff für Legenden. Ebenso auch ihre Fähigkeiten, Schnaps schwarzzubrennen, oder ihre raffinierten Methoden, zu Geld zu kommen, ohne wirklich etwas dafür zu tun. Colins Fundus an Bummelgut-Geschichten war offenbar unerschöpflich. Es war nicht ganz klar, ob Dan es genoss, sie zu hören, aber ganz eindeutig gefiel es Colin, sie zu erzählen. Es unterhielt *ihn*, auch wenn seine Zuhörerschaft nicht interessiert war.

Robert dagegen überließ seinen mürrisch vor sich hin starrenden Vater einfach sich selbst, während er sich um andere Dinge kümmerte. Er hatte das Gefühl, dass ihm ohnehin nicht zu helfen war, solange er das nicht selbst wollte. Und bis dahin sah er regelmäßig nach ihm, machte ihm Essen und brachte ihm Tee, ging ihm aber ansonsten aus dem Weg. Es war seltsam, wie langweilig und zermürbend die Depression eines anderen Menschen sein konnte. Zweifellos liebte Robert seinen Vater immer noch, aber er hasste die mürrische, stumme Anwesenheit, zu der er geworden war. In Roberts Augen müsste Dan, wenn er sich wirklich etwas aus seiner Familie machte, den Versuch unternehmen, sich von der Benommenheit zu befreien, in die er versunken war. Offensichtlich machte er sich *nicht* genügend aus ihr.

Die lange Mühsal eines weiteren Tages Paps-Wache näherte sich dem Ende. Als die Nacht hereinbrach und die grauen Wolken von Schwärze überzogen wurden, hörte Robert ein fernes Klirren und Klappern, das ihm verriet, dass *Bertha* zurückkehrte. Er fragte sich, wie viele zahlende Kunden an Bord gewesen waren und wie viel Geld Cassie und Fletcher beim Händler als Tausch für die Gaben der

Luftlinge erhalten hatten. Er spürte die Schärfe des Neides. Zumindest hatten sein Bruder und seine Schwester die Möglichkeit, mit *Bertha* rumzutrudeln, auch wenn es immer die gleiche Tour war. Zumindest bekamen sie etwas anderes zu sehen als die vier Wände des Familienhauses, die für Robert wie Gefängnisstäbe waren, wenn er auf Paps-Wache war. Zumindest konnten sie mit ihrer Zeit irgendwas anfangen. Hatten sie eine Vorstellung davon, wie frustrierend sein Dasein zur Zeit war?

Es schien eine gute Fahrt gewesen zu sein. Cassie verließ *Bertha* mit einem Bündel Banknoten in der Hand, die sie Robert eifrig zeigte.

»Hundertfünfzig!«, rief sie. »Wir hatten fünf Touristen, und einer von ihnen hat uns eine Kette mit echten Opalen gegeben. Der Händler war ziemlich beeindruckt.«

»Genau genommen waren es acht, nich fünf«, sagte Fletcher, der hinter ihr die Wendeltreppe hochkam.

Dann wurde die Geschichte erzählt: über das Zelt des Vikars, die aufgebrachten Stadtbewohner, den Steinhagel, die zerbrochene Luke.

»Allerdings«, sagte Fletcher, »obwohl wir heute gutes Geld gemacht haben, wird's einiges kosten, *Bertha* wieder in ihren alten Zustand zu bringen. Die neue Luke und eine neue Farbschicht und einige Arbeit, um die Beulen auszubessern …«

»Das können wir selbst machen«, erklärte Cassie. »Und vielleicht können wir das Glas für die Luke beim Reklamationshof bekommen, wo's gebraucht und billig sein wird.«

»Du siehst heute anscheinend alles sehr positiv, Schwester«, sagte Robert.

»Das muss auch jemand tun«, entgegnete Cassie, die entschlossen und dennoch auch etwas verzweifelt klang.

Robert wollte darauf etwas sagen, als eine ferne, tiefe Stimme vom Wohnzimmer aus sprach. Robert hatte diese Stimme in den letzten paar Monaten so selten gehört, dass er beinahe nicht erkannte, wem sie gehörte.

»*Bertha* is verletzt worden?«, rumpelte sie.

Dan sprang aus seinem Lehnstuhl hoch. Sein Rücken war gekrümmt, und er schwankte, und in seinen eingesunkenen Augen lag ein Blick, den keiner seiner Nachkömmlinge jemals bei ihm gesehen hatte. Den auch niemand mochte. Zwar waren seine Augen wieder voller Leben, aber das Licht, das sie jetzt belebte, war gelblich und unheilvoll. Es zeugte von verzerrten Gefühlen und einer Verzweiflung, die ein Ventil benötigte und eines gefunden hatte.

»Wer«, sprach Dan und stieß die Worte knurrend hervor, »hat ihr was getan?«

Vikar
Gerald
Hartschutt

Vikar Gerald Hartschutt saß in seinem Zelt und las im Licht einer Petroleumlampe. Es war zu früh, um seine Bettrolle herauszuholen und sich zum Schlafen hinzulegen, und abgesehen davon schlief er ohnehin nicht viel. Sein Gehirn war immerzu beschäftigt, so dass es ihm Mühe bereitete, es zu verschließen. Ein Gedanke nach dem anderen raste durch seinen Kopf, wie die Waggons eines Güterzugs, die ihn mit ihrem Rattern und Klappern wach hielten.

Das Buch in seinen Händen war ein dünnes Pamphlet mit dem Titel *Der Tod des Glaubens, das Ende aller Tage*, verfasst von einem gewissen Erzvikar Korbelgilt. Es war unsauber auf billigem Papier gedruckt und zählte sicher nicht zu jenen Werken, die man in einem gewöhnlichen Buchladen finden würde. Abdrucke kosteten nichts und wurden durch ein Netzwerk, das die Vikare aufgebaut hatten, privat verteilt. Eines war eine Woche zuvor in Hartschutts Besitz gelangt, als er dreißig Meilen entfernt in einer Stadt namens Eggenbrach gepredigt hatte. Unter seinen Zuhörern hatte sich ein schlicht gekleideter Vikar befunden, der nach dem Treffen zu Hartschutt gekommen war und ihm das Buch in die Hand gedrückt hatte.

»Das solltest du lesen, Bruder«, hatte er gesagt.

Hartschutt hatte gewusst, wer Korbelgilt war. Er hatte auch bereits gewusst, dass er bei einer seiner nächsten Reisen Bittertal aufsuchen wollte. Bittertal, dessen Vikariat von eben jenem Korbelgilt betreut worden war. Für Hartschutt war das ein Omen gewesen.

Er vertiefte sich in das Buch, trank hin und wieder aus dem Flachmann mit dem Whisky, den er neben sich stehen hatte. Motten und andere fliegende Insekten flatterten im Schimmer der Lampe herum. Hin und wieder warf sich eins mit einem lauten *Kling* gegen das heiße Glas, und manchmal folgte das Geräusch eines Zischens.

Korbelgilt schrieb, dass die erzwungene Vertreibung

der Vikare aus ihren Vikariaten ein Akt furchtbarer Ketzerei gewesen wäre. Nicht nur das, darüber hinaus wäre es dumm und kurzsichtig gewesen und hätte die Zivilisation – möglicherweise unwiderruflich – zerstört. Denn wenn die Menschen nach einem wolkenverhangenen Leben auf der Erde nicht mehr die Aussicht auf ein Leben als Emporgestiegene hätten, was hatte man dann nach dem Tod noch zu erwarten? Nichts. Überall im Land, sagte Korbelgilt, gelangten die Menschen allmählich zu dieser düsteren Erkenntnis. Man hatte ihnen die Hoffnung genommen. Es würde sicherlich nicht lange dauern, bis sie sie zurückforderten, und der beste Weg, wie das geschehen konnte, bestand darin, die Vikare wieder einzusetzen.

Hartschutt stellte fest, dass er an einigen Stellen in Korbelgilts Buch zustimmend nickte. An anderen wiederum schüttelte er in heftigem Widerspruch den Kopf. Zum Beispiel war Korbelgilt fest davon überzeugt, dass der einzige Weg, die Welt wieder in einen normalen Zustand zu versetzen, darin bestand, den Bilateralen Vertrag zu zerreißen, den Kontakt mit den Luftlingen abzubrechen und die Vikare wieder in die Vikariate zu bringen.

Hartschutt bezweifelte, dass das möglich war. Man konnte nicht mehr den exakt gleichen Zustand von damals zurückerlangen, dazu hatte sich die Art und Weise, wie die Welt funktionierte, zu sehr und zu grundlegend verändert. Natürlich konnte man eine zerbrochene Porzellantasse kleben, aber sie würde nie wieder so gut sein wie zuvor. Was nötig war, war eine brandneue Tasse.

Nun traf es sich, dass Hartschutt durchaus eine Vorstellung davon besaß, wie diese neue Tasse aussehen sollte und wie sie hergestellt werden könnte. In all den Monaten, die er sich in den Westterritorien aufhielt, hatte sein dahindonnerndes Güterzug-Gehirn über die Angelegenheit nachgedacht. Und vor kurzem hatte sich eine Antwort herauskristallisiert.

Schritte erklangen vor dem Zelt und erregten seine Aufmerksamkeit. Hartschutt legte Korbelgilts Buch beiseite und sah auf, beschattete die Augen gegen das Lampenlicht.

Ein Mann trat keuchend ein. Er war zerzaust und aufgebracht. Seine Augen funkelten, die Haare waren strubbelig, und er hatte nicht mehr viele Zähne.

Hartschutt spürte, dass es Ärger geben würde, aber er verhielt sich ruhig. Er wusste, dass er und seinesgleichen nicht sehr beliebt waren. Deshalb war ihnen das Predigen innerhalb der Stadtgrenzen verboten worden. Im Augenblick war die Stimmung der Öffentlichkeit gegen sie und gegen all das, wofür sie standen. Viele Wanderprediger trugen genau aus diesem Grund keine Roben mehr. Zwar wollte eine Minderheit von Leuten nach wie vor hören, was sie zu sagen hatten, aber die Mehrheit wollte es nicht und konnte sehr aggressiv werden, was das betraf. Aus diesem Grund war es klug, möglichst unerkannt zu reisen.

Hartschutt schämte sich nicht für das, was er war, und er trug seine Robe offen und mit Stolz. Er hatte etwas zu sagen, er musste Wahrheiten verbreiten, und es kümmerte ihn nicht, wenn sich die Leute darüber aufregten.

Allerdings trug er als Vorsichtsmaßnahme auch noch etwas anderes unter seiner Robe: ein Messer mit einer zwanzig Zentimeter langen Klinge, das er in einer Scheide am Schienbein befestigt hatte.

Und er wusste durchaus, wie man damit umging. Bevor Hartschutt Vikar geworden war, war er Jäger gewesen. Er war im Fahlen Hochland aufgewachsen, einer gebirgigen Region, in der das Stellen und Töten von Wildtieren nicht der Unterhaltung diente, sondern dem Überleben. Hartschutt beherrschte den Umgang mit Pfeil und Bogen mit einer tödlichen Genauigkeit. Er konnte das Auge eines Bullen aus hundert Schritt Entfernung treffen. Mit dem Messer war er nicht weniger geschickt. Einmal hatte er einen Felshasen aus sechzig Metern Entfernung aufgespießt, indem er das Messer so geschleudert hatte, dass die Klinge das fliehende Tier in den Kopf getroffen und es augenblicklich getötet hatte.

Während seiner jüngsten Reisen war Hartschutt oft von zornigen, empörten Stadtbewohnern unterschätzt worden. Weil er viel Zeit im Vikariat verbracht hatte, hielten sie ihn für sanft und verwöhnt – eine leichte Zielscheibe.

Sie hatten sich geirrt.

Und dieser Mann würde die gleiche Lektion lernen, wenn er nicht aufpasste.

»Hallo«, sagte Hartschutt ruhig. »Es tut mir leid, aber die Predigt für diesen Tag ist vorüber. Ich werde morgen noch eine halten, falls Sie interessiert sind. Vielleicht sollten Sie dann wiederkommen.«

»Mich interessiert Ihr vikarisches Gequatsche nich«, sagte der Mann und marschierte den Gang entlang auf ihn zu. »Ich will nur wissen, wieso Sie diesen Ärger veranstaltet und die Leute dazu gebracht haben, meine *Bertha* anzugreifen.«

»Ihre …?« Es dauerte einen Moment, aber dann begriff Hartschutt, worauf er sich bezog. »Oh. Der Düsterspäher.«

»Ja, der Düsterspäher«, knurrte der Mann. »Wo kommen Sie her, dass Sie's wagen, die Leute hier so aufzuwiegeln? Wir hatten in der Vergangenheit genug Ärger mit ihresgleichen, und Sie kommen einfach her und schüren wieder schlechte Gefühle und machen den Leuten Angst. Ich werd das nich zulassen!«

Der Mann blieb nur ein paar Meter vor Hartschutt stehen. Hartschutt musterte ihn sorgfältig und kam zu dem Schluss, dass der Mann einmal größer und kräftiger gewesen war als jetzt. Seine Kleidung hing locker an seinem Körper. Seine Haut war auf ungesunde Weise blass. Früher einmal hätte Hartschutt darauf geachtet, sich mit einem solchen Kerl nicht anzulegen, ob mit oder ohne Messer. Jetzt allerdings wusste er, dass er keine Schwierigkeiten haben würde, diesen Mann zu besiegen, wenn es zu einer Auseinandersetzung kommen sollte.

Aber Hartschutt wollte nicht, dass es dazu kam. Der Mann schien eher sein Mitgefühl zu verdienen als seine Feindseligkeit.

»Wie heißen Sie?«, fragte er. »Wir sollten uns zumindest vorstellen, bevor wir weitermachen.«

Der Mann blinzelte. »Greifthaler. Dan Greifthaler.«

»Angenehm, Sie kennen zu lernen, Dan. Ich bin Gerald Hartschutt.« Er hielt ihm die Flasche hin. »Möchten Sie einen Schluck?«, fragte er.

Das Erwachen aus einem langen Traum

Dan zögerte, dann griff er nach dem kleinen Behälter aus geglättetem Stahl. Es war fast ein Reflex. Jemand bot einem höflich ein Getränk an, und man akzeptierte. Aber er war auch verwirrt über seine Reaktion. Er war hergekommen, um dem Vikar die Leviten zu lesen und ihn ein bisschen zurechtzustoßen. Er hatte keine ernste Schlägerei im Sinn gehabt, er wollte nur etwas Frustration und Empörung an ihm auslassen und ihm den ein oder anderen blauen Fleck verpassen. Vielleicht noch Hackholz aus ein paar Stühlen machen.

Aber jetzt war er sich nicht mehr sicher, wieso er das hatte tun wollen. Es war ihm wie eine gute Idee vorgekommen, als er gehört hatte, dass *Bertha* mit Steinen beworfen worden war. Er hatte sich wunderbar klar gefühlt, als er aus dem Haus und der Stadt gestürmt war. Zum ersten Mal seit Jahren hatte er wieder ein Ziel gehabt, etwas, das er tun wollte, eine Absicht. Es war, als wäre er aus einem langen Traum erwacht.

Und dann das hier.

Es war, als wäre schlagartig die Luft aus ihm rausgelassen worden. Er fühlte sich leer. Seine Finger schlossen sich um den Flachmann. Er nahm den Deckel ab und trank einen

Schluck. Es war guter Whisky. Reiner Malzwhisky, wenn er sich nicht irrte. Kostbares Zeug.

Ein Vikar, der Whisky trank? Wein vielleicht. Das war das, was Vikare gewöhnlich zu sich nahmen. Auch Portwein und Branntwein. Aber Whisky?

»Ich komme vom Fahlen Hochland«, sagte Hartschutt, als könnte er seine Gedanken lesen. »Dort wird Whisky wie Wasser getrunken. Wie es heißt, tut man den Säuglingen jede Nacht einen Tropfen in die Milch. Ich glaube nicht, dass das gesund ist, aber ich vermute, dass es sowohl den Kindern wie den Eltern zum Schlafen verholfen hat.« Er kicherte und wurde kurz darauf wieder ernst. »Und jetzt zu Ihrem Düsterspäher. Ich möchte Ihnen sagen, dass es mir leidtut, und Sie um Verzeihung bitten. Es war ein unglückseliger Vorfall. Ich wollte nicht, dass das geschieht.«

»Nein? Wirklich nich?«, fragte Dan. Halb geistesabwesend trank er noch einen Schluck.

»Es ist nach meiner Predigt passiert. Alle hatten bereits das Zelt verlassen, und als ich begriffen habe, was vor sich ging, war es zu spät. Ich habe sie aufgefordert, damit aufzuhören, aber sie haben nicht auf mich gehört. Und wenn Sie mich fragen – Ihr Düsterspäher hat sich gerächt. Er hat sich gut geschlagen. Häcksel, Rauch – es war ziemlich interessant, dem zuzusehen, wirklich. Da sind bei einigen schlimme Gefühle hochgekocht, anschließend, das kann ich Ihnen sagen, aber es ist mir gelungen, sie zu beschwichtigen und alle davon zu überzeugen, dass sie sich das selbst eingebrockt hatten. Sie haben keine Vergeltung zu befürchten.«

»Dennoch wäre das alles nich passiert, wenn Sie diese

Stadtbewohner mit ihrem Gerede nich so angefeuert hätten«, sagte Dan.

»Da haben Sie recht. Schuldig im Sinne der Anklage. Dafür entschuldige ich mich.«

Dan war noch verwirrter als zuvor. Der Vikar schien das vollkommen ernst zu meinen. Das allein unterschied ihn von jedem anderen Vikar, den er zuvor kennen gelernt hatte. Gewöhnlich konnte ein Robenträger Aufrichtigkeit nicht einmal dann erkennen, wenn sie ihn in den gut gepolsterten Hintern biss.

Was ihn noch von den anderen unterschied, waren seine Haare. Sie waren wie Feuer. Dan war wie hypnotisiert von ihnen. Er hatte noch nie so rote Haare gesehen, obwohl er wusste, dass sie bei den Leuten des Fahlen Hochlands üblich waren.

Er räusperte sich. »Nun. Entschuldigung angenommen, vermute ich. Kein echter Schaden entstanden. Jedenfalls nich gegenüber *Bertha*. Diese Luftlinge, die an Bord waren, denen ging's ebenfalls gut, wie's aussieht. Ein bisschen erschüttert, ein bisschen verärgert, aber keine Prellungen, keine Knochenbrüche. Es is nur …«

»Ja?«

»Wir hatten hier in Bittertal einige schlechte Erfahrungen mit dem Mob und mit Aufwieglern. Es ist noch gar nich so lange her … aber Sie kennen die Geschichte wahrscheinlich. Die meisten kennen sie.«

Hartschutt nickte. »Der Humanisten-Aufstand von Bittertal. Er war der Katalysator, der Grund, warum jetzt alles so ist, wie es ist.«

»Verstehen Sie, ich dachte, Sie sind ein neuer Alan

Dampfsager. Aber das sind Sie nich. Sie sind nur ein weiterer Wanderprediger.«

»Ihren Worten nach zu schließen«, sagte Hartschutt, »sind Sie kein Anhänger von Vikaren.«

Dan wedelte mit einer Hand in der Luft. »Nich wirklich. Mein Sohn, müssen Sie wissen, mein ältester Sohn … er … er is gestorben. Er is bei einem Kampf mit einem Vikar gestorben. Ein schlechter Mann, dieser Vikar. Verdorben und bestechlich und, wie sich herausgestellt hat, war er krank im Kopf. Martin, mein Sohn, is gestorben, als er ihn davon abhalten wollte, etwas zu tun, das den Tod einer Menge Leute bedeutet hätte. Keine Frage, das war es wert, dafür zu sterben. Aber wenn dieser Vikar nich gewesen wäre, könnte Martin immer noch … leben.«

Vikar Hartschutt deutete auf einen Stuhl. Dan nahm die Einladung an und setzte sich. Eine Weile konnte er nicht sprechen. Er war in einem Wirbel von Erinnerungen gefangen, schmerzhaften und schuldbeladenen. Alles, worüber er im vergangenen Jahr gebrütet hatte, was ihn gequält hatte, kochte jetzt in ihm hoch. Er kippte noch etwas Whisky runter, ohne es wirklich zu merken. Was, wenn er an diesem furchtbaren Tag eher ins Vikariat gekommen wäre? Wenn er in der Lage gewesen wäre, Martin in der Hochofenhalle zu finden? Hätte er ihn dann retten können? Hätte er sich selbst opfern können, im Kampf gegen Vikar Schmetterlänger? Wäre das nicht unendlich viel besser gewesen? Söhne sollten ihre Väter begraben und nicht umgekehrt.

Und plötzlich begann Dan zu weinen – so heftig zu weinen, dass er kaum Luft holen konnte. Er schluchzte. Tränen liefen seine Wangen herunter, brannten wie Säure.

Er fühlte sich hilflos und hoffnungslos. Der Impuls, der ihn zum Zelt des Robenträgers geführt hatte, war vollkommen verschwunden. Er war wie ein angezündetes Streichholz gewesen, kurz aufgeflackert und schon verloschen.

Da war nichts mehr außer seiner eigenen Trauer und seiner Reue.

Er spürte eine Hand auf seiner Schulter.

»Erzählen Sie mir mehr, Dan«, sagte Hartschutt. »Erzählen Sie mir alles.«

»Die Menschen brauchen das Geheimnis«

Die Kerosinlampe spuckte und zischte. Noch mehr Insekten starben, flogen zu nah ans Licht und verbrannten sich die Flügel. Vor dem Zelt war es dunkel und still.

Viel von dem, was Dan gesagt hatte, wusste Hartschutt schon. Die Ereignisse von Bittertal waren bereits in die Geschichte und ins Volkstum eingegangen. Überall auf der Welt sprachen die Menschen darüber, wie die Humanisten das Vikariat belagert hatten und die Luftlinge gekommen waren, um die Belagerung zu beenden. Und jedes Mal fügten sie ihre eigenen ausgedachten Einzelheiten hinzu, ihre eigenen Ausschmückungen, so dass sich die Geschichte mehr und mehr veränderte und immer komplizierter und größer wurde.

Erzvikar Korbelgilts Buch enthielt eine eigene Version von dem, was geschehen war, obwohl das, was Korbelgilt berichtete, einseitig und weniger beschreibend als vielmehr kritisierend war. Verrat! Frevel! Schande! Das waren die Begriffe, mit denen Korbelgilt um sich warf, Ausrufezeichen inbegriffen.

Wie Korbelgilt war auch Dan Augenzeuge gewesen. Er hatte mitgemacht. Und wie Korbelgilt hatte er für seine Beteiligung bezahlt, wenn auch um einiges teurer als der Erzvikar. Letztendlich hatte Korbelgilt Luxus und Prestige verloren, während der Preis, den Dan dafür zu zahlen gehabt hatte, dass er in den Aufstand der Bittertal-Rebellen einbezogen worden war, in nichts weniger bestand als dem Verlust seines ältesten Sohnes.

Hartschutt hörte ihm aufmerksam zu, als er die ganze tragische Geschichte erzählte. Hin und wieder stolperte er bei einer besonders schwierigen Erinnerung, wie seinen Auseinandersetzungen mit Martin über dessen Überzeugungen als Humanist. Mit ein oder zwei sanften Nachfragen entlockte Hartschutt ihm dann den nächsten Teil der Geschichte: *Wie haben Sie sich dabei gefühlt? Glauben Sie, Sie können sich etwas deutlicher erklären?*

Schließlich gab es nichts mehr zu erzählen. Dan war heiser und fühlte sich ausgepumpt und auch etwas verwirrt.

»Ich hab das vorher noch nie jemandem erzählt«, sagte

er. »Nie an einem Stück, von Anfang bis Ende. Und erst recht nich einem Fremden.«

»Manchmal ist es leichter, mit einem Fremden zu reden als mit Freunden oder der Familie«, erwiderte Hartschutt. »Es steht gefühlsmäßig nicht so viel auf dem Spiel. Man kann offen sein, ohne Angst haben zu müssen, dass man die Gefühle von jemandem verletzt oder jemanden verärgert oder langweilt.«

»Aber Sie sind ein Vikar.«

»Und ich sehe, dass Sie allen Grund haben, sich über das, was ich bin, zu ärgern. Aber angesichts dessen, was Sie am Anfang gesagt haben, schätze ich, dass Sie auf gewisse Weise spüren, dass Vikare nicht nur etwas Schlechtes sind.«

»Es is seltsam, aber ich hatte immer den Eindruck, dass wir Sie ganz schön brauchen. Was mich persönlich betrifft, habe ich jedenfalls Sie und ihresgleichen gebraucht, meine Familie hat Sie gebraucht, weil wir von Ihnen gelebt haben. Aber darüber hinaus brauchten wir alle Sie, wir ›Erdlinge‹, wie wir uns heutzutage nennen sollen. Für uns alle war es wichtig, dass Sie hier zwischen uns und denen über den Wolken waren. Es war eine Art … Vorhang, würde ich sagen. Ein menschlicher Vorhang. Jemand, der dafür sorgt, dass das Geheimnis ein Geheimnis bleibt.«

»Die Menschen brauchen das Geheimnis in ihrem Leben.«

»Genau! Verdammt, das is genau der richtige Ausdruck dafür. Die Leute brauchen das Geheimnis. Und jetzt gibt es keins mehr. Wir treffen die Emporgestiegenen ständig, kennen sie persönlich. Wir sehen sie und merken, dass sie uns sehr ähneln, abgesehen von den, Sie wissen schon.« Er ahmte Flügel auf dem Rücken nach. »Sie sind vielleicht ein bisschen hochtrabender als die meisten von uns, und ich leugne nich, dass sie gewöhnlich auch besser aussehen. Nich hübscher als wir, nur einfach mehr ...« Er suchte nach einem Wort, das das generelle Erscheinungsbild der Luftlinge beschrieb.

»Gepflegter?«, schlug Hartschutt vor.

»Das is es. Gepflegter, ja. Geschnittene Fingernägel, schönere Kleidung, sonnengebräunte Haut und so weiter. Aber dennoch sind es Leute wie wir. Meine Tochter is mit einem von ihnen ziemlich gut befreundet. Er is ein guter Junge.«

»Az, richtig? Der, den Sie erwähnt haben. Der flügellose Luftling.«

»Genau. Und die schlichte Tatsache, dass er und sie Freunde sein können – dadurch wird alles ein bisschen zu normal, wenn Sie verstehen, was ich meine.«

»Es hat Ihnen besser gefallen, als Sie noch glauben konnten, dass wir nach dem Tod emporsteigen und als geflügelte Wesen wiedergeboren werden würden, um ein herrliches zweites Leben in den Himmelsstädten zu verbringen.«

»Ja. Nein. Ich war mir ohnehin nie ganz sicher, was das betrifft. Es kam mir irgendwie unwahrscheinlich vor. Ein bisschen zu weit hergeholt. Aber ich fand immer, dass wir trotzdem daran glauben sollten, weil dann das Leben in dieser Welt, in dieser grauen Welt, in der die Sonne niemals richtig scheint ... nun, es wurde dadurch erträglicher. Es war wie der herzhafte Teil einer Mahlzeit, durch den man hindurchmusste, um zum Süßen zu gelangen. Ergibt das irgendeinen Sinn?«

»Es ergibt sogar sehr viel Sinn.«

»Verstehen Sie mich nich falsch. Die Welt war damals nich perfekt. Zum Beispiel war klar, dass ihr Vikare alle anderen ausnutzt. Ihr habt mich ausgenutzt und darauf geachtet, dass ihr nich's von dem verliert, was ihr besessen habt.«

Hartschutt zuckte mit den Schultern, um seine Zustimmung anzudeuten.

»Sie geben es zu?«

»Nur zu bereitwillig, Dan. Mir hat dieser Teil unseres Lebensstils nie behagt. In meinem eigenen Vikariat bin ich wegen der zur Gewohnheit gewordenen Annehmlichkeiten oft mit dem Erzvikar aneinandergeraten. Ich habe mich dafür eingesetzt, dass wir uns mehr zurücknehmen und verzichten sollten. Wir hätten ein besseres Beispiel für alle anderen abgegeben. Aber mein Erzvikar hat das nie so gesehen, und ich habe häufig eine Woche in der Büßer-Zelle verbracht, weil ich ihn offen herausgefordert habe.«

»Wissen Sie was?«, sagte Dan und sah Hartschutt in die Augen. »Ich glaub Ihnen, ja, das tu ich.«

»Lassen Sie mich eins sagen, Dan«, erklärte Hartschutt ernst. »Sie sind nicht allein. Ich bin weit gereist und viel herumgekommen, seit ich und die anderen Vikare aus unseren Vikariaten hinausgeworfen worden sind, und überall, wo ich gewesen bin, bin ich auf Leute gestoßen, die genauso denken wie Sie, auch wenn sich nur wenige so genau und sachlich darüber geäußert haben. Ich habe mit Fischern an der Granitküste und Bauern in den Ebenen der

Stille gesprochen. Ich habe Bürgermeister und Minenarbeiter, Fabrikarbeiter und Musiker getroffen. Ich habe mein Zelt vor unzähligen Städten und Dörfern errichtet und vor Zuhörerschaften gepredigt, deren Größe von einem einzigen Menschen bis zu hundert reichte, und ich habe gehört, was sie nach der Predigt zu sagen hatten. Und es ist genau das Gleiche wie das, was ich jetzt von Ihnen höre. ›Ja, die Welt vorher war nicht vollkommen, aber jetzt ist sie noch weiter davon entfernt, vollkommen zu sein.‹«

Hartschutt machte eine Pause, um sicherzustellen, dass er Dans ganze Aufmerksamkeit hatte.

»Aber wissen Sie was?«, fuhr er fort. »Ich glaube, sie könnte doch noch vollkommen werden.«

Hochstimmung

Einige Zeit später schlurfte Dan nach Hause. Es war dunkel auf der Straße, aber die fernen, schimmernden Lichter der Stadt führten ihn. Ohne Probleme kam er bei seinem Haus an, und als er es betreten hatte, ließ er zu, dass seine besorgten Kinder viel Aufhebens um ihn machten.

»Du bist Stunden weg gewesen, Paps.«

»Is alles in Ordnung?«

»Wir haben uns Sorgen gemacht. Du hast gesagt, dass wir dir nich folgen sollen, und das haben wir auch nich getan, aber so, wie du weggelaufen bist, war es schwer zu wissen, was wir daraus schließen und tun sollten.«

»Du bist nich zufällig in Schwierigkeiten geraten, oder?«

»Kinder«, sagte Dan.

Die Festigkeit seiner Stimme und die Ernsthaftigkeit, mit der er sprach, überraschten sie. Aber es war eine angenehme Überraschung. Fletcher, Cassie und Robert sahen ihren Vater an und begriffen, dass ihr alter Vater wie durch ein Wunder wieder zurückgekehrt war. Er war weggegangen, um dem Vikar Vorhaltungen zu machen, und kehrte mit vollerem Gesicht und leuchtenderen Augen heim. Er wirkte sogar etwas größer als zuvor. Sie konnten kaum glauben, dass er wieder der Alte war, aber da sie es mit eigenen Augen sahen, war es nicht zu leugnen.

»Kinder«, sagte er noch einmal. »Ich bin in der letzten Zeit ein nutzloser alter Kerl gewesen. Leugnet das nich. Ihr wisst, dass es so war. Für euch nich gut und für niemanden sonst. Das is jetzt vorbei. Und es wird nie wieder passieren.«

»Was hast du mit dem Vikar gemacht, Paps?«, fragte Robert. »Hast du ihm eine Tracht Prügel verpasst?«

»Was zwischen mir und diesem bemerkenswert rothaarigen Kerl passiert is, geht nur mich und ihn was an. Ich möchte nur, dass ihr wisst, dass ich euch liebe, immer geliebt habe und immer lieben werde, und dass ich euch dafür danke, dass ihr's so lange mit einem so erbärmlichen Trauerkloß wie mir ausgehalten habt. Wie ich schon sagte, so was wird nie wieder passieren.«

»Oh, Paps!«, sagte Cassie, sprang auf ihn zu und gab ihm einen stürmischen Kuss auf die stoppelige Wange.

»Nun, was haltet ihr davon, wenn wir was von eurem schwer verdienten Geld nehmen und in den ›Krug und

Löffel‹ gehen? Ich weiß, dass wir Geld für unsere laufenden Kosten brauchen und Schulden haben und sparen müssen, aber wann sind wir das letzte Mal zusammen essen gegangen? Wann sind wir das letzte Mal wie eine normale Familie ausgegangen? Lasst uns ein bisschen *leben*.«

Es war spät, aber im ›Krug und Löffel‹, Bittertals größtem Wirtshaus, gab es immer noch etwas zu essen. Die Greifthalers setzten sich an einen Tisch im Nebenzimmer und bestellten Pasteten, Kuchen und Bier. Eine Musikgruppe spielte im anderen Zimmer flotte Weisen, und die Musik war wie ein Hoffnungsschimmer. Als die Speisen und Getränke kamen, stürzten sich die Greifthalers erst einmal darauf und vertilgten alles restlos. Dann lehnten sie sich mit vollen Bäuchen zurück und unterhielten sich entspannt und fröhlich. Eine Zeitlang waren sie wieder eine richtige Familie.

»Cass und Fletch wollten, dass *ich* die Kotze der Luftlinge wegmache!«, beklagte sich Robert. »Wieso muss ich das tun? Das is nich gerecht. Sag ihnen das, Paps. Sag ihnen, dass das nich gerecht is.«

Sein Vater lachte nur.

Als sie wieder zu Hause waren, gingen die drei Greifthaler-Geschwister in bester Stimmung zu Bett. Besonders Cassie hatte sich seit Ewigkeiten nicht mehr so zuversichtlich gefühlt. War es möglich – tatsächlich möglich –, dass schließlich alles wieder so werden würde wie früher?

Als sie am nächsten Morgen aufstanden, stellten sie fest, dass ihr Vater nicht da war.

Sein Bett war unbenutzt. In seinem Schrank fehlten Kleidungsstücke. Die Stiefel standen nicht wie sonst oben an der Wendeltreppe.

Es gab keine Nachricht, oder zumindest fanden sie keine. Er hatte nicht den kleinsten Hinweis darauf hinterlassen, wo er war, wie lange er wegbleiben würde oder warum er gegangen war.

Er hatte einfach irgendwann in der Nacht das Haus verlassen.

Er war gegangen.

Verschwunden.

Weg.

Der große Tag

Die Hochzeit von Michael Gabrielson und Aurora Jukarsdotter verlief ohne Schwierigkeiten, sehr zur Erleichterung der Mutter des Bräutigams. Ramona Gabrielson verbrachte fast den ganzen Tag in einem Zustand der Betriebsamkeit und Ruhelosigkeit. Sie zitterte bei jedem einzelnen Schritt, angefangen von dem Moment, da die Versammlungshalle von Himmelshaven für die Gäste geöffnet wurde, bis zu dem Augenblick, da die Frischvermählten in Michaels Helikopter wegflogen (der – eine Gefälligkeit von Az – mit Bändern und Blechdosen versehen worden war und über dem Rumpf ein Banner mit der Aufschrift »Frisch verheiratet« trug).

Es beruhigte Mrs. Gabrielson nicht gerade, dass auch

Lady Aanfielsdotter eingeladen worden war, ebenso wie eine Reihe anderer Würdenträger des Silber-Sanktuariums und einige Mitglieder der Führungsschicht von Aerodyne. Sie befürchtete, dass angesichts solch illustrer Gäste einfach irgendetwas schiefgehen musste und sie bloßgestellt werden würde. Aber Lady Aanfielsdotter – als würde sie das spüren – ging kurz vor Beginn der Hochzeitszeremonie zu ihr und ließ sich lobend über die Dekoration und die offensichtlich bis ins Detail durchdachte Planung aus. Dies beruhigte Mrs. Gabrielson doch sehr.

Und es ging absolut nichts schief.

Die Zeremonie selbst war schlicht und wunderschön. Ein ortsansässiger Beamter führte durch die eigentliche Zeremonie. Ringe wurden ausgetauscht, und Michael und Aurora verschwanden für ihren ersten, zärtlichen Kuss als Mann und Frau hinter ihren Flügeln. In der Zwischenzeit sang der A-cappella-Chor, und sie stimmten mit ein und erfüllten die Halle mit Gesang.

Dann gab es die traditionellen Segenswünsche mit Federn, als die Frischvermählten den Mittelgang entlangschwebten. Jeder Gast zupfte eine einzelne Feder von den eigenen Flügeln und warf sie dem glücklichen Paar entgegen. Az erhielt von seinem Vater eine, um dies tun zu können. Michael und Aurora gingen Hand in Hand durch eine Wolke aus langsam herabschwebendem Weiß.

Der Empfang fand im Panorama statt, einem der schicksten Restaurants von Himmelshaven. Umringt von nichts als dem Himmel reichte man den Gästen Sperlingspastete, mit Honig gesüßte Entenbrust, Elysische Eier und Wolkenbeereneis. Es gab Wein von den Reben des Silber-

Sanktuariums, den Auroras Arbeitgeber großzügigerweise zur Verfügung gestellt hatten.

Die Reden waren gut und kurz, was bedeutete, dass die Gäste zuhörten und niemand von den weniger höflichen anfing zu gähnen oder Zwischenrufe von sich zu geben. Gabriel Enochsons Kehle war vor lauter Gefühl so zugeschnürt, dass er kaum mehr zustande brachte, als seine neue Schwiegertochter in seiner Familie willkommen zu heißen und einen deutlichen Wink auf Enkelkinder von sich zu geben. »Sieh mich an. Wie viele Jahre habe ich wohl noch? Ich werde nicht ewig da sein.« Woraufhin Aurora in ihrer Rede erwiderte, dass sie und Michael sich alle Mühe geben würden, um ihn nicht zu enttäuschen. Und dann fügte sie hinzu, dass es wohl kaum zwei Menschen gab, die sich – da sie ihre eigene Mutter und ihren Vater verloren hatte – besser als ihre neuen Eltern eigneten als Gabriel und Ramona.

Als Az an der Reihe war, richtete sich die Aufmerksamkeit des ganzen Saals auf ihn. Er war vorher nervös gewesen, aber als er aufstand und zu reden begann, lösten sich die Schmetterlinge in seinem Bauch auf. Wenn die Rede eines Trauzeugen das Ziel hatte, alle zum Lachen zu bringen, hatte Az seines fraglos erreicht.

»Ich bin nicht hier, um Michael lächerlich zu machen«, sagte er. »Das kann er selbst viel besser.«

Und: »Ich bezweifle, dass Michael Aurora noch mehr lieben könnte – es sei denn, sie wäre ein AtmoCorp-Helikopter mit gegenläufigen Doppelrotoren und kreisförmigen Kühlrippen, einem Armaturenbrett aus Walnuss und silbernen Rumpfverzierungen.«

Sowie: »Ich kann unmöglich verraten, welchen Spitznamen Michael auf der Schule hatte. Er würde Sie hassen, wenn Sie wüssten, dass man ihn Mike, den Spiegel genannt hat, weil er in jeder Pause in der Jungentoilette verschwunden ist, um seine Haare in Ordnung zu bringen.«

Ganz zu schweigen von: »Es heißt, in einer Ehe verbinden sich Gegensätze. Kein Wunder, dass Aurora wunderschön, klug, talentiert und fürsorglich ist.«

»Du bist ja so was von tot«, sagte Michael während des nachfolgenden Applauses mit gespielter Drohung zu Az. »Sieh zu, dass du ein gutes Versteck findest, denn wenn ich von unseren Flitterwochen zurückkomme, werde ich dich jagen und umbringen!«

»Az, ich habe den Eindruck, wir beide sollten uns mal über meinen Ehemann unterhalten«, sagte Aurora. »Ich fange an, mich zu fragen, ob ich nicht vielleicht einen Fehler gemacht habe.«

»Siehst du, kleiner Bruder? Genau deshalb werde ich dich töten.«

Dann wurde die Hochzeitstorte angeschnitten, und danach erhoben sich die Gäste von den Stühlen und mischten sich untereinander.

Lady Aanfielsdotter ging zielstrebig auf Az zu.

»Hervorragende Rede«, sagte sie. »Sehr amüsant.«

»Danke.«

»Ich hatte damit gerechnet, Cassie hier zu treffen.«

»Sie konnte nicht kommen.«

»Oh. Und warum nicht?«

»Nun … na ja, es ist schwer für Erdlinge, längere Zeit hier oben zu verbringen.«

»Sicher. Dennoch ist es schade. Ich hatte gehofft, mich mit ihr unterhalten zu können. Herauszufinden, wie es für sie jetzt ist. Ich denke voller Wärme an sie und würde gern glauben, dass sie ebenso über mich denkt.«

»Äh, ja. Ja, das tut sie.«

»Sie hat uns sehr geholfen, nicht wahr?«

»Ja, das hat sie.«

Lady Aanfielsdotter kniff die strahlend blauen Augen zusammen. »Ich habe den Eindruck, dies ist nicht das Gespräch, das du führen willst.«

»Nein, nein, das ist es nicht.«

»Was dann?«

Az forschte in seinem Kopf nach einem Grund dafür, dass er es so unangenehm fand, sich mit Lady Aanfielsdotter zu unterhalten. Es hatte nichts mit Cassie zu tun. Er begriff, dass es vielmehr daran lag, dass er erst zwei Tage zuvor vor ihrem Büro auf dem Balkon gehockt und wie ein Spion gelauscht hatte. Er hatte ein schlechtes Gewissen. Jetzt bedauerte er, was er getan hatte, und er hätte es ihr gern gestanden, konnte es aber nicht. Sie würde schockiert und enttäuscht sein.

Lady Aanfielsdotter beschloss, die Sache nicht weiterzuverfolgen. Stattdessen ließ sie ihren Blick über die anderen Gäste schweifen und erklärte: »Oh, da ist eine alte Bekannte von mir. Ich muss zu ihr gehen und Hallo sagen. Nett, dich wiederzusehen, Az. Und noch mal, es war eine sehr schöne Rede. Und es ist gut, dass du eine so würdige Schwägerin bekommen hast. Aurora wird deine Familie bereichern.«

Sie entzog sich der unangenehmen Situation auf elegante und diplomatische Weise. Erleichtert sah Az zu, wie sie davoneilte.

Den Rest des Tages sorgte er dafür, dass er Lady Aanfielsdotter aus dem Weg ging, und auch ihr gelang es, nicht mehr mit ihm zusammenzustoßen. In der Zwischenzeit spielte er weiter seine Rolle als Trauzeuge und Bruder des Bräutigams. Er gluckste bei dem rüden Witz eines Onkels und ließ sich von der Zuneigung einer überschwänglichen Großtante und ihrem Übermaß an Parfüm erdrücken. Er hatte auch mit den entfernteren Verwandten seiner weitschweifigen Familie zu tun, die nie genau wussten, wie sie mit seinen fehlenden Flügeln umgehen sollten. Einige bedauerten ihn und konnten nicht anders, als dies zum Ausdruck zu bringen; andere versuchten krampfhaft, sich auf Gesprächsthemen zu beschränken, die nichts mit Flügeln zu tun hatten, und endeten dann gewöhnlich doch genau dort, woraufhin sie schrecklich ins Stolpern gerieten. Az bedachte sie alle mit einem taktvollen, geduldigen Lächeln.

Viele Gäste baten ihn, von seinen Abenteuern auf der Erde zu erzählen. Er hatte sich inzwischen daran gewöhnt und konnte die Geschichte im Schlaf herunterrattern. Die neuartige Erfahrung, berühmt zu sein, hatte sich längst wieder verflüchtigt, aber er verstand, dass andere Leute an dem interessiert waren, was er getan hatte, und so behandelte er sie weder geringschätzig noch gelangweilt. Er beantwortete ihre Fragen und schob ihr Lob und ihre Ehrfurcht bescheiden beiseite.

Die ganze Zeit hindurch hielt er Ausschau nach Cassie, obwohl er wusste, dass sie nicht kommen würde. Er hoffte, dass sie durch eine unerwartete Fahrt aufgehalten worden war.

Er hoffte, dass sie im letzten Augenblick doch noch auftauchen würde. Aber zugleich beruhigte ihn die Tatsache, dass weder sie noch ihre Familie erschienen.

Auf diese Weise erfuhr er, was er wissen musste und doch nicht wahrhaben wollte.

Am nächsten Tag war er bereits in der Morgendämmerung auf den Beinen und wartete mit einer gepackten Tasche auf dem Landeplatz des Hauses. Das Lufttaxi, das ihn nach Prismaburg bringen sollte, konnte gar nicht früh genug kommen.

Fruchtlose Suche

Bei der Suche nach ihrem Vater stellten die Greifthaler-Kinder ganz Bittertal auf den Kopf.

Fletcher und Robert überprüften zu Fuß sämtliche bekannten Orte, an denen sich ihr Vater aufhalten mochte – Wirtshäuser, Freunde, Kegelbahn und sogar die Klippe in den Bergen oberhalb der Stadt, wo er und ihre Mutter einander umworben hatten. Es war einer seiner Lieblingsplätze, an den er sich immer dann zurückzuziehen pflegte, wenn er melancholisch zu werden drohte und vorhatte, sich an die glücklichen Zeiten mit seiner Frau zu erinnern, als sie beide jung gewesen waren und nichts weiter eine Rolle gespielt hatte als sie selbst. Aber auch da war er nicht.

Cassie hatte sich entschieden, weiter weg zu suchen. Sie kletterte in *Bertha* und startete den Motor.

Oder besser, sie versuchte, ihn zu starten.

Denn *Bertha* blieb stur und still, so oft sie auch den Zündknopf drückte. Es kam kein Husten von ihr und auch kein Jaulen, ja nicht einmal ein Kichern und schon gar kein Gackern.

Ein rascher Blick unter die Motorhaube förderte das Problem zutage. *Berthas* Verteilerkappe war sorgfältig entfernt und an die Seite gelegt worden. Ohne Verteilerkappe, die dafür sorgte, dass die Energie von der Batterie zu den Zündkerzen gelangte, würde *Bertha* nirgendwohin fahren.

»Das ist Sabotage«, sagte Cassie zu sich selbst und zog in verblüfftem Ärger die Augenbrauen zusammen. »Wie konntest du nur, Paps? Und wieso hast du es dann nicht richtig gemacht, wenn du verhindern wolltest, dass wir dir folgen?«

Sie hob die kuppelförmige Kappe auf, um sie wieder mit den Drähten zu verbinden. Während sie das tat, fiel etwas aus der Kappe heraus: ein kleines, zusammengefaltetes Stück Papier.

Cassie faltete es auseinander. Es war eine Nachricht, und sie erkannte die Handschrift ihres Vaters auf Anhieb.

Die Nachricht besagte:

Kinder,

es tut mir alles so leid. Ich werde nicht lange weg sein. Macht einfach ohne mich weiter. Ich suche nach einer

Nadel im Heuhaufen. Was nichts anderes heißt, als dass ich nach Hoffnung suche.

Mit all meiner Liebe,

Paps

Cassie las die Nachricht mehrmals und verstand immer noch nicht, was sie zu bedeuten hatte, vor allem nicht, was es mit der Nadel im Heuhaufen auf sich hatte. Was sie allerdings verstand, war, dass ihr Vater das Stück Papier mit Absicht unter die Verteilerkappe gelegt hatte. Er wollte damit eine Aussage machen. Indem er die Kappe entfernt hatte, um *Bertha* fahruntauglich zu machen – wenn auch nur vorübergehend –, ermahnte er seine Familie, nicht nach ihm zu suchen.

Was Cassie dazu veranlasste, es erst recht zu tun.

Sie steckte die Drähte der Verteilerkappe zurück, startete *Bertha* und rumpelte durch die Außenbezirke von Bittertal. Wann immer sie einem Menschen begegnete, hielt sie an und fragte, ob er ihren Vater gesehen hatte. Niemand hatte ihn gesehen. Schließlich machte sie sich zum Vikariat auf. Es fiel ihr zwar kein Grund ein, warum der alte Mann in diese Richtung gegangen sein sollte, aber inzwischen war sie verzweifelt genug, um sogar dort zu suchen.

Auch im Vikariat gab es keinen Hinweis auf ihn. Nirgendwo gab es einen.

Als sie wieder zu Hause war und Fletcher und Robert traf, zeigte sie ihnen die Nachricht. Zusammen zerbrachen sie sich den Kopf, um herauszufinden, was das Ganze zu bedeuten hatte, aber sie fanden keine Antwort.

»Gehen wir noch mal alles durch, was wir wissen«,

schlug Fletcher vor. »Vielleicht hilft das. Gestern Abend is Paps weggelaufen, um diesen Vikar zu treffen, und hinterher, nachdem er zurückgekommen is, war er wieder normal. So wie früher.«

»Was mir im Nachhinein irgendwie seltsam vorkommt«, sagte Robert. »Euch nich? Erst is Paps noch total düster und schwermütig, und dann plötzlich is er völlig locker und fröhlich, von einem Moment zum nächsten. Als hätte jemand irgendwo in seinem Innern einen Schalter umgelegt.«

»Ich denke, er hat's an dem Vikar ausgelassen«, sagte Fletcher. »Alles, was in ihm war und ihm Probleme gemacht hat. So, als hätte er einen Pickel ausgedrückt.«

»Als hätte er einen Pickel ausgedrückt?«, fragte Cassie.

»Ja. So dass der ganze Eiter und die Schmiere rauskommen.«

»Und wer is der Pickel?«, wollte Robert wissen. »Paps? Oder der Vikar?«

»Nein, der Pickel sind Paps' Gefühle.«

»Und wer drückt ihn dann aus? Der Vikar?«

»Nein, es war – oh, vergiss es. Es sollte nur ein Bild sein.«

»Aber ein blödes«, murmelte Robert.

»Ach ja?«, fragte Fletcher gereizt. »Nun, entschuldige, dass ich es versucht habe. Entschuldige, dass ich versuche zu verstehen, was Paps durch den Kopf geht, so dass wir herausfinden können, wo er is und wieso er nich will, dass wir das wissen. Ich habe nur versucht zu helfen, weiter nich's. Aber vielleicht hast du ja eine bessere Idee, Bobbilein. Da du eindeutig so viel schlauer bist als ich.«

»Ich habe nie gesagt, dass ich schlauer wäre«, erwiderte sein Bruder. Auch er wurde jetzt ärgerlich. Bobbilein genannt zu werden hatte ihn schon immer wütend gemacht, was natürlich der Grund war, wieso Fletcher es überhaupt getan hatte. »Zumindest quatsche ich nich so viel Unsinn über Pickel und Eiter und so 'n Zeug.«

»Nein, du redest stattdessen von *Schaltern*. Das macht ja so viel mehr Sinn.«

»Leute«, sagte Cassie streng. »Hört auf. Streit bringt uns auch nich weiter. Ich für meinen Teil schätze, dass jeder von euch ein bisschen recht hat. Offensichtlich hat's mit dem Vikar zu tun. Aber vielleicht is es nichts, was Paps ihm getan hat, sondern etwas, das *er* mit Paps getan hat.«

»Und das wäre?«

»Ich bin mir nich sicher, Fletch. Aber ich weiß, dass dieses Zelt nich mehr da is. Ich bin auf dem Weg zum Vikariat dort vorbeigekommen. Es is weg, bis auf die letzte Zeltschnur und jeden Pfosten. Auch der Pritschenwagen is nich mehr da.«

»Und du denkst, Paps und der Vikar sind zusammen weggegangen?«

»Ich fange an zu denken, dass es die einzige logische Erklärung is.«

»Aber Paps hasst Vikare!«, sagte Robert.

»Erinnerst du dich daran, was er letzte Nacht gesagt hat, als er zurückgekommen is? Du hast ihn gefragt, ob er dem Mann eine Tracht Prügel verpasst hat, und Paps hat gesagt: ›Das is meine Sache‹, oder so was in der Art. Was weder nein noch ja heißt.«

»Paps soll mit einem dieser blödquatschenden Schwarzröcke abgehauen sein?«, fragte Fletcher verwundert. »Das kommt mir nich sehr wahrscheinlich vor. Aber hat der Vikar ihn vielleicht entführt?«

»Unseren Paps? Nein, niemals. Das würde er nie zulassen. Abgesehen davon passt das auch gar nich. Er hat das Haus freiwillig verlassen. Es gab keinen Kampf. Aus der Nachricht geht deutlich genug hervor, dass er weggegangen is, weil er's wollte.«

»Also schön, dann is er nich entführt worden. Das Wort war nich gut gewählt. Vielleicht wurde er *überredet.*«

»Ja«, sagte Cassie und nickte langsam. »Das denke ich auch. Es gefällt mir nich, aber ich glaub's trotzdem. Dieser Vikar hat Paps irgendwie dazu gebracht, mit ihm wegzugehen, um diese sogenannte Nadel im Heuhaufen zu suchen, was immer das genau sein soll.«

»Also, wenn er nich will, dass wir ihm folgen«, sagte Robert, »müssten wir dann seine Wünsche nich respektieren?«

»Nein«, erwiderte seine Schwester mit fester Stimme. »Nich, wenn er unter den Bann des Vikars gefallen is. Das wäre –«

Sie wurde durch einen Ruf vom Fuß der Wendeltreppe unterbrochen.

»Ihr da! Greifthalers!«

Es war Colin Bummelgut. Sie hörten seine schweren Schritte auf den Stufen, und dann tauchte sein melonenförmiger Kopf auf, gefolgt vom Rest.

»Ich hab an der Vordertür geklopft«, sagte er. »Es hat keiner geantwortet, also bin ich einfach rein. Dachte, ihr wärt vielleicht noch weg. Ich wollte warten, bis ihr zurückkommt.«

»Du weißt, dass wir rumgelaufen sind?«

»Natürlich!«, sagte Colin und strahlte stolz. »In dieser Stadt passiert nich viel, über das meine Familie nich Bescheid weiß. Das Netz der Bummelguts ist sehr weit gespannt. Ihr sucht nach eurem Vater, stimmt's?«

»Ja.«

»Nun, könnte sein, dass ich weiß, wo er is.«

Kampfbereit

Kaum hatte Az einen ersten Blick von der *Cerulean* erhascht, wusste er, dass sie verändert worden war. An dem Luftschiff waren Erweiterungen vorgenommen worden, die für das ungeübte Auge unbemerkbar sein mochten, aber von ihm sofort wahrgenommen wurden.

Ein großes Oval aus blassem Blau, ruckelte sie an den Verankerungen, während hinter ihr die sonnenbeschienenen Glastürme und Appartementhäuser von Prismaburg leuchteten und schillerten. An ihrer majestätischen Erscheinung hatte sich nichts geändert.

Aber unterhalb der Spitze ihrer Steuergondel befand sich jetzt ein Fächer aus kleinen, nach vorn zeigenden Stahlröhren, die Az als Enterhakenwerfer einstufte. Gleich über dem Bugkonus war eine Art Kanone montiert worden, die – sofern Az irgendeine Ahnung von der

Kriegsluftfahrt hatte, was der Fall war – Bola-Granaten abfeuerte, beschwerte Knäuel aus Stahlkabeln, die sich nach dem Abschuss um die Propeller und die Ruder eines feindlichen Flugzeugs wickelten.

»Sie sind fleißig gewesen«, sagte er, als Mr. Mordadson ihn von der Landefläche abholte und an Bord brachte.

»Ich habe seit achtundvierzig Stunden nicht mehr geschlafen«, kam die Antwort. »Bin rumgesummt wie eine Schmeißfliege und total erschöpft.«

»Woher kommen die? Diese Waffen?«

»Die meisten aus Museen. Ich musste mich auf eine Reihe Gefälligkeiten berufen und mein Silber-Sanktuariums-Siegel unter vielen Nasen schwenken, aber es hat gewirkt.«

»Und funktioniert es wirklich? Wenn diese Waffen seit Jahrzehnten in irgendwelchen Museen vor sich hin gammeln, müssen sie doch verrostet sein.«

»Wir haben sie überholt und eingefettet und auch Teile ersetzt, wenn es nötig war. Sie haben die Tests gut überstanden.«

»Nun, vielleicht müssen wir sie ja auch gar nicht benutzen. Vielleicht können wir die Piraten schon allein dadurch zum Aufgeben bewegen, dass wir mit der *Cerulean* auftauchen. Eine Demonstration unserer Stärke.«

»Vielleicht, Az, und ich bewundere deinen Optimismus, auch wenn ich ihn nicht teile. Weshalb ich mich auch nicht allein auf Waffen verlasse. Ich habe einen Reserveplan.«

»Und was für einen?«

»Das wirst du sehen.«

Az sah es, kaum dass sie durch die Heckluke eingetreten waren. Eine Schwadron Flugwächter war in den Kabinen untergebracht. Zum ersten Mal, seit der Transporter *Cerulean* vor all den Jahren stillgelegt worden war, transportierte er wieder Truppen.

Einer von ihnen hatte vierfach geriefte goldene Geschwaderbänder, die verrieten, dass er ein Geschwaderkommandeur war. Er salutierte zackig vor Mr. Mordadson. Dieser erwiderte den militärischen Gruß mit einem zivilen, indem er einen Finger an die Stirn legte. Der Kommandeur polierte weiter seine Lanze.

»Das ist Iaxson«, sagte Mr. Mordadson. »Ein guter Mann. Wir sind zusammen auf der Kadettenakademie der Flugpatrouille gewesen. Er befehligt die Flugwächter und untersteht meinem Befehl. Du wirst ihn noch näher kennen lernen. Er wird dir gefallen.«

Az war da nicht so sicher. Iaxson hatte einen abgehärmten, wachsamen Blick, wie der eines Mannes, der in anderen Leuten immer das Schlimmste sah und sich weigerte, andere Erfahrungen zuzulassen.

Unten in der Steuergondel erwartete ihn ein weit freundlicheres Gesicht zur Begrüßung. Kapitän Qadoschson drückte Az' Hand und schüttelte sie warmherzig.

»Mal was anderes, was?«, fragte er. »Nicht der übliche Vier-Stunden-Trip mit einer Ladung Tagesbesucher. Es wird sogar ziemlich anders sein.«

Die Mitglieder der Crew hatten ihre Positionen bereits eingenommen. Az erwiderte ihre begrüßenden Blicke; er freute sich, sie zu sehen. Sein letzter Besuch in Prismaburg war beinahe zwei Monate her. Während der Hochzeitsvorbereitungen hatte er nicht die Zeit gehabt, die *Cerulean* auf einer ihrer regulären Touristenfahrten zu begleiten. Er hatte es vermisst, an Bord des Luftschiffes zu sein, und er hatte auch die Crew vermisst, die er zu seinen Freunden zählte.

Mit einer Ausnahme. Ein Mann, dessen Abwesenheit in der Steuergondel rasch von Az bemerkt wurde, so wie er bemerkt hätte, dass ein fauler Zahn endlich gezogen worden war.

»Ist Flugleutnant Wallimson nicht hier?«, fragte er den Kapitän.

Er hoffte, auf seine wie beiläufig gestellte Frage etwas zu hören wie: *Oh, nein, Wallimson kommt heute nicht mit. Tatsächlich haben wir ihn rausgeworfen.*

Stattdessen lautete die Antwort enttäuschenderweise: »Er hätte eigentlich hier sein sollen. Ich habe keine Ahnung, wo er steckt. Der Kerl ist ständig unzuverlässig, wie du weißt.« Qadoschson sah auf seine Uhr. »Aber bis zum Abflug haben wir noch eine halbe Stunde Zeit. Ich bin sicher, dass er rechtzeitig auftauchen wird.«

Az gab ein undeutliches Geräusch von sich, irgendetwas zwischen *Ah* und *Hm*. Es war eine nette Vorstellung gewesen, dass er auf der Reise nach Rotturm mit Wallimson nichts zu tun haben würde, aber diese Hoffnung hatte sich zerschlagen. Nun gut. Man musste das Leben nehmen, wie es war, wie das Sprichwort besagte, und in diesem Fall bedeutete das zu akzeptieren, dass das Vergnügen, in der *Cerulean* zu fliegen, auch die mürrische Anwesenheit von Kapitän Qadoschsons Stellvertreter beinhaltete. Unglücklicherweise gab es das eine nicht ohne das andere.

Er nutzte die Gelegenheit, um Qadoschson über verschiedene technische Angelegenheiten zu befragen, wie das Ladegewicht und die Druckhöhe. Auf diese Weise würde er alle relevanten Daten für diesen besonderen Flug zur Verfügung haben. Wenn er gut informiert war, was den Funktionsstand der *Cerulean* betraf, würde Flugleutnant Wallimson, wenn er auftauchte, weniger Gründe finden, ihn zu kritisieren.

»Ich vermute, dass wir in Schichten arbeiten werden«, sagte er, als er alles Wichtige vom Kapitän erfahren hatte. »Sie und Wallimson wechseln sich ab, und ich springe hin und wieder ein. Ich könnte vielleicht in der Nacht eine abgespeckte Crew überwachen, sofern wir nachts fliegen.«

Kapitän Qadoschson wandte sich mit einem Stirnrunzeln an Mr. Mordadson. »Heißt das, er weiß es noch gar nicht?«

»Was weiß ich nicht?«, fragte Az.

Mr. Mordadson lächelte nur.

»Az«, sagte Qadoschson, »ich habe mich lediglich um die Bewaffnung und Beladung der *Cerulean* gekümmert. Dafür gesorgt, dass alles ordentlich zusammengestellt wird.«

»Sie kommen nicht mit?«

»Ich bin kein junges Küken mehr«, sagte der Kapitän. »Ich habe schon ein paar graue Haare zu viel auf meinem Kopf und nicht mehr alle Federn, die auf meinen Flügeln sein sollten. Es gab mal eine Zeit, da hätte ich die *Cerulean* nur zu gern für eine Woche ausgeführt. Es wäre mir ein echtes Vergnügen gewesen. Ein Abenteuer. Aber jetzt, in meinem Alter, liebe ich es, mich früh mit einer Tasse Ka-

kao ins Bett zu legen. Dann sind da noch all die Waffen und Flugwächter an Bord. Wir alle wissen, was das bedeutet. Was uns möglicherweise unten in Rotturm erwartet. Offen gestanden, kann ich mir nicht vorstellen, dass ich an einem solchen Quatsch teilnehme. Ich bin zu alt und zu müde und zu begierig darauf, das Leben zu genießen, das ich noch habe. Ich habe das alles sehr genau mit Mr. Mordadson besprochen, als er zu mir gekommen ist. Ich habe ihm gesagt, dass ich dabei helfen werde, das alte Mädchen auszustatten. Die Waffen für sie zu finden. Dafür zu sorgen, dass sie alles hat, was sie braucht. Aber sie auf dieser Reise befehligen …« Er schüttelte den Kopf.

Az sank der Mut. »Dann hat Flugleutnant Wallimson den Befehl?«

Eine schreckliche Vorstellung. *Kapitän* Wallimson?

Az konnte nur zu gut voraussehen, was passieren würde. Wallimson hatte ihn vom ersten Augenblick an nicht gemocht, und es war offensichtlich, warum. Er empfand Az als Bedrohung. Quadoschson hatte keinen Hehl daraus gemacht, dass er Az vorzog. Für Wallimson war Az ein Eindringling, jemand, der hinter seinem Job her war.

Wenn Qadoschson nicht dabei war, würde Wallimson sich nicht mehr auf schroffe Blicke und abfällige, kaum hörbare Bemerkungen beschränken müssen. Als Kapitän konnte er tun und sagen, was er wollte. Er konnte seiner Gehässigkeit gegenüber Az freien Lauf lassen. Az konnte von Glück reden, wenn Wallimson ihm die *Cerulean* auch nur eine Minute überließ. Wahrscheinlicher war, dass er ihn dazu verdonnerte, den ganzen Flug über Ballast-Tanks vorzubereiten oder Latrinen zu säubern.

Az hätte das Luftschiff am liebsten sofort wieder verlassen. Den Auftrag vergessen. Wallimson als Kapitän? Seinen Befehlen folgen? Niemals.

»Nein«, sagte Qadoschson. »Nicht Wallimson.«

»Wer dann?«, fragte Az verblüfft. »Wer hat den Job dann gekriegt? Einer von der Crew?«

Mr. Mordadsons Lächeln wurde breiter.

»Ist das nicht offensichtlich, Junge?«, fragte Kapitän Qadoschson. »Du hast ihn.«

Federn vor!

Prismaburg wurde von überdurchschnittlich vielen Erdlingen besucht. Dafür gab es drei Gründe. Erstens: Es befand sich nahe der größten und bevölkerungsreichsten Stadt der Erde, Kraterheim. Zweitens: Seine Architektur war ein gestaltgewordenes Wunder. Und drittens: Dort lag die *Cerulean* vor Anker, und die Erdlinge waren wild darauf, einen Blick auf das berühmte und bis jetzt einzige Luftling-Luftschiff zu werfen.

Ausgestattet mit Beatmungsgeräten kamen die Erdlinge mit einem Fahrstuhl nach oben, reisten dann über Gehwege und Brücken durch die Himmelsstadt und kehrten angefüllt mit Geschichten zu ihren Freunden und Familien auf der Erde zurück. Geschichten über die Art und Weise, wie die lichtbrechenden Paneele der Gebäudemauern in allen Farben schillerten. Geschichten über die Sonne und den Himmel, die so hell waren und so blendeten, dass die Augen schmerzten. Über Vogelgezwitscher, das an manchen Stellen ohrenbetäubend laut war. Über die Anmut der Luftling-Führer, die einen herumführten.

Doch nicht jeder Erdling konnte die lange Reise in den Fahrstühlen unternehmen. Nur den Kräftigen und Gesunden war es möglich, die langsame Verringerung des Luftdrucks zu ertragen, die manchmal in den Ohren schmerzte, oder die Beatmungsgeräte zu benutzen, die selbst den kräftigsten Lungen zusetzen konnten. Wenn Erdlinge einen Blick darauf werfen wollten, wie die andere Hälfte lebte, mussten sie in guter Verfassung sein, nicht zu alt, nicht zu jung, und sie durften nie irgendwelche Probleme mit dem Atmen gehabt haben. Sie mussten zäh und widerstandsfähig sein.

Dennoch, wer kommen konnte, kam. Sie betrachteten. Sie bewunderten. Und meistens kehrten sie glücklich wieder zurück, überzeugt davon, dass es die Mühe wert gewesen war.

Meistens.

Es sei denn, sie stießen unglücklicherweise auf Mitglieder der Gruppe *Federn vor!* Eine solche Begegnung konnte ihnen das Erlebnis rasch vermiesen.

Die Mehrheit der *Federn vor!*-Demonstrationen fand an den Straßenecken von großen Kreuzungen oder auf öffentlichen Plätzen statt und war verhältnismäßig harmlos. Parolen wurden gesungen. Plakate hochgehalten. *Erdlinge nach unten! Luft für die Luftlinge! Wer nicht fliegen kann, hat hier nichts zu suchen!* Der Verkehr mochte unterbrochen werden, und gewöhnliche Stadtbewohner mochten Unannehmlichkeiten erleiden, aber das war auch schon alles.

Die Erdlinge wurden selten Zeugen dieser Demonstrationen. Sie kamen nicht häufig vor, und sie dauerten auch nicht lange.

Was die Proteste der *Federn vor!*-Guerilla betraf, war das jedoch etwas anderes.

An diesem Tag zum Beispiel folgte eine Gruppe von sechs Erdlingen der vorgeschriebenen Route, um zum Glaspark zu gelangen. Zwei Luftlinge begleiteten die sechs. Die Erdlinge blickten sich staunend und ehrfurchtsvoll um. Sie trugen die neuesten und modernsten Beatmungsgeräte, die bequemer waren als die alten; sie bestanden aus leichten Sauerstofftanks und Masken, die nur die Nase und den Mund bedeckten und nicht das ganze Gesicht. Dazu trugen die Erdlinge getönte Brillen, um ihre Augen vor dem intensiven Sonnenlicht zu schützen, das sie einfach nicht gewohnt waren.

Sie amüsierten sich. Alles lief gut.

Dann, wie aus dem Nichts, kam ein Dutzend Luftlinge von *Federn vor!* zu ihnen geflogen. Sie umzingelten die Erdlinge und riefen ihnen Beleidigungen zu.

»Emus!«

»Strauße!«

»Geht zurück nach Hause! Geht in eure schäbigen Hütten zurück und bleibt dort!«

Als wäre das nicht genug, begannen die *Federn*, nach Erde zu greifen und sie damit zu bewerfen. Die Erde regnete auf ihre Köpfe. Die Erdlinge duckten sich und fluchten.

Die Führer erhoben sich und machten den *Federn* Vorhaltungen. Sie befahlen ihnen aufzuhören. Dies war nicht die Art und Weise, wie man Gäste behandelte.

Aber die *Federn* machten einfach weiter. Die Führer versuchten, sie zu vertreiben, aber sie waren nur zu zweit, und die Protestler waren viele. Jeder konnte es nur mit einem Protestler auf einmal aufnehmen, was es den anderen ermöglichte, weiterhin Beleidigungen und Erde auf die Erdlinge zu schleudern.

Sie machten weiter, bis sich die Taschen mit der mitgeschleppten Erde geleert hatten. Dann, nachdem ihre boshafte Darbietung zu Ende war, schwirrten sie davon. Die Führer konnten nur ihr Bedauern ausdrücken, und die Erdlinge konnten sich nur die Erde aus den Haaren schütteln und versuchen, sich nicht beleidigt und verhöhnt zu fühlen.

Bei der Gruppe *Federn vor!* befand sich ein Mann Mitte dreißig, der ein bisschen langsamer als die anderen flog und Mühe hatte, mit ihnen Schritt zu halten. Dies lag an einem seiner Flügel, dem linken, der missgestaltet war.

Als Junge war er von einem Luftbus getroffen worden, als er eine Straße überquert hatte; dabei hatte er sich den Flügel gebrochen. Die Ärzte hatten ihn wieder hergerichtet, aber trotz ihrer Bemühungen waren die Knochen nicht gerade zusammengewachsen. Auch eine intensive Krankengymnastik hatte nichts geholfen. Der Flügel war schlecht verheilt, und die Ärzte hatten mit den Schultern gezuckt und ihm gesagt, dass es »solche Sachen nun mal gäbe« und er damit würde leben müssen.

Der lahme Flügel hatte wenig zum Selbstwertgefühl und Charakter dieses Mannes beigetragen. Es gefiel ihm nicht, anders als die anderen zu sein, *weniger* zu sein als sie. Er war voller Groll gegenüber der Welt, weil das so war. Ständig verbittert, hatte er in den letzten Monaten eine besondere Abscheu gegenüber den Erdlingen entwickelt. Was für plumpe Kreaturen. Grobschlächtig und ungehobelt stampften sie über die Gehwege und Brücken von Prismaburg und verstopften sie.

Die Idee mit der Erde war seine gewesen. Es lag eine angenehme Symmetrie darin, fand er, Erdlinge mit jenem Stoff zu bewerfen, der von der Erde stammte.

Nun wandte er sich an die anderen *Federn*. »Ihr habt hervorragende Arbeit geleistet«, sagte er. »Gut gemacht. Wir treffen uns bald wieder. Aber jetzt hab ich's eilig. Bis dann!«

Und damit löste er sich von den anderen und schwenkte nach links hinunter, in eine schmale Gasse, die eine Abkürzung zur Grenze der Stadt war.

Er wusste, dass es seinen Handlungsspielraum schmälerte, wenn er unpünktlich war. Er würde Ärger kriegen, weil er nicht zur vereinbarten Zeit dort war, wo er sein sollte. Aber es kümmerte ihn nicht. Der Protest der Guerilla war jeden Tadel wert, den er erhalten würde.

Abgesehen davon freute er sich nicht gerade auf das, was vor ihm lag.

Eine längere Reise in der *Cerulean*.

Mit diesem flügellosen Zupfer als Kapitän!

Flugleutnant Wallimson zog eine Grimasse, als er sich auf den Weg zu dem angedockten Luftschiff machte.

Abschiednehmen

Als Wallimson die Steuergondel betrat, warf Qadoschson ihm einen vernichtenden Blick zu.

»Nett von Ihnen, dass Sie sich auch mal blicken lassen, Leutnant«, sagte er. »Ich hoffe, wir haben Sie nicht von etwas Wichtigem abgehalten.«

»Ich wurde aufgehalten, Sir. Sie wissen, wie schwer es für mich ist, mich fortzubewegen.« Er schlug leicht mit dem kranken Flügel.

»Az hier hat überhaupt keine Flügel und schafft es trotzdem, pünktlich zu sein. Eigenartig.«

»Gabrielson ist eben ein besserer Mann als ich, Kapitän. Das ist ganz offensichtlich. Schließlich bin ich derjenige, der neun Jahre Dienst auf der *Cerulean* hinter sich hat, und trotzdem hat er den Auftrag bekommen, das Schiff bei dieser Fahrt zu leiten. Ein Kind mit weniger als hundert Flugstunden gegenüber einem erwachsenen Mann mit beinahe tausend.«

»Hören Sie auf zu schmollen, Leutnant. Meine Entscheidung ist endgültig, und ich habe die volle Unterstützung der Crew. Oder nicht, Männer?«

Die Crew-Mitglieder äußerten ihre Zustimmung.

»Aye-aye.«

»Nur zu wahr, Kapitän.«

Sie mochten Flugleutnant Wallimson genauso wenig wie Az.

»Dann ist jetzt Schluss damit«, sagte Qadoschson zu Wallimson. »Befehl ist Befehl. Sie werden von nun an Az als Ihren befehlshabenden Offizier anerkennen und jeder seiner Anweisungen und Forderungen Folge leisten. Ist das klar?«

Wallimsons Antwort kam durch zusammengebissene Zähne. »Vollkommen klar, Sir.«

Ohne einen einzigen Blick auf Az zu werfen, ging er zum Aussichtsfenster. Er packte den Messinghandlauf und blieb mit gekrümmtem Rücken stehen. Man musste sein Gesicht nicht sehen, um zu wissen, dass er finster dreinblickte.

Az fand, dass Qadoschson Wallimson alles in allem ein bisschen zu leicht davonkommen ließ. Der Leutnant hatte eine sehr viel strengere Behandlung verdient als das hier. Möglicherweise hatte Qadoschson verhindern wollen, dass Wallimson sich Az noch mehr entgegenstellte und seine Abneigung gegenüber ihm noch stärker wurde. Dennoch spürte Az, dass die Beziehung zwischen ihm und Wallimson in der nächsten Zukunft sicher nicht angenehmer werden würde.

»Az?«, fragte Qadoschson.

»Ja, Sir?«

»Die *Cerulean* gehört jetzt dir. Pass gut auf sie auf. Sei so nett wie möglich zu ihr. Und wenn es geht, bring sie in einem Stück wieder zurück.«

»Das werde ich.«

Qadoschson ließ einen letzten Blick durch die Steuergondel schweifen, die Lippen geschürzt, die Augen wehmütig und sanft. Dann erhob er sich mit einem leichten Seufzen und Flügelschlagen zur Deckenluke und stieg hindurch. Wenige Augenblicke später sah Az ihn draußen auf der Landefläche. Er starrte sein Schiff an und führte die Hand zum Salut an die Stirn.

»In Ordnung, Männer«, sagte Az und übernahm das Kommando. »Packen wir's an, ja? Sind die Ankerseile gelöst und eingeholt?«

»Aye-aye, Sir.«

»Dann Umkehrschub, viertel Kraft, auf die vorderen Propeller.«

»Umkehrschub, viertel Kraft, aye-aye.«

Die Maschinen der *Cerulean* begannen zu summen, und sie zog sich allmählich von Prismaburg zurück, wenn es Az auch so vorkam, als würde sich eher die Himmelsstadt zurückziehen und vom Luftschiff entfernen. In diesem aufregenden und die Eingeweide aufwühlenden Augenblick hatte er den Eindruck, als würde er selbst still stehen und alles andere sich bewegen.

»Steuermann? Ein halbes Grad Steuerbord. Sanft, sanft.«

Er sprach die Befehle mit einer Ruhe und einer Zuversicht, die ihn selbst überraschte. Die Startvorgänge waren ihm nicht unvertraut, aber bis heute hatte er sie noch nie ohne Hilfe ausgeführt, ohne dass Qadoschson ihm dabei über die Schulter gesehen und ihn mit seiner Anwesenheit unterstützt hatte. Er begriff, dass es nichts gab, vor dem er Angst haben musste. Die Crew war ebenfalls erfahren, was hilfreich war. Wenn er einen falschen Schritt machte, würden sie ihn darauf aufmerksam machen und berichtigen.

»Halber Schub. Vordere Backbord-Propeller ausschalten. Schub auf hintere Steuerbord-Propeller. Rudermeister? Da kommt eine abwärtsgerichtete Luftströmung. Ausrichten.«

»Aye-aye.«

Die *Cerulean* nahm langsam Fahrt auf. Die Himmelsstadt lag jetzt hinter ihnen, und vor ihnen war nichts als der blaue Himmel.

Az warf einen Blick zu Mr. Mordadson, um herauszufinden, was er bisher von der Darbietung des neuen Kapitäns hielt. Aber Mr. Mordadson saß mit dem Kopf gegen die Bordwand gelehnt da und schnarchte leise mit geöffnetem Mund.

»Bringt sie hundert Meter hoch«, sagte Az. »Schnüffeln wir etwas an den Luftströmungen und finden wir raus, in welcher Richtung sie verlaufen.«

Das Luftschiff stieg höher.

»Und dann«, sagte er, »suchen wir nach einem Kurs, der uns nach Rotturm bringt.«

Noch mal Trostloses Bohrloch

In dieser Nacht kehrten die Luftling-Piraten für einen weiteren Anschlag zurück.

Diesmal jedoch wurde zurückgeschlagen.

Westöl nahm es nicht einfach so hin, dass eine seiner

Förderstellen überfallen und ausgeraubt worden war. Magnus Uhrkrafts Telegramm an die Zentrale der Firma war in der Vorstandsetage mit Erstaunen und Empörung aufgenommen worden, und auch mit Fassungslosigkeit. Westöls Führungskräfte waren in einer unangenehmen Situation. Ihnen war das Produkt gestohlen worden, und das war schlimm. Aber die Leute, die es gestohlen hatten, waren Luftlinge, und die Führungskräfte stellten fest, dass es schwierig war, Wiedergutmachung zu verlangen. Die Luftlinge waren jetzt die neuen Freunde von jedermann. Mehr noch, sie waren offiziell die Kunden von Westöl. Die Firma machte Geld mit ihnen, im Gegensatz zu früher, als die Hälfte des Ausstoßes umsonst an die Fahrstühle gegangen war. Die Verdienstspanne von Westöl war deutlich angestiegen, seit der Bilaterale Vertrag ins Spiel gekommen war. Gegen die Piraten vorzugehen hätte bedeutet, alle Luftlinge gegen sich aufzubringen und sie dadurch möglicherweise als Kunden zu verlieren. Immerhin war es möglich, dass die Luftlinge sich entschieden, Westöl zu boykottieren und ihre Geschäfte mit einem anderen Ölunternehmen zu machen.

Dennoch konnte der Überfall auf das Trostlose Bohrloch nicht einfach ignoriert und vergessen werden.

Also taten die Führungskräfte zweierlei. Zum einen nutzten sie angemessene Kanäle, um sich bei den Regierenden der Luftlinge zu beschweren. Eine Protest-Nachricht wurde zum nächsten Vikariat geschickt und als Brief über den Fahrstuhl weitergereicht, um von dort durch einen Kurier zum Silber-Sanktuarium gebracht zu werden. Die Antwort erfolgte über den gleichen Weg. Sie besagte, dass man sich der Angelegenheit angenommen hätte und die Schuldigen zur Rechenschaft gezogen würden. Es gab verschiedene Unterschriften auf der Antwort, darunter auch die von Lady Aanfielsdotter und Lord Urironson.

Die Führungskräfte von Westöl fanden, dass dies – in gewisser Weise – zufriedenstellend war. Ihre Beschwerde war aufgenommen worden, und sie hatten die Zusicherung, dass entsprechend gehandelt werden würde. So weit, so gut.

Aber nicht gut genug. Schritte mussten unternommen werden, um zu zeigen, dass die Westöl Förderungs- und Raffineriestelle kein leichtes Ziel war. Niemand sollte glauben können, dass man einfach so ganz nach Belieben herunterschweben und mit ein paar hundert Barrel Öl wieder verschwinden konnte. Das ging einfach nicht.

Als Zweites also schickten die Führungskräfte ein Telegramm zum Trostlosen Bohrloch, in dem Folgendes stand:

Vorfall von letzter Woche darf sich nicht wiederholen + Stopp + Angemessene Vorsichtsmaßnamen angeraten + Stopp +

Die Nachricht war sehr sorgfältig formuliert, auch wenn es nicht so schien. Niemand wies darauf hin, dass Magnus Uhrkraft und sein Team irgendetwas Drastisches oder Gewaltsames tun sollten, falls sie erneut herausgefordert wurden. Zugleich sagte aber auch niemand, dass sie es nicht tun sollten.

Worum es ging, war Abstreitbarkeit. Es gehörte zur Strategie des Unternehmens, für jedes Mitglied eine Deckung bereitzuhalten. Wenn etwas schiefging, konnten die Führungskräfte den Arbeitskräften vorwerfen, dass sie ihre Anweisungen falsch gedeutet hatten, und die Arbeitskräfte konnten den Führungskräften vorwerfen, dass sie ihre Absichten nicht glasklar ausgedrückt hatten. Auf diese Weise musste niemand von ihnen wirklich die Verantwortung übernehmen.

Uhrkraft verstand auf jeden Fall genau, was die Anzugträger in den Vorstandsetagen vorhatten. Er wusste, dass er eine Blankovollmacht erhalten hatte, um das Trostlose Bohrloch gegen die Plünderer zu verteidigen, sollten sie zurückkommen, und zwar mit allen Mitteln, die er zur Verfügung hatte.

Und so hatten er und seine Männer einen Flammenwerfer gebaut.

Einen massiven, großen Flammenwerfer.

Sie nahmen einen der Feuerlöschwagen der Anlage, leerten das Wasser aus dem Tank und füllten es stattdessen mit Benzin. Und so wurde eine Maschine, die dazu gedacht war, Feuer zu löschen, in eine verwandelt, die eines entfachte.

Sie testeten den Flammenwerfer in der Unerbittlichen Wüste. Ein dicker Strahl brennender Flüssigkeit schoss aus der Düse des Wasserschlauches hervor und stieg fünfzig Meter in die Luft, wobei er kleine glühende Brocken auf den Boden rieseln ließ.

Als die *Behemoth* sich erneut aus den nachtschwarzen Wolken schälte, warteten die Bohrarbeiter bereits auf sie. Diesmal konnte Uhrkraft die Ballonhülle und die gekreuzten Federn an der Heckflosse des Luftschiffes erkennen, die sogar in der Dunkelheit sichtbar waren. Er spürte eine Woge von Groll in sich aufsteigen und erinnerte sich daran, dass die Anführerin der Piraten das gleiche Motiv auf ihrer Brust getragen hatte.

Er verstärkte den Griff am Hahn des Flammenwerfers.

Die *Behemoth* selbst war zu hoch, als dass sie hätte getroffen werden können.

Die Piraten, die von ihr wegflogen, allerdings nicht.

Als sie auf die Anlage zukamen, zielte Uhrkraft und eröffnete das Feuer.

Er eröffnete buchstäblich das Feuer.

Er traf drei Piraten mit dem ersten Stoß. Sie taumelten zu Boden, wirbelten mit brennenden Schwingen herum.

Die nächsten Minuten vergingen wie im Flug, während hin und her gefahren und geschossen wurde. Einer von ihnen lenkte den Wagen hektisch hierhin und dorthin, jagte hinter den auseinanderpreschenden Piraten her. In der Zwischenzeit richtete Uhrkraft auf der Ladefläche einen Flammenstoß nach dem anderen auf sie. Gleichzeitig machten sich andere Bohrarbeiter daran, die Piraten mit Hilfe von tragbaren, batteriebetriebenen Suchlichtern am Himmel festzunageln und zu verwirren. All das spielte sich natürlich ein Stück entfernt von der Ölanlage ab, da es Wahnsinn gewesen wäre, den Flammenwerfer auf dem Gelände mit all dem brennbaren Material zu benutzen.

Der Flammenwerferwagen fuhr kreuz und quer über die wellige Wüstenlandschaft, und die Piraten am Himmel schossen hierhin und dorthin. Einige versuchten, den Wagen anzugreifen, aber Uhrkraft schwenkte nach rechts und links, schlug sie mit vernichtend genauen Flammenstrahlen zurück.

Insgesamt holte er elf Piraten vom Himmel, ehe das Horn der *Behemoth* erklang und den Rückzug anordnete.

Als das Luftschiff abdrehte, schrien und jubelten die Bohrarbeiter. Der Sieg war ihrer.

Aber nur in diesem Augenblick, dachte Uhrkraft. Die Plünderer würden wiederkommen, und sie würden beim nächsten Mal auf Rache aus sein. Es gab keine Möglichkeit, sie dauerhaft aufzuhalten.

Es sei denn, man konnte das Luftschiff irgendwie zerstören.

Zufall und schlechter Zeitpunkt

»Erklär noch mal, wieso du mitkommen willst, Colin«, sagte Cassie. »Nur, damit ich's wirklich kapier.«

Colin Bummelgut, in den Händen einen Karton mit Nahrungskonserven, die er gerade ins Innere von *Bertha* befördern wollte, schwieg eine Weile.

»Dan ist mein Freund«, sagte er dann schlicht und warf den Karton mühelos zu Fletcher hoch, der im Düsterspäher stand. Fletcher wiederum reichte ihn an Robert weiter, der ihn zu den anderen in einer Ecke von *Berthas* Ladefläche stellte. Sie beide empfanden den Karton als deutlich schwerer als der massige Colin.

»Außerdem«, fügte Colin hinzu, »bin ich derjenige, der rausgefunden hat, wohin er unterwegs is.«

»Nein, bist du nich. Jemand hat's dir gesagt. Das is nich das Gleiche.«

Colin zuckte mit den Schultern. »Trotzdem. Wenn ich nich gekommen wäre und es euch erzählt hätte, wüsstet ihr immer noch überhaupt nich's.«

»Und«, sprach Cassie weiter, »du weißt nich *genau*, wohin er mit dem Vikar unterwegs is. Du hast nur gesagt, dass sie die Stadt auf der Straße nach Kraterheim verlassen haben.«

»Stimmt.«

»Und wenn nich dein Verwandter gewesen wäre – wie hieß der noch gleich?«

»John-John. Der Stiefsohn der Tante meiner Mutter.«

»Wenn der nich gewesen wäre, würdest du's gar nich wissen. Und trotzdem bist du absolut sicher, dass er *sie* gesehen hat?«

»Absolut. John-John war auf dem Weg nach Hause, nachdem er, äh, in der Nähe des Bergreiter-Hofes was zu tun gehabt hatte. Und dabei is er von einem alten, halb abgedeckten Pritschenwagen überholt worden. Es war frühmorgens und neblig, aber er hat einen guten Blick ins Innere werfen können, und es war ganz eindeutig euer Vater, den er mit einem Vikar da drin gesehen hat. John-John war während des Angriffs zusammen mit mir im Vikariat. Er würde Dan nie mit jemand anderem verwechseln. Und was den Vikar betrifft, hatte er so rote Haare, wie John-

John es noch nie gesehen hat, und wir wissen alle, dass der Vikar, der vor der Stadt gepredigt hat, ein rothaariger Hohlkopf war.«

»Das stimmt«, sagte Fletcher. »Ich hab's selbst gesehen. Aber was hat dieser John-John eigentlich um diese Uhrzeit in der Nähe vom Bergreiter-Hof gemacht hat, Colin? Ich hoffe doch, nich's Illegales.«

»Nein«, erwiderte Colin rasch. »Ganz und gar nich.«

»Hatte nich zufällig was mit Wildern in fremden Gefilden zu tun, oder?«

Einem heftigen Kopfschütteln folgte ein zögerndes, zustimmendes Nicken. Die erste spontane Reaktion eines Bummelguts bestand darin, den Vorwurf zurückzuweisen, er hätte etwas Unrechtes getan. Bei den Greifthalers war das allerdings nicht nötig, denn sie wussten so gut wie er, mit was seine Familie sich beschäftigte.

»Und *ich* wüsste gern«, sagte Robert, »wieso kennst du eigentlich den Namen von dem, der mit der Tante deiner Mutter verwandt is – was genau war der noch?«

»Der Stiefsohn der Tante meiner Mutter«, sagte Colin. »Und es is ganz einfach. John-John gehört zu dem Teil der Familie, der in der unteren Stadt wohnt.«

»Und?«

»Das bedeutet, er is nich der John-John, der in der oberen Stadt wohnt. Oder der John-John von denen, die bei den Weißwasser-Schnellen wohnen.«

Fletcher sah Robert an, und Robert sah Fletcher an.

»Nein, ich bin immer noch nich klüger«, sagte Robert.

»Ich vermute, man muss ein Bummelgut sein, um das zu verstehen«, erklärte Colin.

»Ja, das vermute ich auch.«

»Aber Colin«, sagte Cassie, »es is ja nich so, als würden wir uns nich darüber freuen, dass du uns über Paps informiert hast. Wir sind dir dafür wirklich sehr dankbar. Es is nur, dass wir … na ja, es is Familienkram. Familien kümmern sich selbst um ihre Sachen. Das müsstest gerade du eigentlich verstehen.«

»Und Freunde kümmern sich um die Sachen ihrer Freunde, Cassie. Dein Vater hat mir mal eine Freundlichkeit erwiesen, als ich sie nich verdient hatte. Robert kann's euch sagen, er war dabei. Seither suche ich nach einer Möglichkeit, die Schuld zu begleichen, in der ich seither stehe. Das hier is nur ein Teil davon.«

»Wir können dich nich davon abhalten, oder?«

»Nein«, sagte Colin, wuchtete einen weiteren Karton mit Konserven auf seine Schulter und trug ihn zu *Bertha*. »Ich komme mit. Basta.«

Man kann mit einem Bummelgut einfach nicht streiten!, dachte Cassie.

Sie versuchte, es von der positiven Seite zu sehen. Colins Muskelkraft kam ihnen schon jetzt zugute. Das war ein Punkt zu seinen Gunsten. Und wenn sie erst auf der Straße waren, bedeutete eine zusätzliche Person an Bord, dass sich vier und nicht nur drei beim Fahren abwechseln konnten. Ihr Vater hatte einen guten Vorsprung und fuhr in einem schnelleren Fahrzeug, und sie hatten Zeit damit vertan, *Bertha* für eine lange Reise vorzubereiten. Um überhaupt noch eine Chance zu haben, ihn zu finden – wo immer er auch war –, mussten sie sich darauf einstellen, rund um die Uhr zu fahren und sich am Steuer abzuwechseln. Es konnte für alle nur gut sein, wenn die Fahrzeiten kürzer ausfielen. Cassie wusste nicht, ob ihren Brüdern die Vorstellung gefiel, dass Colin *Bertha* steuerte, aber wenn sie ihn vielleicht erst mal nur eine Stunde unter Aufsicht fahren ließen, würden sie ja sehen, ob sie ihm den Düsterspäher auch allein anvertrauen konnten.

Sie richtete ihre Aufmerksamkeit auf die Kanister mit dem Diesel, die noch auf *Bertha* verstaut werden mussten. Sie waren für den Notfall gedacht, falls *Bertha*, die eine gierige alte Spritfresserin war, mitten im Nirgendwo ausgetrocknet sein würde, ohne dass eine Tankstelle in der Nähe war. Für *Bertha* waren volle Kanister das, was für sie Konservendosen waren. Sie bedeuteten, dass sie und die Menschen, die sie beförderte, möglichst selten anhalten mussten, um aufzutanken.

Cassie hatte hart gefeilscht und einen guten Preis bei den Vorräten und dem Diesel herausgeholt. Trotzdem war nur noch wenig von dem Geld übrig, das sie durch die Gaben der Touristen zwei Tage zuvor kassiert hatten. Was sie für die Opalkette der älteren Frau bekommen hatte, war inzwischen ganz verbraucht. Tatsächlich finanzierte die Kette die gesamte Reise. Hätte die Zuhörerschaft des Vikars *Bertha* also nicht angegriffen, hätten Cassie und ihre Brüder es sich nicht leisten können, ihrem Vater zu folgen. Eine Art Gleichgewicht zeigte sich darin, und Cassie kam auf den Gedanken, dass manche Dinge einfach geschehen mussten; dass es so etwas wie Bestimmung gab.

Andererseits konnte es auch sein, dass Bestimmung und Zufall miteinander verwechselt wurden.

Klapp-klapp.

Cassie blickte hoch. Was war das? Hatte sie gerade gehört –?

Klapp-klapp.

Da war es wieder. Das Schlagen von Flügeln. Den Flügeln von Luftlingen. Cassie hatte keinerlei Schwierigkeiten, das Geräusch zu erkennen. Sie war vertrauter damit als die meisten Erdlinge.

»Hallo da unten«, rief eine Stimme von oben herab. »Hallo?«

Und Cassie erkannte die Stimme.

Zwei Luftlinge, ein Mann und eine Frau, schwebten über den Hof und kamen in Sicht. Ihre Flügel schimmerten weiß vor dem trüben, grauen Himmel.

»Michael?«, fragte Cassie. »Aurora?«

»Leibhaftig«, sagte Michael.

»Was tut ihr beiden hier?«

»Zuerst einmal – könntest du den Düsterspäher abdichten und den Druck herabsetzen?«, fragte Michael, während er landete. »Mein Kopf fühlt sich an, als würde er jeden Moment platzen.«

»Meiner auch«, fügte Aurora hinzu.

»Jungs«, sagte Cassie zu ihren Brüdern. »Tut, was er sagt.«

Gleichzeitig unterdrückte sie einen Seufzer. Das hatte zu allem Überfluss noch gefehlt: eine Verzögerung zu einem wirklich schlechten Zeitpunkt.

Auroras Angebot

»Wir haben allen gesagt, dass wir nach Heliotropia gehen«, sagte Michael durch den Lautsprecher. »Das ist der klischeehafteste Ort überhaupt für Flitterwochen. Aber es war nicht wirklich eine Lüge. Wir haben die letzte Nacht dort verbracht. Und es war eine sehr schöne Nacht. Heute sind wir dann im Fahrstuhl hierhergekommen, weil wir nämlich vorhaben, unsere Flitterwochen an einem weit weniger klischeehaften Ort zu verbringen.«

»Du sprichst von Bittertal?«, fragte Cassie.

»Der Erde. Wir wollen eine Woche auf der Erde herumfahren. Und wir würden gern dich und deinen Düsterspäher anheuern, um uns zu führen.«

»*Bertha* is zur Zeit nich zu mieten«, erwiderte Cassie, der es nicht gelang, es weniger unverblümt zu sagen. »Sie is bereits vergeben. Wir haben selbst was mit ihr vor.«

»Oh. Bist du sicher?«

»Vielleicht hätten wir etwas ausmachen können, wenn du uns vorher Bescheid gegeben hättest, Michael. So, wie es jetzt steht, habt ihr Pech gehabt. Versucht es bei den Leuten von Rundum Tour, die früher auch Reliktsucher waren. Sie bieten ebenfalls Touren an.«

»Aber wir hatten uns wirklich auf die Vorstellung gefreut, mit euch Greifthalers herumzureisen. Schließlich bist du mit Az befreundet. Wir bezahlen auch gut.«

»Ich sagte doch schon«, erklärte Cassie unerbittlich. »Ihr habt Pech gehabt.«

»Das ist ja wirklich nett von dir.« Michaels Stimme wurde schroff. Die Verärgerung war unüberhörbar, wenn der Lautsprecher die Stimme auch blechern verzerrte. »Du machst dir nicht einmal die Mühe, überhaupt darüber nachzudenken. Du lehnst einfach ab. Was ist los mit dir, Cassie? Was hast du gegen uns?«

»Wie meinst du das?«

»Du weißt genau, wie ich das meine. Die Art, wie du Az behandelt hast. Dass du nicht auf unserer Hochzeit erschienen bist. Und jetzt das hier. Haben wir dir irgendetwas getan? Ist es das?«

»Nein, das is es nich«, antwortete Cassie erregt. »Und du hast kein Recht, mir solche Vorwürfe zu machen. Du weißt nich's über mich oder mein Leben hier unten. Gar nich's. Du denkst vielleicht, du wüsstest es, aber das stimmt nich. Und lass Az aus dem Spiel. Das hier hat nich's mit ihm zu tun, oder mit euch oder den Luftlingen oder irgendwas in der Art.«

»Was ist es dann?«

»Das geht dich nich's an.«

Sie hörte Aurora leise sprechen. »Gib mir das mal.« Im nächsten Moment war sie durch den Lautsprecher zu hören, mit einer Stimme, die gemessen und sehr viel weicher klang als die von Michael.

»Cassie«, sagte sie. »Hör zu, Michael hat das nicht so gemeint.«

»Tatsächlich?«, grummelte Michael im Hintergrund.

»Es ist die Bodenkrankheit, weiter nichts«, fuhr Aurora fort. »Der Luftdruck hier drin ist unten, danke dafür, aber unsere Köpfe haben sich noch nicht ganz geklärt. Deshalb ist er etwas missmutig. Ich möchte dir nur sagen, dass ich es akzeptiere, wenn du uns nicht auf eine Tour mitnehmen kannst. Wir sind enttäuscht, aber offensichtlich hast du deine Gründe, und ich respektiere sie. Wir sind dir auf jeden Fall dankbar, dass du uns erlaubt hast, die *Gackernde Bertha* zu benutzen, um zumindest wieder Luft zu kriegen. Wenn wir uns richtig erholt haben, werden wir uns zu dem anderen Unternehmen aufmachen, das du erwähnt hast. Es tut mir leid, wenn wir dir in irgendeiner Weise Schwierigkeiten gemacht haben.«

»Das habt ihr nich, gar nich«, sagte Cassie.

»Ich habe trotzdem das Gefühl. Wie ich sehe, bereitet ihr euch darauf vor, irgendwohin zu gehen. All die vielen Vorräte hier. Eine ziemlich lange Reise, würde ich sagen. Ich sehe auch … Darf ich offen sprechen?«

»Warum nich.«

»Irgendetwas ist los. Du bist so angespannt. Auch deine Brüder sind es. Und – nun, ich sehe deinen Vater nirgendwo. Na ja, ich habe gehört, dass dein Vater in der letzten Zeit ein bisschen tief in den Wolken hängt.«

Nicht ganz auf der Höhe, meinte sie das? Das war milde ausgedrückt!

»Das stimmt«, sagte Cassie.

»Dabei seid ihr so eng verbunden, als Familie. Wo ist er? Wenn er nicht hier ist, wo ist er dann?«

Cassie wusste im ersten Moment nicht, was sie sagen sollte.

Es war unheimlich. Aurora hatte die Situation der Greifthalers perfekt erkannt, und das mit nur einem einzigen Blick.

»Mein Vater«, erwiderte sie langsam, »is abgehauen, und wir wollen ihn suchen.«

»Oh. Wie schrecklich. Und du hast keine Ahnung, wohin er gegangen sein könnte?«

»Süden, irgendwo nach Süden. Das is alles, was wir wissen.«

»Wie wollt ihr ihn finden?«

»Wir werden in Städten und Dörfern nach ihm fragen. Er is mit einem halb abgedeckten Pritschenwagen unterwegs. Ein solches Fahrzeug is leicht wiederzuerkennen. Und ein Vikar is bei ihm. Der ebenfalls leicht wiederzuerkennen is. Wer die beiden gesehen hat, wird sich an sie erinnern.«

Noch während sie das sagte, war Cassie sich nicht mehr so sicher. Ja, ein halb abgedeckter Pritschenwagen und ein rothaariger Vikar waren auffällig. Aber *so* bemerkenswert waren sie nun auch wieder nicht. Abgesehen davon: Wenn ihr Vater wirklich nicht wollte, dass sie ihm folgten, würde er schon dafür sorgen, dass sie nicht auffielen. Er würde den Vikar dazu bringen, sich so wenig wie möglich zu zeigen, und die beiden würden Nebenstraßen benutzen und die großen Straßen und Städte meiden. Sie würden keine deutlichen Spuren hinterlassen.

Die enorme Aufgabe, die sie vor sich hatten, und die schwache Aussicht auf Erfolg lasteten plötzlich schwer auf Cassie. Da war ein Gefühl in ihr, das an Verzweiflung grenzte. Ihre eigene Bemerkung von vorhin – *irgendwo nach Süden* – hatte plötzlich einen düsteren, hohlen Klang. Es gab eine Million Straßen zur Auswahl. Unendlich viele Gegenden, in denen man sich verlieren konnte.

»Lass uns helfen«, sagte Aurora.
»Was?«
»Wir möchten euch gern helfen, Cassie. Lass uns mitkommen.«

Cassies Entscheidung

Ihr erster Impuls war, das Angebot abzulehnen. Was hatten sie davon, Passagiere an Bord zu haben? Noch dazu Luftlinge. Es bedeutete vor allem, dass die Vorräte nicht so lange reichen würden und *Bertha* noch mehr schleppen müsste, was wiederum hieß, dass sie auch mehr Treibstoff benötigen würden.

Sie beriet sich draußen mit ihren Brüdern und Colin. Sie erzählte ihnen, dass sie keinen bedeutenden Vorteil darin sehen würde, Michael und Aurora bei der Reise mitzunehmen, dafür aber einige Nachteile.

Robert stimmte ihr zu. »Es hat nich's mit ihnen zu tun. Ich kann mir nur einfach nich vorstellen, dass sie uns irgendwie von Nutzen sein könnten.«

Fletcher sah das allerdings anders. »Zum einen, denkt ihr nich, dass die Leute freundlicher eingestellt sein werden, wenn wir Luftlinge dabeihaben? Vielleicht sagen sie *uns* nich, ob sie Paps gesehen haben, aber einem Luftling-Paar.«

»Und sie haben Geld«, unterstützte ihn Colin. »Du hast

gesagt, dass sie für eine Tour mit *Bertha* bezahlen würden, Cassie. Mit diesem Geld könnten wir weiter und länger reisen, wenn es notwendig werden sollte.«

»Und ich bezweifle, dass wir uns Sorgen über zusätzlichen Treibstoffverbrauch machen müssen«, fügte Fletcher hinzu. »Die Luftlinge wiegen doch kaum etwas mit ihren leichten Knochen. Erinnerst du dich, Robert, wie du Az getragen hast? Du musstest kaum deinen Rücken beugen, obwohl du so schmächtig bist.«

»Na ja, schmächtig …«

»Also seid ihr beide der Meinung, dass wir sie mitnehmen sollen?«, fragte Cassie Colin und Fletcher.

»Ich sehe nich, dass es schaden könnte«, erwiderte Fletcher.

»Ich auch nich«, sagte Colin.

»Und mir ist es eigentlich egal«, erklärte Robert. »Es ist Platz genug für uns alle in *Bertha*. Ein bisschen enger, wenn noch zwei mehr da sind, aber nur geringfügig.«

»Aber letztendlich entscheidest du«, sagte Fletcher.

»Ich?«, fragte Cassie stirnrunzelnd. Es war nicht üblich, dass Fletcher ihr eine Entscheidung überließ. Als der Ältere hatte er gewöhnlich das Gefühl, dass er vor Robert und Cassie kam, und was immer er sagte, wurde auch getan.

»Du kennst sie besser als wir, Mädchen. Du hast sie oben in Himmelshaven ein paarmal getroffen. Du kennst ihren Verstand und ihren Charakter. Praktisch gesehen, kann es nich schaden, wenn sie mitkommen. Aber wenn du das Gefühl hast, dass es Probleme mit ihnen geben könnte, dann wäre das ein Grund, dankend abzulehnen.«

Cassie kletterte in *Bertha* zurück, erklomm die Leiter zur Fahrerkabine und nahm die Sprechmuschel ab.

»Mr. und Mrs. Gabrielson?«, fragte sie förmlich.

»Oh, das sind wir«, sagte Aurora mit einem Kichern. »Es ist seltsam, so genannt zu werden.«

Auroras Bemerkung entschied die Sache. Cassie begriff, dass sie die Anwesenheit dieser Frau während der Reise begrüßen würde – auch wenn sie ansonsten nicht ganz so davon überzeugt war wie Michael.

»Wir haben über euer Angebot nachgedacht«, erklärte sie. »Und wir sagen ja. Wir würden eure Hilfe begrüßen.«

Nach Süden

Eine Stunde später gab die *Gackernde Bertha* jenes mechanische Lachen von sich, dem sie ihren Namen verdankte, spuckte Rauch aus dem Auspuff und ruckelte vom Hof der Greifthalers. Cassie saß am Steuer; Fletcher, Robert und Colin waren in den Spähkuppeln, während Michael und Aurora sich getrennt von ihnen in der Ladebucht befanden. Es war später Nachmittag. Der aschgraue Himmel wurde schiefergrau – ein Wechsel, der jeden Tag früher stattfand, seit sich der Herbst näherte. Die dunklere Hälfte des Jahres brachte mehr Regen und auch eine geistige Düsternis mit sich. Der Herbst und der Winter waren die Zeit, in der die Leute dazu neigten, an der Rassellunge oder anderen tödlichen Leiden zu erkranken; es war die Zeit, da das Leben auf der Erde am wenigsten erträglich wurde. Die Sonne war ein blasses Gespinst und zeigte sich nur wenige Stunden und verströmte dann auch nur wenig Licht und gar keine Wärme durch ihren Wolkenschleier. Überall hingen Schatten. Die Welt war spinnwebartig und dämmerig.

Cassie schaltete *Berthas* Scheinwerfer ein, die ein Stück voraus einen gelblichen Schimmer auf die Straße warfen. Sie kämpfte gegen freudlose Gedanken, gegen Gefühle der Hilflosigkeit und düstere Vorahnungen, während sie das Gefährt durch die Außenbezirke der Stadt lenkte und in die Kraterheim-Straße einbog, die vier Kilometer lang schnurgerade verlief, bevor sie sich in eine Reihe von Windungen und Wendungen entrollte, die über die südlichen Berge und weg von der Region Bittertal führten.

Hundert Kilometer östlich und ein paar tausend Meter über ihr wandte sich die *Cerulean* ebenfalls nach Süden.

Hätte es Cassies Stimmung verändert, wenn sie das gewusst hätte? Hätte sie Trost oder Hilfe in dem Wissen gefunden, dass Az das Luftschiff in die gleiche Richtung lenkte und sich ebenfalls auf einer Reise befand, deren Ausgang so unsicher war wie der ihrer?

Wer konnte das sagen?

Die Nacht brach an.

Berthas Gackern wurde von dem zunehmenden Zwielicht gedämpft.

Cassie fuhr weiter.

Die Grundlagen dcr Falkenjagd

Lord Urironson klopfte und trat ein.

»Farris«, sagte Lady Aanfielsdotter. In ihrer Stimme schwang Belustigung mit, gerade genug, um ihn wissen zu lassen, dass sie es sehr eigenartig fand, von ihm in ihrem Büro aufgesucht zu werden. Persönliche Gespräche zwischen zwei Personen wurden im Silber-Sanktuarium nicht gern gesehen, wenn sie nicht von unoffizieller oder freundschaftlicher Natur waren. Und sie konnte sich nicht vorstellen, dass Lord Urironson ihr etwas zu sagen hatte, das unoffiziell oder freundschaftlich war. Ihre gegenseitige Antipathie saß einfach zu tief.

»Ich will gleich zur Sache kommen«, sagte Lord Urironson mit einer geschäftsmäßigen Geste seiner Flügel.

Lady Aanfielsdotter schob den Papierkram zur Seite, den sie gerade durchging. Es handelte sich um Anträge von Leuten, die im Silber-Sanktuarium aufgenommen werden wollten. Dutzende solcher Bitten trafen täglich ein und mussten unparteiisch und sorgsam geprüft werden, ehe eine Einladung für ein Vorsprechen ergehen konnte.

»Bitte tut das«, sagte sie.

»Ihr wisst, dass es einen zweiten Angriff auf die Anlage von Westöl gegeben hat?«

»Ich habe davon gehört.«

»Und dass die Arbeiter dort Vergeltung geübt haben?«

»Soviel ich weiß, ja.«

»Ich bin sehr betroffen über diese Entwicklung.«

»Das bin ich auch.«

»Die Rotturm-Piraten werden sich dadurch nicht abschrecken lassen, wie Ihr wisst. Bisher haben sie ihre Überfälle ungestraft verübt. Zuerst haben sie dieses kleine Erdendorf angegriffen und etwas Bauholz und Kohle mitgenommen. Auf beiden Seiten gab es keine Opfer. Dann haben sie ihr Augenmerk auf einen Stahlhof gerichtet. Wieder gab es keine Opfer. Aber wenn es stimmt, was wir jetzt von der Erde hören, sind etwa zehn von ihnen tot. Vollkommen verbrannt, wie es heißt. Sie werden sich rächen wollen, darauf können Sie Ihren Federkiel wetten.«

»Ich leugne nicht, dass dies eine bedauerliche Eskalation des Problems ist«, sagte Lady Aanfielsdotter. »Aber man kann die Erdlinge verstehen. Die Piraten haben sie bestohlen. Kein Wunder, dass sie sich entschieden haben zurückzuschlagen.«

»Ihr stellt Euch auf ihre Seite? Akzeptiert, was sie getan haben?«

»Das habe ich nicht gesagt, Farris.« Lady Aanfielsdotters Augen blitzten wie Eissplitter. »Und ich habe den Eindruck, dass diese Diskussion beendet ist. Wenn Sie noch irgendetwas zu dieser Sache zu sagen haben, tun Sie das an einem öffentlichen Ort mit anderen Anwesenden.«

»Das würde ich tun, Serena, wenn ich nicht versuchen wollte, Euch zu helfen.«

Lady Aanfielsdotter blinzelte. »Entschuldigung. Ich habe wohl nicht recht verstanden. Haben Sie gerade ›helfen‹ gesagt?«

Lord Urironson rückte näher zu ihr, während er seine Flügel hinter dem Rücken faltete, um seine Unterwürfigkeit zu betonen und zu zeigen, dass er keine Bedrohung darstellte.

»Hört mir zu«, sagte er. »Ihr merkt es vielleicht nicht, aber die Atmosphäre an diesem Ort nimmt einen ziemlich besorgniserregenden Charakter an, und was das Silber-Sanktuarium spürt, ist eine gute Spiegelung dessen, was die Luftlinge allgemein empfinden. Wir sind das Barometer der Stimmung unseres Volkes, oder zumindest sollten wir das sein. Die Leute hier sprechen mit verängstigten Stimmen. Ich höre sie. Vielleicht hört Ihr sie nicht, weil sie sich in Eurer Nähe nicht trauen, so zu sprechen. Euch gegenüber setzen sie eine furchtlose Miene auf, weil Ihr die mächtige Lady Aanfielsdotter seid und sie nicht für schwach oder panisch gehalten werden wollen. Aber ich höre, was sie sagen, und sie sagen, dass Luftlinge tot sind, dass sie von Erdlingen getötet worden sind. Wie immer die Umstände waren, wer immer zuerst provoziert hat – Luftlinge sind tot, und das kann nicht einfach ignoriert werden.«

»Was soll ich Ihrer Meinung nach dagegen tun?«

»Was tut Ihr denn?«

»Das wissen Sie sehr gut. Die *Cerulean* müsste in wenigen Tagen in Rotturm eintreffen.«

»Und Euer Mr. Mordadson wird das Problem lösen?«

»Allerdings. Ich habe volles Vertrauen in ihn.«

»Nun gut. Hoffen wir, dass er das tut. Aber dennoch bleibt die Tatsache, dass Erdlinge Luftlinge getötet haben. Das ist es, um was es hier geht. Die Piraten haben gestohlen, aber sie haben nicht getötet. Die Erdlinge haben getötet. Zugegeben, sie haben sich und ihre Lebensgrundlagen verteidigt, aber statt eine angemessene Antwort zu geben, haben sie überreagiert. Was uns mit gewaltigen Problemen zurücklässt.«

»Was wäre eine angemessene Antwort gewesen? Etwas von ähnlichem Wert von uns zu stehlen?«

»Ich weiß es nicht. Jedenfalls kein Mord.«

»Und wie soll mir helfen, dass Sie mir das sagen?«

»Ist das nicht offensichtlich?«, fragte Lord Urironson. »Es zirkulieren Gerüchte im Sanktuarium, dass Ihr zu weich geworden seid, Serena.«

»Zu weich. Wirklich.« Lady Aanfielsdotter wölbte eine Braue. »Ich schicke die *Cerulean* mit der Flugpatrouille und der Befugnis ›höchste Billigung‹ nach Süden, und offenbar bin ich zu weich geworden. Wie interessant.«

»Es herrscht das Gefühl, dass stärkere Handlungen nötig sind.«

»Als da wären?«

»Zumindest eine Erklärung an die Erdlinge. Eine Aussage mit klaren Worten an alle ihre Regierungen, dass Angriffe auf unser Volk nicht toleriert werden.«

»Ich kann da keinen Nutzen erkennen. Es würde nach Selbstgerechtigkeit und Heuchelei klingen.«

»Wir müssen im Umgang mit den Erdlingen entschlossen auftreten. Sie müssen uns respektieren. Es ist, als würden wir einen Falken dressieren. Der Vogel ist ein wildes Geschöpf, das nach seinen eigenen Gesetzen lebt. Um ihn zu zähmen, müsst Ihr ihn Eurem Willen unterwerfen. Ihr müsst ihm beibringen, zuerst Euren Befehlen zu gehorchen und dann erst den eigenen Instinkten. Ansonsten wird er nie tun, was man ihm sagt.«

»Ah, ein Vogelbeispiel«, sagte Lady Aanfielsdotter mit einem sardonischen Ausdruck auf den Lippen. »Sie wissen, dass Sie mit jemandem sprechen, der auf einer Geflügelfarm groß geworden ist, ja? Mit jemandem, der sich besser mit dem Aufziehen und Zähmen von Vögeln auskennt, als Sie es jemals tun werden.«

»Ich kenne niemanden im Sanktuarium, der nicht von Eurer bescheidenen Herkunft weiß, Serena. Ihr werdet es nie leid, uns daran zu erinnern.«

»Dann werden Sie sich vor meiner Kenntnis bezüglich dieses Themas verneigen. Sie haben eindeutig keine eigenen Erfahrungen mit der Falknerei gemacht, während mein Vater ein erfahrener Falkner war und ich diese Kunst in ihren grundlegenden Bedingungen kennen gelernt habe. Man beugt den Willen des Vogels nicht dem eigenen Willen, wie Sie behauptet haben. Man arbeitet in Harmonie mit dem Vogel. Ein Falke ist naturgemäß aggressiv, und es geht darum, sich diese Aggressivität zunutze zu machen. Im Laufe des Prozesses sollte man sich darauf vorbereiten, den ein oder anderen Kratzer oder Hieb abzubekommen. Aber die Verletzungen werden sehr viel schlimmer sein, wenn man tatsächlich versucht, den Geist des Vogels zu brechen, indem man mit Strafen und Einschüchterungsversuchen arbeitet. Es passt ganz und gar nicht zu diesen Tieren, und am Ende werden sie verärgerte, gereizte Vögel, die nicht jagen und einen Falkner mit Schnitten und Blut übersäen. Man muss den Vogel umwerben und sein Vertrauen erlangen. Dann wird er ein lebenslanger Partner sein. Verstehen Sie, was ich sage?«

»Nur zu gut«, erwiderte Lord Urironson. »Aber ich glaube, dass Ihr Euch irrt. Ich glaube, dass wir die Erdlinge nur ermutigen, sich noch schlimmer zu verhalten, wenn wir irgendeine Schwäche zeigen und zu Toleranz bereit sind. Haltet ihnen einen Zentimeter hin, und sie nehmen den ganzen Kilometer, um ein Sprichwort zu bemühen.«

»Nicht alle halten Toleranz für Schwäche, Farris.«

»Viele tun es. Nicht wenige in dieser Stadt.«

Lord Urironson hielt dies für einen passenden Abschlusssatz, denn er drehte sich um und ging. Vor Lady Aanfielsdotters Büro blieb er lange genug stehen, um in sich hineinzugrinsen, dann stieg er in den Zentralen Schacht des Turms und sprang zwanzig Stockwerke hinunter, bremste im letzten Moment, ehe er auf dem Boden aufkam. Seine Flügel fingen ihn mit einem *Whoomp* auf.

Was Lady Aanfielsdotter betraf, so saß diese noch eine ganze Weile da und starrte ins Leere. Obwohl sie es versuchte, konnte sie die Bemerkungen von Lord Urironson nicht aus ihren Gedanken verbannen. Er hatte einen Nerv getroffen. Tuschelten die Leute hinter ihrem Rücken und logen sie an? Glaubten sie wirklich, dass sie nicht genug tat, um die Situation zu beherrschen? Oder stiftete Lord Urironson einfach nur Unruhe? Wühlte er im Schlamm? Säte er Zweifel in ihrem Geist? Und wenn ja, warum? Was erhoffte er sich davon?

Zum ersten Mal in ihrer langen und außerordentlichen Karriere fragte sich Lady Aanfielsdotter, ob sie nicht allmählich zu alt für diese Aufgabe wurde.

Die Stadt der Rechenkünstler

Ein herrlicher Sonnenaufgang überzog die Oberfläche der Wolkendecke mit blauen und rosafarbenen Streifen. Das Morgenlicht war so rein und ursprünglich, dass beinahe jede Falte und Woge perfekt konturiert wirkte, als wären die Wolken auf Glas gestanzt worden. An Steuerbord bewegte sich der Schatten der *Cerulean* wie ein zweites verzerrtes Luftschiff, das dem ersten treu folgte.

Az starrte mit verschwommenem Blick aus dem Aussichtsfenster und versuchte, nicht zu gähnen. In der letzten Nacht hatte er vier Stunden geschlafen, und in der davor auch nicht viel mehr. Er konnte sich nicht mehr zugestehen. Die *Cerulean* flog gleichmäßig vierundzwanzig Stunden am Tag, und die Crew arbeitete in Doppelschichten und machte Nickerchen, wann und wo sie konnte. Az durfte nicht weniger leisten als sie.

Sie waren alle erschöpft – alle außer Flugleutnant Wallimson, der keine Skrupel hatte, die Steuergondel zu verlassen, wann immer er sich danach fühlte, um in seiner Kabine ein langes Nickerchen zu halten. »Irgendjemand muss doch frisch und wachsam sein«, war seine Ausrede, aber niemand nahm ihm das ab. »Er ist einfach nur faul«, war ihre Sicht der Dinge, die sie auf verschiedene Weise ausdrückten, wenn auch nie in Wallimsons Beisein.

Mehrere Kilometer voraus erhob sich aus den rosablauen Wolken die Stadt Gyre. Die *Cerulean* hatte bereits eingeplant, dort Station zu machen, um nachzutanken. Abgesehen davon hatte Az beschlossen, dass es gut wäre, eine richtige Pause zu machen. Es war klar, dass die Crew dieses Tempo nicht ewig aufrechterhalten konnte, und daher war es besser, wenn alle ein bisschen Zeit hatten, mal ganz herunterschalten zu können, bevor sie weiterflogen. Sonst bestand die Gefahr, dass sie völlig ausgelaugt sein würden, wenn sie Rotturm erreichten – und damit auch unfähig, angemessen zu handeln.

Gyre hatte eine spiralförmige Gestalt mit etwa drei Kilometern Durchmesser am Boden, von dem aus sich die Spirale kegelförmig nach oben bis zur Spitze wand. Sämtliche Gebäude auf den übereinandergeschachtelten Terrassenebenen zeigten nach außen. Dies war die Heimat von Mathematikern und Buchhaltern, Statistikern, Aktuaren und Versicherungskaufleuten – eine Stadt von Rechenkünstlern. Leute, die sich der Arithmetik widmeten, wurden von Gyre angezogen und lebten hier in fast vollständiger Isolation. Sie hatten wenig Kontakt mit der Außenwelt, abgesehen davon, dass sie Bücher von dort bekamen. Im Großen und Ganzen war es eine Stadt der Spinner, wie es hieß. Az hätte woanders haltmachen lassen, aber das hätte einen deutlichen Umweg bedeutet, denn Gyre lag auf direktem Weg nach Rotturm.

Ein weiteres ungewöhnliches Kennzeichen von Gyre war, dass es noch immer einen Ankermast auf der Spitze besaß. Die meisten anderen Himmelsstädte hatten ihre vor langer Zeit abgeschafft. Da offiziell nur noch ein einziges Luftschiff existierte, waren die Masten eine platzraubende Angelegenheit geworden. Gyre besaß also entweder nicht den Willen oder die Mittel, um den Ankermast herunterzuholen.

Es war eine heikle Angelegenheit, an dem Mast anzulegen, und Az hatte es noch nie getan. Jetzt war nicht die Zeit, es zu versuchen. Die Cerulean würde die Landefläche am Grund der Himmelsstadt benutzen.

Er drückte den Knopf, der in den Kabinen der Crew-Mitglieder Alarm auslöste. Innerhalb weniger Minuten hatte er die gesamte Crew an Deck, nicht bloß die abgespeckte Nachtschicht, die aus nur drei Leuten bestand. Die Männer nahmen ihre Positionen ein und rieben sich die Augen. Ein paar von ihnen hatten die Uniformen falsch zugeknöpft.

Als Az verkündete, dass sie sich auf Gyre etwas Zeit zum Ausruhen gönnen würden, brach in der Steuergondel lauter Jubel aus.

»Gute Idee, Skipper«, sagte der Navigator Ra'asielson. *Skipper* war der Name, mit dem die Crew ihn jetzt anredete. Es war eine ehrerbietige Bezeichnung und doch nicht ganz das Gleiche wie *Kapitän*.

»Eine Pause?« Mr. Mordadson hatte sich zu ihm gestellt. »Bist du sicher?«

Az erklärte ihm seine Gründe. »Wenn Sie nicht wollen, dass die Männer auf ihren Posten einschlafen, während wir hinter dem Luftschiff der Piraten her sind, ist eine Ruhepause absolut notwendig.«

»Na schön. Wir sind bisher gut vorangekommen. Ich denke, wir können ein paar Stunden erübrigen. Und es gibt wohl kaum einen Ort, der einschläfernder ist als Gyre. Das ideale Fleckchen, um etwas Schlaf zu kriegen.«

Während die *Cerulean* sich der Stadt näherte, tauchte Flugleutnant Wallimson verspätet in der Steuergondel auf.

»Ein Ankermast«, bemerkte er und blickte nach draußen. »Das sieht man nicht mehr alle Tage. Ich vermute, Sie haben noch nie an einem angelegt, Gabrielson.«

Az war durch den Schlafmangel gereizt, und es kostete ihn Mühe, die Ruhe zu bewahren.

»Habe ich in der Tat noch nicht, und ich habe es auch heute nicht vor.«

»Wirklich nicht? Und warum nicht? Dabei ist es gar nicht schwierig.«

»Das entspricht nicht dem, was ich gehört habe.«

»Man braucht nur gute Nerven und eine gute Führung des Luftschiffes. Aber vielleicht mangelt es Ihnen ja an beidem.«

Az warf Mr. Mordadson einen Blick zu, als wollte er sagen: *Können Sie nicht etwas gegen diese Nervensäge unternehmen?*

Aber Mr. Mordadsons Antwort bestand in nichts weiter als einem langsamen, neutralen Blinzeln. Woraus Az schloss, dass Wallimson *seine* Angelegenheit war, nicht die von irgendjemand anderem. Mr. Mordadson konnte seine Kämpfe nicht für ihn führen. Es war an Az, sich mit Wallimson auseinanderzusetzen.

»Wenn Sie so wild darauf sind, den Mast zu benutzen, Flugleutnant«, sagte Az, »warum tun Sie es dann nicht?«

»Oh, das kann ich nicht. Kapitän Qadoschson hat Sie

zum Kapitän ernannt und nicht mich. Ich würde nie gegen seine Wünsche verstoßen.«

»Nun, und ich werde es nicht tun.«

»Wie schade. Die Crew würde besser von Ihnen denken, wenn Sie es täten.«

Az wusste, dass er provoziert wurde. Wallimson wollte ihn beschämen, damit er sich auf das Manöver einließ.

Unglücklicherweise funktionierte die Taktik.

»Also schön«, sagte er, so kühl er konnte. Er glaubte, einen Weg gefunden zu haben, Wallimsons Herausforderung zu seinem eigenen Vorteil zu nutzen. »Männer? Wir halten auf den Mast zu. Beginnt, das Ankerseil abzurollen, bis auf hundert Meter.« Er wandte sich an Wallimson. »Und Sie, Flugleutnant, werden mir helfen. Sie werden mein Kopilot sein. Meine Augen da vorn. Sie werden uns auf dem Weg halten.«

Wallimson antwortete nicht sofort, sondern tat, als wäre es nicht ein Befehl gewesen, sondern ein Angebot, über das er nachdenken musste. Schließlich nickte er.

Die *Cerulean* hob den Bug, und die Propeller neigten sich nach unten. Sie wurde langsamer und näherte sich dem Mast. Az erteilte Befehle und hörte auf das, was die Crew ihm sagte. Er achtete darauf, Wallimson bei jeder Phase des Manövers zu befragen. Der Flugleutnant berichtigte ihn ein- oder zweimal kurz und knapp, sagte aber ansonsten nichts.

Wenn alles so lief, wie Az es sich erhoffte, würde Wallimson sich vielleicht mehr in die Führung des Schiffes einbezogen fühlen. Möglicherweise respektierte er Az dann sogar etwas mehr.

Da war ein Trichter oben am Mast, ein V-förmiges Metallgestell auf einer drehbaren Scheibe. Es schwang im Wind wie eine Wetterfahne und war mit einem Druckschalter ausgestattet, der den Trichter schloss, sobald er von einem Seil berührt wurde. Die *Cerulean* musste sich direkt gegen den Wind und auf genau richtiger Höhe nähern, so dass das unter ihr baumelnde Seil in den Trichter rutschen konnte.

Sie direkt gegen den Wind zu lenken bedeutete, dass sie zu hüpfen und zu springen begann. Der Mast, den sie ansteuerte, schien nach hierhin und dahin zu tänzeln.

»Haltet sie ruhig«, sagte Az. »Ganz ruhig.«

Er begann sich zu fragen, ob er nicht doch einen Fehler beging. Aber er konnte jetzt nicht mehr umkehren. Er hatte sich darauf eingelassen. Wenn er das Manöver jetzt abblies und stattdessen doch an der Landefläche andockte, würde er seinem Stand bei der Crew irreparablen Schaden zufügen, wie er befürchtete.

Er warf einen Blick zu Mr. Mordadson. Die Miene des Emissärs des Silber-Sanktuariums war nicht zu deuten.

»Zwei Grad Backbord«, sagte Az.

Stille hatte sich in der Steuergondel ausgebreitet. Alle waren hochkonzentriert und hatten die Flügel fest zusammengefaltet.

»Noch einmal zwei. So ist's gut. Maschinenkraft zurücknehmen. Der Wind soll uns bremsen.«

»Gabrielson, wir sind etwas zu hoch«, sagte Wallimson.

»Ja? Sieht mir aber gar nicht so aus.«

»Vertrauen Sie mir. Das Seil wird dran vorbeigehen, wenn wir nicht etwas tiefer gehen.«

Az zögerte. »Zehn Meter tiefer«, sagte er dann.

»Aye-aye, zehn Meter.«

»Mehr«, sagte Wallimson.

»Mehr?«

»Sie wollten, dass ich Ihr Kopilot bin. Genau das bin ich jetzt. Wir müssen noch weiter runter. Der Wind ist stark und bläst das Seil in einem spitzen Winkel weg. Es wird den Trichter nicht treffen.«

»Rigz? Können wir noch mehr rauslassen?«

»Es ist bis zum Anschlag ausgerollt, Skipper«, sagte der Erste Ingenieur Rigzielson. Es war Rigz' Aufgabe, während des Auswerfens und Andockens die Winde des Ankerseils zu bedienen.

»Dann noch einmal zehn Meter«, sagte Az.

Der Mast kam dem Luftschiff jetzt bedrohlich nahe. Der Trichter ragte wie eine Metallpinzette nach oben.

»Alle Maschinen stoppen.«

Der Schwung trieb die *Cerulean* weiter voran, und sie wackelte noch immer unruhig im Gegenwind. Der Mast war jetzt noch zwanzig Meter entfernt.

Fünfzehn.

Zehn.

Der Wind verebbte.

Die *Cerulean* verlor an Fahrt. Ihr Bug senkte sich.

»Hoch!«, brüllte Az. »Bringt sie hoch! Bringt sie hoch!«

Die Crew reagierte, aber es war bereits zu spät.

Die Zeit dehnte sich, als würde sie kriechen. Alles, was jetzt geschah, passierte mit einer Art entsetzlicher Gemächlichkeit – im Schneckentempo des Unheils.

Die eine Seite des Rumpfes scheuerte über die Mastspitze.

Der Trichter bohrte sich in die Hülle des Ballons.

Das Segeltuch riss auf, und der Trichter bohrte sich noch tiefer hinein. Der Riss wurde länger und breiter. Das Geräusch klang schrecklich, wie ein tiefes, qualvolles Stöhnen.

Der Trichter riss weiter durch den Zeltstoff, bis er auf eine der Hauptsektionen stieß, auf die riesigen runden Streben, die dem Ballon seine zylindrische Form verliehen. Stahl zog kreischend über Stahl. Dann schnappte der Trichter zu, und die *Cerulean* kam ruckartig zum Stillstand. Wer in der Steuergondel nicht saß, stolperte einen Schritt nach vorn.

Mehrere Sekunden lang herrschte absolutes Schweigen. Die Crew wartete darauf zu erfahren, ob es das gewesen und der Zusammenstoß vorüber war oder ob noch mehr passieren würde.

Es war vorüber. Die *Cerulean* steckte fest, ihr Ballon war auf dem Mast aufgespießt.

»Oh, gut gemacht«, sagte Flugleutnant Wallimson und klatschte langsam in die Hände. »Bravo, ›Skipper‹. Hübsche Darbietung.«

Az stand wie erstarrt da und wusste nicht, wohin er blicken sollte.

Schadensabschätzung

Es war schlimm, aber es hätte noch viel schlimmer kommen können.

Der Trichter hatte immerhin keine Gaszelle durchbohrt. Sie waren alle noch intakt, und nirgendwo lief Helium aus.

Was blieb, war ein zwanzig Meter langer Riss in der Hülle, der aber verhältnismäßig leicht geflickt werden konnte. Es würde hässlich aussehen, wie eine frisch vernähte Wunde, aber die Flugeigenschaften der *Cerulean* würden nicht beeinflusst werden.

Schlimmer war der Schaden an der Struktur des Rumpfes. Dort, wo der Trichter mit dem Gestell zusammengeprallt war, war es verbogen und verzerrt. Nieten waren herausgedrückt worden, und einige der Spannkabel, die mit dem Gestell verflochten waren, waren zerbrochen. Ein großer Teil war deformiert worden und musste gerichtet werden, ehe die *Cerulean* sich wieder auf den Weg machen konnte.

»Mindestens zwei Tage Arbeit«, sagte Rigz und betrachtete düster die zerbrochenen, herabbaumelnden Kabel. Er stand mit Az und Mr. Mordadson im Mittelgang, einer skelettartigen Stahlröhre, die der Länge nach vom Bug bis zum Heck durch den Ballon führte. Ein kühler Wind zischte durch den Riss im Segeltuch. »Wir müssen die verbeulten Teile rausschneiden, zurechthämmern, am ursprünglichen Platz anbringen und danach die Kabel wieder befestigen. Ich vermute, dass wir das in anderthalb

Tagen hinkriegen, wenn wir es nicht übergründlich machen.«

»So, wie es jetzt ist, können wir also nicht fliegen?«, fragte Mr. Mordadson.

»Nicht, wenn wir verhindern wollen, dass die *Cerulean* eine Sturzspirale macht. Die Verzerrung im Ballon würde sie an der einen Seite runterziehen und einen Dreheffekt hervorrufen. Wir müssten ständig dagegen ankämpfen, dass sie umkippt.«

»Sagen Sie mir bitte, Rigz«, verlangte Az, obwohl er die Antwort gar nicht hören wollte, »war das mein Fehler?«

Der Erste Ingenieur kratzte sich am Hinterkopf und stieß ein Pfeifen aus. »Ja und nein, Skipper. Ja, weil Sie vielleicht gar nicht erst hätten versuchen sollen, am Mast anzudocken. Nein, weil niemand diesen plötzlichen Windabfall hätte vorhersehen können. Das ist es, was uns erledigt hat. Das und …«

»Das und was?«

»Und die Tatsache, dass wir zu weit runtergegangen sind.«

»Aber Wallimson hat gesagt –«

»Wallimson hat die Lage falsch beurteilt«, erklärte Rigz. »Ich will keine Verleumdungen aussprechen, aber der Flugleutnant hat unsere Höhe offenbar nicht richtig eingeschätzt. Er hätte uns mehr Platz lassen müssen für den Fall, dass der Wind nachlässt. Er hat uns zu dicht rangebracht, ohne Spielraum für einen Fehler zu lassen.«

»Dann ist es nicht meine Schuld.«

»Ich fürchte doch. Sehen Sie, es obliegt Ihrer Verantwortung als Kapitän – oder was immer Sie sind –, sämtliche Informationen, die Sie von der Crew erhalten, zu prüfen. Sie können uns vertrauen, aber Sie dürfen sich nicht auf uns verlassen. Weil wir fehlbar sind. Wir sind nur Menschen. Wir machen Fehler. Sie müssen es besser wissen als wir und dürfen nicht alles unbesehen glauben, was wir Ihnen sagen. Ich weiß, dass das hart ist, aber so ist es nun mal. Irgendjemand muss der große Kerl sein, der die Entscheidungen trifft und mit ihnen leben muss. Jemand muss die Schuld tragen. Und das sind, was auch immer geschieht, Sie.«

Az schluckte schwer, denn die Worte des Ersten Ingenieurs waren eine bittere Pille. »Fangen wir sofort mit den Reparaturmaßnahmen an. Ich werde gehen und den Flugwächtern erklären, was passiert. Und dann werden Mr. Mordadson und ich nach Gyre hinuntergehen und den Leuten dort die Sache erklären. Ist das eine gute –«

Er hatte sich umgedreht, um mit Mr. Mordadson zu sprechen, und stellte fest, dass er weg war. Irgendwann während seiner Unterhaltung mit Rigz musste der Emissär des Silber-Sanktuariums vollkommen lautlos weggehuscht sein. Er war nirgendwo zu sehen.

Az hoffte, dass es einen einfachen Grund für sein plötzliches Verschwinden gab, aber da es sich um Mr. Mordadson handelte, war das wahrscheinlich nicht der Fall.

Das Geräusch, das jemand macht, dem man einen Daumen an die Kehle presst

»Ghhnnk!«, machte Wallimson.

Mr. Mordadson presste seinen Daumen noch fester gegen die Luftröhre des Flugleutnants.

»Was war das?«, fragte er. »Ich habe es nicht ganz verstanden.«

»Ghhnnk!«, machte Wallimson noch einmal. Die Augen traten hervor, und sein Gesicht war violett angelaufen.

»Nein. Sie drücken sich immer noch unverständlich aus. Wollen Sie, dass ich meinen Daumen von Ihrem Hals nehme? Ist es das?«

Wallimson nickte heftig.

»Ich bin mir nicht ganz sicher. Es freut mich zu sehen, wie Sie sich winden. Ich glaube, ich lasse meinen Daumen da, wo er ist, bis Sie ganz still sind. Wie sieht es aus? Gute Idee?«

Wallimson gab ein erbärmliches Kopfschütteln von sich. Er war zu Tode erschreckt. Alles, was er in Mr. Mordadsons karmesinrot bebrillten Augen sah, war unerbittliche Entschlossenheit. Dieser Mann würde ihn töten, davon war er überzeugt. Er spürte bereits, wie seine Lungenflügel um Luft schrien. Seine Sicht verschwamm mehr und mehr. Ein erbärmlicher Tod, hier in den Latrinen der *Cerulean*, wo Mr. Mordadson ihn mit dem Hinweis »Auf ein Wort, bitte« hingelockt hatte. Was für eine elendige Art zu gehen, in einer Toilettenzelle erwürgt zu werden, während einem der Kopf gegen den Toilettenspülkasten gedrückt wurde.

Er machte flehende Zeichen mit den Augen, bat den Emissär des Silber-Sanktuariums darum, ihn am Leben zu lassen.

Mr. Mordadson neigte den Kopf, als würde er einen Moment nachdenken, dann zog er den Daumen zurück.

Mit einem Keuchen brach Wallimson auf dem Toilettensitz zusammen. Er holte mehrmals hektisch Luft und saß völlig erschlafft da, überglücklich, dass er noch am Leben war.

»Schön«, sagte Mr. Mordadson. »Und jetzt der Handel. Ich weiß, dass Sie Az' Versuch, am Mast anzudocken, absichtlich sabotiert haben.«

»Ich habe nichts –«, krächzte Wallimson.

Mr. Mordadson richtete seinen Daumen wieder auf Wallimsons Kehle. »Halten Sie den Mund. Ich rede.«

Der Flugleutnant presste die Lippen fest zusammen.

»Ich glaube nicht, dass Sie diesen Zusammenstoß wollten«, sagte Mr. Mordadson. »Ich glaube aber, dass Sie gehofft hatten, wir würden den Mast verfehlen oder an ihm entlangschrammen. Dann hätten Sie nicht nur der *Cerulean* einen Schlag versetzt, sondern auch Az' Glaubwürdigkeit. Sie hätten ihn unfähig aussehen lassen und seine Autorität untergraben, und im Anschluss wären Sie als besserer Kandidat für den Kapitänsposten in Erscheinung getreten. Nun, meine Gratulation. Sie waren erfolgreich. Das Dumme ist nur, dass Sie dadurch unsere Fahrt verzögert haben. Indem Sie sich Az in den Weg gestellt haben, haben Sie sich meiner Mission in den Weg gestellt, und wie Sie merken, stimmt mich das ganz und gar nicht glücklich. Was Sie getan haben, nehme ich sehr persönlich. Und ich möchte eines klarstellen: Es ist mir egal, was für einen Streit Sie mit Az haben. Ich weiß, dass Sie ihn nicht mögen und er Ihnen vorgezogen worden ist. Das muss schmerzen. Aber vielleicht rührt Ihr Hass auch von etwas anderem, nämlich von der Tatsache, dass Az keine Flügel hat und damit gut zurechtkommt, während Sie zwei Flügel – nun, anderthalb – haben und Ihnen das Leben dennoch als Kampf erscheint. Vielleicht ist es Eifersucht, und zwar die schlimmste Art der Eifersucht, in die sich etwas Bewunderung einschleicht. Die Sache ist die, *es interessiert mich nicht*. Alles, was mich interessiert, ist die Erfüllung meiner Mission, und was immer sich dem in den Weg stellt, wird von mir entsprechend behandelt werden. Ich habe Sie gewarnt, Wallimson. Also halten Sie sich zurück, oder das nächste Mal finden Sie diesen Daumen in Ihrem Kehldeckel wieder. Haben Sie verstanden? Jetzt dürfen Sie sprechen.«

»Verstanden«, sagte Wallimson, der das Wort nur husten konnte.

»Vergessen Sie nicht, ich tue das nicht, um Az zu schützen. Er muss lernen, auf eigenen Füßen zu stehen, was Sie betrifft. Er muss seine eigene Strategie finden, mit Ihnen umzugehen. Das hier ist nur etwas zwischen mir und Ihnen. Und ich denke, wir haben uns geeinigt, nicht wahr?«

»Ja.«

»Wenn es nach mir ginge, würde ich Sie geradewegs vom Luftschiff stoßen, aber wir brauchen einen Ersatz für den Notfall, jemanden, der als Kapitän einspringt, wenn Az nicht in der Lage dazu ist. Also werde ich mit Ihnen klarkommen müssen. Und Sie werden mit mir klarkommen müssen. Aber das sollte jetzt wohl kein Problem mehr sein, oder?«

»Nein.«

»Guter Mann.«

Mr. Mordadson tätschelte Wallimson die Wange, als ob sie Kameraden wären. Der Flugleutnant zuckte zusammen.

»Und jetzt machen Sie sich sauber und gehen Sie zurück an Ihre Arbeit«, sagte Mr. Mordadson und verließ den Toilettenraum.

Sekunden später hörte Wallimson, wie die Tür zu den Latrinen zuschwang. Erst jetzt war er in der Lage, sich zu entspannen.

Die Bemerkung von Mr. Mordadson, dass er sich sauber machen solle, hatte ihn verwundert, bis er bemerkte, dass seine Hose im Schritt feucht war.

In seiner Panik hatte Wallimson sich benässt.

Er taumelte in seine Kabine und zog sich um. Während er das tat, dachte er an den Moment, als er in Mr. Mordadsons Augen gestarrt und seinen Tod darin gesehen hatte.

Er hatte das Gefühl, als würde er die Erinnerung an diese Augen für den Rest seines Lebens mit sich herumschleppen – die Erinnerung an seine Hilflosigkeit und Furcht.

Da war ein kleiner Schminkspiegel an der Kabinenwand. Wallimson warf einen Blick hinein. Er sah in sein Gesicht, das jetzt, nachdem er fast ermordet worden wäre, blass wirkte. Er sah seinen schiefen, lahmen Flügel.

Jetzt verschwand auch noch der letzte Rest seiner Furcht, und sein alter, tief eingegrabener Groll kehrte zurück.

Mr. Mordadson hatte in einem recht, dachte Wallimson. Er hatte nicht vorgehabt, die *Cerulean* so sehr zu schädigen, wie es dann der Fall gewesen war. Er hatte es auf einen Zusammenstoß mit dem Mast angelegt, aber eher auf ein Vorbeischleifen, nicht auf etwas so Schwerwiegendes wie das, was dann tatsächlich passiert war. Er liebte die *Cerulean* auf seine Weise, und er bedauerte den Schaden, den er mit verursacht hatte.

Aber Mr. Mordadson irrte sich, wenn er dachte, dass ihre Begegnung in der Latrine ihn dazu bringen würde, seinen Weg zu ändern.

Es hatte seinen Hass auf Az nur noch verstärkt. Was war dieser Junge? Nichts weiter als ein hergelaufener Beinahe-Erdling, das war er. Alle hielten ihn für jemand Besonderen, einen Helden, weil er bei der Rettung von Heliotropia eine Rolle gespielt und die Luftlinge und Erdlinge zusammengebracht hatte.

Nun, tolle Sache. Wallimson hatte dabei auch eine Rolle gespielt. Er war auf der *Cerulean* gewesen, als sie durch die Wolkendecke geflogen waren. Er war dabei gewesen, als sie den Haufen Erdlinge als Passagiere nach Heliotropia gebracht hatten und diese zum ersten Mal einen Blick auf eine Himmelsstadt werfen konnten. Und trotzdem nannte niemand Wallimson einen Helden und gab ihm einen guten Job im Silber-Sanktuarium! Nein, Ehre und Ruhm gingen ganz an Az Gabrielson, einen rotznasigen flügellosen Teenager, der einfach nur etwas Glück gehabt hatte.

Wenn Az nicht gewesen wäre, würden sich die Erdlinge jetzt vielleicht gar nicht in den Himmelsstädten herumtreiben.

Wenn Az nicht gewesen wäre, würden die Luftlinge ihren Platz und ihren Reichtum nicht mit diesen Straußen teilen müssen.

Ja, wenn man es genau besah, gab es eine ganze Menge, wofür Az Gabrielson verantwortlich war.

»Und der alte Mr. Mordadson wird nicht immer ein Auge auf dich haben können«, sagte Wallimson zu seinem Spiegelbild, als würde er sich an Az wenden. »Er kann nicht die ganze Zeit da sein und dir über die Schulter blicken. Es wird der Moment kommen, da wirst du auf dich allein gestellt sein und von meiner Gnade abhängen. Verlass dich drauf. Im Augenblick werde ich mitspielen. Ich werde mich von meiner lammfrommen und sanften Seite zeigen. Ich werde der beste und netteste Flugleutnant sein, den du dir nur wünschen kannst. Aber wenn der Augenblick kommt …«

Wallimson brauchte die Drohung nicht zu Ende zu sprechen. Das Grinsen seines Spiegelbildes sagte alles.

Belästigung
durch
einen
Töpfer

Die Greifthalers nahmen die Fährte ihres Vaters in Grauwolfkuppe auf, das fünfunddreißig Kilometer südöstlich von Bittertal lag. Und dann verloren sie sie abrupt wieder.

Der halb abgedeckte Pritschenwagen war in der Nähe von Grauwolfkuppe gesichtet worden, als er auf einen Fluss namens Fischtod zugehalten hatte, aber seit sie die Brücke bei Ladenford überquert hatten, fanden sie niemanden mehr, der den Pritschenwagen dorthin hatte fahren sehen. Weil ihr nichts Besseres einfiel, beschloss Cassie, dass sie dem Fluss nach Osten folgen sollten, aber nachdem sie einen ganzen Tag über holprige Straßen gefahren waren und an jeder Dampfboot-Anlegestelle und jedem Mühlenort haltgemacht hatten, waren sie auch nicht erfolgreicher. Sie kehrten also um und fuhren nach Westen, bis zum Glassee und zum Herzbeeren-Damm. Doch auch in dieser Richtung gab es keinen Hinweis auf einen Pritschenwagen.

Dann begann es heftig zu regnen. Sie mussten anhalten, weil sich der Regen in einen Wolkenbruch verwandelte, mit dem *Berthas* Scheibenwischer es nicht aufnehmen konnten. Abgesehen davon bestand die Gefahr, dass sie in einen Abwassergraben rutschen könnten.

Unten bei Hügelkuppe geschah etwas, das sie zunächst für einen Glücksfall hielten, bis er sich als falscher Alarm entpuppte. Robert saß am Steuer, als Colin, der sich in einer der vorderen Spähkuppeln befand, über die Sprechmuschel zu brüllen begann. »Da! Da! Ein halb abgedeckter Pritschenwagen! Da parkt einer am Straßenrand!« Robert trat auf die Bremse, und alle vier Erdlinge sprangen aus *Bertha* und liefen zu dem Pritschenwagen.

Er war tatsächlich halb abgedeckt und befand sich in ebenso heruntergekommenem Zustand wie der des Vikars. Unglücklicherweise jedoch gehörte er nicht ihm, sondern einem Töpfer, der ihn dazu benutzte, seine irdenen Urnen und Blumentöpfe zum Wochenmarkt bei Schattenschlucht zu bringen. Sein Haus befand sich an einem schmalen Pfad, der hinauf in die Wälder führte, und er war gerade damit beschäftigt, seine Waren zum Lieferwagen zu schaffen. Er war nicht sehr glücklich, als er den Pfad herunterkam und feststellte, dass eine Gruppe junger Leute um sein Fahrzeug herumstand und hineinblinzelte. Er dachte, sie wollten seine Ware stehlen, also stellte er alle Blumentöpfe bis auf einen ab und ging auf sie los.

Vernünftigerweise wählte er für den ersten Schlag den Größten der vier aus und ließ den Topf auf Colins Kopf heruntersausen. Er konnte nicht wissen, dass die Bummelguts mit berüchtigten dicken Schädeln geboren wurden. Der Topf zerbrach, und Colin drehte sich um und sah den Angreifer mit einem verwirrten Blick an, als hätte der ihm gerade lediglich auf die Schulter geklopft. Der Töpfer starrte auf die Tonscherbe in seinen Händen und bekam große Angst.

Cassie hielt Colin jedoch zurück, ehe er dem Töpfer wirklich etwas tun konnte. Der Mann kam mit ein paar

Beulen und blauen Flecken davon, und er wusste, dass er Glück gehabt hatte.

Ihre Suche führte sie danach durch das Diamanternte-Gebiet und von dort aus weiter südlich nach Horchweg, das nicht weit entfernt von Kraterheim lag, der Hauptstadt der Westterritorien.

In der Zwischenzeit wurde Michael im Innern von *Berthas* Ladebucht erst gelangweilter, dann frustrierter und schließlich verärgerter.

»Schöne Flitterwochen«, sagte er. »Eingesperrt in diesen verfluchten klobigen Schrotthaufen. Nichts tun zu können, als den ganzen Tag aus dem Fenster zu starren. Wessen Idee war das noch mal, Aurora?«

»Deine.«

»Bist du sicher?«

»Ganz sicher. Du hast gesagt, und ich zitiere: ›Tun wir etwas, das noch niemand getan hat. Lass uns ein Abenteuer erleben.‹«

»Ja. Und das wollte ich ja auch. Ich dachte nur nicht, dass dieses Abenteuer so … so wenig abenteuerlich sein würde. Ganz zu schweigen davon, dass es klaustrophobisch ist. Ich werde noch wahnsinnig hier drin. Ich muss für länger als nur ein paar Minuten am Stück hier rauskommen. Ich muss meine Flügel strecken. Ich werde krank hier drin.«

»Glaubst du, ich nicht?«, fragte Aurora. »Vor allem würde ich was darum geben, wenn ich mal etwas allein sein könnte und mir nicht ständig dein Gejammer anhören müsste.«

»Ich jammere nicht.«

»Wie nennst du das dann?«

»Ich erkläre nur, wie ich mich fühle.«

»Also, wenn ich mich recht entsinne, hattest du einen bestimmten Grund, warum du die Greifthalers anheuern wolltest, uns auf eine Tour mitzunehmen. Du wolltest die Zeit nutzen, um Cassie zu bearbeiten und herauszufinden, warum sie so mit Az umgeht. Ich habe nicht viel davon gesehen.«

»Ich hatte ja wohl auch kaum die Gelegenheit dazu, oder?«, erwiderte Michael. »Sie geht so in der Suche nach ihrem Vater auf, dass ich kaum mehr als ein paar Minuten mit ihr gesprochen habe. Und diese verdammte Sprechmuschel ist nicht gerade das ideale Medium, um einander das Herz zu öffnen.«

»Willst du aufgeben? Das Ganze als eine schlechte Idee abtun? Wir könnten sie bitten, uns beim nächsten Vikariat rauszulassen, und uns ein schönes Hotel suchen und den Rest unserer Flitterwochen wirklich mit Flitterwochenkram verbringen.«

»Willst *du* das denn?«

»Eigentlich schon. Wir sind nicht sehr nützlich für die Greifthalers, abgesehen vielleicht von unserem Geld, und wir nehmen ihnen den ganzen Platz weg, während sie in diesen engen Spähkuppeln hocken.«

Damit war die Entscheidung mehr oder weniger gefallen. Michael und Aurora stimmten überein, mit Cassie darüber zu sprechen, dass sie sie bei dem nächsten Vikariat rausließen. Die Greifthalers würden dennoch vollständig bezahlt werden, aber sie würden mit ihrer Suche weitermachen können, ohne die Unannehmlichkeit in Kauf zu nehmen, die Luftlinge an Bord bedeuteten.

Und dann hatte Fletcher einen Geistesblitz.

Fletchers Geistesblitz

»Druck«, sagte er zu Michael und Aurora. »Ich habe darüber nachgedacht, darüber, was man da machen kann. Es is nicht gerecht, dass ihr zwei die ganze Zeit in *Berthas* Bauch stecken müsst, nur damit ihr nich erdkrank werdet. Wir könnten natürlich einfach die Ladebucht öffnen, und ihr wärt einen ganzen Tag krank, während ihr euch akklimatisiert. So macht Az es bei seinen Besuchen. Oder ...«

»Sprich weiter«, sagte Aurora in das Mundstück der Sprechmuschel.

»Oder wir könnten den Druck zwischen drinnen und draußen Schritt für Schritt ausgleichen. Die Pumpenleistung Strich um Strich senken. Die Anpassung allmählich vornehmen. Dann würdet ihr euch nich ganz so unwohl fühlen. Vielleicht sogar gar nich.«

»Glaubst du, das funktioniert?«

»Wir könnten's versuchen. Die Frage is wohl eher, ob ihr's ausprobieren wollt.«

Aurora wandte sich an Michael, der nickte. Zum ersten Mal seit Tagen wirkte er beinahe enthusiastisch.

»Wieso nicht?«, sagte sie zu Fletcher. »Probieren wir's.«

Und sie probierten es, und es war erfolgreich. Während die Suche weiterging, verringerte Fletcher die Leistung der Pumpe in halbstündigen Intervallen. Am Anfang fanden Michael und Aurora es sehr unangenehm. Ihre Ohren knackten ständig schmerzhaft, und sie klagten über ein Summen im Schädel, eine Art stechender Kopfschmerz.

Dann jedoch fand Fletcher heraus, dass die Verringerung leichter zu ertragen war, wenn er zwischendurch für eine Viertelstunde den Luftdruck wieder anhob. Und so ging es weiter, zwei Schritte vor und einen zurück. Allmählich wurde der Luftdruck in der Ladebucht dichter und näherte sich dem außerhalb des Fahrzeugs an, und schließlich hatten die frischvermählten Luftlinge über keine weiteren unangenehmen Begleiterscheinungen mehr zu klagen.

Insgesamt dauerte die ganze Prozedur sieben Stunden. Am Ende dieser Zeitspanne wurde die Pumpe abgestellt und die Klappe der Ladebucht geöffnet. Michael und Aurora traten nach draußen und rechneten damit, erdkrank zu werden, aber während sie warteten, begriffen sie schließlich, dass dies nicht passieren würde. Dann stieß Michael sich in den Himmel ab und schlug Räder, wirbelte in Schleifen herum und machte Achten, schrie dabei vor Freude und jubelte.

»Du bist ein Genie«, sagte Aurora zu dem errötenden Fletcher. »Ich dachte schon, unsere Ehe wäre beendet, kaum dass sie begonnen hatte. Dass wir es nicht einmal durch die Flitterwochen schaffen würden, ohne uns zu prügeln.«

»Scheidungs-Abwendung – alles im Service inbegriffen«, erwiderte Fletcher.

Tatsächlich war er sehr zufrieden mit sich. Er hatte einen Weg gefunden, wie man den Übergang vom Himmel zur Erde sehr viel einfacher und bequemer gestalten konnte. Es war so leicht und offensichtlich, dass er überrascht war, weshalb noch niemand vor ihm auf die Idee gekommen war. Er sah bereits vor sich, wie diese Technik in jedem Vikariat eingerichtet wurde und auch am anderen Ende der Fahrzugsäule. Schließlich musste das gleiche Prinzip, wenn es bei den Luftlingen funktionierte, die zur Erde kamen, ja auch bei den Erdlingen funktionieren, die nach oben gingen. Die Leute konnten sich akklimatisieren, bevor sie ihre Reise antraten, oder direkt nach ihrer Ankunft, und zwar angemessen schnell. Er musste nur noch ein bisschen über die Details nachdenken. Man könnte spezielle Tanks bauen. Unter dem Namen Fletcher-Tanks ...

»Wollen wir wieder?«, fragte Cassie und unterbrach Fletchers Gedankenfluss. Sie hatte die Hände in die Hüften gestemmt und sah Michaels luftigen Possen voller Ungeduld zu. »Die Zeit drängt.«

»Bei dir muss immer alles schnell gehen, was?«, sagte ihr Bruder. »Lass ihnen doch ein bisschen Zeit, sich auszutoben. Er hätte fast einen Koller gekriegt.«

»Nun, entschuldige bitte, wenn ich dränge«, schoss Cassie zurück. »Ich dachte nur, dass wir versuchen sollten, Paps zu finden, der sich mit jeder Sekunde mehr und mehr von uns entfernt. Aber natürlich sollten wir Michael da oben so lange rumspielen lassen, wie er will. Und ich frage mich, ob wir die Suche nach Paps nich ganz aufgeben und einfach das tun sollten, worauf diese verfluchten Luftlinge gerade Lust haben.«

»*Cass*«, zischte Fletcher. Aurora war in Hörweite. »Komm wieder runter, Mädchen. Ein paar Minuten machen keinen großen Unterschied. Die Spur is sowieso schon kalt.«

»Umso mehr Grund weiterzusuchen.«

»Wo? Wie? Hast du einen Plan? Oder sollen wir einfach nur wild durchs Land jagen in der Hoffnung, irgendwann Glück zu haben?«

»Ja!«, sagte Cassie erhitzt. Und dann: »Nein.« Ihre Augen schwammen in Tränen. »Oh Fletch, ich bin nutzlos, oder? Paps hat sich wirklich unsichtbar gemacht. Wir laufen hinter einem Schatten her.«

»Nein, Mädel.« Fletcher nahm sie in die Arme. »Nein, das is nich so. Wir werden ihn finden, ich versprech's dir. Ich weiß im Moment nich wie, aber wir finden ihn.«

»Ich hoffe, du hast recht, wirklich.« Sie vergrub ihr Gesicht an der Brust ihres Bruders und schniefte. »Wenn Martin nur hier wäre. Er hat immer gewusst, was zu tun is. Ich vermisse ihn, Fletch.«

»Ich vermisse ihn auch«, sagte Fletcher mit belegter Stimme. »Jeden Tag. Es ist seltsam, aber ich denke immer noch an ihn, als wäre er bei uns. Ich gehe zu Hause an seinem Zimmer vorbei und denke: *Oh, Martin muss da drin sein, deshalb ist die Tür zu*. Dann fällt mir ein, dass er nich da drin is, und die Erkenntnis trifft mich wie ein Schlag, dieses elende Gefühl in den Eingeweiden, als wenn jemand ein Messer drin rumdreht.«

»Ja, mir geht's genauso. Es is, als wär er erst gestern gestorben, nich vor einem ganzen Jahr. Selbst, wenn ich daran denke, wie rechthaberisch er sein konnte – es ändert nichts. Ich würde alles tun, damit er wieder da is, um uns rumzukommandieren.«

»Martin hatte sicher nich immer recht, aber er hatte öfter recht als nich«, sagte Fletcher mit einem reumütigen Nicken.

»Also, was denkst du, hätte er vorgeschlagen?«

»Jetzt?«

»Ja. Mit Paps.«

»Keine Ahnung. Lass mich nachdenken. Vielleicht … vielleicht hätte er gesagt, dass wir nach Kraterheim gehen sollen.«

Cassie machte einen Schritt zurück und wischte sich mit einer Hand übers Gesicht. »Kraterheim? Wieso sollte Paps da hingegangen sein?«

»Wieso nich? Es is eine große Stadt. Viel los. Was immer er und der Vikar vorhaben, Kraterheim könnte es genauso gut sein wie jeder andere Ort. Und außerdem stand in der Nachricht von Paps, dass er eine Nadel in einem Heuhaufen suchen würde. Nun, Heuhaufen sind nich viel größer als Kraterheim. Metaphorische Heuhaufen, meine ich.«

»Was schlägst du vor?«

Fletcher begann mehr und mehr Gefallen an seiner Idee zu finden. »Da sind auch 'ne Menge Leute in so einer Stadt. Die uns helfen könnten. Viele Augen, die ihn gesehen haben könnten, wenn er wirklich da war.«

»Das is kein schlechter Gedanke«, sagte Cassie, deren Stimmung sich aufhellte. »Weißt du, Fletcher, du bist nich annähernd so dumm, wie alle sagen.«

»Hängt davon ab, wie dumm ich ihrer Meinung nach sein soll, oder?«, erwiderte Fletcher mit einem Grinsen. »Und da ich ganz offenbar der Kluge in dieser Familie bin, wie dumm ich auch sein mag, bist du eindeutig noch dümmer.«

»Der Kluge? Oh, wirklich?«

»Oh, wirklich!«

»Sagt wer?«

»Sage ich«, erklärte der Erfinder von Fletcher-Tank, einer Vorrichtung, die – da war er ganz zuversichtlich – die Art und Weise revolutionieren würde, in der die Menschen beider Welten hin und her reisen und miteinander in Verbindung treten konnten.

Aber das war etwas für später.

Jetzt hieß das vordringliche Ziel Kraterheim. Und sobald Michael genug von seinen Luftsprüngen hatte, machten sie sich auf den Weg.

Der Ausreißer

Graf von Gyre war alt und so dünn, wie es überhaupt für einen Menschen möglich war, ohne wie ein Skelett zu wirken. Seine Wangen waren eingesunken und leichenblass, der rasierte Kopf erinnerte an einen Totenschädel. Er trug eine weiße Toga mit purpurfarbenem Saum und goldenem Besatz, die mehr von seinem mageren, von Leberflecken übersäten Körper enthüllte, als man sehen wollte. Die Toga wehte und raschelte, als er Az und Mr. Mordadson durch eine lange Zimmerflucht in sein privates Büro führte.

In jedem dieser Zimmer sah Az Dutzende von Männern und Frauen in kastenförmigen Kabäuschen arbeiten. Jeder von ihnen hatte eine Addiermaschine oder ein Rechenbrett vor sich sowie Zeichenpapier und eine Fülle von Stiften. Die Tasten der Addiermaschinen klackten, die Zählvorrichtungen der Rechenbretter klickten, und zusammen erzeugten diese Geräusche einen beständigen Chor im Hintergrund, der noch vom Flügelschlagen der Angestellten untermalt wurde, die von einem Kämmerchen zum nächsten flitzten und Dokumente verteilten oder mitnahmen.

Diese Leute hatten ihre Köpfe ebenso rasiert wie der Graf, und sie trugen auch weiße Togen, allerdings waren ihre nicht mit Verzierungen versehen. Wie Az bemerkte, umgab sie ein besonderer Ernst. Sie waren eifrig, aber auch ruhig. Es war, als würden sie durch das Zusammentragen von Zahlen und das Rechnen auf hypnotische Weise Beruhigung erfahren. Auf vielen Gesichtern lag ein glückseliges Lächeln, während sie arbeiteten.

In der Schule war Mathe noch nie eins von Az' starken Fächern gewesen. Deshalb war es für ihn umso beeindruckender zu sehen, welches Glück die Bewohner von Gyre aus ihrer Arbeit bezogen, und dass sie es liebten, für das gesamte Reich der Luftlinge Berechnungen und Statistiken anzufertigen. Allein schon Algebra genügte, um ihm Kopfschmerzen zu bereiten.

Gyre war definitiv eine Stadt von Verrückten.

Und Graf von Gyre, Gouverneur dieses Ortes und Erzrechner, war der Verrückteste von allen.

»Und nun«, sagte der Graf, nachdem er einen Lakai ausgeschickt hatte, um für seine Gäste Kräutertee zu holen, »was war es noch, was ich für Sie tun kann?«

»Dies ist ein Gesuch um eine Gefälligkeit«, antwortete

Mr. Mordadson. »Wir müssen ein paar Tage hier in Ihrer Stadt anlegen, während wir die Reparaturmaßnahmen auf der *Cerulean* durchführen.«

»Natürlich. Gern. Ein paar Tage? Können Sie etwas präziser sein, was das betrifft?«

»Leider nein.«

»Oje, oje«, sagte der Graf. Seine Flügel flatterten. Irgendwie wirkten sogar sie knöchern und skelettartig. »Das ist zu ungenau. Ich finde Ungenauigkeiten belastend. Aber ich werde versuchen, mich damit zu arrangieren.«

»Wir werden auch Treibstoff brauchen.«

Mit diesen Worten holte Mr. Mordadson das Siegel des Silber-Sanktuariums hervor. Normalerweise brachte allein der Anblick dieses Siegels die Leute dazu, ihre bürgerliche Pflicht zu tun und bereitwillig zur Verfügung zu stellen, was immer der Siegelträger an Waren oder Diensten erbeten hatte.

In diesem Fall jedoch schien es nicht den gewünschten Effekt zu haben.

»Das da«, sagte der Graf mit einem herablassenden Naserümpfen.

»Haben Sie ein Problem mit dem Silber-Sanktuarium?«, fragte Mr. Mordadson mit zusammengezogenen Brauen.

»Ganz und gar nicht. Wir übernehmen seine Buchführung. Sie sind ein Hauptklient. Hier herrscht keinerlei Mangel an Respekt gegenüber dem Sanktuarium. Nein, mein Problem gilt dem Siegel selbst.«

»Was ist damit?«

»Sein Einfluss steht in keinem Verhältnis zu seinem Substanzwert«, sagte der Graf. »Selbst dann, wenn wir den Nettowert des kostbaren Metalls einbeziehen, repräsentiert es zu einem absurden Maß noch immer weit mehr, als es tatsächlich wert ist. Können wir irgendwie beurteilen, wie viel Wert es erzielen kann? Nein. Können wir eine deutlich spezifizierte Rechnung für alle seine Dienste erstellen, die im Laufe der Jahre beim Vorzeigen der Siegel kostenlos erbracht worden sind? Nein. Können wir wissen, ob sein Gebrauch für uns Steuerzahler ein faires Kosten-Nutzen-Verhältnis darstellt? Nein. Das Siegel ist problematisch, weil es mit keinerlei Genauigkeit bestimmt werden kann. Es besitzt keine nachweisbare Kostenwirksamkeit.«

»Es ist ein Emblem«, erwiderte Mr. Mordadson. »Sie können den Wert von Emblemen nicht bestimmen. Per Definiton müssen sie mehr sein, als sie tatsächlich sind. Man kann zum Beispiel eine Flagge nicht einfach nur als ein Stück Stoff betrachten. Es muss alles beinhalten, was die Leute, für die sie steht, empfinden. Worum sollte es sonst gehen?«

»Ja, in der Tat. Deshalb hat Gyre im Gegensatz zu anderen Himmelsstädten weder eine Flagge noch irgendwelche anderen Insignien. Denn wir können keinen Sinn darin erkennen. Wir können dem keinen direkten Wert beimessen. Wie auch immer, wir sollten darüber nicht streiten. Sie werden Ihren Treibstoff bekommen. Wir werden alles zur Verfügung stellen. Grollend, aber dennoch. Wie es aussieht, bin ich an etwas anderem mehr interessiert.«

»Und das wäre?«

Der Graf drehte sich um und deutete auf Az. »An Ihnen.«

Az spiegelte die Geste, indem er ebenfalls mit einem Finger auf sich zeigte. »An mir?«

»Ja, an Ihnen. An dem großen Az Gabrielson. Dem flügellosen Wunder. Sehen Sie mich nicht so erstaunt an. Natürlich haben wir von Ihnen gehört, sogar hier in Gyre. Sie sind im Reich der Luftlinge bekannt, und auch auf der Erde, würde ich schätzen. Aber wir haben ein besonderes Interesse an Ihnen, seit uns Ihre ersten Heldentaten zu Ohren kamen. Und siehe da, die Gesetze der Wahrscheinlichkeit auf die Spitze getrieben, finden wir Sie auf unserer Türschwelle.«

»Wir mussten hier haltmachen. Es war zweckdienlich.« Da der Graf eine Vorliebe für lange Worte hatte, dachte Az, er könnte es mit ihm aufnehmen, indem er ein bisschen seiner eigenen Sprachgewandtheit einfließen ließ. »Zufällig führte unser Weg –«

Der Graf bleckte die Zähne, was ein höchst umwerfender Anblick war. Seine Zähne waren gelblich und ungewöhnlich lang. Wie Wäscheklammern stachen sie vom Zahnfleisch ab.

Tatsächlich grinste er.

»Zweckdienlichkeit, Koinzidenz, Zufälligkeit, Fügung«, sagte er. »Glauben Sie mir, junger Mann, nichts davon existiert. Es sind lediglich Begriffe, die die Menschen den verschiedenen Kategorien von messbarer Wahrscheinlichkeit geben. Es gibt keine Wende des Glücks, kein zufälliges Treffen, kein Zusammentreffen von Ereignissen, das nicht rationalisiert und mit Zahlen und Statistiken bestimmt werden kann. Es gibt kein Ergebnis, das nicht mit der richtigen Berechnungsmethode vorhergesagt werden kann, und daher gibt es keine Umstände, die nicht vorherbestimmt sind.«

»Ich verstehe nicht.«

»Das dachte ich mir. Dann möchte ich es direkter sagen. Sie haben hier haltgemacht, weil Sie dazu ausersehen waren, hier haltzumachen. Ihr Luftschiff ist gegen unseren Ankermast geknallt, weil Sie und ich dazu ausersehen waren, diese Unterhaltung zu führen.«

»Und wer hat uns dazu ausersehen?«

»Das ist die falsche Frage«, sagte der Graf. »Sie müssten fragen, *was* hat uns dazu ausersehen.«

»Schön. Also, *was* hat uns dazu ausersehen?«

»Die unterschwellige Ordnung der Zahlen. Die Neigung der Mathematik, sich zu verwirklichen. Die arithmetische Struktur, die die offenkundige Beliebigkeit der Welt untermauert. Deshalb auch das *was* anstelle des *wer*. Worüber ich spreche, ist keine Entität, kein führendes empfindendes Wesen, auch wenn manche es als solches missverstanden und Gott genannt haben. Es ist zugleich einfacher und komplizierter. Es ist die Dimension der reinen Mathematik, das gesamte wunderschöne Para-Reich, wo eins und eins immer zwei ergibt, zwei und zwei vier, und immer so weiter. Wo jeder Bruch auf seinen kleinsten gemeinsamen Nenner reduziert werden kann und jede Gleichung gelöst und jedes Theorem bewiesen werden kann. Wo die –«

»Entschuldigen Sie, dass ich unterbreche.« Az empfand eine Mischung aus Verwirrung (*Para-Reich?*) und Langeweile. Er kam sich vor, als wäre er plötzlich in der schlimmsten Mathelektion stecken geblieben. »Sie haben gesagt, dass Sie ein ›besonderes Interesse‹ an mir hätten.«

»In der Tat.«

»Nun, wieso? Weil ich der erste Vermittler zwischen Himmel und Erde war?«

»Zum Teil deshalb«, sagte der Graf, »und auch, weil Sie ein Ausreißer sind.«

»Wie bitte? Was bin ich?«

»Ein Ausreißer«, erklärte der Graf geduldig, »ist etwas, das außerhalb der Norm liegt. Im strengen statistischen Sinne bedeutet das einen Wert, der außerordentlich groß oder außerordentlich klein ist und nicht zu den übrigen Daten passt. Ein Ausreißer kann nicht mit irgendeiner Standardabweichung erklärt werden. In einem allgemeineren Sinne spreche ich über eine Anomalie. Etwas in der Art. Auch etwas Einzigartiges.«

»Ah. Die Sache mit den fehlenden Flügeln. Tatsache ist, dass ich da gar nicht so einzigartig bin. Es gibt eine Frau in den Kumula-Kollektiven. Mr. Mordadson hat mir von ihr erzählt. Sie hat keine Flügel, ist achtzig Jahre alt und halb blind. Man musste sich entscheiden, wer von uns beiden zur Erde sollte, sie oder ich. Merkwürdig genug, dass sie mich gewählt haben.«

Entweder entging sein Humor dem Grafen vollständig, oder er ließ sich nicht dazu herab, sich dazu zu äußern.

»Wir wissen auch von ihr«, sagte er. »Sie spielt keine Rolle, abgesehen davon, dass es ihr Mangel an Wichtigkeit ist, der *Ihre* Wichtigkeit umso stärker herausstellt. Im Unterschied zu dem verhältnismäßig ereignislosen langen Leben dieser Frau ist Ihr noch so junges bereits jetzt schon randvoll mit Vorfällen gefüllt. Als Ausreißer markiert Sie das als statistisch bedeutend und unmöglich zu ignorieren. Es deutet auf einen qualitativen Zweck Ihres Daseins hin.«

»Tatsächlich?«

»Ja, Az. Darf ich Sie Az nennen? Wissen Sie, wir hier in Gyre haben das Gefühl, dass Sie ausschlaggebend für die Zukunft des Luftling-Volkes sind – und auch für die Zukunft der Erdlinge.«

Az suchte nach etwas, das er sagen konnte, aber er fand nichts. Es kamen ihm keine spaßhaften Bemerkungen in den Sinn. Die Worte des Grafen und die vollkommene Ernsthaftigkeit, mit der er sprach, hatten dazu geführt, dass sich seine Haare im Nacken aufstellten. Er spürte, dass er sich in unsicheres Gelände begeben hatte. Dies war keine Situation mehr, über die man sich lustig machte. Die Dinge hatten eine Wendung zum Seltsamen genommen.

»Und ich kann es Ihnen beweisen«, fuhr der Graf fort. »Wären Sie bereit mitzukommen? Und Sie auch, Mr. Mordadson? Es ist nicht weit, aber es ist etwas Fliegen vonnöten.«

Der ultimative Rechner

Während sie vom Grafen mehrere gewundene, über Kreuzungen führende Korridore und Schächte entlanggeführt wurden, neigte Mr. Mordadson seinen Kopf dicht zu Az und flüsterte: »Ich frage mich, ob er uns das zeigen will, was ich glaube.«

»Und das wäre …?«

»Etwas, von dem ich bisher nur gerüchtehalber gehört habe. Von dem ich nicht geglaubt habe, dass es wirklich existiert.«

»Erzählen Sie mir davon.«

»Nein. Warten wir damit, bis wir da sind.«

Schließlich stießen sie auf einen geräumigen Korridor, der sich, wie Az vermutete, dicht am Zentrum von Gyre befand, wenn nicht genau im Herzen der Stadt. Als Mr. Mordadson ihn absetzte, bemerkte er einen gedämpften, scheppernden Lärm im Hintergrund. Er konnte das Geräusch sowohl hören als auch spüren. Die polierten Marmorfliesen unter seinen Füßen vibrierten davon.

Am Ende des Korridors befand sich eine riesige Doppeltür, die so groß war, dass eine Armee hindurchgepasst hätte. Dieses Portal war dazu gedacht, dass man sich klein, ehrfürchtig und unbedeutend fühlte. Über den Türen standen in Gold gefasste mathematische Symbole. Viele von ihnen kannte Az: +, ÷, =, >, <, ≠ und so weiter. Einige jedoch waren ihm nicht vertraut, so zum Beispiel ≈ oder ∞, und auch Δ und ∏. Und ein paar andere waren derart schnörkelhaft und sahen so exotisch aus, dass er nicht sicher war, ob es sich wirklich um mathematische Zeichen handelte.

Der Graf legte einen großen Hebel um, und die Türen öffneten sich langsam und mit lautem Knirschen, während sie seitwärts über Rillen glitten.

Az wusste, dass sich auf der anderen Seite eine riesige

Kammer mit Maschinen befand. Dem Lärm nach zu urteilen, der von dort kam, konnte es gar nicht anders sein. Er vermutete, dass es dem Versorgungs-Ankunft-Depot in Heliotropia ähnelte, oder dem Fahrstuhlzimmer im Vikariat darunter, einem riesigen Raum, der angefüllt war mit sich bewegender, dröhnender, donnernder Technologie.

Er war daher überrascht, als die Türen sich öffneten und …

… einen Raum enthüllten, der nicht viel größer war als das Wohnzimmer bei ihm zu Hause.

Die Wände, der Boden und die Decke waren kahl und weiß, und es gab nur zwei sichtbare Maschinen, die direkt in der Mitte standen. Eine davon war eine Art Podest, auf dem sich eine schräg stehende Platte mit Knöpfen befand, die Az sehr an die Rechenmaschinen erinnerte, die er vorher gesehen hatte. Es sah vielleicht größer und etwas komplizierter aus, war aber im Wesentlichen das Gleiche.

Bei der anderen Maschine handelte es sich um eine frei stehende Druckereinheit, die damit beschäftigt war, einen Papierstreifen auszuwerfen, der sich in einem losen, wilden Haufen auf dem Boden sammelte. Der Papierstreifen war vier Zentimeter breit und mit Zahlenreihen versehen.

Mit einer knappen Geste lud der Graf Az und Mr. Mordadson ein, ihm in den Raum zu folgen.

Das Trommeln der Maschinen kam von überall um sie herum, aber es war hier kaum lauter als im Korridor. Der Graf musste seine Stimme nur wenig heben, um gehört zu werden.

»Das hier«, sagte er zu seinen beiden Gästen, »ist der Ultimative Rechner.«

»Sieht mir gar nicht so aus«, bemerkte Az. *Ultimativer Rechner* schien ihm ein hochtrabender Name für gerade mal zwei Apparate zu sein.

»Was Sie da sehen, sind lediglich Eingang und Ausgang des Rechners«, erklärte der Graf. »Sie sind nur ein kleiner Teil des Ganzen. Wenn Sie sich bitte vorstellen möchten, wir sind umgeben von einem System von Messingstäben, die durch kantenperforierte Schwungscheiben miteinander verbunden sind. Jeder einzelne Messingstab misst dreißig Zentimeter und enthält zehn Zahlenscheiben mit den Ziffern null bis neun. Alles in allem ergibt das fünfzigtausend Stäbe. Die Maschine als Ganzes erstreckt sich etwa hundert Meter in jede Richtung, plus/minus ein oder zwei Meter. So, wie der Ultimative Rechner jetzt da steht, stecken in ihm vierzig Jahre Aufbau durch insgesamt mehr als dreihundert Bewohner von Gyre. Genau genommen sind es dreiundvierzig Jahre und dreihundertneunundzwanzig Bewohner. Etwa eine Million Arbeitsstunden. Genau genommen, eine Million einhundertsiebentausend –«

»Ja, ja, wir verstehen schon«, unterbrach ihn Mr. Mordadson. »Sagen Sie uns jetzt bitte, was dieser Rechner *tut*.«

»Nun ja, er ist nicht mehr und nicht weniger als die ausgeklügelste Rechenmaschine, die jemals gebaut wurde. Er verhält sich gegenüber einer üblichen Rechenmaschine so wie das Gehirn eines Menschen gegenüber dem eines gewöhnlichen Spatzen.«

»Und was ist das da?«, fragte Az und deutete auf den zunehmenden Haufen von Papierstreifen auf dem Boden.

»Das ist die Aufgabe, mit der der Rechner sich gerade beschäftigt. Im Augenblick lassen wir die Maschine π auf eine Trillion Dezimalstellen ausrechnen. Das ist das Standardprogramm, das wir sie immer wieder ausführen lassen, damit die Schwungscheiben und die Stäbe sich nicht festfressen, wenn sie nicht gebraucht werden. Wir sammeln und analysieren die Ergebnisse, suchen nach Kreisläufen der Wiederholung in der Zahlenkette. Dieses π ist bereits für sich eine Art Ausreißer. Eine mathematische Operation, die sich weigert, sich irgendwelchen Regeln zu fügen. Kreise und Kugeln tauchen spontan in unserer Natur auf. Das bedeutet, π ist ein biologisches Konstrukt, und daher – wie wir es sehen – muss es auch ein Muster repräsentieren und endlich sein. Am Ende *muss* sieben in zweiundzwanzig gehen. Die Teilung *muss* machbar sein. Und wenn sich das irgendwie beweisen lässt, dann durch diesen Ultimativen Rechner.«

»Eine *Trillion* Dezimalstellen?«, fragte Az.

»Wir haben sie noch nicht alle, sind aber schon ein gutes Stück weit gekommen. Und wenn sich nach einer Trillion herausstellen sollte, dass wir nicht bewiesen haben, dass π Wiederholungen hat und endlich ist, werden wir noch eine Trillion dranhängen. Es ist ein langfristiges Projekt, könnte man sagen. Wie auch immer, der Ultimative Rechner hat noch eine andere, wesentlichere Bedeutung.«

»Und die wäre?«

Der Graf fixierte Az mit einem stählernen Blick.

»Er kann die Zukunft vorhersagen.«

Der versiegelte Umschlag

Az war überzeugt davon, sich verhört zu haben.

»Wirklich? Er kann die Zukunft vorhersagen?«

»Das Schicksal – ein besseres Wort fehlt leider – ist nichts weiter als das Produkt voneinander abhängiger Ereignisketten«, sagte der Graf von Gyre. »Eins führt zum anderen. Wenn wir das in Begriffe von Wahrscheinlichkeitssequenzen übertragen, bedeutet es, dass das eine wahrscheinliche Ding zu dem nächsten wahrscheinlichen Ding führt, und so weiter und so fort. Ich könnte jetzt etwas über stetige und unstetige Zufallsvariablen und Dichtefunktion erzählen, aber ich bezweifle, dass Ihnen das irgendwie hilft. Worauf es ankommt, ist, dass der Ultimative Rechner die computermäßige Kraft hat, den Verlauf eines Plans einer Handlung zu bestimmen, das Schicksal einer Stadt oder sogar eines Menschen.«

»Das glaube ich nicht.«

»Es spielt keine Rolle, ob Sie das glauben oder nicht. Der Ultimative Rechner funktioniert. Er ist ein Prophezeiungswerkzeug. Er kann weissagen. Er hat vorhergesagt, dass Sie zu uns kommen würden.«

Az machte keinen Hehl daraus, dass er skeptisch blieb.

»Oh ja«, sagte der Graf. »Wir lassen den Rechner regelmäßig Daten beobachten. Dadurch können wir unser bevorstehendes Arbeitsaufkommen besser erkennen und sind so in der Lage, unsere persönlichen Ressourcen mit der größten Effizienz einzusetzen. Wir geben ihm über das Bedienfeld auf dem Podest Informationen in Gestalt von Diagrammen, tabellarischen Darstellungen, Venn-Diagrammen, Flussdiagrammen. Der Rechner gibt uns dann durch den Papierstreifendrucker seine Vorhersage, die wir als Bewertung bezeichnen. Vor zwölf Tagen und neun Stunden haben wir eine von unseren üblichen Beobachtungen laufen lassen und eine Bewertung erhalten, die stark darauf hindeutete, dass Sie, Az Gabrielson, der Luftling-Außenseiter, uns einen Besuch abstatten würden.« Er faltete die Hände. »Und hier sind Sie.«

»Und jetzt fragen Sie mich, ob ich mir von diesem riesigen Krachmacher aus Zahnrädern und Zählscheiben die Zukunft vorhersagen lassen möchte?«

Az drängte sich der Verdacht auf, dass der Graf von Gyre mehr als einfach nur verdreht war. Seine Begeisterung für Ziffern und Kalkulationen inmitten einer Stadt voller Leute, die genauso besessen waren, hatte sein Hirn verrenkt.

»Nein, ganz und gar nicht«, sagte der Graf.

»Nun, das ist beruhigend.«

»Nein, denn wir wussten, dass Sie kommen würden, Az, und weil Sie uns faszinieren, haben wir uns die Freiheit genommen, den Rechner bereits im Voraus eine Bewertung für Sie erstellen zu lassen.«

»Aha.«

»Glauben Sie mir, er hat sich viel Zeit gelassen, bis er uns ein Ergebnis gegeben hat. Da Sie ein Ausreißer sind, musste er tief hinter die normalen Parameter und Standardquartile und -perzentile greifen, um Ihre Bewertung zu erstellen.«

Der Graf griff in eine Falte seiner Toga und holte etwas heraus, das wie ein zerknüllter Umschlag aussah.

»Und hier ist sie«, sagte er.

Er hielt ihm den Umschlag hin.

Az überlegte einen Moment lang, ehe er ihn schließlich nahm.

»Er ist versiegelt«, sagte der Graf.

»Haben Sie einen Blick darauf geworfen?«

»Ja, das habe ich.«

»Und?«

»Ich fand sie beeindruckend und faszinierend, wenn auch schwer, sie ganz zu erfassen. Für Sie sollte das allerdings kein Problem darstellen, da die Bewertung ja auf Sie zugeschnitten ist. Sie wissen mehr über sich als ich, und deshalb werden Sie Nuancen und Bedeutungsebenen wahrnehmen, die ich nicht sehe.«

»Können Sie mir nicht einen kleinen Hinweis geben?«

»Nein. Es ist Ihre Bewertung. Es ist an Ihnen, ob Sie einen Blick darauf werfen wollen oder nicht, und es ist an Ihnen, ob Sie entsprechend dem, was dort steht, handeln wollen oder nicht.« Mit tiefem Ernst fügte der Graf hinzu: »Ich würde mir allerdings um unser aller Wohl willen wünschen, dass Sie es täten.«

Papierstreifen-Prognose

Als Az auf die *Cerulean* zurückkehrte, war der Briefumschlag noch immer ungeöffnet. Das Treffen mit dem Grafen und die Begegnung mit dem Ultimativen Rechner hinterließen bei ihm ein unsicheres Gefühl im Bauch. Er wusste nicht, was er denken sollte. Auf der einen Seite konnte er einfach nicht erkennen, wie eine Maschine, wie raffiniert und schlau sie auch war, in der Lage sein sollte, seine Zukunft vorherzusehen. Aber auf der anderen Seite, was war, wenn sie es doch konnte? Wollte er wirklich herausfinden, was ihm bevorstand?

»Was würden Sie tun?«, fragte er Mr. Mordadson, als sie das Luftschiff erreichten.

»Ich? Mit so einer ›Prophezeiung‹, wie du sie da hast? Ich würde sie lesen, lachen und in den Mülleimer befördern.«

Das tat Az nicht. Stattdessen ließ er den Umschlag erst einmal in seiner Kabine zurück und ging los, um herauszufinden, wie weit die Reparaturarbeiten fortgeschritten waren.

Unter Rigz' Aufsicht schnitten die Männer die verbogenen Streben mit Lötlampen heraus. Während einer das Schneiden übernahm, hielten drei andere feuerfeste Decken hoch, um zu verhindern, dass irgendwelche Funken aufflogen und alles in Brand setzten. Das Heliumgas selbst, durch das die *Cerulean* Auftrieb bekam, war nicht entflammbar, sondern sogar ein natürlicher Brandhemmer.

Wenn allerdings die Hülle des Ballons Feuer fing, könnte das gesamte Schiff in Flammen aufgehen, und so musste man sorgfältig auf die Funken der Lötlampe achten.

Am Nachmittag begann das verbogene Stück sich zu lösen, und alle Mann arbeiteten daran, es freizulegen und auf Gyres Landefläche herabzulassen, wo bereits Platz dafür geschaffen worden war. Ein paar Flugwächter halfen dabei. Dann machte sich Rigz mit den anderen Crew-Mitgliedern daran, die Streben wieder in Form zu hämmern.

Auch Flugleutnant Wallimson war anwesend, was ihm gar nicht ähnlich sah. Er betrachtete gewöhnlich jede Form von handwerklicher Arbeit als unter seiner Würde, und doch war er jetzt dabei, stand er auf der Landefläche und hämmerte und tat, was immer der Erste Ingenieur ihm sagte. Wie war diese bemerkenswerte Veränderung zustande gekommen? Az stellte sich nur ungern vor, dass Mr. Mordadson etwas damit zu tun haben könnte, aber wie es aussah, war das die wahrscheinlichste Erklärung.

Beim Essen in der Kantine erklärte Rigz, dass er mit der Arbeitsleistung dieses Tages zufrieden war. Sie kamen gut voran. Az lobte sie für ihre harte Arbeit, aber ansonsten verhielt er sich ruhig und widmete sich dem Essen. Die Crew vermutete, dass er sich immer noch wegen des Zusammenstoßes schuldig fühlte (was auch so war), und sie neckten ihn in der Hoffnung, ihn etwas aufheitern zu können.

Az lächelte tapfer dazu. Wenn sie ihn aufzogen, bedeutete das zumindest, dass sie auf dem Weg waren, ihm zu vergeben.

Schuldgefühle waren jedoch nicht der einzige Grund, warum seine Stimmung so gedrückt war.

In seiner Kabine wartete noch immer der Briefumschlag auf ihn.

Und schließlich, als alle sich zum Schlafen zurückgezogen hatten, wurde er von ihm förmlich herausgefordert. Er lag auf dem kleinen Tisch aus Rohrstahl in der Ecke seiner Kabine, nichts weiter als ein längliches Stück zugeklebtes Papier, das ihn nichtsdestoweniger regelrecht zu verspotten schien. Als würde es sagen: *Willst du es nicht wissen? Bist du nicht wenigstens ein kleines bisschen neugierig, was in mir ist?*

Az erinnerte sich, dass Graf von Gyre erklärt hatte, er wäre von entscheidender Bedeutung für die Zukunft beider Völker.

Er erinnerte sich auch an Mr. Mordadsons Empfehlung: *lesen, lachen und in den Mülleimer befördern*.

Mit einem plötzlichen Ausbruch an Draufgängertum schnappte er sich den Umschlag vom Tisch und riss ihn auf. Er fischte nach dem kurzen Papierstreifen darin und breitete ihn auf dem Tisch aus.

Er lachte nicht.

Und er beförderte ihn auch nicht in den Mülleimer.

Finster starrte er darauf.

Eine Prophezeiung?

Wenn das stimmte, war es eine, bei der er Anfang und Ende nicht voneinander unterscheiden konnte.

Was der Ultimative Rechner für Az erstellt hatte, war ein Symbol, das wie dieses aussah:

Az konnte darin nicht die geringste Bedeutung erkennen. Ein Pfeil, der in zwei Richtungen wies? Nach unten und oben? Mit einem Fragezeichen darin? Was sollte das darstellen? Was für eine Prophezeiung war das?

Nach einer Weile schob er den Papierstreifen zurück in den Umschlag und steckte ihn in die Schublade, so dass er ihn nicht mehr sehen musste. Er beschloss, nicht mehr daran zu denken. Es war ein Witz. Ein Scherz. Der Graf war entweder ein Scharlatan oder irregeleitet, oder beides zusammen, und so war die sogenannte Bewertung bedeutungslos, nichts weiter als maschinengenerierter Unsinn.

Az legte sich ins Bett, um zu schlafen, und der Schlaf kam auch, aber erst, nachdem er über eine Stunde grübelnd wach gelegen hatte.

Kraterheim, lieb Kraterheim

Die sieben Bezirke von Kraterheim trugen – überaus fantasievoll – die Zahlen eins bis sieben. Sie erstreckten sich über ein Septett von gewaltigen, kesselähnlichen Bodenvertiefungen, die eng beieinanderlagen. Eine Reihe von Tunneln verband sie miteinander, durch die beständig der Verkehr rauschte und Straßenbahnen fuhren. Der kleinste Bezirk besaß einen Durchmesser von drei Kilometern und lag an seiner tiefsten Stelle zweihundert Meter unterhalb des Meeresspiegels. Der größte Bezirk – der dritte – hatte eine Spanne von fast acht Kilometern und stürzte anderthalb Kilometer tief unter Meereshöhe ab.

In sechs Bezirken wurde überwiegend gewohnt, und es war vor allem der fünfte, der sich als der luxuriöse und mondäne Teil von Kraterheim verstand. Das Gebiet erlangte diesen Anspruch durch große Appartementhäuser, die innen am Rand angebracht waren, sowie hübsche Herrenhäuser ganz im Innern, die alle eigenes Land besaßen und von üppigen, moosbewachsenen Gärten umgeben waren.

Im Gegensatz dazu handelte es sich bei dem dritten Bezirk um den kommerziellen und gewerblichen Bereich der Stadt; er war geprägt von einem Gewirr aus Geschäften, Werkstätten, Gießereien und Mietshäusern. Tag und Nacht wimmelte es hier von Betriebsamkeit. Dieser Teil ruhte und schlief nie. Die Straßen und Gassen waren ständig voller Leute und Fahrzeuge. Ein Strom von Arbeitern ergoss sich bei Morgendämmerung hinein und bei Abenddämmerung hinaus, und nach Einbruch der Dunkelheit zog der Bezirk Gruppen von halbstarken Trinkern und Spaßsuchenden an, die die Wirtshäuser, Klubs, Restaurants und Musikkneipen bis zum Bersten füllten.

Mit ihnen hielt ein erwartungsvoller Schwarm von Dieben und Straßenräubern Einzug, die sich wie Parasiten auf die fröhlichen Nachtschwärmer stürzten. Im fahlen Licht der Gaslampen erblühte das Verbrechen in der Nacht, während es im Dämmerlicht des Tages nur unmerklich nachließ.

Es gab chaotische Märkte im Dritten Bezirk, Kuriositätenläden und Antiquitätengeschäfte, die sich auf Kellerebene befanden. Schuster und Schuhputzer arbeiteten in Kiosken, die in den Alkoven der Mauern untergebracht waren. Zweifelhafte Ärzte boten an Straßenecken Zaubergetränke und Heilmittel feil. Händler mit »hochwertigen Gebrauchtwaren« hausierten mit ihren Waren von Schubkarren aus und verschwanden beim leisesten Verdacht auf eine sich nähernde Polizeiwache. Zeitungsjungen strichen umher und schrien die neuesten Schlagzeilen heraus, während sie Exemplare der jüngsten Ausgabe des *Kraterheim Boten* anpriesen. Ein-Personen-Musikgruppen schlurften schrammelnd, dröhnend, hupend, tutend und scheppernd von einem Platz zum nächsten. Bettler saßen zusammengesunken hinter ihren Kappen, die auf Münzen warteten, während sie verrenkte Gliedmaßen, erblindete Augen oder fehlende Hände offenbarten, die sie davon abhielten, einer einträglichen Arbeit nachzugehen.

Es war –

»Wahnsinn«, sagte Robert.

»Wie ein Treffen von Bummelguts, nur um ein Hundertfaches heftiger«, sagte Colin.

»Verflucht schwer, hier zu fahren«, sagte Fletcher.

»Beängstigend«, sagte Michael.

»Verblüffend«, sagte Aurora.

Cassie sagte nichts. Sie war zu beschäftigt damit, die Menge zu mustern, um irgendwelche Bemerkungen von sich zu geben. Ein Strom von Körpern bewegte sich an *Bertha* vorbei, während der Düsterspäher sich seinen Weg bahnte. Cassie, die in einer der vorderen Spähkuppeln saß, ließ ihren Blick von einem Gesicht zum nächsten schweifen, in der verzweifelten Hoffnung, plötzlich ihren Vater zu sehen. Aber nur Fremde passierten sie, von denen einige zurückstarrten und ihr gehässige Bemerkungen zuwarfen, die sie durch das Glas nicht hören konnte. Die Bewohner des Dritten Bezirks von Kraterheim ließen sich offensichtlich nicht gern anstarren.

»Hast du bereits was zum Parken gefunden?«, fragte sie Fletcher.

»Hier nich. Es is kaum ein Stück Straße frei, ohne dass jemand drauf is.«

Schließlich fand Fletcher einen Flecken für *Bertha* in einer breiten Straße, gleich neben einigen überquellenden Mülleimern und einer offenen Rinne, die schlammiges Wasser zum Gitter des Abwasserkanals beförderte.

Als Cassie ausstieg, wurde sie vom Gestank des Mülls und der Abort-Abfälle fast erschlagen. Der Gestank vermischte sich mit einem dunkleren Geruch nach Kohlenqualm und anderen verbrannten Brennstoffen. Sie hustete und spuckte. Es gab auch in Bittertal üble Ecken, aber keine davon war so schlimm wie das hier.

Fletcher stieg nach ihr aus. Auch er hustete und spuckte Schleim aus. »Scheußlicher Platz. Wie halten die den Gestank nur aus?«

»Schätze, wenn man lange genug hier lebt, gewöhnt man sich dran.«

»Nun« – Fletcher sah sich in der Straße um – »ich werde *Bertha* nich unbewacht lassen, das is ganz sicher. Schätze, wir beide sollten losgehen, während die anderen hierbleiben.«

Als sie den Vorschlag den anderen vieren unterbreiteten, stieß er auf keinerlei Einwände. Robert wurde mit der Aufgabe betraut, dafür zu sorgen, dass *Bertha* und die Luftlinge in Sicherheit waren. Colin sollte als Wache fungieren. Er würde etwas herumgehen und die Augen offen halten für den Fall, dass es Ärger gab. Er würde allerdings nicht weit weggehen, sondern immer in Sichtweite von *Bertha* bleiben.

»In Sichtweite, ja«, sagte er.

»Kann ich die Schaufelwolf-Abwehreinrichtungen benutzen, wenn es nötig is?«, fragte Robert.

»Ja«, sagte Cassie. »Aber nur, wenn's absolut sein muss.«

»Jep!«

»Michael? Aurora?«

Die frischvermählten Luftlinge standen gleich bei der Luke der Ladebucht. Michael hielt sich ein Taschentuch über Mund und Nase. Aurora griff mit der einen Hand nach dem Türrahmen, als müsste sie sich irgendwo festhalten.

»Ich weiß nich, wie lange wir weg sein werden«, sagte Cassie. »Ich schlage vor, dass ihr hierbleibt, damit ihr nich möglicherweise in Schwierigkeiten geratet.«

»Keine Sorge«, erwiderte Aurora. »Ich glaube, Michael und ich sind sehr glücklich darüber, dass wir hier drinnen bleiben können.«

»Gut.« Cassie drehte sich zu Fletcher um. »Also schön, großer Bruder. Mal sehen, was wir beide aufstöbern können.«

Hundert
Wege

Noch nie war ein Mitglied der Greifthalers in Kraterheim gewesen, abgesehen von ihrem Vater, der die Stadt einmal vor langer Zeit in einem Anfall jugendlicher Neugier aufgesucht hatte. Er war nur sehr kurz hier gewesen und hatte lediglich erklärt, dass die Stadt ein hibbeliger Ort war und er nie wieder dorthin zurückkehren wollte.

Mit »hibbelig« meinte ihr Vater, vermutete Cassie, rasend und verschlagen, und das war Kraterheim auch. Wenn ihr das nicht bereits aufgefallen wäre, als sie noch im Innern von *Bertha* durch die Straßen gefahren war, hätte sie es spätestens jetzt gemerkt. Sie und Fletcher waren nicht weiter als ein paar hundert Schritte gekommen, als jemand versuchte, ihnen eine Herrenbrieftasche zu verkaufen, inklusive einer kleinen Lithografie mit einer Frau und zwei Kindern, und jemand anders lud sie ein, sich eine »Bettenschau« anzusehen (Cassie hatte keine Ahnung, was das sein sollte, nur dass es nichts mit Schlafen zu tun hatte, dessen war sie sich sicher). Ein paar Schritte weiter, und ein Korb mit Wäsche flog vom Balkon eines vierten Stockwerks und krachte vor ihren Füßen zu Boden, so dass sich die Wäschestücke überall verteilten. Fletcher wäre beinahe getroffen worden, aber als er und Cassie hochsahen, erhielten sie statt einer Entschuldigung wüste Beschimpfungen einer reizbar wirkenden Frau, die sich über das Geländer beugte. Sie brüllte sie an, weil sie es nicht geschafft hatten, den Korb aufzufangen und die Wäsche daran zu hindern, sich auf dem Gehweg zu verteilen. Seht euch das an! Sie ist zerknittert! Und wer ist daran schuld? Die da, nicht sie!

Sie gingen rasch weiter, auf einen Platz zu, der sich Hundert Wege nannte und das Zentrum des Dritten Bezirks war, ein großer, offener Platz, auf dem eine Reihe von Straßen aufeinanderstieß – nicht gerade hundert, aber vielleicht zwanzig. Der Platz war bekannt dafür, dass man dort hingehen und seine Meinung über alles Mögliche von sich geben konnte. Die Leute versammelten sich dort und hörten zu, und wenn ihnen gefiel, was jemand sagte, warfen sie demjenigen vielleicht auch Geld zu. Wenn nicht, warfen sie mit anderen Dingen – verfaultem Gemüse, faulen Eiern, Steinen und Schlimmerem. Viele reisende Vikare kamen hierher. Vielleicht war *ihr* reisender Vikar jetzt auch da, oder er hatte kürzlich dort gepredigt.

Nachdem sie sich von einem Passanten den Weg hatten beschreiben lassen, kamen Cassie und Fletcher schon bald am Platz der Hundert Wege an. Tumultartiges Geschrei und Gejubel erfüllten die Luft. Vereinzelt standen Menschen auf Kisten und Stühlen und ließen sich über eine Unzahl von Themen aus. Einige sprachen sanft und mit einem gewissen Maß an Zurückhaltung, während andere die Zuschauer einschüchterten und ihnen eine Moralpredigt hielten, bis sie rot angelaufen waren. Einige äußerten sich klug über politische Dinge wie mehr Wahltransparenz und die Reform der Gefängnisbedingungen, während es sich bei anderen eindeutig um Verrückte handelte, die zum Beispiel dafür plädierten, dass Fische fortan wie ehrenvolle Personen behandelt werden sollten oder alle Erdlinge sich Flügel aus Holz und Federn basteln sollten, um sich flügelschlagend durch die Wolken hindurch zu den Luftlingen zu begeben. Alle hatten eine etwa drei Dutzend große Zuhörerschaft um sich geschart, und die Zuhörer schien es nicht sonderlich zu kümmern, ob das, was man ihnen sagte, nun einen Sinn ergab oder nicht. Sie beschimpften die Sprecher und versuchten, sie mit Buhrufen und Auspfeifen zu übertönen. Gelegentlich flog verrottende Nahrung in einem hohen Bogen durch die Luft, aber die komische Wirkung der Wurfgeschosse war größer als die Treffsicherheit.

Es gab mehrere Vikare, und die beiden Greifthalers gingen langsam in einem Bogen um den Platz herum. Sie blieben bei jedem einzelnen stehen und sahen ihn sich an. Unterwegs passierten sie einen Humanisten, der damit beschäftigt war, seine besondere Überzeugung zu verkünden. Die Humanisten waren seit dem Aufstand von Bittertal sehr in Verruf geraten. Die meisten Leute hielten die Bewegung und ihre Anhänger für irrelevant und überholt, in sehr ähnlicher Weise, wie es die Vikare waren. Die Welt war weitergegangen.

Aber wenn dem so war, hatte das niemand *diesem* Humanisten erzählt, der eine schneidende Attacke auf die Vikare losließ, als würden sie noch immer in ihren Vikariaten sitzen und über alle anderen herrschen, so als hätte es die Unruhen des vergangenen Jahres gar nicht gegeben. Die Vikare, die nahe genug waren, um ihn hören zu können, hielten in ihren eigenen Predigten immer wieder inne, um ihn zum Aufhören aufzufordern. Der Humanist wiederum pflegte ihnen dann zu empfehlen, sich das »sonst wohin zu schieben«. Der Menge gefiel das, und so stachelte sie beide Seiten weiter in der Hoffnung an, dass der verbale Schlagabtausch sich in eine handfeste Auseinandersetzung verwandeln würde.

Cassie spürte, dass Fletcher sich versteifte, als sie sich dem Humanisten näherten. Seine Hände ballten sich zu Fäusten.

»Lass es«, sagte sie und legte ihm eine Hand auf den Arm. »Das is Vergangenheit. Der da is nur ein abgetakelter Schwätzer, der nich's zu sagen hat.«

Fletchers Fäuste blieben geballt. Sein Gesicht war reumütig. »Ich kann nich glauben, dass ich jemals dachte, er und seine Art würden uns den Weg in die Zukunft weisen«, sagte er. »Wie kann man sich nur so irren?«

Sie beendeten ihre Runde um den Platz, ohne dass sie einen Vikar sahen, der der Beschreibung nach derjenige hätte sein können, den sie suchten.

Cassie spürte, wie der Mut sie verließ. Sie spürte auch eine Hand, die in die Gesäßtasche ihrer Hose griff.

Ohne nachzudenken, wirbelte sie herum und schlug dem Besitzer auf die Hand.

Er – ein neun Jahre alter Junge – fiel mit einem Schrei auf den Boden. Er hielt einige Geldscheine in den Händen, die noch eine Sekunde zuvor in Cassies Tasche gewesen waren. Als er sich auf die Füße mühte, packte Cassie ihn am Kragen. Er versuchte sich freizukämpfen, aber sie schüttelte ihn heftig, bis er aufhörte zu zappeln. Dann riss sie ihm das Geld aus der Hand.

»Cass? Was tust du da?«, sagte Fletcher. Er hatte nichts weiter gesehen, als dass seine Schwester den Jungen schlug und ihm die Geldscheine wegriss.

»Er hat versucht, mich zu bestehlen«, sagte sie. »War's nich so?«, fauchte sie den Jungen an.

Der Junge schüttelte heftig den Kopf.

»Willst du vielleicht eine Ohrfeige?«

Der Junge schüttelte jetzt sogar noch heftiger den Kopf.

»Dann gib's zu.«

Langsam und zögernd nickte der Junge. »Ich habe versucht, Sie zu bestehlen. Aber es hätte anders laufen sollen.«

»Was meinst du damit?«

»Sie sollten mich nich erwischen. Und das hätten Sie auch nich getan, wenn ich meine richtige Hand benutzt hätte.«

Er streckte ihnen seine rechte Hand entgegen. Der Zeigefinger steckte in einem dicken, dreckigen Verband.

»Es is schwer, für ein ehrliches Auskommen als Taschendieb zu sorgen«, sagte der Junge, »wenn der Finger kaputt is und man mit der Hand nicht greifen kann.«

Taschendieb mit gebrochenem Finger

Cassie konnte es nicht fassen. »Also gibst du zu, dass du ein Taschendieb bist?«

Fletcher ging es genauso. »Ganz schön dreist, der kleine Lümmel, was?«

»Schauen Sie sich doch um«, sagte der Junge mit einem Schulterzucken. »Sehen Sie diese Leute? Niemand von ihnen schert sich um uns. Es hat sie nich mal interessiert, als Sie so gebrüllt und geschäumt haben. Weil ich nur einer von zehn bin, die alle in dem gleichen Gewerbe arbeiten wie ich, oder in was Ähnlichem, und die Übrigen sind dran gewöhnt, deshalb kümmert es sie nicht, wenn mal einer von uns erwischt wird. Es sind nur Leute wie Sie, die so ein Brimborium veranstalten, wenn man ihnen was klaut.«

»Leute wie wir?«

»Fremde. Landtrampel.«

Cassie starrte ihn fassungslos an. Nicht nur hatte der Junge keinerlei Probleme damit, dass er ein Dieb war, er besaß auch noch die Frechheit, sie, sein beabsichtigtes Opfer, zu beleidigen.

»Ich will nicht schroff klingen«, sprach er weiter. »Aber es is wie ein Gestank, der von Ihnen ausgeht. Die Art, wie Sie alles so verwirrt mit großen Augen angeglotzt haben. Die Tatsache, dass Ihr Geld die Tasche ausbeult. Niemand in Kraterheim trägt sein Geld in der Tasche. Niemand is so dumm. Sie sind zum ersten Mal in der Stadt, ja?«

Cassie nickte benommen.

»Na, dann haben Sie Glück gehabt. Betrachten Sie mich einfach als eine Art Weckruf. Von jetzt an werden Sie sich in der Stadt deutlich erfahrener verhalten, es sei denn, Sie legen es drauf an, dass Ihnen das Gleiche in einer Stunde noch mal passiert, oder sogar schon früher.«

Fletcher lachte plötzlich. Cassie schoss Dolche auf ihn ab, aber dann sah sie die Sache ebenfalls von der komischen Seite.

»Du musst zugeben, Schwester, das is ein Energiebündel.«

»Ich weiß. Ich bin mir nur noch nich sicher, ob ich seine armseligen Knochen zur nächsten Polizeistation schleppen oder ihm den Kopf tätscheln und laufen lassen soll.«

»Oh, ich würde mir nich die Mühe mit den Bullen machen«, sagte der Junge, während er sich aus Cassies Griff wand und sein Hemd glatt strich. Es war ein billiges Wollhemd, aber er glättete es, als wäre es maßgeschneidert und aus feinster Seide. »Sie sind nich besser als alle anderen hier. Ich muss ihnen nur einen, äh, kleinen Teil abgeben und bin in null Komma nichts so frei wie ein Vogel.«

Cassie blieb gar nichts anderes übrig, als das zu glauben. In Bittertal war die Polizei einigermaßen ehrlich, aber das lag auch daran, dass es dort keine großen Reichtümer gab. Niemand konnte es sich leisten, sie zu bestechen, und die Wachen hatten gar keine andere Wahl, als ihre Arbeit ordentlich zu machen. Aber hier in Kraterheim, wo es Geld im Überfluss gab und Diebstahl an der Tagesordnung war, herrschten alle möglichen Formen von Polizeibestechung.

»Dann erklär mir doch«, sagte sie, »wieso dein Finger gebrochen is? War das einfach nur Pech, oder hat dich jemand anders dabei erwischt, wie du ihn beklauen wolltest?«

»Letzteres«, antwortete der Junge mit niedergeschlagener Miene. Er musterte die verbundene Hand, als hätte der unglückselige Finger ihn irgendwie hängen lassen.

»Wirklich?«, fragte Fletcher. »Dann bist du also doch kein so guter Taschendieb, wie du dachtest.«

»Doch, ich bin sogar verdammt gut darin«, sagte der Junge mit einiger Überzeugung. »Ich hatte viel Übung. Seit ich vier bin, mache ich das. Es lag nur daran, dass dieser Vikar, den ich beklauen wollte – er war anders als die anderen.«

»Du hast versucht, einen Vikar zu bestehlen?«, fragte Cassie.

»Mir gefällt dieser kleine Winzling immer besser«, sagte Fletcher.

»Nun, na ja, ich musste es, streng genommen. Der Mann hatte so ein hübsches Messer am Fußknöchel. Ein Jagdmesser. Ich hab's gesehen, als er ein paar Stufen zu einem Geschäft hochging. Seine Robe hat sich in der Brise gehoben, und da hab ich's gesehen. Ich hab nur einen kurzen Blick darauf geworfen, aber ich wusste sofort, dass das Messer was wert war, und ich wusste auch, dass ich es haben musste. Also habe ich gewartet, dass er wieder rauskommt, und als er kam, war er vollbepackt mit braunen Papiertüten voller Kram, also habe ich meine Chance gesehen und mich an ihn rangeschlichen, mich ihm in den

Weg gestellt und gebückt, als wollte ich meine Schnürsenkel zubinden. Und als er um mich rumgegangen is, hab ich zugegriffen. Nur …«

»Was?«

»Es war unheimlich. Anders kann ich's nich nennen. Unheimlich. Als hätte er gewusst, was ich vorhabe. Ich meine, das war ein Vikar! Vikare sind nich gerade welterfahren, oder? Frisch aus den Vikariaten, naiv und unbeholfen. Also dachte ich, er is ein leichtes Ziel. Wieso auch nich? Aber das war er ganz und gar nich. Er hat mich hierhin getreten.« Der Junge deutete auf seine Brust. »Hab seinen Fuß nich mal kommen sehen, so schnell ging's, und dann saß ich auf dem Hintern und hab keine Luft mehr gekriegt, und der Vikar hat seine Taschen abgestellt und meinen Finger genommen, und … *Schnapp.*«

Cassie und Fletcher zuckten vor Mitgefühl zusammen. Was immer dieser Junge sonst noch war, vor allem war er erst neun Jahre alt.

»›So‹, hat er dann gesagt«, erzählte der Junge weiter, »›das wirst du so schnell nicht wieder tun.‹ Und hier bin ich, nur drei Tage später und zurück im Geschäft, in gewisser Weise. Aber trotzdem … er war so kühl und ruhig. Er hat meinen Finger einfach in aller Ruhe zurückgebogen, als würde er einen Zweig abbrechen. Und dann is er aufgestanden und hat sich über die roten Haare gestrichen und seine Taschen genommen und is weggetänzelt, und ich stand da mit meinem Finger, der in eine Richtung gezeigt hat, zu der er kein Recht hatte, und mit so großen Schmerzen, dass mir schwindlig wurde und ich das Gefühl hatte, kotzen zu müssen, und –«

»Warte«, unterbrach ihn Cassie. »Was war das grade? Hast du was von *roten* Haaren gesagt?«

»Leuchtend orangerot, ja, und sie standen hoch wie Flammen.«

Sie warf Fletcher einen Blick zu und konnte sehen, dass er das Gleiche dachte wie sie. Sie konnten es beide nicht glauben. Ihr Vikar? Es war nicht möglich. War es möglich?

»War jemand bei ihm?«, fragte sie den Jungen. »Jemand Großes mit einem Stoppelkinn und nicht sehr vielen Zähnen?«

»Ich hab niemanden gesehen.«

»Hatte der Vikar dann zufällig einen Pritschenwagen?«

»Jep, den hatte er.«

»Was für einen?«

»Es war ein dreckiger, alter, halb abgedeckter. Ich hab ihn von hinten gesehen. Er kam mir nicht sehr fahrtüchtig vor. Und hinten lag ein Haufen Zeugs zusammengepackt, so was wie Zeltstoff, Seile und Stöcke.«

Cassie blickte dem Jungen in die Augen. »Wo genau hast du ihn gesehen? In welchem Laden hat er was gekauft?«

Der Junge starrte zurück. »Ich zeig's Ihnen – für einen Zehner.«

Sie hielten den Blickkontakt noch eine Weile aufrecht, dann zog Cassie widerstrebend einen Geldschein hervor und wedelte mit ihm vor seiner Nase. Er riss ihn ihr aus der Hand und steckte ihn in den Bund seiner Hose.

»Bring uns hin«, sagte sie. »Und wenn es auch nur den kleinsten Hinweis auf irgendwelche krumme Touren gibt, wird der da nich dein einziger gebrochener Finger sein.«

Das »Unwissenheit ist Segen«-Gebot

Colin Bummelgut nahm seine Aufgabe als Wache in der Tat sehr ernst. Er marschierte die Straße auf und ab und machte jeweils am Ende eine elegante Kehrtwende. Die Anweisung, *Bertha* nicht aus den Augen zu lassen, war fest in seinem Kopf verankert, so dass er selbst dann, wenn er von ihr wegging, den Kopf in einem Winkel hielt, der es ihm ermöglichte, sie stets im Blick zu haben. Ein- oder zweimal prallte er deshalb gegen eine Mauer, aber das war ein kleiner Preis. Die Hauptsache war, dass er den Befehl genau ausführte. Er würde niemanden hängen lassen.

Derweil saß Robert oben in *Berthas* Geschützturm und fingerte liebevoll an den zusätzlichen Schaufelwolf-Abwehrschaltern herum. Er war neidisch auf Fletcher und Cassie, die die Gelegenheit gehabt hatten, sie gegen Leute einzusetzen. Nicht, dass er den brennenden Wunsch verspürte, jemandem wehzutun, es war nur, dass die Idee ihn reizte, eine Häcksel-Bombe im Gesicht eines Menschen explodieren zu sehen, der es verdient hatte. Das wäre sehr viel befriedigender gewesen, als das Gleiche bei einem dämlichen alten Schaufelwolf zu tun.

Was Michael und Aurora betraf, hielt sie ihrem Mann einen Vortrag über den Ursprung der Krater, in denen Kraterheim errichtet worden war, und er nickte und wirkte sehr interessiert an dem, was sie sagte, wenngleich er tatsächlich bereits die Fähigkeit entwickelt zu haben schien, die vielen Ehemännern zu eigen war, nämlich so zu tun, als würden sie zuhören, während sie in Wirklichkeit ganz und gar nicht bei der Sache waren.

»Sie entstanden während der Großen Umwälzung«, sagte Aurora. »Der ganze Boden ist übersät davon, auch wenn es selten ist, dass so viele Leute in einen davon passen wie hier. Soweit wir wissen, haben sie sich gebildet, als riesige Felsen aus dem Weltraum auf den Planeten gestürzt sind. Der Aufprall hat diese gewaltigen Ausbuchtungen erzeugt und auch dazu geführt, dass eine dicke Säule aus Staub und Schutt hochgeschossen ist, um die sich Dampfschwaden sammelten, die dann schließlich die Wolkendecke gebildet haben. Niemand weiß ganz genau, ob das wirklich so geschehen ist, aber es ist eine schlüssige Annahme, die auf etlichen Hinweisen beruht. Die Leute haben die Umwälzung als eine Zeit in Erinnerung, in der Feuer vom Himmel fiel, aber das Feuer waren diese Steine, die beim Eintritt in die Atmosphäre in Flammen aufgegangen sind.«

»In die Atmosphäre, ja«, sagte Michael.

»Es ist faszinierend, oder? Die Vorstellung, dass da draußen zwischen den Sternen Steine von der Größe von Stadthäusern sind, die durch den Weltraum treiben. Wie groß war wohl die Chance, uns zu treffen? Woher sind sie ursprünglich gekommen? Wieso waren sie überhaupt da draußen? Niemand weiß das. Aber wie immer auch das Leben vorher war, die Umwälzung hat alles blitzartig verändert. Buchstäblich.«

»Buchstäblich.«

»Lady Aanfielsdotter sagt, dass ein großer Teil der Geschichte durch die Umwälzung ausgelöscht worden ist. Auch bei den Luftlingen gibt es einen großen Teil, der vergessen wurde oder so tief in Bibliotheken und Archiven begraben liegt, dass er so gut wie vergessen ist. Eine ganze Menge wird im Sanktuarium aufbewahrt, und es ist die Aufgabe von einigen Gelehrten dort, sie auszugraben und zu studieren – aber was sie herausfinden, bleibt im Sanktuarium. Der Rest unseres Volkes braucht über diese Dinge nichts zu wissen und will es wahrscheinlich auch gar nicht. Lady Aanfielsdotter nennt dies das ›Unwissenheit ist Segen‹-Gebot. Das Sanktuarium bewahrt Geheimnisse, von denen die einfache Bevölkerung besser nichts erfährt.«

»Besser nicht.«

»Es ist ähnlich wie unsere Unwissenheit über die Erdlinge. Ich sage nicht, dass es uns jetzt schlechter geht. Es war eine Phase, die ihren Lauf genommen hat. Sie musste irgendwann zu Ende sein. Aber während sie andauerte, hat sie das Leben der Luftlinge ein bisschen angenehmer gemacht. Und so ist es auch mit all den anderen Geheimnissen. Ich habe gehört, dass man, je weiter man im Sanktuarium aufsteigt, desto mehr darüber erfährt. Jemand in Lady Aanfielsdotters Position ist mit einem Heer von Fakten über unser Volk vertraut, die auf den Schultern eines gewöhnlichen Menschen schwer lasten würden. Es ist beinahe, als würden die Sanktuariums-Ältesten über diese Dinge Bescheid wissen, damit niemand sonst es tut. Was mich dazu bringt, über meine eigenen Ziele nachzudenken. Will ich ganz nach oben, wenn das bedeutet, alle möglichen Sorten von dunklen, verborgenen Wahrheiten herauszufinden? Was glaubst du, Mike?«

»Oh, ja. Ganz sicher.«

Aurora sah ihn stirnrunzelnd an. Dann veränderte sich ihre Miene. »Ja. Und ich vermute, wenn wir Kinder haben, würdest du dich nur zu gern die ganze Zeit um sie kümmern. Das würde dir doch nichts ausmachen, oder?«

»Hmm? Nein, das würde mir nichts ausmachen.«

»Dann hätte ich die Freiheit, mich meiner Karriere zu widmen. Das ist hervorragend. Versprichst du es? Obwohl ich mindestens zehn Kinder haben will. Das wäre doch nicht zu viel für dich?«

»Keineswegs. Zu viel? Nein.« Michael blickte auf und wirkte plötzlich beunruhigt. »Warte einen Moment. Worüber reden wir eigentlich?«

»Oh, nichts, Liebling.«

»Nein, sag es mir.«

»Du hast mir gerade nur etwas versprochen, weiter nichts.«

»Und was? Was habe ich dir versprochen?«

»Erinnerst du dich nicht?«

»Nein.«

»Nun, ein Versprechen ist dennoch ein Versprechen. Es ist nicht mein Fehler, dass du nicht zugehört hast.«

»Du kannst mich nicht auf etwas festnageln, das ich gesagt habt, ohne zu wissen, was ich gesagt habe.«

»Doch, das kann ich, und das tue ich.«

Michael stand auf und breitete die Flügel aus. Von der einen Spitze zur anderen überspannten sie fast die gesamte Breite der Ladebucht.

»Du solltest mir besser sagen, wozu ich mich gerade bereit erklärt habe«, verlangte er und kam in gespielt drohender Manier auf sie zu. »Sonst …«

»Sonst?«

»Sonst könnte ich gezwungen sein, dich zu befedern.«

»Zum einen, untersteh dich«, sagte Aurora grinsend. »Und zum anderen – mich befedern? Wie alt bist du? Das ist Kinderkram!«

Michael neigte seine Flügel in ihre Richtung, als wollte er sie darin einschließen. »Sag es mir.«

»Niemals!« Aurora machte einen Satz zurück und floh durch die Ladebuchtluke nach draußen.

Michael folgte ihr, und zusammen kreisten sie in kleinen Spiralen höher und höher, schlugen mit den Flügelspitzen aufeinander ein, während sie das taten. Sie gaben sich lachend jener Art fröhlichem, jungvermähltem Unfug hin, wie er in einer Himmelsstadt nicht viel Aufsehen erregt hätte.

Aber natürlich waren sie nicht in einer Himmelsstadt.

Rauchschwalbes Praktisches Warenzentrum

»Hoh. Hm. Ja«, sagte Cyrus Rauchschwalbe, Eigentümer und einziger Handelsvertreter von Rauchschwalbes Praktischem Warenzentrum. »Der Vikar. Hier sind in der letzten Zeit ein paar Vikare rein- und rausgegangen, aber wie könnte ich *den* vergessen? Was für Haare! Als hätte er eine brennende Kohlenpfanne auf dem Kopf. Ein Nordländer, wenn ich mich nicht irre. Da war eine Spur von Hochland in seinem Akzent, ein Flüstern von Schneefällen und Frost.«

»Kann ich jetzt gehen?«, fragte der Taschendieb. »Ich hab getan, was ich tun sollte.«

Cassie brachte ihn mit einer Geste zum Schweigen. »War er allein?«, fragte sie Rauchschwalbe. »War da nich jemand bei ihm?«

»Ich sagte doch schon –«, begann der Junge, aber dann stieß Fletcher ihn an, und er schwieg.

»Allein?«, fragte Rauchschwalbe. »Hoh. Soweit ich mich erinnere, ja.«

»Und was hat er gekauft, wenn ich fragen darf?«

»Was er gekauft hat? Huh. Hm. Ich muss nachdenken.« Rauchschwalbe betrachtete die hohen, dicht bepackten Regale in seinem Geschäft durch seine Messinggestellbrille. Der Raum war zum Bersten mit Apparaten und allem möglichen Krimskrams gefüllt. Es gab Feuereisen und Angeln, Regenschirme und warme Unterwäsche, Gummistiefel und Galoschen, Handtücher und Kellen, Mäusefallen und Katzenklappen, Backbleche und Campingkocher, Fliegenklatschen und Tintenfässchen, binokulare Lupen und Abfalleimer, Türmatten und Schutzhelme, Pinsel und Schmerzmittel … Tatsächlich wäre es einfacher gewesen aufzulisten, was das Praktische Warenzentrum nicht verkaufte, als das, was es verkaufte.

»Ich erinnere mich daran, dass er einen Kompass gekauft hat«, sagte der Eigentümer. »Noch dazu einen Magnetkompass. Das is das Beste vom Besten. Er hat ordentlich Trockenfleisch gekauft, vom Rind. Etwas Schiffszwieback. Rosinen. Was noch? Hoh. Meine Erinnerung is nicht mehr so gut wie früher, müssen Sie wissen. Ach ja, eine Schaufel und eine Hacke.« Rauchschwalbe zeigte auf einen Stapel mit Werkzeugen. »Ich glaube, er hat sogar zwei gekauft. Und Blitzlichter. Er hatte eine richtige Einkaufsliste bei sich, wirklich. Insektenabweisende Mittel. Einen Erste-Hilfe-Kasten. Hat er einen Erste-Hilfe-Kasten gekauft? Ja doch, hat er. Einen mit Gegenmitteln gegen Schlangenbisse. Er war sehr pingelig, was das betraf. Huhhh. Da war ganz sicher noch mehr.« Rauchschwalbe richtete seinen Blick ernst auf Cassie. »Aber ich frage mich, junge Lady, wieso Sie so wild darauf sind, das zu erfahren? Was haben Sie damit zu tun, was für Einkäufe ein Vikar tätigt?«

Bevor Cassie antworten konnte, ließ der Taschendieb seine helle Stimme ertönen. »Sie verfolgen ihn. Ich habe gehört, wie sie sich auf dem Weg hierher darüber unterhalten haben. Der Vikar hat ihren Vater als Geisel genommen oder irgendwas in der Art. Sie suchen ihn überall, und ich bin die erste richtige Spur, die sie gefunden haben.« Er strahlte vor Stolz, als würde die kleine Angelegenheit seines versuchten Diebstahls keinerlei Bedeutung mehr haben, jetzt, da er nützlich war.

»Nun, das is ja was ganz Neues«, sagte Rauchschwalbe und fuhr sich über das Kinn. »Diese Vikare sind ein eigenartiger Haufen, was? Hoh. Es is fast, als würden sie allmählich durchdrehen, seit sie keine klar definierte Rolle mehr haben. Man hört sie auf dem Platz der Hundert Wege predigen, und ihre Worte scheinen den Geschmack der Verzweiflung zu tragen. Es überrascht mich daher nicht zu erfahren, dass einer von ihnen jemanden entführt hat, oder was immer er mit Ihrem Vater auch getan hat. Ich bin allerdings überrascht, dass er ihn ausgerechnet an einen solchen Ort bringen will, wie er es offenbar vorhat.«

»Hat er das gesagt?«, fragte Cassie aufgeregt. »Er hat gesagt, wohin er will?«

»Nicht so genau. Ich habe es aus dem geschlossen, was er eingekauft hat. Hoh. Ich könnte mich natürlich auch völlig irren. Aber …«

Rauchschwalbe schwieg eine lange Zeit, in der er nur einen Strom dieser besonders kehlereinigenden Geräusche von sich gab. Cassie hatte schon Angst, dass er stecken geblieben war und nur noch *Hoh* und *Huhhh* und *Hm* von sich geben würde, bis er irgendwann starb. Sie unterdrückte den Drang, ihn mit einem ordentlichen Tritt gegen das Schienbein in diese Welt zurückzuholen.

Schließlich sagte er: »Eine Karte vom Süden. Habe ich das schon gesagt? So was hat er gekauft. Eine Karte, die das Gebiet von Kraterheim bis zu den Ufern des Zentrischen Ozeans abdeckt. Dies und das Schlangengift-Gegenmittel … ja. Verstehen Sie?«

Cassie glaubte, dass sie das tat.

»Er geht in die Wüste«, sagte sie.

»So muss es sein«, sagte Rauchschwalbe.

»Die Unerbittliche Wüste«, sagte der Taschendieb verwundert. »Is der verrückt? Will der unbedingt sterben?«

Die Macht der Presse

Einen Tag zuvor hatte im *Kraterheim-Boten* auf der ersten Seite folgende Überschrift gestanden:

KRATERHEIMER
VON LUFTLINGEN
ANGEGRIFFEN!

Der Artikel darunter begann so:

Ein grotesker Streich wurde einer Gruppe von Kraterheim-Bewohnern gespielt, die letzte Woche die Himmelsstadt Prismaburg besuchten.

Der Vorfall, der erst jetzt ans Licht gekommen ist, betraf eine ganze Gruppe von Touristen, darunter auch zwei erfolgreiche ortsansässige Industrielle und der Untersekretär des Bürgermeisters.

In einem ganz und gar unprovozierten Angriff stürzten sich mindestens zwölf Luftlinge auf die Touristen und bewarfen sie mit Erde. Die Luftlinge stießen auch rassistische Beschimpfungen aus. Sie sollen Begriffe wie *Strauß* und *Emu* benutzt haben, in Anspielung auf die legendären flügellosen Vögel, die diese Namen tragen.

Die Opfer des Angriffs blieben unverletzt, aber sie waren erschüttert und verstört.

Im Innenteil der Zeitung war der Chefredakteur offensichtlich um Beschwichtigung bemüht, was aber nicht ganz gelang:

Diese Zeitung verabscheut jede Art von Konflikt und ist seit jeher ein eifriger Befürworter der harmonischen Beziehungen mit den Luftlingen. Wir haben den Bilateralen Vertrag begrüßt und die neuen ökonomischen Gegebenheiten öffentlich willkommen geheißen, die zwischen den Bewohnern der Erde und denen des Himmels herrschen.

Wir haben sogar unseren Zeitungskopf neu gestaltet und eine geflügelte Person abgebildet, ganz im Namen der Idee, die Bande zwischen uns und den Luftlingen zu verstärken.

Wie auch immer, der unerfreuliche Zwischenfall in Prismaburg (über den wir auf der ersten Seite berichtet haben) lässt uns glauben, dass wir unsere Einstellung überdenken sollten. Obwohl niemand körperlich zu Schaden gekommen ist, hinterlässt diese üble Verletzung des neu gebildeten Vertrauens zwischen den beiden Völkern einen schalen Nachgeschmack.

Sollen wir den Versicherungen der Führungsgruppe der Luftlinge glauben, denen zufolge es ein einmaliger Vorfall war, der sich sicher nicht wiederholen wird?

Nicht, wenn die Geschichten aus anderen Regionen stimmen, die auf dem Nachrichtentisch des *Boten* gelandet sind. Wir wissen von mindestens drei voneinander unabhängigen Berichten über ähnliche Gewalttaten, die an unschuldigen Besuchern in den Himmelsstädten verübt wurden – Touristen, deren »Verbrechen« in nichts weiter als Neugier bestand und einem Mangel an Flügeln.

Kraterheimer sind für ihre Toleranz und ihren geistigen Großmut bekannt. Diese Zeitung möchte die Menschen unserer großen Stadt auffordern, keinerlei Vergeltung für die Beleidigung zu üben, die uns widerfahren ist. Armselige Rache nützt niemandem.

Gleichzeitig sollten die Luftlinge nicht annehmen, dass weitere solcher Angriffe gutmütig hingenommen werden. Die Beleidigung sollte vergeben, aber nicht vergessen werden.

Besonders interessant daran war, dass es sich bei einem der »prominenten« Kraterheimer, die in Prismaburg von der *Federn vor!*-Gruppe mit Erde beworfen worden waren, um einen engen Freund des Eigentümers des *Boten* handelte. Er war es auch gewesen, der diesen Vorfall der Zeitung gemeldet hatte. Es ging ihm nicht darum, Unruhe zu stiften, aber er konnte seine Verärgerung auch nicht ganz zurückhalten.

Konsequenterweise waren die Leser des *Boten* – der eine Auflage von etwa 200 000 Exemplaren hatte – mit dem Gefühl der Verletzung und des Beleidigt-Seins infiziert. Entgegen den Aussagen des Chefredakteurs waren die Kraterheimer *nicht* für ihre Toleranz und geistige Großmut bekannt. Sie schäumten vor Wut bei der Vorstellung, dass die Luftlinge ihre Mitstädter mit solcher Geringschätzung behandelten. Die Empörung breitete sich immer weiter in der Stadt aus, bis sie zu einer pulsierenden Strömung der Verärgerung wurde, die überall verlief, von einem Bezirk zum nächsten, vom Herrenhaus zum Mietshaus, von der Fabrik zur Schenke.

Als also einige Leute zwei Luftlinge über ihren Dächern herumturnen sahen, dauerte es nicht lange, bis die Neuigkeit den Dritten Bezirk der Länge und Breite nach durchquert hatte. Und es dauerte auch nicht lange, bis sich ein zorniger Mob zusammengefunden hatte.

Luftlinge? Hier in dieser Stadt? Flogen ganz nach Belieben einfach so herum?

Zeit für ein bisschen Vergeltung.

Der
Mob

Der kleine Taschendieb raste davon, kaum dass er Rauchschwalbes Geschäft verlassen hatte, ohne auch nur ein Wort des Abschieds von sich zu geben. Cassie sah ihm mit einer Mischung aus Erheiterung und Bedauern nach. Es erschreckte sie, dass ein Junge in seinem Alter gezwungen war zu stehlen, um zu überleben. Aber er war ein pfiffiger kleiner Kerl und schien sein kostbares kriminelles Leben sehr wohl zu genießen, und dafür bewunderte sie ihn beinahe.

Einen Moment später kam Rauchschwalbe keuchend aus seinem Geschäft. »In welche Richtung is er gelaufen?«, fragte er und blickte dabei nach rechts und links.

Cassie zeigte in die Richtung, in die der Dieb verschwunden war.

»Kleines Monster! Hoh! Hat mir eine Handvoll Zigarettenanzünder gestohlen, während ich mit Ihnen gesprochen habe. Ich hab's gerade erst bemerkt.« Er humpelte hinter dem Jungen her und rief über die Schulter: »Wenn ich ihn nich kriege, mache ich Sie dafür verantwortlich!«

»Dann is es wohl am besten, wir sind nich mehr hier, wenn er zurückkommt«, sagte Fletcher mit einem Kichern zu Cassie.

»Er is ein kaltherziger Bastard, dieser kupferfarbene Vikar«, sagte er dann, als sie sich zum Platz der Hundert Wege aufmachten. »Selbst nach den Maßstäben der Vikare. Dem Jungen einfach so den Finger zu brechen …«

»Paps hätte so was nich zugelassen«, sagte Cassie mit fester Stimme. »Was mich dazu bringt, mich zu fragen, ob er wirklich noch mit dem Vikar zusammen is.«

»Ich glaube schon. Ich glaube, dass Paps im Pritschenwagen war und nich gesehen hat, was passiert is. Außerdem hat Rauchschwalbe gesagt, dass er *zwei* Schaufeln und Hacken gekauft hat, erinnerst du dich? Wieso sollte er zwei wollen, wenn er alleine reist?«

»Das is einleuchtend. Trotzdem denke ich immer mehr, dass die beiden ein seltsames Paar abgeben, er und Paps. Was haben sie gemeinsam? Was wollen sie zusammen?«

»Keine Ahnung«, sagte Fletcher, »aber ich schätze, wir werden es schon bald erfahren.«

Den Platz der Hundert Wege wiederzufinden war gar nicht so einfach, wie sie gedacht hatten. Die Straßen wirkten vertraut, aber sie waren es nicht. Es gab nicht viele Anhaltspunkte, um sich in der Stadt zurechtzufinden, und die wenigen eindeutigen Kennzeichen waren weit voneinander entfernt. Das eine Mietshaus sah aus wie das andere, die eine Fabrik wie die nächste. Die beiden Greifthalers hatten sich schon bald verirrt, und es war eher Zufall, dass sie schließlich ihr Ziel erreichten. Als sie endlich an dem Platz angekommen waren, brauchten sie jedoch noch eine ganze Weile, bis sie herausgefunden hatten, welche der von ihm wegführenden Straßen sie früher an diesem Tag benutzt hatten.

Es fiel ihnen beiden auf, dass der Platz nur noch halb so voll war wie vorher. Zwar waren noch genauso viele Sprecher da, aber sie sprachen zu deutlich weniger Zuhörern.

Dann bemerkte Cassie den Lärm. Er kam von etwas weiter weg, ungefähr aus der Richtung, in der sie *Bertha* vermutete. Besorgnis stieg in ihr auf.

Auch Fletcher war auf den Lärm aufmerksam geworden. »Was is das?«, fragte er und legte den Kopf schief.

»Weiß nich. Klingt wie Stimmen. Rufe. Wir sollten wohl hingehen und nachsehen.«

Andere Leute marschierten ebenfalls in die Richtung, aus der der Lärm kam, und Cassies Besorgnis nahm sogar noch zu, als sie sich in die Menge einreihte. Niemand rannte, aber es ging auch keiner in normalem Tempo. Sie alle bewegten sich äußerst zügig voran, als würden sie von etwas gerufen, das aufregend war.

Cassie beschleunigte ihre Schritte, um mit ihnen mitzuhalten, ebenso wie Fletcher. Sie fing Gemurmel auf, hörte immer wieder das Wort »Luftlinge«, das in heftiger, verächtlicher Weise gesprochen wurde. Sie zweifelte jetzt nicht mehr daran, dass *Bertha* der Mittelpunkt dieses Lärms war. Das war keine Vorahnung, sondern vielmehr eine schreckliche logische Schlussfolgerung.

Schließlich erreichten sie die Gasse, in der sie *Bertha* geparkt hatten. Sie mussten sich durch die brüllende Menge drängen, um in ihre Sichtweite zu gelangen. Überall um sie herum reckten sich Fäuste, und Münder brüllten mit speichelbesprenkeltem Zorn: »Vogelköpfe raus!« »Verschwindet wieder von hier, Flügelidioten!« »Fliegt zurück nach Haus!«

Bertha war vollständig umzingelt. Hände hämmerten auf sie ein. Einige versuchten, sie umzuwerfen, aber dafür war sie zu schwer, und so schwärmten sie stattdessen über sie und schlugen auf die Windschutzscheibe, die Luken und Spähkuppeln.

Cassie erhaschte einen Blick auf Robert, der im Geschützturm saß und mit panikerfüllten Augen nach draußen sah.

»Komm!«, drängte sie Fletcher.

Die Gasse war vollgestopft mit Menschen. Es war mühsam, sich durch das Meer von wogenden Körpern zu zwängen. Cassie trat auf Füße, kletterte über Schultern und stieß mit den Ellbogen um sich, und trotzdem musste sie noch darum kämpfen, auch nur ein bisschen näher an *Bertha* heranzukommen. Es war wie in irgendeinem Alptraum, in dem sie sich bewegen musste, aber feststeckte, ohne dass irgendetwas ihr helfen konnte. Sie wusste – *wusste* –, dass die bereits heikle Situation noch um einiges schlimmer werden würde. Vielleicht könnte sie das verhindern, wenn sie es schaffte, rechtzeitig zu *Bertha* zu gelangen.

Aber das schaffte sie nicht, und so wurde die ohnehin heikle Situation tatsächlich noch schlimmer.

Die belagerte Bertha

Es war alles furchtbar schnell gegangen. Colin war zum x-ten Mal – und mit nach wie vor ungebrochener Begeisterung – die Straße entlangmarschiert. Michael und Aurora waren nach Beendigung ihres kurzen, spaßigen Ausflugs zur Ladebucht zurückgekehrt. Alles wirkte ruhig und normal.

Bis Colin ein halbes Dutzend Leute am Ende der Straße auftauchen sah. Und dann ein Dutzend.

»He!«, rief er. »Was wollt ihr?« Die Art und Weise, wie sie *Bertha* anstarrten, gefiel ihm gar nicht.

»Sind da Luftlinge in diesem Düsterspäher?«, wollte einer von ihnen wissen.

»Und wenn es so wäre? Warum ist das wichtig?«

Die Leute wechselten Blicke und tuschelten untereinander, aber sie sprachen zu leise, als dass Colin hätte verstehen können, was sie sagten.

Colin plusterte sich auf und ließ die Armmuskeln spielen.

Die Leute wichen zurück.

Auftrag erfüllt, dachte Colin.

Aber ein paar Minuten später kehrten sie zurück, und zwar sogar noch mehr. Sie begannen, zielstrebig auf *Bertha* zuzugehen.

Colin schluckte. Das war gar nicht gut.

Er rannte zu *Bertha.* Er war näher dran als die kleine

Gruppe von Kraterheimern, die jetzt ebenfalls zu laufen anfingen, und so kam Colin einige Sekunden vor ihnen bei dem Düsterspäher an. Er sprang an Bord und verblüffte Michael und Aurora, die sich gerade einer netten, gemütlichen Umarmung hingaben.

»Es gibt Ärger«, sagte er nur und drückte den Knopf, um die Luke zu schließen.

Die Luke schloss sich mit quälender Langsamkeit. Da war immer noch ein meterweiter Spalt, als die Ersten *Bertha* erreichten. Zwei von ihnen stürzten sich in die Ladebucht, kurz bevor sich die Luke mit einem *Klong* schloss.

Den ersten Eindringling schlug Colin mit einem raschen Schlag auf den Kopf nieder. Der andere wollte sich mit lautem Gebrüll auf Michael und Aurora stürzen, aber Colin packte ihn am Gürtel, riss ihn zurück und schleuderte ihn gegen eine Schottwand. Der Mann taumelte, blieb jedoch stehen.

Er hatte eine ähnliche Gestalt wie Colin und war zwar etwas kleiner, aber nicht weniger stämmig. Er schlug Colin die Faust zweimal ins Gesicht. Colin zuckte mit den Schultern und schlug doppelt so hart zurück. Blut spritzte aus einer gebrochenen Nase. Ein ausgeschlagener Zahn flog durch die Luft. Den Kraterheimer schien das nicht zu bekümmern, denn brüllend ging er mit ausgestreckten Armen erneut auf Colin los.

Michael und Aurora sahen zu, wie sich ein heftiger Kampf entspann. Colin und der Kraterheimer schleuderten sich gegenseitig in der Ladebucht herum und tauschten einen Schlag nach dem anderen aus. Ein Knie in die Lende. Ein Ellbogen in den Magen. Ein Kopfstoß. Beide schienen es zu genießen, bleckten grinsend die Zähne und grunzten laut, während sie miteinander rangen.

Dann fing Colin sich einen Aufwärtshaken unter dem Kinn ein. Die legendäre Dickfelligkeit des Bummelgut-Schädels konnte ihn hier nicht schützen. Colin wankte benommen, stolperte gegen einen Stuhl und fiel auf den Boden. Der Kraterheimer beugte sich über ihn. Colin versuchte aufzustehen. Sein Gegner hob ein Bein und machte sich daran, ihm aufs Gesicht zu treten.

Ein Karton mit Konserven donnerte auf den Kopf des Kraterheimers. Er taumelte, verdrehte die Augen und sackte in sich zusammen wie eine Marionette, der man die Fäden durchtrennt hatte. Er landete neben Colin auf dem Boden und blieb bewusstlos liegen.

Michael stellte den Karton auf dem Boden ab und bückte sich, um Colin aufzuhelfen.

»Ich hatte ihn«, erklärte Colin zwischen keuchenden Atemzügen. »Ich war nur gerade dabei … ihn in … falscher Sicherheit zu wiegen.«

»Ich weiß«, sagte Michael mit einem Lächeln.

In diesem Moment erklang Hämmern von draußen, als Dutzende von Fäusten auf *Bertha* einschlugen. Der Lärm in der Ladebucht war ohrenbetäubend, so als würden sie sich im Innern einer gewaltigen Kesselpauke befinden.

Robert schrie durch die Sprechmuschel. »Sie sind zu Hunderten! Überall! Und es kommen noch mehr!«

Vor Wut rasende Gesichter starrten durch die Luken. Das Hämmern wurde stärker. Aurora lief zu Michael, und sie klammerten sich aneinander. Colin, noch immer benommen, brüllte dem Mob durch das Glas der

Luke Beschimpfungen zu. Viel mehr konnte er nicht tun.

Roberts Stimme erklang erneut über die Sprechverbindung, war allerdings jetzt bei dem donnernden Lärm kaum zu verstehen.

»Alles in Ordnung«, sagte er. »Es is alles in Ordnung. Ich hab einen Plan. Haltet aus. Seht her.«

Im nächsten Moment erklang ein gigantisches

ZZZZZZZAP!!!!

gefolgt von einem geballten Schrei des Mobs. Danach gab es ruhigere Geräusche, Stöhnen und Ächzen und bedauernswerte Schluchzer.

»Oh, verflucht«, sagte Robert. »*Den* hatte ich nich drücken wollen.«

Pfad der Zerstörung

Niemand wurde getötet, was ein kleines Wunder war, für das Robert ewig dankbar sein würde. Als er versehentlich den Knopf gedrückt hatte, mit dem er *Berthas* Hülle unter Strom setzte, waren so viele Kraterheimer dicht bei ihr gewesen, dass alle den Angriff zu spüren bekamen. Niemand erhielt jedoch eine so hohe Dosis, dass sie tödlich gewesen wäre. Die heftigsten Stromstöße bekamen diejenigen, die *Bertha* am nächsten gestanden hatten, und von ihnen wurden einige bewusstlos und erlitten oberflächliche Verbrennungen. Die Leute, die diese Leute berührt hatten, waren benommen, aber ansonsten unverletzt. Das Schlimmste war, dass ihre Haare senkrecht in die Höhe ragten und stundenlang so bleiben würden. Von denen, die noch weiter weg gewesen waren, machten einige einen Satz und schrien, aber eher vor Überraschung als vor Schmerz.

Für Cassie sah es so aus, als würde sich vom Düsterspäher ein kleines Erdbeben ausbreiten, das an Kraft verlor, je weiter es sich entfernte. Die Leute stürzten, sprangen oder zuckten, je nachdem, wie weit sie vom Mittelpunkt des Bebens entfernt waren. Als die Elektrizität sie und Fletcher erreichte, war kaum noch Kraft in ihr. Cassie verspürte nichts weiter als ein beißendes Gefühl in ihren Handflächen, mit denen sie die Stelle zwischen den Schulterblättern der Person vor ihr berührt hatte. Bienenstiche waren schmerzhafter.

Sie sah ihre Chance.

»Jetzt!«, sagte sie und packte Fletcher am Handgelenk.

Während der Mob noch immer benommen von dem Stromstoß war, rannte Cassie mit ihrem Bruder im Schlepptau auf *Bertha* zu. Sie stießen ein paar Kraterheimer zur Seite und sprangen über andere hinweg, bis sie nach wenigen Sekunden unter der Fahrerkabine standen, die von *Bertha* aufragte wie ein Kopf vom Hals.

Eine kurze Metallleiter hing von der Unterseite der Kabine herunter, von der aus man zur Einstiegsluke gelangte. Fletcher stützte Cassie von unten, und sie erklomm die drei Sprossen und griff nach dem vertieft liegenden Hebel über ihr. Eine halbe Umdrehung im Uhrzeigersinn und drei halbe in entgegengesetzter Richtung öffneten die Luke. Dreieckige Stahlplatten zogen sich mit einem kreischenden Geräusch zurück, und Cassie wuchtete sich hinein. Fletcher sprang auf die Leiter und folgte ihr.

Der Mob rührte sich jetzt. Die Leute kamen wieder zu Verstand und fanden zu ihrer Wut zurück.

Cassie schlüpfte auf den Fahrersitz und bediente die Zündung. *Bertha* gackerte. Cassie hupte lange und laut, um allen klarzumachen, dass sie aus dem Weg gehen sollten. Sie gab ihnen fünf Sekunden, dann legte sie einen Gang ein.

Der Mob kroch-taumelte-sprang von *Bertha* weg, als sie sich nach vorn bewegte. Der Düsterspäher schnitt durch die Menge wie eine Sense durch Erde. Die Leute drückten sich an die Mauern der Gasse und kletterten aufeinander, um auszuweichen, oder sie sprangen vor ihr her, bis sie in der größeren Straße weiter vorn verschwanden.

Schon bald erreichte auch *Bertha* die Straße und zockelte mit einiger Geschwindigkeit dahin, schwenkte hierhin und dahin, während sie schlitterte und die Ketten auf den Pflastersteinen durchdrehten. Cassie machte sich wenig Sorgen, auf was *Bertha* stieß, solange es kein Mensch war. Ihr einziger Gedanke war, möglichst rasch aus Kraterheim herauszukommen. Auf diese Weise wurde der Stall eines Gemüsehändlers umgefahren, und Obst und Gemüse verteilten sich überall. Eine Drehorgel wurde plattgemacht und ein Stapel Körbe mit lebenden Hühnern gestreift; die befreiten Tiere flatterten gackernd und kreischend einen kurzen Moment durch die Luft. Dann streiften sie eine Straßenbahn, und bei dem Aufprall löste sich das Fahrzeug aus den Schienen und rutschte in eine städtische Skulptur, ein steinernes Bildnis von einem der ehemaligen Söhne dieser Stadt, ein vor langer Zeit im Feld gefallener Marschall, der seine Armee ein Jahrhundert zuvor in dem Krieg der Intervention zwischen den Westterritorien und der Achse der Oststaaten befehligt hatte. Die Straßenbahn wurde gegen den Sockel der Statue geschoben, und der Marschall und das Pferd, auf dem er ritt, rutschten nach vorn und landeten mit der Nase voran auf den Pflastersteinen. Beide zerbrachen.

Cassie zuckte zusammen und fuhr weiter. Was sollte sie sonst auch tun? Stehen bleiben und sich entschuldigen?

Kurz danach traf sie auf eine zweispurige Straße. Hinweisschilder wiesen den Weg aus dem Dritten Bezirk und damit aus Kraterheim heraus. Cassie fuhr in diese Straße, gliederte sich in den Verkehrsfluss ein und näherte sich einem der Tunnel, die die Bezirke miteinander verbanden. Kurz bevor sie den Tunnel erreichte, leuchtete etwas auf der Instrumententafel und verriet, dass die Ladebuchtluke sich öffnete.

»Was tust du da?«, fragte sie durch die Sprechmuschel, während sie zu bremsen begann.

»Ich befreie uns nur von überflüssiger Last«, antwortete Colin.

Im Rückspiegel sah Cassie, wie er die schlaffe Gestalt eines Mannes auf die Straße warf. Sekunden später folgte ein zweiter.

»So«, sagte Colin. »Jetzt is es schon sehr viel leichter. Fahr weiter.«

Cassie legte die Kontrollhebel um, und *Bertha* rollte in den Tunnel. Sie schaltete die Scheinwerfer in der Dunkelheit an.

Der Tunnel war zwei Kilometer lang. Jetzt endlich hatte sie Zeit zum Denken.

Und alles, was sie denken konnte, war: die Unerbittliche Wüste.

Eine riesige Fläche aus Felsen und Sand, heulendem Wind und mörderischen Tieren.

Eine riesige, feindselige Leere im Herzen der Westterritorien.

Und irgendwo dort – wer wusste, wo? – war ihr Vater, und bei ihm war der Finger brechende, Messer tragende Vikar.

Fletcher, der neben ihr hockte, fing die Stimmung seiner Schwester auf. »Es hat auch seine guten Seiten«, sagte er.

»Wie kommst du da drauf?«

»Draußen in der Wüste gibt es nur eine begrenzte Anzahl von Straßen, die sie benutzen können. Also wird es für uns sehr viel leichter werden.«

»Was is, wenn sie sich nich an Straßen halten?«

Fletcher tätschelte das Armaturenbrett. »Wohin könnten sie in einem Pritschenwagen schon fahren, wohin ein Düsterspäher nich besser und schneller hinkommt?«

Es war nur ein kleines bisschen Trost, aber Cassie nahm das wenige und nährte sich davon, als wäre es ein Festmahl.

Trostloses Bohrloch zum Letzten

Nacht für Nacht beobachtete Magnus Uhrkraft den Himmel und wartete auf die Rückkehr des Luftschiffs.

Nacht für Nacht kam es nicht.

Hatten er und die anderen Bohrarbeiter also gewonnen? Hatten sie die Piraten wirklich vertrieben?

Seine Männer glaubten das eindeutig. Sie stolzierten umher, grölten inbrünstig ihren Sieg über die Luftgeborenen heraus. Sie hatten es den geflügelten Plünderern gezeigt. Man legte sich nicht einfach so mit den Erdlingen an, ohne dass es Konsequenzen hatte.

Uhrkraft selbst war da nicht so überzeugt. Er beharrte darauf, dass der Wagen mit dem Flammenwerfer weiterhin bereitstand, und ließ außerdem während der Nacht Männer an der Grenze des Geländes Wache stehen. Die Männer nannten ihn übervorsichtig, aber er wollte kein Risiko eingehen.

Die Wüste hatte sich um die verbrannten Luftlinge gekümmert. Aasfresser hatten die Reste saubergepickt, hauptsächlich Hackerschakale. Nur ein paar abgenagte Knochen blieben übrig.

Uhrkraft konnte sich nicht vorstellen, dass die Piraten auf den Vorfall nicht reagieren würden. Die ledergekleidete Frau, ihre Anführerin, hatte einen gewaltbereiten und skrupellosen Eindruck auf ihn gemacht. Obwohl er nur einen kurzen Moment Kontakt mit ihr gehabt hatte, wusste er, dass sie so etwas nicht leicht vergessen würde.

Daher war er sicher, dass es nur eine Frage der Zeit war, bis die Piraten sich am Trostlosen Bohrloch rächen würden – und deshalb entwickelte er einen Reserveplan zur Verteidigung der Anlage.

Zwei Tage vorher hatte er zwei Männer in einem firmeneigenen Wüsten-Buggy mit einer Karte und klaren Anweisungen losgeschickt. Uhrkraft wusste von einem Gerücht, das seit Jahrzehnten in dieser Region kursierte, aber er hatte keine Ahnung, ob irgendetwas dran war oder nicht. Die Aufgabe der beiden Männer bestand darin, dies herauszufinden.

Es gab viele seltsame Geschichten in der Unerbittlichen Wüste. Ein Gebiet wie dieses, das zum größten Teil nicht kartografiert und unbewohnt war, strotzte nur so vor Anekdoten, denen es arg an Glaubwürdigkeit mangelte und die den Zuhörern viel abverlangten – Anekdoten, wie Reisende sie zu erzählen liebten. Es gab unerklärliches Verschwinden von Leuten; vereinzelte Stammesgruppen, die sich mit Kannibalismus am Leben hielten; von Geistern und Leichenfledderern heimgesuchte Täler; Löcher im Boden, die von riesigen feuerspeienden Termiten wimmelten; Treibsandseen, die sich von Ort zu Ort bewegten, als wären sie am Leben, und einiges mehr in dieser Richtung.

Sollte es sich bei dem speziellen Gerücht jedoch um die Wahrheit handeln, enthielt es womöglich den Schlüssel für den Kampf gegen das Piraten-Luftschiff, und daher war es sinnvoll, der Sache nachzugehen.

Eine weitere Nacht war angebrochen, und der zweiköpfige Suchtrupp war noch nicht zurückgekehrt. Uhrkraft erwartete sie in Kürze. Sie mussten bis zum nächsten Morgen eintreffen. Wenn nicht, waren sie vermutlich einem feuerspeienden Wurm oder einem sich verlagernden Treibsandsee zum Opfer gefallen.

Uhrkraft betete, dass das schwarze Luftschiff nicht ausgerechnet in dieser Nacht zurückkehren würde. Wenn die Piraten sich noch ein paar weitere Tage zurückhielten, würden er und seine Männer eine bessere Chance haben zurückzuschlagen.

Aber sein Gebet wurde leider nicht erhört.

Um Mitternacht tauchte die *Behemoth* unter der Wolkendecke auf.

Direkt über dem Trostlosen Bohrloch.

Eine der Wachen hatte sie gesehen. Er hatte Alarm geschlagen, als etwas aus der hinteren Luke des Luftschiffes fiel.

Es schwebte lässig taumelnd herunter, als hätte es alle Zeit der Welt. Es war ein Ölfass, und an dem einen Ende war eine grellweiße Flamme, die spuckte und blitzte – eine Lunte.

Das Ölfass fiel auf einen der Vorratsbehälter und explodierte.

Den Bruchteil einer Sekunde später explodierte auch der Vorratsbehälter. Eine Million Liter Rohöl entzündeten sich mit einem Schlag. Der Feuerball hatte die Größe eines Häuserblocks und erhellte die Wüstenlandschaft über mehrere Kilometer hinweg. Das Donnern der Detonation war laut genug, um Trommelfelle zum Platzen zu bringen.

Dann ging auch das daran angrenzende Ölfass hoch.

Eine weitere häuserblockgroße Explosion zerriss die Nacht. Die Schockwelle ließ jede Glasscheibe auf dem Gelände zersplittern, die nicht bereits bei der ersten Explosion zerborsten war. Die Tore der Anlage wurden aus ihren Angeln gerissen.

Männer liefen um die Häuser herum. Sie rannten hierhin und dorthin, wie Ameisen, deren Nest man zertreten hatte. Vom Lärm taub, vom Licht geblendet und durch und durch benommen wussten sie nicht, wohin sie sich wenden sollten. Uhrkraft versuchte, sie zu einer Flotte von Tanklastwagen zu führen. Er wusste, dass das Trostlose Bohrloch zum Untergang verdammt war. Alles stand in Flammen. Das Inferno bei den Ölfässern breitete sich zur Raffinerie und zu den Bohrtürmen aus. Kleinere Explosionen dröhnten überall um sie herum, eine nach der anderen. Die einzige sinnvolle Reaktionsweise war, das Gelände schnellstmöglich zu verlassen.

Aber damit hatten die Piraten gerechnet. Die *Behemoth* wandte sich der Stelle zu, wo die Tankwagen parkten. Eine weitere selbstgemachte Ölfassbombe wurde aus der hinteren Ladeluke geworfen. Sie landete mitten in der Wagengruppe. Der Boden erbebte, als sie hochging. Die meisten Lastwagen wurden sofort zerstört; die übrigen fingen Feuer und verbrannten zu verkohlten Trümmern.

Uhrkraft befahl seinen Männern, in die Wüste zu rennen. Er konnte sich über das Brüllen der Flammen hinweg kaum verständlich machen. Die Luft war glühend heiß und stickig von schwarzem Rauch. Uhrkraft packte die Arbeiter am Hemdkragen oder stieß sie in den Rücken. Bewegt euch! Weg hier! Lauft!

Sich nach Anbruch der Dunkelheit zu Fuß in die Unerbittliche Wüste zu wagen war glatter Selbstmord, weshalb viele Männer zögerten, obwohl die Anlage ein einziges Flammenmeer war. Sie hatten eine natürliche Angst vor dem, was sich jenseits der Grenze befand. Aber dort, wo sie waren, gab es nur den sicheren Tod. Sie liefen also zu den Toren, Stück für Stück von Uhrkraft dazu gedrängt.

Aber die *Behemoth* war noch immer nicht fertig mit ihnen.

Während sie gelassen über das brennende Inferno auf der Erde dahinglitt, warf sie drei weitere Ölfässer ab. Jedes zielte auf die fliehenden Angestellten von Westöl. Jedes fand sein Ziel.

Die Männer starben schreiend. Einige wurden auf der Stelle eingeäschert. Andere liefen mit brennender Kleidung und brennenden Haaren wie menschliche Fackeln umher, rollten sich über den Boden und schlugen auf sich ein, um die Flammen zu löschen, aber sie hatten nur wenig Erfolg. Wer Glück hatte, kam mit ein paar Flecken von verbranntem Fleisch und blasiger Haut davon. Niemand blieb völlig ungeschoren.

Die *Behemoth* drehte eine Runde über der Anlage, als wollte sie sich an dem Anblick dessen, was sie bewirkt hatte, ergötzen. Hier und da brachen neue Feuer aus. Flammensäulen schossen in die Höhe. Ein Auslegerkran kippte mit einem gewaltigen Krachen wie ein sterbender Dinosaurier um. Ein Bohrturm sackte in sich zusammen. Rauchwolken stiegen auf. Das Licht der Flammen tauchte alles in ein unheimliches, pulsierendes Gelb.

Schließlich hob das Luftschiff den Bug und glitt in die Wolken davon.

Unten am Boden, in sicherer Entfernung zu dem riesigen, zuckenden Scheiterhaufen, der einst Anlage Nummer 137 gewesen war, zählte Uhrkraft die Überlebenden, die sich um ihn geschart hatten. Von den ursprünglich fast zweihundert Arbeitern waren nur noch knapp fünfzig am Leben.

Vor der Morgendämmerung erlagen weitere zwanzig von diesen fünfzig ebenfalls ihren Verletzungen. Die Sterbenden lagen zitternd und keuchend im Sand, und es gab nichts, was ihr Vorgesetzter oder irgendwer sonst hätte tun können, als zuzusehen, wie sie langsam und qualvoll verendeten.

Uhrkraft selbst hatte den größten Teil der Haut seines linken Arms und der Wange verloren. Eine Augenbraue war versengt. Schmerz und Schock machten ihn benommen.

Aber während das Trostlose Bohrloch zu einem Haufen rauchendem Schutt verkam, entzündete sich ein Feuer anderer Art in seinem Bauch.

Zwei sehr schlechte Neuigkeiten

Sie bekam die Gedanken nicht aus ihrem Kopf. Obwohl sie versuchte, alles von sich wegzuschieben, was Lord Urironson gesagt hatte, gelang es ihr nicht. Seine Worte hatten sich in ihren Geist gegraben und nagten wie ein Wurm an ihr.

Jedes Mal, wenn Lady Aanfielsdotter über den Flur ging, durch einen Schacht flog oder einen Raum betrat, hatte sie das Gefühl, als würde sie verstohlen gemustert. Die Leute, an denen sie vorbeikam, warfen ihr einen Blick zu und sahen dann sofort wieder zur Seite. Wenn sie gegrüßt wurde, kam es ihr so vor, als würde in den Worten mehr mitschwingen als das, was sie tatsächlich sagten. Jedes *Hallo* oder *Wie geht es Ihnen?* wirkte bedeutungsschwanger. Selbst Freunde und enge Vertraute waren in ihrer Gegenwart auf der Hut, oder zumindest kam es ihr so vor. Die Gespräche wirkten zurückhaltend, als hätten sie eine ganze Menge mehr zu sagen, würden es aber aus Angst, sie aufzubringen, verschweigen.

Sie glaubte hören zu können, wie hinter ihrem Rücken geflüstert wurde. Manchmal hatte sie das Gefühl, dass sogar gekichert wurde.

Es spielte keine Rolle, wie oft sie sich sagte, dass sie dumm und paranoid war. Sie konnte den Verdacht, dass Lord Urironson recht hatte, einfach nicht abschütteln.

Die Stimmung im Sanktuarium war nervös und angespannt. Die Leute machten sich Sorgen, und sie gaben ihr die Schuld dafür. Niemand beschuldigte sie direkt wegen irgendetwas. Niemand kam heraus und sagte, was er dachte. Aber sie konnte es in ihren Augen sehen.

Nicht alle halten Toleranz für Schwäche, Farris, hatte sie gesagt.

Viele tun es, hatte Lord Urironson geantwortet. *Nicht wenige in dieser Stadt.*

Es verbesserte die Situation nicht gerade, dass sie zwei sehr schlechte Nachrichten von der Erde erhielt.

In Kraterheim hatte es einen Zwischenfall mit zwei Luftlingen gegeben. Die Berichte waren ungenau, aber es schien, als hätte ein Mob von Stadtbewohnern sich gegen die Luftlinge verschworen, wonach eine Art Vergeltungsmaßnahme stattgefunden hatte, die zu einer Reihe von geringeren Verletzungen einiger Erdlinge geführt hatte. Offenbar war ein Düsterspäher darin verwickelt gewesen.

Lady Aanfielsdotter wusste nicht, was sie von dieser Geschichte halten sollte, aber ein Instinkt, eine Intuition sagte ihr, dass sie die Leute kannte, um die es ging. Es gab viele Düsterspäher. Es musste nicht der der Greifthalers sein. Und doch war sie überzeugt davon, dass Cassies Familie irgendwie mit der Sache zu tun hatte.

Die andere Neuigkeit besagte, dass Westöl jeden Kontakt zu der Anlage Nummer 137 verloren hatte. Telegramme kamen nicht mehr durch. Es kamen auch keine Lastwagenlieferungen mit raffiniertem Öl mehr von dort.

Grund genug, alarmiert zu sein, sagten die Führungskräfte von Westöl.

Lady Aanfielsdotter stimmte ihnen zu.

Sämtliche Hoffnung, die sie jetzt noch hatte, ruhte auf der *Cerulean*. Wenn Az und Mr. Mordadson in ihrer Mission versagten, würde ihre Position im Sanktuarium bedroht sein. Wichtiger allerdings war, dass dies auch für die gesamte gerade erst zustande gekommene Beziehung zwischen den Luftlingen und den Erdlingen galt.

Sie wartete auf gute Nachrichten aus Rotturm.

Und wartete.

Gefahren in der Unwirtlichen Wüste: ein Exkursionsführer

Es war eine beschwerliche Reise.

Als die Zivilisation mehr und mehr versandete und es nur noch Wüste gab, verkamen die Straßen zu ungepflasterten Wegen – sofern es überhaupt welche gab. Was es gab, waren mit Kies gefüllte größere Schlaglöcher und eine holprige, steinige Oberfläche. Hier und da verschwammen die Straßenränder mit dem Gelände jenseits davon, so dass es fast unmöglich war zu sagen, wo das eine endete und das andere begann. Hin und wieder fanden sich am Straßenrand auch die rostigen Reste von Lastwagen, die halb im Sand vergraben lagen und ein Zeugnis der Macht der Wüste waren, selbst die kräftigsten Transportmittel überwinden zu können.

Der halb abgedeckte Pritschenwagen versuchte immer wieder, sich auf die Seite der zurückgelassenen Lastwagen zu stellen, denn im Schnitt brach er dreimal am Tag zusammen. Entweder verstopfte Erde die Luftansaugleitungen des Motors, oder der Kühler überhitzte sich, oder Sand gelangte in die Bremszylinder und blockierte ein Rad. Der Pritschenwagen war ganz und gar nicht geeignet für eine solche Umgebung. Aber Dan sorgte dafür, dass er weiterfuhr. Seine Fähigkeiten als Mechaniker wurden immer wieder einer neuen Prüfung unterzogen, aber jedes Mal meisterte er die Herausforderung siegreich.

Bei einer dieser Gelegenheiten lag er rücklings unter dem Pritschenwagen und verschloss gerade eine Lücke an der Ölwanne, als er eine Berührung an seinem Knöchel spürte. Es fühlte sich an wie ein Streicheln oder Kitzeln.

Augenblicklich erstarrte er. »Gerald?«, fragte er leise. »Sind Sie da?«

Vikar Hartschutt stand hinten beim Wagen und sah auf den Kompass, während er zugleich Ausschau nach möglichen Räubern hielt. »Ja.«

»Da is was an meinem Fuß.«

Hartschutt ging zu der Stelle, an der Dans Beine unter dem Wagen hervorlugten.

»Und? Was is es?«

Hartschutts Antwort war kaum mehr als ein Wispern. »Keine Bewegung, Dan.«

»Ich habe mich nich bewegt.«

»Bleiben Sie so liegen.«

»Schön, aber was is es?«

Keine Antwort.

Das Kitzeln wurde schlimmer. Etwas erforschte seinen Knöchel – etwas Kleines mit scharfen Klauen oder Fühlern.

Dan hatte große Angst. Augenblicklich schwitzte er aus allen Poren, und sein Mund war staubtrocken.

Eine Zeitlang, die ihm wie eine Ewigkeit vorkam, geschah gar nichts. Er konnte Hartschutt nicht sehen und fragte sich schon, ob der Vikar überhaupt irgendetwas tat.

Dann ertönte lautes Scharren, das auf Aktivität hinwies, ein Schlag und ein nasses, erstickendes Geräusch, und schließlich erklangen die Worte, nach denen er sich so gesehnt hatte: »Es ist jetzt in Ordnung. Sie können rauskommen.«

Er rutschte unter dem Wagen hervor und sah Hartschutt mit dem Jagdmesser in der Hand vor sich. Auf der Klinge war die hässlichste Kreatur aufgespießt, die Dan Greifthaler jemals in Augenschein genommen hatte. Sie war so widerwärtig, dass ein Schaufelwolf dagegen aussah wie ein niedliches Kätzchen.

»Skorpifüßler«, sagte Hartschutt.

Das Ding lebte noch, zuckte und wand sich um das Messer herum. Es war eine Handspanne lang und hatte vier Greifzangen, ein Dutzend kleine blauschwarze Augen, die wie Holunderbeeren wirkten, und einen segmentierten Körper mit einem Beinpaar in jedem Segment. Der Unterleib war kegelförmig und gabelte sich dann in drei

Schwänze. Jeder einzelne war mit Widerhaken versehen, die an der Spitze eine halb transparente Knolle hatten, und jede Knolle enthielt ein Gift in einer anderen Farbe: gelb, rot und schwarz. Das Gift sickerte jetzt heraus und platschte nutzlos auf den Boden. Dickes, dunkles Zeug lief die Klinge von der Stelle entlang, an der sie den Brustkorb des Skorpifüßlers durchbohrt hatte.

»Es benutzt für jede Beute ein bestimmtes Gift«, sagte Hartschutt und deutete auf die Schwänze. »Gelb für andere Insekten, rot für Reptilien und schwarz für Säugetiere. Jedes ist so beschaffen, dass es die betreffende Spezies sofort tötet. Sie zum Beispiel wären mit dem schwarzen Zeug gestochen worden, und Ihr Herz hätte nach wenigen Sekunden aufgehört zu schlagen. Eine sehr raffinierte Kreatur, wirklich.«

»Vielleicht«, sagte das Zielobjekt des Skorpifüßlers. »Aber ich wäre glücklicher, wenn diese ›raffinierte Kreatur‹ noch ein bisschen toter wäre.«

»Natürlich.«

Hartschutt schleuderte den Skorpifüßler auf den Boden und zertrat ihn mit dem Schuh.

»Schönes Messer, nebenbei«, sagte Dan und wischte sich mit dem Ärmel über die feuchte Stirn.

»Nicht wahr? Ich habe es von meinem Vater bekommen, als ich einundzwanzig wurde.«

»Ihr Hochländer. Bei euch geht's immer um Waffen und Jagen. Mich wundert, dass Sie es noch tragen … als Vikar.«

Hartschutt grinste. »Sie können den Jungen aus den Bergen rausnehmen, aber sie können nicht die Berge aus dem Jungen rausnehmen. Also, was ist jetzt mit den Reparaturen? Geht's voran?«

»Müsste gleich so weit sein.« Dan kroch wieder unter das Fahrzeug. Er nahm sich allerdings die Zeit nachzusehen, ob nicht noch weitere Skorpifüßler in der Nähe lauerten, dann nickte er in Richtung des Messers. »Am besten, Sie halten's bereit, ja? Nur für den Fall.«

Hartschutt wischte die Klinge an seinem Gewand ab. »Keine Sorge, Dan. Sie sind viel zu wertvoll für mich, als dass ich Sie so leicht verlieren möchte.«

Auch aus dem Pflanzenreich drohten in der Unerbittlichen Wüste Gefahren. Am nächsten Morgen nach dem Frühstück machte Dan sich auf die Suche nach einem Platz, an dem er sich erleichtern konnte. Ein großer Haufen Büsche schien das ideale Fleckchen zu sein, gewährte es ihm doch Schutz und ein bisschen Abgeschiedenheit, bis er den Vikar rufen hörte: »Ich würde da an Ihrer Stelle nicht hingehen.«

»Wieso nich?«

»Quaddelwurz. Es stößt eine Wolke aus ätzendem Nebel aus, wenn es gestört wird. Wir haben so was Ähnliches im Hochland. Es brennt wie Feuer, und die Blasen bleiben tagelang.«

»Ah. Verstanden.«

Dan ging vorsichtig auf Zehenspitzen um die Quaddelwurzbüsche herum und suchte sich einen anderen Platz, um sein Geschäft zu erledigen, einen weit weg von jeder Vegetation.

Nicht alle Schwierigkeiten, mit denen sie es zu tun hatten, bestanden aus Lebewesen. Später am Nachmittag erhob sich ein heftiger Sandsturm, der den Pritschenwagen einhüllte und so kräftig schüttelte, dass es unmöglich war, noch weiterzufahren. Es blieb ihnen gar nichts anderes übrig, als anzuhalten und darauf zu warten, dass der Sturm vorüberging.

Er wütete eine Stunde lang, stieß gegen den Lieferwagen und seine Insassen. Dan sah, wie der Sturm kleine Sandpartikel gegen die Windschutzscheibe schleuderte, wo sie Kratzer verursachten. Hin und wieder fühlte es sich an, als würde der Pritschenwagen beinahe vom Boden hochgehoben und um die eigene Achse geschleudert werden. Aber irgendwie schaffte er es, stehen zu bleiben.

Während der Sandsturm tobte, sagte Hartschutt mit grimmiger Miene: »Sie fragen sich inzwischen sicher, ob es das alles wert ist.«

Der Gedanke war seinem Begleiter tatsächlich gekommen. »Ich weiß nich, was härter is«, erwiderte Dan. »Dahin zu gehen, wo wir hingehen, oder die Tatsache, dass ich meine Kinder zurücklassen und über alles im Dunkeln lassen musste. Ich hab sie noch nie zuvor auf solche Weise verraten.«

»Es war notwendig. Wir sind uns beide darüber einig gewesen. Sie würden nicht wollen, dass sie das gleiche Risiko eingehen wie Sie.«

»Aber wenn ich hier draußen sterbe, werden sie nie erfahren, was aus mir geworden is ...«

»Wir werden nicht sterben, Dan.«

»Sie klingen ziemlich überzeugt.«

»Vertrauen Sie mir«, sagte Hartschutt mit einem schiefen Lächeln. »Ich bin ein Vikar.«

»Aber was is, wenn dieser Platz, nach dem wir suchen, gar nich existiert?«

»Er existiert.«

»Aber Sie haben ihn noch nie gesehen. Sie waren noch nie dort.«

»Ein Vikar nach dem anderen hat mir im Laufe der Jahre davon erzählt. Es ist ein offenes Geheimnis in unserer Bruderschaft.«

»Und Sie glauben wirklich, dass wir das Zeug, das dort aufbewahrt wird, brauchen?«

»Das glaube ich. Ich glaube, dass es ›Zeug‹ ist, das uns den Weg in ein besseres Morgen ebnen wird. Es wird eine gerechtere Basis zwischen uns und den Luftlingen schaffen. Es wird uns und sie in die Lage versetzen, als Gleichberechtigte miteinander umzugehen – als wahre Gleichberechtigte. Es ist die beste Chance unseres Volkes, für unsere Zukunft zu sorgen. Verstehen Sie, Dan, solange die Luftlinge auf uns heruntersehen, buchststäblich und übertragen, werden wir für sie nie mehr sein als irgendetwas Unangenehmes unter ihren Füßen. So ähnlich wie dieser Skorpifüßler. Etwas, das sie lieber zerquetschen als umarmen würden. Aber wir können das ändern, Sie und ich, und das werden wir auch.«

Dan dachte an Az, den einen Luftling, den er gut kannte. Der Junge zählte nicht zu denen, die auf irgendwen runtersahen. Aber Az war natürlich nicht repräsentativ für seine Art, oder? Die Luftlinge sahen auch auf ihn runter. Es gab also keinen Grund zu glauben, dass der Rest von Az' Rasse nicht so war, wie Hartschutt es beschrieben hatte. Immerhin hatten sie Jahrhunderte damit verbracht, überhaupt nicht zu bemerken, dass es Erdlinge gab. Sie hatten vom Schweiß der Erdlinge gelebt und praktischerweise vergessen, dass sie es waren, die ihnen ihr angenehmes Leben ermöglichten. Und Tatsache war, dass die Erdlinge so viel von ihrem materiellen Reichtum abgaben wie eh und je und dafür lediglich billigen Schmuck und Nippes erhielten. Das war nicht in Ordnung.

Den ganzen Weg von Bittertal bis hierher hatte Hartschutt diese Argumente immer wieder beharrlich von sich gegeben. Er hatte behauptet, dass seine vorgeschlagene Lösung funktionieren würde. Es würde der erste Schritt in die Richtung sein, die Waagschale auszugleichen, die sich bisher deutlich zugunsten der Luftlinge neigte.

Dan war wieder überzeugt. Obwohl der Sandsturm noch immer gegen den Pritschenwagen antobte, spürte er in sich eine neue, feste Entschlossenheit. Er hatte sich bereits entschieden, den Vikar zu mögen. Jetzt begann er den Mann sogar zu bewundern.

Der Sandsturm ließ nach und verklang dann ganz.

Mit Hilfe der Schaufeln und Hacken, die sie in Rauchschwalbes Praktischem Warenzentrum erworben hatten, gruben die beiden Männer die Räder des Pritschenwagens aus dem Treibsand aus, der sich um sie gesammelt hatte. Erneut säuberte Dan die Luftfilter.

Die Reise durch die Unerbittliche Wüste ging weiter.

Abwesenheit eines Beweises

Rotturm war – wenig überraschend – rot und bestand aus vielen Türmen.

Der Legende nach war es unmöglich, alle Türme zu zählen. Wer immer es versucht hatte, zählte entweder einen Turm weniger oder einen mehr, als zuvor gezählt worden war.

Der Legende nach war Rotturm auch die erste Himmelsstadt, die je errichtet worden war. Oder die letzte. Das eine oder das andere.

Sicher war jedoch, dass Rotturm in der äußersten südlichen Spitze des Westlichen Quadranten lag. Es war die am weitesten abseits liegende Himmelsstadt. Sie befand sich am Rand des Reiches der Luftlinge.

Ein Ausreißer, dachte Az. *Wie ich*.

Dann befahl er sich zu schweigen. Er war entschlossen, nicht über Gyre nachzudenken, über Ausreißer oder irgendetwas anderes, das mit der sogenannten Prophezeiung des Ultimativen Rechners zusammenhing. Er schob alle derartigen Gedanken in die hinterste Ecke seines Gehirns und ließ sie in der Dunkelheit zurück, wo sie verkümmern und sterben konnten.

Also: Rotturm.

Wie ein riesiges scharlachrotes Nadelkissen.

Nein, wie eine umgedrehte Haarbürste mit hunderten von leuchtend roten Borsten.

Was immer sie darstellte, da lag sie, direkt vor ihnen. Ihr Ziel. Das Ende ihrer Reise.

Und die *Cerulean* näherte sich ihr langsam, begleitet von einer Eskorte von Flugwächtern. Dies war sowohl eine notwendige Vorsichtsmaßnahme wie auch eine Zurschaustellung ihrer Kraft. Niemand wusste, was sie von Rotturm zu erwarten hatten. Niemand hatte irgendeine Ahnung, welchen Empfang die *Cerulean* erhalten würde.

»Ich sehe gar kein Luftschiff«, bemerkte Rigz, während er die Stadt musterte.

»Sie könnte auf der anderen Seite vor Anker liegen«, sagte Az. »Deshalb werden wir eine Runde drehen.«

Die *Cerulean* wollte auch deshalb noch eine Runde um Rotturm drehen, damit alle Einwohner wussten, dass sie da war.

Es dauerte eine halbe Stunde, die gesamte Himmelsstadt zu umkreisen. Die Flugwächter blieben die ganze Zeit über in perfekter Formation. Sie flogen in V-förmigen Einheiten, sieben Mann pro Gruppe. Geschwaderkommandeur Iaxson hielt sie mit Rufen und Pfiffen dicht zusammen. Er gestattete niemandem von den Flugwächtern, mehr als einen Meter von seiner Position abzurücken. Es war Konfigurationsfliegen in seiner besten und präzisesten Form.

Sie fanden kein Luftschiff. Auf der städtischen Landefläche von Rotturm befand sich die übliche Mischung aus Einsitzer-Flugzeugen, Flugbussen, Frachttransportern, Helikoptern, Lufttaxen und privaten Passagiertaxen, aber nichts erinnerte auch nur entfernt an einen Truppentransporter, der über die Leichter-als-Luft-Technik verfügte.

»Sie gehen nicht davon aus, dass alles nur falscher Alarm war?«, fragte Az Mr. Mordadson.

»Nein, das tue ich nicht«, kam die Antwort zwischen dünn zusammengepressten Lippen. »Die Abwesenheit eines Beweises ist nicht das Gleiche wie der Beweis der Abwesenheit. Fliegen wir rein, und docken wir an. Das Luftschiff ist vielleicht nicht hier, aber jemand in der Stadt wird wissen, wo es ist.«

Ein riesiger kollektiver Kater

Die Stille war unheimlich. Als würde ganz Rotturm schlafen, wenn nicht gar Schlimmeres geschehen war.

Az, Mr. Mordadson, Geschwaderkommandeur Iaxson und drei Flugwächter stapften über die Landefläche und warteten darauf, dass jemand sie begrüßte und fragte, was sie wollten.

Aber es kam niemand. Auf der Landefläche standen lediglich geparkte Flugzeuge, aber es war nicht ein einziger Luftling zu sehen. Die Flugwächter hielten ihre Lanzen fest in den Händen und blickten sich wachsam und unbehaglich um.

»Es ist halb zwölf Uhr mittags«, sagte Mr. Mordadson. »Man sollte meinen, dass irgendjemand hier herumläuft.«

Sie gingen weiter in die Stadt hinein. Überall gab es Hinweise darauf, dass Rotturm eigentlich ein bewohnter Ort war, ein geschäftiger Ort. Zwar waren die Geschäfte geschlossen, aber in den Schaufenstern lagen Waren. Die öffentlichen Brunnen waren in Betrieb. Auch um die Pflanzen in den städtischen Parks hatte sich jemand mehr oder weniger gekümmert.

Und dennoch, trotz all dieser Hinweise auf Normalität, waren keinerlei Leute zu sehen. Wo waren sie?

Schließlich entdeckten sie doch welche, auf einem dreieckigen Platz zwischen drei Türmen.

Drei Männer und zwei Frauen lagen ziemlich wirr durcheinander auf einem Haufen. Ihre Köpfe berührten sich, und sie hatten Arme und Flügel umeinandergeschlungen.

Mit trockenem Mund fragte Az: »Sind sie …?«

»Tot?« Mr. Mordadson trat einen Schritt näher an die Körper heran, schnupperte und richtete sich wieder auf. »Nein. Sturzbetrunken. Sieh nur.« Er deutete auf einen Haufen leerer Weinflaschen, die bei den Schlafenden lagen. »Sie müssen ganz schön gefeiert haben.«

»Sollen wir sie aufwecken?« fragte Iaxson.

»Wieso nicht?«

Die Flugwächter genossen es sehr, mit ihren Lanzen auf die Schläfer losgehen zu können.

»Los jetzt, faules Pack!«

»Hoch mit euch, macht schon!«

Bald waren alle fünf auf den Beinen und standen verschlafen in einer ungeordneten Reihe vor Mr. Mordadson. Er ließ sein Silber-Sanktuariums-Siegel aufblitzen und begann sie zu befragen.

Es stellte sich heraus, dass nicht nur diese fünf, sondern ganz Rotturm in der Nacht zuvor gezecht hatte. Offenbar war das nicht ungewöhnlich. Ungefähr einmal im Monat versank Rotturm in einem gewaltigen Besäufnis. Die Stadtbevölkerung tanzte und trank von der Abend- bis zur Morgendämmerung, und dann verbrachte sie den nächsten Tag in einem Zustand der Verwirrung und kurierte einen riesigen kollektiven Kater aus.

»Wie nett«, sagte Mr. Mordadson. »Haben diese Feiern einen bestimmten Grund?«

»Nein«, sagte einer von ihnen mit einem Schulterzucken. Seine Augen waren blutunterlaufen. »Wir haben nur einfach Lust dazu.«

»Es ist eine Tradition«, sagte ein anderer.

»Was ist mit euren Kindern?«, fragte Az. »Was passiert mit ihnen, wenn die Erwachsenen sich besinnungslos betrinken?«

»Wo sind Ihre Flügel? Sind Sie ein Erdling?«

»Nein, bin ich nicht. Und jetzt antworten Sie.«

»Unsere Kinder? Sie bleiben mit uns auf. Am nächsten Morgen sind sie gewöhnlich so erschöpft, dass sie lange schlafen, und daher können auch die Eltern etwas mehr Schlaf bekommen, was sie dringend nötig haben. Ist das jetzt alles? Mein Kopf tut nämlich weh, und ich würde wirklich gern wieder die Augen zumachen und noch ein bisschen pennen, wenn Sie nichts dagegen haben.«

»Oh doch, allerdings«, sagte Mr. Mordadson. »Ich habe sehr viele Fragen. Wie auch immer, aus Respekt gegenüber den besonderen Umständen, in denen Sie sich befinden, werde ich mich auf eine beschränken. Wo ist das Luftschiff?«

Alle fünf Einwohner von Rotturm scharrten mit den Füßen und schüttelten die Flügel. Niemand war begierig, darauf zu antworten.

»Kommt schon«, sagte Mr. Mordadson. »Ihr wisst alle, wovon ich rede. Aber es scheint, als würde ich mich nicht klar genug ausdrücken. Vielleicht sollte ich ETWAS LAUTER SPRECHEN.«

Tatsächlich rief er diese Worte, und die fünf zuckten zusammen und zogen eine Grimasse. Laute Geräusche waren unangenehm, wenn man unter den Folgen von zu viel Alkohol litt.

»UND?«, fragte Mr. Mordadson weiter. »WER VON EUCH ERKLÄRT MIR JETZT, WAS MIT DEM LUFTSCHIFF IST? HÄH?« Er brüllte ihnen regelrecht ins Gesicht. »ODER ZIEHT IHR ES VOR, DASS ICH **RICHTIG LAUT WERDE?**«

»Schon gut, schon gut«, sagte eine der Frauen und griff sich an die Stirn, als versuchte sie, ihr Hirn daran zu hindern auszulaufen. »Bitte. Wir werden Ihnen alles sagen. Nur … sprechen Sie bitte leiser.«

»Es ist liegt an Naoutha«, sagte einer der fünf. »Naoutha Nisrocsdotter.«

»Sie und ihre Bande«, sagte ein anderer. »Sie sind dafür verantwortlich.«

»Interessant«, sagte Mr. Mordadson. »Erklärt mir das.«

Und stockend taten sie es.

Verlorene
Tochter

Rotturm hegte seit langem einen Groll. Weil es so weit weg von allem war, hatte es immerzu das Gefühl, nicht beachtet und übersehen zu werden. Es spürte, dass der Rest des Luftlings-Volkes sich nichts aus ihm machte und lieber so tat, als würde es Rotturm gar nicht geben.

Im Großen und Ganzen kam die Stadt gut damit zurecht. Sie bezog ein perverses Vergnügen daraus, am Rand zu liegen, isoliert zu sein und ignoriert zu werden. Deshalb fanden dort auch solche Sachen statt wie monatliche Riesen-Partys – damit zeigte man, wie wenig man sich aus konventionellem Verhalten und den Feinheiten des höflichen Umgangs machte, wie er in der Gesellschaft üblich war. Andere Himmelsstädte waren für Rotturm ein hochnäsiger Klub, zu dem es gar nicht gehören wollte. Da es von den anderen zurückgewiesen wurde, wies es diese ebenfalls zurück.

Dennoch ärgerte sich Rotturm über die Art und Weise, wie es links liegen gelassen und missachtet wurde. Es gab eine lange Liste von Klagen, und bei vielen handelte es sich um legitime Beschwerden. Zum Beispiel wurde, wer immer sich aus Rotturm beim Silber-Sanktuarium bewarb, abgelehnt (gewöhnlich mit der Begründung der »respektlosen Einstellung«). Und dann war da die Tatsache, dass von allen Himmelsstädten allein Rotturm nicht direkt von der Erde beliefert wurde, sondern es sich die Waren über seine Nachbarn beschaffen musste. Dies bedeutete einen kräftigen Preisanstieg, was damit begründet wurde, dass die Waren einen langen Weg zurücklegen mussten und es zusätzliche Transportkosten gäbe. Dennoch wurden die Waren, die Rotturm verließen, für den gleichen Preis verkauft wie die aus anderen Orten. War das etwa gerecht? Nein, das war es nicht.

Rotturm befand sich also in einem Dilemma. Es sehnte sich nach Respekt und angemessener Behandlung, aber gleichzeitig konnte es sich nicht dazu überwinden, in einer angemessenen, respektablen Weise zu handeln.

Das Gefühl der Stadt, ungerecht behandelt zu werden, hatte sich noch einmal verstärkt, als die Anwesenheit von Erdlingen offiziell anerkannt wurde und der Bilaterale Vertrag unterzeichnet worden war. Plötzlich musste Rotturm einen weiteren Aufpreis auf Gebrauchsgüter zahlen, als Ausgleich dafür, dass dies auch die anderen Himmelsstädte tun mussten.

Das war der Augenblick gewesen, als Naoutha Nisrocsdotter beschlossen hatte, die Sache in die eigenen Hände zu nehmen.

Naoutha war selbst für Rotturm-Verhältnisse eine Rebellin. Geboren mit schwarzen Flügeln, gehörte sie zu einer kleinen Minderheit. Als Kind war sie unverschämt und frech gewesen, als Teenager hoffnungslos rabaukenhaft. Als sie das Erwachsenenalter erreicht hatte, war sie völlig außer Kontrolle geraten und hatte eine Bande von etwa vierzig oder fünfzig Gleichgesinnten um sich geschart. Während die Stadt zufrieden damit war, einmal im Monat eine ausgelassene Party zu feiern, hatten Naoutha und ihre Freunde sich das Ziel gesetzt, jede Nacht zu trinken und fröhlich zu sein. Sie waren Unruhestifter, und die Stadt gab sich alle Mühe, sie zu zähmen, aber ohne Erfolg. Man konnte Naoutha einfach nicht kontrollieren. Ihr ganzes Leben lang war sie mit den schwarzen Flügeln eine Außenseiterin gewesen. Ihretwegen war sie in der Schule schikaniert worden und hatte lernen müssen, zurückzuschlagen. Sie hatte Rotturms Ausgestoßenen-Moral übernommen und auf eine neue Stufe gestellt. Für die meisten Leute war sie der Anlass, verzweifelt die Augen zu verdrehen, aber diejenigen, die sie bewunderten, taten das voller Inbrunst. Ihre junge Gruppe von Anhängern huldigte der Luft, die sie durchflog. Sie waren ebenso sehr Schüler wie Saufkumpane. Sie herrschte über sie, und sie liebten sie und hätten alles für sie getan.

Nicht nur das, sie waren noch dazu auf Pterin.

Pterin war eine Entspannungsdroge, ein Stimulans, das aus einem hormonellen Sekret gewonnen wurde, das sich in der Gallenblase von Adlern fand. Starkes Zeug, das die Reflexe schärfte und die Kraft und Ausdauerfähigkeit des Körpers erhöhte. Solange die Droge wirkte, hatte man das Gefühl, ein Paar zusätzliche Flügel zu besitzen. Man fühlte sich wunderbar. Unbesiegbar. Unzerstörbar.

Aber natürlich machte es furchtbar süchtig. Und es war auch furchtbar teuer. Naoutha und ihre Gruppe benutzten Pterin in hohen Dosen, und da niemand von ihnen gut darin war, eine Arbeit zu behalten, mussten sie eine andere Methode finden, um sich ihre Angewohnheit zu sichern.

Dies war der Augenblick, in dem sie begonnen hatten, Reisen zur Erde zu unternehmen.

Als sie erfahren hatten, dass es da unten Menschen gab, witterte Naoutha sofort eine kommerzielle Chance. Sie begann mit Erkundungszügen, bei denen sie häufig von ihrer Gruppe begleitet wurde. Sie flogen hinab und besiegten die Erdkrankheit durch bloße Willenskraft, oder zumindest behaupteten sie das, denn es wurde vermutet, dass sie sich vorher mit Pterin eingedeckt hatten, um sich gegen die schlimmsten Symptome ihres Körpers zu wappnen.

Sie kehrten mit außerordentlichen Geschichten über das, was sie unten in der Umgebung von Rotturm gefunden hatten, zurück. Zum größten Teil stießen sie auf Wildnis – riesige Gebiete unkultivierten Landes, zerklüftet, unfruchtbar, furchterregend. Es gab Bereiche, in denen sich Behausungen der Erdlinge befanden, aber es waren wenige, und die wenigen lagen weit auseinander. Ansonsten herrschte einfach nur Leere.

Und dann kamen sie eines Tages mit einem Luftschiff zurück.

Es war alt und heruntergekommen, und es war schon ein Wunder, dass es überhaupt fliegen konnte. Naoutha und ihren Leuten gelang es, darin bis nach Rotturm zu fliegen, aber sie weigerten sich zu verraten, wo sie es gefunden hatten. Stattdessen machten sie sich daran, es wiederherzustellen. Begeistert arbeiteten sie daran, Löcher im Segeltuch des Ballons zu flicken und die schwächelnden Motoren wieder in Gang zu bringen, zerbrochene Propellerflügel durch neue zu ersetzen, die sie selbst schmiedeten. Das notwendige Material plünderten sie oder liehen es sich aus. Sie verbrachten Wochen damit, das Luftschiff wieder in den guten Zustand von früher zu versetzen, und dann – zweifellos als Tribut an Naouthas Flügel und ihren eigensinnigen Kleidungsstil – malten sie sie schwarz an und brachten auf den Heckflossen – schwarz auf rot – das Motiv eines Totenschädels mit darunter gekreuzten Federn an.

Man konnte ziemlich sicher davon ausgehen, dass es sich bei dem Luftschiff um einen ehemaligen Truppentransporter aus der Kriegszeit handelte, obwohl niemand wusste, auf welcher Seite er eingesetzt worden war oder wieso er die Zeit überdauert hatte, während alle anderen stillgelegt worden waren. Der einzige Hinweis auf seinen Ursprung war das Zeichen der Himmelsstadt an den Heckflossen. Bevor dort Naouthas eigenes Emblem Platz fand, hatten die Heckflossen die Farben von Lichtfeld getragen.

Wie immer das Luftschiff auch vorher geheißen haben mochte, Naoutha hatte es *Behemoth* genannt, ein Name, der so gut war wie jeder andere.

Eines Abends hoben Naoutha und ihre Gang mit der *Behemoth* ab und verschwanden für mehrere Tage. Als sie zurückkehrten, brachten sie beachtliche Ladungen von Holz und Kohle mit. Sie boten der Stadt die Waren für einen vernünftigen Preis an, der unter dem lag, der gewöhnlich für solche Dinge verlangt wurde, und die Stadt kaufte es entsprechend vernünftigerweise. Es wurden keine Fragen gestellt. Unter den Beamten von Rotturm setzte sich die Auffassung durch, dass Naoutha irgendwo mit ein paar Erdlingen einen Handel abgeschlossen haben musste. Das war jedenfalls das, was sie selbst dazu sagte. Es war ein günstiges Angebot, und deshalb wollten sie nicht zu sehr darüber nachdenken, woher die Sachen kamen oder wie Naoutha an sie gekommen war.

Sie reagierten auf die gleiche Weise, als die *Behemoth* mit einer Ladung Stahl zurückkehrte.

Und erst recht, als sie mit Fässern voller Treibstoff kam.

Mehr als alles andere freute es Rotturm, dass Naoutha sich in ihrem Verhalten offenbar gebessert hatte. Sie und ihre Gruppe waren immer noch auf Pterin, aber abgesehen davon waren sie zu Unternehmern geworden, die ihrer Heimatstadt helfen wollten. Aus Naoutha war also schließlich doch noch etwas geworden. Die verlorene Tochter hatte sich in eine ordentliche Bürgerin von Rotturm verwandelt.

Wobei sie seit fast einer Woche nicht mehr gesehen worden war. Es wurde vermutet, dass sich die *Behemoth* auf der Suche nach neuen Gütern befand; Naoutha hatte vor, weitere Erdlinge ausfindig zu machen, mit denen sie handeln konnte.

Und das war alles, was die fünf verkaterten Bewohner von Rotturm über das Luftschiff und seine Crew wussten.

Oder besser: fast alles.

Das Luftschiff-Mausoleum

»Und wenn ich Ihnen jetzt sage, dass diese Naoutha die Sachen gar nicht gekauft, sondern gestohlen hat?«, fragte Mr. Mordadson. »Was würden Sie dazu sagen?«

Die Rotturmer wechselten Blicke. Dann sagte einer von ihnen: »Nun, das würde erklären, warum Sie mit den Flugwächtern gekommen sind.«

»Gestohlen?«, fragte jemand anders. »Wirklich?«

»Aber das wussten Sie doch die ganze Zeit«, sagte Mr. Mordadson. »Tun Sie nicht so überrascht. Sie wollten es nicht wissen, Sie wollten es ganz sicher nicht laut sagen, aber Sie wussten es. Ihre Stadt hat sich einen kleinen Schwarzmarkt gegönnt, und niemand hatte Lust, tiefer über das Warum und Wie nachzudenken.«

»Ist die hier zuständige Flugpatrouille nicht wenigstens ein bisschen misstrauisch geworden?«, fragte Iaxson. »Man sollte denken, dass zumindest sie Fragen stellt, wenn schon sonst niemand.«

»Das hier ist Rotturm«, kam die Antwort. »Es gibt hier keine richtige Flugpatrouille.«

»Die Fledermäuse«, sagte ein anderer der fünf mit einem verlegenen Grinsen. »So nennen wir sie, die Fledermäuse. Weil sie genauso blind sind. Weil sie es nie schaffen, irgendwelche Verbrechen zu sehen.«

»Sie werden bestochen, um sich so zu verhalten«, erklärte eine Frau. »Niemand hat ein ernstes Interesse daran, dass die Flugwächter ihre Schnäbel in die Angelegenheiten anderer Leute stecken. Dafür sorgt ein monatliches kleines Extrageld in ihren Lohntüten.«

»Es ist unser System«, sagte eine vierte Stimme. »Es war immer so.«

Iaxson zog ein finsteres Gesicht und spuckte aus. »Ja, das klingt nachvollziehbar. Ein Ort wie dieser kriegt die Art von Wachen, die er verdient.«

Der fünfte nickte zustimmend, als hätte der Geschwaderkommandeur etwas Positives gesagt.

Mr. Mordadson wandte sich an Az. »Was schlägst du

vor? Haben wir genug Informationen erhalten, um diese *Behemoth* zu finden?«

»Nicht wirklich, aber ich glaube nicht, dass wir von diesem Haufen noch etwas Nützliches erfahren werden.«

»Da könntest du recht haben. Und ich fürchte, es würde auch nichts helfen, sie noch einmal anzuschreien.«

Einer der Männer sagte: »Ich weiß nicht, ob es hilft, aber ich bin vor kurzem auf jemanden von Naouthas Gang gestoßen und habe mich kurz mit ihm unterhalten. In einer Bar, genau genommen.«

»In einer Bar?«, fragte Mr. Mordadson ausdruckslos. »Warum schockiert mich das gar nicht?«

»Das war, kurz bevor die Behemoth weggeflogen ist«, sagte der Mann aus Rotturm unbeeindruckt. »Dieser Kerl war mit ein paar Kumpels in der Bar. Sie fallen auf, weil sie sich so ganz anders kleiden. Seide, Schals, Brokatwesten, Perlen in den Haaren und viel Leder. Zusätzlich zu den Tätowierungen und den Piercings, die sie schon immer hatten.«

»Sie tun so, als wären sie Piraten«, sagte Mr. Mordadson spöttisch. »Und noch immer hat niemand darüber nachgedacht, wo sie das Zeug herkriegen, das sie verkaufen, um die nächste Ladung Pterin zu bekommen. Oder ob die Quelle wirklich legal sein kann.«

»Möchten Sie, dass ich Ihnen die Geschichte erzähle?«

»Oh, ja, bitte. Fahren Sie fort.«

»Also wie auch immer, durch Zufall haben wir unsere Getränke gleichzeitig bestellt«, erklärte der Rotturmer, »und ich habe dem Kerl gesagt, was für eine gute Arbeit er und die Übrigen da mit dem Luftschiff hingelegt haben. Es ist ja nicht so, als könnte man in irgendeinem Buchladen ein Wartungshandbuch für Luftschiffe kaufen, oder? Und er ist sich über die verschorften Stellen in seinem Gesicht gefahren – Pterin-Schorf, den alle kriegen, die zu viel von dem Zeug nehmen – und hat gesagt: ›Ein Liebesdienst. Wir haben viel improvisiert.‹«

»Ist das alles? Was für eine bezaubernde Anekdote.«

»Nein, das ist nicht alles. Ich versuche mich daran zu erinnern, wie die Unterhaltung weiterging. Er erzählte, dass er mal ein professioneller Luftschiffmechaniker gewesen wäre, aber dann gekündigt wurde, weil sein Arbeitgeber ihn für unzuverlässig gehalten hat. Und er sagte, dass er das meiste mit Hilfe der anderen selbst repariert hätte. Sie wollten es nicht, aber Naoutha hat sie dazu gedrängt und gesagt, dass sie ihnen kein Pterin mehr geben würde, wenn sie sich nicht nützlich machen würden. Man kann härter arbeiten, wenn man auf Pterin ist. Man kann auch härter arbeiten, wenn der Pterin-Nachschub in Gefahr ist.«

»Fast bewundere ich diese Frau«, bemerkte Mr. Mordadson trocken.

»Also, ich glaube, danach habe ich was gesagt wie: ›Wieso ist es so ein großes Geheimnis, wo ihr das Luftschiff herhabt?‹ Und dieser Kerl sagte – Abuzaha Biletson war sein Name, fällt mir ein –, also er sagte: ›Es ist nur deshalb ein so großes Geheimnis, weil wir nicht wollen, dass jemand anders diesen Ort findet.‹ Und ich fragte: ›Wieso nicht?‹ Und Biletson sagte, dass da noch andere Sachen wären, die er und seine Freunde vielleicht in Zukunft gebrauchen könnten, und deshalb wollten sie alles für sich behalten, was sie über den Ort wussten.«

»Sprechen Sie weiter.«

»Also sagte ich, so als Witz: ›Komm schon, mir kannst du's doch sagen.‹ Ich dachte schon, ich hätte ihn vielleicht zu sehr gedrängt und er würde einfach nur zumachen, aber er war schon ziemlich weit gegangen und hat mir tatsächlich was über den Ort verraten. Er benutzte den Ausdruck … oh, was war es noch gleich?«

Der Rotturmer zerbrach sich den schmerzenden Kopf. Mr. Mordadson bemühte sich, seine Ungeduld zu beherrschen.

Schließlich sagte der Mann: »Ein Luftschiff-Mausoleum. Das war es. Ich bin sicher, dass er davon gesprochen hat.«

»Ein Luftschiff-Mausoleum.«

»Richtig, und er sagte, es wäre eine verrückte Mischung gewesen, gleichzeitig Museum und Grab. Dann sind die Getränke gekommen, und damit war die Unterhaltung beendet.«

»Biletson hat keinerlei Hinweis darüber verlauten lassen, wo sich dieser Ort befinden könnte? Irgendeine Richtung? Eine Entfernung? Sonst etwas?«

»Es war irgendwo im Süden, das ist alles, was ich weiß. Ziemlich weit im Süden, glaube ich.«

Mr. Mordadson seufzte. »Na schön. Es ist ein Hinweis, wenn auch kein großer. Ich möchte mich bei Ihnen dafür bedanken, dass Sie so gute, aufrechte Bürger sind. Sie sind eine Ehre für diese Stadt. Sie dürfen jetzt zusammenbrechen.«

Mit dankbarem Stöhnen sanken die fünf Rotturmer auf den Boden.

Das Schicksal der *Kaiserin von Lichtfeld*

»Lichtfeld«, sagte Az, als er sich mit Mr. Mordadson und den Flugwächtern auf dem Rückweg zur *Cerulean* befand. »Dann müsste es sich bei dem Luftschiff um die *Kaiserin von Lichtfeld* handeln.«

»Glaubst du?«, fragte Mr. Mordadson.

»Es klingt einleuchtend.«

»Die *Kaiserin von Lichtfeld*«, sagte Iaxson. »Da klingelt was bei mir. Wie kommt es, dass sie nicht wie die anderen stillgelegt worden ist?«

»Das sollte sie«, erklärte Az. »Sie stand auf der Liste. Aber der Kapitän war sentimental und konnte den Gedanken nicht ertragen, dass sie auseinandergerissen und in Stücken verkauft werden sollte, also hat er sie kurz vor der Stilllegung entführt. Sofern man sein eigenes Luftschiff wirklich entführen kann. Wie auch immer, er und ein paar andere von der Crew sind zum Schrottplatz und haben sich mit dem Luftschiff davongemacht. Dann haben sie sie irgendwo weit außerhalb der Luftrouten zurückgelassen und sind mit einem anderen Luftschiff davongeflogen. Sie ist nie wieder aufgetaucht, also muss sie langsam an Höhe verloren haben, bis sie durch die Wolkendecke gestoßen und mehr oder weniger heil auf dem Boden aufgekommen ist.

Natürlich wusste damals niemand, dass da unten Leute waren. Der Kapitän wollte sie einfach nur lieber als Ganzes und mit einiger Würde verschwinden sehen. Ich kann das verstehen. Mir würde es bei der *Cerulean* genauso gehen.«

»Hat er Schwierigkeiten bekommen?«

»Allerdings. Man hat ihn seines Postens enthoben und ihm die Pension gestrichen und die Pilotenlizenz entzogen. Das Gleiche bei seinen Komplizen. Sie alle beendeten ihre Karrieren in Unehre. Aber trotzdem wette ich, dass sie es nicht bereut haben.«

»Und jetzt ist die *Kaiserin von Lichtfeld* zurück«, sagte Mr. Mordadson. »Und in den Händen von einem Haufen Pterin-Abhängiger.«

»Ja«, sagte Az. »Was tun wir also als Nächstes?«

»Lust auf einen Trip unter die Wolkendecke?«

»Nicht sehr«, antwortete Az. »Aber ich vermute, wir haben keine andere Wahl.«

Das Gewirr

Bertha liebte die Wüste. Dies war ihr ureigenes Gelände. Dies war das, wofür ein Düsterspäher gebaut wurde.

Je rauer und holpriger die Straßen wurden, desto tiefer und kehliger wurde *Berthas* Gackern. Sie war auf gewöhnlichen Straßen nicht besonders glücklich gewesen, da Asphalt zu glatt und rutschig für jemanden wie sie war, und sie hatte die Pflastersteine von Kraterheim schon gar nicht gemocht. Hier jedoch, mit Kies und Sand, Zweigen und Gestrüpp unter ihren Ketten, dröhnte sie munter dahin und ließ eine fröhliche Staubwolke hinter sich zurück.

Ihre gute Laune wurde von den meisten Passagieren nicht geteilt.

Robert war durch den Zwischenfall in Kraterheim bei Cassie in Ungnade gefallen. Auch wenn es ein Unfall gewesen war, konnte seine Schwester nicht vergessen, dass er diese Leute tatsächlich unter Strom gesetzt hatte, eingeschlossen sie und Fletcher. Sie vermutete, dass es keine ernsten Verletzungen gegeben hatte, und fand, dass Robert in dieser Hinsicht sehr viel Glück gehabt hatte. Sie hielt ihm auch zugute, dass er verängstigt und nervös gewesen war. Dennoch war es ein gravierender Fehler gewesen, und sie war überzeugt, dass die Sache irgendwann noch ein unangenehmes Nachspiel für die Greifthalers haben würde.

In der Zwischenzeit war Colin als Resultat des gleichen Zwischenfalls unausstehlich geworden. Es war nicht viel nötig, um den Kopf eines Bummelguts anschwellen zu lassen. Der Clan hatte einen eingebauten Hang zum Stolz, der bei der kleinsten Gelegenheit in Aktion trat. Was Colin betraf, konnte er jetzt einfach nicht aufhören, damit zu prahlen, dass er seine ›Luftling-Kumpels‹ Michael und Aurora vor den zwei Kraterheimern beschützt hatte, die in die Ladebucht eingedrungen waren. Jedes Mal, wenn er die Geschichte erzählte, wurde der Kampf länger und brutaler. Außerdem konnte er nicht vergessen, dass Michael ihn im letzten Moment gerettet hatte, und so wurde ein Teil der sklavischen Ergebenheit gegenüber Dan Greifthaler jetzt auf Michael übertragen. Unablässig plagte er Michael damit, dass er in Erinnerungen an den Kampf schwelgte. Er hatte das Gefühl, als wären sie durch den Kampf miteinander verbunden worden.

»Is es nich erstaunlich?«, fragte er. »Obwohl wir beide aus verschiedenen Welten kommen, Mike, sind wir uns jetzt so nah. Wie Brüder. Waffenbrüder.«

Michael fand das hochgradig lästig. Aurora fand das hochgradig amüsant, zumindest am Anfang, denn auch sie wurde das unaufhörliche Geplapper von Colin irgendwann leid. Es verbesserte ihr Befinden nicht gerade, als sie erneut unter einer leichten Variante der Erdkrankheit zu leiden schien. Sie klagte über leichte Übelkeit, aber sie sagte zu Michael, dass er kein Aufhebens davon machen und Fletcher nicht damit belästigen sollte. Sie war sich sicher, dass es vorübergehen und sie sich schon bald wieder akklimatisieren würde.

Da Cassie ärgerlich auf Robert war und in der Ladebucht Spannung herrschte, übernahm Fletcher die Rolle desjenigen, der versuchte, die Stimmung hochzuhalten. Von seinem Platz in der Fahrerkabine oder der Spähkuppel aus machte er komische und sarkastische Bemerkungen über das, was er sah. »Oh, seht nur, noch ein Stein«, sagte er. Oder: »Interessant, wir haben gerade noch einen Flecken Sand passiert.« Manchmal gelang es ihm sogar, ein oder zwei müde Lacher zu erzeugen.

Sie alle konnten es jedoch spüren, je weiter sie sich in die Wüste wagten – das zunehmende Gefühl von Vergeblichkeit, von Verzweiflung.

Die Unerbittliche Wüste war riesig, der Blick wanderte

in unmögliche Ferne. Die Leere wurde gelegentlich durch ein paar Felsen oder einen sich auftürmenden Tafelberg unterbrochen oder hier und da durch ein bisschen Gebüsch oder einen Kaktus, vielleicht auch das eine oder andere Autowrack. Ansonsten war es jedoch eine ebene Fläche aus braunem Nichts unter einer ähnlich flachen Spanne aus düsterem grauem Himmel. Sich in der Mitte davon zu befinden fühlte sich an, wie in unendlicher Leere gefangen zu sein.

Die Landschaft starrte durch *Berthas* Luken und Windschutzscheiben ins Innere hinein. Sie starrte in die Herzen ihrer Passagiere und drückte sie nieder.

Die Straßen waren gerade und eintönig, lange Kratzer im Sand, der sich von Horizont zu Horizont erstreckte. Manchmal tauchte ohne Vorwarnung eine Kreuzung auf, eine Gabelung, die durch einen ein Meter hohen Steinhaufen gekennzeichnet war. Nirgendwo gab es ein Hinweisschild. Es gab nur die Wahl, nach rechts oder links abzubiegen. Die Entscheidung traf die Person, die gerade am Steuer von *Bertha* saß. Und dann fiel die Kreuzung rasch hinter ihnen zurück, und die Straße war wieder nichts als eine gerade Strecke, die sich nicht wahrnehmbar von der vorherigen unterschied.

Bei jeder Abbiegung wussten *Berthas* Passagiere, dass sie nirgendwo hinkamen, auch wenn die Kreuzungen ihnen das zu suggerieren versuchten. Sie fuhren nur einfach in einem riesigen Gewirr herum, von dessen Struktur sie nicht die geringste Ahnung hatten. Und irgendwo in diesem Gewirr war Dan Greifthaler. Um ihn zu finden, waren sie dabei, sich zu verirren.

Sie fuhren dennoch weiter. Sie mussten es tun. Sie waren zu weit gekommen, um aufzugeben.

Mit *Berthas* Gegacker als Ermutigung – ihrer einzigen Ermutigung – reisten sie weiter.

Die Rauchsäule

Es war Robert, der den Rauch als Erster bemerkte, und indem er das tat, dachte er, würde er sich in Cassies Augen rehabilitieren.

»He! Was is denn das da drüben?«

Cassie blinzelte zu der Stelle. Alles, was sie sehen konnte, war eine winzige, gebogene schwarze Linie, die wie ein Apostroph am östlichen Horizont hing.

»Ich weiß nich«, sagte sie. »Sieht aus wie Rauch. Vielleicht irgendein Lagerfeuer oder ein Kochfeuer.«

»Sollen wir nachsehen?«

»Ganz sicher. Du hast ziemlich scharfe Augen, kleiner Bruder.«

Robert spürte Wärme in sich aufsteigen. Es war das erste Mal seit vier Tagen, dass jemand etwas Nettes zu ihm gesagt hatte.

Cassie verließ die Straße und fuhr auf direktem Weg auf den Rauch zu. *Bertha* knurrte vor Freude, als sie über noch unebeneres und holprigeres Gelände tuckern durfte.

Schon bald wurde klar, dass es sich bei der Quelle des Rauches nicht um ein kleines Feuer handelte. Die Entfernung hatte es schwer gemacht, es zu beurteilen. Tatsächlich war es riesig und reichte hoch in den Himmel hinauf. Die Dimensionen ähnelten denen der Umrisse einer Himmelsstadt, wenn ihr auch das Glatte fehlte, das Gerade und die Festigkeit. Die Spitze flatterte und fächerte sich auf, als sie gegen die Wolken stieß und in sie eindrang wie Tinte in Wasser.

An Bord von *Bertha* gab es Spekulationen darüber, was den Rauch verursacht haben könnte. Was immer es war, Dan und der Vikar hatten es möglicherweise auch gesehen und waren ebenfalls näher herangekommen. Der Rauch war in alle Richtungen weithin sichtbar. Jeder, der ihn erblickte, würde verleitet sein, nachzusehen, und wenn nicht aus einem anderen Grund, dann aus Neugier.

Kurz danach tauchte eine andere Straße auf. Sie führte geradewegs auf den Rauch zu, begleitet von einer Reihe von Telegrafenmasten, die aus der Ferne aussahen wie eine durch die Wüste verlaufende Naht. Cassie fuhr auf sie zu.

Ein großes Metallschild am Straßenrand verriet:

WESTÖL
FÖRDERUNGS- UND RAFFINERIESTELLE

Und darunter hatte jemand hinzugefügt:

TROSTLOSES BOHRLOCH

Einen halben Kilometer weiter endete die Straße vor einem hohen Maschendrahtzaun, der die Grenze eines Grundstücks von mehreren Hektar bildete.

Ein großer Teil des Zauns lag auf dem Boden. Dahinter bot sich ein Anblick purer Zerstörung.

Zerstörte Gebäude.

Die zerbrochenen, verkohlten Reste von Kränen und Stahlträgertürmen.

Lagertanks, die wie riesige, aufgerissene Eier wirkten.

Und überall Feuer. Kleine und große. Einige waren niedrig und pulsierten wie Schmiedeöfen, andere schossen in die Luft wie Geysire. Alle schickten eine Rauchwolke gen Himmel, die sich hoch oben mit den anderen verband und eine einzige, sich aufbauschende und wogende Säule bildete.

Cassie blieb vor dem Eingang zu der Anlage stehen. Eine Weile wagte niemand an Bord zu sprechen. Sie alle starrten in ehrfürchtigem Schweigen auf das Bild der Verwüstung.

Schließlich fragte Fletcher: »Was war das? Wie ist das passiert? War das ein Unfall oder was?«

»Keine Ahnung«, antwortete Cassie. »Aber ich bin dafür, dass wir aussteigen und nach Überlebenden suchen.«

Leichen

Die drei Greifthaler-Kinder zogen ihre Bergungsanzüge an, die noch immer in Bertha verstaut waren, obwohl sie seit einem Jahr nicht mehr benutzt worden waren. Als jemand von ihnen sie das letzte Mal getragen hatte, hatten sie Az draußen in der Schattenzone gefunden, während Schaufelwölfe ihn verfolgten. Seither hatte es keine Jagd nach Relikten mehr gegeben, und die Anzüge waren in ihren Spinden moderig und knittrig geworden. Cassie verspürte einen Stich der Nostalgie, als sie sich in ihren Anzug kämpfte. Die Steifheit der Polsterung, die Kühle der Kettenhandschuhe – all das weckte die Erinnerung an eine reinere, glücklichere Zeit ihres Lebens. Selbst der Helm mit dem schmalen Visier fühlte sich irgendwie gemütlich an.

Michael bestand darauf mitkommen, um zu helfen. Aurora ebenfalls. Ihr leichter Anfall von Erdkrankheit hatte nachgelassen, und sie fühlte sich wieder wie zuvor. Sie lösten sich vom Boden und flogen kreuz und quer über das Gelände, um sich einen Überblick zu verschaffen. In der Zwischenzeit passierten Cassie, Fletcher und Robert den Eingang des Trostlosen Bohrlochs zu Fuß. Die Tore der Anlage lagen einige Meter von der Stelle entfernt, an der sie eigentlich hätten sein müssen, wild durcheinander und verbogen. Colin saß in der Fahrerkabine und brachte *Berthas* Horn zum Tuten, um alle wissen zu lassen, dass er da war, falls sie ihn brauchten.

Selbst durch die Bergungsanzüge hindurch spürte Cassie die Hitze des Feuers. Der beißende Gestank des Rauchs stach in ihrer Nase, obwohl sie den Helm aufhatte. Während sie und ihre Brüder das Gebiet durchkämmten, hielten sie sich von den größten und heftigsten Flammen fern. Sie fanden keinerlei Überlebende, aber Leichen – verzerrte, halb eingeäscherte Körper, die nur noch vage an Menschen erinnerten. Cassie sah Martins verbrannte Leiche vor ihrem geistigen Auge aufblitzen. Die Erinnerung verstärkte ihr Entsetzen noch um einiges, erfüllte sie aber auch mit Mitgefühl für die Toten, wer immer sie gewesen waren. Sie hatte das Gefühl, sie zu kennen. Sie waren nicht nur Fremde.

Immer wieder blickte sie zum Himmel hoch, um zu sehen, ob Michael und Aurora Überlebende gefunden hatten. Schließlich sah sie, wie Aurora Michael zuwinkte. Er flog zu seiner Frau und blickte in die Richtung, in die sie deutete, und dann flogen sie beide zu den Greifthalers.

»Da drüben«, sagte er. Seine Augen waren rot und tränten vom Rauch. Sein Mund war hart und ernst. »Ich muss euch allerdings warnen. Es ist kein angenehmer Anblick.«

»Hier is es auch nich gerade toll«, erwiderte Cassie.

Angeführt von Michael verließen die drei Greifthalers die Anlage und machten sich zu der Stelle auf, über der Aurora schwebte.

Auf dem Boden lagen ordentlich nebeneinander mindestens zwanzig weitere Leichen. Sie waren nicht so schlimm verbrannt wie die auf dem Gelände, aber sie hatten mindestens einen Tag hier draußen gelegen und waren aufgebläht; der Verwesungsprozess hatte bereits begonnen. Ihre Gliedmaßen waren von der Totenstarre verrenkt, und die Haut war mit purpurschwarzen Flecken überzogen. Schlimmer noch als ihr Anblick war der Gestank. Cassie ging nicht näher als zehn Meter an sie heran, und dennoch war der Gestank grauenhaft. Ihr Helm konnte ihn nicht von ihr fernhalten. Galle stieg in ihrer Kehle auf. Es kostete sie Mühe, nicht zu würgen.

»Jemand hat sie so hingelegt«, sagte Fletcher. »Sie sind

nich durch das Feuer gestorben, sondern erst später hier draußen.«

»Dann gibt's also doch Überlebende«, sagte Cassie. »Nur nich hier. Sie müssen irgendwo hingegangen sein.«

»Das klingt einleuchtend. Und sieh mal, dort.« Fletcher deutete auf eine Stelle nicht weit entfernt. Zahlreiche kleinere Steine waren dort sorgfältig zu Worten geformt worden. Es war eine Botschaft, begleitet von einem Pfeil, der nach Südwesten wies.

Bevor Cassie jedoch die Möglichkeit hatte, hinzugehen und sie zu lesen, wurde sie von einem Schrei aus der Luft abgelenkt.

»Da hinten!«, brüllte Michael. Er gestikulierte wild und zeigte auf etwas, das nur er und Aurora, nicht aber die Greifthalers sehen konnten. Es musste sich auf der anderen Seite eines nahen Kamms befinden.

»Was is es?«, rief Cassie zu ihnen hoch.

»Ich weiß es nicht. Ich habe keinen Namen dafür. Ich hab so etwas noch nie gesehen. Aber es sind viele von ihnen, und sie kommen schnell näher.«

Eine plötzliche Kälte erfüllte Cassies Eingeweide.

»Lauft!«, sagte sie zu ihren Brüdern. »Lauft, was das Zeug hält!«

Wenige Augenblicke später kam ein Rudel hundeähnlicher Tiere in ihr Blickfeld geschossen.

Hackerschakale.

Angriff der Hackerschakale

Die Hackerschakale hätten die Leichen der Bohrarbeiter schon früher gerochen und wären längst zum Fressen hergekommen, wären da nicht der Rauch und das Feuer gewesen, die ihre Sinne vernebelt und sie aus dem Gebiet vertrieben hatten. Erst jetzt hatten sie den Mut gefunden, um zurückzukehren.

Das Alphamännchen, der Anführer, erhaschte als Erster einen Hauch von verrottendem Fleisch in der Luft; er gab diese Information mit einem leisen Kläffen an seine Frauen, seine Nachkommen und seine Verwandten weiter, und auch an die paar jungen Heuchler, die sich dem Rudel angeschlossen hatten und eines Tages gegen das Alphamännchen kämpfen würden – in der Hoffnung, es zu besiegen und so selbst zum Anführer zu werden. Gemeinsam machte sich das Rudel auf den Weg und folgte der Fährte. Angeführt vom Alphamännchen, schwelgten sie in der Erwartung des großartigen, köstlichen Duftes von Tod und Verwesung. Mit knurrenden Bäuchen und sabbernden Mäulern schnitten sie mit ihren sichelförmigen Klauen Furchen in den Wüstensand. Die schwarzen Haare an ihrem Rückgrat richteten sich vor Eifer auf.

Der Eifer verwandelte sich in Freude, als die Hackerschakale den Felsenkamm erklommen hatten und nicht nur tote, sondern auch lebendige Geschöpfe erspähten. Es gab nur eines, was Hackerschakale noch mehr genossen als den Geschmack von Aas, und das war der von frisch getöteter Beute. Fleisch von den Knochen zu zerren, das noch elastisch und feucht war, Blut aufzuschlürfen, das heiß aus den aufgerissenen Adern schoss – das war der wahre Himmel.

Eitergelbe Blutlust leuchtete in den Augen der Hackerschakale, als das Rudel an den aufgereihten toten Menschen vorbeischoss und direkt auf die drei zuhielt, die noch am Leben waren.

Die drei Greifthalers allerdings hegten naturgemäß nicht den geringsten Wunsch, von den Hackerschakalen abgenagt zu werden, und daher drehten sie sich um und liefen vor dem Rudel weg, so schnell es ihre Beine zuließen. Die unförmigen Bergungsanzüge behinderten ihr Vorankommen allerdings. Dennoch rannten sie, rutschten sie, schlitterten sie mit wild rudernden Armen, an nichts anderes denkend als daran, so schnell wie möglich *Bertha* und den Schutz zu erreichen, den sie bot.

Michael und Aurora, die erschreckt über ihnen flogen, wussten, dass sie helfen mussten. Sie mochten noch nie ein Rudel Hackerschakale gesehen haben, aber sie erkannten einen fleischfressenden Räuber auf Anhieb. Sie hatten gesehen, wie sich Turmfalken auf ihre Beute stürzten, Habichte ihre Krallen in Tauben versenkten. Diese großen Säugetiere mit ihren Reißzähnen waren genauso, nur dass sie keine Federn hatten.

Michael faltete die Schwingen zusammen und stürzte zum ersten Hackerschakal hinunter. Seine Füße prallten auf seinen Rücken und schlugen ihn flach zu Boden. Der Hackerschakal jaulte auf, rollte sich herum und sprang mit schnappenden Kiefern hoch. Es gelang Michael gerade noch rechtzeitig, sich wieder außer Reichweite zu bringen. Die Zähne des Hackerschakals packten nichts als Luft.

Auch Aurora kam herunter und trat einem der Hackerschakale gegen den Kopf. Er antwortete darauf, indem er mit ausgestreckten Klauen auf sie losging. Er schlitzte ein Loch in ihr Hemd und verfehlte ihre Haut nur um Haaresbreite.

Die Hackerschakale waren schneller und zäher, als die frischvermählten Luftlinge erwartet hatten.

Und sie waren auch deutlich klüger.

Das Alphamännchen gab jaulend Befehle. Zwei der größeren Weibchen lösten sich vom Rudel. Das eine folgte Michael, das andere Aurora. Fauchend und mit gebleckten Reißzähnen sprangen sie zu den geflügelten Menschen hoch, trieben sie zurück und höher und höher in die Luft hinauf.

Die Übrigen schossen hinter den nicht geflügelten Menschen her.

Cassie konnte ihre rasenden, keuchenden Atemzüge unter dem Helm hören. Sie wusste nicht, ob die Bergungsanzüge in der Lage wären, sie vor den üblen Klauen und fingerlangen Reißzähnen der Hackerschakale zu schützen, und sie wollte es auch gar nicht herausfinden. Die Anzüge waren für den Umgang mit Schaufelwölfen gedacht, deren Zähne verhältnismäßig klein und deren Klauen vom Graben stumpf waren. Diese Tiere jedoch, die hinter ihr und ihren Brüdern her waren, wirkten so, als würden sie keine Schwierigkeit haben, die Wattierung wegzureißen.

Selbst die Helme und die Kettenhandschuhe mochten sie nicht aufhalten.

Bertha schien immer noch weit weg zu sein. Cassie lief mit aller Kraft darauf zu, und trotzdem wollte der Düsterspäher offenbar nicht näher kommen. Sie betete, dass Colin sehen würde, was vor sich ging, dass er *Bertha* starten und ihnen entgegenfahren würde. Es war vielleicht ihre einzige Chance. Ein rascher Blick über ihre Schulter verriet ihr, dass der nächste Hackerschakal keine zwanzig Meter mehr entfernt war. Es war der größte vom Rudel, und er bewegte sich mit geschmeidiger Anmut und Zielstrebigkeit. Sein Blick begegnete dem von Cassie, und sie sah eine schreckliche Intelligenz darin. In diesem Augenblick schien er sich mit ihr zu verschränken, sie zu seinem auserwählten Ziel zu machen. Cassie hatte den Eindruck, dass dieser Hackerschakal, offensichtlich der Anführer des Rudels, sie als Anführerin *ihres* kleinen Rudels ausersehen hatte. Deshalb, aus einem Gefühl der Symmetrie heraus, hatte er beschlossen, dass er derjenige sein sollte, der sie zu fressen bekam.

Sie tauchte tief in ihr Inneres und fand zusätzliche Kraft, um noch schneller zu laufen. Robert und Fletcher waren gleich hinter ihr.

Sie spürte, wie sich ein Schrei in ihrem Innern aufbaute.

Colin!, flehte sie im Stillen. *Colin! Sieh endlich zu uns her und starte die verfluchte Maschine!*

Banjo-Gedanken

Colin saß mit den Füßen auf dem Instrumentenbrett da und zupfte an einer verschorften Stelle an seinem Knöchel, einem Erbe der Schlägerei in der Ladebucht. Er summte die Melodie eines Liedes, das einer seiner Halbbrüder gern auf dem Banjo spielte (Es hieß »Mein Herz liegt in der Kohlengrube, seit meine Freundin ihre Flügel hat«). Er dachte daran, dass er vielleicht selbst mal gern lernen würde, Banjo zu spielen. Er dachte daran, dass er eine ganze Menge Dinge gern tun würde, zu denen er bisher noch nie gekommen war.

Colin hätte eigentlich die Situation draußen beobachten sollen, für den Fall, dass die Greifthalers in Schwierigkeiten gerieten. Aber die Bummelguts waren nicht gerade berühmt dafür, dass sie ihre Aufmerksamkeit über eine längere Zeitspanne hinweg aufrechterhalten konnten.

Dann brachte ihn etwas – eine Bewegung aus dem Augenwinkel – dazu hochzusehen.

Im nächsten Moment machte er sich hektisch an der Zündung zu schaffen.

Unglücklicherweise kannte Colin *Bertha* nicht so gut wie die Greifthalers. Sie sprang nicht immer gleich beim ersten Mal an, wenn man den Zündschalter nicht genau so lange gedrückt hielt, wie es richtig war. In Panik geraten, gab er ihr zu wenig Saft. Dann, als er es erneut versuchte, gab er ihr zu viel. Beide Male stotterte sie, aber sie lief nicht.

Beim dritten Mal machte er es richtig. *Bertha* brüllte. Colin schob die Steuerknüppel ganz nach vorn. *Bertha* schluckte Erde und beschleunigte, während sie herumschleuderte.

»Idiot!«, schalt sich Colin, während er den Greifthalers entgegenfuhr – und den furchtbaren Tieren, die sie verfolgten. »Dummschädel! Depp! Nich's als Scheiße im Hirn! Esel! Nutzloser, verträumter, speicheltriefender Idiot mit dem Verstand eines Käserads!«

Aber wie sehr er sich auch schalt, die verlorene Zeit blieb verloren, und nichts brachte *Bertha* dazu, schneller zu fahren. Angesichts der Geschwindigkeit der Greifthalers im Vergleich mit der der Hackerschakale schätzte Colin, dass sie noch etwa fünf Sekunden hatten, bevor sie von den Tieren eingeholt werden würden. Und er selbst war noch mindestens eine halbe Minute von ihnen entfernt.

Zu den Luftlingen

Als Robert spürte, wie er von hinten gepackt wurde, wusste er, dass es vorbei war. Die Hackerschakale hatten ihn eingeholt. Er hatte das seltsame Gefühl, hochgehoben zu werden, und seine Füße verloren den Kontakt zum Boden. Alles geschah in der Geschwindigkeit von zähfließendem Sirup und war so eigenartig unwirklich wie in einem

Traum. Er wartete auf den Schmerz, auf das Knirschen von Zähnen, die seinen Nacken packten, wartete auf Todesqualen. Vielleicht war es ja bereits geschehen. Vielleicht war er bereits angegriffen und getötet worden, und dieses Gefühl der Leichtigkeit hatte damit zu tun, dass seine Seele sich von seinem Körper löste und emporstieg. Wie es hieß, spürte man oft nichts, wenn man eines gewalttätigen Todes starb. Der Schock machte einen benommen. Man schwebte davon.

Das war es dann also. Er würde in das nächste Leben hinübergehen. Er würde sich zu den Luftlingen gesellen, wenn es das war, was wirklich geschehen war.

Aber dann sah er Fletcher in seinem eingeschränkten Blickfeld. Sein Bruder war neben ihm und erhob sich ebenfalls in die Luft. Was allerdings daran lag, dass Michael ihn unter den Achselhöhlen gepackt hatte.

Erst jetzt begriff Robert, dass er auf die gleiche Weise von Aurora getragen wurde.

Er sah nach unten und stellte fest, dass Cassie noch dort war. Sie war allein und rannte, dicht gefolgt von einem ganzen Rudel Hackerschakale.

Dann wurde er über den Kopf seiner Schwester hinweg in *Berthas* Richtung getragen. Er konnte fühlen, wie Aurora mit dem zusätzlichen Gewicht zu kämpfen hatte. Sie sanken immer wieder ein Stück nach unten, und Aurora ächzte, als sie sich bemühte, wieder mit ihm aufzusteigen. Michael schien die gleichen Schwierigkeiten mit Fletcher zu haben, und Fletcher machte die Sache nicht gerade besser, indem er sich in Michaels Griff wand. Robert konnte seinen Bruder schwach rufen hören: »Lass mich runter! Hol lieber Cass! Mach dir um mich keine Sorgen! Hol Cass!«

Sie flogen über einen Graben im Boden, eine aufgerissene Kerbe, die irgendwann einmal durch einen Fluss in die Erde geschnitten worden und längst ausgetrocknet war. Sie war etwa sieben bis acht Meter tief. *Bertha* stand auf der anderen Seite. Aurora schluchzte beinahe vor Anstrengung, als sie das letzte Stück zum Düsterspäher zurücklegte. Sie stellte Robert auf dem Dach ab, dann brach sie neben ihm zusammen. Ihr Körper hob und senkte sich beim Atmen, und die Flügel hingen schlaff an ihrem Rücken.

Michael ließ Fletcher neben ihr auf dem Dach nieder, aber er selbst machte kehrt und flog zu Cassie zurück.

Sie war nur ein paar Schritte vom Graben entfernt. Der Hackerschakal hatte sie fast eingeholt.

Fletcher zu tragen hatte Michael erschöpft. Er schlug so kräftig und schnell mit den Flügeln, wie er konnte, aber alle, auch er selbst, konnten sehen, dass er Cassie nicht rechtzeitig erreichen würde.

Entscheidung

Der Graben war mindestens fünf Meter breit. Cassie wusste nicht, ob sie über eine solche Distanz hinwegspringen konnte, selbst mit Anlauf. Andererseits bezweifelte sie, dass es eine Rolle spielte. Es gab keine andere Wahl. Sie musste es versuchen, sofern sie nicht sterben wollte. Wenn sie vor dem Graben nach links oder rechts abbog, würden die Hackerschakale sie kriegen. Der einzige Weg war der geradeaus.

Das dumpfe Klopfen der Pfoten der Hackerschakale ertönte hinter ihr. Vor ihr, auf der anderen Seite des Grabens, konnte sie Bertha sehen. Aurora und ihre Brüder waren in Sicherheit auf dem Dach. Michael flog ihr entgegen.

Sie erreichte den Graben und zögerte nicht, stieß sich mit dem rechten Fuß ab und sprang ins Leere.

Sie schaffte es.

Sie schaffte es nicht.

Im einen Moment landete ihr linker Fuß genau auf dem anderen Ende. Im nächsten gab der Boden nach, und ihr Bein sackte weg. Sie rutschte hilflos nach unten.

Sie hielt sich mit den Armen am Rand fest. Die durch den Kettenhandschuh geschützten Finger klammerten sich an bröckelige Erde. Mit den Zehenspitzen versuchte sie verzweifelt, Kerben in die Wand zu graben. Ein heftiger Schlag war zu hören, als einer der Hackerschakale neben ihr ebenfalls auf dem Rand aufkam. Er war nach ihr gesprungen, aber zu kurz. Er taumelte hinunter ins Flussbett, überschlug sich und kam mit einem Kläffen unten auf. Als er versuchte, wieder aufzustehen, stolperte er und winselte. Er hatte sich das Hinterbein gebrochen.

Die anderen Hackerschakale blieben vor dem Graben stehen. Bis auf einen. Das Alphamännchen schätzte die Situation rasch ab, drehte sich um und nahm einen kurzen Anlauf. Sein Sprung war erfolgreicher als der seines allzu eifrigen Rudelkameraden. Er kam geschmeidig neben Cassie auf und drehte sich zu ihr um.

Cassie versuchte immer noch, aus dem Graben herauszukommen, aber die Unförmigkeit ihres Bergungsanzugs schränkte ihre Bewegungsfreiheit ein. Tatsächlich konnte sie nicht mehr tun als verhindern, dass sie noch weiter nach unten rutschte.

Das Alphamännchen schien zu spüren, dass es sich Zeit lassen konnte. Es tapste in beinahe lässiger Weise zu ihr hin und hielt ihr seine Schnauze vors Gesicht. Der Schlitz ihres Helmvisiers war vollkommen mit dem Anblick zweier Reihen von Fängen ausgefüllt. Die Zähne der Kreatur passten beinahe perfekt zusammen, eine feste, tödlich scharfe Masse, die vor Speichel glänzte. Der Atem des Hackerschakals war wie ein Windstoß aus der Hölle.

»Halt durch, Cassie!«, rief Michael. Aber er klang, als wäre er eine Million Kilometer weit weg.

Cassie schloss die Augen. Es gab nur eines, was sie jetzt tun konnte.

Sie löste die Finger vom Rand und ließ sich fallen.

Aus heiterem Himmel …

Fletcher kniete oben auf *Bertha* neben dem Geschützturm; sein einer Arm steckte in der Öffnung, durch die das Abschussrohr herausragte. Er versuchte, einen der zusätzlichen Speere zu packen, die im hinteren Teil des Turms aufbewahrt wurden. Es war vergeblich, wie er wusste, aber er musste es versuchen, musste *irgendetwas* tun, um Cassie zu helfen. Er streckte seine Hand so weit wie möglich hinein und bekam den Schaft des obersten Speeres zu packen – dann löste er ihn aus seiner Befestigung, und er fiel ratternd zu Boden.

Er heulte auf vor Frustration.

»Fletch …«, sagte Robert leise.

»Ich schaff das«, erwiderte Fletcher. »Sag nich's. Lass es mich einfach tun.«

»Nein, Fletch«, sagte Robert und klopfte ihm auf die Schulter. »Sieh nur. Sieh doch.«

Etwas in der Stimme seines Bruders brachte Fletcher dazu, sich umzudrehen. Robert blickte direkt nach oben. Auch Aurora war da, und auf ihrem Gesicht lag ein Lächeln.

Ein Lächeln?, dachte Fletcher. *Wie kann sie in einem solchen Moment lächeln?*

Dann drang ein Geräusch an seine Ohren – ein Geräusch, das er kannte. Ein gleichmäßiges, hallendes Dröhnen.

Einen riesigen Schatten vor sich hertreibend, war dort oben das Letzte, was Fletcher zu sehen erwartet hatte, und vermutlich auch das Beste, was er jemals erhofft hatte zu sehen.

Riesig, stattlich, anmutig und sinkend …

Die *Cerulean!*

Und aus dem Luftschiff strömten uniformierte Männer. Flugwächter.

Mit ihren Lanzen gingen die Flugwächter auf die Hackerschakale am Rand des Grabens los, bearbeiteten die Tiere des Rudels eins nach dem anderen und spießten sie mit ihren Waffen auf. Die Hackerschakale kreischten und kläfften, und einige gingen auf die Angreifer los, aber die Flugwächter begriffen rasch, wie sie außer Reichweite bleiben konnten. Ihre Lanzen waren lang genug, um den Hackerschakalen mit einem Minimum an eigenem Risiko tödliche Schläge zu versetzen.

Das Gemetzel ging rasch, wirksam und methodisch vonstatten, und Fletcher war überaus froh zu sehen, dass die Hackerschakale ihre wohlverdiente Strafe erhielten.

Schließlich zerbrach der kollektive Geist des Rudels. Die Hackerschakale brachen in Panik aus. Die wenigen überlebenden Tiere verteilten sich in alle Richtungen, und die Flugwächter jagten sie, pickten sie sich einzeln heraus.

Fletcher starrte auf das, was sie zurückließen. Am Rand des Grabens lagen sowohl tote als auch sterbende Hackerschakale verstreut. Einer von ihnen schnappte wütend nach dem Loch in seiner eigenen Flanke, aus dem Blut spritzte. Ein anderer versuchte zu gehen, aber mit jedem zitternden Schritt fielen mehr Eingeweide aus dem aufgerissenen Bauch und schleiften in einem Klumpen hinterher.

Er suchte nach Cassie, fand aber keinen Hinweis auf sie.

Wo war sie?

Und wo war Michael?

Auf dem Grund des Grabens

Das Alphamännchen entkam dem Gemetzel.

Es tat dies schlicht dadurch, dass es Cassie nachsprang. Es grub seine Klauen in die Wand der Spalte, rutschte ab und schlitterte kopfüber nach unten auf den Grund des Grabens. Es kam unverletzt auf dem Boden auf, zusammen mit einem halben Erdrutsch und einer Unmenge von Steinen, die sich über den Hackerschakal ergossen.

Sein Rudelgefährte mit dem gebrochenen Hinterbein hockte jaulend in der Nähe. Das Alphamännchen schritt vorbei, hielt nur kurz inne, um dem anderen Hackerschakal die Kehle mit einem einzigen, beinahe beiläufigen Zuschnappen seiner Kiefer herauszureißen. Ein instinktives Verhalten. Ein verwundeter Hackerschakal war für das Rudel nicht von Nutzen. Besser, wenn er tot war.

Das Alphamännchen ging auf Cassie zu. Seine Augen glühten wie Lichter im Nebel.

Cassie lag benommen auf dem Boden des Grabens. Ihr Bergungsanzug hatte sie vor ernsten Verletzungen bewahrt, aber der rutschige, steile Fall die Wand hinunter hatte ihr Prellungen beschert und sie ziemlich erschüttert. Sie wollte aufstehen, aber weder in ihren Armen noch in ihren Beinen schien irgendwelche Kraft zu stecken.

Das Alphamännchen wusste, dass es zuvor zu zuversichtlich gewesen war, als die menschliche Rudelführerin um ihr Leben kämpfend am Rand des Grabens gehangen hatte. Es hatte seine Beute davonkommen lassen – ein Fehler, den es nicht zweimal machen würde.

Mit einem tiefen, hungrigen Fauchen beugte der Hackerschakal den Kopf über Cassies Nacken und öffnete weit den Kiefer.

»Nein!«

Michael krachte mit den Füßen voran auf den Rücken des Tieres.

Das letzte Mal, als Michael so etwas getan hatte, hatte es funktioniert, und er hatte sein Opfer zu Fall gebracht. Aber dieser andere Hackerschakal war ein kleineres Mitglied des Rudels gewesen. Das Alphamännchen jedoch war sehr viel größer und stämmiger und ziemlich robust. Es schien den Aufprall kaum zu spüren. Mit bemerkenswerter Geschwindigkeit drehte es sich um und fuhr mit einer Pfote durch die Luft.

Michael schrie auf, als seine Wade von der Klaue aufgerissen wurde. Der Schmerz war glühend heiß und machte ihn benommen. Blut spritzte von dem Bein auf die Nackenhaare am Rücken des Hackerschakals, als Michael einige Meter hochflog. Das Alphamännchen senkte mit einer Art Schulterzucken den Kopf wieder über Cassie und gab ein Knurren von sich. Es war unmissverständlich ein Geräusch hämischer Befriedigung. *Keine Unterbrechung mehr*, sagte es. *Jetzt gehörst du mir.*

Durch Michaels Einmischung war Cassie allerdings auf die unmittelbare Gefahr aufmerksam geworden, in der sie schwebte. Eine Woge von Angst verlieh ihr die Koordination, die sie benötigte. Ihre Hand fand einen faustgroßen Stein, den sie mit aller Kraft in die Schnauze des Hackerschakals rammte.

Blut spritzte. Fänge brachen. Das Alphamännchen jaulte auf und wich zurück.

Cassie holte zu einem zweiten Schlag aus.

Dann war das dumpfe Schlagen von Schwingen zu hören, und der Hackerschakal schoss in die Luft hinauf.

Das Tier gab vor Überraschung ein beinahe komisches Gekläffe von sich, als es senkrecht an den Hinterbeinen nach oben gezogen wurde. Cassie erhaschte einen kurzen Blick auf die Person, die den Hackerschakal gepackt hatte, und stellte überrascht fest, dass es nicht Michael war. Sie sah dunkle Kleidung, kurz geschnittene Haare und … eine karmesinrote Brille?

Und sie stiegen höher, Mr. Mordadson und der nach unten baumelnde Hackerschakal, verschwanden aus dem Graben und schossen gen Himmel arbeiteten sich auf die Wolken zu. Jetzt waren sie hundert Meter hoch, dann hundertfünfzig und dann zweihundert. Als das verblüffte Tier schließlich genug Verstand gesammelt hatte, um sich um sich selbst zu drehen und nach Mr. Mordadsons Hand zu schnappen, waren die beiden mindestens zweihundertfünfzig Meter über dem Boden.

Das Alphamännchen schien nicht zu begreifen, dass es sich selbst in Gefahr brachte, indem es den Menschen angriff, der es trug. Alles, was es wollte, war, losgelassen zu werden.

Aus Gründen der Selbsterhaltung tat Mr. Mordadson genau das.

Der Hackerschakal schoss hinunter in die Wüste, heulte laut und wedelte die ganze Zeit mit den Gliedmaßen.

Der heftige Aufprall beendete die Schreie des Hackerschakals ebenso wie sein Leben.

Mr. Mordadson schwebte wieder in den Spalt und landete neben Cassie. Er rieb sich die Hände.

»Cassie«, sagte er. »Da drin ist doch Cassie, oder?«

Cassie nickte.

»Geht es Ihnen gut?«

Sie nickte noch einmal.

»Dann kommen Sie mit. Da ist jemand, der Sie gern begrüßen würde.«

Wiedersehen

1

Az verschränkte die Arme, zog sie auseinander, steckte die Hände in die Taschen, zog sie wieder heraus, lehnte sich lässig gegen eine Bordwand, beschloss, dass das nichts brachte, und versuchte immer noch herauszufinden, welche Haltung er einnehmen sollte, als Mr. Mordadson Cassie in die Steuergondel schob.

Und statt in irgendeiner Weise überlegen oder lässig zu wirken, stand er am Ende einfach nur mit an den Seiten herunterhängenden Händen da und sagte schlicht: »Hi.«

Und Cassie, die den Helm des Bergungsanzugs unter dem Arm trug, erwiderte: »Hi.«

»Nun«, sagte Az. Er spürte die Anwesenheit der Crew. Sie sahen ihn nicht an, aber er wusste, dass sie zuhörten. Wenn dieses Treffen nur woanders hätte stattfinden können, irgendwo an einem Ort, an dem sie allein gewesen wären. Aber Az hatte Cassie damit beeindrucken wollen, dass sie ihn in der Steuergondel sah, wo seine Autorität offensichtlich war. Er begriff jetzt, dass er es besser hätte wissen müssen. Sie war nie jemand gewesen, der sich leicht beeindrucken ließ.

»Es ist seltsam«, sagte er nach einer Weile unangenehmen Schweigens.

»Was is seltsam?«

»Dass ich dich vor einem Rudel wilder Tiere rette. Es ist wie damals, als wir uns das erste Mal getroffen haben, nur waren die Rollen damals andersherum.«

»Abgesehen davon«, erklärte Cassie, »dass mich Mr. Mordadson und diese Flugwächter gerettet haben. Nich du.«

»Das ist Haarspalterei. Wenn ich *Bertha* nicht bemerkt hätte, und dann dich, wärst du inzwischen das Mittagessen dieser Kreaturen.«

Die Worte kamen brutaler heraus, als er vorgehabt hatte.

»Was waren das überhaupt für Dinger?«, fragte er mit sanfterer Stimme.

»Sie werden Hackerschakale genannt.«

»Netter Name.«

»Du würdest sie nich als nett bezeichnen, wenn sie dich verfolgt hätten.«

»Ich habe nicht gesagt, dass *sie* nett sind. Ich meinte nur, der Name ist – ach, vergiss es.«

Az sagte sich, dass er jeden Grund hatte, verärgert zu sein. Cassie hatte ihn unfair behandelt, und jetzt, gegen alle Wahrscheinlichkeit, waren sie zusammen hier. Sie waren sich irgendwo inmitten des Nichts begegnet, und er hatte ihr das Leben gerettet (oder jedenfalls *geholfen*, ihr das Leben zu retten), und sie zahlte das zurück, indem sie so schwierig war und sich genauso schnell angegriffen fühlte wie während ihrer letzten Treffen. Sie hätte wenigstens einmal danke sagen können. War das zu viel verlangt?

Aber dann sah er sie an, sah die zerzausten, grob geschnittenen Haare, die großen braunen Augen, die sanften Konturen ihres Gesichts, und er erinnerte sich an alles, was er an ihr mochte – ihren Mut, ihren Humor, ihre Güte, die dicht unter der Haltung der Gleichgültigkeit lauerte, die Art und Weise, wie sie ihn berührte, wie es war, sie zu küssen und von ihr geküsst zu werden …

Er erinnerte sich an all das und wusste, dass er keinen Groll ertragen konnte.

»Wir haben leider nicht viel Zeit, fürchte ich«, sagte er. »Wir müssen wieder zurück über die Wolken, bevor hier alle anfangen, sich unwohl zu fühlen.«

»Ja«, sagte Cassie, und in dieser einen Silbe hörte Az, oder glaubte er zu hören, dass da eine tiefe Trauer über all das mitschwang, was sie beide voneinander trennte. Es war mehr ein Seufzer als ein Wort.

Es gab ihm Hoffnung.

»Ja«, sagte er im gleichen Tonfall. »Wir hüpfen hoch und runter, verstehst du, verbringen einmal pro Stunde ein paar Minuten unter den Wolken. Wir suchen jemanden. Oder besser, *etwas*. Ein anderes Luftschiff.«

»Ich dachte, die *Cerulean* wäre das einzige Luftschiff, das in Betrieb is.«

»Das dachte ich auch. Wir alle dachten das. Aber offensichtlich ist es nicht so. Irgendwie haben einige Luftlinge sich ein anderes geschnappt. Es ist ein schlimmer Haufen, und sie benutzen das Luftschiff, um Überfälle auf der Erde zu verüben. Wir vermuten, dass auch das da ihr Werk ist.« Er deutete auf die glimmenden Ruinen unter ihnen. »Deshalb sind wir näher gekommen, als wir den Rauch gesehen haben. Wir dachten, es wäre vielleicht noch hier. Aber stattdessen haben wir dich gefunden.«

»Was für ein Zufall«, sagte Cassie.

So etwas wie Zufall gibt es nicht, dachte Az, dann verfluchte er sich. Graf von Gyre hatte ihm wirklich bereits etwas in den Kopf gesetzt, nicht wahr?

»Vielleicht«, sagte er. »Der Rauch war allerdings schwer zu übersehen, und wir konnten ihn nicht ignorieren. Ich vermute, das hat auch dich und deine Familie hierhergeführt.«

»Zu dieser Stelle, ja.«

»Weshalb seid ihr eigentlich hier? Ich meine, wieso habt ihr den ganzen Weg in dieses Ödland zurückgelegt? Ihr seid ganz schön weit weg von Bittertal.«

»Wir hatten … unsere Gründe.«

Az wartete darauf, dass sie sie näher ausführte. »Aber du willst sie mir nicht sagen«, brummte er, als sie das nicht tat.

»Es is eine private Angelegenheit«, erklärte Cassie.

»Ja. Verstehe.«

Mr. Mordadson hustete. »Entschuldige, dass ich unterbrechen muss, aber ich bin neugierig. Ich frage mich, Cassie – wissen Sie etwas über die Überfälle, die dieses Luftschiff verübt hat? Haben Sie etwas davon gehört?«

»Ehrlich gesagt, nein. Bis jetzt wusste ich davon gar nich's. Aber das heißt nich viel. Ich hatte in letzter Zeit viel mit anderen Dingen zu tun.«

Az hasste es, dass Cassie sich viel wohler zu fühlen schien, als sie mit Mr. Mordadson sprach statt mit ihm.

»Also sind Sie aus Gründen da draußen, die mit unserer Mission nichts zu tun haben?«, fragte Mr. Mordadson.

»Nich soweit ich wüsste.«

»Schön«, erwiderte Mr. Mordadson. »Aber wenn Sie uns sagen könnten, was Sie vorhaben, könnten wir vielleicht helfen.«

»Das bezweifle ich. Abgesehen davon haben Sie diese große, wichtige Mission, während wir nur eine kleine, persönliche Angelegenheit verfolgen. Das is alles. Kein Grund, dass Sie Ihre Zeit mit uns verschwenden.«

»Wir würden gern helfen, Cassie«, sagte Az, der den Wink von Mr. Mordadson aufgriff.

»Ich bin sicher, dass du das gern tun würdest«, entgegnete sie kurz angebunden. »Aber das kannst du nich.«

Az verlor die Geduld. Er hatte genug von Cassies Verdrießlichkeit. Er wollte ihr gerade gehörig die Meinung sagen, als jemand anders die Steuergondel betrat.

»Kleiner Bruder!«

Wiedersehen

2

Michael? Michael war auch hier?

»Das glaube ich nicht«, sagte Az.

»Ich auch nicht«, sagte Michael. Er humpelte durch die Steuergondel, um seinen Bruder zu umarmen, und schüttelte ihn liebevoll. »Aber hier bin ich. Und du bist auch hier. Wie geht es dir?«

»Nicht schlecht. Was ist mit deinem Bein?«

»Das da? Ein Kratzer. Eine dieser Bestien hat mich erwischt. Aurora hat die Wunde verbunden. Sie hat es sehr gut gemacht.«

»Aurora ist auch hier?«

»Wieso nicht? Wir sind schließlich in unseren Flitterwochen.«

Michael klärte Az über seine und Auroras Entscheidung auf, nur eine Nacht in Heliotropia zu bleiben und dann den Rest der Zeit auf der Erde herumzureisen.

»Ihr habt uns angelogen«, sagte Az verblüfft, aber auch bewundernd.

»Wir wollten nicht, dass irgendjemand sich Sorgen macht, besonders Mam und Pa nicht. Und was die Flitterwochen betrifft, hatten diese sicherlich ihre besorgniserregenden Momente. Oder nicht, Cassie?«

Sie nickte.

»Also ihr seid der Grund, wieso *Bertha* hier ist«, sagte Az. »Ihr erforscht die Wüste. Ihr seid die ›persönliche Angelegenheit‹, um die Cassie sich kümmern muss.«

Er sah sie selbstzufrieden an.

»Häh?«, fragte Michael. »Nein. Das stimmt nicht. Tatsächlich suchen wir nach ihrem Vater.«

»Ihrem …?«

Jetzt blickte Cassie selbstzufrieden drein. »Du weißt auch nich alles, Az, was?«

»Aber …«, stammelte Az. »Wieso hast du das nicht gesagt, Cassie? Warum so geheimnisvoll?«

»Vielleicht ist es bei den Luftlingen anders, aber bei uns kümmern sich Familien alleine um ihren Kram. Niemand sonst wird da mit reingezogen.«

»Aber Michael ist da mit reingezogen worden. Und Aurora auch.«

»Ja, nun, sie haben uns ein Angebot gemacht, das wir nich ablehnen konnten.«

»*Ich* wäre auch gern mit reingezogen worden, wenn du mich gefragt hättest. Was ist mit Dan passiert? Wo ist er?«

Cassie erklärte so knapp wie möglich, was geschehen war. Az konnte erkennen, dass es sie schmerzte, den Bruch in ihrer Familie zuzugeben. Sie war sehr stolz, dachte er. So sehr, dass sie sich nur schwer irgendwelche Fehler zugestand. So sehr, dass sie automatisch jedes Hilfsangebot ablehnte.

»Äh …«

Das kam von Flugleutnant Wallimson.

»Ja?«, fragte Az. Er hatte versucht herauszufinden, ob er irgendetwas für Cassie tun konnte. Die *Cerulean* hatte das Ziel, die Piraten aufzuhalten, und er bezweifelte, dass er davon abweichen konnte. Die Mission hatte Vorrang.

Er konnte keine mögliche Überschneidung mit der Suche nach Dan Greifthaler erkennen.

»Die letzten Flugwächter sind an Bord zurückgekehrt«, sagte Wallimson. »Ich unterbreche dieses glückliche Treffen nur ungern, aber wenn wir nicht bald aufsteigen, werden wir in diesem Schiff lauter erdkranke Leute haben.«

»Natürlich. Du solltest besser zurückkehren, Cassie. Mike? Was ist mit dir? Willst du mit uns mitkommen oder bei den Greifthalers bleiben?«

»Ich habe Aurora nicht gefragt«, sagte Michael. »Aber ich vermute, dass wir zunächst einmal bei den Greifthalers bleiben. Wie ich Aurora kenne, wird sie das hier bis zum Ende mitmachen wollen. Ich will es jedenfalls.«

Der Abschied ging schnell vonstatten, bestand aus ein paar Grüßen, und dann waren Michael und Cassie weg. Az sah seinen Bruder mit Cassie in den Armen absteigen. Michael kämpfte mit mühsamen Schlägen seiner Flügel gegen die Schwerkraft an. Er wirkte erschöpft, als er in der Nähe von *Bertha* mit seiner schwerknochigen Erdlingsbürde landete.

»Kurs auf die Wolken setzen«, sagte Az zu seiner Crew.

Er hielt den Blick auf die winzigen Gestalten unter ihm gerichtet, bis sich die *Cerulean* in die Wolkendecke schob und der Erdboden in weißem Dunst verschwand.

Der Schatten

Während des turbulenten Aufstiegs durch die Wolken erhaschte Flugleutnant Wallimson einen zweiten Blick auf ein großes, dunkles *Etwas* draußen im Weiß.

Seinen ersten Blick hatte er während der vorletzten Reise durch den Dampf erhalten. Da Wallimson keiner konkreten Position in der Steuergondel zugeteilt worden war, bestanden seine Pflichten als Flugleutnant darin, die Aussichtsfenster im Blick zu haben. Als das Luftschiff zwei Stunden zuvor für eine weitere Erkundung auf die Erde heruntergegangen war, hatte er einen vagen Schemen gesehen, einen fernen schwachen Fleck, der eine grobe elliptische Gestalt hatte und sich ein paar Grad an Steuerbord befand.

Er hatte etwas sagen wollen, aber dann den Mund gehalten. Die anderen Crew-Mitglieder konzentrierten sich auf ihre Instrumententafeln, und der »Skipper« war damit beschäftigt, Befehle zu erteilen. Wallimson hatte das Gefühl gehabt, dass es besser wäre, nichts zu sagen. Er hatte es sich womöglich ohnehin bloß eingebildet. Es war nur flüchtig da gewesen, in der einen Sekunde vorhanden, in der nächsten verschwunden.

Beim zweiten Mal war er sicher, dass er es sich nicht eingebildet hatte. Obwohl der Schemen nur für einen kurzen Moment in Sicht kam, wusste Wallimson jetzt, dass seine Augen ihm keinen Streich spielten. Dies war keine optische Täuschung, die durch das Ruckeln des Luftschiffes oder wogende Wolken oder auch nur eine sanfte Erdkrankheit hervorgerufen worden wäre. Es war eindeutig eine düstere, elliptische Silhouette da draußen, und Wallimson zweifelte nicht im Geringsten daran, was es war.

Es berichten?

Wieder tat er es fast. Er hatte es vor. Um des Wohles aller willen wusste er, dass er es tun musste.

Aber dann hatte er nur ein paar Minuten zuvor eine übelkeiterregende Zurschaustellung von Freundlichkeit gegenüber einem Erdling miterlebt. Er hatte gesehen, wie Az, Mr. Mordadson und Az' Bruder mit diesem weiblichen Erdling sprachen, als wäre er ihnen gleichgestellt und in irgendeiner Weise ihres Respekts würdig. Tatsächlich waren sie geradezu unterwürfig gewesen. Dieser ... dieser *Strauß* hatte sie dazu gebracht, sich in einer Weise zu verhalten, die gänzlich unziemlich für ihre Rasse war.

Verräter, das waren sie. Und Az Gabrielson war der Schlimmste von allen.

Während die Piraten ...

Flugleutnant Wallimson begann immer mehr zu glauben, dass die Piraten von Rotturm ganz und gar keine Abtrünnigen oder Kriminellen waren, sondern dem Wohle der Luftlinge dienten. Sie wussten genau, wie sie die Erdlinge behandeln mussten. Da gab es kein Leisetreten, kein »Bitte« oder »Danke«, kein Verschwenden von Geld oder Vorräten, kein Vortäuschen, dass die beiden Rassen jetzt die besten Kumpels wären. Sie gingen nach unten, nahmen sich, was rechtmäßig ihnen gehörte, und das war's dann. Und wenn die Piraten diejenigen waren, die diese Ölraffinerie zerstört hatten, dann hatten sie offenbar einen guten Grund dafür gehabt.

Alles in allem, dachte er, hatte er mehr mit ihnen gemein als mit den Erdling-liebenden Gutmenschen an Bord der *Cerulean*. Wenn sich die Gelegenheit ergab, würde er froh sein, zum anderen Luftschiff überwechseln und sich der Sache der Piraten anschließen zu können.

Als er also sicher war, dass die *Behemoth* die *Cerulean* durch die Wolkendecke hindurch verfolgte (und er war der Einzige an Bord der *Cerulean*, der dies bemerkte), behielt Wallimson diese Information für sich.

Das Leben, dachte er, würde noch sehr interessant werden.

Aber
was
ist
mit
den
Bohrarbeitern?

Da das Trostlose Bohrloch zerstört war, standen Magnus Uhrkraft und seine Männer vor einer schwierigen Entscheidung: Sie konnten an Ort und Stelle bleiben und auf Hilfe warten, oder sie konnten sich auf die Suche nach irgendwelchen Transportmöglichkeiten machen und versuchen, irgendwie von hier wegzukommen.

An Ort und Stelle zu bleiben war nicht wirklich eine Möglichkeit, nicht in der Unerbittlichen Wüste. Eine

Rettungsaktion würde sicherlich in Gang gesetzt werden, wenn die Westöl-Führungskräfte erst begriffen, dass der Kontakt zur Anlage abgebrochen war. Aber wer wusste schon, wie lange es dauern würde, bis die Retter eintrafen? Die Wüste mochte die Bohrarbeiter längst umgebracht haben, ehe Hilfe kam.

Also wagte sich ein Team von Freiwilligen – angeführt von Uhrkraft persönlich – in die noch immer brennende Anlage. Die Männer suchten nach Nahrungsmitteln und fanden einige, aber ihre Hauptaufgabe bestand darin, nachzusehen, ob irgendwelche Motorfahrzeuge die Katastrophe überstanden hatten.

Und ein paar hatten es tatsächlich.

Das Trostlose Bohrloch besaß eine Flotte von acht offenen Wüsten-Buggys. Hierbei handelte es sich um Fahrzeuge von geringer Reichweite, die dazu benutzt wurden, innerhalb und außerhalb der Anlage herumzufahren. Zum Beispiel erkundeten Geologen, wenn sie zu Besuch waren, damit die nahe Umgebung auf der Suche nach frischen Ölvorkommen. Und die Arbeiter selbst benutzten sie, um rasch von einer Ecke der Anlage zur nächsten zu gelangen.

Einer der Wüsten-Buggys war natürlich bereits weg. Uhrkraft hatte keine Ahnung, was aus den beiden Männern geworden war, die er auf eine Erkundungsexpedition geschickt hatte. Er hoffte, dass es ihnen gut ging, begann aber, das Schlimmste zu befürchten.

Drei der verbleibenden sieben Wüsten-Buggys waren so zerstört, dass sie unmöglich repariert werden konnten.

Das bedeutete, es blieben vier funktionsfähige Fahrzeuge übrig. Uhrkraft und sein Team fuhren auf ihnen durch die Anlage, machten Bogen um Trümmerhaufen, Leichen und Flammen, die aus freigelegten Bohrlöchern schossen.

Die Bohrarbeiter außerhalb der Anlage sahen voller Freude, wie ihr Vorarbeiter in einem Wüsten-Buggy durch das Tor fuhr, begleitet von den anderen Freiwilligen in drei weiteren Fahrzeugen. Es gab also tatsächlich eine Chance, zurück in die Zivilisation zu gelangen.

Aber dann konfrontierte Uhrkraft sie mit einem Vorschlag.

»Wir können wie begossene Pudel nach Hause laufen«, sagte er, »oder wir rächen uns selbst an denen, die uns das hier angetan haben.« Und dann erklärte er, wie.

Während die Arbeiter nachdachten, tauchten wie auf Kommando die beiden Männer auf, die Uhrkraft schon beinahe aufgegeben hatte.

Nachdem sie sich von dem Schock des Anblicks erholt hatten, waren sie nur noch glücklich, mitteilen zu können, dass ihre Expedition ein Erfolg gewesen war.

»Wir haben es gefunden!«, rief der eine.

»Ich kann's kaum glauben, dass es da is, aber es is so!«, sagte der andere.

»Wenn der äußere Anschein nicht trügt, muss es riesig sein. Riesig!«

Uhrkraft wandte sich an die etwa dreißig Überlebenden. »Es is an euch, Jungs«, sagte er. »Es is keine Schande, wie immer ihr euch auch entscheidet. Nach Hause oder Rache? Stimmen wir ab.«

Die Abstimmung ging ohne Gegenstimmen oder Enthaltungen vonstatten.

Rache.

Sofort trug Uhrkraft seinen Männern auf, Steine zu sammeln. Sie würden den Rettern eine Nachricht hinterlassen und ihnen mitteilen, wohin sie gegangen waren. Mit Hilfe der Steine legte Uhrkraft sechs Worte auf dem Boden aus, nicht weit von den Leichen der gefallenen Kameraden:

UNTERWEGS NACH SÜDWESTEN
SUCHEN NACH NADEL

Er fügte einen Pfeil hinzu, der in die richtige Richtung zeigte, um keinen Raum für Fehler zu lassen.

Dann verteilten sich die Bohrarbeiter auf die Wüsten-Buggys. Es war eng darin, denn jedes Auto war dazu gedacht, nicht mehr als vier Leute zu transportieren, und hatte nur kleine Rücksitze. Einige der Männer mussten sich auf die hinteren Bleche setzen.

Die vollbepackten Wüsten-Buggys fuhren im Konvoi los, der eine mit den beiden Kundschaftern voran. Dicke Reifen wirbelten Sand auf. Hohe, fette Auspuffrohre spuckten Rauch.

Eine sechsunddreißig Stunden lange strapaziöse Reise, die beim Trostlosen Bohrloch begann, endete bei einem Tafelberg, der genau südwestlich lag.

Der Tafelberg hatte die Gestalt einer gigantischen Nähnadel. Äonen von Wüstenwinden hatten ein Loch durch den Gipfel getrieben und die Basis bemerkenswert dünn geschleift. Es war eine einzigartige geografische Angelegenheit und ein sehr spezielles Kennzeichen, das aus mehreren Kilometern Entfernung sichtbar war, eines, das unmöglich für etwas anderes gehalten werden konnte.

Der Konvoi aus Wüsten-Buggys hielt davor an. Uhrkraft stieg aus und wandte sich an seine beiden Kundschafter.

»Ich frage nur aus Neugier«, sagte er und deutete zum Fuß des Tafelbergs, »aber war *das da* beim letzten Mal auch schon da?«

»Nein, Boss.«

»Seid ihr ganz sicher?«

»Vollkommen sicher.«

Uhrkraft runzelte die Stirn.

In der Zeit, seit seine Kundschafter diesen Flecken verlassen hatten, war also jemand anders eingetroffen.

Denn am Fuß des Tafelberges parkte ein halb abgedeckter Pritschenwagen.

In der Höhle

»Echo«, sagte Dan.

Echo … Echo … Echo …

»Hören Sie auf, Dan.«

»'Tschuldigung. Ich versuch nur, mich aufzuheitern. Es gefällt mir unter der Erde nich. Ich hätte nie Bergmann werden können.«

»Gehen Sie einfach weiter. Passen Sie auf, wo Sie hintreten. Ich glaube nicht, dass es weit ist.«

Dan zog eine Grimasse und hielt seine Handlampe in

der Hoffnung höher, die Höhlendecke sehen zu können. Aber sie war so hoch, dass der Lichtstrahl sie nicht erreichte, und es blieb ihm nichts anderes übrig, als sich auszumalen, was da oben lag: bloßes Gestein mit scharfen Stalaktiten, die hier und da herunterhingen.

Kein sehr angenehmer Gedanke – all das Gewicht des Gesteins, all die zerklüfteten Stalaktitenspitzen, die kurz davor zu stehen schienen, auf ihn und Hartschutt herunterzufallen. Er wusste, dass die Höhle gewaltig war. Er hatte es an der Größe des Eingangs gesehen, und er erkannte es auch an der Art und Weise, wie ihre Stimmen und Schritte hallten, seit sie sie betreten hatten. Dennoch begann er, sich eingeschlossen und beengt zu fühlen, und klaustrophobische Gefühle stiegen in ihm auf.

Nein, er hätte ganz sicher kein Bergmann werden können. Er hatte Glück gehabt, dass er in das Gewerbe des Düsterspähens hineingeboren worden war.

Er und Hartschutt folgten breiten Zugschienen, die von der Höhlenmündung aus in die Erde hineinführten. Sie hatten das Tageslicht (und den außerordentlich nadelähnlichen Tafelberg) eine halbe Stunde zuvor hinter sich gelassen. Sie marschierten durch reine Dunkelheit und wurden lediglich von ihren Handlampen geführt – deren Licht erbärmlich schwach wirkte und kaum in der Lage war, die Aufgabe zu bewältigen. Da war so viel Dunkelheit, das die Handlampen zurückdrängen mussten. Dichte Dunkelheit, die mit jedem Schritt noch dichter zu werden schien.

Die Gleise selbst schimmerten schwach, sobald das Lampenlicht darüberhuschte – zwei parallel verlaufende Eisenreihen, die der Abwärtsneigung des Bodens folgten.

Dan fragte sich, seit wann es die Gleise wohl geben mochte. Die trockene Wüstenluft führte dazu, dass sich nur langsam Rost bildete, wenn überhaupt. Er vermutete, dass es mindestens zwei Jahrhunderte her war, seit diese Schienen hier ausgelegt worden waren, möglicherweise sogar drei.

Irgendetwas musste hin und her gefahren sein, aber er konnte sich nicht vorstellen, was das gewesen sein sollte.

Er und Hartschutt marschierten tiefer und tiefer hinunter. Dan begann schon darüber nachzudenken, ob diese Höhle möglicherweise nie ein Ende nehmen und mitten in die Eingeweide des Planeten führen würde, in sein Herz, als Hartschutt abrupt stehen blieb.

»Da«, sagte er.

Der gelb leuchtende Schein seiner Handlampe richtete sich auf einen großen, dieselbetriebenen Generator. Siebzig bis achtzig Pferdestärken Leistung, schätzte Dan. Eine Menge Energie.

Nach ein paar Fehlstarts und einigen für einen Vikar ganz und gar untypischen Flüchen bekam Hartschutt den Generator zum Laufen. Licht ging an, während er vor sich hin tuckerte. Erst an der einen Stelle, dann an einer anderen, und jetzt noch woanders, bis Dutzende von Birnen zu brennen begannen. Schon bald war ein beträchtlicher Teil der Höhle durch die elektrische Installation über ihren Köpfen beleuchtet.

Und blinzelnd und benommen begannen Dan und Hartschutt, Dinge zu sehen – wunderbare Dinge.

Die beiden standen am Rand einer großen, kuppelähnlichen Anlage, einer natürlichen unterirdischen Höhle, die durch Menschenhände vergrößert und verbessert worden war. Stahlträger stützten das Dach zusätzlich, und die Oberfläche des Gesteins war mit Sand versehen und dann zu einem beinahe juwelenähnlichen Schimmer geglättet worden.

Der Boden dieser Höhle war voller Flugmaschinen.

Bei den meisten handelte es sich nur noch um Teile. Hier ein Flügel, dort ein Ruder, ein eigenartiger Propeller, ein Teil eines Flugzeugrumpfs.

Ein paar jedoch waren vollständig.

Es gab Helikopter und Windmühlenflugzeuge mit zum Teil festen, schirmähnlichen Rotoren, und es gab eine Reihe von Starrflügelflugzeugen, darunter ein paar ältlich aussehende Doppeldecker aus Holzgestellen mit einer Haut aus Segeltuch. Da waren auch ein paar größere Flugzeuge – Airbusse wurden sie genannt, wie Dan glaubte –, die für den öffentlichen Passagiertransport gedacht waren. Und da waren einige seltsame Dinge, die kaum als Flugmaschinen zu erkennen waren. Modelle, die, wie er vermutete, aus der frühen Geschichte der Luftfahrt stammten.

Er ließ seinen Blick über all das schweifen, mit den aufgerissenen Augen eines Schatzjägers, der gerade den ultimativen Schatz gefunden hat.

Auf Hartschutts Gesicht war ein ähnlicher Ausdruck zu sehen.

»Sie haben's gesagt«, erklärte Dan schließlich. »Sie haben es beschrieben. Aber nich wirklich.«

»Wie hätte ich das auch tun können? Ich kannte es nicht. Ich wusste nur, was andere mir gesagt hatten. Es ist etwas ganz anderes, es selbst zu sehen.«

»Relikte. Es sind alles Relikte.«

»Von unvorstellbarem Wert.«

»Und einige davon sind praktisch noch intakt«, sagte Dan und kratzte sich am Kopf. »Verflucht, wie is so etwas möglich? Wenn ich bedenke, wie weit sie fallen müssen, sollte man meinen, dass sie alle am Ende in Stücke zerrissen worden sind.«

»Es ist erstaunlich, aber einige dieser Flugzeuge gleiten regelrecht zur Erde. Besonders die frühen Modelle, die aus Holz und Segeltuch sind – ihre Leichtigkeit schützt sie vor Schäden. Allerdings nicht die Leute, die darin sind …«

»Wir haben selbst Stücke von Flugzeugen aufgesammelt, meine Kinder und ich, ein- oder zweimal in der Schattenzone. Nur Bruchstücke. Ich vermute, dass sie im Reliquiar des Vikariats aufbewahrt werden.«

»Vielleicht vorübergehend, aber irgendwann werden sie hier gelandet sein. Jedes Stück der Luftfahrt, das jemals irgendwo in den Westterritorien runtergekommen ist, ist hier gelandet. Wir hatten keinen Platz mehr in den Reliquiaren, daher haben wir angefangen, sie im Schutz der Dunkelheit auf Lastern von den Vikariaten hierherzuschaffen und außer Sichtweite zu bringen.«

»Damit wir Erdlinge sie nich bekommen.«

»Genau. Damit die Erdlinge nicht in der Lage sind zu fliegen. Es war in unserem eigenen Interesse als Vikare, sicherzustellen, dass niemand sonst irgendetwas davon in die Hände bekam.«

»Aber die Vikare herrschen nich mehr über den Hühnerhaufen.«

»Was bedeutet, dass diese Flugzeuge frei verfügbar sind.«

»Ich frage mich, was da mal war.« Dan deutete auf eine große Lücke fast in der Mitte der Luftfahrzeugsammlung. Sie war etwa dreihundert Meter lang und hatte die Form eines langgestreckten Ovals. Stahlstützen befanden sich an beiden Enden, an denen dicke Zugseile befestigt waren. Jetzt lagen sie einfach auf dem Boden, aber es war offensichtlich, dass sie einmal dazu benutzt worden waren, etwas zu befestigen.

»Keine Ahnung«, sagte Hartschutt mit einem Achselzucken.

Dan musste an die *Cerulean* denken. Ein Luftschiff hätte gut in diesen Raum gepasst.

»Aber unsere Aufgabe besteht darin«, sprach der Vikar weiter, »herauszufinden, wie viele von diesen Flugzeugen noch brauchbar sind und wie wir sie zum Fliegen bringen können.«

»Wie sollen wir sie nach draußen schaffen?«

»Das ist leicht. Sie können genauso rauskommen wie sie reingekommen sind.« Hartschutt lenkte Dans Blick auf die Stelle, an der die Schienen endeten. Ein großer Schienenwagen lehnte an einer Reihe von Puffern. »Das hier funktioniert durch einen Flaschenzug und ein Gegengewichtssystem, so ähnlich wie die Fahrstühle der Himmelsstädte. Da ist ein Entriegelungsmechanismus oben, so dass der Wagen immer wieder hierher zurückkehrt, wenn er nicht mehr gebraucht wird. Auf diese Weise bleibt er nie monatelang draußen inmitten der Elemente stehen.«

»Wie genau sollen wir die Stücke auf den Wagen laden?«

Hartschutt deutete zur Höhlendecke. Oben befand sich eine Winde, die mittels Metallschienen bewegt werden konnte. Mit Haken versehene Ketten hingen daran. Die Winde konnte jeden Teil der Höhle erreichen.

»Da muss irgendwo ein Steuerpult sein«, sagte Hartschutt.

»Es is alles ziemlich gut ausgeklügelt, was?«, sagte Dan. »Also, wann fangen wir an?«

Vikar Hartschutt krempelte die Ärmel hoch und erklärte: »Was du heute kannst besorgen, das verschiebe nicht auf morgen.«

Festgesetzt

»Skipper?«

»Ja, Steuermann?«

»Ich … ich habe hier eine Fehlanzeige.«

»Was für eine Fehlanzeige?«

»Das Ruder verhält sich eigenartig. Ich bekomme keine richtige Antwort von ihm.«

»Liegt's an einem Kabel?«

»Schon möglich.«

Die *Cerulean* war gerade oberhalb der Wolkendecke aufgetaucht und hatte ihre Reisegeschwindigkeit erreicht. Az hatte sich darauf gefreut, eine Weile keine Turbulenzen zu haben, sondern einfach nur dahingleiten zu können.

Offenbar sollte das nicht so sein.

»Versuchen Sie es weiter. Rigz? Könnten Sie nach achtern gehen und die Ruderkabel überprüfen? Vielleicht hat sich eines losgerissen, während wir eben durchgeschüttelt wurden.«

Der Erste Ingenieur stand kurz davor, den Befehl auszuführen, aber dann zögerte er. Er hatte draußen etwas bemerkt.

»Skipper? Sie sollten sich das mal ansehen.«

Az trat zu Rigz ans Aussichtsfenster. An Steuerbord war ein dunkler Flecken auf den Wolken zu sehen.

»Das da? Das ist nur der Schatten der *Cerulean*, Rigz. Er klebt schon die ganze Zeit an uns!«

»Bei allem Respekt, Skipper, aber das stimmt nicht. Die Sonne steht hoch, und wir sind nach Osten unterwegs. Unser Schatten müsste backbords sein, wo er auch ist.«

Ein Prickeln der Furcht lief Az' Rückgrat entlang.

Und dann, während er zusah, hob sich der dunkle Flecken. Er war nicht *auf* den Wolken, sondern *in* ihnen. Und er tauchte mehr und mehr auf, durchbrach dann die oberste Schicht und begann, eine V-förmige Furche im Weiß zu öffnen.

Die *Behemoth*.

Sie kam hoch. Die Wolkendecke teilte sich um ihre Bugspitze, strömte in dunstigen Schleifen an ihrem Rumpf entlang. Sie kam hoch, zog Dunstschwaden hinter ihren Flossen her. Die schwarz bemalte Außenhaut schimmerte matt im Sonnenlicht.

»Nicht wir haben *sie* gefunden«, sagte Az heiser. »Sie haben *uns* gefunden.«

»Skipper?«, sagte der Steuermann. »Ich habe keinerlei Kontrolle mehr.« Er drehte am Steuerrad, um es zu beweisen.

»Sie haben die Kabel durchtrennt«, sagte Rigz.

»Aber wie?«, fragte Az. »Sie sind doch gar nicht so dicht an uns dran.«

Die Antwort kam einen Moment später. Ein auffällig und geschmacklos gekleideter Mann flog zu den Aussichtsfenstern und winkte allen in der Steuergondel zu. Er hatte wilde Augen und struppige, zitronengrüne Rastalocken, und in seinen Händen befand sich ein Bolzenschneider. Er tat so, als würde er den Bolzenschneider benutzen, dann gab er ein hämisches Kichern von sich und verschwand nach unten zu der immer noch im Auftauchen begriffenen *Behemoth*.

Rigz fluchte.

Mr. Mordadson lächelte freudlos.

Unsichtbar und unhörbar für die anderen kicherte Flugleutnant Wallimson.

»In der Luft«, sagte Az zugleich empört und ungläubig. »Er ist rübergeflogen, während wir in den Wolken waren, hat sich an uns rangehängt und rumgeschnippelt.«

»Er hat uns verkrüppelt«, erklärte Rigz. »Wir sitzen fest.«

»Vielleicht«, sagte Az. »Aber wir haben Flugwächter an Bord. Schlagt Alarm und schickt sie raus. Damit werden die Piraten nicht rechnen.«

Kaum hatte Az das gesagt, zerbarst das Aussichtsfenster nach innen.

Drei Piraten waren von unten aufgetaucht und vor die Steuergondel geflogen. Sie hatten Streitkolben bei sich und zerschlugen damit in kürzester Zeit sämtliche Fenster. Die Crew duckte sich, als Scherben überallhin schossen. Eiskalte Luft wehte pfeifend in die Steuergondel.

Die Piraten kletterten durch die jetzt leeren Fensterrahmen in die *Cerulean*. Die Streitkolben hatten sie sich hinter die Gürtel geklemmt und hielten jetzt stattdessen lange Dolche in den Händen. Ihre Augen wirkten wahnsinnig und waren blutunterlaufen, die Wangen eingesunken und mit Aknenarben übersät, ihre Bewegungen ruckartig und fahrig. Es waren die bekannten Anzeichen von ständigem, lange währendem Missbrauch von Pterin.

Mr. Mordadson trat vor, um sich ihnen entgegenzustellen, aber Az hielt ihn am Arm zurück.

»Lass los, Az.«

»Nein. Sie sind zu dritt und bewaffnet.«

»Na und? Ich hatte schon mit schlechteren Voraussetzungen zu tun.«

»Und sie stehen unter dem Einfluss von Pterin. Ich kann nicht riskieren, dass Sie verletzt werden.«

Mr. Mordadson lächelte spöttisch, als wollte er sagen, dass die Chancen, dass *das* geschah, sehr gering waren.

Dann betraten zwei weitere Piraten die Steuergondel.

Glas knirschte unter ihren Stiefeln, als die Neuankömmlinge an den anderen drei Piraten vorbeigingen und direkt zu Az und Mr. Mordadson traten.

Einer von ihnen lächelte, und zwar der mit den Rastalocken, den sie zuvor gesehen hatten, derjenige, der draußen mit dem Bolzenschneider aufgetaucht war. Er kicherte leise in sich hinein, wie über einen köstlichen, geheimen Witz.

Was den anderen betraf …

Schwarze Schwingen entfalteten sich.

»Gentlemen«, sagte Naoutha Nisrocsdotter. »Beginnen wir mit den Verhandlungen.«

Ultimatum

Sie war groß, hatte kräftige Schultern und wirkte wie eine Statue. Das Leder, das ihren ganzen Körper einhüllte, betonte ihre Konturen und ließ eine kurvenreiche Figur vermuten. Ihre Flügel glänzten wie die eines Raben und schimmerten in mitternachtsblauen Tönen.

Die Crew starrte sie ehrfürchtig an. Az hatte Mühe, es nicht ebenfalls zu tun. Selbst Mr. Mordadson schien verblüfft und ein bisschen sprachlos über ihren Anblick zu sein.

Wie ihr Gesicht wohl hinter der Maske und der Brille aussah? Man konnte nur vermuten, dass es so beeindruckend war wie der Rest.

»Euer Schiff ist nutzlos geworden«, sagte Naoutha. »Ihr seid jetzt vollkommen im Nachteil. Ich gebe euch eine Chance. Wenn ihr euch einverstanden erklärt, nach Hause zurückzukehren und alle Bemühungen einstellt, euch in das einzumischen, was wir tun, werden wir euch in Ruhe lassen.«

»Und wenn wir das nicht tun?«, fragte Mr. Mordadson.

»Bisher haben wir nichts getan, was nicht repariert werden kann. Wenn ihr uns aber weiterhin verfolgt, werden wir etwas tun … das sich nicht reparieren lässt.«

Ihr grünhaariger Kumpan kicherte lautlos bei diesen Worten.

»Damit bleibt uns nicht viel Spielraum, oder?«, fragte Az.

»Nein, Azrael Gabrielson, allerdings nicht.«

»Sie kennen meinen Namen?«

»Fühl dich bloß nicht geschmeichelt, Junge. Wie viele flügellose junge Luftschiffführer gibt es wohl? Obwohl ich vermute, dass ich mich tatsächlich bei dir bedanken sollte.«

»Wofür?«

»Du bist auf der Erde gewesen und hast uns diese Möglichkeiten eröffnet. In gewisser Weise bist du dafür verantwortlich, dass ich und meine Freunde geworden sind, was wir sind. Ohne dich würden wir immer noch unser Leben in Rotturm fristen. Wir wären nur ein weiterer Haufen von perspektivlosen Faulenzern und würden langweilige, dumme Arbeiten verrichten, damit wir uns am Abend etwas amüsieren können. Aber jetzt, sieh uns nur an! Wir sind Piraten! Richtige, lebendige, atmende Piraten! Wir hatten so ein langweiliges und faules Leben, und jetzt haben wir plötzlich einen aufregenden neuen Sinn entdeckt, und das alles nur deinetwegen.«

»Ich fühle mich geehrt.«

»Das solltest du auch.«

»Aber wenn Sie so zufrieden mit sich sind«, sagte Az, »wieso tragen Sie dann diese Maske? Haben Sie etwas zu verbergen? Schämen Sie sich vielleicht insgeheim für das, was Sie tun?«

Naoutha senkte den Kopf, bis zwischen ihren Gesichtern kaum mehr eine Handbreit Platz war. Die schwarzen Gläser der Brille zeigten Az ein schwaches, doppeltes Spiegelbild von sich selbst.

»Ich trage sie, um furchterregend zu wirken«, sagte sie. »Funktioniert es? Hast du Angst?«

Az schüttelte den Kopf, aber tatsächlich hatte er sehr

wohl Angst. Mit der Maske, der Brille und der Lederkleidung wirkte Naoutha weniger menschlich als vielmehr wie ein Insekt – ein großer Käfer vielleicht, oder eine übergroße fliegende Ameise. Sie war erotisch, aber zugleich auch sehr gruselig.

»Deine Augen sagen, dass du welche hast«, erklärte sie. »Und wenn *du* welche hast, stell dir nur vor, was die Erdlinge empfinden müssen, wenn sie mich sehen.«

»Wir haben etliche Flugwächter an Bord«, sagte Az in der Hoffnung, seinerseits auch Naoutha Angst machen zu können. »Einige von ihnen kommen wahrscheinlich gleich her, um nachzusehen, warum wir angehalten haben.«

»Na und?«, erwiderte Naoutha. »Wir haben nicht vor, lange zu bleiben. Wir sind nur hier, um –«

Mr. Mordadson hatte auf einen Moment gewartet, in dem Naoutha abgelenkt war. Dieser Moment war gekommen, und er sprang mit geballten Fäusten auf sie zu.

Aber Naoutha war nicht unvorbereitet. Ihre durch Pterin verstärkten Reflexe arbeiteten mit Höchstgeschwindigkeit. Sie blockte Mr. Mordadsons Fäuste mit den Unterarmen ab und schlug selbst mit dem linken Flügel zu. Der vordere Teil knallte gegen seine Nase. Seine Brille flog herunter. Blut spritzte. Mr. Mordadson fasste sich vor Schmerz ins Gesicht. Ohne innezuhalten, schwenkte Naoutha ihren rechten Flügel tief herum und zog ihm die Beine unter dem Körper weg, so dass er rücklings auf den Boden stürzte.

Blitzschnell waren die anderen Piraten bei ihm. Kniend drückten sie seine Gliedmaßen und die Flügel auf den Boden. Der kichernde Grünhaarige hockte sich auf seinen Brustkorb und drückte ihm einen Dolch an die Kehle.

»Ich muss nur das Zeichen geben«, sagte Naoutha, »und Zucky Zit hier wird dir ein neues Lächeln schnitzen. Nicht wahr, Zucky Zit?«

Zucky Zit kicherte und machte eine Bewegung, als würde er jemandem die Kehle durchtrennen. Seine hervorstehenden Augen hielten Mr. Mordadson davon ab, sich zu widersetzen. Zucky Zit sehnte sich ganz offensichtlich nach einer Möglichkeit, Blut vergießen zu können.

»Er war noch nie richtig im Kopf, unser Zitulph«, erklärte Naoutha. »Als verdorbenes Ei geboren, wie man so schön sagt. Als Junge hat er gern Vögel gequält.«

»Ihnen die Beine ausgerissen«, sagte Zucky Zit mit Genuss. »Ihnen die Hälse umgedreht. Kreisch! Knirsch! Besonders den Rotkehlchen. Freundliche, kleine Bürschlein. Und so vertrauensvoll. Rotbrust, Totbrust.«

»Und er ist immer noch nicht viel besser«, fügte Naoutha beinahe liebevoll hinzu.

Mr. Mordadson starrte zu dem Wahnsinnigen hoch, aber er rührte sich nicht. Er wusste, dass es sinnlos war.

Naoutha machte eine Kopfbewegung und sah sich in einer gebieterischen Haltung in der Steuergondel um. »Gibt's noch weitere Möchtegern-Helden?«

Die Crew blickte auf ihre Hände oder starrte zu Boden.

»Ich glaube nicht«, sagte Naoutha.

Az war versucht, aber er besann sich eines Besseren. Nicht nur, weil Mr. Mordadson einen Dolch an der Kehle hatte. Da war auch die Tatsache, dass Naoutha seinen Freund so leicht in einem Nahkampf besiegt hatte. Wenn Mr. Mordadson nicht gegen sie gewinnen konnte, welche Chance hatte dann er?

»Sie wissen, dass wir Sie und Ihre Piraten nicht einfach so weitermachen lassen können«, sagte Az trotzig. »Wir haben klare Anweisungen vom Silber-Sanktuarium. Sie sollen um jeden Preis aufgehalten werden.«

»Und wie willst du das tun, wenn deine Ruder nicht funktionieren?«, entgegnete Naoutha. »Du kannst im Augenblick nicht einmal lenken.«

»Wir werden einen Weg finden.«

»Tatsächlich?« Sie neigte den Kopf zur Seite, als würde sie ihn mustern. »Nun, wir werden sehen. Du hast dein Ultimatum jedenfalls bekommen. Wie du dich von jetzt an entscheidest, bleibt dir überlassen.« Sie schnippte mit den lederbehandschuhten Fingern. »Jungs? Zeit zu gehen.«

Zucky Zit hielt seinen Dolch auch dann noch an Mr. Mordadsons Kehle, als die drei anderen Piraten seine Beine, Arme und Flügel losließen und aufstanden. Dann erhob sich auch Zucky Zit und zog sich zurück.

Er trat zu Naoutha und den anderen Piraten bei den zerborstenen Fenstern. Im nächsten Moment verschwanden sie alle nach draußen. Sie hielten ein paar Flügelschläge lang Schritt mit der *Cerulean*, dann flogen sie in einer Reihe zurück zur *Behemoth*.

Mr. Mordadson kämpfte sich auf die Beine. Seine Nase blutete heftig, und er zog ein Taschentuch heraus, faltete es zusammen und drückte es dagegen, um den Blutstrom zu stoppen.

Az hob seine Brille vom Boden auf und reichte sie ihm. Mr. Mordadson versuchte, sie aufzusetzen, aber dann zuckte er zusammen und zischte.

»Gebrochen«, sagte er mit belegter Stimme.

»Sie sieht für mich aber noch ganz brauchbar aus.«

»Nein. Meine Nase. Sie hat sie gebrochen.«

»Oh. Aua.«

»Aua ist das richtige Wort.«

Die *Behemoth* nahm Geschwindigkeit auf und setzte sich vor die *Cerulean*. Diese begann, nach Steuerbord abzuweichen, und niemand konnte irgendetwas tun, um das zu verhindern.

»Also«, sagte Mr. Mordadson durch das Taschentuch hindurch. »Wollen wir sie etwa einfach so wegsegeln lassen?«

»Natürlich nicht«, erwiderte Az. »Rigz? Können Sie das Ruder reparieren?«

»Sicher. Es wird allerdings eine Weile dauern. Wenn sie auch nur ein bisschen Verstand haben, haben sie von jedem Kabel ein ganzes Stück rausgeschnitten – all das, was zwischen dem Rumpf und den Flossen zu sehen ist. Ich werde zusätzliches Kabel von irgendwo wegnehmen und es einsetzen müssen.«

»Wie lange wird das dauern?«

»Drei bis vier Stunden.«

»Dann fangen Sie an«, sagte Az.

Rigz flog durch die Deckenluke davon.

»In drei oder vier Stunden werden sie längst weg sein«, sagte Mr. Mordadson. »Genau genommen schon sehr viel früher.«

»Vielleicht«, erwiderte Az. »Aber nicht unbedingt.«

»Hast du eine Idee?«

»Ich glaube ja.«

Gemeinsamkeiten

Der Wagen rollte das letzte Schienenstück auf das Licht beim Höhlenausgang zu. Die Helligkeit dort war blendend. Dan und Vikar Hartschutt blinzelten, während ihre Augen sich an das Licht gewöhnten.

Die Höhlenmündung bildete einen fast vollkommenen Halbkreis. Gleich außerhalb davon, wo die Wüste begann, glaubte Dan sehen zu können, wie Gestalten sich bewegten. Sie drangen rasch in sein Blickfeld. Er zählte zehn Mann. Nein, zwanzig. Nein, mehr.

»Gerald?«, fragte er leise.

»Ich sehe sie«, sagte Hartschutt.

»Wer das wohl is?«

»Ich wünschte, ich wüsste es«, erwiderte der Vikar.

Während der Wagen weiter ins Licht fuhr, schwärmten die Fremden darum herum. Der Wagen rollte die letzten paar Meter über die Schienen und kam dann neben einer kurzen, erhöhten Plattform vor einer Rampe zum Stehen. Das Flugzeug, das Dan und Hartschutt darauf geladen hatten, war eines der neueren Modelle, ein Einsitzer mit gepfeilten Tragflächen und einem erhöhten Cockpit. Die Fremden waren fasziniert davon – und äußerst wachsam und neugierig gegenüber den beiden Männern, die es aus der Tiefe der Höhle herausgeholt hatten.

»Wer sind Sie?«, fragte einer der Fremden. Die Haut auf seinem Gesicht und seinem Arm war rot verbrannt.

»Diese Frage könnte ich auch stellen«, erwiderte Hartschutt.

»Ich bin Uhrkraft«, sagte der andere Mann. »Bohrmeister vom Trostlosen Bohrloch. Oder zumindest war ich das bis vor kurzem. Und Sie, das is leicht zu erkennen, sind ein Vikar.«

»Offensichtlich.«

»Und Sie bestehlen Ihr eigenes Arsenal an Flugmaterial, wie ich sehe.«

»Nicht direkt. Ich kann es nicht stehlen, wenn es *mein* Arsenal ist, oder?«

Dan brach in schallendes Gelächter aus.

Uhrkrafts Miene verhärtete sich. Er sprang geschmeidig auf den Wagen und ging in bedrohlicher Haltung auf Hartschutt zu. »Sie sind wohl ein ganz Schlauer, was, Vikar? Und auch noch hochnäsig. Sie glauben, Sie sind mehr wert als wir Übrigen, so wie das alle von Ihrer Sorte tun.«

Hartschutt zog sein Messer heraus. »Noch einen Schritt weiter, und ich werde Sie abstechen«, sagte er und richtete sein Messer auf Uhrkrafts Eingeweide.

Uhrkraft erstarrte, dann lachte er. »Ich schätze, Sie bluffen. Ich schätze, Sie haben nich den blassesten Schimmer, wie Sie das da benutzen sollen.«

»Provozieren Sie ihn nur«, sagte Dan. »Fordern Sie ihn heraus, und Sie werden es sehen. Er is vom Fahlen Hochland, wissen Sie. Da oben im Norden kriegen die Leute Messer zum Geburtstag.«

Uhrkraft sah ihn stirnrunzelnd an, dann blickte er wieder zu Hartschutt. »Tatsächlich. Nun, es macht keinen großen Unterschied. Wir sind wegen der Flugzeuge hier, und wir sind dreißig, und ihr seid nur zwei. Sie könnten vielleicht mich töten, aber ich bezweifle, dass Sie uns alle töten können. Also lassen Sie das Messer fallen und ergeben Sie sich. Dann wird niemand verletzt.«

Hartschutt ließ das Messer nicht fallen, aber er hielt es waagrecht, um anzudeuten, dass er nicht unbedingt wollte, dass jemand verletzt wurde.

»Darf ich fragen, wofür Sie die Flugzeuge brauchen?«

»Ich wüsste nich, was Sie das angeht«, entgegnete Uhrkraft.

»Wer weiß, vielleicht geht es mich sogar sehr viel an. Es könnte sogar sein, dass Sie und ich, Mr. Uhrkraft, einige Gemeinsamkeiten haben.«

»Wie kommen Sie darauf?«

»Logik. Intuition. Ein Verständnis für Menschen. Offensichtlich wollen Sie diese Flugzeuge für einen bestimmten Zweck, und Ihrer Körpersprache nach zu urteilen vermute ich, dass Sie sie zum Beispiel nicht wollen, um sie irgendwem zu verkaufen. Da ist eine Entschiedenheit an Ihnen, eine Aggression, die ein weniger gewinnträchtiges Motiv nahelegt. Habe ich so weit recht?«

»Sprechen Sie weiter.«

»Sie haben gesagt, dass Sie bis vor kurzem Bohrmeister vom Trostlosen Bohrloch waren. Wenn ich mir Ihre Verbrennungen ansehe und die gleichen Verletzungen bei Ihren Kameraden, würde ich sagen, dass etwas Bedauerliches in Ihrer Ölraffinerie passiert ist.«

»Das is noch eine Untertreibung.«

»Eine Tragödie also.«

Uhrkraft blinzelte und sagte leise: »Ja.«

Dan sah von Hartschutt zu Uhrkraft und wieder zurück. Der Vikar war äußerst geschickt, und Uhrkraft geriet ins

Wanken. Dan erinnerte sich daran, wie Hartschutt *ihn* auf seine Seite gezogen hatte, als er zum Zelt gegangen war, um sich wegen des Angriffs auf *Bertha* zu beschweren. Nun ja, Charisma besaß Hartschutt jedenfalls im Überfluss …

Dan begann sich jedoch unwohl zu fühlen. Er kannte den Vikar jetzt deutlich besser. Er kannte ihn als Mensch. Zu sehen, wie jemand anders von ihm bezaubert wurde, war, als würde man einen Zaubertrick sehen, während man um das Geheimnis hinter der Illusion wusste. Die Magie war noch da, aber man wusste auch um die Täuschung.

Er sah sich an Uhrkrafts Stelle. Er sah sich, wie er seinerzeit entwaffnet worden war. Irgendwie kam es ihm jetzt so offensichtlich vor, worauf Hartschutt aus war. Er benutzte Worte, um eine heikle Situation zu entschärfen. Er manipulierte Uhrkraft, indem er sagte, was immer nötig war, um ihn auf seine Seite zu ziehen.

War es so leicht? Konnte Hartschutt jeden dazu bringen, auf ihn hereinzufallen?

»Möchten Sie mir davon erzählen?«, fragte der Vikar mit eindringlicher Stimme.

Uhrkraft kratzte sich den angesengten Unterarm und nickte dann. »Ja. In Ordnung.«

Entzaubert, entrechtet und entsorgt

Schon bald waren die Bohrarbeiter damit beschäftigt, Fluggerät aus der Höhle zu schaffen und vom Wagen zu rollen, erst auf die Plattform, dann die Rampe hinunter und schließlich auf den Sand. Hartschutt sah mit zufriedener Miene zu. Als Dan sich zu ihm gesellte, wölbte er zur Begrüßung kurz die Brauen.

»Also, was halten Sie von unseren hart arbeitenden neuen Freunden, Dan?«, fragte er.

»Ich halte sie für einen ziemlich anständigen Haufen. Aber ich glaube auch, dass wir ein gutes Stück von unserem Kurs abgekommen sind, Gerald.«

»Das heißt?«

Dan zögerte. Wie sollte er es ausdrücken?

»Als wir uns Ihrem Plan entsprechend auf den Weg gemacht haben, hatte ich den Eindruck, dass es das Ziel war, die Lufttechnik der Luftlinge freizusetzen. Unser eigentliches Ziel bestand darin, diese Technik allen zur Verfügung zu stellen, sie jedem zugänglich zu machen. Die Waagschalen auszugleichen und so weiter. Die Leute sollten die Flugzeuge nehmen und zerlegen und danach eigene bauen.«

»Und?«

»Und jetzt geben wir sie diesen Bohrarbeitern, damit sie sich an dem Luftschiff rächen können, das ihre Raffinerie in die Luft gejagt und ihre Kameraden getötet hat.«

»Und?«

Dan versuchte, seine Worte mit einem Lachen zu untermalen. »Nun, kommt Ihnen das nich wie ein Missbrauch vor? Is das nich der falsche Weg, um die Welt zu einem besseren Ort zu machen? Wir ermutigen sie zur Gewalt gegen die Luftlinge.«

»Gegen Luftlinge, die Menschen umgebracht haben.«

»Ja, aber nach dem, was Uhrkraft gesagt hat, waren sie diejenigen, die damit angefangen haben. Diese Bohrarbeiter. Sie haben zuerst getötet.«

»Weil sie herausgefordert worden sind.«

»Selbst wenn.« Dan presste die Zähne zusammen. »Hören Sie, Gerald, ich sage ja nich, dass es ein Fehler is, nur, dass es nich das is, wozu ich mich bereit erklärt habe.«

»Doch, Dan«, erwiderte Hartschutt kühl. »Sie sagen sehr wohl, dass es ein Fehler ist. Sie sind einfach nur zu höflich, um es mir geradeheraus zu sagen, aber das is Ihre Kernaussage. Sie wollen, dass ich das, was hier angefangen hat, unterbreche. Aber das werde ich nicht tun. Möchten Sie wissen, wieso nicht?«

»Sicher.«

»Zum einen, weil ich es gar nicht aufhalten könnte, selbst wenn ich das wollte. Uhrkraft hat das selbst gesagt. Sie sind dreißig, wir zwei. Wir haben keine andere Wahl, als ihnen nachzugeben. Aber wissen Sie was? Ich glaube, dass sie einen guten Grund haben. Die Leute in dem schwarzen Luftschiff dürfen mit diesem Diebstahl und dem Massenmord und der Zerstörung nicht davonkommen. Jemand muss sie runterholen, und wenn diese Flugzeuge« – er machte mit dem Arm eine ausschweifende Geste in

Richtung der Flugzeugflotte vor der Höhle, die ständig größer wurde – »wenn diese Flugzeuge ein Mittel sind, um dieses Ziel zu erreichen, dann ist das eben so. Meiner Meinung nach gleicht es die Waagschale aus.«

»Ich hatte Sie für einen moralischen Mann gehalten«, sagte Dan verbittert. »Ich dachte, Sie hätten ein gutes Gespür für das, was richtig und falsch is. Ich hatte Sie als jemanden eingeschätzt, der ein bisschen tiefer blickt, der das größere Bild sieht.«

»Das habe ich. Und das tue ich.«

»Wie kommt es dann, dass Sie nich erkennen können, dass das hier eine Spirale der Gewalt in Gang setzt, die außer Kontrolle geraten wird? Wissen Sie, wo das alles endet? Ich weiß es. Es wird nur mit noch mehr Toten enden. Wie mein Sohn. Es wird in sinnlosem, nutzlosem, dummem Gemetzel enden. Es wird eine ganze Reihe von Toten nach sich ziehen, wie meinen Martin, und nich's wird gewonnen sein. Vielleicht wird sogar noch Schlimmeres passieren. Vielleicht wird es die Luftlinge erzürnen, und sie werden woanders zuschlagen, und unsere Regierungen werden sich verpflichtet fühlen zurückzuschlagen, und was is dann mit uns? Ich hab so was schon zuvor gesehen, und ich sage Ihnen, Gerald, wir müssen es verhindern, statt nachzuhelfen und dazu anzustiften. Und Sie *können* es verhindern. Da bin ich mir ganz sicher. Mit Ihrer Redegewandtheit und Ihrer Überzeugungskraft können Sie es diesen Männern ausreden und sie zu Verstand bringen. Wenn Sie es versuchen. Wenn Sie es wollen.«

Hartschutt musterte ihn von oben bis unten, als würde er ihn in einem völlig neuen Licht sehen. Er schwieg einen Moment lang. Dann strich er sich mit einer Hand die flammenden Haare zurück und sagte: »Die Flugzeuge brauchen eine gründliche Überholung, ehe sie geflogen werden können. Uhrkraft und seine Männer haben das Wissen, aber ich bin sicher, dass Ihre zusätzlichen Kenntnisse willkommen wären.«

Dan wusste in diesem Moment, dass er von einem Kameraden zu einem bloßen Mechaniker degradiert worden war. Vielleicht war er das aber auch die ganze Zeit gewesen.

Andererseits – es kümmerte ihn nicht.

»Nein, Gerald«, sagte er mit gelassener Stimme. »Sie werden sich da allein durchschlagen müssen. Ab jetzt bin ich offiziell raus. Ich will damit nich's mehr zu tun haben. Nich's mehr. Ich höre auf. Verstehen Sie?«

»Nur zu gut, Dan. Nur zu gut.« Hartschutt lächelte ein Lächeln ohne Wärme. »Sie haben Ihre Position sehr deutlich gemacht. Ich empfehle Ihnen allerdings dennoch, nichts Unüberlegtes zu tun.«

»Als da wäre?«

»Ich sollte es nicht aussprechen müssen. Stellen Sie sich uns einfach nicht in den Weg. Lassen Sie die Dinge ihren Lauf nehmen. Sie sollten Ihre Oppositionshaltung etwas runterschrauben, und ich denke, das würden auch unsere neuen Verbündeten wollen.«

Dan sagte nichts, sondern schnaubte nur.

»Bleiben Sie in der Nähe«, fuhr Hartschutt fort. »Ob es Ihnen gefällt oder nicht, wir stecken gemeinsam in dieser Sache, die ganze Zeit. Bleiben Sie und sehen Sie zu, wie die Erdlinge ihre ersten Schritte tun, um so luftfahrtüchtig zu werden wie die Luftlinge. Ich denke, es wird eine ziemliche Schau werden, Dan!«

Hartschutt schenkte ihm erneut ein Lächeln ohne jede Wärme.

Dan drehte sich auf dem Absatz um und stapfte davon.

Überlegungen eines ausgedienten Werkzeugs

Dan entfernte sich so weit von der Umtriebigkeit bei der Höhle, wie er sich traute – was nicht sehr weit war. Allerdings bot das Geschrei der Bohrarbeiter, während sie die Flugzeuge abluden, eine Art eigenen Schutz. Es kam ihm so vor, als würden die Gefahren der Unerbittlichen Wüste in Schach gehalten werden, solange er in Sicht- und Hörweite anderer Leute blieb.

Er hielt sich im Schatten des nadelförmigen Tafelbergs und starrte in die Leere um sich herum.

Was für ein Narr er gewesen war!

Jetzt hatte er erfahren, wie wenig Hartschutt wirklich von ihm hielt. Wenn der Vikar sein Vertrauen so schnell und bereitwillig von ihm abwenden konnte, verriet ihm das nur, dass er dem Mann nie wirklich etwas bedeutet hatte. Er war ein nützliches Werkzeug gewesen, weiter nichts, eine Möglichkeit, die Hartschutt mit seinem Pritschenwagen die Gewissheit bot, dorthin zu kommen, wo er hin wollte. Seine Nützlichkeit war jetzt beendet. Hartschutt hatte seine Pläne geändert, und die neuen Pläne schlossen ihn nicht ein.

»Kinder«, sagte Dan in die Wüste hinein. Seine Stimme war kaum mehr als ein heiseres Krächzen. »Fletch, Cass, Robert, es tut mir so leid. Was müsst ihr nur von mir denken? Euer Vater is ein trauriger, irregeleiteter alter Narr. Er is weggelaufen und hat euch hängen lassen, und wofür? Für einen Traum, der sich aufgelöst und in einen Alptraum verwandelt hat! Wenn ich euch jetzt nur sehen könnte! Ich würde mich euch zu Füßen werfen und um Vergebung bitten.«

Aber seine Kinder waren hunderte von Kilometern weit weg. Zwischen ihnen und ihm befand sich eine halbe Wüste und noch mehr.

Es schien Dan sehr unwahrscheinlich, dass er seine Familie so schnell wiedersehen würde.

In den Strahlströmen

Die *Cerulean* stieg weiter; die Propeller waren vertikal nach unten gerichtet, um einen maximalen Anstieg zu gewährleisten. Sie neigte sich jedoch nach wie vor nach Steuerbord, und die *Behemoth* wurde zu einem schrumpfenden schwarzen Fleck am Horizont.

»Hier oben ist eine Gegenströmung«, sagte Az, dessen Lippen so angespannt waren, dass sie eine schmale Linie bildeten. Es war mehr eine Hoffnung als die Äußerung einer Tatsache. »Es muss eine da sein.«

Die Strahlströme waren je nach der Höhe verschieden, in der sie auftauchten. In jeder beliebigen Höhe gab es einen für jede Richtung – ob er nördlich verlief oder südlich, südöstlich oder in irgendeiner der anderen Richtungen. Sie waren in Schichten miteinander verwoben, unsichtbare Windlagen, die sich seidenweich übereinanderschoben.

Kapitän Qadochson hatte ihm das erklärt. Er hatte gesagt, dass die geschickte Nutzung der Strahlströme eine Reise erheblich beschleunigen konnte. Er hatte auch gesagt, dass man im Falle eines Versagens des Steuers stattdessen die Strahlströme benutzen konnte. Das Prinzip war einfach: Man musste einen finden, der in die Richtung führte, in die man wollte, und dann in ihm bleiben, um sich von ihm weiterschieben zu lassen. Wenn er die Richtung änderte oder nachließ, brauchte man nur zu steigen oder zu sinken, bis man einen anderen gefunden hatte.

»Es ist keine genaue Wissenschaft«, hatte Qadochson erklärt, »aber im Notfall genügt es.«

Und wenn dies kein Notfall war, wusste Az nicht, was einer war.

Aber die *Cerulean* schien keinen Strahlstrom ausfindig zu machen, der den gleichen Weg nahm wie die *Behemoth*. Bisher war sie fast tausend Meter gestiegen, und der herrschende Wind trieb sie immer noch auf einem Kurs, der rechtwinklig zu dem des anderen Luftschiffes verlief. Wenn sie nicht bald auf eine brauchbare Gegenströmung stießen, würden sie die *Behemoth* aus dem Blick verlieren.

»Komm schon, komm schon«, sagte Az. Das Beben in seiner Stimme passte zu seinem Zittern. Alle in der Steuergondel zitterten. Jemand hatte Decken geholt, die sie sich um die Schultern legten, aber auch so wurde es kaum warm. Da es keine Fensterscheiben mehr gab, konnte nichts die Luft, die Minusgrade hatte, am Hereinströmen hindern. Eiskristalle bildeten sich auf den Skalen der Messgeräte und auf den metallenen Oberflächen. Der Atem wurde sichtbar.

Az wusste, dass er das Manöver würde abbrechen müssen, wenn sie nicht bald etwas Glück hatten. Die *Cerulean* konnte nicht noch höher steigen, ohne zu riskieren, dass Mitglieder der Crew sich Frostbeulen holten.

Nur noch ein paar Meter. Sicher würde der Wind bald die Richtung ändern …

Az spürte eine ruckartige Bewegung. Die *Cerulean* wurde sanft von hinten angestoßen.

Konnte es sein, dass …?

Es war so!

Das Luftschiff drehte sich zur *Behemoth* hin. Es war in einen neuen Strahlstrom eingetreten, der sie beinahe in die richtige Richtung schob. Und er war stark. Siebzig Knoten, wie die Anzeige des Messgeräts verriet. Die *Behemoth* schien weniger als sechzig zu schaffen.

»Hervorragend«, sagte Mr. Mordadson mit einem anerkennenden Nicken. Seine Nase war inzwischen angeschwollen und wurde hässlich hellviolett. Ohne Brille hatten seine Augen einen zerstreuten, verlorenen Ausdruck.

Zum ersten Mal, seit Az sich erinnern konnte, wirkte der mächtige Mr. Mordadson verletzlich. Az wusste jedoch, dass er in seinem Herzen bereits Pläne schmiedete. Naoutha Nisrocsdotter hatte ihn einmal besiegt. Er würde nicht zulassen, dass es ein zweites Mal geschah.

»Wir sollten in der Lage sein, den verlorenen Boden gutzumachen«, sagte Az. »Wenn dieser Strahlstrom anhält, werden wir in etwa vier Stunden in Schussweite der *Behemoth* sein.«

»Und dann wird abgerechnet«, erklärte Mr. Mordadson.

Mehr musste er nicht sagen.

Nicht mehr lange, und die Situation, die der »höchsten Billigung« bedurfte, würde eintreten.

Vorbereitung zum Angriff

Die Lücke zwischen der *Cerulean* und der *Behemoth* wurde beständig kleiner. Das schwarze Luftschiff wuchs sich vom Tupfen zu einem Flecken aus und von einem Flecken zu einem Klecks, und schon bald war es so nah, dass Az Details ausmachen konnte: die Propeller und die Heckflossen mit dem Totenkopf und den gekreuzten Federn darauf. Die *Cerulean* war noch immer etwa tausend Meter über ihr und kam außerdem aus der Sonne auf sie zu. Mit anderen Worten, es war unwahrscheinlich, dass irgendjemand an Bord der *Behemoth* die *Cerulean* bemerken würde, ehe es zu spät war.

Diesmal war die *Cerulean* im Vorteil, nicht das Piratenschiff.

Sie verfügte außerdem wieder über die Steuerung, zumindest bis zu einem gewissen Ausmaß. Rigz hatte Spanndrähte vom Ballongestänge genommen, um die fehlenden Stücke des Ruderkabels zu ersetzen. Er hatte die Drähte miteinander verflochten, um sie stärker zu machen, ehe er sie an Ort und Stelle montiert hatte. Der Steuermann berichtete, dass er etwa fünfundsiebzig Prozent Kontrolle besaß. Das war unter diesen Umständen nicht schlecht. Genug, um die Aufgabe zu bewältigen.

Die Crew-Mitglieder hatten sich jetzt in mehrere Decken gehüllt, aber sie hatten immer noch blaue Lippen und zitterten.

Az versicherte ihnen, dass sie in Kürze in wärmere Gefilde absteigen würden. »Wir können es uns nicht leisten, den Aufschwung zu verlieren, den wir gerade jetzt vom Strahlstrom bekommen«, sagte er. Dann, während er sich in der Steuergondel umsah, fügte er hinzu: »Ich brauche einen Freiwilligen, der rausgeht und den Enterhaken bedient.«

Tatsächlich gab es nur einen einzigen Kandidaten, nur ein einziges Crew-Mitglied, auf das verzichtet werden konnte. Az heftete seinen Blick auf ihn.

»Ich?«, fragte Flugleutnant Wallimson und wies dabei auf die eigene Brust.

»Sie«, erwiderte Az. »Sind Sie dazu in der Lage?«

Wallimson dachte darüber nach, dann lächelte er. »Ich

würde mich gern nützlich machen«, sagte er. »Sie können auf mich zählen.«

Er näherte sich der Dachluke.

Az war ein bisschen verblüfft, wie begierig Wallimson darauf war zu helfen. Er hatte zumindest mit etwas Widerstand gerechnet. Andererseits war der Flugleutnant seit Gyre verlässlich und gewissenhaft gewesen. Früher einmal ein Stachel in Az' Seite, hatte er sich in ein vertrauenswürdiges Crew-Mitglied verwandelt. Was immer Mr. Mordadson gesagt oder mit ihm getan hatte, um ihn dazu zu bringen, seine Meinung zu ändern, es hatte trotz Az' anfänglichen Befürchtungen gewirkt.

Die *Behemoth* rückte näher und näher.

»Wir sind bald in Reichweite«, sagte Az. »Absinken.«

Und die *Cerulean* sank.

»Alarm geben.«

Eine Sirene heulte in der Nähe der Kabinen.

»Alle Mann auf Gefechtsstation.«

Achtern bildeten die Flugwächter eine Reihe vor der hinteren Luke und packten ihre Lanzen. Mr. Mordadson war bei ihnen. Sie tauchten paarweise weg, zuerst mit einem Salto, nach dem sie sich aufrichteten und nach links und rechts verteilten.

Die Crew in der Steuergondel war angespannt. Was ihn selbst betraf, stellte Az fest, dass ihm gar nicht mehr kalt war. Adrenalin rauschte durch seinen Körper, ließ seinen Puls rasen und sein Blut schneller strömen, so dass es ihn wärmte.

»Jetzt geht's los.«

Verrat, Sabotage, Treuebruch, Doppelspiel, Täuschung und so weiter

Die *Cerulean* rückte hinter die *Behemoth*, folgte in ihrem Kielwasser. Wallimson glitt außen an der Steuergondel entlang; er hielt sich mit einer Hand fest und machte mit der anderen die mit einer Sprungfeder versehene Enterhakenvorrichtung bereit. In der Zwischenzeit nahmen die Flugwächter und Mr. Mordadson Angriffsposition um das Schiff herum ein. Mr. Mordadson hatte sich irgendwo eine zusätzliche Lanze besorgt. Er würde sich die Chance nicht entgehen lassen, Naoutha seinerseits einen Schlag zu versetzen.

Die Piraten schienen die *Cerulean* immer noch nicht gesehen zu haben. Offensichtlich glaubten sie, sie hätten es ihr gezeigt und sie weit hinter sich gelassen. Ihr übermäßiges Selbstvertrauen, spürte Az, würde ihren Untergang bedeuten.

»Wir haben immer noch das Überraschungsmoment auf unserer Seite«, sagte Rigz zögernd, als befürchtete er, es würde sich dadurch auflösen.

»Hoffen wir es«, sagte Az. Dann hob er die Stimme und rief: »Wallimson? Ich möchte, dass Sie –«

Dies war der Moment, ab dem alles schiefging.

Von draußen ertönte ein hohles, metallisches *Chomp*, und Az sah einen Enterhaken auf die *Behemoth* zuschießen, ein Seil hinter sich herziehend. Die *Cerulean* war noch immer leicht höher als das andere Luftschiff, zu hoch, als dass der Enterhaken irgendein Ziel hätte finden, sich irgendwo hätte festkrallen können. Az hatte Wallimson sagen wollen, dass er mindestens noch eine Minute lang nicht feuern sollte. Jetzt musste er ungläubig zusehen, wie der Enterhaken das Ende seiner Reichweite erreichte. Das Seil zog sich straff, und der Haken fiel herunter, landete flach auf der Ballonhülle der *Behemoth*, schlitterte die Außenhaut hinunter und hüpfte weiter, wirbelte an den Propellern vorbei und machte einen Bogen vor der Steuergondel der *Behemoth*. Von hier aus flog er zurück zu seinem Ursprungspunkt, der *Cerulean*.

»Wallimson!«, rief Az und lief zu den Aussichtsfenstern. »Idiot! Ich habe nicht gesagt, dass Sie feuern sollen!«

Aber der Flugleutnant war nicht mehr bei dem Abschussgerät für die Enterhaken. Er bewegte sich vielmehr auf den abgeschossenen Enterhaken zu, der jetzt wie ein nutzloses Pendel unterhalb der Steuergondel hing. Er packte ihn und flog mit ihm in den Händen mühsam und mit Schräglage zu einem der Propeller.

Az fiel die Kinnlade herunter.

Nein.

Nein!

Nein, das würde er nicht wagen!

Aber er wagte es. Mit einer beinahe lässigen Handbewegung warf Wallimson den Enterhaken gegen den Propeller und brachte sich danach in Sicherheit.

Der Haken selbst flog über den Propeller hinweg, aber das Seil verfing sich in den wirbelnden Klingen. Es wickelte sich um sie herum und riss den Haken zurück. Metall kreischte gegen Metall, als die Klingen sich in die Zacken gruben. Einen Moment danach zerbarst der gesamte Propeller in ungleichmäßige Bruchstücke.

Einige der Bruchstücke rissen Löcher in die Außenhaut der *Cerulean*. Andere schlugen wie ein tödlicher Hagel in der Steuergondel ein. Der Navigator Ra'asielson schrie vor Schmerz auf, und dann auch Rigz. Az sah den Ersten Ingenieur zu Boden sinken; Stahl ragte aus seinen Armen und seiner Brust.

Die Propeller-Halterung war verbogen, die Antriebskette gerissen. Sie wickelte sich um die Zahnräder herum, bevor sie sich entrollte und ins Nichts davonsegelte.

Az befahl brüllend, den anderen vorderen Propeller sofort anzuhalten, um zu verhindern, dass die *Cerulean* vom Kurs abkam.

Dann sah er, dass Piraten die *Behemoth* verließen.

Der unerlaubterweise abgeschossene Enterhaken hatte sie auf die *Cerulean* aufmerksam gemacht. Naoutha und ihre Gruppe kamen heraus, um sich dem Feind zu stellen.

Zusammenstoß bei Sonnenuntergang

Die gewalttätige Auseinandersetzung zwischen den Piraten und den Flugwächtern fand am späten Nachmittag statt, als die Sonne unterging. Die rötlichen Strahlen bildeten einen passenden Hintergrund zu den Vorgängen, färbten den Himmel und die Wolken blutrot.

In einer ersten Angriffswelle schossen die Piraten der *Behemoth* mit Armbrüsten. Als die mit Stahlspitzen versehenen Bolzen aus Hickory-Holz auf die Flugwächter zurasten, sah sich Geschwaderkommandeur Iaxson gezwungen, den Befehl zu Ausweichmanövern zu geben. Seine Männer brachen die Formation auf und verteilten sich in alle Richtungen.

Die Piraten hielten das Sperrfeuer aufrecht. Ihre Armbrüste hatten allerdings nur eine kurze Reichweite und waren bei einer Entfernung von mehr als fünfzig Metern unwirksam. Keiner der Flugwächter wurde getroffen oder verletzt. Aber das war ohnehin nicht das Ziel der Piraten. Sie wollten sich Zeit verschaffen und die Flugwächter beschäftigen, während Verstärkung aus der *Behemoth* kam.

Schon bald war das zahlenmäßige Verhältnis zwischen den Piraten und den Flugwächtern ausgeglichen. Die Piraten steckten ihre Armbrüste weg, und Iaxson gab den Befehl, sich wieder zu formieren. Die Flugwächter hielten die Lanzen bereit. Die Piraten bildeten in der Zwischenzeit Gruppen und schwangen ihre eigenen Waffen – eine entmutigende Ansammlung von Nahkampfgerät: Schwerter, Dolche und Äxte, Streitkolben und Keulen und mit Nägeln versehene Eisenkugeln.

Die wilde Piratentruppe verspottete ihre uniformierten Gegner, rief ihnen höhnische Bemerkungen zu und machte grobe, einladende Gesten. Einige von ihnen lachten hämisch, andere sangen unanständige Verse. Der Anführer bei diesen Beleidigungen war der Pirat Zucky Zit. Er vollführte in der Luft einen Kriegstanz, riss die Glieder hoch und runter und schrie wie ein Ara, während ihm die Rastalocken um das Gesicht schlugen.

»Erinnert mich irgendwie an die Panik der Sinkenden Städte«, sagte Iaxson zu Mr. Mordadson. »Erinnerst du dich? Es war kurz nach unserem Abschluss.«

»Ja, nur dass die Leute damals nicht bewaffnet waren und auch nicht unter Pterin standen. Es war eine Welle von Massenhysterie. Sie wussten kaum, was sie taten. Diese hier wissen nicht nur, was sie tun, sondern glauben auch noch, dass die Droge ihnen einen Vorteil verschafft. Und sie könnten recht haben.«

»Aber wir haben auf unserer Seite Disziplin und Ausbildung. Wenn ich die Wahl zwischen dem und den Drogen hätte, würde ich mich immer für die Disziplin und die Ausbildung entscheiden.«

»Ich auch«, sagte Mr. Mordadson, dann kniff er die Augen zusammen. Er hatte gerade Naoutha Nisrocsdotter bei den Piraten erspäht; mit ihren schwarzen Schwingen hob sie sich deutlich von den anderen ab. Sie war sein vorrangiges Ziel. Er und sie hatten noch etwas zu erledigen.

Iaxson machte sich bereit, den Befehl zum Angriff zu

geben, als Naoutha ihm zuvorkam. Sie stieß einen hohen, heulenden Schrei aus, der von den Piraten aufgegriffen und zu den Flugwächtern getragen wurde, die im Schwarm auf sie zukamen. Augenblicklich waren die Flugwächter in der Defensive. Jeder von ihnen fand sich einem Wirbel von Schwerthieben oder Axtschlägen gegenüber und war so beschäftigt damit, seine Lanze zum Parieren einzusetzen, dass er gar nicht dazu kam, sie zum Angriff zu benutzen.

Einige von ihnen starben: Die Piraten zerhackten Flügel, stachen in Bäuche und schlugen Köpfe ein. Ihre Opfer fielen tot oder sterbend in Richtung der Wolken.

Schließlich gelang es Iaxson, die Ordnung wiederherzustellen. Er befahl den Flugwächtern, sich zurückzuziehen und neu zu formieren, und dann gab er das Zeichen zum Gegenangriff. Die Flugwächter stürzten sich in einem Fliegenden Keil auf die Piraten – eine Vorgehensweise, deren Wirksamkeit berüchtigt war, wenn es darum ging, Randalierer auseinanderzutreiben. Die Piraten verteilten sich, aber einige waren nicht schnell genug und endeten mit einer Lanze in der Brust. Auch sie fielen, schrumpften erst auf Puppengröße und waren dann nur noch ein kleiner Fleck, während sie hinuntertrieben, ebenso wie die tödlich verletzten Flugwächter, die die Wolkendecke noch nicht erreicht hatten.

Die Antwort der Piraten bestand darin, den Kampf auf schmutzige Weise weiterzuführen. Sie taten sich zu zweit oder zu dritt zusammen und nahmen sich die Flugwächter einzeln vor. Ein Pirat kam von oben, ein anderer von unten, und wenn ein dritter daran beteiligt war, griff der von hinten an. Auf diese Weise in die Zange genommen und von mindestens zwei Seiten belagert, hatte die Flugwache alle Mühe, sich zu verteidigen.

Der Himmel um die *Cerulean* und die *Behemoth* war erfüllt von Schreien, Stöhnen, Knurren und klirrendem Metall. Lose Federn schwebten umher. Blut regnete herab. Chaos herrschte.

Und mittendrin kämpfte Mr. Mordadson so wild wie alle anderen. Dem einen Piraten riss er mit einem seitwärts gerichteten Schlag seiner Lanze den Kiefer weg. Einen anderen wurde er los, indem er ihn an den Zöpfen packte und herumschwang, immer und immer wieder, bis ein Teil seiner Kopfhaut wegriss. Geblendet von dem Blut, das über sein Gesicht lief, taumelte der Pirat durch die Luft, bis er versehentlich einem seiner Freunde vors Schwert geriet. Eine Arterie wurde getrennt, und der Pirat wirbelte in Spiralen nach unten, hinterließ eine karmesinrote Spur. Mr. Mordadson warf die Handvoll Kopfhaut und Haare hinter ihm her.

Die ganze Zeit über hielt Mr. Mordadson Ausschau nach der Anführerin der Piraten. In dem Gewühl hatte er sie aus den Augen verloren.

Schließlich entdeckte er sie nicht weit entfernt von der *Behemoth*, während sie am Rücken einer Flugwache hing; ihre Beine umklammerten seine Taille wie eine Schere. Der Flugwächter kämpfte darum, sich aus ihrem Griff loszureißen, aber es gelang ihm nicht. Unter den Blicken von Mr. Mordadson packte sie den Kopf des Mannes mit beiden Händen und riss ihn herum. Das Geräusch der brechenden Halswirbel war sogar über den Tumult des Kampfes und das Dröhnen der Maschinen hinweg zu hören – ein scharfes, übelkeiterregendes Knacken. Sie ließ den toten Mann los, und seine schlaffe Gestalt machte sich auf die lange, unaufhaltsame Reise der Erde entgegen.

Mit einem Schrei der Wut legte Mr. Mordadson seine Schwingen an und stürzte auf Naoutha zu.

Naoutha sah, wie er auf sie zukam, und machte sich selbst zum Sprung bereit, um der gerade getöteten Flugwache zu folgen. Sie riss dem toten Mann die Lanze aus der Hand und stieg wieder auf, um sich Mr. Mordadson entgegenzustellen. In der anderen Hand hielt sie ein Schwert, und jetzt stürzte sie sich mit beiden Waffen auf ihren Feind.

Die Heftigkeit, mit der Lanze gegen Lanze stieß, brachte Mr. Mordadsons Arme zum Zittern. Einen Moment später fuhr Naouthas Schwert nach unten, und zwar genau an der Stelle, an der seine rechte Hand die Lanze hielt. Hätte er die Hand nicht rechtzeitig zurückgezogen, hätte Naoutha sie am Handgelenk abgetrennt. Als Gegenleistung versetzte er ihr einen raschen Schlag mit dem Fuß auf ihren Oberschenkel. Gleichzeitig versuchte er, mit einem Flügel einen von ihren zu treffen. Er wollte ihren Flügel lähmen, wenn möglich sogar einen Knochen brechen, aber Naouthas pterin-verstärkte Reflexe führten dazu, dass sie den Hieb frühzeitig spürte und abwehren konnte. Sein Flügel verhedderte sich mit ihrem. Federn kamen durcheinander, weiße und schwarze. Dann pflanzte Naoutha ihren Fuß in Mr. Mordadsons Brust und trat zu, so dass die beiden wieder voneinander getrennt wurden.

Die zwei Feinde umkreisten einander wachsam. Mr.

Mordadson täuschte mit seiner Lanze. Naoutha täuschte mit ihrer.

»Eines muss ich Ihnen lassen«, sagte Naoutha. »Sie sind ein würdiger Gegner – für einen alten Knacker.«

»Mittelalter Knacker, wenn ich bitten darf«, erwiderte Mr. Mordadson.

»Wie auch immer. Was macht eigentlich die Nase? Tut sie weh?«

»Der Schmerz erinnert mich daran, wieso ich dich töten muss.«

Hinter Naouthas Maske erklang ein raues und verächtliches Lachen. »Versuchen Sie es ruhig, mittelalterlicher Knacker.«

Und dann sprang sie plötzlich auf ihn zu. Wenn ihr Gesicht zu sehen gewesen wäre, hätte Mr. Mordadson ahnen können, dass der Angriff bevorstand. Das Gesicht gab unterschwellig Zeichen – ein Zusammenkneifen der Augen, ein Zucken der Lippen –, die die Absicht des Gegners verrieten.

Es gelang Mr. Mordadson, sich zur Seite zu drehen, als sie mit der Lanze nach ihm schlug ... aber er war einen Sekundenbruchteil zu langsam. Die Lanzenspitze spießte seinen linken Arm am Bizeps auf und riss ein Stück Fleisch heraus.

Er unterdrückte einen Schrei. Schmerz flackerte in dem Arm auf, aber er zwang sich, nicht darauf zu achten. Er riss seine eigene Lanze herum und stieß mit ihr nach Naoutha, zielte dabei auf das Emblem an ihrer Brust.

Der Stoß fand sein Ziel, aber Naouthas Lederkleidung und die Tatsache, dass einer seiner Arme nicht richtig funktionierte, bewahrten sie davor, dass sie ernsthaft verletzt wurde. Es gelang ihm, die Lanzenspitze ein paar Zentimeter tief in den höchsten Punkt ihres Brustmuskels zu bohren. Sie tat die Verletzung mit einem Schulterzucken ab; sie wusste, dass das, was sie Mr. Mordadson zugefügt hatte, sehr viel ernster war.

Sie teilte Schläge mit ihrem Schwert aus. Mr. Mordadson parierte mit dem Griff der Lanze. Mit einigem Glück gelang es ihm, ihr das Schwert aus der Hand zu schlagen.

Jetzt, da sie auf gleiche Weise bewaffnet waren, gingen sie noch verbissener aufeinander los. Sie benutzten ihre Lanzen wie Kampfstöcke, kollidierten immer wieder mitten in der Luft, ließen die Lanzen jedes Mal gekreuzt gegeneinanderknallen. Mr. Mordadson trieb Naoutha zurück; dann war es Naoutha, die Mr. Mordadson zurücktrieb. Gefangen in diesem grimmigen persönlichen Kampf hämmerten sie aufeinander ein. Sie schlugen zu, verpassten sich einen Hieb nach dem anderen.

Es hätte vielleicht ewig so weitergehen können. Keiner der beiden schien in der Lage zu sein, die Oberhand zu gewinnen. Keiner war bereit nachzugeben.

Dann plötzlich spürte Mr. Mordadson, wie seine Flügel gepackt und gegen seinen Rücken gedrückt wurden. Er streckte die Flügel und schüttelte die Person ab. Es war nur eine kurze Ablenkung.

Naoutha zögerte nicht.

Sie ließ das Ende ihrer Lanze auf Mr. Mordadsons Schädel knallen.

Und Mr. Mordadson, auf diese Weise bewusstlos geworden, begann in die Tiefe zu stürzen.

Der Bola-Werfer

Az rannte den Mittelgang entlang auf den Bugkonus zu. Er konnte nicht erkennen, wie gut der Kampf außerhalb der *Cerulean* verlief, aber er wusste, dass er nicht einfach nur dafür sorgen konnte, dass die *Cerulean* auf Kurs blieb. Er musste mehr tun. Er musste aktiver helfen.

Indem er zum Beispiel der *Behemoth* irgendwelchen Schaden zufügte.

Als er den Bugkonus erreichte, zog er ein Klappmesser heraus, das er aus Rigz' Magazin genommen hatte.

Rigz. War der Erste Ingenieur noch am Leben? Er und Ra'asielson hatten schlimme Verletzungen erlitten.

Az verschob diese Gedanken auf später. Crew-Mitglieder kümmerten sich um die beiden Männer. Es gab nichts, was er selbst jetzt für sie tun konnte.

Er begann, an der Außenhaut zu schneiden. Der Segeltuchstoff war stärker, als es den Anschein hatte, und er musste das Messer in beide Hände nehmen und regelrecht sägen. Schließlich gelang es ihm, einen Riss zustande zu bringen, der groß genug war, um sich hindurchzwängen zu können. Er drückte erst seinen Kopf durch die Lücke, schob dann Schultern und Rumpf nach.

Und tauchte auf der anderen Seite gleich unterhalb des Bola-Werfers wieder auf, der am Bugkonus befestigt worden war. Noch halb im Ballon, hielt er sich am Gestell des Bola-Werfers fest und hievte sich ganz nach draußen.

Seine Beine lösten sich vom Rumpf der *Cerulean*, und einen schrecklichen Moment lang ruhte sein gesamtes Körpergewicht lediglich auf seinen Händen. Er spürte, wie er abzurutschen begann, und strampelte heftig mit den Beinen, bis er endlich Halt auf dem Werfer fand. Er zog sich empor und brach keuchend auf dem Sitz des Geschützes zusammen.

Es war keine Zeit zum Ausruhen.

Der Mechanismus des Bola-Werfers war denkbar einfach, und er war auch bereits geladen. Az bediente den Hebel des Luftkompressors, bis die Messanzeige auf Grün stand. Dann packte er die Führungsgriffe und drehte das Werferrohr so herum, dass es auf den hinteren Propeller der *Behemoth* an Steuerbord zielte. Er blinzelte durch das Visier und krümmte einen Finger um den Abzug.

Ein Pirat schwebte direkt in sein Blickfeld.

Der Pirat hob seine Waffe – einen Streitkolben – und schwang sie in Richtung von Az' Kopf.

Instinktiv zog Az den Abzugshahn.

Die Bola-Kugeln schlugen gegen den Piraten und schleuderten ihn nach hinten. Die fünf Stahldrähte schnürten sich fest um seinen Körper und die Flügel; einer von ihnen traf seinen Nacken und würgte ihn. Der Pirat begann zu stürzen, während er sich verzweifelt an die Kehle griff.

Az bekam nicht mehr mit, ob der Pirat in der Lage gewesen war, sich von den Bola-Drähten zu befreien und zu retten, denn der Mann geriet rasch außer Sicht. Er sah ihn nie wieder.

Allerdings vermutete er, dass er gerade jemanden getötet hatte.

Höchste Billigung, dachte er.

Aber es ging um Leben und Tod, war sein nächster Gedanke. *Er hätte mir den Schädel zertrümmert, wenn ich nichts unternommen hätte*.

Diese Erkenntnis erleichterte sein Gewissen etwas. Aber nur ein bisschen.

Er machte sich zu einem weiteren Abschuss bereit. Jede Bola befand sich in einem kompakten Zylinder, der in den Werfer eingelegt wurde.

Laden.

Zielen …

Schuss!

Die Bola wirbelte auf die *Behemoth* zu, und ihre Drähte zogen sich auseinander, so dass sie schließlich einen fünfzackigen Stern bildeten, an dessen Spitze sich jeweils ein kugelförmiges Gewicht befand.

Az hatte gut gezielt. Die Bola prallte gegen den Propeller und verfing sich darin, so dass er stecken blieb. Das Resultat war nicht so gewaltig wie beim Sabotage-Akt von Flugleutnant Wallimson, aber es würde genügen. Ein Propeller weniger, noch drei übrig …

Gerade, als er nachladen wollte, sah Az zwei Gestalten nicht weit von der *Behemoth* entfernt kämpfen.

Beide waren schwarz gekleidet. Eine hatte weiße Flügel, aber die der anderen Gestalt entsprachen der Kleidung.

Mr. Mordadson und Naoutha Nisrocsdotter.

Sie schlugen erbarmungslos und unerbittlich mit ihren Lanzen aufeinander ein. Sämtliche Kämpfe, die um ihn herum tobten, waren heftig; die Flugwächter und Piraten standen sich in nichts nach. Aber das war nichts verglichen mit dem Kampf zwischen Mr. Mordadson und Naoutha. Jeder Hieb, jeder Stoß, jeder Schlag zeugte von einer tiefen und dauerhaften Feindseligkeit – und auch von ausgeglichenen Fähigkeiten. So sehr sie beide den Tod des anderen wünschten, konnte doch keiner von ihnen einen Weg finden, ihn herbeizuführen.

Bis sich jemand in den Kampf einmischte.

Az hätte diesen Menschen erkannt, auch wenn er nicht die Uniform der *Cerulean*-Crew getragen hätte, denn seine Art und Weise zu fliegen war einzigartig. Als er sich Mr. Mordadson von hinten näherte, wirkte das unbeholfen und mühsam, denn bei jedem Flügelschlag drehte er sich etwas zur Seite, um die geschmälerte Stoßkraft auszugleichen, die er auf der linken Seite erzeugte.

Az brüllte, um Mr. Mordadson zu warnen, obwohl er wusste, dass er es nicht hören würde. Aber was konnte er sonst tun? Nichts, außer in hilflosem Entsetzen zusehen, wie Flugleutnant Wallimson die Flügel von Mr. Mordadson packte und festhielt. Zwar gelang es Mr. Mordadson, Wallimson abzuschütteln, aber den kurzen Moment, da er aus dem Gleichgewicht geriet, nutzte Naoutha rasch zu ihrem Vorteil.

Und dann sah Az den bewusstlos gewordenen Mr. Mordadson hilflos in Richtung Wolken fallen.

Überläufer

»Wer verflucht bist du?«, fragte Naoutha und richtete ihre Lanze auf Wallimson.

»Ein Freund«, erwiderte er. »Jemand, der dich gerade gerettet hat und zu deiner Gruppe gehören möchte.«

»Du hast mich nicht gerettet. Ich hätte ihn so oder so irgendwann getötet. Das Einzige, was du getan hast, ist, mir den Genuss zu rauben, den ein wirklicher Sieg mir beschert hätte. Allein dafür sollte ich dich abstechen.«

»Hast du nicht gehört, was ich gesagt habe?« Wallimson schob die Lanze zur Seite. »Ich will zu deiner Gruppe gehören. Ich will einer von euch sein.«

»Aber du bist einer von *ihnen«*, sagte Naoutha und deutete auf seine Uniform.

»Was für dich sehr wertvoll sein könnte. Ich kenne ihre Methoden. Ich weiß, wie sie denken. Ich kenne ihre Schwächen. Ich kann dir helfen, sie zu besiegen.«

»Wir besiegen sie auch so.«

»Nein, Naoutha, mit dem größten Respekt, aber das tut ihr nicht. Sieh dich doch um.«

Naoutha ließ ihren Blick rasch über die Schlacht schweifen.

Wallimson sagte die Wahrheit. Während sie sich auf ihren Kampf mit Mordadson konzentriert hatte, hatte sich das Blatt gewendet. Es waren mehr Flugwächter übrig als Piraten. Am Ende hatten sich Disziplin und Ausbildung doch bezahlt gemacht, selbst gegenüber solchen, die unter dem Einfluss von Pterin standen. Die Flugwächter verfolgten die Piraten und trieben sie allmählich zur *Behemoth* zurück.

»Du musst Folgendes tun«, sagte Wallimson. »Zieht euch zurück und nehmt mich mit. Bereitet euch auf einen Kampf an einem anderen Tag vor. *Und* – nehmt Mordadson als Geisel mit.«

»Wen?«

»Mordadson ist der Name des Mannes, mit dem du gerade deinen kleinen Wettstreit hattest.« Wallimson deutete auf die kleiner werdende Gestalt. »Hol ihn dir und schaff ihn auf dein Schiff. Er ist dir lebendig mehr von Nutzen als tot, glaube mir. Überleg mal: ein Emissär des Silber-Sanktuariums in deiner Gewalt. Denk an all die Macht, die er dir geben wird. Denk an die Forderungen, die du dann stellen kannst. Er ist eine wertvolle Handelsware.«

»Maß dir nicht an, mir Befehle zu erteilen.«

»Das tue ich nicht. Ich weise dich nur auf eine goldene Gelegenheit hin, das ist alles. Aber entscheide dich rasch. Wenn du ihn noch kriegen willst, solltest du dich besser gleich auf den Weg machen.«

»Du tust das.«

Wallimson streckte seinen lahmen Flügel aus, so weit es ging. »Das kann ich nicht. Tut mir leid.«

Naoutha dachte über seine Worte nach. Schließlich ließ sie sich mit einem *Tsss* vornüberfallen und tauchte senkrecht nach unten. Innerhalb weniger Sekunden hatte sie Mr. Mordadson eingeholt, dessen ausgestreckte Flügel bei seinem Absturz wie eine Bremse wirkten. Sie machte unter ihm eine Kehrtwende, nahm ihn mit den Armen auf und flog zur *Behemoth* zurück.

Wallimson folgte ihr in das schwarze Luftschiff. Sie hatte ihn nicht eingeladen, das zu tun, aber sie hatte seinen Vorschlag aufgegriffen, was Mr. Mordadson betraf, und daraus schloss er, dass er jetzt in ihrer Gruppe war.

Wie sich die Dinge ändern konnten.

Ein Mitglied von *Federn vor!* und ehemaliger Flugleutnant war soeben Pirat geworden, ein Abtrünniger, ein Gesetzloser.

Wallimson war außer sich vor Freude.

Wer
hätte
gedacht,
dass
eine
Geisel
so
schnell
so
gelegen
kommen
würde?

Die Flugwächter verfolgten die Piraten zurück zur *Behemoth* und versuchten, so viele wie möglich auszuschalten, bevor sie in der Sicherheit ihres Schiffes verschwinden konnten.

Geschwaderkommandeur Iaxson leitete die Verfolgung an Bord. Er war nicht glücklich darüber, dass der Kampf in einem begrenzten Raum fortgeführt werden würde, aber er wollte die Angelegenheit gründlich beenden. Nicht ein einziger Pirat sollte am Leben bleiben.

Als er über die hintere Luke in die *Behemoth* kletterte, rechnete er damit, sich gegen heftigen Widerstand behaupten und um jeden Zentimeter Boden hart kämpfen zu müssen. Er ging davon aus, dass sich die Piraten geschlossen auf ihn und seine Männer stürzen würden.

Was er ganz sicher nicht erwartet hatte, war ein fast gänzlich verlassener Laufsteg. Die Piraten hatten sich offenbar in andere Teile des Luftschiffes zurückgezogen und nur einen einzigen einsamen Stellvertreter zurückgelassen.

Es handelte sich um Naoutha Nisrocsdotter, und bei ihr war ein Mann, auf dessen Herz sie ein Messer richtete.

Iaxson erkannte, dass es sein Freund Mordadson war und dass er lebte, aber bewusstlos war.

»Ihr habt drei Sekunden Zeit, von meinem Schiff zu verschwinden«, sagte Naoutha ruhig. »Ansonsten stirbt er.«

»Das würden Sie nicht –«, begann Iaxson, aber Naoutha drückte die Messerspitze fester gegen den Stoff von Mr. Mordadsons Jacke.

»Eins«, sagte sie. »Zwei.«

Iaxson blieb nur ein kurzer Augenblick, um zu entscheiden, und so entschied er.

»Zurück!«, rief er den Flugwächtern hinter sich zu. »Wir verlassen das Schiff und kehren zur *Cerulean* zurück.«

»Ein kluger Zug«, sagte Naoutha.

»Das hier ist noch nicht vorüber«, entgegnete Iaxson, während er sich zurückzog. »Noch lange nicht.«

»Natürlich nicht«, sagte sie. »Abgesehen davon, dass es das im Augenblick, wie ich denke, sehr wohl ist.«

Zurück in der Steuergondel

Eine Viertelstunde lang konnte Az kaum glauben, dass Iaxson Mr. Mordadson einfach so zurückgelassen hatte.

»Er hätte das nicht gewollt«, sagte er. »Er würde wollen, dass Sie die Aufgabe zu Ende führen.«

»Sie hätte ihn erstochen«, erwiderte Iaxson.

»Das war ein Bluff.«

»Nein, Junge, das war es nicht. Ich habe mehr Erfahrung im Umgang mit diesen Dingen. Sie hätte ihn erstochen, daran besteht kein Zweifel.«

»Also lassen wir sie einfach damit durchkommen?« Az machte eine Handbewegung zu den Aussichtsfenstern hin. Die *Behemoth* legte mehr und mehr Abstand zwischen sich und die *Cerulean*, als sie ins Zwielicht davonkroch. »Mit Mr. Mordadson als Gefangenem?«

»Ich kann keine Alternative erkennen«, sagte Iaxson.

»Aber sie waren bereits auf der Flucht. Als ich gesehen habe, wie Sie mit den Flugwächtern an Bord der *Behemoth* gegangen sind, dachte ich, das war's. Ich dachte, sie würden Mr. Mordadson befreien, mit den übrigen Piraten abrechnen und das Schiff übernehmen, Hurra-Hurra, Ende der Geschichte, Heimfahrt. Deshalb habe ich keine weiteren Bola-Granaten mehr abgefeuert. Ich dachte, wir hätten gesiegt. Aber dann sind Sie alle wieder rausgekommen, den Blick nach unten gerichtet, die Flügel schlaff herabhängend ...«

»Glauben Sie, mich ärgert das nicht? Ich bin genauso enttäuscht wie Sie.« Iaxsons Augen blickten ihn hart an. »Ich habe da draußen gute Männer verloren. Ich würde die Piraten nur zu gern ausgelöscht sehen.«

»Und glauben Sie nicht, dass Mr. Mordadson da zustimmen würde?«, fragte Az. »Ich schätze, er hätte es vorgezogen zu sterben als zuzulassen, dass die Piraten Sie besiegen.«

»Dann ist es Glück für ihn, dass nicht Sie diese Entscheidung treffen mussten. Wie lange kennen Sie Mordadson? Ein Jahr etwa? Ich kenne ihn seit zwanzig Jahren. Wir sind zusammen zur Kadetten-Akademie gegangen. Ich konnte ihn nicht opfern. Ich konnte es nicht. Es war eine Situation, in der es um Leben und Tod ging, und ich habe mich für das Leben entschieden. Sie, Junge, sind wahrscheinlich mit solchen Situationen noch nicht so vertraut.«

»Oh, ich kenne sie gut genug«, erwiderte Az, der an den Piraten dachte, den er mit der Bolas-Granate getroffen hatte. »Und ich weiß auch, dass wir Mr. Mordadson nicht im Stich lassen. Wir bekommen ihn zurück.«

»Nein.«

»Doch, Geschwaderkommandeur, das tun wir.«

»Nein. Es gibt einen anderen Weg. Es muss einen anderen Weg geben.«

»Ich habe den Befehl über dieses Luftschiff. Ich sage, wohin es fliegt, und genau jetzt wird es dorthin fliegen, wohin die *Behemoth* sich begibt.«

»Dann wird Mordadson sterben!«

»Nicht unbedingt. Denken Sie nach. Naoutha hat ihn gerettet. Wallimson muss sie davon überzeugt haben, dass sie ihn lebendig braucht. Solange wir sie jagen, ist er ihr von Nutzen. Er ist ihre Trumpfkarte. Ich wette, solange wir ihnen auf den Fersen sind, wird sie ihn nur töten, wenn es nicht anders geht.«

»Das ist eine sehr seltsame Logik.«

»Vielleicht, aber Naoutha ist auch ein sehr seltsamer Mensch. Geschwaderkommandeur, wenn wir Mr. Mordadsons Chance erhöhen wollen, am Leben zu bleiben, tun wir das am besten, indem wir bei der *Behemoth* bleiben. Ich bin mir da ganz sicher.«

»Vielleicht sollten wir die Crew nach ihrer Meinung fragen«, sagte Iaxson und blickte sich in der Steuergondel um. »Schließlich sind wir in einem ziemlich üblen Zustand.«

Daran bestand kein Zweifel. Der Wind zischte jetzt nicht mehr nur durch die freien Fenster, sondern auch durch die von Schutt erzeugten Löcher in der Wand an Steuerbord. Glasscherben waren auf dem Boden zu sehen, ebenso wie Blutflecken von Rigz und Ra'asielson. Die beiden waren in eine Kabine gebracht worden, so dass jetzt nur noch vier von der Crew übrig waren, abgesehen von Az. Und ein Propeller war ausgefallen und die Steuerung beeinträchtigt.

Es wäre das Leichteste von der Welt gewesen, die Niederlage einzuräumen und aufzugeben. Genug war genug.

Das Schiff konnte nicht – sollte nicht – noch mehr Bestrafung über sich ergehen lassen müssen.

»Jungs«, sagte Az und richtete sich an die verbleibenden Mitglieder der Crew. »Es liegt an euch. Ich habe keine Ahnung, was Captain Qadoschson unter diesen Umständen sagen oder tun würde. Für mich ist es leicht. Die Piraten haben uns unendliches Leid zugefügt, und es kommt mir nicht richtig vor, dass sie damit davonkommen sollen. Flugleutnant Wallimson hat uns reingelegt, und jetzt ist er auf ihrer Seite. Naoutha Niscrocsdotter hält Mr. Mordadson gefangen, und niemand weiß, was sie ihm antut. Das sind die Fakten.

Dann ist da die *Behemoth* selbst. Sie war einmal die *Kaiserin von Lichtfeld*, ein Truppentransporter wie die *Cerulean*. Ihr Schwesternschiff. Ich weiß, dass das Transportieren von Soldaten kaum eine friedliche Angelegenheit ist, aber das war vor langer Zeit. Die *Cerulean* hat vielleicht keine reine Vergangenheit, aber sie hat das inzwischen wettgemacht, während die *Kaiserin von Lichtfeld* als *Behemoth* nur dazu benutzt wird, zu plündern und zu töten. Ich weiß nicht, wie es Ihnen dabei geht, aber mir bereitet es Schmerz, das zu sehen.

Sie ist zum Gespött geworden, eine schwarzbemalte Perversion eines Luftschiffes. Und ich glaube, dass sie wie ein kranker Käfigvogel von ihrem Leiden erlöst werden sollte.

Worum es letztendlich geht, ist, ob Sie den Mut haben, weiterzumachen und das hier zu Ende zu führen. Ob Sie wie ich die Untaten berichtigen wollen, die geschehen sind. Ob Sie nach dem, was wir haben erdulden müssen, das Gefühl haben, dass noch genug in Ihnen steckt, um einen letzten, entscheidenden Schlag zu führen.

Das hier sollte keine große Motivationsrede sein«, endete er. »Ich wollte nur sagen, was ich empfinde. Die Wahl liegt tatsächlich bei Ihnen. Was auch immer Sie entscheiden, werden wir tun. Aber Sie müssen schnell entscheiden, bevor die *Behemoth* außer Sichtweite gerät.«

Die Crew wurde still.

Dann sagte der Rudermeister: »Wir machen weiter.«

Der Steuermann sagte: »Holen wir sie uns.«

Die anderen beiden stimmten zu.

Az wandte sich an Iaxson. »Und Sie?«

Zögernd und ernst nickte der Geschwaderkommandeur. »In Ordnung.«

»Volle Kraft voraus«, verkündete Az. »Alle Maschinen.«

»Aye-aye, Kapitän«, sagte der Steuermann.

Nur Az bemerkte es. Niemand sonst zuckte auch nur mit der Wimper.

Nicht *Skipper.*

Kapitän.

Ein Erdling erhält seine Flügel (wenn auch nicht im metaphorischen Sinne des »Emporsteigens«)

Die Bohrarbeiter arbeiteten den ganzen Nachmittag schwer. Sie benutzten das Werkzeug aus den Wüsten-Buggys, und ihre Bemühungen wurden am frühen Abend dadurch belohnt, dass die Maschine eines Doppeldeckers Rauch ausstieß und zu brüllen begann. Andere Flugzeuge folgten rasch. Erstickte Vergaser husteten und befreiten sich von den Ablagerungen in ihren Zylindern. Festsitzende Propeller drehten sich, zuerst langsam und stotternd, dann aber mit einem weichen, perligen Schwirren. Ehemals unhandliche Querruder antworteten und reagierten auf Befehl.

Der erste Flugversuch fand in der Abenddämmerung statt. Magnus Uhrkraft nahm im Cockpit eines Einsitzers Platz, zog das glockenförmige Glasdach über seinen Kopf und drückte die Zündung. Das Flugzeug rollte in die offene Wüste hinaus und gewann an Geschwindigkeit.

Uhrkraft und Hartschutt hatten ihr Wissen über Aeronautik miteinander verbunden. Keiner der beiden war in irgendeiner Hinsicht ein Experte, was diese Dinge betraf, aber zusammen waren sie in der Lage, eine solide, theoretische Basis zu entwickeln, von der aus sie arbeiten konnten. Es hatte alles mit Auftrieb zu tun. Die Flügel eines Flugzeugs waren so gestaltet, dass die Luft, die über ihnen wehte, schneller war als die darunter. Die abgerundete Oberfläche der Flügel führte dazu, dass die Luft dort ein bisschen weiter wehte als an der flachen Unterseite, aber die gleiche Geschwindigkeit beibehielt. Die Differenz zwischen den beiden Durchflussmengen erschuf ein teilweises Vakuum über den Flügeln und bewirkte somit Auftrieb. Es hob das Flugzeug vom Boden.

Um diesen Auftrieb zu erreichen, musste man jedoch schnell sein. Uhrkraft lehnte sich auf das Gaspedal, und der Einsitzer schoss nach vorn, wurde schneller und schneller. Das hintere Ende schlitterte weiter, und er musste den Steuerknüppel fest packen, um einen geraden Kurs beizubehalten. Die ganze Zeit hing ihm das Herz in der Kehle, und sein Bauch schmerzte vor Angst. Das hier war Wahnsinn, kompletter Wahnsinn!

Plötzlich, ganz und gar unerwartet, hob der Einsitzer ab. Uhrkraft wurde von einem köstlichen, prickelnden Gefühl von Schwerelosigkeit erfasst. Von Fliegen. Er *flog*.

Dann sank das Fahrwerk nach unten, und er rumpelte wieder über den Boden.

Er feuerte die Maschine an. Er hatte einen Vorgeschmack davon bekommen, wie es war, in der Luft zu sein. Es gefiel ihm. Er wollte dorthin zurück.

Der Einsitzer machte einen Ruck und einen Satz, und dann ging er ganz plötzlich erneut in die Luft, aber diesmal blieb er auch dort. Uhrkraft stieß einen Freudenschrei aus. Die zusehenden Bohrarbeiter ebenfalls. Hartschutt lächelte.

Uhrkraft flog weniger als eine Minute, in der er in einer Höhe von etwa zehn Metern blieb. Er experimentierte vorsichtig mit der Lenkung, aber vor allem konzentrierte er sich darauf, den Einsitzer in der Luft zu halten. Schließlich schob er den Steuerknüppel nach unten und kam wieder runter. Er begriff beinahe zu spät, dass er auch die Geschwindigkeit drosseln musste. Der Boden rauschte mit besorgniserregender Geschwindigkeit auf ihn zu. Er nahm das Gas zurück und traf mit einem beängstigenden *Bang* auf dem Wüstenboden auf, hüpfte auf furchterregende Weise wieder hoch. Sein Magen vollführte einen Flickflack. Mehrere Sekunden lang fürchtete er, er hätte die Kontrolle verloren und das Flugzeug würde sich überschlagen und auf dem Dach zum Stehen kommen. Aber der Einsitzer schien sich wieder zu fangen und zu beruhigen, als wollte er genauso sanft auf dem Boden landen wie sein Pilot. Die Flügel schwankten nicht mehr hin und her, und Uhrkraft konnte die Maschine holprig, aber in einem Stück auf dem Boden aufsetzen.

Die Bohrarbeiter klatschten einander auf den Rücken und jubelten, als ihr Vorarbeiter vor die Mündung der Höhle gerollt kam. Uhrkraft verließ das Cockpit als gefeierter Held. Alle seine Männer wollten dem Beispiel ihres Bohrmeisters folgen und die Ketten der Schwerkraft von sich abschütteln. Nur zwei jedoch bekamen die Gelegenheit, bevor das letzte Sonnenlicht vom Himmel strömte und es zu dunkel war, um noch etwas sehen zu können.

Mit Einbruch der Nacht zogen sich die Bohrarbeiter in den Schutz der Höhle zurück, entfachten ein Feuer und kochten ihr Abendessen. Hartschutt war hinausgegangen und hatte ein Dutzend Fleckkaninchen gefangen, kleine Säugetiere mit geschecktem Fell, die von einigen für eine Delikatesse gehalten wurden. Obwohl ihr Fleisch sehnig war, war es auch auf würzige Weise wohlschmeckend, und während die Bohrarbeiter kauten, unterhielten sie sich eifrig über den nächsten Tag. Am nächsten Morgen würden sie alle Piloten sein. Sie hatten auch Pläne für das Herstellen von Waffen, raffinierte improvisierte Geräte, die sie benutzen konnten, um das schwarze Luftschiff anzugreifen. Sie würden die Piraten finden und es ihnen zeigen. Diese Luftling-Drecksäcke würden nicht wissen, wie ihnen geschah.

Während die Bohrarbeiter Pläne entwarfen und Prognosen anstellten, hielt Dan Greifthaler sich zurück und kaute ruhig an einem Bein von einem der Fleckkaninchen. Er hatte seine eigenen Pläne.

Unredlicher Mann

Es mochte Mitternacht oder später sein – Dan hatte das Gefühl für die Zeit verloren –, als endlich auch die letzten Bohrarbeiter aufgehört hatten zu quatschen und eingeschlafen waren. Jetzt war seine Chance gekommen.

Er stahl sich aus der Höhle und schlich zum Tafelberg.

Der Mond war fingernageldünn, und sein schwaches Licht wurde durch die Wolken noch fahler. Er ging wie ein Blinder, streckte die Arme weit von sich und setzte den Fuß bei jedem Schritt vorsichtig und bedächtig auf dem Boden auf. Hin und wieder trat er auf eine unebene Stelle, und wann immer er das tat, blieb er erst einmal stocksteif stehen und horchte. Nie jedoch war in der Höhle etwas anderes zu hören als das Schnarchen der Männer, und jedes Mal war die Quelle ein Stückchen weiter weg. Dafür türmte sich der Tafelberg Schritt für Schritt höher und höher vor ihm auf, erhob sich wie ein riesiger, schattenhafter Obelisk vor dem fahlsilbrigen Feld, das der Himmel war.

Sollte er den halb abgedeckten Pritschenwagen nehmen oder lieber einen der Wüsten-Buggys?

Dan hatte sich noch nicht entschieden. In dem Pritschenwagen würde er sicherlich weiter kommen, aber andererseits war der Wüsten-Buggy für das holprige Gelände besser geeignet und daher über kurze Strecken schneller.

Bevor er sich allerdings auf und davon machen konnte, musste er alle anderen Wagen außer Kraft setzen, damit ihm niemand folgen konnte. Das Entfernen der Verteilerkappen war eine gute Möglichkeit (mit Bedauern erinnerte sich Dan daran, wie er *Bertha* auf diese Weise außer Betrieb gesetzt hatte).

Das einzige Problem war, dass das Herausnehmen der Verteilerkappe eine mühsame Prozedur war und noch dazu nicht leise vonstattenging, schon gar nicht im Dunkeln. Eine einfachere, bessere Lösung war es, die Luft aus den Reifen zu lassen. Es gab eine mit dem Fuß zu betätigende Luftpumpe im Pritschenwagen, die er zurücklassen würde, damit sie die Reifen wieder aufpumpen konnten. Er fragte sich, ob es überhaupt jemand für nötig halten würde, ihm zu folgen, aber für den Fall, dass dem so war, wollte er einen guten Vorsprung haben.

Den ersten Wüsten-Buggy fand er, indem er prompt dagegenlief und sich an der vorderen Stoßstange das Schienbein anstieß. Leise fluchend rieb er sich die Stelle, bis der Schmerz nachließ. Dann kauerte er sich hin und griff nach dem Ventil des Rades, das ihm am nächsten war.

Als sein Nacken sich plötzlich eigenartig anfühlte, begriff er nicht, warum das so war. Da war eine Kälte, die an der Seite entlanglief, gleich bei der Halsschlagader, als hätte jemand einen Eiswürfel daraufgelegt.

»Dan, Dan, Dan …«, sprach eine Stimme dicht bei seinem Ohr.

Die Stimme gehörte Vikar Hartschutt.

In diesem Moment begriff Dan, dass es sich bei der Kälte um die Klinge von Hartschutts Jagdmesser handelte.

Er hatte nichts davon mitbekommen! Der Mann war vollkommen geräuschlos in der Dunkelheit zu ihm gekrochen.

»Ich wusste, dass Sie so etwas versuchen würden«, sagte Hartschutt mit leisem Tadel in der Stimme. »Ich habe es einfach gewusst. Obwohl ich Ihnen gesagt habe, dass Sie bleiben sollen, konnten Sie das nicht tun, nicht wahr? Aber was dachten Sie denn, wo Sie hingehen können? Da draußen gibt es eine riesige Wüste. Dachten Sie etwa, Sie könnten hier einfach rausfahren und nach ein paar Tagen in die Zivilisation zurückkehren? Sie müssen doch wissen, wie unwahrscheinlich es ist, dass Sie das geschafft hätten.«

»Kein Grund, es nich zu versuchen«, knurrte Dan. »Jemand von den Verantwortlichen muss wissen, was Sie tun. Jemand muss es ihnen sagen, damit man Sie aufhält.«

»Und Sie wollen derjenige sein, der das tut, ja? Wie mutig von Ihnen, Dan. Wie edelmütig. Ich würde Sie bewundern, wenn ich Sie nicht für gänzlich fehlgeleitet halten würde. Können Sie nicht sehen, dass wir mit dem, was wir tun, unseren Traum von der Gleichheit mit den Luftlingen verwirklichen? Nicht nur, indem wir unsere Luftkraft benutzen, sondern indem wir sie gegen *sie* benutzen. Es ist vollkommen logisch, vollkommen angemessen. Es ist –«

»Oh, verflucht, töten Sie mich einfach«, blaffte Dan. »Tun Sie's. Bringen Sie's hinter sich. Nur hören Sie auf mit Ihrem langatmigen, hochtrabenden Gequatsche.«

Hartschutt kicherte auf grausame Art. »Ich denke, ich werde Sie wirklich töten. Sie sind ein Störenfried, und ehrlich gesagt sind wir ohne sie alle besser dran. Hmmm. Ja. Ich werde es wie einen Unfall aussehen lassen müssen, als hätte irgendein wildes Tier Sie angegriffen – aber ich bin sicher, dass ich das hinkriege. Die richtige Sorte von Schnitten hier und da. Uhrkraft und seine Männer würden es nicht merken. Ich könnte mich sogar in rechtes Licht rücken, wenn ich sage, dass ich Ihre Schreie gehört hätte und hergelaufen wäre, um Ihnen zu helfen. Aber ich habe es leider nicht geschafft. Ich bin nicht rechtzeitig hier gewesen.«

»Meine Schreie«, sagte Dan mit leiser, fröstelnder Stimme.

»Oh, ja. Von einem wilden Tier angefallen zu werden würde bedeuten, dass Sie geschrien haben, natürlich.«

Dan begann, mit der rechten Hand über den Boden zu

tasten. Da musste irgendetwas liegen, etwas, das er benutzen konnte, um sich zu verteidigen.

»Sie würden mich kaltblütig umbringen«, sagte er in dem Bestreben, Zeit zu gewinnen. »Und ich habe Sie für einen redlichen Mann gehalten.«

»Das bin ich auch meistens«, erwiderte Hartschutt. »Aber es gibt Gelegenheiten, da stoßen Ehre und praktischer Nutzen direkt gegeneinander, und eines von beiden muss weichen. Das hier ist so eine Gelegenheit. Ich habe diesen Punkt mit Ihnen erreicht. Ich bin Ihnen etwas schuldig, Dan, für alles, was Sie für mich getan haben, aber jetzt sind Sie nutzlos und im Weg.«

»Is das wirklich so? Ich schätze nämlich« – Dans Hand fand einen schmalen, scharfkantigen Stein –, »ich schätze, dass das hier nur deshalb passiert, weil Sie Spaß an der Vorstellung haben, jemanden umzubringen.« Seine Finger schlossen sich um den Stein. »Anders, als wenn's ein Tier wäre, meine ich. Sie sind vom Fahlen Hochland und dran gewöhnt, Tiere zu töten. Aber jetzt is ein Mensch hier, und Sie haben die Gelegenheit, ihn zu beseitigen, ohne irgendwelche Konsequenzen befürchten zu müssen, und genau das werden Sie tun. Und wissen Sie auch, warum?«

Hartschutt seufzte. »Ich bin sicher, dass Sie mich erhellen werden.«

»Weil ich unrecht hatte, was Sie betraf. Sie haben nich einen Schnipsel Ehre in sich. Sie sind nich's weiter als ein geisteskranker Fanatiker, so wie die anderen Vikare. Aber das ist okay.«

»Das ist okay?«, wiederholte Hartschutt spöttisch.

»Yep.« Dan nahm den Stein hoch. »Letzten Endes

nämlich, wissen Sie, hab ich auch keinen Schnipsel Ehre.«

Und damit stieß er den Stein nach hinten, rammte ihn mit seiner ganzen Kraft gegen Hartschutts Knie. Er war nicht so scharf wie ein Messer, aber doch fast so gut. Dan konnte spüren, wie er das Gewand des Vikars durchdrang und in seine Kniescheibe schnitt. Dann, als Hartschutt heftig aufschrie, stieß Dan das Messer weg, sprang auf und begann zu rennen.

Er rannte einfach los, nicht in eine besondere Richtung, nicht auf ein bestimmtes Ziel zu. Er lief durch die Dunkelheit, stolperte über Sand und Büsche, in dem einzigen Bestreben, irgendwo hinzukommen, wo Vikar Hartschutt nicht war.

Er lief auch dann noch, als er eigentlich, unter normalen Umständen, vor Erschöpfung zusammengebrochen wäre. Panik und Angst trieben ihn immer weiter in die nächtliche Ödnis der Unerbittlichen Wüste.

Kein Zurück mehr

Die *Cerulean* jagte die *Behemoth* die ganze Nacht hindurch. Az ließ die Scheinwerfer ausgeschaltet, damit die Augen weiterhin an die Dunkelheit gewöhnt blieben. Es war gerade noch möglich, den Schemen der *Behemoth* vor ihnen auszumachen, weil sie sich trotz ihrer dunklen Farbe vor dem Hintergrund der Sterne abhob. Genau da, wo ein ovales Loch im Sternenfeld war, befand sich die *Behemoth*.

Beide Luftschiffe hatten nur die halbe Kapazität zur Verfügung, und so waren sie gleich schnell. Dank Az' abgeschossener Bola-Granate würde es den Piraten nicht möglich sein, der *Cerulean* davonzufliegen.

Zumindest hoffte er das.

Allerdings hatte die *Cerulean* angefangen, einige sehr unglückliche Geräusche von sich zu geben. Quietschen und Stöhnen zitterte durch sie hindurch, und immer wieder setzte der gewöhnlich gleichmäßige Rhythmus der Propeller einen Schlag aus. Trotz ihrer Größe war sie sehr zerbrechlich. Sie war geschlagen worden, hatte Verletzungen erlitten und wurde jetzt an ihre Grenzen getrieben. Sie konnte nicht ewig so weitermachen, und Az wusste, dass immer die reale Chance bestand, dass sie einen Zusammenbruch erlitt – möglicherweise sogar einen katastrophalen.

Auch die Frage der Treibstoffversorgung erhob sich. Die Anzeigen verrieten, dass die Tanks beinahe leer waren, und obwohl die *Cerulean* Reserven hatte, war es fraglich, wie weit sie sie würden bringen können. Mit einem günstigen Rückenwind vielleicht bis zurück nach Rotturm. Aber das war keineswegs gewiss. Ra'asielson hätte Az ziemlich genaue Daten über die betreffende Distanz geben können sowie eine Formel, mit der sich die optimale Geschwindigkeit und Höhe bemessen ließ – aber der Navigator lag bewusstlos in einer Kabine und war dem Tod nahe.

Az wusste, dass der Erfolg der gesamten Mission jetzt

auf seinen Schultern ruhte. Mehr noch, das Leben vieler Menschen hing von ihm ab, und er wusste, dass er in dieser Hinsicht schon bald vor einem schrecklichen Dilemma stehen würde. Irgendwann würde er die Sicherheit einer Person – Mr. Mordadson – gegen die Sicherheit vieler – der Crew und der verbliebenen Flugwächter – aufzuwiegen haben. Er würde sich entscheiden müssen, ob er die Piraten so lange verfolgen wollte, wie es ging, oder ob er den Schaden begrenzen und nach Rotturm zurückkehren wollte. Wenn er Ersteres tat, bestand die Möglichkeit, dass die *Cerulean* es aufgrund von mangelndem Treibstoff nicht zurück in die Zivilisation schaffen würde. Wenn er aber das andere tat, würde Naoutha zweifellos erkennen, dass ihre Geisel unnötiger Ballast war, und sie beseitigen.

Schon bald würde der Moment kommen, ab dem es kein Zurück mehr gab, wenn nämlich die Treibstoffanzeige Az darauf aufmerksam machte, dass es die letzte Chance war, die Fahrt abzubrechen und nach Rotturm zurückzukehren, jetzt oder nie.

Zwölf Stunden, schätzte er. So lange ungefähr konnten sie der *Behemoth* noch auf den Fersen bleiben. So lange konnten sie die Verfolgung fortsetzen. Danach würden sie abbrechen und Mr. Mordadson seinem Schicksal überlassen müssen.

»Ein wirklich netter Plausch«

Mr. Mordadson zuckte zusammen, als er zu Bewusstsein kam.

Sein Schädel schmerzte. Sein Gehirn war wie umnebelt.

Er atmete gleichmäßig und vorsichtig, sog die Luft langsam ein und stieß sie ebenso langsam wieder aus und gewann sein Gleichgewicht zurück.

Der Schmerz ließ nach. Seine Gedanken klärten sich.

Er schätzte seine Lage ein.

Er war an einen Stuhl gefesselt. Seile banden seine Arme und Flügel fest an den Stuhlrücken. Seine Fußknöchel waren ebenfalls mit Seilen verschnürt. Er wand sich und verrenkte sich, aber die Knoten waren fest und gaben nicht nach. Die Verletzung von dem Lanzenstoß in seinem Bizeps brannte furchtbar.

Er befand sich in einer Kabine, und an dem durch die Luke fallenden Sternenlicht erkannte er, dass es keine der *Cerulean* war. Absolutes Chaos herrschte in diesem Raum, vor allem auf dem Boden, der übersät war mit leeren Schnapsflaschen und Drogenzubehör – weggeworfenen Injektionsspritzen und kleinen Glasampullen mit abgeschlagenen Köpfen. Die vielen Glasbehälter klirrten musikalisch zu der Vibration der Maschinen der *Behemoth*.

Die Maschinen selbst, das konnte Mr. Mordadson erkennen, liefen auf Hochtouren. Das bedeutete, dass das

Luftschiff entweder irgendwo dringend hingelangen oder von irgendwo dringend wegkommen musste.

Bevor er ausführlicher über diese Angelegenheit nachdenken konnte, wurde die Kabinentür aufgerissen, und Naoutha Nisrocsdotter trat ein, zusammen mit Zucky Zit und Flugleutnant Wallimson.

Mr. Mordadson war überrascht, Wallimson in Naouthas Gesellschaft zu sehen, aber es dauerte nicht lange, bis er sich zusammenreimte, was geschehen sein musste. Der Flugleutnant hatte die Seiten gewechselt. Und es war sehr wahrscheinlich, dass es Wallimson gewesen war, der ihn während des Kampfes von hinten gepackt und so Naoutha die Möglichkeit verschafft hatte, ihn auszuschalten.

»Ah, wach!«, sagte Naoutha. »Schade. Ich hatte mich schon darauf gefreut, Sie mit ein paar Schlägen wachzuklopfen. Nun, was soll's. Ich tu's trotzdem.«

Sie schlug Mr. Mordadson zweimal, versetzte ihm mit der Rückhand scharfe Hiebe auf die Wangen.

Zucky Zit fand das sehr erheiternd. »Patsch! Patsch!«, rief er und ließ seinen Kopf von einer Seite zur anderen schnellen, als wäre er ebenfalls getroffen worden.

Mr. Mordadson lächelte Naoutha an. »Danke. Sehr erfrischend. Jetzt fühle ich mich gleich sehr viel besser.«

Naoutha musterte ihn einen Moment lang, dann schlug sie erneut zu, diesmal mit der geballten Faust.

»Ooh!«, sagte Zucky Zit und zuckte erfreut zusammen.

Mr. Mordadson drehte den Kopf wieder zurück, um Naoutha anzusehen. Blut sickerte aus seinem Mundwinkel.

»Was bist du nur für ein Quälgeist!«, sagte er. »Diese Fürsorge. Wann fängst du an, mich richtig zu schlagen?«

Bevor Naoutha irgendwas tun konnte, trat Wallimson vor und versetzte Mr. Mordadson einen Faustschlag direkt gegen die geschwollene Nase.

Es war, als würden Glasscherben in seine Nebenhöhlen getrieben, aber Mr. Mordadson weigerte sich, irgendjemandem zu zeigen, wie schmerzhaft das war. Während frisches Blut aus seiner Nase lief, verwandelte sich sein Lächeln in ein Grinsen.

»Was für einen netten Plausch wir doch haben, Naoutha, nicht wahr? Wir vier kommen so schön zurecht. Wir müssen das öfter machen. Du, ich, der Flugleutnant und dieses … dieses Schoßhündchen von dir.«

Zucky Zit plusterte sich auf. »Schoßhündchen?« Er machte einen Schritt auf Mr. Mordadson zu, um ihn ebenfalls zu schlagen, aber Naoutha hielt ihn am Arm zurück.

»Nein, Zit. Er provoziert uns. Er will, dass wir ihn so lange schlagen, bis er vor Schmerz ohnmächtig wird, und dann wird er für uns nicht mehr von Nutzen sein.«

»Verflucht, jetzt hast du meinen raffinierten Plan zunichtegemacht«, sagte Mr. Mordadson.

»Ich kenne diesen Mann, Naoutha«, erklärte Wallimson. »Der spuckt freiwillig keine einzige Information aus. Es gibt nur die Möglichkeit, sie aus ihm rauszuprügeln.«

»Hängt davon ab«, sagte Mr. Mordadson. »Was willst du wissen? Ich erzähle dir zum Beispiel nur zu gern etwas über diesen Flugleutnant hier. Er kam nicht damit klar, dass jemand anders zum Kapitän ernannt wurde, als er dachte, dass er es hätte sein sollen. Das hat genügt, um ihn unserem Feind in die Arme zu treiben – Groll, weil jemand vor ihm befördert wurde. Diese Art Mensch ist dein neuer Verbündeter, Naoutha. Erbärmlich, was?«

»Das ist nicht der einzige Grund, weshalb ich mich auf Naouthas Seite geschlagen habe«, sagte Wallimson steif.

»Nein, sicherlich war auch Ihre persönliche Abneigung gegenüber Az ein Faktor. Alles, um es ihm heimzuzahlen. Aber wissen Sie, was ich denke, was Sie vor allem davon überzeugt hat, Pirat zu werden?«

Mr. Mordadson ließ eine Pause entstehen, so dass der Flugleutnant keine andere Wahl hatte, als zu fragen: »Was?«

»Sie sind eine Missgeburt. Und sehen Sie sich doch nur an, mit wem Sie jetzt zusammen sind. Sehen Sie sie an. Wo könnte sich eine Missgeburt besser zu Hause fühlen als in der Gesellschaft anderer Missgeburten?«

Wutschnaubend stürzte sich Wallimson auf Mr. Mordadson und begann, ihn unbarmherzig zu bearbeiten. Der Kopf des hilflosen Gefangenen zuckte von einer Seite zur anderen, als Wallimson ihm einen Hieb nach dem anderen versetzte, erst mit der rechten Hand, dann mit der linken Hand, überallhin, auf den Mund, die Nase, die Wangen, die Augen. Naoutha musste ihre ganze Kraft aufbieten, um ihn wegzuzerren.

»Nein!«, sagte sie. »Dafür ist später noch Zeit genug.«

Wallimson wehrte sich gegen ihren Griff. Seine Wangen waren vor Demütigung und Verachtung gerötet. »Bastard!«, brüllte er Mr. Mordadson an. »Mich als Missgeburt bezeichnen? Versuchen Sie mal, mit einem einzigen richtigen Flügel durchs Leben zu kommen! Sie werden noch feststellen, wie *Ihnen* das gefällt!«

Mr. Mordadson konnte spüren, wie sich die Haut auf seinem Gesicht anspannte. Blutergüsse bildeten sich überall da, wo die Schläge ihn getroffen hatten. Sein Kopf pochte wie wild, pulsierte gleichzeitig mit seinem Herzschlag. Der Schmerz in der Wunde an seinem Arm kam zu der allgemeinen Qual noch hinzu. Er war nahe daran, sich zu erbrechen.

Trotzdem zwang er seinen Mund erneut zu einem Lächeln, oder zumindest zu etwas, das einem Lächeln so nahe kam, wie es ihm mit den zerschundenen und geschwollenen Lippen möglich war.

»Das gefällt Ihnen, Wallimson, oder? Die Rechnung mit mir zu begleichen. Sich dafür zu rächen, was ich mit Ihnen in Gyre getan habe. Nun, genießen Sie es. Ich werde nicht ewig an diesen Stuhl gefesselt sein, und dann werde ich Ihnen das ein oder andere über das Zufügen von Schmerz beibringen. Das gilt auch für Sie, Naoutha.«

Wallimson machte erneut einen Satz, aber Naoutha wirbelte herum und schob ihn aus der Kabine.

»Bleib draußen«, befahl sie. »Und du auch, Zit. Raus.«

Der magere Pirat jaulte flehentlich.

»Nein«, sagte Naoutha. »Ich glaube, ohne euch bekomme ich bessere Ergebnisse.«

Zucky Zit verließ die Kabine schmollend.

Naoutha schlug die Tür zu und verschloss sie und drehte sich dann wieder zu Mr. Mordadson um. »Also schön. Jetzt sind wir beide allein …«

»Also, darum ging's die ganze Zeit, ja?«, sagte Mr. Mordadson und schnalzte mit der Zunge. »Du hast ein Faible für alte Männer. Ich wusste es! Und ich habe nicht mal einen Blumenstrauß oder eine Flasche Wein oder so was in der Art dabei!«

»Es reicht«, sagte Naoutha. »Sparen Sie sich Ihre billige Angeberei. Ich bin nicht hier, um mich davon beeindrucken zu lassen, wie gut Sie eine Bestrafung aushalten. Ich will Fakten, und ich werde sie kriegen.«

»Sicherlich ist doch Wallimson bereits eine exzellente Quelle für Nachrichten.«

»Er war sehr hilfreich, ja, aber da sind noch ein oder zwei Dinge, die ich abklären muss.«

»Nun, da wir beide allein sind, wie du gesagt hast, Naoutha, werde ich sehen, was ich tun kann.«

»Sarkasmus«, sagte Naoutha mit einem geräuschvollen Naserümpfen. »Erheiternd. Und jetzt sagen Sie mir, warum die *Cerulean* uns so hartnäckig verfolgt?«

Das erklärt, wieso die Behemoth *so schnell fliegt*, dachte Mr. Mordadson. *Az ist hinter ihr her und gibt nicht auf. Guter Junge*.

Er sagte: »Vielleicht gibt es da irgendeine unwiderstehliche Anziehungskraft zwischen der *Cerulean* und der *Behemoth*. Luftschiff-Liebe! Schließlich ist die *Cerulean* ziemlich lange die Einzige ihrer Art gewesen. Sie muss einsam gewesen sein. Regelrecht geil. Und dann kommt da ein anderes Luftschiff. Nicht gerade ein Hingucker, aber

Bettler können es sich nicht leisten, wählerisch zu sein. Und so –«

»Genug«, sagte Naoutha. Sie klang allmählich richtig verärgert. »Ich meine es ernst. Das hier bringt Ihnen nichts. Diese ganze Situation bringt Ihnen nichts. Verstehen Sie nicht? Ihr könnt nicht gewinnen. Ihr werdet uns nie besiegen. Wie viele Flugwächter ihr auch schickt, ihr werdet keinen Erfolg haben. Wir werden euch jedes Mal schlagen, weil wir jünger und schneller sind, und vor allem, weil wir nichts zu verlieren haben.«

»Na, wer gibt sich jetzt wohl billiger Angeberei hin?«

»Es ist keine Angeberei, wenn man daran glaubt.«

»Wie kommt es dann, dass ihr vor der *Cerulean* flieht? Man könnte daraus schließen, dass eure Seite den Kampf doch nicht gewonnen hat. Ich vermute, dass ihr eine Pattsituation erzwungen habt, mit mir als Hebel. Aber auch so ist die *Cerulean* euch noch auf den Fersen, und ihr könnt sie nicht abschütteln.«

»Gut geschlossen. Und fast korrekt. Sie glauben nicht, dass wir wirklich fliehen, was?« Naoutha hatte ihre Haltung wiedererlangt. Es war leicht, aus dem Tonfall ihrer Stimme auf einen triumphierenden Spott hinter der Maske und der Brille zu schließen.

»Wie soll ich es nennen? ›Taktischen Rückzug‹?«

»Das Wort, das gewöhnlich dafür benutzt wird, heißt Falle.«

»Falle«, echote Mr. Mordadson. Sein Magen fühlte sich an, als hätte jemand einen großen Stein hineingeworfen.

»Wir führen einen Tanz mit der *Cerulean* auf«, erklärte Naoutha. »Und an einer bestimmten Stelle werden wir in die Wolken abtauchen, sie abschütteln und uns irgendwo verstecken, wo sie uns nicht leicht finden kann. Und wenn sie uns schließlich findet, werden wir unsere Angriffsfähigkeit wieder zurückerlangt haben … und das wird für euer kostbares Luftschiff das Ende bedeuten. Dann wird es nichts mehr geben, was uns davon abhält, uns unseren eigenen Angelegenheiten zu widmen.« Sie straffte selbstzufrieden die Schultern.

»Du bist nicht wirklich wegen irgendwelcher Informationen hergekommen«, sagte Mr. Mordadson mit kalter Gewissheit. »Du wolltest nur prahlen.«

»Schuldig im Sinne der Anklage. Aber in gewisser Weise haben Sie mich mit Informationen versorgt, Mordadson. Ihre Reaktion spricht Bände. Sie sagt, dass Sie verstehen, dass Sie der Köder in der Falle sind, und dass Sie glauben, dass die *Cerulean* nicht in der Lage sein wird, der Verlockung zu widerstehen. Der junge Gabrielson wird Sie nicht im Stich lassen, was bedeutet, er spielt uns direkt in die Hände.«

»Nein, nein, Az wird mich aufgeben, wenn es sein muss. Er ist kein Narr. Er wird begreifen, dass ich verzichtbar bin. Wir sind hier weit weg von irgendwelchen Luftstraßen, weit weg von der nächsten Tankmöglichkeit. Er wird bald die Entscheidung treffen, mich zurückzulassen und nach Hause zu fliegen.«

»Zum Bluffen ist es zu spät. Sie haben bereits Ihre wahren Gefühle verraten.«

Sie rieb sich die behandschuhten Hände. »Ein sehr befriedigendes Ergebnis. Und ich musste nicht einmal zur Gewalt greifen. Alles, was ich gemacht habe, war, meinen Verstand zu benutzen. Vielleicht könnten Sie daraus etwas lernen.«

Ihr Gefangener gab ein bellendes, bitteres Lachen von sich. »Der Tag, an dem ich von dir lerne, Naoutha Nisrocsdotter, ist der Tag, an dem ich sterbe.«

»Nur nicht zu hastig. Niemand hat vom Sterben gesprochen – zumindest jetzt noch nicht. Obwohl ich allerdings sicherstellen muss, dass Sie nicht irgendwas Nerviges machen, so was wie einen Fluchtversuch. Die Seile sind fest und gut, aber selbst zusammengepresst wie ein Truthahn könnten Sie einen Weg finden, sich von ihnen zu befreien. Wenn mir nur irgendein Mittel einfallen würde, das Sie hilflos macht …«

Sie tat, als würde sie ihr Hirn anstrengen und dann auf eine Lösung kommen.

»Ah! Natürlich!«

Sie zog eine Ampulle mit einer klaren Flüssigkeit aus ihrer Hosentasche.

»Pterin«, sagte Mr. Mordadson. »Schön. Mach ruhig. Verstärke meine Kraft und Widerstandsfähigkeit. Dann habe ich eine weit größere Chance, mich zu befreien.«

»Eine einfache Dosis würde Ihnen sicherlich nützen.« Naoutha holte zwei weitere Ampullen hervor. »Aber eine dreifache?«

Mr. Mordadsons Augen wurden starr.

»Ich bin sicher, Sie wissen, was eine Überdosis Pterin dem menschlichen Körper antut«, sagte sie. »Eine zu hohe Konzentration im Blutkreislauf erzeugt alle möglichen Reaktionen. Herzklopfen. Unkontrollierbares Zittern. Verlust der Kontrolle über die Muskeln. In einigen extremen

Fällen kann es auch zum Tod führen. Aber hoffen wir, dass das hier nicht der Fall ist. Ich will lediglich, dass Sie sich für die nächsten paar Stunden in ein sabberndes, zitterndes, inkontinentes Wrack verwandeln, nichts wirklich Spektakuläres.«

Sie bückte sich und suchte auf dem Fußboden der Kabine herum, bis sie eine der gebrauchten Injektionsspritzen packte. Sie brach die Kappen der drei Ampullen und führte die Nadel in jede einzelne, dann zog sie den Inhalt in das Rohr des Injektionskolbens. Danach hielt sie die Spritze mit der Nadel nach oben und klopfte gegen das Rohr, damit die winzigen Luftbläschen in der Flüssigkeit nach oben stiegen und sich eine Lufttasche bildete. Sie beseitigte diese Lufttasche, indem sie den Kolben sanft drückte, bis ein Tropfen Pterin an der Nadelspitze auftauchte. Sie machte all das sehr langsam und so, dass Mr. Mordadson alles sehen konnte. Sie ließ sich Zeit. Sie summte währenddessen eine Melodie.

Schließlich drehte sie die Spritze um und hielt ihm die Nadel an den Hals.

»Da?«, fragte sie. »Oder am Arm?«

»Mach's doch einfach«, blaffte Mr. Mordadson.

»Geduld. Man darf so etwas nicht übereilen. Ja, der Hals. Auf diese Weise kommt die Droge schneller in Ihr Hirn.«

Mr. Mordardson machte sich gefasst.

»Und jetzt wird's ein kleines bisschen wehtun«, sagte Naoutha und rammte ihm die Nadel in den Hals.

Sekunden später begann Mr. Mordadson zu schreien.

Ja oder nein

Es war eine lange, lange, laaaaaange Nacht. Die *Behemoth* war immer noch vor ihnen, ein blanker Flecken am Himmel, ein Fleck vor den Sternen. Die *Cerulean* stöhnte wie ein erschöpfter Mensch, der schlafen wollte und um Ruhe bettelte. Az schaffte es selbst kaum, wach zu bleiben. Immer wieder fielen ihm die Lider zu, und der Kopf sank herab. Irgendwie zwang er sich, dem Schlafbedürfnis nicht nachzugeben. Er wusste, dass Mr. Mordadson auf ihn zählte. Und die ganze Zeit kroch die Treibstoffanzeige weiter und weiter nach unten, eilte der roten Zone und dem L für Leer entgegen. Und dann war da in dieser Höhe der bittere, eiskalte Wind. Und die nicht minder eisige Furcht in seinem Innern. Die Furcht vor dem Versagen, vor dem Unheil, davor, einen Freund in dieser Stunde der Not im Stich zu lassen.

Als mentale Übung, um sich vom Einschlafen abzuhalten, wählte Az Sterne aus und benannte die Konstellationen, alle Sternengruppen, die er kannte und die eine Figur oder ein Wesen aus der Mythologie der Luftlinge darstellten und jeweils ihre eigene Geschichte hatten. Er erinnerte sich, wie er dies getan hatte, als er das erste Mal im Silber-Sanktuarium gewesen war und Lady Aanfielsdotter ihn darum gebeten hatte zu sagen, ob er ihren Auftrag, zur Erde zu reisen, annehmen würde. Die gewaltigen Veränderungen, die seither in seinem Leben stattgefunden hatten, waren alle diesem einen Moment entsprungen.

Diesem Moment …

Es war spät, die Zeit knapp, und Lady Aanfielsdotter konnte nicht mehr warten. Sie brauchte eine Antwort. »Ja oder nein?«

Az sagte nein, und von da an war er ein gewöhnlicher Junge. Ein Junge ohne Flügel, ja, aber ansonsten nur ein Siebzehnjähriger, der das normale, durchschnittliche und alltägliche Leben eines siebzehnjährigen Luftlings lebte. Er musste sich nicht mit den Humanisten abgeben, die die Himmelsstädte zerstören wollten. Er musste sich nicht dem wahnsinnigen Vikar Schmetterlänger entgegenstellen, der versuchte, ihn zu erwürgen. Und es fand auch nichts von all dem hier statt – den heftigen Kämpfen gegen die Piraten, dem Tod in der Luft, dem Beschießen eines Mannes mit einer Bola-Granate, dem unablässigen Verfolgen der *Behemoth* durch die Dunkelheit. Az beendete die Schule und suchte sich irgendwo eine Arbeit. Er war nur ein weiterer Bürger.

Er sagte nein, und Lady Aanfielsdotter nickte, aber sie war eindeutig enttäuscht. Graf Gyre stand ganz in der Nähe im Sternendom. Der Graf hielt den Papierstreifen mit dem Symbol von Az' Prophezeiung hoch. Er deutete auf das Fragezeichen in der Mitte des Doppelpfeils.

»Hoch oder runter?«, fragte er, zog die Lippen zurück und brachte seine gelblichen Wäscheklammerzähne zum Vorschein. »Licht oder Dunkel? Richtig oder falsch? Ja oder nein?«

Az' Entscheidung blieb bestehen, blieb eindeutig nein, und so gab es auch keine Übungsstunden mit Mr. Mordadson, er war nie Kapitän eines Luftschiffes, sondern blieb zu Hause bei seinen Eltern, ohne jemals einen Begriff wie »höchste Billigung« zu hören. Er sagte nein, weil das die leichtere Wahl war, die Antwort, die ihm keine Angst machte, die Variante, bei der die wenigsten unwillkommenen Begleiterscheinungen und Komplikationen zu erwarten waren. Wieso um Gefahren bitten? Wieso sich selbst der Bedrohung und dem Unglück, dem Schmerz und dem Tod aussetzen?

Er sagte nein, und der Graf riss den Papierstreifen in Fetzen und neigte den Kopf.

Auch Mr. Mordadson war im Sternendom. Er sah zur Seite, als würde er sich weigern, Az' Blick zu begegnen. Michael schämte sich für ihn. Aurora ließ bedauernd die Flügel sinken.

Dennoch sagte Az nein, und es gab keine Cassie. Es hatte nie eine Cassie gegeben. Er war ihr nie begegnet. Sie hörte auf zu existieren.

Er versuchte, froh darüber zu sein. Wenn er an sie dachte, dann immer mit verletzten Gefühlen und einem Gefühl von Betroffenheit. Ohne sie war sein Leben doch ordentlicher und einfacher, oder nicht? War er so nicht besser dran?

Ja.

Nein.

Az sah Lady Aanfielsdotter in die Augen und gab ihr die endgültige Antwort, diejenige, von der er gewusst hatte, dass er sie irgendwann geben würde, dass er sie die ganze Zeit hatte geben sollen. Er nickte zur Unterstützung, als er sagte –

»Sir? Kapitän? Haben Sie mich gehört?«

Az zuckte zusammen. Idiot! Jetzt war er doch eingeschlafen!

»Sir?«

»Ja, Rudermeister??«

»Die *Behemoth* taucht ab.«

»Sie taucht ab?«

»In die Wolken, wie es aussieht.«

Der schwarze Schemen vor ihnen stieg tatsächlich zur mondbeschienenen Wolkendecke hinab. Nicht lange, und die Propeller peitschten die oberen Schwaden zu Dunstwirbeln auf.

»Sollen wir ihr folgen?«

Az dachte angestrengt nach. »Wenn wir ihnen da hinein folgen, werden wir sie ganz sicher verlieren. Es ist das, was die Piraten wollen. Also bleiben wir lieber hier und warten darauf, dass sie zurückkommt. Wir gehen in Wartemodus. Die Maschinen sollen anhalten. Wir benutzen sie nur, wenn wir von unserer Position abgetrieben zu werden drohen. Wir bleiben hier und halten Wache.«

Die Propeller hörten auf, sich zu drehen, und die *Cerulean* trieb dahin.

Az blinzelte hinunter zur Wolkendecke, die sich seidig teilte, um die *Behemoth* aufzunehmen. Augenblicklich war das schwarze Luftschiff eingehüllt. Die Wolken schlossen sich über ihr. Sie war verschwunden.

Er dachte daran, wie sie wieder auftauchte, was sie früher oder später würde tun müssen. Hatte er gerade das Richtige angeordnet?

Der Traum fiel ihm wieder ein, den er gerade gehabt hatte.

Entscheidungen.

Ja oder nein.

Am Ende war es das, woraus das Leben bestand: eine endlose Folge von Alternativen. Dies tun oder das. Man konnte nie wissen, was der richtige Weg war, man konnte nur den eigenen Instinkten und dem Urteilsvermögen vertrauen und sich für etwas entscheiden und hoffen, dass es sich in der Rückschau als gute Wahl herausstellen würde. Man konnte nicht umkehren, wenn man sich erst auf einen Handlungsweg festgelegt hatte. Es gab keine zweiten Wahlmöglichkeiten.

Mit anderen Worten, wenn dieses Vabanquespiel keinen Erfolg hatte, war Mr. Mordadson tot.

Der Messerkraut-Mahlstrom

Bei Tagesanbruch ergraute die Welt, und Dan Greifthaler kroch unter dem Felsvorsprung hervor, unter dem er sich die letzten paar Stunden zitternd und mit angezogenen Knien verborgen hatte. Die Nachtkälte war bis in seine Knochen gedrungen, und sein Körper fühlte sich so steif an wie ein Stock. Er verbrachte einige Minuten damit, sich zu strecken und zu beugen und etwas Leben in den Muskeln zu erzeugen, indem er sie massierte. Er war hungrig und hatte Durst, und in den frühen Morgenstunden hatte er einen unangenehmen Husten bekommen, der ihn erschreckend an die letzte Zeit seiner geliebten Orla erinnerte. Es war leicht, eine Rassellunge zu bekommen. Die Krankheit schlummerte in den meisten Menschen und konnte schon bei geringer Herausforderung ausbrechen. Zum Beispiel, wenn man bereits unter einer anderen Krankheit litt. Der Husten konnte natürlich auch ein harmloser Husten sein, eine Reaktion seiner mitgenommenen Lunge darauf, dass er eine Nacht hier draußen verbracht hatte.

Aber das würde dem Fass wirklich den Boden ausschlagen, dachte Dan, wenn er sich in der Unerbittlichen Wüste verirrte *und* sich dabei auch noch die Rassellunge einfing. Das wäre das i-Tüpfelchen, sozusagen.

Bilder von zu Hause traten plötzlich vor sein geistiges Auge, aber er unterdrückte sie. Es war besser, nicht an so was zu denken. Er durfte sich nicht mit etwas quälen, das so weit weg war.

Ein Hustenanfall schüttelte ihn, und er beugte sich nach vorn, hustete und spuckte etwas aus, das sich anfühlte wie ein ganzer Lungenflügel voller Schleim.

Dann richtete er sich auf und begann zu gehen.

Es war hoffnungslos, das wusste er. Dies war die Unerbittliche Wüste, eine der feindseligsten Gegenden auf der Erde, und er war irgendwo mittendrin, ohne Verpflegung, ohne Transportmittel, ohne irgendeine Möglichkeit, sich zu schützen. Er war so gut wie tot.

Aber er ging dennoch weiter, und er schwor sich, so lange weiterzugehen, bis er keinen Schritt mehr tun konnte. Dort, wo die Wolken am lichtesten waren, war Osten. Daher wusste er auch ungefähr, wo Norden war, und in diese Richtung marschierte er. Er würde nach Norden gehen und sich an der Position der Sonne orientieren, weil sie das Einzige war, nach dem er sich überhaupt sinnvollerweise richten konnte. Norden bedeutete irgendwann Zivilisation. Die Zivilisation war unendlich weit weg. Er würde sie nie erreichen. Und dennoch ging er nach Norden.

Dan hatte keine Ahnung, wie lange er gegangen war, als er zum ersten Mal ein seltsames Geräusch hörte. Er hatte auch keine Ahnung, wie lange es dauerte, bis er die Quelle des Geräusches erreichte. Er hatte jedes Zeitgefühl verloren. Sekunden waren Schritte. Minuten waren die Pausen zwischen den Hustenanfällen.

Das Geräusch begann als schwaches, raschelndes Zischen und entwickelte sich zu einem tieferen, jagenden Rauschen, als würde Herbstlaub in einer Brise flattern. Schon bald war es ein lautes, volltönendes und scharfes Prasseln, das an das Geräusch eines großen Leuchtfeuers erinnerte, aber beinahe auch elektrischer Natur hätte sein können.

Dan eilte mit einigem Eifer darauf zu und beschleunigte seine Schritte. Wenn es sich bei dem Geräusch um Elektrizität handelte, zeugte das von Maschinen, und Maschinen bedeuteten möglicherweise die Anwesenheit von Menschen. Aber auch, wenn es keine Maschinen waren, musste er wissen, was das Geräusch zu bedeuten hatte. Hoffnung und Neugier trieben ihn in die entsprechende Richtung, um es herauszufinden.

Er erreichte den Rand einer tiefen Grube im Boden, einer Schlucht mit abgeschrägten Wänden, die die Form eines in die Länge gezogenen Hufeisens besaß. Am abgerundeten Ende dieser Schlucht – nicht weit entfernt von der Stelle, an der er stand, nur unten am Boden – bewegte sich etwas, das Dan zunächst für irgendwelche Tiere hielt, für weitere bizarre Varianten nur in der Unerbittlichen Wüste lebender Tiere. Die Wesen schlängelten sich herum, kletterten aufeinander, stießen zusammen, hüpften und stolperten. Irgendwie waren sie am einen Ende der Schlucht festgesetzt worden und konnten keinen Weg hinausfinden, und in ihren Versuchen rollten sie übereinander und traktierten sich und wurden immer verzweifelter.

Bei näherem Betrachten allerdings wurde es offensichtlich, dass es sich gar nicht um Tiere handelte. Es waren Kugeln aus Messerkraut.

Dan erinnerte sich daran, dass Hartschutt ihm ein paar Tage zuvor etwas Messerkraut gezeigt hatte. Es war ein struppiger, dorniger Busch, der sich den Worten des Vikars zufolge selbst fortpflanzte, indem er starb und sich vom Wind entwurzeln und zu einem Ball formen ließ, der dann über die Wüste rollte, wo er unterwegs Samenkörner fallen ließ. Die Dornen des Messerkrauts waren riesig und überaus scharf, woher auch der Name kam. Es hieß, dass so ein Ball, wenn er auf einen zugeschleudert kam und man nicht ausweichen konnte, in der Lage war, einem die Haut vom Leib zu ziehen.

Am Grund dieser Grube hatten sich hunderte von Messerkraut-Kugeln in einer Art Sackgasse versammelt. Der gleiche Wind, der sie hierhergeweht hatte, schikanierte sie jetzt unbarmherzig, indem er sie in ewigen Kreisen herumdrehte und heftige Wirbel aus dornigen braunen Pflanzenteilen erschuf. Hin und wieder hob der Wind ein oder zwei dieser Kugeln hoch und brachte sie nahe an den Rand der Schlucht, womit er ihnen eine quälende Aussicht auf

Freiheit gewährte, um sie dann im entscheidenden Moment doch wieder auf den Boden fallen zu lassen, wo sie sich erneut zu ihren Kameraden gesellten.

Für Dan war der Anblick der Messerkraut-Wirbel beinahe hypnotisierend, aber auch entmutigend. Was er sah, zeugte von Gefangensein und Unausweichlichkeit.

Es zeugte auch von Tod. Die Vorstellung, dass jemand in diese sich windende Suppe aus fingerlangen Dornen fallen mochte …

Er zitterte. Es war nicht gut, sich so etwas vorzustellen.

»Es ist nicht gut, sich so etwas vorzustellen, nicht wahr?«, fragte Vikar Hartschutt.

Dan wirbelte herum.

Hartschutt stand nur ein paar Meter entfernt am Rand der Schlucht. Er hatte sein Messer in der Hand. Der Saum seines Gewandes war staubig und zerrissen. Er sah Dan nicht einmal an, sondern starrte hinunter auf das endlos wirbelnde Messerkraut.

»Sie … Sie …«

»Ich bin Ihnen gefolgt, Dan, ja. Ich bin den ganzen Weg Ihren Spuren nachgegangen. Das ist nicht schwer für einen Hochländer. Ich könnte eine Maus in dieser Wüste verfolgen, wenn ich wollte, daher waren Sie wirklich keine Herausforderung.« Er näherte sich Dan ein paar Schritte, wobei ein deutliches Hinken zu sehen war. »Sie haben da ziemlich was angerichtet. Ein Band ist zerrissen, vermute ich. Es tut verflucht weh. Jeder Schritt dieser Reise war eine Qual, und dafür werden Sie bezahlen – und zwar teuer.«

Die Messerklinge blitzte auf.

»Bereiten Sie sich darauf vor emporzusteigen, Dan«, sagte Hartschutt. »Nein, wieso sollte ich es Ihnen versüßen? Bereiten Sie sich darauf vor zu *sterben.*«

Rauferei am Rand der Schlucht

Für einen kurzen Moment dachte Dan: *Na gut, die Wüste tötet mich sowieso, kann ich genauso gut Hartschutt diese Ehre überlassen. Geht vielleicht auf diese Weise auch schneller, wer weiß.*

Aber nein. Er würde Hartschutt nicht das Vorrecht geben, sein Leben zu beenden. Zumindest nicht ohne Kampf.

Hartschutt ging mit erhobenem Messer auf ihn zu. Wegen seines verletzten Knies war er nicht so schnell oder geschickt wie sonst, denn es gelang Dan, sein Handgelenk zu packen und so das Messer aufzuhalten. Hartschutt drückte mit der Waffe nach unten. Dan drückte dagegen. Sekunden vergingen, während die beiden Männer am Rand der Schlucht kämpften. Das Messer blieb zwischen ihnen; die Spitze zitterte wenige Millimeter von Dans Gesicht entfernt.

Dann trat Dan mit dem Fuß gegen Hartschutts kaputtes Knie. Der Vikar schrie auf, als die Stiefelspitze ihn traf, und machte einen Satz zurück, aber er erholte sich rasch wieder und ging erneut auf Dan los.

Dan wich vor der Klinge zurück, bis er sich plötzlich taumelnd am Rand der Schlucht wiederfand. Einer seiner Füße war halb auf dem Boden und hing halb über der Grube; seine Ferse fand keinen Halt, und die Erde unter ihm bröckelte. Er wedelte heftig mit den Armen. Unter ihm wirbelte nach wie vor das Messerkraut. Das Prasseln klang jetzt beinahe gierig, als würden sie sich wie vor einer Mahlzeit die Lippen lecken.

Dann gab die bröckelige Erde nach, und Dans Bein schoss nach unten. Im gleichen Augenblick machte Hartschutt einen Satz auf ihn zu und versuchte, ihm in die Kehle zu stechen. Dan schlitterte weit genug die schräge Wand der Schlucht hinunter, dass das Messer über seinen Kopf hinweg ins Leere zischte. Während Hartschutt sein Gleichgewicht wiederfand, griff Dan mit beiden Händen in den Boden, grub seine Finger in die Erde und zog sich mit aller Macht hoch, zog sich höher und höher, bevor er noch weiter abrutschen konnte. Er rollte sich vom Rand weg und sprang auf die Füße, hatte kaum Zeit, Atem zu holen, bevor der Vikar erneut angriff. Das Messer fuhr auf seinen Bauch zu, aber es gelang ihm, aus dem Weg zu springen, und so bekam die Klinge nichts als Kleidung zu fassen. Sie zerriss sein Hemd, aber nicht ihn.

Hartschutt, dessen glühende Haare in der Brise flatterten, ging erneut zum Angriff über, und Dan, der sich weiter duckte und wegtauchte, verspürte das schreckliche Gefühl von Unausweichlichkeit. Trotz des verletzten Knies würde Hartschutt nicht aufgeben. Er würde ihm folgen, immer weiter folgen, bis das Messer sein Ziel gefunden hatte. Dan hatte nicht genügend Kraft, um ewig gegen ihn zu kämpfen.

Wieder zog er die Möglichkeit in Erwägung, den Vikar einfach tun zu lassen, was er tun wollte. Es hinter sich zu bringen.

Und wieder schob er diesen Gedanken beiseite. Nachgeben? Nein. Nicht, solange noch ein Atemzug in ihm war.

Hartschutt stieß zu, und Dan machte einen verzweifelten Versuch, das Messer zu packen. Er war nicht schnell genug. Hartschutt riss es zurück, und Dans Hand schloss sich mehr um die Klinge als um den Griff. Ein heftiger Schmerz schoss seinen Arm empor, und er zog die blutende Hand zurück. Ein Blick auf die Handfläche verriet ihm, dass sie bis zum Knochen aufgeschlitzt war. Er hätte nicht gedacht, dass etwas so wehtun konnte.

Hartschutt nahm sich einen Moment Zeit, um die Freude zu genießen. Er warf das Messer von einer Hand in die andere und sagte: »Der Punkt geht an mich. Und wenn Sie denken, dass das schlimm war, warten Sie nur. Es wird noch schlimmer.«

Dan starrte ihn finster an; sein Atem ging rasselnd.

»Oh, tun Sie nicht so«, sagte Hartschutt. »Sie haben doch nicht erwartet, dass dieser kleine Streit zwischen uns einen anderen Ausgang nehmen würde, oder? Sie haben sicher nicht gedacht, dass Sie gewinnen könnten.«

Dan neigte den Kopf zur Seite. Er hatte gerade über dem andauernden Geflüster des Messerkrauts etwas gehört. Lärm, der ihm vertraut vorkam. Absurd vertraut. Er kannte ihn genauso gut wie seine eigene Stimme.

Nein, das war unmöglich. Es konnte nicht das sein, was er glaubte. Er musste es sich einbilden. Der Schmerz vernebelte seine Sinne.

»Was?«, fragte Hartschutt mit einem Stirnrunzeln.

Dan horchte genauer. Der Lärm war eindeutig echt. Er konnte nur nicht genau erkennen, woher er kam.

»Was starren Sie so?«

Dan drehte den Kopf und musterte den Horizont.

»Antworten Sie!«

Dans Blick heftete sich auf einen weit entfernten Schemen. Er kam in diese Richtung, wurde größer, näherte sich rasch.

Hartschutt folgte seinem Blick mit finsterer Miene.

»Wissen Sie was, Vikar?«, sagte Dan. »Ich habe ganz plötzlich das Gefühl, dass ich doch noch gewinnen werde.«

Und dann begann er zu gackern.

So wie *Bertha* gackerte.

Sie kam mit Volldampf über die Wüstenebene getuckert, während die Ketten Steine und Sand hinter sich aufwirbelten.

Sie fuhr direkt auf Dan und den Vikar zu.

Wie ein trampelndes Fünf-Tonnen-Trugbild, eine großartige, rauchspuckende Vision der Erlösung …

Das Wundervollste, was Dan Greifthaler jemals gesehen hatte.

Ein auf Abstand gehaltener Jäger

Dan hatte jeden Grund zu der Annahme, dass Hartschutt sich jetzt ergeben würde. Der Vikar wirkte durch und durch verblüfft über *Berthas* Auftauchen. Das Messer hing schlaff in seiner Hand. Sicherlich würde er seine Niederlage zugeben. Verstärkung war eingetroffen. Irgendwie hatte Dans Familie ihn gegen alle Wahrscheinlichkeit in den spurlosen Weiten der Wüste aufgespürt. Hartschutt musste erkennen, dass er jetzt im Nachteil war.

Allerdings hatte Dan nicht gewusst, wie tief die Feindseligkeit des Vikars ihm gegenüber reichte. Als es Hartschutt schließlich dämmerte, wem der Düsterspäher gehörte, und er verstand, dass das Blatt sich eindeutig zugunsten seines Feindes gewendet hatte, reagierte er darauf nicht mit einem Seufzer der Ergebung, sondern mit aufwallendem Groll. Dicht gefolgt von der Entschlossenheit zu beenden, was er begonnen hatte, solange er noch in der Lage dazu war.

Und so ging er erneut auf Dan los.

Und besiegelte damit sein Schicksal.

Als er mit erhobenem Messer auf Dan zuhumpelte, wirkte er wie ein auf Abstand gehaltener Jäger, der verwundet, wahnsinnig und von nichts anderem erfüllt war als dem Drang, auf den einzuschlagen, der ihn in die Enge getrieben hatte, und ihm so viel Schaden wie möglich zuzufügen. Seine Augen schimmerten mit der Gewissheit des Todes, und seine roten Haare wirkten wie wilde Flammen. Von dem gebildeten, redegewandten Vikar war jetzt nicht mehr viel zu sehen. Hartschutts Erbe als Hochländer trat deutlich zutage. Er war ein Mann der Berge, jemand, der dazu erzogen worden war, zu jagen und zu töten, jemand, dessen Naturell sehr dem der Tiere entsprach, die er sonst gewöhnlich zur Strecke brachte.

Dan staunte kurz darüber, wie leicht sich die zivilisierte Fassade eines Menschen auflösen konnte. Dann rührte er sich und raffte sämtliche Kraft zusammen, um auch noch diesen Angriff abzuwehren.

Was sich als unnötig erwies.

Ein Speer traf Hartschutt von hinten und bohrte sich durch seine Schulter. Die Spitze trat mit einem Blutschwall gleich oberhalb des Schlüsselbeins wieder aus. Ein perfekter Wurf, der den Vikar außer Gefecht setzen, aber nicht töten würde.

Hartschutt taumelte unter der Wucht des Aufpralls und ließ das Messer fallen, griff dann mit beiden Händen hinter sich, um den Speerschaft zu packen. Er war so sehr darauf aus, die Waffe herauszuziehen, dass er nicht hinsah, wohin er trat. Blind taumelte er auf den Rand der Schlucht zu. Ein Impuls brachte Dan dazu, eine Warnung zu brüllen. Er würde nie ganz verstehen, warum er das getan hatte, wieso er versucht hatte, jemandem zu helfen, der erst wenige Augenblicke zuvor mit allen Mitteln versucht hatte, ihn zu töten. Aber vielleicht war es das, was ihn von Hartschutt unterschied – seine Menschlichkeit.

Wie auch immer, Hartschutt hörte die Warnung nicht, oder wenn er es doch tat, achtete er jedenfalls nicht auf sie. Er lief geradewegs über den Rand der Schlucht, und als er hinunterfiel, versuchte er noch immer verzweifelt, den Speerschaft zu fassen zu bekommen.

Das Messerkraut machte kurzen Prozess mit ihm. Seine Schreie dauerten höchstens eine halbe Minute, während die windgepeitschten Dornen ihn in Fetzen rissen.

Als die Schreie verstummten, wagte Dan einen vorsichtigen Blick in die Schlucht. Der kurze Blick auf die bebende, blutige Masse, die einmal Vikar Hartschutt gewesen war, ließ ihn zurücktaumeln und wünschen, er hätte nie hingesehen.

Bertha kam brummelnd in der Nähe zum Stehen, und Dan wandte sich ihr zu. Er versuchte, seine Füße zu bewegen, aber schlagartig war er wie ausgetrocknet, vollkommen geleert. Statt loszurennen und seine Familie zu begrüßen, sackte er einfach auf den Boden.

Er sah, wie sich *Berthas* Ladebucht öffnete und Cassie heraussprang und zu laufen begann. Fletcher und Robert waren nicht weit dahinter.

Dann sah Dan für eine Weile gar nichts. Er war blind, konnte seine Augen auf nichts richtig einstellen. Sie schwammen einfach zu sehr in Tränen.

Die Vorzüge der Zusammenarbeit gegenüber der Konfrontation

Als Dan genug geweint hatte und auch seine Kinder genug geweint hatten, als Cassie die Wunde in seiner Handfläche mit einem Desinfektionsmittel behandelt und verbunden hatte und Dan (mit einiger Verblüffung) Colin Bummelgut und (mit noch mehr Verblüffung) Michael und Aurora begrüßt hatte, als er etwas Wasser getrunken und festgestellt hatte, dass dies seinen Husten linderte, und er, nachdem er etwas zu essen erhalten hatte, wieder zu Kräften zu kommen begann – als all das geschehen war, da war die Zeit für Erklärungen und Rechtfertigungen und vor allem für Entschuldigungen gekommen. Endlose, tiefgehende Entschuldigungen, die seine Kinder beiseiteschoben, indem sie sagten, dass es keine Rolle spielen würde, dass ihm gar nichts leidtun müsse, dass ihnen all das nichts ausmache, dass ihnen nur wichtig war, dass sie ihren Vater zurückhatten.

»Er schien die Antworten gehabt zu haben, dieser Vikar«, sagte Dan. »Mit ihm ergab alles einen Sinn. Sogar der Tod von Martin. Hartschutt hat mir einreden wollen, dass ich ihn zum Guten wenden könnte, dass ich seinem Tod irgendwie Bedeutung verleihen könnte. Ich war …

verletzlich, ich vermute, das is das Wort dafür. Ich war so verzweifelt, dass ich aufgehört hab, geradeaus zu denken. Ich bin auf seine Worte reingefallen, auf sein Vikar-Gequatsche, auch wenn es sich gar nich so sehr von dem Müll unterschieden hat, den die Vikare schon in den alten Zeiten von sich gegeben haben. Es war die gleiche alte Leier, ein bisschen aufgemotzt und poliert. So sind sie immer an uns rangekommen, indem sie uns bessere Dinge und bessere Zeiten versprochen haben, und ich dachte immer, ich wäre klug genug, nich darauf reinzufallen. Und dann habe ich mich an einem sehr tiefen Punkt meines Lebens doch in einen tauben alten Trottel verwandelt wie alle anderen. Einen Moment lang hab ich meine Wachsamkeit aufgegeben, und das war's dann.«

»Was hat er dir angeboten, Paps?«, fragte Cassie. »Was habt ihr hier gesucht, dass ihr den ganzen Weg bis hierher gefahren seid?«

»Illusionen«, sagte Dan mit Bitterkeit in der Stimme, und dann erzählte er ihnen von der Höhle mit den Flugzeugen und der Ankunft der Bohrarbeiter vom Trostlosen Bohrloch und wie Hartschutt beschlossen hatte, sich mit ihnen zusammenzutun, weil er in Wirklichkeit die ganze Zeit über die Luftlinge besiegen wollte. Er war interessiert daran, Gleichheit herzustellen, aber nur jene Art, die durch Konfrontation kam und nicht durch Zusammenarbeit.

»Wenn ich das mit euch und Michael und Aurora hier vergleiche …«, sagte Dan. »Es klingt, als hättet ihr alle zusammengearbeitet und mich deshalb gefunden.«

»Es war das und pures Glück«, erklärte Fletcher.

Colin nickte. »Wir hatten schon angefangen, die Hoffnung aufzugeben, aber Cassie hat darauf bestanden weiterzumachen.«

»Hat uns gedrängt wie eine Sklaventreiberin«, sagte Robert. »Ich bezweifle, dass sie jemals zugelassen hätte, dass wir aufgeben.«

»Es war nich nur Glück«, sagte Cassie. »Du hast in deiner Abschiedsbotschaft einen Hinweis über eine ›Nadel im Heuhaufen‹ hinterlassen, und auch in der Nachricht, die die Bohrarbeiter auf den Boden geschrieben haben, wurde eine Nadel erwähnt. Es war reine Spekulation, aber ich wollte es dennoch ausprobieren. Deshalb sind wir hiergekommen. Und ich hatte recht. Deine Nadel war nich nur ein Wortspiel. Es war dieser Tafelberg, von dem du uns gerade erzählt hast.«

»Gut zusammengereimt, Mädchen«, sagte Dan und tätschelte seine Tochter. »Ich habe diese Nachricht allerdings nich als Hinweis hinterlassen, sondern nur, um euch wissen zu lassen, dass ich nich mehr richtig ticke. Ich bin jetzt allerdings froh, dass ich das geschrieben hab.« Er wandte sich an die zwei Luftlinge. »Und ich glaube, Glückwünsche sind angebracht, oder? Dafür, dass Sie geheiratet haben. Tut mir leid, dass wir nich zur Hochzeit kommen konnten.«

»Ist schon gut«, sagte Michael.

»Ich habe nich mal ein Geschenk für Sie.«

»Zu wissen, dass Sie wohlauf und munter sind, genügt uns als Geschenk.«

Dan lachte – das erste Mal seit Wochen, wie es ihm schien. »Nun, das glaube ich keinen Moment lang, Michael, aber es is nett von Ihnen, das zu sagen. Also schön.« Er klatschte in die Hände und bereute es augenblicklich. »Uh. Ich glaube, das lasse ich erst mal eine Weile. Also schön«, wiederholte er und ließ diesmal seine Hände voneinander getrennt, »wollen wir dann? Ich möchte dieser Wüste gern Lebewohl sagen, und ich vermute, euch geht's genauso.«

»Äh, eines noch, Mr. Greifthaler«, sagte Aurora.

»Nenn mich Dan, Aurora.«

»Schön, Dan. Sie haben erwähnt, dass diese Bohrarbeiter vorhaben, ein Luftschiff runterzuholen, das diese Ölanlage zerstört hat.«

»In den Flugzeugen, ja.«

»Glauben Sie, dass sie eine Chance haben?«

»Nach dem, was ich gesehen habe, würde ich das bestreiten. Als ich sie verlassen habe, waren sie kaum in der Lage, das erste Flugzeug dazu zu bringen, vom Boden abzuheben. Ich kann nich leugnen, dass sie einigen Mumm bewiesen haben, indem sie es überhaupt versucht haben, und vielleicht genügt Mut ja auch. Aber dennoch ... Oh. Ich glaube, ich verstehe, worauf Sie hinauswollen.«

»Nehmen wir einfach mal an«, sagte Aurora, »dass sie ziemlich gut im Fliegen werden und dann hinter dem Luftschiff her sind. Ich weiß ein bisschen was über die Leute, die da drin sind. Vor der Hochzeit hat Lady Aanfielsdotter mir von ihnen erzählt, und seither haben wir natürlich selbst erlebt, wie aggressiv und skrupellos sie sein können ... Nun, die Bohrarbeiter fordern sie heraus, in Flugzeugen, von denen sie fast nichts verstehen, und ...«

»Ein Massaker«, sagte Michael und nahm ihren Faden

auf. »Aber dann ist es an Az und Mr. Mordadson und den Flugwächtern, sich damit abzugeben. Sie jagen das Rotturm-Luftschiff, und wir wissen, dass es in der Nähe ist, also ist es gut möglich, dass sie es bereits besiegt haben.«

»Aber was, wenn nicht?«, fragte seine Frau. »Im schlimmsten Fall gibt es eine direkte Auseinandersetzung zwischen den Bohrarbeitern und den Piraten in der Luft. Die Piraten werden sicherlich gewinnen. Das heißt, dreißig weitere Erdlinge werden tot sein, zusätzlich zu den unzähligen Toten am Trostlosen Bohrloch. Und die Folge wird sein, dass es noch sehr viel mehr Groll und Vorbehalte gegenüber Luftlingen gibt.«

»Das is wieder so eine gefährliche eskalierende Krise, oder?«, fragte Fletcher. »Wie im Vikariat von Bittertal.«

»Ich fürchte, so sieht es aus.«

»Und du denkst, wir sollten uns einmischen«, sagte Cassie. »Wieder einmal.«

»Wie ich es sehe«, sagte Aurora, »könnten die Bohrarbeiter durchaus etwas Hilfe gebrauchen, und wir sind hier nicht sehr weit von ihnen entfernt und haben zwei Leute, die sich zufällig im Umgang mit Flugzeugen auskennen.«

»Einer davon ist zufälligerweise sogar ein Genie, wenn's um Luftfahrt geht«, sagte Michael.

»Auch wenn er selbst es ist, der das behauptet«, betonte seine Frau. »Nun, ich schlage das nur zögernd vor. Ich will niemanden unter Druck setzen. Am wenigsten Sie, Dan. Sie haben so viel durchgemacht. Wenn Sie der Meinung sind, dass es genug und an der Zeit ist, nach Hause zurückzukehren, ist das in Ordnung. Andererseits ist es so, wie Sie gesagt haben. Dies könnte die Gelegenheit sein zu zeigen, dass Zusammenarbeit besser ist als Konfrontation. Luftlinge helfen Erdlingen.«

»Auch wenn man ihnen hilft, gegen andere Luftlinge vorzugehen?«, wollte Dan wissen.

»Gegen verbrecherische Luftlinge. Gefährliche Luftlinge. Einen gemeinsamen Feind. Also, was denken Sie?«

Robert meldete sich zu Wort. »Niemand fragt jemals mich um meine Meinung«, sagte er. »Aber ich bin auf Auroras Seite. Es klingt, als wäre es das, was wir tun sollten.«

Dan musterte seinen jüngsten Sohn. Jungen in seinem Alter waren so übereifrig und so leichtsinnig, wenn es darum ging, einem Aufruf Taten folgen zu lassen. »Nun, das is eine deutliche Stimme zugunsten dieser Sache«, sagte er. »Fletch?«

»Ich bin nich sicher, Paps. Aber ich finde, wir sollten Aurora und Michael zumindest dorthin fahren, wo diese Flugzeuge sind. Dann sehen wir ja, wie's weitergeht.«

»Ist das dann ein Ja?«

»Ein eingeschränktes.«

»Colin? Es is nur fair, dich auch zu fragen, da du von Anfang an dabei warst, wie ich vermute.«

»Dan«, sagte Colin. »Ich bin dein Kumpel, und ich bin der Kumpel unserer Luftling-Freunde hier. Meine Antwort kann nur ja lauten.«

»Cass?«

Cass biss sich auf die Unterlippe. »Ich bin mir auch nich sicher, Paps.«

»Was is los?«

»Nich's. Ich schätze nur, dass Fletch recht hat. Wir könnten sie hinfahren und unsere Hilfe darauf beschränken. Mehr als das können wir ja ohnehin nich tun, da keiner von uns Erdlingen irgendeine Ahnung davon hat, wie man ein Flugzeug fliegt.«

Dan wandte sich wieder an Aurora. »Und hier kommt die Antwort. Die Greifthaler/Bummelgut-Abstimmung hat Folgendes ergeben: Wir werden euch bis zu einem bestimmten Punkt helfen.« Er zuckte mit den Schultern. »Ist das okay für euch?«

Aurora schenkte ihm eine anmutige Verbeugung. »Vollkommen okay. Es ist sehr viel. Ich hätte nicht mit mehr rechnen können.«

»Dann lasst uns loslegen«, sagte Dan und klatschte wieder in die Hände. »Aa! Aua! Damit muss ich *unbedingt* aufhören.«

Eine zukünftige Lady Aurora Gabrielson?

Während die Greifthalers und Colin ihre verschiedenen Positionen in *Bertha* einnahmen, legte Michael einen Arm um Aurora und gab ihr einen stolzen Kuss auf die Wange.

»Das kannst du ja wohl besser«, neckte Aurora ihn, und es folgten ein paar Momente leidenschaftlicher Knutscherei. Ihre Flügel breiteten sich in zittriger Freude aus.

»Ziemlich zufrieden mit dir, was?«, fragte Michael und löste sich etwas von ihr, um sie anzusehen.

»Allerdings, das bin ich.«

»Und das solltest du auch sein. Du hast hier richtige Führungsqualitäten bewiesen. Andere zu überreden. Sie auf deine Seite zu bringen. Du hast wie ein wahres Mitglied des Silber-Sanktuariums gesprochen.«

»Habe ich, nicht wahr?«

»Sehe ich etwa eine zukünftige Lady Aurora Gabrielson vor mir?«

»Schon möglich.«

Sie lachten beide. Die Vorstellung, dass Aurora eines Tages die erhabenen Ränge der führenden Bewohner im Silber-Sanktuarium erklimmen könnte, war fantastisch und dank ihrer souveränen und zwingenden Darbietung auch ganz und gar im Bereich des Möglichen.

»Und du«, sagte Aurora, »bist wohl ziemlich aufgeregt bei der Vorstellung, deine Hände an ein paar altmodische Flugzeuge zu legen, ja?«

»Das kann ich nicht leugnen. Ich kann mir nicht vorstellen, was da in dieser Höhle gelagert worden ist, aber ich freue mich darauf, es herauszufinden.«

»Dann vermute ich«, erwiderte Aurora und räusperte sich leicht, »dass dieser Augenblick genauso gut geeignet ist wie jeder andere, um dir zu sagen, dass ich glaube, dass ich schwanger bin.«

Michael: Kinnlade bis zum Brustbein, Augen aus dem Kopf fallend, Stimme schlagartig funktionsunfähig.

Bertha: Zündung, Rumpeln, Gackern.

Kleine Amazone

Als Dan in eine der vorderen Spähkuppeln kletterte, zwängte sich Cassie nach ihm ebenfalls hinein.

»Was is los, Mädchen?«, fragte er, während *Bertha* nach Süden tuckerte und ungefähr die gleiche Strecke zurücklegte, die er an diesem Morgen und in der Nacht zuvor in entgegengesetzter Richtung gegangen war. Schon bald würde der nadelähnliche Tafelberg – das riesige Erkennungszeichen – in Sicht geraten.

»Nich's, Paps. Ich wollte nur bei dir sein.« Cassie legte einen Arm um seinen Hals, und Dan tätschelte ihre Hand.

»Aber du machst dir wegen irgendwas Sorgen. Sag, was es is.«

Sie zögerte. »Der Vikar«, sagte sie schließlich. »Ich wollte ihn nich töten.«

»Hast du den Speer geworfen? Das hätte ich mir denken können. Kleine Amazone. Das war gut gezielt.«

»Aber ich habe ihn getötet.«

»Nein, Mädchen«, sagte ihr Vater entschieden. »Nein, das hast du nich getan. Du hast ihn verwundet, und wenn du das nich getan hättest, hätte er mich stattdessen getötet, das weiß ich ganz sicher. Er hätte mich aufgeschnitten wie eine frisch gefangene Forelle. Du hast es getan, um ihn zu verwunden, und das bedeutet, du hast nichts falsch gemacht. Er is nur tot, weil er in das Messerkraut gefallen is. Zweifle nich daran.«

»Ich … ich habe gesehen, wie er dich angegriffen hat,

und es war wie bei Martin. Jemand, den ich liebe, kämpft gegen einen Vikar. Nur, dass ich diesmal was dagegen tun konnte.«

»Und das hast du getan.«

»Ich bin schuld, dass er tot is, aber ich bin deshalb nich traurig. Ergibt das irgendeinen Sinn?«

»Für mich ja.«

»Und ... und das hat was damit zu tun, wieso ich nich wollte, dass wir Aurora helfen. Zumindest nich so sehr, wie wir vielleicht könnten. Denn das letzte Mal, als wir den Luftlingen geholfen haben, ist Martin am Ende tot gewesen. Und jetzt hätten wir dich auch fast verloren. Ich will nie wieder das Leben meiner Familie aufs Spiel setzen.«

»Das is verständlich.« Dan sah seine Tochter mit einem Blick ernster Zärtlichkeit an. »Ich möchte dir was sagen, Mädchen. Du bist sensibel und du bist verantwortungsbewusst, und das sind nur zwei der vielen, vielen Dinge, die ich an dir liebe und die mich stolz auf dich machen. Aber du nimmst manchmal auch zu viel Verantwortung auf dich. Du kannst zu hart dir selbst gegenüber sein. Ich sage nich, dass du lockerer werden sollst, nur, dass du vielleicht deine Prioritäten etwas verlagern könntest. Du stellst immer die anderen an die erste Stelle, und das is edel und lobenswert, aber wieso nich einmal dich an die erste Stelle setzen? Akzeptiere, dass das, was *du* brauchst, genauso wichtig is wie das, was andere brauchen.«

»Wenn ich dich nich an die erste Stelle gesetzt hätte, Paps, würden wir diese Unterhaltung jetzt nich führen.«

»Zugegeben. Aber davon abgesehen is es keine Schande, hin und wieder selbstsüchtig zu sein. Und wenn das bedeutet, sich diesmal nich tapfer zu schlagen, dann is das eben so.«

Cassie lächelte vor Erleichterung und legte auch den anderen Arm um den Hals ihres Vaters, so dass sie ihn ganz umarmen konnte – hart genug, um ihm die Luft abzuschnüren. Als er ihr erklärte, dass er ein gewisses Problem mit dem Prozess des Luftholens hätte, mit dieser ganzen Sache, Sauerstoff in seine Lunge zu befördern, lockerte sie ihren Griff etwas, aber sie ließ ihn nicht los.

Und das wollte Dan auch gar nicht. Zumindest eine ganze Weile nicht. Vielleicht niemals.

Flugzeugerkundung

Es war ein gutes Stück nach Mittag, als der Tafelberg am Horizont auftauchte. Dan war anscheinend weiter gerannt und gegangen, als er gedacht hatte.

Wie aus dem Nichts tauchte plötzlich ein stupsnasiges kleines Flugzeug auf und erfüllte die Luft mit seinem Surren. Das Flugzeug schoss rechts an *Bertha* vorbei, und die Flügel schwankten wie zum Salut.

»Zwick mich!«, rief Michael aus. »Das ist ein Metatronco Kondor. In der gesamten Geschichte der Luftfahrt das Flugzeug mit dem unpassendsten Namen. Es hat eine erbärmliche Reichweite, ganz im Gegensatz zu einem echten Kondor. Auch die Treibstoffversorgung ist erbärmlich. Die erste Produktionsphase brachte fünfhundert hervor, aber sie haben es nicht einmal geschafft, auch nur die Hälfte davon loszuwerden. Es gibt eine Unmenge Witze darüber, erinnerst du dich? Das Flugzeug, das Metatronco fast in den Untergang gerissen hätte. ›Wie nennt man einen Mülleimer mit Flügeln?‹ ›Einen Kondor.‹ ›Nenne mir einen Vogel, der alle halbe Stunde trinken muss‹ …«

»Michael«, sagte Aurora, »du musst dich hier nicht beweisen. Ich kenne deine Faszination für die Luftfahrt bereits, und außer mir ist hier niemand, den du beeindrucken könntest.«

»Mike!«, ertönte Colins Stimme durch den Lautsprecher. »Hast du das gesehen? Das war ja fantastisch, dieses Flugzeug! Zooom! Whooosh! Das ist nur so vorbeigezischt!«

»Niemand da, den ich beeindrucken könnte?«, sagte Michael. Er nahm die Sprechmuschel in die Hand. »Das war noch gar nichts, Colin. Wart's nur ab. In dieser Höhle sind noch viel bessere. Zumindest hoffe ich das. Ansonsten gibt's eine ziemliche Enttäuschung.«

Da waren – erfreulicherweise – tatsächlich andere Flugzeuge in der Höhle, und zumindest für Michael übertrafen sie alle den Kondor, selbst die eindeutig alten Maschinen. Der Himmel um den Tafelberg wimmelte nur so von tief fliegenden Flugzeugen. Keiner der Piloten wirkte allerdings überzeugend. Die Flugzeuge kamen sich häufig in die Quere, was zu einigen haarsträubenden Beinahe-Kollisionen führte.

Colin zuliebe benannte Michael jedes einzelne Flugzeug, das er sah. Da war eine Aerodyne Striga II Limo, deren zwei runde Sichtlöcher an Eulen erinnerten. Da war ein Solarsoar Himmelskeil C (der sich von der B-Klasse durch die Auslegung der Querruder unterschied sowie durch die zusätzlichen Stabilisierungsflügel auf halber Strecke des Rumpfes). Die klappernde alte Rappelkiste da vorn war eine Schwarzdrossel (»Im Grunde ein Kastendrachen mit Propellern dran«, sagte Michael). Und das da sah aus wie eine AtmoCorp 9-5, auch wenn jemand daran das Heck einer Metatronco Sternschnuppe befestigt hatte.

Bevor *Bertha* auch nur den Höhleneingang erreicht hatte, hatte Colin eine grundlegende Einführung in die Kunst des Flugzeugerkennens erhalten und brannte darauf, mehr zu lernen. Michael schien ihm der klügste und kenntnisreichste Mensch überhaupt zu sein, und wenn *er* die Luftfahrt liebte, war Colin entschlossen, sie auch zu lieben.

Ein paar Bohrarbeiter kamen zu Fuß heraus, um *Bertha* zu begrüßen, angeführt von Magnus Uhrkraft. Als Dan die Fahrerkabine verließ und über die Leiter herunterkletterte, trat Verblüffung auf Uhrkrafts Züge.

»Wir dachten, Sie hätten sich aus dem Staub gemacht«, sagte er. »Sie und der Vikar. Nur haben wir uns gefragt, wohin Sie gegangen sein könnten, da Sie kein Auto mitgenommen haben. Und jetzt kommen Sie zurück, in einem ... Düsterspäher? Wo in aller Welt haben Sie den aufgetrieben?«

»Das ist eine lange Geschichte«, sagte Dan. »Ich erzähle sie ein anderes Mal.«

»Ist der Vikar bei Ihnen?«

»Äh, nein. Nein, er und ich haben uns – ähm – getrennt. Wir sind sozusagen voneinander abgeschnitten worden, könnte man sagen. Ich rechne nich damit, ihn wiederzusehen.«

»Oh.« Uhrkraft runzelte die Stirn. Er begriff offenbar, dass er nicht alles erzählt bekam. Dan ließ irgendein wesentliches Detail aus. Aber Uhrkraft hatte andere Dinge im Kopf, und so beschränkte er sich darauf zu sagen: »Schade. Er wirkte ziemlich vernünftig. Für einen Vikar, meine ich.«

»Ja, so wirkte er«, sagte Dan.

»Und er war ein nützlicher Verbündeter.«

»Sie suchen nützliche Verbündete?« Dan drehte sich zu *Bertha* um, setzte einen Daumen und einen Zeigefinger an die Lippen und pfiff. »Ich habe zwei für euch.«

Die Bohrarbeiter schnappten nach Luft, als zwei Luftlinge aus der Ladebucht auftauchten. Einige von ihnen, die durch die frühere Auseinandersetzung mit den Mitgliedern der geflügelten Rasse noch immer unter Schock standen, hoben die Werkzeuge, die sie gerade in der Hand hielten. Sie machten sich bereit, sich zu verteidigen.

»Beruhigt euch«, sagte Dan. »Es sind freundliche Leute. Begrüßen Sie Michael und Aurora Gabrielson.«

Die Bohrarbeiter ließen ihre Waffen langsam sinken.

»Es is offensichtlich, dass Sie mit diesen Flugzeugen hier einen besseren Stand haben«, sagte Dan. »Aber wie viel höher könnten Sie fliegen, wenn zwei Luftlinge es Ihnen beibringen würden? Einer von ihnen is sogar ein professioneller Testpilot. Wie sieht's aus? Welchen Vorteil könnte Ihnen das bringen, was denken Sie?«

Es war eine rhetorische Frage. Für Uhrkraft war die Antwort sofort klar: Sie würden einen beachtlichen Vorteil erringen.

Er hatte aber auch Vorbehalte. Seine Meinung über Luftlinge war durch die jüngsten Ereignisse verdüstert worden. Konnte er diesen beiden trauen?

»Ich hatte den Eindruck, dass Sie missbilligen, was wir vorhaben, Dan«, sagte er. »Vikar Hartschutt war ganz und gar dafür, aber ich hatte das deutliche Gefühl, dass Sie damit nich einverstanden waren.«

»Er und ich hatten unsere Meinungsverschiedenheiten«, erklärte Dan, »aber das is Vergangenheit.«

»Und Sie«, sagte Uhrkraft und wandte sich an Michael und Aurora, »Sie sind wirklich bereit, hierbei einzusteigen und uns zu helfen?«

Sie nickten.

»Darf ich fragen, warum?«

Aurora erklärte, dass sie eine Bewohnerin des Silber-Sanktuariums war und daher auch Botschafterin der Luftlinge. Sie sprach mit der Autorität der Luftling-Körperschaft, und ihre Sicht der Dinge war, dass die Rotturm-Piraten – deren Luftschiff *Behemoth* so viel Unglück über Uhrkraft und seine Männer gebracht hatte – eine ernste Bedrohung für die Stabilität darstellten, die durch den Bilateralen Vertrag zustande gekommen war. Sie waren für beide Völker ein Feind. Daher betrachtete sie es als ihre moralische Pflicht, den Bohrarbeitern bei ihrem Widerstand gegen das schwarze Luftschiff zu helfen.

»Abgesehen davon«, fügte sie hinzu, »sieht es sehr danach aus, dass es nicht lange bis zum ersten heftigen Zusammenstoß dauern wird, wenn einige von Ihnen nicht bald richtigen Flugunterricht erhalten.«

»Wir kommen gut zurecht«, sagte Uhrkraft abwehrend,

aber genau in diesem Augenblick hätte es über ihren Köpfen erneut fast einen Zusammenstoß gegeben.

Michael zuckte zusammen und hielt sich die Hände vors Gesicht; er war entsetzt. »Oh, oh ... und wie Sie mich brauchen«, sagte er mit voller Überzeugung zu Uhrkraft.

Der Bohrmeister konnte nicht anders – er musste lachen. »Worte voll aufrichtigen Gefühls.« Er streckte Michael eine schwielige, ölverschmierte Hand entgegen. »Also schön. Da Sie so wild drauf sind mitzumachen, wäre ich dumm, wenn ich ablehnen würde. Willkommen im Team.«

Michael nahm die angebotene Hand und schüttelte sie, ohne zu zögern. Er machte sich nicht das Geringste daraus, dass das Öl von Uhrkrafts Handfläche auf seine überging.

Sich die Hände schmutzig machen – Michael hatte das Gefühl, dass er das noch öfter erleben würde.

Entwicklungen

Michael arbeitete den ganzen Nachmittag mit den Bohrarbeitern. Wenn er nicht bei einer Gruppe in der Nähe des Höhleneingangs war, unter eine Triebswerksverkleidung blinzelte oder beim Reparieren und Instandsetzen beriet, war er in einem anderen Flugzeug in der Luft und brachte einem oder mehreren Bohrarbeitern die Grundlagen des Fliegens bei, ehe er einen von diesen Amateurpiloten selbst das Steuer übernehmen und in die Praxis umsetzen ließ, was er gerade gelernt hatte. Dies führte zu ein paar nervenzerrenden Momenten, vor allem, als einer seiner Schüler den Motor in einer Höhe von achthundert Metern abwürgte und das Flugzeug im Sturzflug auf die Erde zuraste. Michael übernahm rasch das Steuer, startete die Maschine wieder und holte sie aus dem Sturzflug heraus, aber es war knapp gewesen.

Auch Aurora wollte Flugstunden geben, worüber Michael alles andere als glücklich war. Die Erkenntnis, dass sie schwanger war, war noch nicht vollständig in sein Bewusstsein eingesunken, aber sie saß tief genug, um zu begreifen, dass ihm die Vorstellung, sie könnte sich mit einem ungeübten Kopiloten in die Lüfte begeben, ganz und gar nicht behagte. Es ging nicht nur um ihr eigenes Leben, sondern auch um das ihres ungeborenen Kindes. Er nahm sie zur Seite, um es ihr zu erklären, aber Aurora verlangte von ihm, keinen Unsinn zu reden. Sie erklärte, dass er sie nicht behandeln konnte, als müsste sie in Watte gepackt werden, und wenn er darauf bestand, das zu versuchen, würde ihre Ehe den Rekord als allerkürzeste brechen. Abgesehen davon konnte sie, wenn sie den Eindruck hatte, in Gefahr zu sein, sich selbst aus dem Flugzeug befördern und mit der Kraft ihrer eigenen Schwingen in Sicherheit bringen. Jeder arme Erdling, der dann bei ihr war, würde für sich selbst sorgen müssen, aber das war deren Problem. Sie würde nicht *vollkommen* leichtsinnig sein. Auch sie begriff schließlich die Bedeutung der Tatsache, dass sie neues Leben in sich trug.

»Dass du dir Sorgen machst, ist lieb gemeint, Michael«, sagte sie, »aber lass es bleiben. Ich kann auf mich selbst aufpassen. Abgesehen davon glaube ich, solltest du dir mehr Gedanken um das Kind machen, das du bereits *hast.*«

Damit bezog sie sich auf den kindlichen Colin, der beschlossen hatte, dass er ebenfalls fliegen wollte, und bei jeder Gelegenheit – wann immer ein freier Platz verfügbar war – mit Michael hochging. Er sog jedes Wort in sich ein, das Michael sagte, jeden Tropfen Information, der von seinen Lippen fiel, saugte die Grundlagen und Feinheiten der Flugtechnik mit dem Durst eines ausgetrockneten Schwamms in sich auf, bis er schließlich verlangte, selbst auch mal ans Steuer zu dürfen. Michael lehnte ein Dutzend Mal ab, aber Colin blieb hartnäckig. Nervte ihn. Belästigte ihn. Und was konnte Michael anderes tun, als am Ende nachzugeben?

Sie gingen zusammen in der Himmelslerche nach oben, die von allen verfügbaren Flugzeugen dasjenige war, das Michael noch nicht geflogen hatte und das zu fliegen ihm in den Fingern juckte. Die letzte Himmelslerche war vier Jahrzehnte vor seiner Geburt aus der Fabrik gerollt, und viele von ihnen wurden selbst jetzt noch benutzt, liebevoll gepflegt von ihren Besitzern. Gelegentlich konnte er eine über die Verkehrsstraßen einer Himmelsstadt huschen sehen, und dann starrte er in neidischer Ehrfurcht auf die gewölbten Flügel, den blausilbernen Rumpf und das einzigartige, vierflossige Heck.

Diese hier flog sich wie ein Traum, obwohl sie durch die Wolken gefallen war und seit vielen Jahren in einer Höhle gestanden hatte. Der Steuerknüppel zeigte genau das richtige Maß an Reaktion, die Maschine schnurrte, und das Flugzeug selbst hatte eine Art Frohsinn, eine Leichtigkeit, als würde es jeden Moment bejubeln, den es in der Luft verbringen durfte. Während Colin aufmerksam auf dem Passagiersitz saß, führte Michael die Himmelslerche durch die einzelnen Geschwindigkeiten. Er wollte das Steuer nicht aus der Hand geben. Aber schließlich tat er es mit großem Zögern doch.

Er fürchtete, dass Colin die Himmelslerche falsch behandeln und die Vollkommenheit des Flugzeugs durch schiere Unbeholfenheit und Unerfahrenheit beflecken könnte. Nicht, indem er einen Zusammenstoß herbeiführte, sondern einfach, indem er nicht richtig flog. Er bedauerte jetzt seinen Eifer. Er hätte darauf bestehen sollen, dass Colin seine erste Flugstunde in einem anderen Flugzeug nahm, irgendeinem anderen. Aber Michael war nicht in der Lage gewesen, noch länger darauf zu warten, endlich eine Runde in der Himmelslerche drehen zu können.

Seine Angst erwies sich als unbegründet. Colin war ein Naturtalent. Kaum saß er auf dem Pilotensitz, flog er die Himmelslerche mit der Leichtigkeit eines erfahrenen Piloten, auch wenn er am Anfang noch etwas nervös war und ständig die Bestätigung von Michael suchte. Schon nach kurzer Zeit jedoch entspannte er sich und plauderte beiläufig, sprach über die Angaben zur Höhe und Fluglage und äußerte sich über die geografischen Besonderheiten unter ihnen oder über andere Flugzeuge, die ebenfalls unterwegs waren.

Michael sah sich gezwungen, seine Meinung über Colin zu revidieren. Während er bisher einen gutmütigen, aber nicht allzu hellen Kumpel vor sich gehabt hatte, der träge und einem Faustkampf nicht abgeneigt war, sah er jetzt jemanden mit einem enormen Potenzial und einer Begabung fürs Lernen, der bisher nur zu wenig Möglichkeiten gehabt hatte, diese Fähigkeiten zu zeigen. In diesem schwerknochigen Bummelgut-Schädel kauerte also ein Gehirn. Es war die Art von Gehirn, die nicht gut auf Schulunterricht reagierte (vorausgesetzt, dass Colin jemals zur Schule gegangen war), die aber in der Lage war, bestimmte praktische Themen sofort und intuitiv zu erfassen. Wenn ihn etwas faszinierte, stürzte er sich darauf und konzentrierte sich mit bemerkenswerter Zielgerichtetheit. Wie er es jetzt bei der Himmelslerche tat.

Er brachte das Flugzeug sanft zur Erde zurück und setzte so weich und gekonnt auf, dass Michael selbst sich hätte Mühe geben müssen, um es nachzumachen.

»War das in Ordnung?«, fragte Colin, nachdem er den Motor der Himmelslerche abgestellt hatte.

»Ja, Colin«, antwortete Michael mit einem Nicken. »Ich glaube, man könnte bedenkenlos sagen, dass es in Ordnung war.«

»Prima!« Colin sprang aus der Himmelslerche und lief zu *Bertha* hinüber, um den Greifthalers von dem Flug zu erzählen. Danach legte er sich wie ein zufriedenes Hündchen in den Düsterspäher und hielt ein Nickerchen.

Colins Wunsch, das Fliegen zu erlernen, war einer der Gründe, warum die Greifthalers ihren Aufbruch verschoben hatten. Der Plan war natürlich gewesen, Michael und Aurora bei der Höhle abzuliefern und sich dann auf den Weg nach Hause zu machen. Trotzdem waren sie noch da, zum Teil, weil Colin so wild auf die Chance zum Fliegen war, aber auch, weil ihnen die Vorstellung plötzlich irgendwie falsch vorkam, sich einfach umzudrehen und wegzugehen. Jetzt, da Colins Wunsch sich erfüllt hatte und er tatsächlich ein Flugzeug geflogen hatte, gab es streng genommen keinen Grund mehr für sie, noch länger zu bleiben. Sie konnten *Bertha* jederzeit starten, sich verabschieden und nach Norden aufbrechen.

Und dennoch taten sie es nicht.

Zum einen hatten sie eine Verpflichtung gegenüber Michael und Aurora. Wie sollten die Luftlinge ohne die Hilfe der Greifthalers nach Hause zurückkehren? Vielleicht würden sie einen Weg finden. Vermutlich könnten sie eines der Flugzeuge nehmen. Aber der einzige todsichere Weg, die einzige hundertprozentige Methode, zu den Himmelsstädten zurückzukehren, bestand darin, einen der Fahrstühle bei einem Vikariat zu benutzen, und um dahin zu kommen, brauchten sie ein Fahrzeug. Da war der halb abgedeckte Pritschenwagen, aber der war nicht einmal annähernd so wüstentauglich wie der Düsterspäher. Michael und Auroras größte Hoffnung – vielleicht ihre einzige – bestand darin, mit den Greifthalers zu fahren.

Daher konnte *Bertha* jetzt nicht einfach wegfahren.

Abgesehen davon war da auch noch Dan. Mehr und mehr fühlte er sich zu den Bohrarbeitern und den Flugzeugen hingezogen, die entweder noch niemand hatte starten können oder die zwar geflogen waren, aber rauchspuckend und mit eigenartigen Geräuschen zur Erde zurückgekehrt waren. Der Mechaniker in ihm ließ nicht zu, dass er einfach danebenstand, während andere herumbastelten und flickten und sich mit Öl und Dreck verschmierten – und er ließ auch nicht zu, dass er die Gelegenheit verpasste, neue

Maschinentechnologie zu Gesicht zu bekommen. Er ging also zu Uhrkraft und fragte ihn, ob es irgendetwas gäbe, das er tun könnte, und in null Komma nichts steckte er bis zu den Ellbogen in Flugzeugtechnik. In der einen Hand einen Schraubenschlüssel, in der anderen einen Schraubenzieher, nahm er die Maschinen Stück für Stück auseinander, entschlüsselte das Problem und setzte sie wieder zusammen, so dass sie beinahe so gut wie neu waren.

Robert tat es ihm nach. Wie er sagte, wollte er seine Solidarität mit den Bohrarbeitern zeigen, und Dan stimmte ihm zu und erklärte, dass er genauso empfand. Er wollte beweisen, dass er ihre Einstellung verstand. Die Luftling-Piraten waren eine Bedrohung und mussten aufgehalten werden. Zuvor hatte sein Zerwürfnis mit Hartschutt ihn daran gehindert, die Fakten wirklich wahrzunehmen. Er war nicht in der Position gewesen zu akzeptieren, dass das Anliegen der Bohrarbeiter berechtigt war, dass ihr Groll gegen die Piraten ein triftiger Grund war, um zurückzuschlagen, und dass die Methoden, mit denen sie das tun wollten, angemessen waren. Jetzt sah er die Angelegenheit dank Aurora in einem anderen Licht.

Uhrkraft begrüßte Dans und Roberts Beitrag. Er war voller Bewunderung für die Fähigkeiten der Greifthalers im Umgang mit Mechanik, besonders für die von Dan, in dem er einen Mann erkannte, der eine deutliche Zuneigung zu Maschinen besaß und nicht nur den Hang hatte herauszufinden, warum sie nicht funktionierten, sondern auch die Fähigkeit, sie wieder zum Laufen zu bringen. Sein Talent, was das betraf, grenzte an Genialität.

Wenn Uhrkraft nicht Dans Arbeit mit fachlicher Anerkennung verfolgte, beaufsichtigte er seine Männer bei den Flugzeugen oder bei anderen Arbeiten. Gleich im Innern des Höhleneingangs waren einige Bohrarbeiter damit beschäftigt, behelfsmäßige Waffen herzustellen.

Im Grunde bauten sie Bomben – Brandsätze, die denen ähnelten, die die Piraten auf das Trostlose Bohrloch abgeworfen hatten, nur dass diese tragbar waren. Gereinigte Glasflaschen dienten als Behälter und wurden mit Brennstoff gefüllt. Als Lunten nahmen sie zusammengedrehte benzingetränkte Fetzen, die mit Hilfe von getrocknetem Schlamm in den Flaschenhälsen fixiert wurden. Außen an der Bombenhülle wurden Gewindemuttern und Bolzen befestigt, ein behelfsmäßiges Schrapnell.

Ein paar kühnere Bohrarbeiter machten sich an den Bau von Katapulten, die sie aus ein paar Stücken Metall und Keilriemen herstellten. Sie testeten sie draußen, indem sie Radkappen von zufällig abgebrochenen Stücken des Fahrwerks als Projektile benutzten. Die Radkappen schnitten scharf durch die Luft, und ihre Aerodynamik verbesserte sich noch (wie auch ihr tödliches Potenzial), nachdem die Ränder messerscharf geschliffen worden waren.

Bei all der Betriebsamkeit waren Cassie und Fletcher die Einzigen, die sich zurückhielten und nur mit sich selbst beschäftigten. Sie verspürten beide keinen Wunsch mitzumachen. Sie hatten getan, was sie versprochen hatten, indem sie Michael und Aurora zu der Höhle gebracht hatten, und was von jetzt an geschah, betraf sie nicht mehr.

Oder zumindest redeten sie sich das ein. Während der Tag voranschritt, spürten beide den Sog der Verpflichtung stärker werden, spürten, wie es immer schwerer wurde, ihm zu widerstehen. Colin war den ganzen Nachmittag in Flugzeugen unterwegs. Robert und ihr Vater waren jetzt größtenteils Mechaniker. Dass Michael und Aurora beteiligt waren, verstand sich von selbst, aber auch so war es etwas beschämend zu sehen, wie die beiden für die Sache der Erdlinge schufteten, während Cassie und Fletcher, die selbst Erdlinge waren, einfach nur in *Bertha* hockten oder auf ihren Ketten saßen und zusahen.

Schließlich kamen sie beide zu dem Schluss, dass sie entweder aufhören mussten, sich schuldig zu fühlen, weil sie als Einzige keinen sinnvollen Beitrag zu den Vorbereitungen für den Kampf gegen die Piraten leisteten, oder dass sie anfangen mussten, sich ebenfalls nützlich zu machen.

Fletcher verkündete: »Es is an der Zeit, eine Entscheidung zu fällen.«

Cassie nickte, aber sie war noch unschlüssig. »Paps hat gesagt, es wäre in Ordnung, ab und zu selbstsüchtig zu sein. Wie kommt es dann, dass ich mich jetzt gar nich gut fühle? Wieso kommt es mir so kindisch vor?«

»Weil wir ein Gewissen haben«, sagte ihr Bruder.

»Aber das hier is nich unser Kampf.«

»Das macht letztendlich keinen Unterschied. Zu irgendeinem Zeitpunkt müssen wir uns immer für eine Seite entscheiden. Erinnerst du dich, wie wir im Fahrzeugschuppen beim VBK gesessen haben? Als du mir ausgeredet hast, Humanist zu sein?«

Cassie erinnerte sich.

»Es war nich wirklich eine Wahl«, sagte Fletcher. »Ich wusste es die ganze Zeit. Ich konnte es nur erst erkennen, als du's mir gezeigt hast. Das hier ist jetzt genauso. Alle unterwerfen sich, alle machen mit. Nur wir stehen am Rand und tun so, als würden wir nich dazugehören, aber tief in unserem Innern wissen wir, dass wir es tun. Wir brauchen nur eine Weile, bis wir es erkennen.«

»Und jetzt haben wir es erkannt?«

»Jetzt haben wir es erkannt«, bestätigte er. Er stand auf.

Cassie stand ebenfalls auf. »Also, was steht auf dem Plan? Mechanikarbeit wie Robert und Paps?«

»Vermutlich. Es laufen hier zwar mehr als genug Mechaniker rum, aber ich schätze, zwei mehr werden auch nicht schaden. Cass?«

»Ja?«

Fletchers Stimme hatte sich plötzlich verändert, klang leiser und gedehnter. »Du kennst doch diese kleinen Flecken, die manchmal vor den Augen treiben, oder? Ich bin nich sicher, wie der richtige Name dafür is, aber man kann sie sehen, wenn man müde wird oder die Lider halb geschlossen hält.«

»Ich kenne sie. Warum?«

Fletcher starrte in die Wüste hinaus. Er blinzelte und zog die Augenbrauen zusammen. »Na ja, ich sehe sie jetzt. Nur glaube ich nich, dass es wirklich welche sind.«

»Was meinst du damit?«

»Sieh's dir selbst an. Da.« Er deutete in die Ferne. »Sag mir, ob du sie auch siehst. Denn wenn du das tust, sind es nich diese treibenden Flecken, von denen ich gesprochen hab.«

Sie folgte mit den Augen der Linie seines Fingers.

Und tatsächlich, wo die Wolken auf die Landschaft stießen, konnte sie einen winzigen, dunklen Fleck ausmachen.

Sie wusste sofort, beinahe instinktiv, um was es sich handelte, und ihr Magen krampfte sich zu einem Knoten zusammen.

»Fletch, lauf und sag Paps und den Männern von Uhrkraft Bescheid.«

»Was? Was soll ich ihnen sagen?«

»Das schwarze Luftschiff. Die *Behemoth*. Sie is hier. Sie kommt hierher. Geh schon! Sofort!«

Beeilung!

Während Fletcher zum Höhleneingang und den Flugzeugen lief, die gerade bearbeitet wurden, rannte Cassie in die entgegengesetzte Richtung – dorthin, wo die flugtauglichen Flugzeuge geparkt wurden.

»Aurora!«, brüllte sie. »Michael! Das Piratenschiff! Es kommt!«

Die Bohrarbeiter gaben die Alarmrufe weiter. Köpfe drehten sich, und Hände wurden an Stirnen gelegt, um Augen zu beschatten. Michael schoss in die Luft, um einen besseren Blick zu bekommen, und kehrte mit grimmiger Bestätigung in der Miene zur Erde zurück.

»Es ist wirklich die *Behemoth«*, sagte er. »Zumindest ist es nicht die *Cerulean*, also muss es das andere sein.«

»Wieso kommt sie hierher?«, fragte einer der Bohrarbeiter.

Michael zuckte mit den Schultern. »Das weiß ich ebenso wenig wie Sie. Vielleicht haben sie uns bemerkt und wollen genauer nachsehen. Oder sie suchen weitere Flugzeugteile. Immerhin haben sie das Luftschiff ja auch aus dieser Höhle.«

Uhrkraft kam zu ihm herüber. »Was steht ihr hier dumm rum?«, fragte er seine Männer. »Es ist so weit. Gehen wir hoch und greifen wir sie an.«

Die Bohrarbeiter sahen Michael an, der begriff, dass sie auf seinen Segen warteten. Wenn er, der Flugzeug-Experte, glaubte, dass sie geübt genug waren, um es in Flugzeugen mit der *Behemoth* aufzunehmen, würden sie es tun.

»Uhrkraft hat recht«, sagte Michael. »Es ist so weit. Ihr habt vielleicht das Gefühl, dass ihr noch etwas Ausbildung vertragen könntet.« Er selbst hatte sogar ganz entschieden dieses Gefühl. Mindestens noch einen Monat ... »Aber es ist keine Zeit dafür. Seht es mal so. Die Piraten werden nicht mit einem Angriff rechnen, und schon gar nicht werden sie ihn von einem Haufen Erdlinge erwarten. Also habt ihr zwar vielleicht nicht die Flugerfahrung, aber ihr habt das Überraschungsmoment auf eurer Seite, und das zählt eine ganze Menge. Gebt euer Möglichstes dort oben. Aber vor allem, lasst den Weg für mich frei. Verstanden? Ich habe eine weit bessere Chance, eine Bombe an der richtigen Stelle zu platzieren als ihr. Versucht ihr sie zu stören, haltet die Piraten beschäftigt, versucht sie zu treffen, wenn möglich ... aber überlasst das andere mir.«

Uhrkraft sah Michael überrascht an. Dann nickte er, um zu zeigen, dass er dem, was Michael gerade vorgeschlagen hatte – wozu er sich bereit erklärt hatte –, zustimmte und es anerkannte.

»Gute Strategie«, verkündete er. Er wandte sich wieder an seine Männer. »Mehr gibt's nich zu sagen. Und jetzt ab! Rührt euch!«

Die Bohrarbeiter stießen laute Hurrarufe aus und liefen zu den Flugzeugen. Andere kamen aus der Höhle und hielten Flaschenbomben und Streichhölzer in den Händen, mit denen sie angezündet werden sollten. Die Katapulte waren bereits auf einigen der älteren Flugzeuge befestigt worden – auf jenen, die offene Cockpits und Platz für mehr als eine Person an Bord hatten.

Männer glitten auf die Piloten- und Passagiersitze. Maschinen starteten. Propeller drehten sich.

Colin tauchte keuchend an Michaels Seite auf.

»Hier bin ich, Mike«, sagte er. »Was denkst du, welches Flugzeug soll ich nehmen?«

»Was? Wovon sprichst du?«

»Ich will hochgehen und diesen Piraten die Nase blutig schlagen, was sonst?«

»Colin, das ist gefährlich. Du wirst dabei wahrscheinlich getötet werden.«

»Glaubst du, das weiß ich nich? Aber es is das, was getan werden muss.«

»Nein«, sagte Michael. »Nein, du bist noch nicht so weit.«

»Das sind die Ölleute auch nich«, wandte Colin ein.

»Sie haben eine persönliche Rechnung zu begleichen. Ihnen geht es mehr um ihre eigene Rache als um irgendetwas anderes.«

»Aber hast du nich gerade gesagt, dass du mit ihnen fliegst?«

»Ja, aber –«

»Wie wäre es dann, wenn ich mit dir mitkomme? Als dein Kopilot. Du fliegst, und ich lasse die Bomben fallen.«

Michael konnte darin durchaus Sinn erkennen, und er wollte nicht den ganzen Tag herumstehen und quatschen.

»In Ordnung«, seufzte er. »Geh und setz dich in die Himmelslerche.«

»Yippee!«, brüllte Colin. Er schoss zu dem alten silberblauen Flugzeug davon. Einer der Bohrarbeiter wollte in die gleiche Richtung, aber Colin stieß ihn aus dem Weg. »Das ist unseres. Such dir ein anderes.«

Michael wollte ihm schon folgen, als eine ernste Stimme ihn zurückhielt.

»Warte, Michael Gabrielson«, verlangte die Stimme. »Ich habe gehört, was du gerade zu Colin gesagt hast. Wann hast du dich entschieden, bei dem Angriff mitzumachen? Und wann hattest du vor, es mir zu sagen?«

»Aurora …« Michael drehte sich zu seiner Frau um und ließ die Flügel hängen, um seine Resignation zu zeigen. »Ich muss ihnen helfen. Diese Erdlinge haben ohne mich keine Chance.«

»Du bist nicht einmal bereit, darüber zu diskutieren?«, fragte Aurora.

»Das ist jetzt nicht der Zeitpunkt für Diskussionen. Du hast gesehen, wie diese Männer fliegen. Das ist eine Selbstmord-Mission. Ich kann das ändern und wenigstens ein paar von ihnen davor bewahren, getötet zu werden. Ich muss an sie denken.«

»Es gibt andere, an die du auch denken musst.« Sie berührte ihren Bauch, eine verschlüsselte Geste, die nur Michael verstehen konnte.

»Hör zu«, sagte er, »heute Morgen hast du zu mir gesagt, dass du dich jederzeit in Sicherheit bringen könntest, wenn es zu brenzlig wird. Nun, das kann ich auch. Vertrau mir, alles wird gut werden.«

Aurora blickte ihn zweifelnd an, aber schließlich nickte sie zustimmend. »Ich liebe dich«, sagte sie.

»Ich dich auch!«, rief Michael über die Schulter, während er abhob und zur Himmelslerche flog.

Cassie sah die Besorgnis in Auroras Gesicht und das Mitgefühl in ihren Augen.

»Gabrielsons Jungen«, sagte sie. »Sie können ganz schön nervig sein, was?«

»Sogar ziemlich nervig«, bestätigte Aurora. »Impulsiv. Eigenwillig. Stur. Aber sie haben ein starkes moralisches Empfinden. Sie tun, was richtig ist, und dafür muss man sie bewundern.«

»Und ihnen vergeben.«

»Und sie dazu bringen, dir zu vergeben, wenn dein moralisches Empfinden in eine etwas andere Richtung ausschlägt.« Aurora lächelte kurz und reuevoll. »Cassie, wir hätten diese Unterhaltung schon vor Tagen führen sollen.«

»Vor Tagen wäre ich nich daran interessiert gewesen.«

»Und jetzt ist leider auch nicht der richtige Zeitpunkt.«

»Nein, das is er nich«, sagte Cassie. »Jetzt is es an der Zeit, dass wir uns in *Bertha* zurückziehen. Wenn wir schon Zuschauer sind, sollten wir wenigstens in Sicherheit sein.«

Während sie zurück zu *Bertha* eilten, sagte Aurora: »Versprich mir nur eines. Wenn all das hier vorbei ist, setz dich zu einem langen Gespräch mit Az zusammen. Stell ihm und dir ein paar ehrliche Fragen.«

»Ja. Ja, ich schätze, das werden wir tun.«

»Gut.«

Ein Flugzeug nach dem anderen fuhr in die offene Wüste hinaus. Und dann stiegen sie eines nach dem anderen zum Himmel empor. Einigen der Bohrarbeiter gelang das Abheben besser als anderen. Ein paar stiegen zu steil auf. Einer streifte mit der Flügelspitze den Boden, als sein Flugzeug gerade abheben wollte, aber er erholte sich von diesem fast fatalen Missgeschick und schaffte es dennoch in die Luft.

Schließlich waren alle oben. Sie richteten ihren Kurs aus, bis sie alle in die gleiche Richtung flogen. Die schnelleren Flieger reduzierten ihre Geschwindigkeit, so dass die langsameren aufholen konnten.

Sie scharten sich zu einer Flotte zusammen, die in loser Formation auf den näher kommenden schwarzen Schemen der *Behemoth* zuflog.

Die Himmelslerche war eine der Letzten, die in die Luft aufstieg. Begleitet von Colin auf dem Passagiersitz, folgte Michael den Bohrarbeitern und dachte, dass es ein absolutes Wunder wäre, wenn auch nur ein einziger dieser mutigen, dummen Erdlinge es wohlbehalten zurück zur Erde schaffen würde.

Menschen gegen Flugzeuge

Michael hatte die Reaktion der Piraten vollkommen richtig eingeschätzt. Das Letzte, womit irgendjemand an Bord der *Behemoth* gerechnet hätte, war zu erleben, wie Flugzeuge vom Boden aufstiegen und in offensichtlich aggressiver Absicht auf das Luftschiff zuflogen.

Naoutha blieb als Einzige still, während überall um sie herum in der Steuergondel verblüffte und schockierte Ausrufe erklangen. Sie war zu empört, um zu sprechen. Das waren *ihre* Flugzeuge. Genau deshalb war sie auf dem Weg zur Höhle, um sie zu holen und gegen die *Cerulean* einzusetzen. Sie hatte sich gegenüber Mr. Mordadson damit gebrüstet, dass sie die Angriffsfähigkeit des Piratenschiffes noch vergrößern würde; diese Flugzeuge sollten das Mittel sein, mit dem sie sich gegenüber dem anderen Luftschiff den entscheidenden Vorteil verschaffte. Und jetzt hatte jemand anderes sie sich genommen und setzte sie auch noch gegen die *Behemoth* ein!

Das Depot der Piraten war geplündert worden. Die Räuber waren beraubt worden.

Aber Naoutha war nicht in der Stimmung, die Ironie anzuerkennen, die in dem Ganzen lag. Ihre Empörung vertiefte sich sogar noch, als Flugingenieur Wallimson sagte: »Sind diese Piloten … *Erdlinge?*«

Alle in der Steuergondel starrten nach vorn, und schon bald kam man zu dem Schluss, dass es sich tatsächlich um Erdlinge handelte.

»Fliegende Erdlinge? Aber das ist … unmöglich«, sagte Wallimson. »Es ist nicht richtig.«

Ein furchtbarer, krachender Lärm erklang, und alle wandten sich der Stelle zu, von der er gekommen war. Naoutha. Sie knirschte mit den Zähnen, und zwar so laut, dass nicht einmal ihre Maske es dämpfen konnte.

»Sie sitzen vielleicht in Flugzeugen«, sagte sie, »aber können sie wirklich fliegen? Haben sie den Instinkt dafür? Das glaube ich nicht.«

»Was sollen wir tun, Naoutha?«, fragte einer von ihrer Gruppe. Es war Abuzaha Biletson, der Mechaniker, der zum größten Teil für die Wiedergeburt der *Kaiserin von Lichtfeld* als *Behemoth* verantwortlich war.

»Was glaubt ihr denn? Rausgehen und gegen sie kämpfen, was sonst?«

»Aber – sie fliegen in Flugzeugen. Menschen gegen Flieger? Das ist Wahnsinn.«

Naouthas Arm schoss vor. Sie packte Biletson am Kragen und riss ihn zu sich.

»Untersteh dich«, rief sie und schüttelte ihn. »Wage es nicht, meine Befehle in Frage zu stellen! Das sind *Erdlinge*. Ihr seid Luftlinge. Ihr seid zum Fliegen geboren. Sie nicht. Ihr könnt sie austricksen. Schießt die in den Flugzeugen mit den offenen Cockpits ab. Ansonsten weicht ihnen aus, bringt sie vom Kurs ab, tut, was immer ihr tun müsst – nur sorgt dafür, dass diese Flugzeuge nicht in die Nähe der *Behemoth* kommen! Habe ich mich klar ausgedrückt?«

Biletson nickte kleinlaut.

»Gut. Und jetzt geh und sag es den anderen.«

Sie schüttelte Biletson noch einmal, ehe sie ihn losließ.

Er beeilte sich, nach achtern zu kommen, um den anderen ihre Befehle mitzuteilen.

Augenblicke später verließen die Piraten die *Behemoth*, um sich den Flugzeugen entgegenzustellen. Sie waren mit Armbrüsten bewaffnet und hatten sich mit Pterin gestärkt.

Sie sammelten sich vor dem Schiff und passten ihre Geschwindigkeit entsprechend an. Während die Flugzeuge sich näherten, fragten sie sich leise murmelnd, ob Naoutha wirklich von ihnen erwartete, eine Mutprobe mit Flugzeugen zu bestehen, die mit einer Geschwindigkeit von hundert Knoten auf sie zuschossen. Dann sahen sie, wie zwei der Flugzeuge einander gefährlich nahe kamen, so nahe, dass sie plötzlich aneinanderstießen. In wildem Durcheinander verbunden, fielen sie vom Himmel und explodierten beim Aufprall auf dem Boden in einem pilzförmigen Feuerball.

Ein anderer Erdling, der das mit angesehen hatte, bekam Panik und verlor die Kontrolle über sein Flugzeug. Er geriet ins Trudeln und konnte sich nicht mehr fangen. Sein Flugzeug stürzte ebenfalls zur Erde und ging in Flammen auf.

»Seht nur!«, rief Zucky Zit mit einem schrillen Glucksen. »Sie sind nutzlos! Sie können wirklich nicht fliegen!«

Die anderen Piraten stießen laute Jubelschreie aus. Plötzlich begriffen alle, dass sie im Vorteil waren. Die Erdlinge wussten kaum, was sie taten.

Sie flogen schneller, um die Flugzeuge abzufangen.

Naoutha sah von der Steuergondel aus zu. Drei der Flugzeuge waren bereits verloren, bevor der Kampf überhaupt angefangen hatte. Sie hatte beschlossen, sich nichts daraus zu machen, wenn die Flugzeuge, die eigentlich ihr gehörten, allesamt zerstört werden sollten. Niemand hatte das Recht, ihr etwas zu stehlen. Sie hatte die Höhle gefunden, und so war sie die rechtmäßige Besitzerin von allem, was sich darin befand – und sie wollte verdammt sein, wenn sie zuließ, dass diese räuberischen Erdlinge ihr irgendetwas davon wegnahmen. Wenn sie selbst die Flugzeuge nicht haben konnte, würden die Erdlinge sie ganz sicher auch nicht bekommen.

Die Bohrarbeiter sahen die Piraten auf sich zukommen. Die Hälfte ging sofort in Ausweichmanöver über und löste sich von der Formation. Es bereitete ihnen schon genug Angst, überhaupt am Steuer eines Flugzeugs mehrere hundert Meter hoch in der Luft zu sitzen – darüber hinaus auch noch zu versuchen, lebenden Hindernissen auszuweichen, war zu viel für sie.

Die verbliebenen Bohrarbeiter behielten die Nerven. Obwohl sie unerfahrene Flieger waren, hatten sie genug gelernt, um zu wissen, dass der Zusammenstoß zwischen einem Flugzeug und einem menschengroßen Hindernis in der Luft für beide Seiten tödlich enden würde. Und sicherlich würden sich die Piraten nicht auf diese Weise opfern …

Oder etwa doch?

Uhrkraft ging ihnen mit seinem Beispiel voran. Er flog den Metatronco Kondor. Obwohl Michael ihn aus vielen Gründen ablehnte, mochte Uhrkraft ihn wegen seiner Geradlinigkeit. Er sah aus wie ein Flugzeug, das ein Kind gemalt hatte. Man musste den Steuerknüppel und die Hebel mit großer Heftigkeit bedienen, um irgendeine Reaktion zu bekommen, was Uhrkraft sehr beruhigend fand. Der Kondor war ein kompromissloses Flugzeug – wie für ihn geschaffen.

Er hielt mitten auf das Zentrum der Piraten zu. Hinter ihm folgte die Hälfte seiner Flotte, all jene, die noch in der Formation waren.

Die Piraten blieben vor der Frontscheibe des Kondor, schlugen mit den Flügeln und rissen die Augen weit auf. Sie zerstreuten sich erst im letzten Augenblick, schossen entweder in den offenen Raum oder suchten Zuflucht im Schutz der *Behemoth*.

Die Flugzeuge setzten in einer Welle über, unter oder seitlich an der *Behemoth* vorbei. Einer der Bohrarbeiter schätzte die Lücke zwischen sich und dem Luftschiff falsch ein. Sein Backbord-Flügel schrammte an dem hinteren Propeller der *Behemoth* an Steuerbord entlang – an dem, den Az funktionsunfähig gemacht hatte. Der Flügel zerbrach, und das Flugzeug kreiste wie ein Bumerang durch die Luft, bis es gegen ein anderes krachte, dem es beinahe den hinteren Teil abschnitt. Die Wucht trug beide beschädigten Flugzeuge noch eine ganze Minute weiter, ehe sie wie Meteore in einem langen, anmutigen Bogen dem unausweichlichen Aufprall auf der Erde entgegenstürzten.

In der Zwischenzeit gelang es einem Bohrarbeiter, der über die *Behemoth* hinwegflog, eine Bombe über dem Luftschiff abzuwerfen. Aber die Bombe hüpfte einfach nur von der Außenhülle und fiel nutzlos brennend und Funken schlagend ins Leere.

Die Bohrarbeiter legten sich schräg und wendeten, um sich zu einem neuen Angriff auf ihr Ziel zu formieren. Sie wurden jetzt von denjenigen unterstützt, die beim ersten

Angriff davongeflogen waren. Obwohl es Opfer gegeben hatte und die *Behemoth* noch immer intakt war, hatten die Bohrarbeiter allen Grund, ermutigt zu sein. Die Piraten leisteten nicht den erbitterten Widerstand, mit dem sie gerechnet hatten.

Auch die Piraten fühlten sich ermutigt. Es schien, dass Menschen sehr wohl eine Chance gegen Flugzeuge hatten, besonders, wenn die Piloten der Flugzeuge so leicht zu erschrecken waren.

Michael, der in seiner Himmelslerche flog, konnte erkennen, dass die Bohrarbeiter an Vertrauen gewonnen hatten. Er hielt sich am Rand und wartete auf den geeigneten Moment, auf eine Gelegenheit. Als die Bohrarbeiter-Flotte erneut auf die *Behemoth* zuhielt, sah er, dass sie kühner geworden waren. Die Flugzeuge flogen dichter zusammen. Sie beschleunigten.

Jetzt beeilten sich die Piraten einzugreifen, schossen mit irrer Schadenfreude auf die Flugzeuge zu. Die Wirkung des Pterins setzte jetzt voll ein und bescherte den Piraten eine diamantscharfe Wahrnehmungsfähigkeit. Ihre Gehirne waren angefüllt mit der Grandiosität dessen, wozu sie fähig waren. Sie fühlten sich übermächtig. Nichts konnte ihnen Schaden zufügen. Der Rest der Welt war, soweit es sie betraf, voller langsamer, dummer Dinge, die leicht beiseitegeschoben und besiegt werden konnten.

Bolzen wurden in Armbrüste gelegt. Die Piraten zielten auf die Flugzeuge mit offenen Cockpits und feuerten, als sie an ihnen vorbeischossen. Das Pterin verbesserte ihre Zielfähigkeit um ein Hundertfaches, und viele der Bolzen fanden ihr Ziel. Ganz plötzlich irrten einige Flugzeuge im

Zickzack herum oder setzten zum Sturzflug auf die Erde an. In einem Fall hatte der Passagier eines Bohrarbeiters gerade die Lunte einer Flaschenbombe gezündet, als der Pilot von einem Armbrustbolzen in die Kehle getroffen wurde. Als das Flugzeug außer Kontrolle geriet, ergoss sich überall brennendes Benzin. Das Flugzeug stürzte als Flammenstreifen auf den Wüstenboden.

Dann sah Michael seine Chance. Im Gefolge der zweiten Angriffswelle gruppierten sich die Piraten wieder beim Bugkonus. Weil Michael sich zurückgehalten hatte, hatten sie ihn nicht bemerkt. Jetzt steuerte er die Himmelslerche auf das Heck des Luftschiffes zu.

»Colin«, sagte er, »du bist dran. Und verfehl das Ziel nicht.«

Colin nahm eine Flaschenbombe und zündete die Lunte an. Als der Fetzen brannte, öffnete er ein kleines Seitenfenster. Ein harter Windschwall schoss herein, prallte wie ein Hammer gegen sein Gesicht.

»Warte«, sagte Michael. »Waaarte …«

Colin musste seine ganze Willenskraft aufbieten, um die Bombe nicht sofort nach draußen zu werfen.

Die Himmelslerche passierte die Heckflosse der *Behemoth* mit dem Totenschädel und den gekreuzten Federn darauf, und Michael schrie: »Jetzt!«

Colin schleuderte die Flaschenbombe mit aller Kraft nach draußen.

Es war ein Blindgänger. Die Lunte ging zischend aus, noch bevor die Bombe das Luftschiff erreicht hatte. Die Bombe hüpfte vom Ballon und außer Sicht.

Bei ihrer dritten Angriffswelle gaben sich die Bohrarbeiter alle Mühe, die Piraten auszumanövrieren. Sie hatten ihre Lektion gelernt: Die Armbrüste waren tödlich. Jetzt brachten sie im Gegenzug ihre Katapulte zum Einsatz. Geschärfte Radkappen zischten durch die Luft. Die meisten gingen ins Leere. Die durch das Pterin verstärkten Sinne der Piraten sahen sie kommen, als würden sie in Zeitlupe fliegen, und wichen ihnen aus. Ein paar Radkappen trafen allerdings dennoch. Eine trennte einem Piraten glatt den Kopf vom Hals. Eine andere schlug in die Eingeweide eines Mannes, und dieser taumelte mit herauswirbelnden Gedärmen und fuchtelnden Gliedmaßen blutend durch die Luft.

Diesmal gelang es Uhrkraft in seinem Kondor, mit einer Flaschenbombe einen direkten Treffer zu landen. Sie explodierte an der Oberfläche der *Behemoth* in einem Ausbruch flüssiger Flammen. Er war fest davon überzeugt, es geschafft zu haben, und stieß einen Triumphschrei aus. Das Luftschiff war verdammt. Die Rache war sein.

Als er jedoch einen Blick über die Schulter warf, stöhnte er. Das Feuer fraß sich nicht fest. Die Flammen wurden kleiner und gingen aus. Es blieb nichts übrig als ein verkohlter Fleck auf dem Segeltuchstoff.

Uhrkraft hatte so etwas befürchtet. Die Flaschenbomben genügten nicht, auch wenn sie taten, was sie tun sollten. Er drehte den Kondor herum und wich einem Piraten aus, der leichtsinnig dicht an ihn herangeflogen kam. Seine Verletzungen pochten und schmerzten, und er fragte sich mit einem unbehaglichen Gefühl, wie in aller Welt es ihm und seinen Männern nur gelingen sollte, dieses Luftschiff zu Fall zu bringen. Die Erdlinge waren wie Mücken, die um einen Elefanten herumschwirrten. Sie hatten schon

Schwierigkeiten, auch nur das Fell zu durchdringen, ganz zu schweigen davon, eine tödliche Verletzung zuzufügen.

Obwohl Michael Gabrielson ihnen half, schien es hoffnungslos zu sein. Uhrkraft war der Verzweiflung nahe.

Naoutha dagegen befand sich in Hochstimmung, während sie von der Steuergondel aus zusah. Die *Behemoth* hatte ein paar Treffer einstecken müssen, war aber im Wesentlichen unversehrt. Ihre Truppe schlug die Angreifer zurück und verringerte deren Zahl. Wenn es so weiterging, würde der Sieg schon bald ihrer sein.

Ganz plötzlich verspürte Naoutha einen scharfen Stich, ein Gefühl, das sie nur zu gut kannte. Es war hauptsächlich in ihrem Bauch, beeinflusste aber auch den übrigen Körper, ein allgemeiner Nervenschmerz, eine im ganzen System zu spürende Sehnsucht, wie ein überall brennender Juckreiz, der unbedingt weggekratzt werden musste. Wie lange war es her, seit sie den letzten Pterin-Schuss gehabt hatte? Zu lange. Gestern Abend war es gewesen, kurz bevor sie und ihre Truppe mit der Flugpatrouille aneinandergeraten waren.

Sie sehnte sich nach der Droge. Sie sehnte sich nach der Wachsamkeit, der Klarheit, der Unbesiegbarkeit, die sie mit sich brachte. Wann immer die Wirkung nachließ, wirkte die Welt langweilig, langsam und sinnlos. Sie brauchte mehr davon, immer mehr. Mit ihr war sie Naoutha Nisrocsdotter, die Piratenkönigin. Ohne sie war sie niemand, ein Nichts, eine Leere.

Aber sie zögerte, die Steuergondel zu verlassen, während draußen noch der Kampf tobte. Wer konnte gehen und ihr eine Injektionsnadel und eine Ampulle Pterin besorgen? Wen von ihren Leuten, die gerade auf dem Schiff waren, konnte sie entbehren und für eine Besorgung wegschicken?

»Wallimson …«, sagte sie.

Bissig

Wallimson schlurfte verstimmt den Laufsteg entlang. Es störte ihn nicht, dass er Naoutha einen Gefallen tun sollte, wohl aber die Art und Weise, wie sie es gesagt hatte. Sie hatte mit ihm gesprochen, als wäre er irgendeine Art Lakai, der tat, was sie verlangte. *Bring mir Pterin. Es ist in meiner Kabine.* War er nicht ihr neuer Freund? Hatte er ihr nicht auf jede erdenkliche Weise geholfen? Und doch begann er zu spüren, dass er für sie oder auch die anderen Piraten keinerlei Bedeutung hatte. Sie behandelten ihn genauso, wie er auf der *Cerulean* behandelt worden war, als überflüssigen, lahmflügeligen Ballast.

Ein Anfall von Erdkrankheit gesellte sich zu Wallimsons schlechter Laune hinzu. Die *Behemoth* blieb ziemlich hoch, nicht sehr tief unter den Wolken, also hätten die Symptome auch noch schlimmer sein können, aber trotzdem fühlte er sich benommen. Pterin hätte zweifellos geholfen, aber er hielt nichts von Drogen. Hatte er nie getan. Scheußliches Zeug. Tat einem auf lange Sicht gar nicht gut.

Apropos …

Wallimson erreichte die Kabine, in der Mr. Mordadson

gefangen gehalten wurde. Er blieb vor der Tür stehen und lauschte. Nicht ein einziges Geräusch war von innen zu hören. Irgendwann während der frühen Stunden hatte Mr. Mordadson aufgehört zu schreien, aber sein Stöhnen und das Knallen der Stuhlbeine auf dem Boden hatten noch lange Zeit danach angedauert und waren auf dem Laufsteg zu hören gewesen. Jetzt waren auch diese Geräusche versiegt. Es herrschte nichts als Stille.

War er tot?

Einerseits hoffte Wallimson es, aber andererseits auch wieder nicht. Obwohl er Mr. Mordadson nur das Allerschlimmste wünschte, wollte er zugleich, dass er mindestens so lange am Leben blieb, dass er es ihm noch einmal richtig zeigen konnte. Am Abend zuvor hatte Naoutha ihn davon abgehalten, bevor er wirklich hatte anfangen können. Er hatte das Gefühl, dass er Mr. Mordadson noch eine ganze Menge Schmerz schuldete.

Ja.

Wallimson streckte die Hand nach der Kabinentür aus.

Das war nicht der Grund, weshalb Naoutha ihn zurückgeschickt hatte. Aber die Versuchung war zu groß, um ihr widerstehen zu können. Nur ein kurzer Umweg auf seiner Reise. Ein paar Minuten allein mit Mr. Mordadson. Niemanden würde es stören. Und da fast alle draußen kämpften, würde es auch niemand erfahren.

Wallimson drehte den Schlüssel im Schloss herum und öffnete die Tür.

Mr. Mordadson saß zusammengesunken da. Die Seile waren das Einzige, was ihn aufrecht hielt. Sein Kopf war vornübergesackt, und sein Gesicht, oder das, was Wallimson davon sehen konnte, war eine Masse aus rotem Fleisch. Er war kaum wiederzuerkennen. Da war ein Kreis aus getrocknetem Blut um seinen Stuhl herum, wie ein dunkler, seltsamer Halo.

»Mordadson?«, fragte Wallimson leise und mit einem Singsang in der Stimme. »Mordadso-o-on?«

Der Kopf bewegte sich. Die Augen flackerten zwischen geschwollenen Lidern. Die aufgeblähten Lippen murmelten etwas Unverständliches.

»Wie fühlen Sie sich?« Wallimson schloss die Tür hinter sich. »Ziemlich übel, wie's aussieht. Haben Sie gehört, was draußen vor sich geht? Fliegende Erdlinge! Die Wunder lassen wohl nie nach. Alle sind beschäftigt, und da dachte ich, wir beide könnten etwas Zeit miteinander verbringen, Sie und ich, nur wir zwei. Nun, frischen Sie mein Gedächtnis etwas auf. Hatten Sie nicht versprochen, mir das ein oder andere über das Zufügen von Schmerz zu zeigen? Habe ich das richtig in Erinnerung? Ich würde gern mehr darüber wissen. Erzählen Sie es mir.«

Mit einem boshaften Grinsen rückte Wallimson näher zu seinem hilflosen Opfer.

Wieder murmelte Mr. Mordadson etwas.

»Es tut mir leid, aber Sie müssen lauter sprechen. Ich kann kein Wort von dem verstehen, was Sie sagen.«

Mr. Mordadson versuchte, deutlich zu sprechen, aber noch immer konnte Wallimson bei all den unklaren Silben lediglich das Wort »hören« verstehen, was aber genauso gut auch »gehören« heißen mochte.

Er beugte sich nach vorn und brachte sein Ohr dicht an Mr. Mordadsons Mund heran. Es würde nicht schaden, dachte er, herauszufinden, was sein auserwähltes Opfer sagen wollte, bevor er mit dem Schlagen anfing. Die berühmten letzten Worte und so.

»Kommen Sie schon, Mr. Silber-Sanktuariums-Großkotz. Was ist es? Spucken Sie's aus.«

Das Nächste, was Wallimson spürte, war sein Ohr zwischen Mr. Mordadsons Zähnen. Das ganze Ohr bis zur Wurzel, und Mr. Mordadson biss zu, biss richtig zu, so dass Wallimson vor Schmerz aufheulte und Blut über seinen Nacken lief und er wild mit den Fäusten auf Mr. Mordadson einschlug, der dennoch nicht losließ. Der Schmerz war entsetzlich. Ein schrilles Geräusch erfüllte Wallimsons Kopf. Er hatte das Gefühl, als würde er bewusstlos werden. Er war nicht einmal mehr in der Lage, Mr. Mordadson noch zu schlagen. Er wollte einfach nur, dass der Schmerz aufhörte. Aufhören. Aufhören. Aufhören. Bitte aufhören.

Der Schmerz hörte nicht auf, aber er ließ etwas nach. Mr. Mordadson lockerte seinen Biss ein wenig, wenngleich seine Zähne sich weiterhin in das Ohr gruben.

Wallimsons Gedanken klärten sich etwas. Er packte Mr. Mordadsons Kopf, um ihn wegzustoßen. Augenblicklich sanken die Zähne wieder tiefer ein.

Als der Druck der Zähne das nächste Mal nachließ und der Schmerz dumpfer wurde, versuchte Wallimson, seinen eigenen Kopf wegzuziehen.

Noch mehr Schmerz. Glühende Qual.

Schließlich dämmerte es ihm: Widerstand brachte nur Leiden. Fügsamkeit jedoch hatte eine positivere Wirkung.

»Was … was wollen Sie von mir?«, stammelte er.

»Ah iih iih ooh?«, sagte Mr. Mordadson, dessen Stimme in Wallimsons Ohr mit furchtbarer Erschütterung widerhallte.

Was will ich wohl?

»Dass ich Sie losbinde.«

»Uh-eh … eh.«

Kluger Kerl.

»Aber …«

Schmerz bohrte sich in Wallimsons Schädel. Nicht so schlimm wie zuvor, aber schlimm genug.

Offensichtlich war kein *Aber* gestattet.

»Naoutha will –«

Schmerz!

»Ich kann nicht –«

Schmerz!

Wallimson begriff unglücklich, dass jegliche Einwände umsonst waren und er vermutlich das Ohr verlieren würde, wenn er weiterhin versuchte, welche vorzubringen. Er hatte keine Wahl. Er würde tun, was Mr. Mordadson von ihm verlangte. Er griff um den Stuhl herum nach dem ersten Knoten, der Naouthas Gefangenen festband.

Schon bald waren sie alle gelöst, und Mr. Mordadson war frei. Er behielt seinen Biss um Wallimsons Ohr bei, bis sich auch das letzte Seil gelöst hatte. Dann öffnete er den Mund weit, und Wallimson stolperte weg.

Mr. Mordadson spuckte mehrmals aus, bis er seinen Mund von dem Blut gereinigt hatte, das als rosafarbener Speichel herauskam. Danach löste er die Verspannungen seiner Flügel und Muskeln. Und dann ging er auf Wallimson zu.

Der Flugingenieur kauerte in einer Ecke der Kabine und sah auf, als Mr. Mordadson sich vor ihm aufbaute.

»Was werden Sie mit mir tun?«, stöhnte er und hielt sich dabei noch immer die Hand an den Kopf. Es dämpfte den Schmerz ein bisschen. »Sie können mich hier nicht einfach liegen lassen. Die Piraten werden mich töten, wenn sie herausfinden, dass ich Sie befreit habe.«

Mr. Mordadsons geschlagenes, geprelltes und blutverschmiertes Gesicht war unergründlich.

»Bitte. Bitte vergeben Sie mir«, bettelte Wallimson. »Ich habe nie gewollt, dass all das hier passiert.«

Und unerbittlich.

»Ich wollte einfach nur irgendwo dazugehören. Ich –«

Mr. Mordadson schnitt ihm das Wort ab. »Nicht was einem geschieht, macht einen zu dem, was man ist«, sagte er und formte seine Worte mit großer Mühe. »Sondern die Art und Weise … wie man damit umgeht.«

»Ja. Ja!«, sagte Wallimson wie ein Mann, der im Griff einer Epiphanie war und von einer klarsichtigen Erkenntnis überströmt wurde. »Ich bin schlecht damit umgegangen. Das ist es. Ich akzeptiere es. Ich hätte besser sein müssen. Ich werde versuchen, von jetzt an besser zu sein. Ich werde versuchen, ein guter Mensch zu sein.«

»Nein, das wirst du nicht«, sagte Mr. Mordadson und kniete sich hin. »Glaub mir, ich habe … auch versucht, ein guter Mensch zu sein, und ich … es hat nicht funktioniert. Einige besitzen diese Fähigkeit, aber andere … nicht. Ich besitze sie nicht. Ich bin, was ich bin, und ich habe gelernt, damit umzugehen und damit … zu leben.«

Wallimson blickte dem anderen Mann tief in die Augen, und was er dort sah, machte ihn starr vor Entsetzen.

Mr. Mordadson packte den Kopf des Flugingenieurs mit

beiden Händen und knallte ihn gegen die Bordwand hinter ihm.

Knallte ihn dagegen und dagegen, bis Wallimsons Körper schließlich aufhörte zu zucken und zu zittern und nur noch still dalag.

Sprung in die Dunkelheit

Az' selbst auferlegtes Zeitlimit von zwölf Stunden war abgelaufen, ohne dass seine Rechnung aufgegangen wäre. Die *Behemoth* war noch nicht wieder aufgetaucht. Naoutha und ihre Leute waren noch immer irgendwo unter der Wolkendecke, und Mr. Mordadson war bei ihnen.

Az befand sich jetzt jenseits der Erschöpfung. Er hatte einen traumähnlichen Zustand erreicht, in dem alles real wirkte, aber außerhalb seiner Reichweite war, als würde es sich hinter einer unsichtbaren Wand befinden. Was immer er tat, schien irgendwie die Handlung eines anderen Menschen zu sein. Irgendwann im Laufe des Vormittags stellte er fest, dass er eine heftige Auseinandersetzung mit Geschwaderkommandeur Iaxson hatte, und kaum war sie vorüber, konnte er sich nicht mehr erinnern, worum es gegangen war. Wahrscheinlich um Mr. Mordadson und die Rückkehr nach Hause. Alles, was er wusste, war, dass er den Streit gewonnen hatte. Zumindest glaubte er das angesichts der Strenge des Blicks, den Iaxson ihm zugeworfen hatte, als er die Steuergondel verlassen hatte – einen stahlharten Blick, der besagte: *Wenn du ein Erwachsener wärst, würde ich dir eine scheuern.* Hatte Iaxson seinem Zeitlimit zugestimmt? Wahrscheinlich. Zögernd.

Az war nicht sicher, ob er noch wusste, was er tat. Er lief auf Automatik, alle seine Systeme bis auf die absolut notwendigen waren heruntergefahren. Seine inneren Reserven waren beinahe genauso leer wie die Treibstofftanks der *Cerulean*. Irgendein schwacher, ferner Teil seines Gehirns sagte ihm, dass die Mission vorbei war, dass sie ein Reinfall gewesen war, *sein* Reinfall. Er versuchte, nicht daran zu denken, aber es war schwer zu ignorieren. Die Wahrheit war schwer zu ignorieren.

Die *Cerulean* trieb dahin. Das tat sie schon eine ganze Weile. Az hatte befohlen, dass die Crew die Strömung nicht beeinflusste, dass sie nicht kostbaren Treibstoff bei dem Versuch verschwendete, an Ort und Stelle zu bleiben. Einer der weniger dynamischen Strahlströme hatte das Luftschiff in seinem Griff und stieß es sanft, aber beharrlich – in welche Richtung? Az hätte sich den Kompass am Platz des Navigators ansehen können. Er hätte seinen Aufenthaltsort bestimmen können. Aber er konnte sich nicht dazu aufraffen, sich darum zu kümmern. Irgendeine Richtung. Welche auch immer. Es war ohne Bedeutung.

Jetzt war der Zeitpunkt gekommen. Er wusste es. Jetzt musste er die Niederlage eingestehen und alle Hoffnung darauf aufgeben, dass sie Mr. Mordadson noch retten konnten, und nach Rotturm zurückkehren. Die vier Crew-

Mitglieder, schlafhungrige Zombies, warteten darauf, dass er den Befehl dazu gab. *Also los*. Das war alles, was er sagen musste. Zwei Worte. Zwei einfache Worte.

Er versuchte es. Er konnte es nicht.

Bilder wanderten durch sein Gehirn. Leute, die er kannte. Leute, die er liebte. Seine Eltern. Michael. Lady Aanfielsdotter. Die Greifthalers. Cassie. Und über allem schwebte die Vorhersage des Ultimativen Rechners, das angeblich bedeutungsvolle Symbol. Es lauerte in seinem Kopf: Wo immer er hinblickte, was immer er zu denken versuchte, es war das, was er sah, vorspringend und gewaltig.

Die Stimme des Grafen von Gyre hallte bedeutungsvoll in seinem Kopf.

Hoch oder runter?

Richtig oder falsch?

Hell oder dunkel?

Ja oder nein?

»Sinken«, sagte Az abrupt.

Die Köpfe der Crew drehten sich in seine Richtung. Augen mit dunklen Ringen blinzelten. Die Augenbrauen zogen sich zusammen.

»Sir?«

Das Fragezeichen zwischen dem einen Ding und dem anderen, in dieser grauen Zone der Unsicherheit, ein pures Dilemma …

»Sinken. Gehen Sie runter. Verlieren Sie an Höhe. Steigen Sie ab. Auf wie viele Arten soll ich es noch sagen?«

»Durch die –?«

»Durch die Wolkendecke, ja. Mitten hindurch.«

»Aber –«

»Das ist ein Befehl. Tun Sie es.«

Und endlich, wenn auch widerwillig, gehorchte die Crew. Die hinteren Propeller der *Cerulean* begannen sich zu drehen. Helium wurde abgelassen, um den Sinkflug zu beschleunigen.

Az kletterte die Leiter zur Dachluke der Steuergondel hoch. Er schob die Lukentür zu und drehte das Rad, das den Riegel an Ort und Stelle rückte. Die Luke konnte jetzt nicht mehr von oben geöffnet werden. Dies war eine Sicherheitsmaßnahme, die aus der Zeit stammte, als das Luftschiff ein Truppentransporter gewesen war. Die Steuergondel konnte gegen feindliche Eindringlinge abgeschottet werden, was der Crew die Zeit gab, einen sicheren Ausstieg zu gewährleisten.

Wenige Augenblicke später stürmte Iaxson den Laufsteg entlang, wie Az es gewusst hatte. Als der Geschwaderkommandeur den Zugang zur Steuergondel verschlossen vorfand, schlug er verärgert gegen die Tür.

»Gabrielson!«, brüllte er. »Öffnen Sie die Tür! Lassen Sie mich rein!«

»Das kann ich nicht«, sagte Az mit gelassener Stimme.

»Das können Sie sogar verdammt gut! Öffnen Sie die Tür, oder ich komme mit Gewalt rein!«

»Tun Sie, was Sie glauben tun zu müssen. Ich muss erst das hier hinter mich bringen.«

»Das hier? Was müssen Sie hinter sich bringen? Wieso sinken wir? Wenn wir irgendwohin gehen, ist das Rotturm, wie wir übereingekommen sind. Was genau haben Sie vor?«

»Ich beantworte die Frage«, sagte Az. Es klang sogar in seinen eigenen Ohren lächerlich, aber es war die Wahrheit.

»Die Frage? Welche Frage?«

Die Gesichter der Crew-Mitglieder verrieten, dass sie genau das Gleiche wissen wollten.

»Einfach die … Frage«, sagte Az.

Die *Cerulean* berührte bereits die Wolkendecke. Schwaden aus weißem Dunst schlängelten sich durch die zerbrochenen Fensterscheiben herein.

»Also schön«, sagte Iaxson von oben. »Das reicht. Ich übernehme dieses Luftschiff. Mit der Macht, die mir durch die Autorität der Flugpatrouille gewährt wird, enthebe ich Sie mit sofortiger Wirkung Ihres Kommandos, Azrael Gabrielson.«

»Nicht, ohne dass Sie die Steuergondel betreten«, erwiderte Az. »Das ist … das ist der Brauch der Himmel. Um jemanden seines Amtes zu entheben, muss man einem Kapitän von Angesicht zu Angesicht gegenüberstehen.«

»Brauch der Himmel? Nie davon gehört.«

Das war nicht überraschend, da Az ihn gerade erst erfunden hatte. Es war ein dreister Bluff, aber er hoffte, er würde ihm sowohl bei Iaxson als auch bei der Crew etwas Zeit verschaffen. Er konnte nicht erwarten, dass die Crew-Mitglieder das Gesetz auf die Weise verteidigten wie er, aber wenn er sie nur lange genug auf seiner Seite hatte und Iaxson in Schach hielt, würde alles sich auf die Weise entwickeln, wie er es gewollt hatte.

»Wenn man einen Luftschiffkapitän seines Ranges enthebt, muss man das persönlich tun«, sagte er. »Ansonsten wird es als Meuterei eingestuft.«

»Ach ja?«, erwiderte Iaxson.

»Kapitän Qadoschson musste mir persönlich mitteilen,

dass ich seinen Platz einnehmen soll. Er hätte mir seine Position nicht anders übergeben können, sagen wir, indem er einen Brief schreibt. Es ist die Standardvorgehensweise auf Luftschiffen. Der Brauch der Himmel.«

Die Crew-Mitglieder waren jetzt sicher, dass Az Unsinn redete, aber ihre Mienen sagten auch, dass sie sich nicht *ganz* sicher waren. Vielleicht wusste Az etwas, das sie nicht wussten, vielleicht kannte er irgendeine geheimnisvolle Luftschiffsüberlieferung. Aus diesem Grund waren sie bereit, ihm den Vorteil des Zweifels zuzubilligen. Zumindest im Augenblick.

Nach einer längeren Pause sagte Iaxson: »Schön. Dann komme ich rein. Wenn ich nicht durch die Luke gelangen kann, werde ich das Schiff verlassen und durch die Fenster kommen.«

»Tun Sie, was Sie nicht lassen können«, entgegnete Az.

Die Steuergondel war jetzt voller Weiß, einem so dichten Weiß, dass die Crew sich anstrengen musste, noch etwas zu erkennen; nicht einmal die Messanzeigen und Instrumente vor ihnen waren sichtbar. Die *Cerulean* zitterte leicht aufgrund der Turbulenzen in der Wolkendecke – ein Vorgeschmack auf Schlimmeres.

Az rechnete damit, dass Iaxson nicht bereit war, um die *Cerulean* herumzufliegen, solange sie in den Wolken waren, und er vertraute darauf, dass die Tür sich nicht so leicht aufdrücken ließ. Iaxson würde letztendlich seinen Weg in die Steuergondel finden, daran bestand kein Zweifel. Alles, was Az wollte, war, zuerst einen Blick unter die Wolkendecke zu werfen. Einen Blick auf den Boden, das war alles, was er wollte. Einen Blick, um zu sehen, ob sein

Sprung in die Dunkelheit Intuition oder Aussetzer seines Verstandes gewesen war.

Flugzeugentführung

Die Piraten konnten sehen, dass die Erdlinge bei ihren Versuchen, dem Luftschiff irgendwelchen Schaden zuzufügen, immer wieder versagten. Ihre Bomben gingen entweder nicht hoch oder beschädigten allenfalls die Außenhülle der *Behemoth*. Die Vorteile, die die Erdlinge durch die Flugzeuge besaßen, wurden durch ihre Unfähigkeit, sie zu benutzen, zunichtegemacht.

Übersprudelnd vor Kühnheit und Pterin, steigerten sich die Piraten in immer waghalsigere Taten hinein. Zucky Zit wies ihnen den Weg, indem er eines der feindlichen Flugzeuge übernahm. Es war beinahe unmöglich, so etwas zu tun, und kein gesunder Mensch hätte jemals daran gedacht, so etwas zu versuchen, aber über den Zustand geistiger Gesundheit war Zucky Zit schon lange hinaus.

Ein Bohrarbeiter versuchte, eine Bombe auf die *Behemoth* abzuwerfen, aber es ging alles furchtbar schief. Er stellte die Klappen zu steil, und sein Flugzeug – die AtmoCorp 9-5 mit der angeschweißten Sternschnuppe – schoss beinahe senkrecht nach oben. Es war unausweichlich, dass er irgendwann stecken bleiben würde. Als die 9-5 den Gipfel des steilen Anstiegs erreichte, kam sie für einen kurzen Moment, für den kleinsten Bruchteil einer Sekunde, zum Halten.

Durch Zufall war Zucky Zit nur wenige Meter entfernt, als dies geschah. Er sah seine Chance und stürzte sich auf die 9-5, als sie mit dem Heck voran nach unten sackte, sprang auf das Cockpit-Dach und riss es mit einer Hand auf.

Der Bohrarbeiter, der im Innern saß, zerrte wild am Steuerknüppel, als könnte ihn das irgendwie retten – als könnte er gegen die Schwerkraft ankommen, indem er die Querruder wie die Flügel eines Vogels zum Schlagen brachte. Zucky Zit packte ihn und wuchtete ihn von seinem Sitz. Vom Pterin gestärkt, warf er ihn hinaus und setzte sich an seiner Stelle ans Steuer.

Seite an Seite stürzten der Bohrarbeiter und die 9-5 nach unten. Der Bohrarbeiter schrie und wedelte mit den Armen. Die 9-5 war still und in sich gekehrt, nichts als viel totes Gewicht. Zucky Zit ließ zu, dass die Flugzeugspitze sich nach vorn neigte; das schwere Gewicht der Maschine brachte den Bug nach unten. Und dann, als die 9-5 abzutauchen begann, drückte er die Zündung. Der Propeller erwachte kreischend zum Leben, und das Flugzeug wirbelte ein paar Momente wie wild durch die Gegend, bis Zucky Zit es unter Kontrolle brachte. Die 9-5 flog. Der frühere Pilot stürzte weiter in die Tiefe.

Zucky Zit kicherte albern, als er das Flugzeug herumschwang. In null Komma nichts jagte er auf die Flugzeuge der Erdlinge zu. Er schwirrte um sie herum und wich ihnen aus. Die Bohrarbeiter-Piloten griffen als Antwort zu drastischen Maßnahmen. Beim Anblick der 9-5, die auf sie zuschoss, rollten sie sich seitlich aus dem Weg oder tauchten mit der Nase voran nach unten. Den meisten gelang es, die Richtung zu korrigieren und weiterzufliegen, aber hin und wieder bekam Zucky Zit einen von ihnen dazu, im freien Fall nach unten zu stürzen. Dann konnte der verdammte Pilot nichts mehr tun als zusehen, wie der Boden näher und näher kam, und sein Gesicht mit den Armen bedecken und schreien und sterben.

Inspiriert durch Zucky Zits Beispiel versuchten auch die anderen Piraten, Flugzeuge an sich zu reißen, allerdings waren sie nicht so erfolgreich. Zucky Zit hatte die 9-5 aufgrund einer Reihe außerordentlicher Umstände übernehmen können. Die Versuche der anderen Piraten endeten in blutigen Katastrophen. Nachdem vier von ihnen gegen Windschutzscheiben geknallt oder sich in Propellern verfangen hatten, gaben die Übrigen es auf.

Sie widmeten sich wieder ihren Armbrüsten, während Zucky Zit weiter mit der 9-5 die Flugzeuge der Erdlinge attackierte und bei ihnen Unheil anrichtete wie ein Adler unter Tauben.

Bis er auf Michael stieß.

Ein bescheuerter Plan

Michael sah zu, wie die vereinnahmte AtmoCorp 9-5 die Reihen der Bohrarbeiter aufmischte. Die Piraten hatten jetzt eindeutig die Oberhand. Nur er konnte das Gleichgewicht wiederherstellen.

»Colin«, sagte er.

»Ja?«

»Diese Neun-Fünf da. Das rote Flugzeug mit dem gelben Heckteil. Es versaut alles.«

»Ich weiß. Jemand sollte was dagegen tun.«

»Ja. Wir.«

Michael erklärte ihm kurz, was er vorhatte.

»Das is ein bescheuerter Plan!«, rief Colin.

»Hast du einen besseren?«

Der große, runde Bummelgut-Kopf rotierte von einer Seite zur anderen. »Nich direkt. Aber du musst zugeben, dass es verrückt is.«

»So verrückt wie eine kopflose Henne. Ich schätze, unsere Chance steht eins zu zehn, dass wir da lebend durchkommen. Aber wir können nicht zulassen, dass die Piraten die Bohrarbeiter derart vom Himmel scheuchen.«

Colin seufzte schwer. »Also schön. Ich vertraue darauf, dass du's nich versaust.«

Michael lachte. »Ich werde mir Mühe geben.«

Er drehte die Himmelslerche in eine lässige Schlaufe, dann tauchte er zur 9-5 hinunter.

Colin hielt sich eine Hand über die Augen. »Ich kann nich hinsehen.« Sie schossen an der Nase der 9-5 vorbei und verpassten sie um Haaresbreite. Die 9-5 zitterte im Windschatten der Himmelslerche.

Einen Moment später sah Michael nach oben. Die 9-5 kam in ihre Richtung.

»Das hat deine Aufmerksamkeit erregt, oder?«, fragte Michael den Piraten. Er nahm Geschwindigkeit auf. »Also schön, komm und hol uns!«

Nichts als Fleisch

Magnus Uhrkraft war zu einer Entscheidung gelangt.

Er sah, was der Pirat in dem rot-gelben Flugzeug tat. Er erkannte die grünen Rastalocken. Er erinnerte sich nur zu gut an das wahnsinnige Gelächter dieses Mannes während des ersten Angriffs auf das Trostlose Bohrloch. Jetzt sah er, wie genau dieser Pirat eine Schneise durch die Flotte der Bohrarbeiter schnitt. Die Bohrarbeiter fielen wie die Fliegen. Uhrkrafts Arbeitskollegen, seine Freunde, die Leute, für die er verantwortlich war, wurden unbarmherzig getötet.

Zu viele von ihnen waren bereits durch die Hände der Piraten gestorben. Hier, während dieses aussichtslosen Angriffs auf die *Behemoth*, und zuvor beim Bohrloch. Zu viele.

Genug.

Uhrkraft wusste, was er zu tun hatte.

Er legte sich schräg und drehte um, bewegte sich von dem Gewühl um das schwarze Luftschiff weg. Er fühlte sich plötzlich auf hehre Weise vollkommen ruhig. Der tiefe Schmerz seiner Verletzungen war verschwunden. Er sah auf seinen verbrannten Arm hinunter, und die Blasen, die Narben und die Röte bedeuteten gar nichts. Es war nichts als Fleisch, und Fleisch war nur eine vorübergehende Hülle. Es war das Gefäß, in dem die Seele wandelte. Der Körper hatte keinen Wert an sich. Sein Wert lag in den Dingen, die der Geist ihn tun lassen konnte – die

Taten, die er ausführen konnte, die Ziele, denen er sich widmen konnte.

Die Opfer, die man bringen konnte.

Als er zwei Kilometer von der *Behemoth* entfernt war, wendete Uhrkraft die Kondor erneut um hundertachtzig Grad.

Er ließ das Luftschiff in seiner Windschutzscheibe auftauchen und dampfte los. Der Kondor gewann ohne Begeisterung an Geschwindigkeit, als wüsste er, was sein Pilot vorhatte, und wäre ganz und gar nicht einverstanden damit.

Dann entzündete Uhrkraft mit einer Hand die Lunte einer Flaschenbombe und warf sie sich über die Schulter. Mit einem *Whoosch* flackerten die Flammen hinter ihm auf, und im Cockpit breiteten sich schon bald Hitze und Qualm aus. Uhrkraft zwang seine Aufmerksamkeit auf nichts anderes als die ovale Silhouette der *Behemoth*, die in seinem Sichtfeld größer und größer wurde. Der Rauch wurde dichter. Seine Augen tränten, und er hustete. Aber er hielt das Flugzeug ruhig.

In gewisser Weise war es eine Erleichterung. In wenigen Augenblicken würde alles vorüber sein. Natürlich fürchtete Uhrkraft sich vor dem Tod, aber irgendwie war es nicht so schlimm, denn sein Tod würde helfen, das Leben der verbliebenen Bohrarbeiter zu retten, und schließlich diejenigen rächen, die ermordet worden waren.

Er war der Vorarbeiter. Der Boss. Der Leiter der Westöl Förderungs- und Raffineriestelle Nummer 137.

Er hatte seine Arbeit immer pflichtbewusst und mit Einsatz all seiner Fähigkeiten erledigt.

Dies war seine allerletzte Tat.

Furcht und Freude rangen in Uhrkrafts Herz miteinander, als er den brennenden Kondor genau auf das Zentrum des Ballons der *Behemoth* zusteuerte.

Der richtige Augenblick

Michael lenkte die 9-5 weg vom Gewühl und hinaus ins Freie. Er ließ die Himmelslerche ein paarmal etwas wackeln, um dem Piraten den Eindruck zu vermitteln, als würde ein ungeübter Erdling am Steuer sitzen und kein erfahrener Luftling-Pilot. Es würde ihnen helfen, wenn der Pirat unterschätzte, mit wem er es zu tun hatte.

Abrupt riss er die Himmelslerche in eine scharfe Drehung und brachte sie der 9-5 gegenüber.

Er stellte sich ihr entgegen und schoss dann in direkter Kollisionslinie auf sie zu.

»Bereit, Colin?«

»Nein, aber tun wir's trotzdem.«

Die Lücke zwischen der Himmelslerche und der 9-5 wurde in erstaunlicher Geschwindigkeit kleiner. Colin griff nach dem Türriegel. Michaels bescheuerter Plan erforderte eine genaue zeitliche Abstimmung. Wenn er die Tür öffnete, würde ein plötzlicher Luftzug von der Seite die Himmelslerche aus dem Gleichgewicht bringen. Michael würde das in ihr Vorhaben einbeziehen, aber trotzdem konnten sie nicht abspringen, solange sie nicht so nahe an der 9-5 waren, dass ein direkter Zusammenstoß garantiert war.

»Warte noch«, sagte Michael und biss die Zähne zusammen. »Erst, wenn ich es sage.«

Colin wusste, dass er vollkommenes Vertrauen in Michael haben musste. Es gab keine Alternative. Sein Leben lag jetzt in den Händen seines neuen Freundes. Das war beängstigend, aber auf eigenartige Weise auch aufregend. Colin fühlte sich benommen.

Der Pirat schien zunächst mitzuspielen. Er hielt die 9-5 auf Kurs, zweifellos überzeugt davon, dass er in diesem Nervenkrieg zwischen ihm und dem Erdling gewinnen würde.

Dann …

»Verflucht!«, rief Michael.

Die 9-5 hatte abgedreht. Viel zu früh.

»Ich hätte nich gedacht, dass er derart kneifen würde«, sagte Colin.

»Ich auch nicht. Das passt nicht zu ihm. Oh, ich verstehe.«

Der Pirat hatte keine Angst bekommen, auch wenn es zuerst so ausgesehen hatte. Tatsächlich hatte er ein anderes Ziel erspäht, und zwar eines, das wichtiger war als die Himmelslerche.

Uhrkrafts Kondor, aus dessen Cockpit Rauch wogte, während er auf die *Behemoth* zuschoss.

Michael zögerte nicht. Er verstand sofort, was Uhrkraft vorhatte. Er wusste auch, dass der Pirat in der 9-5 die Bedrohung für die *Behemoth* ebenfalls erkannt hatte und mit allen Mitteln versuchen würde, den Kondor aufzuhalten.

Der bescheuerte Plan wäre immer noch wirksam, auch wenn Michael die Überlebenschancen jetzt nur noch auf etwa eins zu zwanzig einschätzte.

Er konzentrierte sich wieder auf die 9-5 und presste auch das letzte bisschen Geschwindigkeit aus der Himmelslerche heraus. Es waren beides schnelle Flugzeuge, aber während die 9-5 näher am Kondor war, hatte die Himmelslerche das leichtere Gestell.

Michael ging davon aus, dass er die 9-5 gerade in dem Moment erreichen würde, wenn diese den Kondor erreichte.

Wenn er Glück hatte.

Erleuchtung

Zucky Zit schrie den Piloten des Kondor an.

»Nein nein nein neiiiiiin!!!«

Er dachte nicht mehr an die Himmelslerche. Dieses kleine Abenteuer lag in der Vergangenheit. Der andere Feind hier, in seinem zockelnden alten Schrotthaufen, war dabei, die *Behemoth* zu rammen. Der Kondor brannte. Der Erdling plante ein Selbstmordattentat.

Das konnte Zucky Zit nicht zulassen.

Speichel löste sich wie ein sich schlängelndes Band von seinen Lippen, als er sich daranmachte, zum Kondor zu fliegen und ihn davon abzuhalten. Er sah sich nicht einmal um, um nachzusehen, was aus der Himmelslerche geworden war. Er schrie einfach nur wütend weiter den Erdling in dem Kondor an, und die Worte verbanden sich miteinander zu einem langen, sinnlosen Geheul.

In dem kochenden Aufruhr, der sein Hirn war, hatte Zucky Zit einen Plan entwickelt, der ziemlich dem von Michael ähnelte. Nämlich mit höchster Geschwindigkeit auf den Feind zuzufliegen und im letzten Moment abzuspringen, und dann – *Boom*.

Fast wäre es ihm gelungen, das durchzuziehen.

Er befand sich nur wenige Meter vom Kondor entfernt. Aber gerade, als er begann, das Dach des Cockpits zu öffnen …

Der Kondor zuckte nach oben, aus seiner Schusslinie heraus.

Zucky Zit hörte den Aufprall der Himmelslerche nicht, die sein Flugzeug traf. Er hatte nur das Gefühl, tiefer zu sacken, das Gefühl, dass ihm der Magen in die Kehle fuhr. Der Kondor und seine flammende Spur wurden kleiner und kleiner, gerieten weiter und weiter von ihm weg.

Die 9-5 zitterte und klapperte.

Kratzer und Risse durchzogen das Glas des Daches.

Dann plötzlich verstand Zucky Zit alles mit nadelscharfer Klarheit. Er war sich seiner misslichen Lage nur zu bewusst. Er wusste, dass sein Flugzeug getroffen worden war und abstürzte. Er wusste, dass er sterben würde, und er wusste auch, dass es nicht das Geringste gab, was er dagegen tun konnte.

Während der letzten paar Sekunden von Zucky Zits Existenz war er vielleicht einsichtiger als jemals zuvor.

All die Vögel, die er als Junge gequält und getötet hatte.

Er erinnerte sich an jeden Einzelnen.

Jetzt wusste er, wie sie sich gefühlt hatten, was sie durchgemacht hatten, als er sie festgehalten und ihnen die Flügel ausgerissen und die dünnen Beine gebrochen hatte. Die Hilflosigkeit. Das demütigende Entsetzen.

Er konnte beinahe ihr schrilles Kreischen hören, das zurückgekehrt war, um ihn zu peinigen.

Diese Geräusche hier allerdings stammten von Metall, das sich verzog und verbog, von einem Flugzeug, das sich auflöste, während Zucky Zit im Innern gefangen war.

Und dann waren da die Geräusche von Zucky Zit selbst, der in einer Qual der Erleuchtung schrie.

Der Mann, der vom Himmel fiel

»Jetzt!«

Colin riss den Hebel nach unten und drückte gegen die Tür; er musste sämtliche Kraft aufbieten, um sie gegen den Druck der Fluggeschwindigkeit ganz zu öffnen und zu verhindern, dass sie ihm ins Gesicht knallte. Wind schlug mit aller Macht ins Cockpit, und das Flugzeug machte einen übelkeiterregenden Satz, schwankte und schlingerte zugleich. Der Blick durch die Tür bot plötzlich nichts anderes als die tief unter ihm liegende Erde.

»Spring!«, rief Michael.

Colin zögerte.

Dann stieß ihn eine Hand zwischen den Schulterblättern nach vorn, und er stürzte hinaus.

Colin hatte sich fest vorgenommen, nicht zu schreien, aber jetzt schrie er doch. Er schrie wie ein Mädchen. Er wusste, dass Michael direkt hinter ihm war. Oder besser, er wusste, dass er davon ausgehen musste. Michael hatte sich nach Colin ebenfalls aus dem Flugzeug gestürzt. Jeden Augenblick würde er spüren, wie er von dessen Händen gepackt wurde. Genau so würde es geschehen.

Trotzdem schrie Colin. Die Wüste wirkte jetzt verdammt viel näher, als sie eigentlich sollte. Obwohl er die Augen verdreht hatte und seine Sicht verschwommen war, wusste er mit völliger Klarheit, dass die Steine und Büsche und der Sand mit erschreckender Geschwindigkeit näher kamen.

Da war der Knall eines Aufpralls über ihm. Colin hatte keine Ahnung, ob es die Himmelslerche war, die mit der 9-5 kollidierte, oder die 9-5, die in den Kondor raste, und es interessierte ihn auch nicht.

Wo war Michael?

Wo …

War …

Arme schlossen sich um seinen Brustkorb. Beine umfassten seine Taille. Der Atem wurde ihm aus der Lunge gepresst, als sein freier Sturz mit einem mächtigen Ruck aufgehalten wurde.

Michael, der sich an Colin klammerte, schlug mit aller Kraft mit den Flügeln. Die Ansatzmuskeln am Rücken ächzten vor Anstrengung. Die zusätzlichen Flugmuskeln am Brustkorb pochten ebenfalls protestierend. Er spürte, wie etwas riss – da war ein scharfer, schleifender Schmerz tief unten an seinem Rückgrat. Er hatte noch nie etwas so Schweres während des Fliegens geschleppt. Fletcher Greifthaler war ein Leichtgewicht verglichen mit Colin.

Michael schlug mit den Flügeln, und der Schmerz wurde stärker. Das hatte mit richtigem Fliegen nicht viel zu tun, wie er wusste; es war ein mehr oder weniger kontrollierter Sturzflug. Mehr brachte er nicht zustande. Und er und Colin würden …

… ziemlich …

… heftig …

… auf den Boden

… *knallen*.

Staub wirbelte auf, eine ganze Wolke.

Michael und Colin blieben eine Weile einfach nur liegen. Sie waren benommen. Sie waren so ineinander verkeilt, dass sie nicht wussten, wem welche Gliedmaßen gehörten. Sie hatten beide Angst, sich zu bewegen und möglicherweise herauszufinden, dass es schmerzte. Im Augenblick waren sie betäubt. Es gab keinen Schmerz. Es war eigenartig bequem, so auf einem Haufen dazuliegen, während die Staubwolke ausdünnte und sich um sie herum niederließ. Wenn sich einer von ihnen rührte, würden sie vielleicht feststellen, dass sie verletzt waren – und wie schlimm.

Schließlich sagte Colin: »Mike?« Sein Gesicht lag im Sand, die Stimme war gedämpft.

»Ja?«

»Nich, dass du sehr viel wiegen würdest, aber ...«

»Was?«

»Macht es dir was aus, von mir runterzugehen?«

»In Ordnung.«

»Nur weil, weißt du, es is nich sehr würdevoll. Zwei erwachsene Männer, die so durcheinander daliegen. Wenn du verstehst, was ich meine.«

»Ja, ich verstehe.«

Langsam, mit steifen Gliedmaßen und behutsam, rührte sich Michael und kletterte von Colin herunter. Colin seinerseits erhob sich vom Boden, strich sich Staub von den Kleidern und spuckte Sand aus. Dann sahen sie jeder für sich nach, ob sie verletzt waren, aber es schien alles noch gut zu funktionieren. Schrammen, Beulen und Prellungen hatten sie reichlich, aber keiner hatte ernsthaft Schaden genommen.

»Haben wir ...?«, begann Colin.

»Die Neun-Fünf gekriegt?«, fragte Michael. »Ja.«

»Und hat der Kondor ...?«

Michael blinzelte nach oben, um es herauszufinden.

Tödlicher Schlag

Hustend lenkte Uhrkraft sein Flugzeug mitten in die *Behemoth*.

Der Aufprall riss ein Loch in den Ballon und schickte eine Schockwelle durch die Außenhülle. Der Kondor zerbrach. Der Motor wurde durch das Armaturenbrett in Uhrkrafts Torso gerammt und tötete ihn auf der Stelle. Die Flügel des Flugzeugs falteten sich zurück. Sein Rumpf zerbröckelte wie eine Ziehharmonika. Die restlichen Flaschenbomben im Cockpit platzten auf, und überallhin ergoss sich Benzin. Das Feuer, das Uhrkraft bereits in Gang gesetzt hatte, wuchs sich zu einem Inferno aus. Flammen loderten in alle Richtungen, griffen auf den Ballonstoff und die Wände der Gaszellen über, die beim Aufprall des Kondor freigelegt worden waren.

Ein Zittern lief durch die *Behemoth*, und sie neigte sich zur Seite. Sie hatte einen tödlichen Schlag erhalten. Ihr Gerüst war zerbrochen, die strukturelle Einheit unwiderruflich verloren. Was der Aufprall des Flugzeugs begonnen hatte, würde das Feuer beenden.

Die ehemalige *Kaiserin von Lichtfeld* war dem Untergang geweiht.

Blinder
Passagier

Aurora und die Greifthalers sahen dem Kampf um die *Behemoth* mit pochendem Herzen zu. Hin und wieder erhaschte Aurora am Rand des Geschehens einen Blick auf die Himmelslerche, und dann stieß sie einen erleichterten Seufzer aus. Da war auch Bestürzung an Bord der *Bertha*, als ein Angriff der Erdlinge nach dem anderen fehlschlug und sie vom Himmel zu stürzen begannen. Cassie und Aurora hielten sich an den Händen, und je länger der Kampf währte, desto fester verschränkten sich ihre Finger. Die *Behemoth* segelte durch das sie umgebende Chaos hindurch und blieb offenbar unbeschadet. Sie wirkte so unerbittlich wie die Wüste unter ihr, ein riesiges, unbezwingbares, unaufhaltsames Etwas.

Niemand in *Bertha* sah, wie der Kondor in das Luftschiff flog. Das alles passierte auf der anderen Seite des Ballons und damit außerhalb ihrer Sicht. Deshalb sahen sie auch nicht, wie die Himmelslerche in die AtmoCorp 9-5 krachte oder Michael und Colin gen Boden taumelten.

Allerdings nahmen sie sofort wahr, dass etwas Bedeutendes geschehen war. Etwas hatte sich verändert. Auf einmal bebte die *Behemoth* heftig. Sie schlingerte leicht, wie ein verwundeter Wal. Dann stieg hinter der Spitze Rauch auf, kurz darauf gefolgt von Flammen, die sich in Windungen und Spiralen nach oben schlängelten. Die Flammen breiteten sich rasch aus, wanderten zum Bug und nach achtern. In kürzester Zeit hatten die schwarzen Konturen des

Luftschiffs eine Korona aus Flammen erhalten, wie eine elliptische Sonnenfinsternis.

Dan jubelte als Erster. »Sie haben's geschafft!«, rief er. »Ich hab ihnen keine große Chance gegeben, aber sie haben's geschafft!«

»Ich kann Michael nicht sehen«, sagte Aurora besorgt, während sie den Himmel durch eine Luke absuchte.

»Es geht ihm gut«, sagte Cassie. »Ich bin ganz sicher.«

Aurora sagte nichts.

In der Zwischenzeit befand sich in einem der Kriechgänge des Düsterspähers eine Gestalt, die rechtmäßig eigentlich hätte tot sein müssen und doch wie durch ein Wunder am Leben war. Eine Gestalt, die mehr wandelnde Wunde war als ganze Person. Eine Gestalt, die von nichts anderem als Hass aufrecht gehalten und bewegt wurde.

Einen qualvollen Zentimeter nach dem anderen hatte Vikar Hartschutt sich aus dem Messerkraut-Graben hochgearbeitet. Er hatte sich den Speer aus dem Rücken gezogen und war dann durch die Wüste getorkelt, gehumpelt, geschlurft und oft auch gekrochen, immer den erkennbaren Mustern der zwei Furchen folgend, die *Berthas* Ketten auf dem Boden hinterlassen hatten. Obwohl unter unvorstellbaren Schmerzen leidend, war Hartschutt dem Düsterspäher bis zur Höhle nachgegangen und ungesehen an Bord gekrochen, kurz bevor der Luftkampf begonnen hatte. Er hatte sich im Innern versteckt und eine Weile still verhalten, um sich von den Strapazen der Reise zu erholen. Dort hatte er all seine Kraft für eine letzte Tat gesammelt, für einen tödlichen Schwanengesang, einen letzten Ausbruch von Gewalt.

Und jetzt begann sich der Wahnsinnige zu rühren und mit einem Messer zwischen den Zähnen aus dem Kriechgang zu schälen.

Hartschutt wusste, dass er nicht mehr lange zu leben hatte. Höchstens noch Minuten.

Aber bis es so weit war, das schwor er sich, würde er so viele Greifthalers töten wie möglich.

Verzweiflung
+ Mangel
an
Alternativen
= Außerordentliche
Heldentat

Die Turbulenzen ließen nach, die Wolken verschwanden, und die *Cerulean* befand sich in klarer Luft.

Dies geschah zum gleichen Zeitpunkt, als Iaxson und einige Flugwächter schließlich bei der Luke erfolgreich waren, die ihren größten Bemühungen während der Reise durch die Wolkendecke standgehalten hatte. Sie hatten auf sie getreten und mit den Speerenden gegen sie gedonnert, hatten allmählich den Riegel verbogen und die Angeln gelöst. Und doch war die Luke unnachgiebig geblieben. Jetzt endlich löste sie sich zum Teil aus dem Rahmen. Sie würde nicht mehr lange halten.

Während der Hagel von Schlägen über ihren Köpfen

andauerte, starrten die Crew-Mitglieder verblüfft aus dem Fenster.

»Flugzeuge?«, fragte der Rudermeister. »Was machen diese Flugzeuge hier unten?«

»Das ist noch gar nichts«, sagte ein anderes Crew-Mitglied. »Seht mal da. Die *Behemoth*. Und sie brennt!«

Das Luftschiff befand sich etwa fünfhundert Meter an Backbord. Alle starrten sie an, dann drehten sie sich zu Az um.

Er war nicht minder überrascht als sie. Wie hatte er das gemacht? Wie hatte er die außerordentliche Heldentat bewerkstelligt, die *Cerulean* genau am richtigen Platz herunterzubringen, sie genau dorthin zu bugsieren, wo sie sein wollte, und – wie es schien – das auch noch zum rechten Zeitpunkt?

Er wusste es nicht. Er war einem Impuls gefolgt, das war alles. Verzweiflung und der Mangel an Alternativen hatten eine Rolle gespielt, aber letztendlich hatte er sich dem Schicksal ergeben, dem Glück, der Möglichkeit, oder wie immer man es nennen wollte – all jene Dinge, von denen der Graf von Gyre behauptete, dass es sie nicht gäbe. Er hatte sich entschieden, ohne eine Entscheidung zu treffen. Es war einfach … *geschehen*.

Er versuchte zu ergründen, was das bedeutete, aber er konnte es nicht.

Dann löste sich die Lukentür ganz aus dem Rahmen und stürzte mit einem lauten Geräusch zu Boden. Iaxson sprang nach unten in die Steuergondel. Er ging geradewegs auf Az zu, packte ihn an der Schulter und wirbelte ihn herum.

»Schön, Junge, jetzt reicht's. Das ist jetzt *mein* Schiff.«

»Äh, vielleicht sollten Sie erst mal einen Blick nach draußen werfen, Geschwaderkommandeur«, sagte Az und deutete mit dem Daumen nach draußen.

»Verschon mich mit weiterem Mist. Da draußen ist nichts als …«

Seine Stimme versiegte, während Iaxson begriff, dass da draußen in der Tat eine ganze Menge war. Nämlich: eine Reihe von Flugzeugen, die in einen Luftkampf mit Naouthas Piraten verwickelt waren, und ein gewisses schwarzes Luftschiff, in dessen Ballon ein riesiges Loch klaffte und das in Flammen stand.

»Zwick mich!«, fluchte der verblüffte Geschwaderkommandeur. »Wie zum …? Was zum …?« Er starrte Az durch und durch ungläubig an.

»Ich habe keine Ahnung«, sagte Az. »Aber wir müssen zur *Behemoth* rüber. Sie sinkt, und Mr. Mordadson wird es uns nicht sehr danken, wenn wir einfach hier stehen bleiben und zusehen, wie er mit ihr untergeht.«

»Männer!«, rief Iaxson durch die Luke nach oben. »Hierher. Wir gehen auf die *Behemoth*.«

»Und ich komme mit«, sagte Az.

»Sei nicht albern, Junge.«

»Geschwaderkommandeur«, sagte Az entschlossen, »verschwenden wir keine Zeit mit Streiten. Ich komme mit.«

Iaxson sah Az von oben bis unten an. Er begriff, dass der Junge kein Nein gelten lassen würde. Und Az hatte ihm irgendwie die Möglichkeit gegeben, seinen alten Freund Mordadson zu befreien. Dafür schuldete er ihm etwas.

»In Ordnung. Aber erwarten Sie nicht, dass ich mich um Sie kümmere. Wenn wir erst auf diesem Luftschiff sind,

sind Sie auf sich gestellt wie alle anderen. Sie müssen sich selbst verteidigen.«

Az nickte. »Klar.«

»Dann halten Sie sich fest«, sagte Iaxson, nahm Az auf seine Arme und sprang mit ihm durch das Aussichtsfenster. Die Flugwächter folgten mit Lanzen in den Händen.

Billige Psychoanalyse

Mr. Mordadson konnte kaum richtig denken, aber zwei Dinge wusste er ganz sicher: zum einen, dass die *Behemoth* arg in Bedrängnis war, und zum anderen, dass er nicht vorhatte, sie zu verlassen, ohne mit Naoutha Nisrocsdotter abgerechnet zu haben.

Er hatte gespürt, wie die *Behemoth* erst ein paar Minuten zuvor einen Ruck gemacht hatte, als etwas von der Seite in sie hineingeprallt war.

Als er jetzt den Laufsteg entlangtaumelte, konnte er hören und riechen, dass sie brannte. Der Rauch kroch in die tiefer liegenden Bereiche des Ballons, und von oben kam das Kreischen von Metall, das sich in der Hitze verzog. Immer wieder knallte es wie bei einem Feuerwerk, als Gewinde aus ihren Fassungen platzten. In ihrer Not schwankte und wälzte sich die *Behemoth*, und der Laufsteg neigte sich unaufhörlich mal in die eine, mal in die andere Richtung. Mr. Mordadson taumelte von einer Seite zur anderen und konnte nur mit Hilfe seiner Flügel verhindern, dass er vollständig das Gleichgewicht verlor. Er wäre geflogen, wenn sein Gehirn nicht noch unter den Nachwirkungen der massiven Überdosis Pterin gelitten und er nicht generell zu große Schmerzen gehabt hätte. Er konnte gerade eben die Kraft zum Gehen aufbringen.

Und er glaubte, in einem angemessenen Zustand zu sein, um es mit Naoutha aufzunehmen?

Er war es nicht. Aber wenn es eine Eigenschaft gab, die Mr. Mordadson mehr schätzte als alle anderen, dann war es die Bereitschaft, sich für eine Sache abzurackern, bis sie erledigt war. Was immer es ihn kosten mochte, Naoutha würde den nächsten Tag nicht mehr erleben. Zumindest, wenn er diesbezüglich etwas zu sagen hatte. Und zumindest, wenn das Waffenkontingent in seiner Umhangtasche ebenfalls irgendetwas zu sagen hatte.

Als er sich dem Eingang der Steuergondel näherte, implodierte eine der Gaszellen und schickte ein gewaltiges Zittern durch den Ballon, während sie sich in einer Sekunde entleerte. Die *Behemoth* machte einen Satz nach vorn, und die Maschinen heulten auf. Mr. Mordadson dachte schon, sie würde ihre letzte Zuckung von sich geben, und klammerte sich an das Geländer des Laufstegs, um sich bereit zu machen. Aber irgendwie fing sie sich wieder und trieb weiter. Diese Truppentransporter waren wirklich hart im Nehmen. Sie hatten ihre Schwächen, aber es war viel nötig, um einen zu vernichten.

Er brachte die letzten Meter auf dem Laufsteg hinter sich und machte sich bereit, in die Steuergondel zu springen. Sofern Naoutha da unten war, hatte er die Chance, sie zu besiegen, wenn es ihm gelang, sie zu überraschen. Er musste nur zwei oder drei gute Treffer landen, bevor sie es ihm heimzahlen konnte, und dann konnte er ihr mit seiner Waffe den entscheidenden Schlag versetzen, während sie noch benommen war.

Allerdings war es dann Mr. Mordadson, der überrascht wurde. Ein schwerer Gegenstand traf ihn von oben und schickte ihn der Länge nach auf den Laufsteg. Zunächst dachte er, von herabfallenden Trümmern getroffen worden zu sein, bis er versuchte, sich zu erheben, und wieder zu Boden gedrückt wurde.

Und dann traten zwei in Leder gehüllte Beine in sein Blickfeld, und die Besitzerin der Beine sagte mit spöttischer Stimme: »Wie schön, ich wollte schon los und nach Ihnen sehen, Mordadson. Sie haben mir die Mühe erspart. Wie entgegenkommend von Ihnen. Jetzt kann ich Sie töten und habe immer noch genügend Zeit, von diesem Schiff zu kommen.«

»Freut mich, dass ich ... behilflich sein konnte, Naoutha«, krächzte Mr. Mordadson.

Er versuchte, ihren Knöchel zu packen, aber sie schlug seine Hand mit einem Flügelschlag beiseite.

»Ich vermute, dass der gute alte Wallimson nicht länger unter uns weilt«, sagte sie.

»Ich habe ihn überredet, mich ... freizulassen. Sein Ohr meiner Sache gebeugt, sozusagen, bis er ... nachgegeben hat.«

»Kein großer Verlust. Er war ein Idiot. Ich wollte ihn sowieso loswerden, sobald ich die Zeit gehabt hätte. Und wieder waren Sie sehr entgegenkommend.«

Sie trat Mr. Mordadson gegen die Stirn, mit einer beiläufigen Boshaftigkeit, wie wenn man gegen ein Möbelstück trat, an dem man sich gerade den Zeh gestoßen hatte.

Mr. Mordadson rollte beim Aufprall herum und blieb mit den Flügeln am Geländer hängen.

Naoutha hockte sich neben ihn und stützte ihre Unterarme auf die Oberschenkel. »Haben Sie sich jemals gefragt, warum Sie das hier alles tun? Wieso Sie für das Silber-Sanktuarium kämpfen und töten? Ich wette, das tun Sie manchmal, vielleicht nachts, wenn Sie nicht schlafen können. Ich wette, Sie liegen dann im Bett und denken: *Ich bin nur ein bezahlter Schläger. Sie machen sich nichts aus mir, diese hohen und mächtigen Sanktuariums-Typen. Sie benutzen mich, damit ich ihre schmutzige Arbeit erledige, und sind höflich mir gegenüber, aber tief in ihrem Innern verachten sie mich, weil meine Existenz sie daran erinnert, dass ihre Welt nicht vollkommen ist. Sie hätten sie gern vollkommen, aber um das zu bewerkstelligen, brauchen sie Leute wie mich, und dafür hassen sie sich und hassen sie mich, weil ich sie dazu bringe, sich selbst zu hassen.*«

»Erspar mir deine ... billigen psychologischen Erkenntnisse, Naoutha«, sagte Mr. Mordadson. »Dein Luftschiff ist dem Untergang geweiht. Dein kleines Piratenspiel ist vorbei. Gesteh es dir ein, dass du verloren hast.«

»*Ich* habe verloren? Das sagt ein Mann, dessen Gesicht an zerhackte Innereien erinnert und der noch weniger als eine Minute zu leben hat?«

»Weniger als ... eine Minute? Dann solltest du dich besser beeilen. Ich glaube nämlich nicht, dass dein Luftschiff es noch so lange macht.«

Naoutha lächelte. »Also schön. Das wird jetzt wehtun.«

Sie packte Mr. Mordadsons Kopf mit beiden Händen und drückte die Daumen in seine Augenwinkel.

Unter Bedrohung

Dan Greifthaler sah, welchen Weg die angeschlagene *Behemoth* nahm, berechnete ihre Flugbahn und erklärte Fletcher über die Sprechmuschel, dass jetzt vielleicht der Augenblick gekommen wäre, um *Bertha* zu starten und wegzufahren.

Oder, wie er es ausdrückte: »Dieses Luftschiff kommt direkt auf uns zu! Ich schätze, wir sollten unsere verdammten Ärsche von hier wegbewegen!«

Fletcher, der auf dem Fahrersitz saß, stimmte ihm zu. Die *Behemoth* näherte sich dem Tafelberg. Wenn sie auf diesem Kurs blieb und im gleichen Winkel runterging, würde sie in die Höhlenöffnung stoßen, und das bedeutete, sie würde dicht bei, wenn nicht sogar auf *Bertha* landen. Fletcher startete die Maschine und legte den Gang ein, und *Bertha* zockelte von der Höhle weg.

»Is das … is das etwa die *Cerulean?*«, fragte Robert, als *Bertha* langsam an Fahrt gewann. »Gleich hinter der *Behemoth?* Sieht sie noch jemand außer mir?«

Das leuchtend blaue Luftschiff war gleich über und hinter dem schwarzen aufgetaucht. Es wirkte wie eine seltsame optische Täuschung, als wäre die *Cerulean* ein gespenstisches Doppelbild, das in dem von den Flammen der *Behemoth* erzeugten Hitzedunst schimmerte.

Cassie drückte ihr Gesicht an das Glas einer Ladebucht-Luke. Sie konnte eine Reihe von geflügelten Gestalten ausmachen, die sich von der *Cerulean* zur *Behemoth* bewegten. Eine davon, der Mann am Anfang, trug eine nicht geflügelte Person in den Armen.

»Az.«

Noch während sie den Namen flüsterte, spürte sie eine Woge von Angst und Hilflosigkeit in sich aufsteigen.

Az beteiligte sich an der Auseinandersetzung und rauschte kopfüber in die Gefahr. Mit einem Schlag bedauerte Cassie all die Hindernisse und Missverständnisse und Widersprüche, die sie zwischen sich hatten entstehen lassen und die jetzt ihre Beziehung bewölkten, und sie wünschte sich nichts sehnlicher auf der Welt, als genau das Gespräch mit Az führen zu können, um das Aurora sie gebeten hatte – eine Gelegenheit, die Atmosphäre zu bereinigen und von vorn anzufangen. Jetzt fürchtete sie, diese Gelegenheit nie zu erhalten.

Die Gruppe von der *Cerulean* betrat die *Behemoth* im rückwärtigen Teil und verschwand außer Sicht. Das brennende schwarze Luftschiff befand sich weiter auf seinem langsamen, unaufhaltsamen Abstieg. Rauchschwaden trieben hinter dem Bugkonus hoch. Der Ballon stand zur Hälfte in Flammen.

In der Zwischenzeit schob sich Vikar Hartschutt unbemerkt von allen, die sich in *Bertha* befanden, durch die Kriechgänge. Seine Beine hatten aufgehört, richtig zu arbeiten, und so konnte er nur die Arme benutzen. Das Messerkraut hatte ihn gehäutet und ihm das Fleisch von einem seiner Ellbogen gezogen. Der blanke Knochen knirschte jetzt jedes Mal, wenn er sich auf den Ellbogen stützte und abstieß.

Schließlich hatte er das Ende des Kriechgangs erreicht. Er öffnete sich zu einem kleinen Lagerraum, der Zugang zur Ladebucht und auch zur Fahrerkabine bot. Hartschutt schlüpfte hinaus. Ein Blick den Schacht zur Kabine hoch verriet ihm, dass sich dort nur eine einzige Person befand. Er konnte Stiefel sehen, Hosenbeine und einen Arm. Sie gehörten einem jungen Mann. Dan Greifthalers ältestem Sohn, wie er vermutete. Hieß er nicht Fletcher? Ja, Fletcher. Er war so gut geeignet wie jeder andere, um mit seinem Greifthaler-Massaker zu beginnen.

Hartschutt griff nach der untersten Sprosse und zog seinen Körper Stück für Stück die Leiter empor, bis sein Kopf in der Fahrerkabine auftauchte. Er hakte einen Arm über die oberste Sprosse und nahm mit der freien Hand das Messer aus dem Mund. Fletchers Nacken war an der Stelle zwischen Rückenlehne und Kopfstütze ungeschützt. Die Entfernung betrug etwas mehr als zwei Meter. Ein einfacher Wurf. Ein leichter Fang.

Hartschutt brachte das Messer so in Position, dass das Heft neben seinem Ohr war. Die Klinge würde zwischen zwei Rückenwirbeln ein- und die Spitze durch die Kehle austreten. Fletcher würde nichts merken. Er würde nicht einmal wissen, dass er tot war.

Im nächsten Moment zischte das Messer durch die Luft.

Die erste Regel beim Prügeln

»Verteilt euch!«, befahl Iaxson. »Überprüft jede Kabine und jeden Winkel im Umkreis von hundert Metern. Wir sind eine Minute hier und keine Sekunde länger. Wenn wir ihn nicht innerhalb dieser Zeit finden, hauen wir ab. Keine Verzögerung. Keine Heldentaten.«

Die Flugwächter verteilten sich entlang des Laufstegs, schossen in Seitenkorridore und öffneten Kabinentüren. Der Geruch von Rauch hing in der Luft und wurde zunehmend stärker. Az spürte, wie seine Augen zu tränen begannen und seine Nase brannte. Nicht lange, und niemand würde noch atmen oder etwas sehen können. Dennoch beteiligte er sich mit den Flugwächtern an der Suche. Das Luftschiff starb um sie herum. Das Ächzen seines Leidens verband sich mit dem brüllenden Knistern der Flammen. Eine Minute genügte nicht. Es gab so viele Stellen, an denen Mr. Mordadson sein könnte.

Bald, schon viel zu bald, ertönte ein langer Pfeifton, mit dem Iaxson den Rückzug verkündete.

Az ignorierte den Befehl und ging schneller. Er hörte, wie Iaxson nach ihm rief und ihm dann erklärte, dass er auf sich gestellt sein würde. Das war in Ordnung für ihn. Er marschierte noch tiefer in die *Behemoth* hinein. Er suchte weiter, öffnete eine vom Laufsteg abgehende Tür nach der anderen, fand jedoch sämtliche Kabinen leer vor. Er rief nach Mr. Mordadson, aber der Name kam mehr als ein Husten heraus. Der Rauch wurde erstickend. Funken und Glut – Schnipsel der brennenden Außenhülle – trieben jetzt wie glühender Schnee herunter. Sie versengten Az' Haare. Seine Augen tränten. Halb blind stolperte er weiter.

Dann sah er ein Stück voraus zwei Gestalten im Dunst. Die eine kauerte über der anderen. Schwarze Flügel. Es konnte nur Naoutha sein, und allem Anschein nach war sie dabei, ihre Daumen in Mr. Mordadsons Augenhöhlen zu drücken.

Az zögerte nicht. Er rannte über den Laufsteg und prallte voll gegen Naoutha, die er damit von Mr. Mordadson wegstieß. Sie taumelte, aber er war zu schnell, um sich noch halten zu können, und krachte gemeinsam mit ihr zu Boden. Ihre Glieder verhedderten sich. Es gelang Az, einen Arm frei zu bekommen. Er begann, auf Naoutha einzuschlagen. Instinkt und Kampferfahrung übernahmen jetzt. Mr. Mordadson hatte ihn einst gezwungen, sich die erste Regel beim Prügeln einzuprägen: hart gegen weich, weich gegen hart. Er hatte Az die Wichtigkeit dieser Tatsache nicht eingehend genug darstellen können. Wenn man sich nicht die eigenen Knochen brechen wollte, musste man die Kraft zurücknehmen, wenn man auf das Gesicht oder die Rippen des Gegners traf. Überall sonst – Bauch, Nacken, Lenden – konnte man so heftig zuschlagen, wie man wollte.

Az schlug mit aller Kraft, aber Naouthas Lederkleidung dämpfte einen großen Teil der Hiebe. Und Naoutha hatte Flügel.

Ein nach oben gerichteter Schlag ihres linken Flügels traf Az' Gesicht, und er taumelte. Er kam benommen auf die Füße und sah gerade noch rechtzeitig Naoutha auf sich zuspringen. Es gelang ihm, seine Unterarme schützend vor sich zu halten, aber der Aufprall war dennoch heftig. Seine Unterarme fingen die größte Wucht des Schlages ab, aber er wurde zurück und gegen das Geländer des Laufstegs geschleudert.

»Kleiner flügelloser Balg«, schimpfte Naoutha. Sie packte ihn am Hals. »Du bist ein Stachel in meinen Schwanzfedern. Ich werde dir das Herz aus der Brust reißen.«

Sie meinte das im wahrsten Sinne des Wortes. Az spürte, wie sie die Finger in seinen Solarplexus bohrte. Sie hatte tatsächlich vor, ihm den Brustkorb mit bloßen Händen aufzureißen. Und er war zu benommen, um sie davon abhalten zu können. Er nahm eine Bewegung hinter ihr wahr. Eine Silhouette, die sich erhob. Mr. Mordadson. Etwas war in seiner Faust. Klein. Glitzernd. Spitz. Eine Injektionsspritze?

»Hier hast du … eine Kostprobe … von deiner eigenen … Medizin, Naoutha«, sagte Mr. Mordadson, stieß ihr die Spritze in den Rücken und drückte den Kolben.

Und Naoutha …

… *heulte auf.*

Sie ließ Az los und taumelte zurück, zog dabei die Spritze heraus. Und torkelte nach vorn auf die Luke der Steuergondel zu.

Und stolperte über den Rand und fiel nach unten.

Und landete mit einem dumpfen Knall, außer Sichtweite und immer noch heulend.

»Was war in der Spritze?«, stieß Az hervor.

»Eine Überdosis Pterin. Eine sechsfache Dosis, um genau zu sein«, sagte Mr. Mordadson. »Und jetzt sollten wir … von hier verschwinden.«

»Ja«, sagte Az. »Rückzugsstrategie.«

»Hast du eine?«

»Sie sind es. Aber wir müssen diesen Weg nehmen.« Az deutete auf die Steuergondel. Irgendwo dort unten heulte Naoutha noch immer, als würde ihre Seele aufs Äußerste gequält. »Ist der schnellste Weg. Den Laufsteg zurück dauert zu lange.«

Mr. Mordadson zuckte zusammen. »Ich weiß nicht, ob ich fliegen kann.«

Az konnte trotz des Rauchs erkennen, dass Mr. Mordadson in ziemlich schlechter Verfassung war. Nicht nur, dass er verletzt war; allein die Mühe, aufrecht zu stehen, schien alle Kraft von ihm zu fordern, die er besaß. Er sah aus, als würde er jeden Augenblick zusammenbrechen.

Von irgendwo draußen kam ein gewaltiges, donnerndes, knirschendes *Boom*. Die *Behemoth* schien von Krämpfen geschüttelt zu werden.

»Verfluchter Mist«, sagte Az und packte Mr. Mordadson am Ärmel. »Ob es Ihnen gefällt oder nicht, unsere einzige Chance besteht darin zu fliegen.«

Knapp verfehlt

Die *Behemoth* hatte den Nadel-Tafelberg getroffen, und zwar gleich beim »Nadelöhr«. Sie schrammte mit der Steuerbordseite daran entlang und verlor beide Propeller. Die restliche Außenhülle des Ballons wurde zerfetzt. Die Aufhängevorrichtungen der Propeller brachen ab und stürzten nach unten, endeten als Metallschrott auf dem Boden.

Die *Behemoth* trieb weiter; ihr letzter Vorstoß verlangsamte sich zwar etwas, wurde aber nicht aufgehalten. Sie neigte sich zur Seite und fiel weiter in einem spitzen Winkel auf den Höhleneingang zu.

Der Tafelberg allerdings kam noch schlechter davon. Er erzitterte bei dem Aufprall bis in seinen tiefsten Grund, und dann begann er mit epischer Langsamkeit einzustürzen. Der Teil mit dem »Öhr« fiel zuerst um, dann folgte – in Schichten – der übrige Teil des Berges, wie wenn man einen hohen Kuchen auf die Seite stürzte. Eine Scheibe nach der anderen löste sich und donnerte nach unten.

Bertha befand sich nicht direkt im Weg des einstürzenden Tafelberges, aber sie war nahe genug, dass Fletcher die Notwendigkeit für Sofortmaßnahmen erkannte. Er drückte den Steuerknüppel mit der linken Hand nach unten, und *Bertha* ruckelte zur Seite. Das »Nadelöhr« des Tafelberges landete nicht weit von ihr und traf mit genügend Kraft auf den Boden, dass der Düsterspäher einen Satz machte. Eine gewaltige Staubwolke wurde aufgewirbelt und verschluckte *Bertha*.

Die plötzliche scharfe Drehung rettete Fletcher das Leben, denn sie fand genau in dem Augenblick statt, als Hartschutt das Messer auf seinen Nacken schleuderte. Hartschutt hatte gut gezielt, aber *Berthas* unerwarteter Ruck nach links bedeutete, dass das Messer in die Kopfstütze statt in Fletchers Nacken fuhr. Fletcher entkam dem Tod nur um drei Zentimeter.

Er spürte den Aufprall hinter dem Kopf. Verdutzt blickte er sich um.

Und wünschte sich, er hätte es nicht getan.

Das Gesicht, das ihn vom Schacht aus ansah, wirkte wie einem Alptraum entsprungen. Zerfetzt, zerquetscht und voller getrocknetem Blut – Fletcher hatte noch nie etwas so Widerwärtiges gesehen, und bei dem Anblick richtete sich jedes Haar an seinem Körper auf, und seine Eingeweide verwandelten sich in Gelee. Er verlor den Steuerknüppel aus der Hand. *Bertha* begann abzubremsen, und er bemerkte es nicht einmal. Er konnte nur völlig betäubt und in abgrundtiefem Entsetzen auf den Kopf starren, der sich in die Fahrerkabine geschoben hatte – der Kopf, der zu einem Körper gehörte, der sich nun aus dem Schacht stieß und mit krallenartigen Fingern über den Boden zu ihm kroch. Jede Bewegung dieses *Dings* war schauderhaft und krampfhaft und doch auch entschlossen. Bitterlich entschlossen.

Die verklumpten roten Haare, die noch immer um den zerfetzten Schädel hingen, und das zerrissene Gewand, das den Körper umgab, verrieten Fletcher, dass er auf den Vikar seines Vaters starrte. Aber der Mann war von einem Speer getroffen worden und in einen Graben mit Messerkraut gefallen. Er müsste tot sein. Wie konnte er noch leben? Und wie kam es, dass er hier in *Bertha* war?

Wie aus weiter Ferne hörte Fletcher die Stimme seines Vaters über die Sprechmuschel; er wollte wissen, warum sie langsamer geworden waren. Sie waren einem Zusammenstoß mit dem Tafelberg knapp entkommen, aber jetzt waren sie näher denn je am Luftschiff.

Fletcher konnte nichts dagegen tun. Er konnte nicht einmal sich selbst rühren, geschweige denn *Bertha*. Die lebende Ruine, die einst Vikar Hartschutt gewesen war, erreichte den Fahrersitz, zog sich an der Stuhllehne empor und griff nach dem Messer, das aus der Kopfstütze ragte. Der Gestank nach Blut und Tod war schrecklich. Das halbtote Gräuel berührte ihn fast. Fletcher wollte zurückweichen, aber es war, als wäre er erstarrt. Sein Körper wollte die Nachrichten nicht weiterleiten, die sein Gehirn ihm schickte. Er konnte nur gelähmt vor Angst dasitzen.

Jetzt rief Cassie ihm von der Ladebucht etwas zu. Er versuchte zu antworten, aber seine Kehle war wie zugeschnürt. Er hörte, wie sie zur Fahrerkabine hochkletterte. Er versuchte, eine Warnung zu rufen. Er konnte es nicht.

Hartschutt riss das Messer heraus. Er hob es über den Kopf. Fletcher sah die Klinge in der Luft zittern. Er wusste, dass er sterben würde.

(H)armlos gemacht

Dan Greifthaler mühte sich einen Kriechgang von der hinteren Spähkuppel entlang, um herauszufinden, was mit Fletcher los war. Der Junge würde sie noch alle umbringen, wenn er nicht wieder zu Verstand kam und *Bertha* etwas Stoff gab.

In der Zwischenzeit sprang Cassie in die Fahrerkabine – gerade rechtzeitig, um Hartschutt daran zu hindern, sein Messer in Fletchers Brust zu bohren. Sie schob die Verwunderung darüber, wie der Vikar hierhergekommen war, beiseite, und auch jedes Gefühl von Zimperlichkeit. Sie packte seinen abgewetzten Unterarm und zog ihn zurück. Hartschutt kämpfte mit der Kraft eines Wahnsinnigen dagegen an und versuchte, das Messer nach unten zu bringen und Fletcher zu erstechen. Cassie verhinderte es. Sie würde nicht zulassen, dass noch einer ihrer Brüder starb. Mit aller Kraft zerrte sie weiter an seinem Arm. Ihre Hände wurden glitschig vom Blut, das über ihre Handgelenke lief. Sie klammerte sich nur umso fester an ihn.

Sie waren im Kampf verbunden, einem Patt, bei dem Hartschutt versuchte, dass Messer nach vorn zu bringen, und Cassie es zurückhielt. Dies konnte nicht ewig so bleiben, wie Cassie wusste. Irgendwann musste irgendetwas nachgeben.

Und etwas gab nach.

Hartschutts Arm, um genau zu sein.

Die Muskeln um das Gelenk konnten nicht noch mehr

aushalten. Zerfetzt, gepeinigt und unter Druck brachen sie plötzlich und mit einer geschmeidigen Nachgiebigkeit. Sehnen rissen. Der Arm löste sich aus dem Gelenk.

Cassie stürzte zurück und hielt den Arm in den Händen, der seinerseits noch immer das Messer hielt. Hartschutt schrie und brach in der entgegengesetzten Richtung zusammen. Blut schoss aus dem Loch, aus dem sich die Gliedmaße gelöst hatte. Er landete auf der Luke im Boden zur Fahrerkabine. Cassie fand sich hinter dem Fahrersitz wieder.

Sie schleuderte den Arm in einem Anfall von Ekel zur Seite, dann rief sie Fletcher zu: »Er liegt auf der Luke! Leg den Schalter um!«

Obwohl ihr Bruder immer noch unter Schock stand, brachte er es fertig, sich in Bewegung zu setzen. Er legte den Schalter auf dem Instrumentenbrett um. Die dreieckige Platte unter Hartschutt öffnete sich, und der Vikar fiel nach unten. Aber nicht, ohne vorher Cassie zu packen. Mit dem verbliebenen Arm griff er nach ihrem Hemd. Als er durch das Loch stürzte, zog er sie mit sich. Fletcher machte einen verzweifelten Versuch, sie festzuhalten. Er packte ihre blutverschmierte, glitschige Hand, aber sie rutschte weg. Zusammen fielen Hartschutt und Cassie aus der Fahrerkabine und auf den Boden der Wüste.

Im gleichen Augenblick kletterte Dan den Schacht empor. Er sah den losen Arm und das überall verspritzte Blut. Er sah, wie Fletcher sich über den offenen Zugang beugte, und erkannte die Situation auf den ersten Blick.

Dann sah er die *Behemoth* über ihnen. Das brennende Luftschiff füllte die Windschutzscheibe vollkommen aus.

Zwanzig Sekunden bis zum Aufprall.

Zwanzig Sekunden

20 …

Die Crew der *Behemoth* hatte vernünftigerweise das Schiff einige Minuten zuvor verlassen; die Leute hatten begriffen, dass es keine Möglichkeit gab, es zu retten. Die Steuergondel war jetzt leer – abgesehen von Naoutha, die heulend und zuckend auf dem Boden in den Drangsalen ihrer Überdosis Pterin lag. Az und Mr. Mordadson gingen um sie herum auf die Aussichtsfenster zu, die die bereits abgerückte Crew eingeschlagen hatte, um fliehen zu können.

19 …

Cassie landete auf Hartschutt, der auf dem Boden aufgeprallt war. Sein Körper hatte die Wucht des Stoßes abgemindert und sie vor einer Verletzung bewahrt. Allerdings hielt er noch immer seinen Arm mit der Kraft eines Eisenbandes um sie. Sie versuchte, sich freizukämpfen, aber es gelang ihr nicht. Sie spürte, wie seine Brust sich hob und senkte, und hörte seinen Atem heiser und nass in ihrem Ohr. Er stand vor den Toren des Todes – aber er weigerte sich, Cassie loszulassen.

18 …

Plötzlich brach Mr. Mordadson am Instrumentenpult des Rudermeisters zusammen. Als er Az ansah, waren seine Augen so blutunterlaufen, dass sogar das Weiße darin karmesinrot war. Fast war es, als hätte er wieder eine Brille auf. »Ich kann nicht«, keuchte er. »Du musst springen, Az. Ich … kann einfach nicht.«

17 …

»Einer«, seufzte Hartschutt in Cassies Ohr. »Einer von euch muss genügen.« Und dann gab er ein Krächzen von sich, und sein Körper versteifte sich unter ihr. Aber sein Arm ließ nicht locker. Er presste sie an sich. Ein Todesgriff.

16 …

»Sie fliegen, oder wir sterben beide«, sagte Az und zog Mr. Mordadson hoch. »Verstanden?« Mr. Mordadson nickte schwach, und während Az ihn stützte, taumelten sie gemeinsam zu den Fenstern. Naouthas Geheul hinter ihnen wurde schärfer, wurde zu einem durchdringenden Schrei der Wut.

15 …

»Cass!«, brüllte Fletcher vom Fahrerplatz aus. »Cass! Steh auf! Halt dich an *Bertha* fest! Wir müssen hier weg!« Aber Cassie schüttelte verzweifelt den Kopf. »Ich komm nich frei«, rief sie zurück. »Fahr, Fletcher. Fahr einfach und bring alle in Sicherheit.«

14 …

Naoutha stand groß und aufrecht da, hatte die Flügel ausgestreckt und zog sich die Maske und die Brille vom Gesicht. Was sie offenbarte, war nicht gerade der Anblick von Schönheit, den Az hinter ihrer Verkleidung vermutet hatte. Weit gefehlt. Das Gesicht mochte einmal schön gewesen sein, aber jetzt war es verwüstet, wund und halb zerfressen. An manchen Stellen war das Fleisch vollständig verwest und enthüllte den Knochen darunter. Der Preis, den man für den dauerhaften Konsum von Pterin zu zahlen hatte, war schrecklich anzusehen, und Az war trotz der Umstände vor Entsetzen wie versteinert.

13 …

Fletcher stand kurz davor, auf den Boden zu springen, aber sein Vater hielt ihn zurück. »Fahr, Junge«, sagte Dan und stieß ihn in Richtung Steuer. Fletcher entgegnete, dass sie Cassie nicht einfach dort liegen lassen konnten, aber sein Vater war bereits durch die Luke nach unten gesprungen.

12 …

Wut und die Pterin-Wunden verzerrten Naouthas Antlitz. Sie sprang auf Az und Mr. Mordadson zu, voll und ganz bestrebt, sie nicht davonkommen zu lassen. Wenn sie selbst schon mit ihrem Luftschiff untergehen musste, dann sollten die beiden es auch.

11 …

Dan landete neben seiner Tochter und versuchte, sie aus dem Griff von Hartschutt zu befreien. Der Arm klammerte sich mit unmenschlicher Zähigkeit an sie. In der Zwischenzeit erweckte Fletcher *Bertha* zum Leben und hantierte heftig mit dem Steuerknüppel. Tränen liefen über seine Wangen, aber er wusste, dass sein Vater recht hatte. Um Auroras und Roberts Wohl musste er wegfahren.

10 …

Az ging in die Hocke. Naoutha stürzte los und auf sie zu. Az wusste, dass er nur einen Versuch hatte, eine Chance, es richtig zu machen. Sein Bein schnellte in einem geübten Halbkreistritt nach oben, und der Fuß traf Naouthas Zwerchfell. Sie wurde zurückgeschleudert und krachte achtern gegen die Wand der Steuergondel.

9 …

Dan verzog vor Anstrengung das Gesicht. Er zerrte. Cassie drückte. Der Arm bog sich, bog sich mehr ... etwas knirschte, etwas knackte. Plötzlich war Cassie frei.

8 ...

Draußen vor dem Aussichtsfenster gähnte der Höhleneingang wie ein dunkles, hungriges Maul. Az schob Mr. Mordadson zu den zerbrochenen Rahmen. Die vom Pterin rasende Naoutha schrie unsinnige Worte der Rache und wedelte mit den Armen, als sie versuchte aufzustehen.

7 ...

Bertha neigte sich nach rechts; ihre linke hintere Kette verfehlte Dan und Cassie nur um Zentimeter. Dan packte seine Tochter bei den Händen und setzte dem Düsterspäher nach.

6 ...

Az schob sich und Mr. Mordadson aus der Steuergondel. Bei einem letzten Blick auf Naoutha sah er, wie sie versuchte, auf die Füße zu kommen, während brennende Trümmer von oben durch die Öffnung fielen. Sie stand da, eine schwarze Silhouette vor einem Hintergrund aus sich überschlagenden Flammen.

5 ...

Dan sprang auf ein vorstehendes Teil von *Berthas* Rahmen zu und klammerte sich mit den Fingerspitzen daran fest. Mit dem anderen Arm riss er Cassie hoch. Sie landete auf dem Kotflügel über der linken hinteren Kette.

4 ...

Für eine Sekunde kam es Az so vor, als würden er und Mr. Mordadson in der Luft hängen. Sie trieben im Raum, während die *Behemoth* über ihnen weitersegelte, ein riesiger brennender Feuerball, als würde die Sonne auf die Erde stürzen.

3 …

Dans Griff wurde lockerer. Cassie schlang eine Hand um sein Handgelenk, ehe er von *Bertha* fallen und auf den Boden stürzen konnte. Vom Kotflügel aus hielt sie ihn fest, während Fletcher schneller fuhr und versuchte, der *Behemoth* zu entkommen. Das Luftschiff war so nah, dass Cassie die Hitze der Flammen spüren konnte. Das Knistern des Feuers war ohrenbetäubend.

2 …

»Fliegen Sie!«, brüllte Az, und Mr. Mordadson schlug mit den Flügeln, zuerst schwach, aber dann mit immer mehr Kraft. Az klammerte sich an seinen Arm, als Mr. Mordadsons Flügel sie beide von der Unterseite der *Behemoth* wegtrugen.

1 …

Cassie blickte hoch.

Az blickte nach unten.

Sie beide sahen einander erhellt durch den grellen Schein des fliegenden Infernos, zu dem die *Behemoth* geworden war. Angestrahlt.

Und dann …

Aufprall.

Beerdigung und Krematorium in einem

Die *Behemoth* starb brennend und schreiend.

Als sie mit dem Bug voran gegen die Höhle prallte, entzündeten sich die Treibstofftanks. Die Explosion zerriss sie in der Mitte und schickte Flammen in alle Richtungen, brachte das Felsgestein um den Höhleneingang zum Einsturz. Das Dach der Höhle zerbröckelte augenblicklich zu felsklotzgroßen Stücken. Während der vordere Teil der *Behemoth* mit langsamer, elefantöser Anmut weiter den Hang hinunterrollte, wurde der hintere Teil in einer Kaskade von Steinen und Stalaktiten begraben. Das Gehäuse wurde zermalmt, Kabel rissen, Metallverstrebungen zersplitterten, und das alles inmitten heftiger Rauch- und Flammenstöße.

Während der Höhleneinsturz weiterging, rollte der vordere Teil vorwärts und nahm Geschwindigkeit auf. Wie ein immenses Feuerrad wirbelte er durch die unterirdische Dunkelheit, folgte den Schienen tief in die Erde hinein dorthin, wo sich das Luftfahrt-Mausoleum befand. Er flog dabei Stück für Stück auseinander, verteilte Bruchstücke, verlor an Gestalt, bis er schließlich, als er das Flugzeug-Lager der Vikare erreichte, nur mehr eine Lawine war, eine Woge aus brennenden Stücken, ein reißender Strom aus glühenden Teilen, die über den gesammelten Flugzeugen und Flugzeugteilen zerbrachen, über den Halterungen und dem von den Vikaren installierten Generator, und alles in Flammen setzte.

In kürzester Zeit brannte die kuppelähnliche Halle lichterloh. Der Ort wurde zum Schauplatz einer riesigen Feuersbrunst, die Flugzeuge und Versorgungsteile zerstörte und alles verwüstete, ob es von den Luftlingen oder den Erdlingen stammte.

Weiter oben wurde die Höhlenmündung mit einem gewaltigen *Boom* geplättet und der Eingang für immer verschlossen.

Es dauerte eine Stunde, bis sich der Rauch und der Staub verzogen hatten.

Das Gespräch

Die Aerodyne Striga II stieg, bis sie die Wolkendecke berührte. Dies war eine sichere, neutrale Zone, hoch genug für einen Luftling, um nicht zu erdkrank zu werden, und tief genug für einen Erdling, um nicht unter den mit der Höhe verbundenen Problemen zu leiden.

Michael setzte die Striga in einen kreisenden Modus, und eine Weile musterten er und seine beiden Passagiere, Az und Cassie, die Szenerie auf dem Boden.

Unten versammelten sich die überlebenden Bohrarbeiter in einem stürmischen Wirrwarr und feierten den Untergang der *Behemoth* und ihren Anteil daran. Zugleich betrauerten sie den Tod ihres Vorarbeiters Magnus Uhrkraft. Ihr Jubel vermischte sich mit Trauer, als sie von seinem heroischen Selbstopfer sprachen, und von den Opfern, die alle ihre Kameraden gebracht hatten, die es nicht mehr sicher zurück auf die Erde geschafft hatten.

Colin befand sich in der Mitte der Bohrarbeiter und genoss das Lob dafür, dass er geholfen hatte, Uhrkraft den Weg zum Luftschiff zu ebnen. Michael störte es nicht, dass Colin einen Großteil des Verdienstes für sich beanspruchte. Der Kerl hatte sich gut geschlagen. Abgesehen davon zog Michael es eindeutig vor, hier oben in der Striga herumsausen zu können. Es war natürlich nicht die Himmelslerche, aber viel schlechter war sie auch nicht. Und da es sich bei ihr um eine Art Limousine handelte, die dazu gedacht war, jemanden zu chauffieren, war sie im hinteren Teil mit üppigen Sitzen ausgestattet und besaß eine Trennwand, die man zwischen Cockpit und Passagier-Abteil hochziehen konnte, um etwas Abgeschiedenheit zu gewährleisten.

Die *Cerulean* schwebte in ähnlicher Höhe wie das Flugzeug. Die Flugwächter hatten die Crew der *Behemoth* eingefangen und in Kabinen der *Cerulean* gesperrt. Als die Piraten erst einmal begriffen hatten, dass die *Behemoth* verdammt war, hatten sie jede Kampfeslust verloren. Es gab nichts mehr, was sie hätten verteidigen können, die ganze Piratenschau war vorüber, und so hatten sie sich kleinlaut Geschwaderkommandeur Iaxson ergeben. Iaxson hätte es gern gesehen, wenn ihre Anführerin Naoutha ebenfalls in seiner Obhut gewesen wäre, aber er wusste auch zu schätzen, dass das nie der Fall sein würde. Er und Mr. Mordadson waren ziemlich überzeugt davon, dass sie mit der *Behemoth* untergegangen war. Niemand konnte eine solche Explosion oder einen solchen Höhleneinsturz überleben.

Bertha stand nicht weit entfernt von den Trümmern der Höhle. Sie wartete darauf, dass Cassie sie zurück nach Bittertal brachte. Michael und Aurora würden mit Az in der *Cerulean* nach Hause fliegen. Der (jetzt definitiv einzige) Truppentransporter sollte in einer Stunde aufbrechen. Rigz und Ra'asielson waren auf dem Weg der Besserung, und Aurora kümmerte sich um sie. Ihre Verletzungen boten allerdings nach wie vor Anlass zur Sorge, und es war oberste Priorität, sie so schnell wie möglich in eine Himmelsstadt zu bringen, wo sie angemessen medizinisch versorgt werden konnten.

Az und Cassie hatten daher nicht viel Zeit. Aber nun, daran waren sie gewöhnt.

Michael drückte mit einem listigen Lächeln den Schalter, der die Trennwand zwischen ihnen hochzog. Die strapazierten Muskeln im unteren Rückenbereich schmerzten wie verrückt, aber er würde sich dadurch nicht davon abbringen lassen, seinem Bruder und dessen Freundin ein bisschen Zeit allein zu verschaffen.

Die Striga hatte eine weitere Runde hinter sich gebracht, als Az und Cassie immer noch nicht wussten, was sie sagen sollten. Dann platzten sie beide gleichzeitig heraus.

»Cassie, ich glaube, ich sollte –«

»Az, es is möglicherweise –«

Sie hörten beide auf.

»Du zuerst«, sagte Az.

»Nein, du.«

»Nein, *du.*«

»Sei nich so verdammt höflich.«

»Wieso nicht? Ich bin gut erzogen.«

»Was, und ich etwa nich?«

»Sei nicht sauer. So habe ich es nicht gemeint.«

Cassie gab nach. »Du hast recht. Tut mir leid. Also, wie auch immer. Du hast deinen Bösewicht gekriegt, wie's aussieht.«

»Ja, das habe ich. Und du auch.«

»Ja. Meiner war ein echter Widerling.«

»Ja, aber meiner war hässlich.«

»Meiner war auch ganz schön hässlich.« Sie schauderte bei der Erinnerung an den übel zugerichteten und verstümmelten Hartschutt.

»Aber meiner hatte nur noch ein halbes Gesicht.«

»Ja, aber meiner ... oh, vielleicht sollten wir mit diesem Wettbewerb um den übelsten Bösewicht einfach aufhören.«

»Einverstanden. Was das Positive angeht, hast du deinen Paps gefunden.«

»Ja. Und du hast dein Piraten-Luftschiff gefunden.«

»Das eure Leute zerstört haben.«

»Was wir nich geschafft hätten, wenn du es nicht hierhergescheucht hättest.«

»Eigenartig, wie wir beide am gleichen Fleck in dieser Wüste gelandet sind.«

»Ja, eigenartig.«

»Verschiedene Ziele, gleiche Bestimmungsorte.«

»Wenn du das so fantasievoll sehen willst.«

»Ich kann mir nicht helfen, aber ich fühle mich ein bisschen eigenartig und sonderbar, was die ganze Situation betrifft. Als wenn da noch irgendwie mehr dran ist, etwas, das ich nicht leicht erklären kann.«

»Als da wäre?«

Az runzelte die Stirn. Er suchte in seinem Innern danach, wie er sich fühlte, und nach einer Möglichkeit, es auszudrücken. »Als ich durch die Wolkendecke gekommen bin, habe ich … ich habe irgendwie gewusst, dass ich das tun muss. Es war äußerst unwahrscheinlich, dass wir fast direkt über der *Behemoth* rauskommen würden. Es war absurd, die Chance stand eins zu einer Million. Ich habe es einfach drauf ankommen lassen. Aber es bringt einen schon dazu, sich zu wundern, oder?«

»Es bringt *mich* dazu zu denken, dass du einfach unvorstellbares Glück gehabt hast.«

»Vielleicht ist es wirklich nur das gewesen«, räumte Az ein. Aber der nachdenkliche Blick in seinen Augen ließ vermuten, dass er etwas anderes glaubte.

»Während ich«, sagte Cassie, »meinen Paps mit detektivischer Arbeit und reinem, hartem Ackern ausfindig machen musste. Nich's weiter als das. Kein Glück. Nun, nich viel.«

»Oh, du hattest es leicht, ganz sicher«, sagte Az mit einem Lachen.

»He!« Cassie gab ihm einen freundschaftlichen Stoß gegen den Arm. »Ich fahr durch die halben West-Territorien, hab's in Kraterheim mit einem Mob zu tun, werde beinahe von Hackerschakalen gefressen und dann noch fast von einem durchgedrehten Vikar getötet – und du hast den Nerv, das *leicht* zu nennen?« Sie schlug ihn erneut, und dann ein drittes Mal, als Zugabe.

»Hör auf!«, sagte Az und rieb sich den Arm. »Du kennst deine eigene Kraft nicht.«

»Ihr Luftlinge seid so weich, das is das Problem.«

»Weich? Ich würde zurückschlagen, wenn du nicht ein Mädchen wärst und ich ein Gentleman.«

»Mach nur weiter«, neckte ihn Cassie.

»Ich bin in den Kampfkünsten ausgebildet worden, weißt du.«

»Das macht mir nich's.«

»Ich könnte dich töten, ohne es zu wollen.«

»Du und wessen Armee?«

»Nur ich. Ich bin eine lebende Waffe. Du hättest den Tritt sehen sollen, den ich Naoutha verpasst habe.«

»Oh, du bist ja so ein großer Held.«

»Das bin ich, in der Tat.«

»Und so ein Großmaul.«

»He!«

Sie begannen beide zu lachen, und plötzlich, mitten im Gelächter, wurden sie ernst und hörten auf. Sie sahen einander an.

»Das hier …«, sagte Az. »Das hier fühlt sich gut an.«

Cassie nickte. »Ich weiß.«

»Das sind wir. So ist es, wenn wir zusammen sind. So sollte es sein.«

Sie nickte erneut. »Da is irgendwelches Zeug dazwischengekommen, Az.« Sie schlang ihre Finger um seine. »Ich hätte es nich zulassen sollen, aber es is passiert. Du weißt, wie wichtig die Familie für mich is. Das is meine einzige Entschuldigung, aber ich schätze, es is eine gute.«

»Die Familie ist für mich auch wichtig, Cassie. Aber du

hättest mich nicht ausschließen müssen. Ich hätte geholfen. Das weißt du. Von Anfang an. Du hättest mich nur fragen müssen.«

»Nächstes Mal tue ich's.«

»Und hast du nicht auch den Eindruck, dass irgendwer versucht, uns etwas mitzuteilen?«

»Hä? Was meinst du damit?«

»Keine Person, nur – ich will nicht die Worte Schicksal oder Bestimmung dafür bemühen, aber sieh doch nur, wie alles gekommen ist. Unsere Wege haben sich gegen unseren Willen gekreuzt. Es ist, als hätten wir gar nichts dagegen tun können. Obwohl wir unsere Auseinandersetzungen hatten, sind wir in das gleiche Abenteuer gezogen worden. Sagt dir das nicht irgendwas?«

»Nur, dass du zu viel in die Dinge hineinliest. Du siehst das Schicksal am Wirken, und ich sehe nur, wie das Leben tut, was es tut, was bedeutet, dass wir uns manchmal treffen und manchmal voneinander lösen, wieder zusammenkommen und so weiter. Es is das übliche Nehmen und Geben, das is alles. Du bist ein Held, in Ordnung, Az, ich will das nich leugnen. Du hast gute Arbeit geleistet. Der alte Mordy schuldet dir sein Leben. Aber kleine Dinge, gewöhnliche Dinge, können auch einen Helden ausmachen. Es muss nich irgendein versponnenes Etwas wie die Bestimmung sein, die die Show laufen lässt. Es sind wir Leute, die die Show laufen lassen. Du, ich, wir alle. Und wir können auf jede erdenkliche Weise Helden sein.«

»Aber da ist ein großer Plan, ein größeres Bild.«

»Wenn das so ist, dann besteht es aus vielen Leuten. Menschen. Erdlingen. Luftlingen, was auch immer. Nur wir, die wir uns verbinden und aufeinanderstoßen und zusammenarbeiten. Das is dein größeres Bild.«

»Ich …«

Cassie gab ihm einen Klaps gegen die Stirn, als wollte sie die schwierigen Gedanken in seinen Hinterkopf schlagen. »Az, wir haben nich viel Zeit. Versuchen wir, sie zu nutzen.«

»Hä?«

»Ich sagte, halt den Mund und küss mich.«

Die Striga kreiste und kreiste so lange, bis die Nadel der Treibstoffanzeige sich dem Nullpunkt näherte. Dann brachte Michael das Flugzeug zu einer weichen, perfekten Landung herunter, so dass es mitsamt seinen Insassen den Boden so leicht wie eine Feder berührte.

Erster Epilog: Lady Aanfielsdotter und Aurora

»Wenn ich es richtig verstehe, ist eine Gratulation angebracht«, sagte Lady Aanfielsdotter. »Das Flattern winziger Flügel steht bevor.«

»Das ist richtig«, erwiderte Aurora mit einem leichten Erröten. »Es ist zwar noch früh, aber dennoch …«

»Aber dennoch sind es aufregende Neuigkeiten. Irgendwelche Paten im Sinn?« Lady Aanfielsdotter warf ihr einen bedeutungsvollen Blick zu.

»Mylady, Ihr steht ganz oben auf der Liste. Natürlich werde ich nicht zulassen, dass das Baby meine Arbeit beeinflusst. Ich möchte gern weiter im Sanktuarium arbeiten, und zwar Vollzeit oder fast Vollzeit, so gut ich es kann.«

»Das Sanktuarium läuft ohne Sie nicht, Aurora. Sie bekommen Ihren Mutterschaftsurlaub, und was die Zeit danach betrifft, bin ich sicher, dass wir eine flexible Lösung finden.«

»Ich spreche gerade mit Michael darüber, dass er hierherzieht, um bei der Kinderbetreuung helfen zu können.«

»Lassen Sie es mich wissen, falls er sich einverstanden erklärt, damit ich Ihnen helfen kann, eine schöne große Wohnung zu finden.«

»*Falls* er sich einverstanden erklärt?«

Lady Aanfielsdotter lächelte. »Mein Fehler. Ich habe Ihre beachtlichen Überzeugungskünste nicht in Betracht gezogen. Was mich an etwas erinnert. Ich habe gerade einen Brief von der Westöl-Führungsetage erhalten, in dem sie ihren Dank für unsere Hilfe beim Vorgehen gegen die Piraten ausdrücken. Sie haben ihre Anlage verloren, und wir arbeiten gerade an einem Reparationspaket. Aber ich bin sicher, es hätte sehr viel weniger Freundlichkeit und dafür mehr Ärger gegeben, wenn Sie sich nicht zum Eingreifen entschieden und Ihren Mann und die Greifthalers dazu gebracht hätten, den Angestellten der Ölfirma zu helfen. Sie haben die Lage brillant beurteilt. Es war ein kluger Zug, sowohl taktisch als auch diplomatisch. Gut gemacht.«

»Danke, Mylady.«

»Und jetzt, da Sie seit ein paar Tagen wieder im Sanktuarium sind, darf ich Sie etwas fragen?«

»Bitte.«

Lady Aanfielsdotter erhob sich von ihrem Schreibtisch und trat zum Fenster, um die Aussicht zu genießen. »Wie reagieren die Leute auf diese ganze Rotturm-Sache, jetzt, da sie vorbei ist? Was sagen sie darüber, wie gut oder schlecht ich damit umgegangen bin? Was denken Sie über die allgemeine Stimmung hier? Seien Sie aufrichtig.«

Aurora dachte über ihre Antwort nach. »Man macht sich immer noch Gedanken. Nicht über das, was wir getan haben, aber über die langfristigen Konsequenzen, die die Angriffe der Piraten haben könnten. Ich habe gehört, dass es Berichte über Unruhen in verschiedenen Erdstädten gibt, und hier oben werden die Anhänger von *Federn vor!* immer lauter und bekommen von Tag zu Tag mehr Zulauf. Das sind beunruhigende Entwicklungen. Im Großen und Ganzen denke ich jedoch, dass die Stimmung im Sanktuarium günstig ist. Wir haben getan, was wir getan haben, und es hat ein gutes Ende genommen.«

»Und ich?«, fragte Lady Aanfielsdotter. Sie blickte immer noch in die Ferne, damit Aurora die Sorge in ihren Augen nicht sehen konnte. »Was sagen sie über mich?«

»Mylady …«

»Ah. Ist es so schlimm, ja?«

»Ihr seid immer noch mit Abstand die beliebteste Bewohnerin hier«, erklärte Aurora. »Aber ich habe auch Gemurre gehört. Manche Leute sagen, Ihr hättet gegen die Piraten härter und schneller durchgreifen sollen. Einige sagen sogar, Ihr hättet schon lange vorher etwas bezüglich Rotturm unternehmen sollen, bevor die Piraten sich erhoben haben.«

»Die Rückschau ist etwas Wundervolles. Soll ich also jede Krise erahnen, bevor sie überhaupt eingetreten ist? Soll ich in die Zukunft sehen können? Und wenn ein Ort wie Rotturm sich schlecht benimmt, aber dabei kein Gesetz bricht, wird dann von mir erwartet, dass ich die Flugpatrouille hinschicke? Wäre das nicht ein bisschen drakonisch?«

»Ich habe nicht gesagt, dass die Kritik berechtigt ist, Mylady. Und sie kommt von einer kleinen Minderheit. Wenn ich an Eurer Stelle wäre, würde ich diese Leute ignorieren. Sie werden ohnehin schon bald wieder Ruhe geben.«

»Ich wünschte, ich könnte sie so einfach ignorieren, Aurora, aber eine heute grummelnde Minderheit kann morgen zu einem Ruf der Mehrheit nach meinem Kopf werden. Ich muss diese Verleumder ernst nehmen, wenn ich meine Arbeit weiterführen will.«

Lady Aanfielsdotter verschwieg, dass sie nicht sicher war, wie viel länger sie diese Arbeit überhaupt noch machen wollte. Stattdessen drehte sie sich zu Aurora um, so hoheitsvoll und beherrscht wie immer.

»Aber baden wir jetzt erst einmal in dem Glanz der Errungenschaften«, sagte sie. »Ärger mag auf unserem zukünftigen Weg liegen, aber im Augenblick haben wir gewonnen. Genießen wir es. Widmen wir uns wichtigeren Angelegenheiten ... Haben Sie schon über einen Namen nachgedacht? Wenn es ein Mädchen wird, denke ich, dass Serena sehr schön klingt. Finden Sie nicht auch?«

Zweiter Epilog: Die Greifthalers

Robert rieb sich den Schlaf aus den Augen und gähnte, als er zur Tür schlurfte. Jemand auf der anderen Seite des stabilen Tors hämmerte dagegen, kräftig genug, dass die Angeln klapperten.

»Wer is da?«, rief er. »Wissen Sie, wie spät es is?«

»Die Polizei von Bittertal. Öffnen Sie die Tür.«

»Was wollen Sie?«, fragte Robert, der schlagartig hellwach und nervös war.

»Öffnen Sie die Tür«, kam lediglich als Antwort, zusammen mit weiterem Hämmern.

Robert gehorchte und sah draußen ein halbes Dutzend Polizisten stehen. Zwei davon erkannte er – es waren welche vom Ort. Die übrigen waren ihm unbekannt und mussten von außerhalb der Stadt kommen.

»Robert Greifthaler«, sagte einer der ortsansässigen Polizisten. »Diese Leute sind von der Kraterheimer Polizei. Sie sind hier wegen des Vorfalls von vor vierzehn Tagen, in den Ihr Düsterspäher verwickelt war.«

»Was?«

»Keine Spielchen, Junge«, sagte einer der Kraterheimer Polizisten, ein zynisch wirkender Sergeant. »Wir haben eine große Anzahl von Augenzeugen und Opfern, die offizielle Erklärungen bezüglich der Tatsache abgegeben haben, dass am fraglichen Tag ein Düsterspäher einer Reihe von Bewohnern der Stadt Kraterheim erheblichen körperlichen Schaden zugefügt hat. Darüber hinaus haben wir noch den kleineren Schadensfall einer öffentlichen Statue, deren Reparatur auf fünftausend Scheine geschätzt wird. Es hat eine Weile gedauert, bis wir herausgefunden haben, wem der fragliche Düsterspäher gehört, aber die weitreichenden Untersuchungen und die Unterstützung unserer Kollegen von Bittertal hier haben die Liste der Verdächtigen schließlich auf einen Besitzer eingeengt. Das heißt, auf den Düsterspäher, der unter der eingetragenen Eigentümerschaft von Dan Greifthaler und seiner Familie steht.«

»Aber ... aber ... da war ein furchtbarer Aufruhr um uns herum«, sagte Robert mit aufgerissenen Augen. »Es war Notwehr. Und diese Statue – das war ein echter Unfall.«

»Also leugnen Sie nicht, dass diese Vorfälle stattgefunden haben?«

»Nein. Ja. Nein, ich meine ...« Robert war verwirrt und wusste nicht, was er sagen sollte.

Sein Vater kam ihm zu Hilfe, als er im Schlafanzug und gefolgt von Cassie und Fletcher in den Hof trat.

»Was hat das alles zu bedeuten?«, fragte Dan. »Was tut ihr um diese Zeit hier? Könnt ihr anständige Leute nich in Ruhe schlafen lassen?«

»Um es deutlich zu sagen, Mr. Greifthaler«, entgegnete der Sergeant von Kraterheim, »Sie und Ihre Familie stecken in sehr großen Schwierigkeiten. Betrachten Sie sich für die nächste Zeit als unter Hausarrest stehend. Den Düsterspäher werden wir als Beweismaterial in Zusammenhang mit einem Verbrechen beschlagnahmen.«

»Hausarrest? *Bertha* beschlagnahmen?«, stammelte Dan.

»Nun, ich bin sicher, Sie wollen das hier ruhig über die Bühne bringen. Keinen Aufruhr veranstalten oder so.«

»Paps!«, sagte Cassie. »Sie können *Bertha* nich mitnehmen! Das können wir nich zulassen.«

Dan sah sie an, und er sah seine Söhne an und schließlich *Bertha*, und dann sah er wieder die Polizisten an. Seine Schultern hoben und senkten sich in einer Geste der Niederlage.

»Tatsächlich wüsste ich nich, wie wir sie dran hindern sollten«, sagte er.

Auf Befehl des Sergeanten gingen zwei der Kraterheimer Polizisten zu *Bertha*. Cassie machte Anstalten hinzulaufen, um zu verhindern, dass sie einstiegen, aber ihr Vater hielt sie fest und zog sie zu sich heran. Sie wehrte sich, aber er ließ nicht locker.

Bestürzt sahen die Greifthalers, wie die Polizisten einstiegen, *Bertha* starteten (nach dem fünften Versuch) und sie aus dem Hof fuhren.

Cassies Augen schwammen in Tränen, als der Düsterspäher die Straße entlang verschwand. *Bertha* selbst wirkte sehr unglücklich über diese Wendung der Ereignisse. Ihrem Gackern fehlte jegliche Fröhlichkeit.

»Das is ein Missverständnis, Mädchen«, sagte ihr Vater leise. »Wir werden das schon bald aufgeklärt haben.«

Aber der Zweifel auf seinem Gesicht war nicht zu übersehen.

Dritter und letzter Epilog: Lord Urironson und ???

Der Besucher kam zur vereinbarten Stunde. Es war lange nach Einbruch der Nacht, und es war dunkel im Silber-Sanktuarium. Lord Urironson wartete auf dem Balkon vor seiner Wohnung, und kaum war der Besucher gelandet, drängte er ihn rasch nach drinnen und schloss die Fenster hinter ihnen. Einige Momente standen die beiden in Lord Urironsons Wohnzimmer und sagten nichts, während der Beo, der sich in einem Käfig in der Ecke befand, den Neuankömmling argwöhnisch beäugte und seinen gelb gefleckten Kopf von einer Seite zur anderen warf.

»Sie sind hier«, sagte Lord Urironson schließlich. »Sie sind tatsächlich gekommen. Ich muss zugeben, Ihre Bitte um ein Treffen hat mich überrascht. Nicht so sehr die Bitte selbst, eher die Art und Weise, wie sie formuliert war. Der Ton. Er klang beinahe beschwichtigend. Als wären Sie nicht hier, um mich zurechtzuweisen oder mir sogar – und ich hoffe, ich habe diesbezüglich recht – Schmerz zuzufügen.«

»Schmerz zuzufügen, *aaaarrrgghh*«, krächzte der Beo und ahmte die Stimme des Besitzers genauestens nach.

Der Besucher antwortete mit einem kurzen Nicken.

»Nun«, sagte der ranghohe Bewohner des Silber-Sanktuariums, der jetzt selbstbewusster wurde, »obwohl ich allen Grund habe, Sie zu fürchten, vermute ich, dass Sie in friedlicher Absicht gekommen sind. Liege ich da richtig?«

»Liege ich da richtig«, krächzte der Beo.

Lord Urironson brachte den Vogel mit einer gereizten Geste zum Schweigen. Der Beo nahm es ihm übel, drehte sich auf seinem Sitzplatz um und begann, an der Unterseite des einen Flügels zu knabbern.

Der Besucher nickte erneut.

»Das dachte ich mir«, sagte Seine Lordschaft. »Sehen Sie, wäre Ihre Absicht feindseliger Natur, hätten Sie nicht nach einem Treffen gefragt, und in Ihrer Nachricht wäre ich sicherlich nicht darum gebeten worden, es vor Ihrer direkten Vorgesetzten geheim zu halten. Normalerweise hätte ich mich mit Lady Aanfielsdotter vorher beraten, sobald Sie mit mir Kontakt aufgenommen hatten, um festzustellen, ob Sie in ihrem Auftrag oder unabhängig davon handeln. Indem Sie mir gesagt haben, dass ich das nicht tun soll, ließen Sie mich wissen, dass Sie auf eigene Faust handeln. Was in der Tat interessant ist. Bemerke ich da eine Spaltung? Einen Bruch in den Rängen? Liegt ein Hauch Verrat in der Luft?«

Der Besucher zeigte ein stilles, diskretes Lächeln.

»Dann klären Sie mich auf«, verlangte der Silber-Sanktuariums-Bewohner. »Sagen Sie mir, was Sie von mir wollen.«

Mit einer leichten Verbeugung und einem kleinen Aufbauschen der Flügel tat der Besucher das.

»Ja, ich stimme Ihnen zu. Lady Aanfielsdotter ist eine

verbrauchte Größe«, sagte Lord Urironson, als der Besucher ihm seine Motive und Ziele dargelegt hatte. »Es ist klug, dass Sie sich von ihr distanzieren. Aber was ist mit Az Gabrielson? Wie wird Ihr junger Schützling darüber denken – über diesen Sinneswandel?«

»Az?«, sagte der Besucher. »Az könnte ein Problem sein. Aber er ist dann *mein* Problem, und wenn der Zeitpunkt gekommen ist …« Das Lächeln auf dem übel zugerichteten, schwarzblau verfärbten Gesicht wurde breiter und grausamer. »Wenn der Zeitpunkt gekommen ist, werde ich mich um ihn kümmern. Darauf können Sie sich verlassen.«

»Also dann«, sagte Lord Urironson und streckte den Arm aus, »reichen wir uns darauf die Hände. Eine neue Partnerschaft. Ein Bündnis. Jetzt noch ein verborgenes, aber nicht für lange.«

»Twiiep, eine neue Partnerschaft«, wiederholte der Beo leise, während er den beiden Menschen nach wie vor den Rücken zudrehte.

»In der Tat«, sagte Mr. Mordadson und streckte ebenfalls die Hand aus, um die von Lord Urironson zu nehmen und fest zu schütteln.